판 보이 쩌우 자서전

The Autobiography of Phan Bội Châu
: A History of the Vietnamese Independence Movement

옮긴이

김용태(金龍泰, Kim Yong Tai)
성균관대 한문학과 교수. 동아시아한문학연구소 소장. BK21 동아시아 고전학 미래인재교육팀 팀장. 19세기 서울지역의 한문학 연구에서 출발하여 근대 동아시아 한문학으로 연구 분야가 확대되었다. 저서로 『19세기 조선한시사의 탐색』, 역서로 『(역주)해외견문록』 등이 있다.

박영미(朴暎美, Park, Yongmi)
단국대 동양학연구소 연구조교수. 단국대학교 한문학 박사. 식민지 시기 한문학 및 근대기 동아시아 한문학에 대해 연구하고 있다. 일본 니쇼가쿠샤(二松学舎)대학에서 방문연구원을, 국제일본문화연구센터(国際日本文化研究センター)에서 외국인 연구원을 지냈으며 성균관대 동아시아학술원 HK연구 교수 등을 역임하였다.

이한영(李瀚榮, Lee Han Young)
성균관대 동아시아학과 박사수료. 성균관대학교 한문학과를 졸업하고 같은 학교 대학원에서 「심대윤의 백운문초 연구」로 석사학위를 받았다. 현재는 연행록 정본화 및 DB구축 사업에 연구보조원으로 참여하고 있으며, 조선시대에 『장자』의 수용 및 활용사에 관하여 연구하고 있다.

최빛나라(Choi Bitnara)
성균관대 한문학과 BK연구교수. 숙명여대를 졸업, 고려대에서 한・월 설화 비교 연구로 박사학위를 받았다. 고려대, 제주대, 베트남 후에대에서 강의했다. 동아시아 문학을 연구하고 있다.

한영규(韓榮奎, Han, Younggyu)
성균관대 국어국문학과 교수. 성균관대학교 국어국문학과를 졸업하고 같은 학교 대학원에서 19세기 여항문학을 연구해 박사 학위를 받았다. 지은 책으로 『조희룡과 추사파 중인의 시대』, 논문으로 「19세기 한중 문인교류의 새로운 양상」 등이 있으며, 『매천야록』, 『이옥전집』 등을 함께 번역했다.

Phạm Thị Hường
베트남 사회과학한림원・한놈연구원 연구원(2011년~현재). 하노이국립대학교・인문사회과학대학 문학과를 한놈학 전공으로 졸업하였다. 같은 학교 대학원에서 「주희『가례』의 소개」로 석사학위를 받았다. 성균관대학교 한문학과에서 박사과정을 수료하였으며 조선학자들의 논어학을 연구하고 있다.

판 보이 쩌우 자서전

초판인쇄 2022년 5월 10일 **초판발행** 2022년 5월 25일
지은이 판 보이 쩌우 **옮긴이** 김용태 외 **펴낸이** 박성모 **펴낸곳** 소명출판 **출판등록** 제13-522호
주소 서울시 서초구 서초중앙로6길 15, 2층
전화 02-585-7840 **팩스** 02-585-7848
전자우편 somyungbooks@daum.net **홈페이지** www.somyong.co.kr

값 33,000원 ⓒ 김용태 외, 2022
ISBN 979-11-5905-695-6 93830

이 저서는 2019년 대한민국 교육부와 한국연구재단의 지원을 받아 수행된 연구임(NRF-2019S1A5A7069446)

판 보이 쩌우(潘佩珠, Phan Bội Châu)**의 묘지** (앞부분)

판 보이 쩌우 묘지는 후에(順化, Huế)의 판 보이 쩌우 기념 유적지(潘佩珠留念遺跡區, Khu di tích lưu niệm Cụ Phan Bội Châu)에 있다. 무덤의 위치는 판 보이 쩌우가 사망하기 전 1934년에 미리 정하였으며, 판 보이 쩌우가 사망한 후 후잉 툭 캉(黃叔抗, Huỳnh Thúc Kháng)의 조의금으로 묘와 사당을 지었다(Phạm Thị Hường 촬영, 2021).

판 보이 쩌우의 묘지 (뒷부분)

판 보이 쩌우 무덤 뒤에 세워진 높이 1.8m의 비석
에는 1934년 판 보이 쩌우가 직접 쓴 자명(自銘)이
새겨져 있다(Phạm Thị Hường 촬영, 2021).

판 보이 쩌우의 자명(自銘)

(Phạm Thị Hường 촬영, 2021)

판 보이 쩌우의 자택

후에의 판 보이 쩌우 기념 유적지에 있으며, 1997년 12월에 복원한 것이다(Phạm Thị Hường 촬영, 2021).

후에의 흐엉강(香江, Sông Hương) 유역에 있는 판 보이 쩌우 조각상 (앞부분)
(Phạm Thị Hường 촬영, 2021)

후에의 흐엉강 유역에 있는 판 보이 쩌우 조각상 (뒷부분)
판 보이 쩌우 조각상 뒷부분에는 "판 보이 쩌우 1867~1940,
뜨거운 피로 노예의 누명을 씻다(Phan Bội Châu 1867~1940, Xối
máu nóng rửa vết nhơ nô lệ…)"라는 문구가 새겨져 있다(Phạm Thị
Hường 촬영, 2021).

1936년 5월 후에에서의 판 보이 쩌우
프랑스 국립 기록 보관소(Archives Nationales de France) 소장

판 보이 쩌우 탄생 150주년 기념 우표
출처 : 베트남 우표 회사(Công ty Tem Việt Nam) 홈페이지

끄엉 데(彊柢, Cường Để, 좌측)와 판 보이 쩌우(우측)가
일본에서 함께 찍은 사진
프랑스 국립 기록 보관소 소장

동유유학생(東游留學生)
앞줄(앉은 줄)의 인물은 좌측에서 우측으로 쩐 동(Trần Đông), 하 드엉 응히에우(Hà Đương Nghiêu), 하이 턴(Hải Thần), 판 바 응옥(Phan Bá Ngọc), 당 뜨 먼(Đặng tứ Mẫn)이고 뒷줄(선 줄)의 인물은 좌측에서 우측으로 응우엔 타이 밧(Nguyễn Thái Bạt), 쯔엉 흥(Trương Hưng), 응우엔 꾸잉 찌(Nguyễn Quỳnh Chi; 응우엔 쫑 트엉), 호앙 쫑 머우(Hoàng Trọng Mậu), 당 뜨 보(Đặng Tứ Võ), 꾸잉 럼(Quỳnh Lâm), 쩐 흐우 륵(Trần Hữu Lực)이다(프랑스 국립 기록 보관소 소장).

아사바 사키타로(浅羽佐喜太郎)의
도움을 기리기 위해 세운 기념비(紀念碑)
사진은 1918년의 준공식 때 찍은 것으로 앞줄
(앉은 줄) 좌측에서 우측으로 세 번째에 판 보이
쩌우가 있다. 후쿠로이시(袋井市) 문화재 설명
자료 2면.

아사바 사키타로 기념비의 현재 모습
후쿠로이시(袋井市) 문화재 설명 자료 2면

응우엔 득 지에우(Nguyễn Đức Riệu), 『판 보이 쩌우 선생의 역사 – 나라를 위한 마음(PHAN-BỘI-CHÂU TIÊN SANH LỊCH SỬ: TẤM LÒNG VÌ NƯỚC)』, Saigon(프랑스 국립 도서관 소장).

판 보이 쩌우의 생애와 함께 이 책이 출판된 당시까지 형성되어 있던 판 보이 쩌우에 대한 여론이 정리되어 있다. 부록에는 판 보이 쩌우가 직접 지은 작품과 주변인들이 그에게 전한 시 등이 실려 있다.

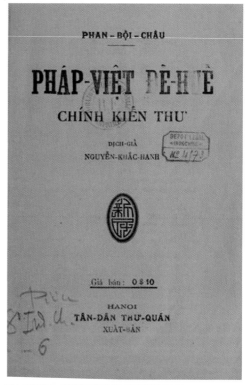

판 보이 쩌우, 『법월제휴정견서(法越提攜正見書, Pháp Việt đề huệ chính kiến thư)』, Tân Dân Thư Quán(프랑스 국립 도서관 소장)

판 보이 쩌우가 프랑스에 보낸 글로, 쯔놈으로 쓰여 있다. 세계 대전의 위기에 대처하기 위해 프랑스와 베트남이 긴밀히 협력하자는 요청이 담겨 있다.('法越提攜'는 베트남인의 저항 운동에 대응하기 위해 1910년대에 프랑스가 인도차이나반도에 세운 정책이다.)

판 보이 쩌우, 『안국민수지(女國民須知, Nữ quốc dân tu tri)』, dac lap : 후에, 1926(프랑스 국립 도서관 소장)

판 보이 쩌우, 『판 보이 쩌우의 연설집(BÀI DIỄN THUYẾT CỦA CỤ PHAN-BỘI-CHÂU)』, NXB. Bazar Trường Xuân: Saigon, 1926(프랑스 국립 도서관 소장)
후에 국학(國學, Quốc Học)과 동 카잉(同慶, Đồng Khánh) 여학당에서의 연설을 실었다. 후에 국학에서의 연설 주제는 "학교를 설립하는 정부의 목적 및 인민들이 학교 교육을 받는 목적"에 관한 것이었다. 동 카잉 여학당에서의 연설 주제는 "사회와 국가에 대한 여성의 책임 및 권리"에 관한 것이었다.

越南亡國史

附滅國新論

越南亡命客巢南子述

支那 梁啓超纂

韓國 玄 采譯

월남망국사(越南亡國史) 현채(玄采) 국역
국립 중앙 박물관 소장본

한국연구재단
학술명저번역총서

판 보이 쩌우 자서전

The Autobiography of Phan Bội Châu
: A History of the Vietnamese Independence Movement

김용태 외역주

일러두기

1. 이 책은 성균관대학교 동아시아근대한문학연구반 편역, 『판 보이 쩌우 자서전·자료편』에 수록된 한놈연구원 소장 필사본 『潘佩珠年表』(VHv.2135)를 대본으로 국역하였다. 직역을 원칙으로 하되, 원문을 해치지 않는 범위에서 풀어 번역한 경우도 있다.

2. 원문은 교감·조판하여 번역문 앞에 첨부하였다. 『潘佩珠年表』는 10종이 넘는 이본이 존재하나, 원본에 가까운 사본이라 판단되는 '한놈연구원 소장본'과 'NXB Thuận Hóa, *Phan Bội Châu Toàn Tập* (Tập 6 Tự Truyện)'('전집본'이라 약칭)'을 대비하여 교감하였다. '한놈연구원 소장본'을 저본으로 삼았으며, '전집본'을 참고하여 오자(誤字), 탈자(脫字), 연문(衍文) 등을 바로잡고 교감주를 달았다. 단, 이본들 간의 차이가 이체자(異體字)이거나 동의어(同義語)인 경우, 번잡스러움을 피하기 위해 별도로 표시하지 않고 수정하였다.

3. 간단한 주석은 번역문에 간주(間註)로, 긴 주석은 각주(脚註)로 표시하였다. 또한 독자의 편의를 위해 베트남 인물에 관한 주석은 따로 '베트남 인물 약전'으로 묶어 제시하였다. 다만 본문을 이해하는 데 베트남 인물 정보가 필요한 경우, 간단하게 주석을 달아 소개한 경우도 있다.

4. 인명, 지명은 원음을 따르는 것을 원칙으로 한다. 단 이미 한문으로 익숙하게 읽어온 경우 한자음을 따랐다. 베트남 인명은 가독성을 위해 한자(漢字) 단위로 띄어쓰기를 하였으며, 베트남 지방행정단위는 한자음으로 읽었다.

5. 서명, 기관명, 단체명, 직위 등은 한자음을 따르는 것을 원칙으로 한다. 다만 한자음 노출만으로 내용 파악이 어려운 경우, 번역하여 풀어 적거나 역주를 달았다.

6. 한문과 쯔놈은 필요한 경우 이해를 돕기 위해서 함께 제시하였으며, 운문(韻文)은 원문을 병기하였다.

7. 독자들의 이해를 돕기 위해 번역문에는 그 내용을 압축할 수 있는 제목을 뽑아 넣었다.

8. 이 책에 사용되는 부호는 다음과 같다.

【 】: 원주

[ ] : 역주 또는 운문, 쯔놈 병기

" " : 대화, 편지 등 직접인용문

' ' : " " 안의 재인용, 간접인용문 또는 강조부분

『 』: 책명

「 」: 편명

판 보이 쩌우 자서전_ 차례

해제

판 보이 쩌우를 통해 본
근대 초기 '동문세계同文世界'의 실상과 역사적 의미

김용태(성균관대학교)

1. 들어가며

　반패주潘佩珠 즉 판 보이 쩌우1867~1940는 베트남의 저명한 민족지도자로서 식민지시기 동아시아를 무대로 베트남의 항불抗佛 독립운동을 이끌었던 역사적 인물이다. 한국인에게 그의 이름은 낯설게 느껴지지만, 그가 저술한 『월남망국사越南亡國史』만큼은 상당히 널리 알려진 편이다. 1905년에 일본과 중국에서 동시에 간행된 『월남망국사』는 한국에도 출간 즉시 입수되고 곧바로 번역 출간되어 매우 큰 반향을 일으켰다. 『월남망국사』는 동아시아의 전통적 지식인들이 서구 제국주의가 지닌 침략주의적 성격을 분명히 깨닫고 결연히 저항에 나서도록 각성하는 데 지대한 역할을 하였다. 『월남망국사』가 이러한 영향력을 발휘할 수 있었던 것은 아마도 프랑스 식민주의와 치열하게 싸웠던 판 보이 쩌우의 뜨거운 삶과 깊은 고민이 유려하고 매력적인 한문 문장으로 표현되어 동아시아의 한문 지식인들에게 커다란 공명을 불러일으켰기 때문이었을 것이다.

그런데 아직도 한국에서는 중국의 계몽지식인 량치차오梁啓超, 1873~1929가 베트남 사람 '소남자巢南子'로부터 들은 이야기를 토대로 『월남망국사』를 저술했다고 알려져 있다. 하지만 '소남巢南, 베트남 음으로는 사오 남'은 판 보이 쩌우의 자字이며 량치차오는 저술을 권하고 출판을 조력해 주는 역할에 그쳤던 것이 사실이다. 『월남망국사』가 우리 역사에 끼쳤던 영향을 고려하거나, 동아시아에 대한 우리 사회의 관심과 이해가 고조되어 가는 현실을 고려할 때, 『월남망국사』의 원저자인 판 보이 쩌우에 관한 우리 학계의 본격적 탐구는 이제 당면한 과제라고 할 수 있다.

본서는 판 보이 쩌우가 한문으로 쓴 그의 자서전을 한국어로 번역한 것이다. 번역의 텍스트인 『반패주연표潘佩珠年表』이하 '연표'로 약칭는 판 보이 쩌우가 프랑스 식민당국에 의해 가택연금을 당하고 있던 1929년에 한문으로 저술한 자서전이다. 그래서 『연표』는 판 보이 쩌우 연구의 출발점이 된다고 할 수 있다. 실제로 일본과 중국에서 나온 판 보이 쩌우 관련 연구의 대다수는 바로 『연표』를 토대로 한 전기적 검토라고 할 수 있으며, 근년에 들어 그의 한문 소설 등 다른 분야의 저술로 관심이 확장되고 있다.

그런데 『연표』는 그 자체로 근대 문인의 자전적 글쓰기이기도 하거니와, 그 내용은 판 보이 쩌우가 평생에 걸쳐서 베트남, 일본, 홍콩, 중국, 태국, 조선 등지를 누비며 한문을 이용해 동아시아 각지의 지식인들과 교유하고 함께했던 투쟁의 기록이기도 하다. 그런 점에서 『연표』는 동아시아 근대기에 한문학이 어떻게 작동하였고 어떤 기능을 담당하였던가를 생생하게 보여주는 흥미로운 자료라 할 수 있다.

일반적으로 '한학'으로 표상되는 전통 학술은 근대의 시작과 함께 역사의 무대에서 퇴장했다고 인식되고 있으나, 한문을 바탕으로 하는 동문세계同文世界의 전통은 동아시아의 근대 형성에 상당히 의미 있는 역할을 한 것이 사실인데, 특히 동아시아 각국의 지식인들이 자유롭게 만나 상호소통을 하는 데 결정적으로 중요한 기능을 담당하였다. 이러한 점에 주목하여 최근 학계에는 '근대한문학'이 하나의 학술용어로 정착되어 가고 있기도 하다. 그리고 동아시아 전체를 인식의 대상으로 삼는 '동아시아적 시각의 수립'은 한국 인문학의 오랜 숙제이기도 한데, 이런 점에서『연표』는 매우 흥미로운 자료가 아닐 수 없다.

『연표』의 서지사항에 대해 간략히 서술하면 다음과 같다. 판 보이 쩌우가『연표』를 저술할 당시 프랑스 식민당국은 모든 저술 활동을 일절 금지하고 있었기 때문에 판 보이 쩌우는 비밀리에 작업을 진행해야 했고 저술의 존재 자체를 세상에 알릴 수 없었다. 그래서 베트남에서 프랑스 군대가 완전히 물러간 뒤에야 그 존재가 드러났다. 그리고 1955년 팜 쫑 디엠范仲恬과 똔 꽝 피엣孫光閥이『연표』를 베트남어로 번역하여『자비판自批判』河內 : 文史地研究會이라는 이름으로 출판하고, 1956년에 응오 타잉 년吳成人 역시 베트남어로 번역하여『자판自判』順化 : 英明出版社을 출판하면서 널리 알려질 수 있었다. 그런데 이 번역본들에는 한문 원문이 제시되어 있지 않아 베트남을 넘어서 국제적인 반향이 있지는 않았다.

그러다가『연표』의 한문 원문이 부록으로 실린 판 보이 쩌우 전기內海三

八朗,『ヴェトナム獨立運動家 潘佩珠伝 : 日本・中國を駆け抜けた革命家の生涯』, 芙蓉書房出版社, 1999.

이하『반패주전』으로 약칭가 일본에서 출간됨으로써『연표』에 대한 국제적인 관심이 높아지고 관련 논문의 생산도 활발하게 되었다. 그런데 이 책에 실린 원문에는 오자와 오류가 매우 많아 활용에 극히 주의가 필요한 상태이다. 이 원문은 영인본影印本이 아니기에 그 오류들이『반패주전』을 만들 때 생긴 것인지 아니면 원래의 자료에서 기인하는 것인지 분명치 않다. 다만『반패주전』의 저자 우쓰미 산파치로内海三八朗, 1897~1986에 따르면 그는 원자료를 응오 타잉 년吳成人에게서 제공받았다고 하였는데, 현재 베트남 학계에서는 응오 타잉 년이 원자료를 임의로 개작한 것으로 의심하고 있다.

『반패주전』의 출판 이후 베트남에서 개정판 판 보이 쩌우 전집*Phan Bội Châu toàn tập*, Huế : Nhà xuất bản Thuận Hoá: Trung tâm Văn hoá Ngôn ngữ Đông Tây, 2001을 내면서『연표』의 한문 원문을 역시 부록 형태로 수록하였다. 이 전집에 실린 원문이하 '전집본'이라 약칭은 베트남 전쟁이 끝난 1975년 베트남 중부의 후에에서 발견된 것으로, 판 보이 쩌우가 친필로 교정한 원고로 인정받고 있다. 현재로서는 가장 원본에 가까운 필사본이라 할 수 있다.

『연표』의 또 다른 선본善本으로 베트남 한놈연구원에 소장된 필사본 'VHv.2138'이 거론되고 있다. 그런데 한놈연구원에서는 이 자료의 보존 상태가 좋지 않아 1961년도에 초사본抄寫本, 'VHv.2135'을 만들어 두었는데, 이 자료를 성균관대학교 동아시아학술원에서『판 보이 쩌우 자서전·자료편』성균관대 출판부, 2015. 이하『자서전』으로 약칭이란 제목으로 영인 출판하였다.

본서의 번역은 '자서전'의 영인본을 저본底本으로 작업을 진행하되 '전집본'과 대조하여 글자의 출입出入과 이동異同을 각주로 일일이 표시하였다. 그 과정에서 '자서전'의 원문에 명백한 오류가 발견된 경우는 '전집본'을 따라 번역하였다. 본서의 부록에 실린 「원문」은 두 선본을 면밀하게 대조한 결과물이지만 감히 정본이라 할 수 있는 수준은 아니다. 앞으로 베트남 현지에 전하고 있는 모든 판본과 사본을 망라한 문헌학적 연구가 진행된 뒤에 정본은 확정될 수 있으리라 예상된다. 본서의 작업은 그러한 종합적 연구의 밑거름이 될 수 있을 것이다.

2. 판 보이 쩌우의 생애

판 보이 쩌우는 생애의 마지막 15년 동안 가택연금 상태로 지내며 아무런 외부 활동을 하지 못하였다. 다만 그는 이 시기에 비밀리에 『연표』를 저술하여 자신의 투쟁 과정을 후대 사람들이 상세히 알 수 있도록 하였다. 판 보이 쩌우는 『연표』의 모두冒頭에서 다음과 같은 회한을 토로하였다.

아, 나의 역사는 실패뿐이요 한 번의 성공도 없는 역사이다. 이리저리 도망다닌 지 거의 30년이고 연좌의 피해를 끼쳐 그 재앙이 온 나라에 미쳤으며 당고黨錮의 옥사로 그 독이 동포들에게 퍼졌기에, 매양 한밤중이면 가슴을 부여잡고 하늘을 우러러 눈물을 뿌렸다. 실의失意한 20여 년 세월 동안 사나이의 수염과 눈썹이 부끄럽게도 이름 없는 영웅의 출현을 고대함이 거의 기갈 들린 듯하였다.

자신의 온 생애를 바쳐 조국의 독립을 위해 싸웠으나 이룬 성과는 뚜렷하지 않고, 오히려 함께 투쟁했던 동지들이 겪어야 했던 온갖 고초만 떠올라 아프게 가슴을 치는 노혁명가의 감회가 절절히 드러나는 구절이 아닐 수 없다. 그리고 특이하게도 판 보이 쩌우는 『연표』의 서두에 '자판自判'이라는 표제를 달아 자신의 삶에 대한 판결문을 스스로 기술해 놓았는데, 거기에서도 "나의 역사는 진실로 완전히 실패한 역사이다"라며 못을 박듯이 말하고 있다. 그의 개결介潔한 성품을 짐작하게 하는 언급이라 할 수 있다.

판 보이 쩌우는 『연표』에서 자신의 인생을 크게 세 부분으로 나누어 기술하였는데 그 기준을 다음과 같이 제시하였다.

> 제1기. 나의 어린 시절이다. 비록 족히 기술할 것이 없으나 내 일생이 시작된 바탕이므로 감히 잊을 수 없다.
>
> 제2기. 나의 청년 시절이다. 내가 아직 해외로 나가기 전이니 은밀히 비밀 모의를 하고 몰래 호걸들과 연락하던 모든 행동이 부분에 실려 있다.
>
> 제3기. 내가 해외로 나간 이후의 역사이다.

이 구분에 따르면 제1기는 판 보이 쩌우가 태어난 1867년부터 과거시험 준비와 '신서新書' 학습에 힘을 쓰던 1899년33세까지의 내용이 기록되어 있고, 제2기는 향시鄕試에 합격한 1900년34세부터 해외로 나갈 것을 결심하게 되었던 1904년38세까지 5년간의 내용이 기록되어 있다. 제3기는 실제 일본으로 '출양出洋'을 결행한 1905년39세부터 프랑스 관원에 체포되는 1925년^{59세}까지 20년간의 사건들이 기록되어 있다. 햇수를 헤아리면 제2기가 상대적으로 짧은데도 불구하고 이렇게 구분한 것은 그만큼 이 시기의 활동이 판 보이 쩌우에게 중요했기 때문일 것이다. 그런데 서술 분량을 비율로 나타내면 대략 1 : 6 : 15가 된다. 제3기의 분량이 압도적으로 많은 것은 그의 본격적인 활동이 이 시기에 집중되기 때문이다.

『연표』에 따르면 판 보이 쩌우는 1867년 베트남 중부 응에안^{乂安} 지방의 독서인 집안에서 태어났다. 6세까지는 전적으로 모친의 훈도를 입었는데, 모친 또한 독서인 집안 출신이었기에 기본적인 한문 소양을 갖추고 있었다. 7세부터는 서당을 운영하는 부친으로부터 『논어^{論語}』를 배우는 등 본격적인 한문 공부에 착수하였다. 그는 어려서부터 공부에 특별한 재능을 드러냈지만, 나라가 위태로운 상황에서 차분히 공부에 집중하지 못하였다. 10세 때는 호걸들이 기의^{起義}했다는 소식을 듣고서 대나무로 총 모양을 만들어 프랑스군을 몰아내는 놀이를 하다가 어른들로부터 큰 야단을 맞은 일도 있었다. 또 1883년 17세 때에는 프랑스에 대항하는 의병^{義兵}들과 호응하자는 내용의 격서^{檄書}를 써서 길가에 내걸기도 했다. 이때 판 보이 쩌우는 심혈을 기울여 문장을 지었기에 내심으로는 반향이 클 것으로 기대했는데, 결과적으로 아무도 관심을 기울이지 않자 크게 상심하였다. 이를 계기로 그는 자신의 경거망동을 반성하고 영향력 있는 인물이 되고자 더욱 문장 공부에 매진하였다.

이후 그는 실제로 문장을 잘한다는 명성이 나날이 높아갔다. 하지만 1885년 마침내 수도인 후에가 프랑스군에 점령당하고, 함 응이^{咸宜} 황제가 후에를 탈출하며 전 국민에게 봉기를 명령하는 조서^{詔書}를 내림으로써 근왕운동勤王運動이 거세게 일어나는 등 공부에 집중하기에는 상황이 더욱 심해졌고, 판 보이 쩌우는 내면적으로 극심한 방황에 빠졌다. 1897년 31세 때는 과거 시험장에서 부정행위를 했다는 이유로 견책을 당하는 사건도 일어났는데, 이 사건 직후 그는 유랑에 들어간다. 이 기간에 판 보이 쩌우는 『중동전기中東戰紀』, 『보법전기普法戰紀』, 『영환지락瀛寰志畧』 등의 '신서'를 탐독하였다.

'제2기'에 판 보이 쩌우는 혁명가가 되기로 확고한 결심을 하고, 베트남 전역을 돌며 동지를 규합하면서 투쟁 방향을 모색하였다. 그러한 과정을 통해 외국의 도움이 절실히 필요함을 깨닫고 국외로 나아갈 것을 결심하게 된다. 그런데 부친 판 반 포潘文譜가 생존해 있을 때는 본격적인 활동에 나서지 못하다가, 1900년에 부친이 세상을 떠나자 34세의 판 보이 쩌우는 독립운동에 전격적으로 투신하였다. 이듬해인 1901년에는 대담하게도 프랑스 공화국 기념일7월 14일에 맞추어 응에안을 무력 점거할 계획까지 세웠다. 비록 실패하고 말았지만, 그의 적극성과 대담성이 어떠하였는지를 짐작해 볼 수 있다.

그런데 제2기에 해당하는 시기에 판 보이 쩌우는 공식적으로 '학생' 즉 과거시험 준비생의 신분을 유지하였다. 그래서 1903년 37세에는 정식으로 국자감國子監에 입학하여 과거시험을 준비하고 또 실제로 과거시험에 응시하기도 하였는데, 이는 프랑스 당국의 감시를 피하기 위한 목적이었다. 그래서 국자감에서 공부하는 틈틈이 전국을 돌며 독립운동 선배들을 방문하고 또 동지들을 규합하는 활동을 벌였다. 이때 만났던 동지들 가운데 그의 일생에 걸쳐 가장 중요한 세 사람을 꼽자면, 바로 호앙 호아 탐黃花

探, 1860~1913, **응우엔 타잉**阮誠, 1863~1911, *끄엉 데*彊柢, 畿外侯, 1882~1951를 들 수 있다.

먼저 호앙 호아 탐은 근왕운동의 무력투쟁을 이끈 인물이었다. 그는 근왕운동이 침체기에 들어선 이후에도 베트남 북부 이엔테安世를 근거지로 만들고 끈질기게 투쟁하였기에 프랑스도 그 지역에 대해서는 통치를 포기할 정도였다. 응우엔 타잉은 판 보이 쩌우와 가장 의기가 투합하였던 인물이다. 그는 판 보이 쩌우가 해외로 나가 활동할 수 있도록 국내에서 모든 지원을 하는 역할을 맡았다. *끄엉 데*는 황제의 일족이었는데, 의기가 있고 프랑스에 대한 투쟁심이 높았던 인물이다. 프랑스를 몰아내기 위해서는 국민의 구심점이 될 수 있는 황족이 필요하다는 요청을 받아들여 '베트남 유신회'의 당수 자리를 수락하였다. 판 보이 쩌우는 이 사람들과 지속해서 긴밀한 관계를 유지하며 독립운동을 전개해나갈 수 있었다.

제3기는 가장 길고 얽힌 사건도 복잡하므로 다음과 같이 시기를 세분해 볼 수 있다.

① 1905년 1월부터 1909년 3월까지 일본에서 '동유운동東遊運動'에 전념하던 시기

② 1909년 4월부터 신해혁명이 일어나기 직전인 1911년 9월까지 광둥, 홍콩, 태국 등지를 오가며 투쟁의 활로를 찾기 위해 동분서주하나 끝내 실의에 **빠**지고 말았던 시기.

③ 1911년 10월부터 1913년 11월까지 신해혁명의 성공에 고무되어 '월남 광복회越南光復會', '진화흥아회振華興亞會' 등을 조직하며 다시 투쟁의 전면

에 나섰던 시기.

④ 1913년 12월부터 1917년 3월까지 위안스카이袁世凱의 부하인 룽지광龍
濟光에게 붙잡혀 구금되어 있던 시기.

⑤ 1917년 4월부터 1925년 4월까지 투쟁의 새로운 활로를 찾아 동아시아
이곳저곳을 유력遊歷하던 시기.

⑥ 1925년 5월부터 1940년 10월까지 프랑스 당국에 체포되어 가택연금을
당한 시기.

①번 시기는 '동유운동'의 시기라고 표현할 수 있다. 동유운동이란 베
트남의 젊은이들을 동쪽의 이웃 나라 일본으로 유학 보내어 새로운 학문
을 수학케 함으로써 인재를 양성하자는 일종의 계몽운동이었다. 그런데
판 보이 쩌우가 처음부터 동유운동을 계획하고 일본으로 건너간 것은 아
니었다. 원래는 프랑스를 몰아낼 무력 지원을 일본에 요청하기 위한 목
적이었다. 하지만 애초부터 이 계획은 비현실적이었다. 이에 당시 일본
에 머무르고 있던 량치차오는 판 보이 쩌우와 만나 한문 필담을 통해 그
계획의 실현 불가능성을 일깨워주고 인재를 양성하는 것이 훗날 더 이로
울 것이라는 충고를 해주었다. 또 량치차오는 일본의 유력 정치가 오쿠
마 시게노부大隈重信와 이누카이 쓰요시犬養毅 등을 판 보이 쩌우에게 소개
해 주어 동유운동에 실질적 도움이 될 수 있도록 했다.

판 보이 쩌우는 량치차오의 권유를 받아들이고, 또 일본 정치인들의
도움을 받아 약 200명의 베트남 젊은이들을 일본 학교에 유학시키는 성
과를 올릴 수 있었다. 또 끄엉 데도 베트남을 탈출하여 일본으로 오도록

하였다. 그리고 이 시기에 판 보이 쩌우는 일본을 방문한 쑨원孫文을 만나 필담을 통해 아시아 해방에 대한 견해를 나누었으며 일본에 체류 중인 동아시아 각지의 지사志士들과 회합하여 '동아동맹회東亞同盟會'를 결성하기도 하였다. 이때 조선인으로는 조소앙趙素昻, 1887~1958이 참여했다.

그러나 판 보이 쩌우의 동유운동을 감시해온 프랑스 정부가 베트남 유학생들을 해산시키라고 일본 정부를 압박하자, 이에 굴복한 일본 정부는 결국 베트남 유학생들에게 해산 명령을 내렸다. 그리고 판 보이 쩌우와 끄엉 데 또한 추방함으로써 동유운동은 종말을 고하게 되고 말았다.

판 보이 쩌우가 일본에서 추방되었을 무렵 호앙 호아 탐은 한창 무력투쟁에 몰두하고 있었는데 무기 등의 보급이 매우 어려운 상황이었다. 판 보이 쩌우는 호앙 호아 탐을 돕고자 광둥, 홍콩, 태국 등지를 오가며 백방으로 무기를 반입할 방법을 꾀했지만 끝내 실패하고 말았다. 이에 판 보이 쩌우는 크게 실망하여 태국으로 가서 농사를 지으며 훗날을 기약하고자 하였다.

그런데 태국에서 터전을 준비하던 판 보이 쩌우에게 쑨원의 신해혁명이 성공했다는 소식이 들려왔다. 이에 그는 매우 기뻐하며 곧바로 그곳 생활을 청산하고 광둥으로 갔다. 또한 옛 동지들도 속속 광둥으로 모여드니 다시 투쟁의 기운이 고조되었다. 이에 판 보이 쩌우는 진화흥아회振華興亞會를 조직해 중국의 혁명을 돕고 훗날 베트남의 독립을 도모할 기반을 조성하고자 하였다. 그런 한편으로 안중근安重根을 모델로 하는 의열義烈 투쟁에도 깊은 관심을 기울였다.

그런데 쑨원이 이룬 신해혁명의 성과는 위안스카이袁世凱의 야심에 의해 빛이 바래져 가고, 광둥에는 위안스카이의 부하인 룽지광龍濟光이 진무사鎭無使로 내려오게 되면서 판 보이 쩌우에게도 불운이 닥치게 되었다. 룽지광은 프랑스 식민당국과 정치적 거래를 위해 판 보이 쩌우를 체포하고 말았다. 이로 인해 판 보이 쩌우는 3년 넘게 갇혀 있어야 했다.

룽지광이 광둥에서 물러남에 따라 1917년 3월 판 보이 쩌우는 풀려날 수 있었다. 이해 8월부터 이듬해 1월까지 그는 중국 내륙 남부 지역을 유력하였고, 1918년 2월에는 일본을 방문하여 동유운동 당시 큰 도움을 받았던 아사바 사키타로淺羽佐喜太郎의 묘비를 세우고 돌아왔다. 그리고 1920년 11월에는 공산주의에 흥미를 느껴 북경대학의 차이위안페이蔡元培를 찾아가 러시아 공산당 인사들을 소개받기도 하였다. 그러나 이러한 활동들이 그의 투쟁과 직접적인 관련성을 갖는 것은 아니었다.

그런데 1924년 베트남의 안중근이 되고자 맹세한 팜 홍 타이范鴻泰가 인도차이나 총독 마르샬 메를랭Martial Merlin을 폭탄 테러하는 사건이 일어나자, 이것이 계기가 되어 독립투쟁이 다시 활기를 띠기 시작했다. 판 보이 쩌우는 이 사건에 대해 여러 편의 글을 각 매체에 기고하면서 선전 활동을 벌였다. 그러나 이 사건으로 인해 프랑스 정부의 탄압은 더욱 노골화되어 1925년 5월 상하이에서 판 보이 쩌우를 체포해 베트남으로 압송하였고, 이후 판 보이 쩌우는 죽을 때까지 15년 동안 가택연금을 당해야 했다. 1940년 74세의 판 보이 쩌우는 끝내 베트남 해방을 보지 못한 채 눈을 감았다.

3. 판 보이 쩌우와 한문

판 보이 쩌우의 독립투쟁에서 가장 중요한 무기는 바로 '한문'이었다. 그는 동포를 계몽하기 위해 한문으로 글을 지어 배포하였고, 외국 인사들과 소통하기 위해 한문 필담을 이용하였으며, 낙척落拓하게 지내던 시절에는 각종 매체에 한문으로 된 글을 투고하는 것으로 생계의 수단을 삼기도 하였다. 그가 이렇게 한문을 유용하게 활용할 수 있었던 것은 당시 동아시아의 한문 동문세계가 굳건히 작동하고 있었기 때문이라고 할 수 있다.

그런 점에서 판 보이 쩌우가 어떠한 과정을 거쳐 '동아시아의 한문 지식인'이 되었는가 하는 점은 중요한 문제라 할 수 있다. 이와 관련하여 먼저 흥미롭게 살펴볼 것은 판 보이 쩌우나 그의 부친 모두 글방 선생을 하면서 경제적 문제를 해결했다는 점이다.

나의 집안은 대대로 독서를 업으로 삼아 본디 가난하였는데 할아버지께서 돌아가신 후 가계는 더욱 쇠락해졌다. 다행히 나의 아버지는 당시 이름난 유학자여서 연전필경硯田筆耕으로 겨우 먹고살 수 있었다.

아버지가 늙고 병들어 가난한 홀아비가 되고부터는 나에게 의탁하여 목숨을 이어갔는데, 나는 천성이 효성스러워 무릇 아버지께 연루될 수 있는 혐의들은 일체 피하였다. 이로 인해 오직 문도들을 수업하거나 글을 지어 팔면서 지냈는데 재물을 얻음이 꽤 풍부하여, 아침저녁으로 아버지를 봉양함에 부족함이 없었다.

첫 번째 자료를 보면 판 보이 쩌우는 자신의 집안이 독서를 업으로 삼았다고 말하고 있는데 경제적 상황이 그다지 넉넉하지 못했다고 하는 점은 흡사 조선의 '허생許生'과 같은 가난한 독서인들을 연상케 하고 있어 흥미롭다. 두 번째 자료는 판 보이 쩌우가 성장하여 노부老父를 봉양할 때의 이야기이다. 판 보이 쩌우는 한문을 가르치거나 한문으로 글을 지어주는 행위를 통해 돈을 벌 수밖에 없었는데 그 수입이 부족함이 없을 정도였다는 것이다. 아마도 당시 베트남에는 돈을 내고 한문을 배우거나 글을 사려고 하는 수요가 상당하였다고 생각된다. 이러한 점 역시 전국 방방곡곡에 서당이 확대되어 한문 지식인의 수요가 급증하였던 19세기 조선의 상황과 크게 다르지 않다고 여겨진다. '한문 지식층의 증가'라는 현상을 동아시아적 차원에서 살펴보아야 하는 이유이다.

그리고 다음의 자료를 보면 당시 베트남에서는 한문을 잘 짓는 것이 하나의 문화적 권위로 기능하였음도 보여주고 있다.

나는 전적으로 수양修養에 힘쓰는 한편으로 세상에 유행하는 문예에 더욱 치력致力하였으니 내 명성을 넓히고 세속의 명예를 얻는 데 힘써 다른 날 달려 나갈 걸음을 미리 준비하자는 생각이었다.

이 대목은 판 보이 쩌우가 19살이던 1885년의 이야기이다. 이때는 프랑스 군대가 베트남의 수도 후에를 점령하여 함 응이 황제가 후에를 탈출해 항전을 촉구하는 조서를 내려 시국이 아주 위태로웠던 시기였다. 청년 판 보이 쩌우는 분을 참지 못해 과거시험을 준비하는 '시생試生'들을 규합해 군대를 조직해보았으나 철저한 실패로 끝나고 말았다. 이에 실의에 빠진 판 보이 쩌우는 위와 같이 뼈아프게 다짐하며 훗날을 기약하였다. 그런데 주목되는 바는 독립운동을 위해 '문명文名'을 얻고자 결심하였다는 점이다. 판 보이 쩌우가 이런 결심을 하였던 것은 그만큼 당시 베트남 사회 분위기가 한문을 잘하는 사람을 매우 존경하였기 때문이었을 것이다.

한편 판 보이 쩌우가 어떤 과정을 거치며 한문 글쓰기를 연마하였는가 하는 점도 '동아시아 한문학'의 입장에서 중요한 사안이다.

내가 모친을 모신 16년 동안 한 번이라도 (모친께서) 남을 욕하고 꾸짖는 소리를 결코 듣지 못했으며 함부로 대하는 사람이 있어도 한번 웃음에 부칠 따름이셨다. 모친께서는 어려서 형님들을 모시고 글을 읽었는데 암기한 내용을 죽을 때까지 잊지 않으셨다. 내가 너딧 살 때 글자도 알지 못하면서 『시경詩經』 「주남周南」 몇 장을 능히 암송하였는데 이는 모친께서 입으로 외워 전수해 주신 것이었다.

6세가 되자 아버지께서 나를 글방에 데려가서 한자로 된 책을 주셨는데, 3일이 지나 『삼자경三字經』을 다 읽었고 돌아앉아 외우매 빠뜨리거나 틀린 곳이 없었다. 아버지께서 기특하게 여겨 『논어論語』를 주시며 익히고 쓰는 한편으로 읽은 내용도 쓰도록 하셨는데 매양 한 번 수업에 십여 장을 읽어 나갔다. 그런데 집이 가난하여 종이를 많이 쓸 수 없어 파초 잎을 종이 대신 썼는데 익숙해지면 태웠다.

앞서 언급했듯 판 보이 쩌우의 모친 또한 독서인 집안 출신으로 매우 현숙한 인품의 소유자였으며 한문 교양도 상당하였다. 인용문에 유교적 '현모賢母'의 이미지가 구현되고 있다는 점도 주목되거니와 한문 교양이 남성의 전유물만은 아니었다는 점도 흥미롭다. 판 보이 쩌우는 어려서부터 이러한 모친의 영향으로 한문에 매우 익숙한 환경에서 성장하였으며 6세에 이르러 부친의 글방에 나가 본격적으로 한문 수업을 받았다.

그리고 초학자 교육에 『삼자경』이 쓰였다는 점이라든가, 종이가 귀해 파초 잎에 글씨를 썼다는 것은 베트남 한문교육의 특색을 드러내고 있어 매우 흥미롭다. 宋송의 왕응린王應麟, 1223~1296이 지었다고 전해지는 『삼자경』은 『천자문千字文』을 주로 가르쳤던 조선에서는 많이 활용되지 않았다. 그러나 일과日課를 차려 『논어』를 배우고 익혀가는 과정은 조선의 서당에서 이루어졌던 한문교육과 별 차이가 없어 보인다.

그런데 당시 베트남에서 한문에 대한 수요가 이렇게 왕성하였던 원인은 역시 과거제도에서 찾을 수 있다. 판 보이 쩌우가 애초에 한문을 공부한 목표도 바로 과거시험 합격이었다. 판 보이 쩌우는 8세의 나이에 단문短文을 지을 수 있게 되자 소과小科에 응시해 1등을 차지하기도 했고, 이후에도 과거 공부에 진력하여 17살에는 그의 문명이 더욱 날리고 성省 단위 시험에서는 여러 차례 장원을 차지하기도 하였다. 그러나 판 보이 쩌우는 끝내 대과大科에는 합격하지 못했다. 앞 절에서 설명한 바와 같이 그가 국자감에 들어간 것은 식민당국의 감시를 피하려는 방편이었으며, 시험장에서 부정행위에 대한 견책을 당하기도 했을 만큼 그는 과거시험에 마음을 두지 않았다. 그러나 판 보이 쩌우가 이 같은 선택을 하였던 것은 물론 독립운동에 매진하기 위해서이기도 하였지만, 20대에 이후 판 보이 쩌우는 과거 공부 자체를 달갑게 여기지 않았다.

나는 어려서 글을 읽을 줄 알았고 대의大義를 대략 이해했으며 본래 향인鄕人이 되고 싶지 않았다. 언젠가 "밤낮으로 죽백竹帛을 잊지 않노니, 입신 가운데 제일 낮은 것이 문장이로다"라고 읊조리기도 하였다. (…중략…) 그러나 나는 분한 마음을 삼키고 처음 뜻을 꺾어 여섯 번 향시에 나아가 과장에서 글재주를 부렸고 이에 광대 명부에 이름을 올릴 수 있었으며 마침내 향시에서 장원을 하였다. 이때 나는 스스로 축하하는 글을 지었는데 그중에 다음 구절이 있었다. "뜻과 같지 않은 일이 팔구 할割이어서 근심이 창밖 서풍에 일어나네. 삼백인 가운데 숨어 남몰래 생황을 부니 부끄러워 죽고 싶은 문밖의 남곽 처사南郭處士라네." 나의 비루하고 천박한 속된 명성이 진실로 이와 같았다.

이른바 '삼불후三不朽'라 일컬어지는 덕德, 공功, 언言 가운데 '언' 즉 '문장'은 판 보이 쩌우가 본래 뜻한 바가 아니었다는 것이다. 그의 본래 포부는 '덕'과 '공'을 세워 '죽백' 곧 역사에 이름을 남기는 것이었지만 어쩔 수 없이 광대 노릇을 하며 과장에 출입하였다고 자조적으로 회고하는 데서 그의 지향이 어떠하였는지를 알 수 있다. 그런데 이러한 서글픈 독백은 판 보이 쩌우만의 것은 아니었다. 조선 후기 일군의 개혁가들 또한 과거제도를 통해서는 결코 참된 인재를 선발할 수 없다고 끊임없이 문제를 제기하였던 사실을 우리는 익히 알고 있다. 이러한 점 역시 '동아시아 한문학'의 관점에서 살펴볼 문제가 아닐 수 없다.

4. 동아시아의 연대와 동문세계

-

앞에서 소개하였듯이 함 응이 황제가 수도를 탈출하며 내린 조서는 큰 반향을 일으켜 베트남의 근왕 운동은 한동안 거세게 진행되었다. 그러나 이 운동은 차차 한계에 봉착하게 되었으며, 이러한 국면에서 판 보이 쩌우와 그의 동지들은 국외로 나아가 외국의 원조를 이끌어 프랑스를 몰아내야 한다고 투쟁의 방향 전환을 하였다. 그리고 당시 러일전쟁에서 승리한 일본이 아시아의 해방을 이끌어 줄 수 있으리라는 희망을 품게 되었는데, 그 주된 근거는 일본이 '동문동종同文同種'이라는 점이었다.

지금 열강들의 정세를 보건대 동문동종의 나라가 아니면 누가 기꺼이 우리를 돕겠는가? 그런데 중국은 이미 우리 베트남을 프랑스에 넘겼거니와 지금은 국세가 쇠약하여 자신을 추스를 겨를도 없네. 저 일본은 황인종의 신진 국가로 러시아와 싸워 이겨 야심을 바야흐로 펼치고 있네. 가서 이해利害로 추동하면 저들은 필시 기꺼이 우리를 도울 걸세.

인용문은 판 보이 쩌우의 가장 가까웠던 동지 응우옌 타잉이 한 말이다. 이 시기에 응우옌 타잉은 동양인과 서양인의 대립을 세계정세를 이해하는 큰 틀로 받아들이고 있었고, 그러한 입장에서 일본을 잘 설득하면 베트남을 도울 수도 있을 것이라는 낙관적 전망을 했다. 주지하듯 일본 제국주의는 제2차 세계대전 시기에 '대동아공영'이란 위선적 구호를 내세우며 황인종과 백인종의 대결 구도를 악용하였으며 그에 앞서 20세기 초입부터 '동문동종론'으로 자신의 아시아 침략을 정당화하고자 하였다. 이러한 일본발 동문동종론은 일본의 침략 행위로 인해 얼마 있지 않아 그 빛이 바래게 되었지만, 이 시기 응우엔 타잉은 프랑스 제국주의에 대항하기 위한 수단으로 동문동종론이 매우 유효하다고 생각하였던 것이다.

그런데 판 보이 쩌우가 베트남을 벗어나서 동아시아를 유력遊歷하게 되었을 때 '동문'은 실제 여러 방면에서 매우 유효한 수단으로 기능하였다.

> 우리는 중국의 일본 유학생인 호남 출신 조군趙君을 나침반 삼아서 함께 일본 배를 타고 요코하마로 갔다. 가장 괴로웠던 것은 일본어도 통하지 못하고, 중국어도 제대로 알지 못해 필담과 손짓을 하느라 번거로움이 자못 컸다는 점이다. 이는 참으로 외교가外交家의 큰 수치였다. (…중략…) 도중에 차를 타고 가면서 필요한 것들도 모두 조군이 대신 처리해 주었다. 나그네로 서로 만났는데 마치 형제와도 같이 수고를 마다하지 않고 보답을 바라지도 않으니 큰 나라 백성의 아름다운 자질이 정말로 그러한 것이며 또한 한문이 매개가 되었던 것이다.

이 대목은 판 보이 쩌우가 처음 일본으로 갈 때의 상황이다. 여기서 그는 외국어를 자유롭게 구사하지 못해 부끄럽다고 고백하고 있긴 하나, 한문 필담을 통해 큰 불편 없이 생활에 필요한 소통을 해나갈 수 있었다. 일본에 도착해서도 판 보이 쩌우는 길을 찾는다거나 하는 생활상의 문제에 봉착했을 때 필담을 통해 어려움을 해결해 나갔다. 이는 당시 동문세계의 저변이 상당히 넓었고 실질적으로 작동하였음을 실감케 하는 장면들이라 하겠다.

그리고 한문은 이러한 생활상의 소용을 넘어 판 보이 쩌우의 본업이라 할 수 있는 '외교'의 현장에서도 핵심적인 소통의 도구로 활용되었다. 판 보이 쩌우는 원래 일본으로부터 군사력을 원조받아 프랑스를 몰아내려는 계획으로 일본에 왔다. 그런데 당시 일본에 머무르고 있던 량치차오를 만나 대화를 나누면서 그러한 계획의 비현실성을 깨닫고 인재양성을 위해 일본으로 유학생을 많이 보내자는 이른바 동유운동으로 방향전환을 하게 된다. 다음은 판 보이 쩌우가 량치차오를 처음 만났을 때의 장면이다.

> 주고받은 말은 대부분 땅 밧 호曾拔虎가 통역을 하였지만, 속마음을 담은 이야기는 대부분 필담으로 했다. (…중략…) 그중 가장 중요한 말을 다음과 같이 대략 기록한다. "일본 군대가 (베트남) 국경 안으로 들어가면 결코 다시 밖으로 몰아낼 방법이 없다. 이는 나라를 보존하려다가 도리어 그 멸망을 촉진하는 길이다. 귀국은 독립의 기회가 없을 것이라 걱정하지 말고, 다만 기회가 왔을 때 그를 이용할 인재가 없을 것을 걱정하라."

먼저 일상적인 대화는 통역을 통하지만, 심중의 이야기는 필담으로 나누었다는 점에 역시 주목하게 된다. 판 보이 쩌우나 량치차오 모두 한문에 정통한 이름난 문장가였으니 속내를 표현하는 데는 한문 필담이 더 편했던 것이다. 그런데 그 필담의 내용이 판 보이 쩌우가 품고 있던 동문동종에 대한 막연한 기대를 깨는 것이었다는 점이 역설적이다. 프랑스를 몰아내기 위해 일본군을 끌어들인다면 일본군은 곧 침략군이 될 것이라고 하는 량치차오의 날카로운 전망은 훗날 실제 역사사실로 증명되기도 하거니와 판 보이 쩌우의 순진했던 세계 인식에 일대 전환을 가져왔다.

또 판 보이 쩌우는 당시 일본을 방문하였던 쑨원孫文과도 만나 필담을 나누었다. 다음은 바로 그 장면이다.

> 그때는 밤 여덟 시였다. 쑨원은 붓과 종이를 꺼내 나와 더불어 혁명에 대한 사업을 논했다. 쑨원은 일찍이 『월남망국사』를 읽어 내 머릿속이 아직 군주 사상에서 벗어나지 못함을 알고 있었기에 입헌군주제의 허위성을 통렬히 비판했는데, 그 결론은 베트남 사람들이 중국혁명당에 많이 가입하라는 것이었다. 중국혁명이 성공하면 전력을 기울여 아시아의 피보호국들을 원조하여 동시에 독립하도록 도모할 것인데 가장 먼저 베트남을 돕겠다고 하였다. 나는 답을 하면서 민주공화정체가 완전하다는 점에 찬동하였다. 그런데 나의 주된 뜻은 중국혁명당이 먼저 베트남을 도와야 한다는 것이었다. 베트남이 독립하면 북베트남을 중국혁명당의 근거지로 제공하여 양광 지역으로 진출하고 거기서 중원을 엿보자고 하였다. (…중략…) 쌍방의 담론은 격화소양일 뿐이어서 결과적으로 핵심을 얻지 못하였다. 그러나 그 뒤 우리 당이 위급할 때 저들의 도움을 많이 얻었으니 또한 이 두 차례 회담이 매개가 되었던 것이다.

이 필담에서 판 보이 쩌우와 쑨원은 의견대립을 드러내고 있다. 쑨원은 판 보이 쩌우의 입헌군주제가 시대착오적이라는 점을 설득하고자 하고, 판 보이 쩌우는 중국의 혁명에 앞서 베트남의 혁명이 시급하다는 점을 설득시키려고 하였다. 이 당시에 두 사람은 입장 차를 좁히지 못했지만 이러한 필담을 통해 판 보이 쩌우는 자신의 세계관을 조금씩 변모시켜 나갔던 것으로 보인다. 인용문의 끝부분에 보이듯 이 의견대립으로 인해 두 사람의 우호가 손상된 것은 아니었고 오히려 훗날 서로 도움을 주는 관계로 발전하였는데, 이는 전통적인 '동문세계'에 귀속되는 연대감이 아니라 제국주의에 투쟁하면서 형성된 동지적 연대의 발로라고 해석할 수 있을 것이다.

쑨원이 판 보이 쩌우에게 소개했던 미야자키 도텐宮崎滔天, 1870~1922이란 인물도 판 보이 쩌우의 세계관에 큰 영향을 끼쳤다. 미야자키 도텐은 훗날 신해혁명에도 가담했던 혁명가인데 판 보이 쩌우를 만나 다음과 같이 권유하였다.

귀국이 자력으로 프랑스인을 무너뜨리는 것은 불가능하다. 그래서 우방에 도움을 요청하는 것이 잘못된 건 아니다. 그러나 일본이 어찌하여 그대를 돕겠는가? 일본 정치가는 대개 야심은 많고 의협심은 적다. 그대는 청년들에게 권하여 영어와 러시아어를 많이 배워 세계인들과 사귀어 프랑스인들의 죄악을 알려 세계인들이 듣게 하라. 인도人道를 중시하고 무력을 낮게 보는 사람들이 세계에는 적지 않으니 그들이 비로소 그대들을 도울 것이다.

여기서 미야자키는 가히 세계주의자의 면모를 보여주고 있다. 그는 '동문동종'을 넘어서 '인도'의 차원에서 양심적인 세계인들과의 연대를 추진하라는 주문을 하였으니 이는 중국혁명에 투신했던 그의 경력과도 잘 어울리는 발언이라 할 수 있다. 이러한 권유를 듣고 나서 한참 세월이 지나 판 보이 쩌우는 이 당시를 다음과 같이 회상했다.

내가 그때는 그의 말을 깊이 믿지 못했다. 그런데 세계와 연대해야 한다는 생각이 바로 그때 싹텄던 것임을 이제는 분명히 깨닫겠다. 그러나 구미歐美를 여행하자니 무전여행을 할 수는 없고, 유럽의 문자를 알지 못하니 세계의 문맹자가 되는 것도 부끄럽다. 그러니 구미 인사들과의 연대는 부득불 다른 때를 기약할 수밖에 없다. 그러나 그 첫걸음은 먼저 아시아 여러 망국의 지사들과 연대하고 힘을 합쳐 각 민족을 혁명의 무대 위로 오르도록 도모하는 것이다.

여기서 판 보이 쩌우는 분명 아시아의 연대를 지향하고 있지만, 이제 그 성격은 앞에서 보았던 것과 같은 인종 대결의 구도를 완전히 넘어섰음을 확인할 수 있다. '세계의 연대'에 앞서 그 중간 단계로서, 지리적으로 가깝고 문화적으로 유사하며 역사적 처지가 같은 아시아 피압박 민족들의 단결을 지향하였다. 이러한 식견은 매우 높은 수준에서 인류 보편적 가치를 지향하고 있다는 점에서 높게 평가할 수 있을 것이다.

이처럼 판 보이 쩌우가 보여준 사상의 궤적을 살펴보면, 초기에는 근왕주의자이며 동문동종론자였다가 점차 세계정세에 대한 이해가 깊어지면서 공화주의를 받아들이고 세계주의를 지향하게 되었다고 정리할 수 있겠다. 이를 다른 말로 표현한다면 전통적 한문 지식인에서 근대적 독립지사로 변모했다고 할 수 있을 것이다. 그렇지만 그는 일생 한문을 활용하여 문필생활을 영위하였으니 죽을 때까지 '동문세계'를 벗어났던 것은 아니다. 그렇다면 그의 삶에서 '동문세계'가 갖는 의미를 어떻게 정리할 수 있을까?

판 보이 쩌우는 동문세계에서 태어나 교육을 받으면서 사士로서의 강한 책임 의식과 실천에 대한 의지를 갖게 되었으며, 동문同文을 쓰는 동종同種에 대한 막연한 우호를 믿고 과감하게 '외교의 세계'에 뛰어들었다. 그런데 동문을 쓰는 동종들과의 연대와 갈등은 현실 인식을 변모시켜, 그가 지녔던 인종적 동문동종론은 마침내 인류 보편적 가치를 지향하는 동아시아 연대론으로 도약할 수 있었다.

그렇다면 판 보이 쩌우의 사상과 함께 '동문세계' 자체의 의미도 변화했다고 볼 수 있지 않을까? 판 보이 쩌우가 초기에 지녔던 동문동종론도 책봉조공시기의 '동문세계'와는 그 의미가 같았던 것은 아니며, 판 보이 쩌우가 나중에 가졌던 '제국주의에 대항하는 동아시아 연대론'이 '동문세계'와 무관한 것이라고 볼 수도 없을 것이다. 이렇게 보면, '동문세계'는 각 시기마다 그 역사적 함의가 변화해 왔으며, 동아시아가 근대를 이루는 시기에도 나름의 역할을 했다고 봄이 타당할 듯하다.

제1부

서장序章

나의 집안과 유년 시절

◎ 서문

원문 序

予自海外俘還, 束身圇圄, 蒙國民過愛, 幸保殘生, 得與數十年形離影絶之親朋同志, 重敍舊緣, 愛予者, 惡予者, 責望予者, 知予與不知予者, 咸欲悉潘佩珠歷史之始末. 嗟乎, 余之歷史, 百敗無一成之歷史耳. 流離奔播, 幾三十年, 連坐之累, 殃延郡國, 黨錮之獄, 毒流同胞, 每半夜撫心, 仰天揮淚. 蹉跎二十餘歲, 憖負鬚眉, 翹望無名[1]之英雄有甚飢渴. 夫古來鼎新革故之交, 掃蕩澄淸之役, 無失敗而能成功者, 曾有幾何? 法蘭西共和民主國, 經三四次革命而始成, 其明證也.

吾儕苟鑑於已往之覆轍, 思改良其所以敗者, 急籌劃其所以成, 求生路於萬死之中, 確定良方於九折臂之後. 机事密則無破綻之憂, 心德必同以圖洗血之業【西書有云, 不以血洗血則不能改造社会】, 有成功之一日. 然則潘佩珠之歷史, 寧非後起者之前車哉! 蒙親朋過愛, 嚴促再四, 謂'汝必及其未死, 速修汝史.' 爰奉命而草是編, 顔曰潘佩珠年表.

번역 서문

나는 해외에서 붙잡혀 고국으로 돌아와 영어圇圄[2]의 신세가 되었지만 국민들의 과분한 사랑을 받아 요행히 남은 생애를 보전하였다. 이로 인해 수십 년 떨어져 지낸 절친한 벗이나 동지들과 옛 인연을 다시 이을 수 있었다. 나를 사랑하는 자, 나를 미워하는 자, 나를 책망하는 자, 나를 아

---

1 名 : 저본에는 '在'로 되어 있으나 전집본에 의거하여 수정하였다.
2 영어(圇圄) : 감옥에 갇힌 신세.

는 자, 나를 모르는 자 모두가 나 판 보이 쩌우潘佩珠 역사의 시말始末을 자세히 알고 싶어 하였다.

아, 나의 역사는 실패뿐이요 한 번의 성공도 없는 역사이다. 이리저리 도망 다닌 지 거의 30년에 연좌連坐의 피해를 끼쳐 그 재앙이 온 나라에 미쳤으며 당고黨錮의 옥사[3]로 그 독이 동포들에게 퍼졌기에, 매양 한밤중이면 가슴을 부여잡고 하늘을 우러러 눈물을 뿌렸다. 실의한 20여 년 세월 동안 사나이의 수염과 눈썹이 부끄럽게도 이름 없는 영웅의 출현을 고대함이 거의 기갈飢渴 들린 듯하였다. 무릇 예로부터 옛것을 바꾸고 새로운 것을 정착시키는 때, 그리고 더러운 것을 깨끗이 쓸어버리는 싸움에서 실패 없이 성공한 경우가 얼마나 있었던가? 프랑스가 민주공화국을 건설할 때 서너 차례 혁명을 거쳐서야 겨우 성공했던 것이 그 분명한 증거이다. 우리는 진실로 지난 실패의 자취를 거울삼아 그 실패의 전철을 바로잡고자 생각하고 성공할 방도를 급히 도모하여, 만 번 죽을 고비에서 살 길을 구하고 아홉 번 팔을 부러뜨린 뒤에 좋은 방법을 찾아야 한다.[4] 기밀이 유지되면 파탄의 우려가 없으리니 동심동덕同心同德으로 피를 씻는 과업을 도모하면 성공할 날이 있을 것이다.【서양 서적에 이르기를 피로 피를 씻지 않으면 사회를 개조할 수 없다고 하였다】 그렇게 되면 나 판 보이 쩌우의 역사가 어찌 뒤에 일어서는 자들에게 교훈이 되지 않겠는가! 벗들

---

3 당고(黨錮)의 옥사 : 본래 당고(黨錮)는 후한(後漢) 말기 환관(宦官)의 전횡을 비판하였던 지사(志士)들이 종신 금고(禁錮)의 형을 받았던 일을 가리키는데 여기서는 베트남의 독립운동에 나섰다가 감옥에 갇혔던 독립지사들의 수난을 지칭하고 있다.
4 아홉 번 ~한다 : 좋은 의사가 되기 위해서는 아홉 번 팔을 부러뜨리고 그것을 치료할 정도로 풍부한 경험을 쌓아야 한다는 고사를 활용한 표현이다.

이 넘치는 애정으로 엄히 서너 차례 촉구하기를 '너는 반드시 죽기 전에 속히 너의 역사를 엮어야 한다'고 하기에, 이에 그 명을 받들어 이 책을 쓰고 나서 '판 보이 쩌우 연표潘佩珠年表'라 이름 붙인다.

원문 **自判**

余之歷史, 固完全失敗之歷史. 然其所以得此失敗者, 病痛處誠甚顯著, 而其所可自慰者, 亦不敢謂其全無. 今於未入正編之前, 特摘擧其大槪, 畧有數端如下. 一, 自信力太彊, 謂天下無一事不可爲, 此爲不量力量德之罪. 一, 對待人太眞, 謂天下無一人不可信, 此爲無机警權術之罪. 一, 料事料人, 惟注意於其大者, 乃至微行細故, 多任眞率意行之, 往往因小故而誤大謀, 此爲疏略不小心之罪也. 以上三者, 其最大病痛處也, 餘姑心誅, 不能盡述.

一, 冒險敢爲, 常有雖千萬人吾往矣之槪, 而於壯年辰尤甚. 一, 與人交接, 苟得片言一善, 亦終身不能忘, 而於忠告序責之辭, 尤所樂受. 一, 悉生所營謀, 專問目的, 期取勝於最後之五分鍾. 至於手段方針, 雖更改而不恤也. 以上三者, 每自謂爲足錄之寸長, 知我罪我, 皆所承認也.

以下依年表體, 略分爲三紀. 第一紀. 爲予微時, 雖無足述, 然一生所從來, 不敢忘也. 第二紀. 爲予壯年, 在予未出洋之前, 所潛養密謀陰結豪傑, 種種行動, 悉載是間. 第三紀. 則爲予旣出洋以後之歷史.

번역 **나를 판결하다**

나의 역사는 진실로 완전히 실패한 역사이다. 그러나 그 실패의 원인을 보면 잘못된 곳이 어디인지 매우 명백히 드러나지만 스스로 위안 삼는 바가 또한 전혀 없는 것은 아니다. 이제 본론에 들어가기에 앞서 특별히 그 대강을 아래와 같이 몇 가지 든다.

하나. 스스로 힘이 대단히 강하다고 믿어 천하에 할 수 없는 일이 한 가지도 없다고 여겼으니, 이는 역량과 덕성을 헤아리지 못한 죄이다.

하나. 사람을 대할 때 너무 순진하여 천하에 못 믿을 사람이 한 명도 없다고 여겼으니, 이는 기민하고 유연하게 투쟁하지 못한 죄이다.

하나. 일을 처리하고 사람을 판단할 때 오직 큰 부분만 주의하고 작은 행동이나 사소한 일에 대해서는 대개 치밀하지 못하여, 마음 가는 대로 행하여서 왕왕 작은 일로 인하여 큰 계획을 그르치고 말았으니, 이는 소략하고 조심하지 못한 죄이다.

이상 세 가지가 가장 큰 병통이다. 나머지는 다만 마음속으로 책망할 뿐 모두 기술할 수 없다.

하나. 모험을 감행하여 항상 '비록 천만 명이 가로막아도 나는 간다!'는 기개가 있었는데 장년 시절에 더욱 그러하였다.

하나. 사람과 교제할 때 한 마디 좋은 말과 한 가지 선함이 있으면 또한 종신토록 잊지 않았으며, 충고하고 통렬히 꾸짖는 말에 대해서는 더욱 기쁘게 받아들였다.

하나. 평생토록 일을 도모하매 오로지 목적만 생각하여 '최후 5분'의 승리를 취하자고 기약하였다. 수단과 방법에 대해서는 비록 바꾸고 변경해도 개의치 않았다.

이상 세 가지는 매양 스스로 족히 기록할 만한 작은 장점이라 여겼으니, 나를 알아주는 이나 나를 탓하는 이나 모두 인정하는 바이다.

이하는 연표체를 따라 대략 세 시기로 나누었다.

제1기. 나의 어린 시절이다. 비록 족히 기술할 것이 없으나 내 일생이 시작된 바탕이므로 감히 잊을 수 없다.

제2기. 나의 청년 시절이다. 내가 아직 해외로 나가기 전이니 은밀히 비밀 모의를 하고 몰래 호걸들과 연락하던 모든 행동이 이 부분에 실려 있다.

제3기. 내가 해외로 나간 이후의 역사이다.

◎ 연표 제 1기

원문

　我國阮朝嗣德二十年丁卯十二月, 余父潘文譜先生, 母阮氏[5]嫺女士, 生予於雄山藍水間之東烈社沙南村, 村爲母墳. 余世業讀書, 素淸寒, 暨予大父沒, 家益落. 幸予父爲辰通儒, 硯田筆耕, 僅足自給. 父年三十, 予母歸, 父年三十六而生予. 予生之年爲我國南圻亡後之五年, 呱呱一啼聲, 已若警告曰:

'汝且將爲亡國人矣.'【註, 雄山俗稱逷山, 梅黑帝抗唐兵, 兵敗逷至此山而崩, 山有帝陵, 故後人改稱雄山】

　年三歲, 予父携予歸祖村, 屋於墓山之南, 卽今予所居之家, 春柳總丹染村也. 予父嘗遠客業塾館師. 予生至六歲, 撫育敎誨, 皆予母獨任之, 母性仁慈好施, 家雖貧, 然親朋隣里, 遇有急難, 力所能施者, 一文一粒, 亦必割與之. 撫予幼辰, 半句語亦無苟率. 予侍予母十六年, 絶不聞一罵詈人之聲, 有以橫

5　母阮氏 : 저본에는 없으나 전집본을 참고하여 추가하였다.

逆來, 付之一笑而已. 母幼陪諸兄讀書, 能熟記至死不忘. 予四五歲辰不能識字, 乃能誦經周南數章, 蓋母口授也.

年六歲, 予父帶予至塾館, 授漢字書, 纔三日, 讀竟三字經, 背讀無遺舛者. 父異之, 以論語授予讀習寫字. 且令寫所讀書. 每一課讀至十餘張, 家貧紙不能多得, 用芭蕉代紙, 熟卽焚之.

年七歲, 授以諸經傳, 皆能畧解其義. 嘗倣論語, 作潘先生論語, 多訕笑學友之詞. 父見之, 痛鞭予, 遂不敢復爲作書戲.

年八歲, 能作時俗短文. 應鄕里府縣小考, 輒冠其軍.

年九歲, 時嗣德二十九年甲戌, 乂靜間, 紳豪起義, 以平西名目, 號召諸府縣. 渠帥爲淸漳秀才陳縉·演洲秀才杜梅·河靜秀才黎鏗. 予聞其事, 亦聚塾中諸小兒, 竹筒爲砲, 荔枝核爲彈, 作平西戲, 被鞭責極嚴. 然不之誨, 蓋喜動好奇, 其素性然也.

年甫十三歲, 已能作近古詩文, 多爲鄕村老塾師所不能解. 予父欲令予就業於諸大先生之門. 然鄰社村無大塾館, 以貧故不能遠遊. 仍隨父塾, 兼請業於春柳阮先生之門. 先生諱喬, 深於漢學, 以擧人補編修, 旋棄官隱居授徒. 得予甚器予, 時爲予借諸大家藏書, 令予讀漢學之文. 因是大有得. 惜辰尚埋頭於科擧腐文, 無足錄者【註, 昔辰爲科擧腐文, 決非漢學之罪, 今日爲奴隸劣文, 亦決非西學之罪. 環境黑暗, 生理幾多年少聰明, 可勝浩歎】.

年十七歲, 時爲嗣德三十六年癸未. 北圻全失, 寧平以北, 義兵蜂起. 予亦豪興勃發, 欲響應北圻諸義黨, 然無可爲力. 乃深夜挑燈, 草平西收北檄文, 潛粘於官路大樹上, 冀有所警動, 然身賤言微, 空文亦無影響. 檄揭數日, 全被行人撕滅, 無一附和. 予始悟時名之不可不立也. 於是力攻科擧之文, 文名益噪, 疊中省竅元.

年十八歲, 時為建福元年甲申, 予母於是年五月, 棄予. 予丁母憂, 不得應試, 家境又極困苦, 二幼妹失養, 予鰥父兼尸饔, 予糊口於筆耕, 乃自是始.

年十九歲, 辰為咸宜元年乙酉, 其年五月, 京城失陷. 七月法兵入乂安城, 乂靜紳豪悉奉出帝勤王詔起義, 烏合民兵, 挺胸受彈, 大義所激, 亦云愚忠. 而予於是時, 乃始學為兒戲可笑之愛國戲. 先是官吏紳豪, 皆募鄉勇, 結團兵, 斬木揭竿, 遍布山野. 予以一試生, 扼腕不能禁, 乃奔走鼓動諸學友, 予友陳文良【後中舉人, 不隸仕籍】, 首贊成之, 得黨六十餘人, 擬組為試生軍. 然隊長一席, 無充任者. 蓋其事寔[6]唱自予, 而予於黨中年最少, 資淺望輕, 力弗敢鼎. 無可奈則與陳君, 詣舉人丁春充家, 力慫慂丁出任隊長, 丁頗有義氣, 諾之. 遂造名册, 定軍號. 然餉械俱無從出, 方造捐簿, 謀製械.

未及旬, 法大兵驟至, 焚燬射殺, 虐焰薰天, 黨人皆心灰膽寒, 詬責予與陳君為惡戲, 予父又嚴懲予. 予遂詣丁, 請燬名册, 取消試生軍. 幸事尚密, 又速毀, 無被覺者. 是舉也, 寔大兒戲, 然予因得一良教訓, 知凡如欲為英雄, 必潛有所養, 欲圖大事, 必積有所謀, 躁進輕動之徒, 暴虎憑河, 無能為也.

自是之後, 凡十餘年, 予專從事於修養. 一方面益致力於時尚之文藝, 思博一名, 務厭俗譽, 以豫為他日馳騁之地步, 一方面潛求古兵家戰國之策籍, 如孫子十三篇・武侯心書, 以至虎帳樞机・兵家秘訣等著, 皆於深夜密室, 手寫而熟念之, 以豫為他時寔行之摹本.

---

6 寔 : '寔'과 '實'은 베트남어 발음이 동일하다. 그렇더라도 굳이 '寔'을 사용한 까닭은 응우엔 왕조 두 번째 황제 응우엔 푹 담(阮福膽, 재위 1820~1840)의 황후, 호 티 특(胡氏實)의 이름인 '實'을 피휘(避諱)하기 위해서였다. 응우엔 왕조의 실록『대남식록(大南寔錄)』이라 한 것도 이와 관련된다.

번역 **나의 집안과 어린 시절**

베트남 응우엔阮 왕조[7] 뜨 득嗣德 20년 정묘1867년 12월, 나의 아버지 판반 포潘文譜 선생과 어머니 응우엔 난阮嫻 여사는 홍선雄山과 람투이藍水 사이의 렁리엣東烈사社[8] 사남沙南촌村에서 나를 낳으셨으니, 사남촌은 어머니의 고향이다.

나의 집안은 대대로 독서를 업으로 삼아 본디 가난하였는데 할아버지께서 돌아가신 후 가계가 더욱 쇠락해졌다. 다행히 나의 아버지는 당시 이름난 유학자여서 연전필경硯田筆耕으로 겨우 먹고살 수 있었다. 아버지 나이 30세에 어머니가 시집오셨고, 아버지 36세에 나를 낳으셨다. 내가 태어난 해는 베트남 남끼南圻 지방[9]이 점령당한 5년 후였으니, '응애 응애' 우는 소리가 마치 '너는 장차 망국의 사람이 될 것이다'라고 경고하는 듯하였다.【원주 : 홍선은 세상에서 둔선遁山이라 칭한다. 마이 학 데梅黑帝가 당唐나라 군대에 항거하였는데 패전하여 도망하다가 이 산에 이르러 죽었다. 산에는 마이 학 데의 능이 있다. 따라서 후세 사람들이 바꿔서 홍선[영웅의 산-역주]이라 칭하였다】

3세 때 아버지께서는 고향마을로 나를 데리고 가서 선산先山 남쪽에 집을 마련하셨는데, 바로 지금 내가 살고 있는 쑤언리에우春柳 총總[10] 단니엠丹染촌村이다. 나의 아버지는 일찍이 멀리 다니며 글방 스승을 업으로 삼으셨다. 그래서 태어나서 6세까지 나를 기르고 가르치는 일은 모두 어머

---

7 응우엔 왕조 : 베트남 마지막 왕조로서 1802년부터 1945까지 존속하였다.
8 사(社) : 베트남의 지방 행정 단위 가운데 하나로 우리나라의 '마을'에 해당한다.
9 남끼(南圻) : 베트남 남부 지방을 이르는 말로, 북부 하노이 지역을 박끼(北圻), 중부를 쭝끼(中圻)라 한다.
10 총(總) : 베트남의 전통적 지방 행정 단위 가운데 하나. '현(縣)'과 '사(社)'의 중간 단위이다.

니가 도맡으셨다. 어머니의 성품은 인자하고 베풀기를 좋아하여 집안이 비록 가난하여도 친척이나 친구, 이웃이 다급하고 어려운 일을 만나면 동전 한 닢, 쌀 한 톨이라도 베풀 수 있으면 반드시 모두 나누어 주셨다. 어린 시절 나를 기르며 짧은 말도 경솔하게 하지 않으셨다. 내가 어머니를 모신 16년 동안 결코 한 번도 남을 욕하는 소리를 들은 적이 없고, 극히 안 좋은 일을 당하더라도 한번 웃고 말 뿐이셨다. 어머니는 어릴 적 여러 형제를 따라 글을 읽었는데 익숙히 들어 기억한 것들은 죽을 때까지 잊지 않으셨다. 4~5세 때 내가 글자도 모르면서 『시경詩經』 주남周南의 여러 장을 암송할 수 있었던 것은 대개 어머니께서 입으로 가르쳐 주셨기 때문이었다.

6세가 되자 아버지께서 나를 글방에 데려가서 한자로 된 책을 주셨는데, 3일이 지나 『삼자경三字經』[11]을 다 읽었고 돌아앉아 외우매 빠뜨리거나 틀린 곳이 없었다. 아버지께서 이를 기특하게 여겨 『논어』를 주시며 익숙히 읽고 글자도 베껴 쓰게 하셨다. 그리고 다른 책도 베껴 쓰게 하셨는데 한 번 읽는 분량에 써야 할 종이가 10여 장에 이르렀다. 집안 형편이 어려워 종이를 많이 구할 수 없었기에 종이 대신 파초 잎을 사용하였고 익숙히 쓰게 되면 그것을 태워 버렸다.

7세가 되어 아버지께서 여러 경전을 주셨는데 대략 그 의미를 이해할 수 있었다. 한번은 『논어』를 모방하여 「반선생논어潘先生論語」라는 제목의

---

11   삼자경(三字經) : 초학자들을 위한 한문 학습서로, 송(宋)나라 왕응린(王應麟)이 엮은 것
     으로 전해진다. 읽기 쉽게 한 구를 3자로 하고, 짝수 구에 운(韻)을 달았다. 인간의 도리나
     역사·학문 등 일상생활에서 알아두어야 할 것을 유교적 입장에서 풀이하였다. 중국, 베
     트남 등지에서 많이 읽혔다.

글을 지었는데 학우學友들을 흉보고 비웃는 말이 많았다. 아버지께서 보시고는 심하게 매질하셔서 다시는 장난으로 글을 짓지 않았다.

8세가 되자 시속時俗의 짧은 문장을 지을 수 있게 되었다. 향리鄕里 부현府縣의 소과小科에 응시하면 번번이 무리에서 으뜸을 차지하였다.

9세가 되던 뜨 득 29년 갑술1874에 응에안乂安과 하띵河靜 사이의 진신縉紳 호걸豪傑들이 기의起義하여 '서양 세력을 평정하자[平西]'는 명분으로 여러 지방에 호소하였다. 그 우두머리는 타잉쯔엉淸漳의 수재秀才 쩐 떤陳繹, 지엔쩌우演州의 수재 더우 마이杜梅, 하띵의 수재 레 카잉黎謦이었다. 나는 그 소식을 듣고 글방의 여러 아이들을 모아 대나무 통으로 포砲를 만들고 여지 나무 씨로 탄환을 만들어 프랑스를 몰아내는 놀이를 했다가 심한 꾸지람을 들었다. 그러나 그러한 버릇을 고치지는 못했으니 대개 돌아다니는 것을 기뻐하고 기이한 것을 좋아함은 나의 본성이었던 것이다.

비로소 13세에 제법 예스러운 시문을 지을 수 있었는데 대부분 향촌 글방 선생들은 이해하지 못하였다. 그래서 아버지께서는 내가 여러 대선생大先生의 문하에서 배우기를 원하셨다. 그러나 인근 마을에는 큰 글방이 없고 집이 가난하여 멀리 유학할 수도 없었다. 그래서 아버지 글방을 따라다니거나 쑤언리에우 마을의 응우엔 선생의 문하에 나아가 배웠다. 선생의 이름은 끼에우喬이고 한학漢學에 조예가 깊었다. 거인[擧人, 과거합격자]으로서 편수編修 벼슬에 올랐으나 곧 관직을 버리고 은거하며 제자들을 가르쳤다. 나를 보고 큰 그릇이라 여겨 여러 대가大家의 장서를 빌려주며 정통 한학의 문장을 읽도록 하셨다. 이로 인해 큰 소득이 있었다. 그렇지만 애석하게도 이때는 아직 과거시험의 썩은 문장에 몰두하고 있을 때라 기록할 만한 문장을 지은 것이 없다【원주 : 예전에 과거시험의 썩은 문장을 공부한 것은 결코 한학漢學의 잘못은 아니다. 지금 노예의 저열한 문장을 공부하는 것 역시 결코 서학西學의 죄는 아니다. 환경이 암울하여 허다한 청년들의 총명함을 생매장하는 것이 너무도 한탄스러울 뿐이다】.

17세가 되던 뜨 득 36년 계미1883, 박끼北圻 지방을 완전히 **빼앗기자** 닝빈寧平 이북에서 의병이 봉기하였다. 나 또한 호기豪氣가 크게 일어 박끼의 여러 의병 무리에 호응하고 싶었지만 아무런 힘이 없었다. 이에 깊은 밤 등불을 켜고 '평서수북平西收北, 서양세력을 평정하고 북쪽을 수복하자'의 격문을 지어 관청 가는 길가의 큰 나무에 몰래 붙였다. 격문이 사람들을 깨우치고 격동하는 바가 있기를 바랐지만, 나의 신분이 미천하고 언어는 미약하여 헛된 문장은 어떤 영향도 미치지 못했다. 격문은 걸린 지 며칠 만에 행인들에 의해 모조리 찢겼고 부응하는 사람도 하나 없었다. 나는 비로소 세상의 명성을 얻지 않으면 안 된다는 점을 깨달았다. 이에 과거 문장 공부에 전력을 기울이니 문장 잘한다는 명성이 더욱 떠들썩해졌고 성省 단위의 과거시험에서 거듭 장원하였다.

18세가 되었다. 이 해는 끼엔 푹建福 원년 갑신년1884으로 어머니께서 5월에 돌아가셨다. 나는 모친상을 당해 과거시험에 응시할 수 없었고 집안 환경은 더욱 곤궁해졌다. 어린 두 여동생은 보살핌을 받지 못하였고, 홀로되신 아버지께서는 밥 짓는 일까지 맡으셨다. 내가 문필로 호구糊口하는 것이 이때부터 시작되었다.

19세가 되던 해는 함 응이咸宜 원년 을유년1885이었는데, 이 해 5월 수도가 함락되었다. 7월에 프랑스 군대가 응에안 성에 들어오자 응에띵乂靜

의 진신과 호걸들이 쑤엇 데出帝가 내린 '근왕勤王, 왕에게 충성을 다함'의 조서를 받들어 기의起義하였다. 오합지졸의 민병民兵들이 앞장서서 적의 탄환을 받아내었으니 대의大義에 격동된 행동이지만 또한 어리석은 충성이라 하겠다. 그리고 나는 이때 처음으로 가소로운 어린아이 장난 같은 '애국의 장난'을 배웠다. 이에 앞서 관리와 진신호걸들이 모두 나서 고을의 용감한 자를 모아 군대를 조직하고는 나무를 베어 장대를 높이 들고 산야를 두루 덮었다. 나는 일개 시생試生, 과거시험 준비 학생이었지만 분기憤氣를 금할 수 없어 분주히 여러 학우를 선동하였다. 나의 벗 쩐 반 르엉陳文良【나중에 거인舉人이 되었으나 벼슬에 나아가지 않았다】이 가장 먼저 찬성하였고, 육십여 명의 당원을 모집하여 시생군試生軍을 조직하려 하였다. 그런데 대장의 자리에 충원할 사람이 없었다. 대개 그 일은 나로부터 주창되었으나 나는 무리에서 가장 어린 데다가 자질이 미천하고 인망이 가벼워 큰일을 할 수 없었다. 어찌할 수 없어서 쩐 반 르엉과 함께 거인舉人 딩 쑤언 쑹丁春充의 집에 가서 대장직을 맡아 달라 애써 종용하니 딩 쑤언 쑹은 자못 의기가 있어 허락하였다. 드디어 명부를 만들고 군호軍號를 정하였다. 그러나 군량과 무기 모두 마련할 방도가 없어 우선 의연금을 모아 무기를 만들고자 하였다.

이로부터 열흘도 지나지 않아 프랑스 대군이 갑자기 몰려와 불태우고 쏘아 죽이니 포학한 불길이 하늘을 태웠다. 이에 시생군 무리는 마음이 식고 간담이 서늘해져서는 나와 쩐 반 르엉이 못된 놀이를 벌였다고 욕하고 꾸짖었으며, 아버지 역시 나를 엄히 질책하셨다. 나는 마침내 딩 쑤언 쑹을 찾아가 명부를 불태우고 시생군을 해체하자고 청하였다. 다행히 기밀이 유지되었고 또 빨리 해산하여 발각된 자는 없었다. 이 일은 그야 말로 어린아이의 놀이였던 것이다. 그러나 나는 이로 인해 한 가지 좋은 교훈을 얻었다. 영웅이 되기 위해서는 반드시 은밀히 기르는 바가 있어 야 하고 큰일을 이루려면 반드시 도모하는 바가 축적되어야 하니, 조급 하게 나아가고 가볍게 행동하는 무리는 맨손으로 호랑이를 때려잡고 맨 발로 강을 건너는 용맹이 있더라도 능히 할 수 있는 일이 없는 법이었다.

이후로 10여 년간 나는 오로지 나를 닦고 기름에 힘썼다. 한편으로는 세상이 숭상하는 문예에 더욱 힘을 쏟아 한낱 명성이라도 넓어지기를 바 라고, 세속적 명예를 얻는 데 힘써 훗날 달려 나갈 발걸음을 준비하였다. 다른 한편으로는 『손자십삼편孫子十三篇』, 『무후심서武侯心書』, 『호장추기虎帳 樞机』, 『병가비결兵家秘訣』 같은 고대 병가兵家의 전쟁 관련 서적들을 은밀히 구하여, 깊은 밤 밀실에서 손수 베끼고 익숙히 외워 훗날 실행할 본보기 로 삼았다.

원문

年二十歲, 時爲同慶元年丙戌. 予一生革命之志願, 寔發始於是年, 憤賊疾 仇, 有觸卽吐. 因極慕絪梅所爲, 首著一書, 顔爲雙戌錄. 前編詳紀甲戌乂靜 起義之役, 後編畧記丙戌乂靜勤王之役, 並附短評, 極口稱頌絪梅. 二公原以 逆渠受戮者, 幾不齒於社会, 予首錄之. 予朋徒竟力逼予燬其稿. 然予又因是 得一良教訓. 嗟乎, 聲價未騰, 羽翼未就, 而欲所夢想者, 遇於旦夕, 空言且 難, 況寔行乎.

年二十一歲, 至三十一歲, 此十年中, 寔爲予蠖屈雌伏之辰代, 其故有二.

一爲家庭苦境所束縛, 予家自高祖而下, 四代俱單丁. 父以孽子承家, 予亦終鮮兄弟, 父老病貧鰥, 依予爲命, 予天性孺慕, 故凡有連累及父之嫌者, 予一切避之. 因是專業授徒及賣文, 得金頗豐, 晨夕供父, 賴以無缺, 囊中所餘者, 則盡爲結客之需, 凡綠林亡命及勤王餘黨, 皆樂與予爲秘密交. 予後來失敗之胎, 寔結於是時, 而予一生大得意之媒价, 亦於此十年中遇之. 造物者之磨壞磨成個人, 信良工心獨苦矣.

一爲文章命途所困厄. 予幼知讀書, 粗曉大義, 素不願爲鄕人. 嘗誦'每飯不忘惟竹帛, 立身最下是文章'之句【此隨園詩也】. 阮愛國君年十歲時, 聞予醉中浪吟此句, 今尙能追述之. 然含忿忍志, 六赴鄕闈, 文俳場中, 乃得一掛名優籍, 予魁鄕解時, 有自賀文云, "不如意常八九事, 愁生簾外西風, 混竊吹於三百人, 愧死門前南郭."【予故友台山先生極喜誦[12]此句】予之鄙薄俗名, 固如是矣.

予一生最得意之死友有二人, 一海崑鄧君蔡紳, 今稱爲魚海先生, 一廣南阮君瑊, 今稱爲小羅先生. 介紹鄧君於予者, 爲文字之緣, 介紹阮君於予者, 爲勤王餘黨. 因異而果同, 聲氣之招徠, 亦甚巧矣.

初予窮[13]巷授徒, 問字者數百餘人. 每講書授課, 輒反覆於古仁人志士之事, 而黃潘泰先生潘廷逢先生歷史, 尤津津樂談, 冀有所感, 然鄧泰君領会最深. 予所著憤時嫉俗之文, 及納叛招亡之事, 秘不使人知者, 鄧君必預知之. 君與予爲文字友, 凡十有二年, 與予爲革命友, 凡十一年. 雖以失敗終, 然殺身成仁, 不汚賊手, 予慙負君多矣.

先是, 咸宜乙酉年, 京陷駕奔, 勤王黨, 雲起水湧. 乂静則羅山縣潘公廷逢

---

12 誦 : 저본에는 '頌'으로 되어 있으나 전집본에 의거하여 수정하였다.
13 窮 : 저본에는 '窅'로 되어 있으나 전집본에 의거하여 수정하였다.

爲之魁. 凡十一年. 南義則淸河阮公敎爲之魁. 亦四年始熄. 予辰以年輕翼薄. 又家無次丁. 故不敢露頭角. 然潘公廷逢餘黨諸頭目. 予皆陰結納之. 義贊襄香山阮㘅, 義督辦宜春何文美, 義副領吳廣, 義管奇黎賀, 以至隊涓隊桂之徒, 皆爲予秘密友, 而阮㘅尤與予綢繆. 蓋此君爲潘公黨中重要員.

嘗與淸河阮黨諸友通往還, 稔悉小羅先生之爲人, 每爲談南義黨事, 必極贊其人. 予於出洋前三年, 始與小羅面謀, 而精神上之交, 已十餘年之久矣. 其後一見心傾, 提挈予最力, 寔先容者爲勤王黨人.

번역 혁명의 뜻을 품다

20세가 되었다. 이 해는 동 카잉同慶 원년 병술1886이었다. 내 평생 혁명에 대한 뜻과 염원이 실로 이 해부터 시작되었으니, 적에 대한 분개와 원수에 대한 미움이 건들기만 하면 터져 나왔다. 쩐 떤과 더우 마이의 행적을 지극히 사모하여 처음으로 책 한 권을 저술하고 제목을 『쌍술록雙戌錄』이라 하였다. 전편에는 갑술년1874 응에띵에서 의병이 일어났던 경과를 상세히 기록하고, 후편에서는 병술년1886 응에띵에서 일어났던 근왕운동[14]에 대해 대략 기술하였다. 아울러 짧은 논평을 덧붙여 쩐 떤과 더우 마이를 극구 칭송하였다. 그런데 두 사람은 원래 역도逆徒의 우두머리로 참수형을 받았기에 거의 세상에서 언급될 수 없었는데 내가 처음으로 기록하였으므로 나의 벗들은 그 원고를 태워버리라고 강권하였다. 나는

---

14 근왕운동(勤王運動) : 1885년부터 1896년 사이에 베트남 문신(文紳) 계층이 앞장서서 이끈 반(反)프랑스 무장투쟁으로, 수도를 탈출한 함 응이 황제를 다시 황제로 옹립하고자 하였다.

또 하나의 좋은 교훈을 얻었다. 아! 명성이 아직 드날리지 못하고 도와주는 이도 없는데 몽상한 바를 아침저녁 사이에 이루고자 한다면, 이는 말만으로도 어렵거늘 하물며 실제 행동은 어떠하겠는가.

21세부터 31세에 이르는 10년은 실로 내가 뜻을 펴지 못하고 엎드려 있던 시기이다. 그 이유는 두 가지가 있다. 하나는 집안의 고달픈 환경에 속박되어서이다. 나의 집안은 고조高祖부터 4대가 모두 외아들이었다. 아버지는 서자로서 가문을 이었고 나 또한 끝내 형제가 없었다. 아버지가 늙고 병들어 가난한 홀아비가 되고부터는 나에게 의탁하여 목숨을 이어 갔는데, 나는 천성이 효성스러워 무릇 아버지께 연루될 수 있는 혐의들은 일체 피하였다. 이로 인해 오직 문도들을 수업하거나 글을 지어 팔면서 지냈는데 재물을 얻음이 꽤 풍부하여, 아침저녁으로 아버지를 봉양함에 다행히 부족함이 없었다. 주머니 속에 남은 재물은 전부 빈객들과 사귀는 비용으로 썼기에, 녹림의 망명객[도적-역주]과 근왕당의 남은 무리들은 모두 나와 비밀스레 교분 맺는 것을 즐거워하였다. 훗날 내 실패의 원인이 진실로 이때 만들어졌고, 내 평생 크게 도움을 받은 교분 역시 이 10년 사이에 만났다. 조물주가 한 사람을 무너뜨리기도 하고 성취시키기도 하니 참으로 조물주의 마음이 매우 고달프다 하겠다.

또 하나의 이유는 문필 생활이 초래한 곤액이다. 어려서 글을 읽을 줄 알게 되어 대의大義를 대강 이해하고부터 나는 그저 촌사람이 되고 싶지는 않았다. 일찍이 '매양 밥을 먹을 때도 죽백[竹帛, 역사]을 잊지 않노니, 입신立身 가운데 가장 낮은 것이 문장이로다'[15]라는 구절을 암송하였다. 【이는 수원隨園 원매袁枚의 시이다.】 응우엔 아이 꾸옥阮愛國 군이 10살이었을 때 내가 취중에 이 구절을 읊조렸던 것을 듣고 지금도 그때 이야기를 하곤 한다. 그러나 나는 그때 분한 마음을 머금고 뜻을 굽혀 여섯 차례나 향시에 나아가 과장科場에서 글재주를 부렸고, 이에 어릿광대의 명부[16]에 이름을 올렸으며 향시에서 장원을 하였다. 나는 스스로 축하하는 글을 지었는데 그 가운데 다음과 같은 구절이 있다. "뜻과 같지 않은 일이 열에 여덟아홉이라, 근심이 창밖 서쪽 바람에 일어나네. 삼백인 가운데 섞여 몰래 생황을 부니, 부끄러워 죽고 싶은 문 앞의 남곽처사라네."[17]【내 오랜 벗 타이 선台山 선생이 이 구절을 즐겨 외웠다.】나의 비루하고 천박한 속된 명성이 진실로 이와 같았다.

　내 일생에 있어 지금은 죽었지만 가장 자랑스러운 벗 둘이 있다. 한 명은 하이꼰海崑 출신의 당 타이 턴鄧蔡紳 군이니 지금은 응으 하이魚海 선생이라 칭해진다. 다른 한 명은 꽝남廣南 출신의 응우엔 타잉阮珹 군으로 지금 띠에우 라小羅 선생이다. 당鄧 군을 나에게 연결해준 것은 문자의 인연이고, 응우엔阮 군을 나에게 이어준 것은 근왕당의 일이었다. 이유는 다르나 결과가 같으니 의기가 투합하면 서로 만난다는 말이 또한 심히 공교롭다 하겠다.

15　매양 ~ 문장이로다 : 청대(靑代) 시인 원매(袁枚, 1716~1797)의 『수원시화(隨園詩話)』 권14에 나오는 구절이다. 문학으로 이름을 얻은 원매도 어려서는 문장보다 역사에 이름을 남기고 싶다는 포부가 있었음을 나타내는 일화에서 가져왔다.

16　어릿광대의 명부 : 본래 과거시험에 합격하면 사적(仕籍, 관리명부)에 이름을 올리는데, 여기에서는 과거시험 행위를 배우의 놀이로 풍자해서 표현한 것이다.

17　삼백인 ~ 남곽처사라네 : 『한비자(韓非子)』에 나오는 이야기이다. 제선왕(齊宣王)이 생황소리 듣기를 좋아해서 악사 3백 명을 갖추었는데, 남곽처사는 생황을 연주하지도 못하면서 3백 명 악사에 끼어 후한 녹을 받았다. 뒤에 민왕(湣王)이 즉위하여 한 사람씩 연주하게 하니 남곽은 탄로날까 두려워 도망치고 말았다.

처음 내가 궁벽한 마을에서 문도들을 가르칠 때, 글을 배우는 자가 수백여 명이었다. 매양 글을 강론하고 수업할 때면 고대의 인인仁人과 지사志士들의 일을 반복해서 거론하였으며 호앙 판 타이黃潘泰 선생과 판 딩 풍潘廷逢 선생의 역사는 더욱 흥미진진하게 즐겨 이야기하였는데 문도들이 듣고 느끼는 바가 있기를 바랐던 것이다. 그러나 오직 당 타이鄧泰 군만이 가장 깊이 이해하였다. 내가 시대를 분개하고 시속을 미워하는 글을 짓거나 반역자를 받아들이고 도망자를 불러들였던 일들은 감추어 사람들이 알지 못하게 했으나, 당 군은 반드시 깊이 관여하여 잘 알았다. 당 군과 내가 문자의 벗으로 지낸 것이 12년이요, 혁명의 벗으로 지낸 것이 11년이었다. 비록 실패로 끝났지만 당 군은 살신성인하여 적의 손에 더럽혀지지 않았으니 나는 군에게 부끄러운 점이 많다.

이보다 앞서 함 응이咸宜 을유년[1885]에 도읍이 함락되고 어가御駕가 달아나니 근왕당이 구름처럼 일어나고 물처럼 솟아났다. 응에띵은 라선羅山의 판 딩 풍潘廷逢 공이 우두머리가 되어 11년간 지속되었고, 꽝남廣南과 꽝응아이廣義에서는 타잉하淸河의 응우엔 히에우阮敎 공이 우두머리가 되어 또한 4년간 이어지다가 결국 해산되었다. 나는 당시 나이가 어리고 따르는 이도 없으며 집안에는 다른 아들도 없었기에 감히 두각을 드러내지 못하였다. 그러나 나는 판 딩 풍 공의 여당餘黨에 속하는 여러 두목들과 몰래 친분을 맺고 도왔다. 의찬양義贊襄[18]을 맡은 호엉선香山 응우엔 꾸잉阮侗, 의독판義督辦인 응이쑤언宜春의 하 반 미何文美, 의부령義副領 응오 꽝吳廣, 의관기

---

18 의찬양(義贊襄) : 찬양(贊襄)은 베트남 무직(武職) 가운데 하나로, 그 앞에 '의(義)'를 붙인 까닭은 정식군대가 아닌 의병(義兵)이기 때문이다.

義管奇 레 하黎質부터 도이 꾸이엔隊涓과 도이 꾸에隊桂 무리까지 모두 나의 은밀한 벗이었으며, 응우엔 꾸잉은 더욱 나와 밀접하였는데 이 사람이 판 공 무리 가운데 중요 요원이었다.

일찍이 타잉 하清河 응우엔 무리의 여러 벗과 소통하면서 띠에우 라 선생의 성품에 대해 상세히 알게 되었다. 그 벗들은 매양 꽝남, 꽝응아이 무리의 일을 이야기할 때면 반드시 띠에우 라 선생을 극찬하였다. 내가 해외로 나가기 3년 전에야 비로소 띠에우 라 선생을 만나 일을 도모할 수 있었는데, 정신적인 사귐은 이미 10여 년이나 이어졌기에 그를 한번 보자 마음이 기울고 말았다. 띠에우 라 선생은 나를 도와주고 이끌어주매 가장 큰 힘이 되었으니, 사실 선생을 소개하고 추천한 것은 근왕당 사람이었다.

원문

予三十一歲, 時爲成泰捌年丁酉. 予干懷挾文字入場, 終身不得應試之案. 因浪遊北圻, 又走順京, 館穀於安和武公之家, 公武伯合君之令嚴也.

授徒暇, 以文章結識諸名人, 國子監祭酒叫先生, 深所器重, 台山鄧元謹先生, 至是始訂金石交, 梅山阮尙賢先生, 讀予拜石爲兄賦【有句云, 三生塡海之思, 未忘將伯, 一片補天之力, 又是逢君】, 大賞予, 出所藏畸庵阮魯澤先生文, 授予. 予讀天下大勢論, 現世界思想, 乃寔始萌芽. 又借予以中東戰紀, 普法戰紀, 瀛寰志略等書. 予因畧曉寰海貰爭之情狀, 國亡種滅之慘, 益大有激刺. 先生又爲予談曾公拔虎之義勇, 予心藏其人, 脫籠破焚之思, 乃於是萌動. 雖阻於環境, 鬱鬱未伸, 然藏器待日, 力伺机会, 又逾二年而予更發展其所藏矣.

번역 호걸들과 결연하다

31세가 되던 타잉 타이成泰 8년 정유년1897에 나는 '서책을 가지고 시험 장에 들어가면 종신토록 응시할 수 없다는 죄목'에 저촉되었다. 이로 인해 박끼 지역을 유랑하다가 수도인 투언호아順化, 후에]로 가서 안호아安和의 보武 공 집에 기식하였다. 공은 보 바 합武伯合 군의 아버지였다.

나는 문도들을 가르치는 여가에 글을 주고받으며 여러 명사와 사귀었 다. 국자감 좨주 키에우﨡 선생은 나를 큰 그릇이라 여겼고, 타이 선台山 당 응우엔 껀鄧元謹 선생과는 이때 처음으로 금석金石 같은 교분을 맺었으며, 마이 선梅山 응우엔 트엉 히엔阮尙賢 선생은 나의 「배석위형부拜石爲兄賦」【그 글 에 이러한 구절이 있다. "삼생三生 동안 바다 메울 생각에19 그대 도움 잊은 적 없고, 한 조각 하늘을 기울 힘20 필요한데 그대를 만났네"】를 읽고 크게 감탄하고는 소장 하고 있던 끼 임畸庵 응우엔 로 짜이阮魯澤 선생의 글을 나에게 주었다. 나는 응우엔 로 짜익의 「천하대세론天下大勢論」을 읽고 현대적 사상이 비로소 싹 트게 되었다. 또한 응우엔 트엉 히엔 선생이 나에게 「중동전기中東戰紀」,21 「보법전기普法戰紀」,22 「영환지략瀛寰志略」23 등의 책을 빌려주었다. 이로 인

---

19 삼생 ~ 생각에 : 정위(精衛)라는 고대 전설상의 신조(神鳥)가 서산(西山)의 나무와 돌을 물고 바다를 메웠다는 이야기가 전한다.

20 하늘을 기울 힘 : 고대 중국의 여와(女媧)가 오색의 돌을 연마하여 하늘을 기웠다고 하는 이야기가 전한다.

21 「중동전기(中東戰紀)」: 『중동전기본말』을 지칭한다. 이 책은 중국에서 선교사 겸 언론 인으로 활동하던 알렌(Young J. Allen, 林樂知)과 중국 언론인 차이얼캉(蔡爾康)이 청일 전쟁의 역사를 정리한 것으로 1897년에 간행되었다. 제목의 '중'은 중국을, '동'은 동영 (東瀛) 즉 일본을 가리킨다. 이 책은 우리나라에서도 큰 관심을 끌어 언론인 유근(柳瑾) 과 사학자 현채(玄采)가 발췌 및 정리하고 국한문으로 번역해 『중동전기』(1899)라는 이 름으로 출판하기도 하였다.

22 「보법전기(普法戰紀)」: 중국 언론인 왕타오(王韜)가 프로이센과 프랑스 사이에 벌어졌

해 나는 천하가 경쟁하는 실정과 국가가 망하고 인종이 사라지는 참상을 대략 깨달아 더욱 큰 자극을 받았다. 선생은 나를 위해 땅 밧 호曾拔虎 공의 의로운 용기에 대해서도 이야기해 주었는데 나는 마음에 그 사람을 담아 두었으며 새장에서 벗어나 파부분주破釜焚舟[24]할 생각이 이에 싹텄다. 비록 여건이 좋지 않아 울울하게도 뜻을 펴지 못했으나 재주를 감추고 때를 기다리며 힘써 기회를 엿보았다. 그러다가 2년이 지나 그 품은 바를 펼칠 수 있었다.

던 보불전쟁(普佛戰爭)의 역사를 정리하여 1874년에 간행한 책을 가리킨다. 이 책 또한 현채(玄采)가 1908년 국한문으로 번역해 출판하였다.

23 「영환지략(瀛寰志畧)」: 청나라의 복건순무(福建巡撫) 서계여(徐繼畬)가 지은 세계의 지리와 문화를 해석한 책으로 1850년에 간행되었다. 조선에도 유입되어 개화사상의 고양에 큰 영향을 끼쳤다.

24 파부분주(破釜焚舟): 파부침주(破釜沈舟)와 같은 뜻으로 솥을 깨버리고 배를 불태워 다시 돌아올 방법을 없애고서 용맹하게 앞으로 나아간다는 뜻이다.

제2부
국내에서의 혁명 준비

◎ 연표 제2기

원문

年三十四歲, 爲成泰庚子十二年, 予魁鄕試, 旣有所假借以掩飾俗眼, 而予父又於是年九月以七旬終. 家庭重負, 一擲而輕之, 予乃始著手於寔行革命之計畫. 予初與魚海等諸同志, 密有所圖, 可分爲三大計畫. 其一, 爲聯結舊勤王餘黨及諸山林健兒, 唱起義兵. 目的專在於討賊復讐, 而其手段則必以暴動爲首難. 其二, 爲擁扶盟主, 於是皇親中立之. 陰結當路有力者爲援應, 且糾合南北諸忠義之士, 謨同辰大擧. 其三, 爲依以上二計畫, 如必須外援時, 則爲出洋求援之擧, 而其目的專在於恢復越南, 設一獨立政府. 除此外尙無若何之主義.

辛丑壬寅二年間, 爲寔行上第[1]一條之計畫, 予乃辭謝諸館主, 而設帳授徒於本家. 表面則聚徒評文, 裡面則集黨議事. 贊㐮副吳以至白齒舊徒如檢共等, 黑龍密友如徒奇輩, 皆往來雜沓於予家. 有間則往淸乂靜諸邊蠻地, 結納綠林之豪, 琴毛諸頭目, 皆通款訂盟焉.

辛丑年夏, 予與羅山潘公伯玉, 志友王叔季先生及遊黨宜春陳海等, 凡數十人, 謀於法國共和紀念日, 以短兵奪法械, 襲取乂安城. 至日, 齊会城下, 因內應愆期, 事竟中止, 以是故黨謀頗洩, 爲法探阮恬偵知之, 密告於公使座. 幸是辰乂督陶進義予所爲, 力袒護之, 竟未失敗. 予自是乃專意於陰求內應之策矣.

---

1   第 : 저본에는 '第' 위에 '策'이 있으나 전집본에 의거하여 삭제하였다.

번역 혁명에 착수하다

34세가 되던 타잉 타이 12년 경자년[1900] 나는 향시에서 장원하였는데 이는 과거시험을 본다는 명목으로 세상의 눈을 피한 것이었다. 아버지께서 이해 9월에 칠순의 나이로 돌아가셨다. 이에 집안을 책임지는 무거운 부담이 일거에 가벼워져 나는 비로소 혁명계획 실행에 착수하였다. 내가 처음으로 응으 하이魚海 등 여러 동지와 비밀리에 도모했던 일은 세 가지 큰 계획으로 나눌 수 있다.

첫째, 옛 근왕운동의 남은 무리와 여러 산림의 건아健兒들을 연결하여 의병을 불러일으킨다. 목적은 오로지 적을 토벌하고 복수하는 데 있으며 그 수단은 반드시 폭동으로 단초를 연다.

둘째, 맹주盟主를 옹립하되 황제의 혈통 가운데에서 세운다. 은밀히 유력한 권력자들과 결탁하여 호응을 이끌어 내며 또한 남북의 여러 충의지사를 규합하여 일시에 크게 거사를 일으킨다.

셋째, 위 두 계획에 따르되 만일 반드시 외부의 원조가 필요하면 해외로 나가 도움을 구한다. 그 목적은 오로지 베트남을 회복하여 하나의 독립 정부를 설립하는 데에 있으니, 이를 제외하면 어떠한 주의主義도 없다.

신축년[1901]부터 임인년[1902]까지 2년간 위의 제1조 계획을 실행하였다. 나는 여러 글방의 선생 자리를 그만두고 본가本家에 글방을 열어 문도들을 가르쳤다. 표면적으로는 문도를 모아 문장을 품평하는 것이었지만, 이면으로는 무리를 모아 거사를 의논하는 것이었다. 의찬양 응우엔 꾸잉, 의부령 응오 꽝부터 바익 씨白幽의 잔당殘黨 끼엠 꽁儉共, 학 롱黑龍의 밀우密友인 도 끼徒奇의 무리까지 모두 북적거리며 내 집에 왕래하였다. 그리고 틈이 나면 타잉호아淸華, 응에안, 하띵 등 여러 변방으로 가서 녹림의 우두머리들과 결교結交하였으며 크메르琴毛[2]의 여러 두목과도 모두 우의友誼를 통하고 맹약을 하였다.

신축년1901 여름, 나는 라선羅山의 판 바 응옥潘伯玉 공과 동지同志 브엉 툭 꾸이王叔季 선생 및 유당遊黨인 응이쑤언宜春의 쩐 하이陳海 등 수십 명과 더불어 프랑스 공화국 기념일에 단병短兵으로 프랑스 병기를 빼앗아 응에안 성을 기습 점령하려는 계획을 세웠다. 이날에 이르러 일제히 성 아래에 모였는데 내통한 자들이 약속을 어겨 끝내 일이 중단되었다. 이 때문에 당의 계획이 누설되었고 프랑스 첩자 응우엔 디엠阮恬이 그것을 알게 되어 공사관에 밀고하였다. 다행히 이때 응에안 총독이었던 다오 떤陶進이 내가 한 바를 의롭게 여겨 힘써 옹호해주었기에 마침내 낭패에 이르지는 않았다. 나는 이로부터 은밀히 내응內應을 도모하는 계책에 대해 고심을 하게 되었다.

원문

壬寅年秋, 予向曾一度派人往北圻, 赴安世縣蕃昌屯, 謁黃將軍花探. 此行爲贊咼與予門弟某君, 黃以來者皆生客, 不之信, 竟不得要領而還. 是年冬十一月, 予欲親往謁黃, 因北圻珥河鐵橋成, 開博覽会, 予於陶督, 給予以赴会文憑. 遂遍遊北圻, 歷訪舊義士之遺存者. 南定前督辦孔君, 曾於是時爲北圻密黨之巨擘, 予每北遊, 必宿於其家.

---

2   크메르(琴毛) : 크메르족은 캄보디아의 주요 민족으로 주로 태국과 베트남에 인접한 메콩 델타 지역에 거주한다. 베트남에 거주하는 크메르인을 크메르 크롬이라고 한다.

予既至蕃昌屯, 止從者劍鋒・阮遽於屯外, 而予單身入屯. 時黃公健將公
子營, 公子璜與公長男重, 率部下裨佐軒齊輩, 以禮款予. 予宿屯中十餘日.
然黃公方病中, 但令公子重代面接予, 且期以後会, 謂如中圻能首唱大義, 公
亦樂爲應援軍.

先是, 又靜人, 從北來, 多道黃公, 寔無一人深察其內容者. 及予至屯, 歷
覽屯次, 始知黃公威令行於上游數縣, 儼然爲我國亡後之一小獨立區. 公起
身孤寒, 初本牧豎, 援勤王黨, 爲一戰卒, 以戰功累陞至提督. 屢挫法兵, 法
人百計誘之, 終不屈. 適法人方經營越桂鐵路, 而諒山北江間, 時被公黨兵襲
毁, 鐵軌不能敷. 法人苦之, 乃與公講和, 以上游一縣四總, 割與公, 定爲八
年一修, 換之條約. 酉戌二年間戰役, 公名聞於歐亞各國, 使我國億萬人一
心, 公何遽不如華盛頓・加里巴的.

번역 **호앙 호아 탐과 교섭하다**

임인년¹⁹⁰² 가을, 나는 한번 사람을 파견하여 박끼로 보내 이엔테^{安世}
현^縣 폰쓰엉^{蕃昌} 둔^屯에서 호앙 호아 탐^{黃花探} 장군을 뵙고 오도록 하였다.
이는 의찬양 응우옌 꾸잉과 나의 제자인 모군^{某君}이 맡았는데, 호앙 장군
은 방문한 자들이 모두 낯선 손님이어서 이들을 신뢰하지 못하였고, 결
국 어떠한 협의도 하지 못한 채 돌아왔다. 이해 겨울 11월 나는 직접 가
서 호앙 장군을 뵙고자 하였다. 마침 박끼 니하^{珥河} 철교가 완성되어 박람
회가 개최되기에 나는 다오 떤 총독에게 박람회에 갈 수 있는 증빙서류
를 발급해 달라고 부탁하였다. 드디어 나는 박끼 지역을 두루 돌아다니
며 남아있는 옛 의사^{義士}들을 찾아다녔다. 남딩^{南定}의 전^前 독판^{督辦} 콩^孔 군

이 이때 박끼 비밀결사의 거물이었으므로 나는 박끼를 다닐 때마다 반드시 그 집에 유숙하였다.

나는 폰쓰엉 둔에 이르러 수행원인 끼엠 퐁劍鋒 응우옌 끄阮遽를 진영 밖에 남겨두고 혼자 들어갔다. 이때 호앙 공의 건장한 장수인 아들 징瞢과 후잉璜 그리고 장남인 쫑重이 휘하의 무리를 거느리고 예禮로써 나를 환대하였다. 나는 진영 안에서 10여 일을 유숙하였다. 호앙 공은 병중이라 다만 아들 쫑을 시켜 대신 나를 만나도록 하였다. 그리고 나중에 만날 것을 기약하며 만약 쭝끼中坼가 먼저 대의大義를 외친다면 호앙 공 또한 혼쾌히 응원군을 보내겠다고 하였다.

이보다 앞서 응에띵 사람들이 북쪽에서 와서 호앙 공에 대해 많이 이야기하였는데, 진실로 한 사람도 그 내실을 깊이 살핀 자가 없었다. 내가 진영에 이르러 두루 둘러보고서 호앙 공의 위령威令이 산간지대의 여러 현縣에 행해져서 베트남이 망한 후 엄연히 하나의 작은 독립구가 된 것을 비로소 알았다. 호앙 공은 쓸쓸하고 가난한 처지에서 몸을 일으켜 처음에는 목동 노릇을 하다가 근왕당을 도와 일개 병졸이 되었고 전공戰功이 여러 차례 쌓여 제독提督에 이르렀다. 여러 차례 프랑스 군대를 물리치자 프랑스인들이 백방으로 그를 유혹하였으나 끝내 굴복하지 않았다. 때마침 프랑스인이 한창 베트남과 구이린[桂林, 廣西]을 연결하는 철로를 만들고 있었는데, 랑선諒山과 박지앙北江 사이에서 공의 군대에게 습격을 받아 파괴되어 철도는 연결되지 못하였다. 프랑스인들은 고심 끝에 공과 강화講和하여 산간지역의 현縣 하나와 총總 4곳을 공에게 떼어주고 8년에 한 번씩 내용을 수정하기로 하고 강화조약문을 교환하였다. 기유·경술1909~1910 2년간의 전쟁에서 호앙 공의 명성은 유럽과 아시아 각국에 전해져서 베트남 인 억만 명이 한마음이 되게 하였으니, 그가 어찌 조지 워싱턴^{George Washington}과 가리발디^{Garibaldi}만 못하다 하겠는가!

원문

癸卯年春, 爲寔行上第二條之計畫, 乃以入京坐監爲名, 一則借便遍遊平治·南義, 以至南圻諸轄, 求多得同志者. 一則陰與皇系中人, 密相周旋, 求得劉先生黎莊尊其人. 又一面, 則於當路中人, 求得一二左袒者, 謂此中或有張留侯·狄梁公在也. 嗟夫! 今日之敵國情勢, 大與昔殊, 而現時之奴隸之戲場, 又大與昔異, 予此計誠過拙且奇愚矣.

予抵京入監纔旬餘, 卽與阮悶, 遊廣南升平, 訪小羅先生. 先生一見, 歡如平生, 心談至徹夜. 因介紹皇系一人, 曰宗室璒者, 蓋擁劉玄德之計, 先生寔先我籌之. 及旣遇璒, 則予頗不大滿意, 予欲求更優者, 如無之, 乃及璒. 璒嘗以陰謀光復被逐, 逃入廣南, 小羅收藏者, 旣五六年. 然視其人, 器識亦近俗, 予故不悅.

小羅謂予曰 : "吾輩起事, 先收人心. 現辰一般思舊之徒, 尊君討賊外, 尙無若何思想, 楚懷王黎莊尊, 不過英雄起事時之一種手段耳. 且圖大事, 必須得大宗金錢, 而我國金錢天府, 寔爲南圻, 南圻爲阮朝開拓之地, 戴阮甚深, 嘉隆復國, 財力皆出於此間. 今若得嘉隆正系而擁之, 號召南圻, 必易爲力. 予爲南義舊黨, 虛竊重名, 有所行動, 踪跡³易敗. 君以坐監寓京, 當就近物色皇系中

---
3 跡 : 저본에는 '踪'으로 되어 있으나 전집본에 의거하여 수정하였다.

人, 高皇正系, 爲東宮之裔, 苟求得之, 此下碁第一著也. 予然之, 旣則就京監, 遇皇系中人, 必留意焉. 協和餘孼, 同慶正儲, 皆耳目及之. 然未有心投者, 久之, 訪知東宮英睿皇太子, 尙有嫡嗣孫, 曰畿外侯彊柢. 乃與予友瓊瑠胡浹君, 以風水星命師爲緣, 詣安舊河邊之侯邸宅. 初以相命餂之, 知其人頗藏大志, 乃告以所圖, 則應曰諾, 遂定盟焉."

번역 황족 기외후^{畿外侯} 끄엉 데^{彊柢}를 맹주^{盟主}로 옹립하다

계묘년¹⁹⁰³ 봄에 위의 제2조 계획을 실행하기 위해 하노이로 가서 국자감에 적을 두는 것으로 명목을 세웠다. 한편으로는 기회가 닿을 때마다 빙찌^{平治} 남응아이^{南義}를 두루 다니며 남끼^{南圻} 여러 지역까지 동지들을 많이 규합하고자 하였고, 다른 한편으로는 은밀히 황실 계통의 사람과 주선하여 유선생^{劉先生}[4]이나 레 짱 똥^{黎莊宗}[5] 같은 분을 얻고자 하였다. 또 한편으로는 중요 관직에 있는 사람 중에 한두 명의 우군을 얻기 바랐으니 이들 중 혹시 장유후^{張留侯}[6]와 적양공^{狄梁公}[7]이 있을 것이라 여겼기 때문이다. 아! 오늘날 적국의 정세는 옛날과 크게 다르다. 또 지금 노예가 되어버린 연극판 같은 현실은 다시 옛날과 크게 다르다. 나의 이 계획은 너

---

4 유선생(劉先生) : 중국 삼국 시대 촉한(蜀漢)의 초대 황제 유비(劉備)를 일컫는 별칭이다. 여기서는 유비가 한나라의 부흥 운동을 이끌었기에 언급한 것이다.
5 레 짱 똥(黎莊宗) : 베트남 레 왕조의 13대 황제로 재위 기간은 1533~1548년이다. 레 왕조가 막 당 중(莫登庸)에 의해 찬탈당하였을 때, 레 왕조 부흥 운동의 구심점이었다.
6 장유후(張留侯) : 한나라 고조 유방(劉邦)의 공신이었던 장량(張良)을 일컫는다. 한나라의 창업에 공을 인정받아 유후(留侯)에 봉해졌다.
7 적양공(狄梁公) : 당나라 적인걸(狄仁傑, 630~700)의 봉호이다. 적인걸은 측천무후(則天武后) 때의 재상으로서 이른바 '무주(武周)의 치(治)'를 이끌었는데, 측천무후를 설득하여 당나라 왕조를 다시 복원하도록 하였다.

무도 졸렬하고 지극히 어리석었도다.

내가 하노이에 가서 국자감에 들어간 지 10여 일이 지나 응우엔 꾸잉과 함께 꽝남의 탕빙을 여행하다가 띠에우 라 선생을 찾아갔다. 선생은 나를 보자마자 오랜 친구처럼 기쁘게 맞아주었고 마음을 터놓고 밤새 이야기하였다. 이어 나에게 황족 한 사람을 소개해주었는데 똔 텃 또와이宗室㙯[8]라는 자였다. 대개 유비劉備를 옹립하려는 계획은 선생이 진실로 나보다 먼저 준비를 하였던 것이다. 또와이를 만나 보니 크게 마음에 차지 않아 더 나은 자를 구하고자 하였지만 그러한 사람이 없는 것 같아 결국 또와이와 함께하였다. 또와이가 은밀히 나라를 되찾으려다 쫓겨 꽝남으로 도망쳐왔는데 띠에우 라가 숨겨준 것이 벌써 5~6년이었다. 그러나 그 사람됨을 살펴보면 도량과 식견이 속되어 흡족하지 않았다.

띠에우 라가 내게 말하였다. "우리가 거사를 일으키려면 먼저 인심을 얻어야 합니다. 지금 일반적으로 옛날을 그리워하는 사람들은 군주를 받들고 적을 토벌하는 것 외에는 아직 어떠한 사상도 없습니다. 초회왕楚懷王[9]과 레 짱 똥黎莊宗은 영웅이 거사할 때의 한 가지 수단에 불과할 뿐입니다. 그리고 큰일을 도모하자면 반드시 막대한 자금이 필요합니다. 그런데 베트남에서 돈이 풍부한 곳은 실로 남끼입니다. 남끼는 응우엔 왕조

---

8 똔 텃(宗室) : 베트남 고유의 성으로 종실(宗室)임을 의미한다. 응우엔 푹 미엔 똥(阮福綿宗, 1807~1847)을 피휘하여 똥(宗)을 똔(尊)으로 고쳤다. 민망(明命, 1791~1841) 황제는 종실의 수가 많아 국가 재정에 부담이 되자 똔 텃이라는 성을 내려 제계(帝系)와 번계(藩系)를 구별하였다.

9 초회왕(楚懷王) : 전국시대 초나라의 37대 왕이다. 당시 초나라의 국세가 약해져 회왕은 주변국으로부터 여러 수모를 겪다가 비극적으로 삶을 마쳤는데, 이후 초나라를 부흥시키려는 세력들에 의해 상징적 구심이 되었다.

가 개척한 땅이기에 응우옌 왕조를 매우 깊이 받듭니다. 쟈 롱^{嘉隆} 황제가
나라를 회복할 때 재력이 모두 이곳에서 나왔습니다. 지금 만약 쟈 롱 황
제의 적통을 옹위해 남끼에 호소하면 반드시 쉽게 힘을 얻을 것입니다.
저는 남끼의 옛 의당^{義黨}으로 과분한 명성을 얻었기에 지금 행동에 나서
면 종적이 쉽게 탄로 납니다. 그런데 그대는 국자감 학생으로 서울에 머
물고 있으니 마땅히 가까이에서 황실 계통 사람들을 물색하여 고황제^{[高}
^{皇帝, 쟈 롱 황제]}의 정계^{正系} 중에 황태자의 후손을 만약 얻게 된다면, 이것이
일을 도모하는 착수점이 될 것입니다.”

나는 그것에 동의하였다. 이윽고 국자감에 가서 황실 계통의 사람을
만나면 반드시 유의하여 살펴보았다. 그래서 히엡 호아^{協和} 황제가 남긴
서얼과 동 카잉^{同慶} 황제의 직손 모두에 대해 이목을 기울였다. 그러나 마
음에 드는 자가 없었다. 한참 수소문하다가 동궁^{東宮} 아잉 주에^{英睿} 황태자
의 적손^{嫡孫}인 기외후^{畿外侯} 끄엉 데^{彊柢}가 있음을 알게 되었다. 이에 나의 벗
꾸잉르우^{瓊瑠}의 호 티엡^{胡浹} 군과 점쟁이에게 연줄을 넣어 안끄우하^{安舊河}
가의 기외후 집을 찾아갔다. 처음에는 관상과 운명에 대해 이야기하며
관심을 끌었는데 곧 그가 자못 큰 뜻을 품고 있음을 알게 되었다. 이에 도
모하고 있는 바를 말하니 ‘좋다’고 수락하였다. 드디어 맹약을 정하였다.

원문

予復奔告小羅, 約以是年貳月日, 会見畿外侯於前布政范公之席上, 二人
甚相得. 繼乃由畿外侯价紹予於承天陳府尹, 又安某總督, 皆密許焉. 然陰結
當路者之計畫, 尚無端緖. 予乃著琉球血淚新書, 自呈於濰川胡公麗【時爲兵部

尚書】. 乃由公价紹其書於部院閣諸長官, 東閣阮儻, 吏部阮述, 皆招予至署, 與予晤談, 含有愼言防禍之意.

予復詣胡公, 款談久之, 公嘆息, 謂予曰：“事尙可爲時, 無人想及. 今萬事俱不自由, 復何言矣?” 胡於官場中爲佼佼者, 然所得僅如是, 他何望焉? 前所計畫, 已歸無望. 然目麋得虎, 意魚獲珠, 事有出於望外者.

胡公得予所著書, 卽命門下屬吏遍抄之, 且以視同鄕諸紳士, 南義學子, 爭傳誦焉. 西湖‧台川‧盛平諸志士, 因是與予成大莫逆. 乃至五郎幼趙諸志友, 咸以此辰知有予, 琉球血淚新書所价紹之賜也.

書分五段. 前一段, 痛言國亡喪權之辱, 預陳將來結局之慘禍. 中三段, 詳言救急圖存之策, 一開民智, 二振民氣, 三植人才. 末一段, 則期望於當路者, 以不朽事業勉厲之.

번역 『유구혈루신서琉球血淚新書』를 통해 여러 지사志士들과 교분을 맺다

나는 다시 띠에우 라 선생에게 달려가 이 사실을 알려주었다. 이해 2월 어느 날 전前 포정布政 팜范 공의 석상에서 기외후를 만나기로 약속을 하였다. 기외후와 띠에우 라 두 사람은 매우 의기가 투합하였다. 곧이어 기외후는 나를 트어티엔[承天, 후에] 쩐陳 부윤府尹과 응에안 모某 총독에게 소개해 주었고, 이들은 모두 은밀히 승낙하였다. 그러나 당로자當路者와 은밀히 결탁하려는 계획은 아직 아무 실마리가 없었다. 이에 나는 『유구혈루신서琉球血淚新書』[10]를 저술하여 주이쑤이엔濰川의 호 레胡麗 공【당시 병부상서이다】에

---

10 『유구혈루신서(琉球血淚新書)』: 판 보이 쩌우는 이 책에서 유구국(流球國)이 일본에 강제 합병된 사실을 기록하면서 독립의 중요성을 설파하였다.

게 직접 드렸다. 공은 그 책을 부部·원院·각閣의 여러 장관에게 소개하니 동각東閣의 응우엔 탕阮儻, 이부吏部의 응우엔 투엇阮述이 모두 나를 관아로 오도록 초대하여 간략하게 이야기를 나누었는데 말을 신중히 하여 화禍를 방지하자는 뜻을 품고 있었다.

나는 다시 호胡 공에게 가서 오랫동안 간곡하게 이야기하였다. 공이 탄식하며 내게 말하였다. "일은 오히려 할 만한 때인데 생각나는 사람이 없습니다. 지금 만사가 모두 자유롭지 않으니 다시 무엇을 말하겠습니까!" 호 공은 정계에서 뛰어난 자인데도 소득이 겨우 이 정도이니 다른 이들에게 무엇을 바라겠는가? 앞서 계획한 바는 이미 수포에 돌아갔다. 그런데 사슴을 노리다 호랑이를 잡기도 하고, 물고기를 생각하다 진주를 얻기도 하는 법이니 전혀 생각지도 못한 일이 일어났다.

호 공은 내 책을 받고서 즉시 문하의 속리屬吏들에게 모두 베껴 쓰게 하고는 동향同鄕의 여러 신사紳士에게 보여주니 쫭남, 쫭응아이 학사學士들이 다투어 전하며 외웠다. 떠이 호西湖 판 쭈 찡潘周楨, 타이 쑤이엔台川 쩐 꾸이 깝陳季恰, 타잉 빙盛平 후잉 툭 캉黃叔沆 등 여러 지사志士도 이로 인하여 나와 굉장히 막역한 사이가 되었다. 그리고 응우 랑五郞 쩐 찐 링, 어우 찌에우幼趙 레 티 단黎氏彈 등 여러 지우知友도 이때 나를 알게 되었으니, 『유구혈루신서』가 맺어준 것이다.

이 책은 5단락으로 나뉜다. 앞의 첫 단락에서는 나라가 망하여 국권을 상실한 치욕을 통절히 설명하고 앞으로 닥칠 비참한 결말을 미리 진술하였다. 중간 세 단락에서는 위급한 상황을 구원하여 나라의 보존을 도모하는 계책을 상세히 말하였는데, 첫째는 민지民智를 열 것, 둘째는 민기民

氣를 진작할 것, 셋째는 인재를 양성하는 것이었다. 마지막 단락에서는 정부 당국자에게 불후의 사업을 행할 것을 권면 장려하였다.

원문

書既行, 小羅謂予曰 : "君今可以南行矣." 乃爲予購[11]通行券, 給行賮, 令其徒名罔[12]者, 與予偕. 先是, 予久聞朱篤七山陳禃之名, 謂爲徒之雄而投於禪者, 欲一晤其人, 因遍訪張定胡勳之餘爐, 或有存焉者否. 且先容畿外侯於南圻義民, 以預爲號召辰之準備.

癸卯年十二月旬, 予抵柴棍, 遊覽數日, 乃遍歷六洲諸轄, 隨處運動. 月下旬至七山, 訪陳禃於山寺, 其人言談慷慨, 年逾五十, 貌尙倔强. 前曾以數次被法嫌疑下獄, 旋得釋. 乃入寺, 爲遊行僧, 噫, 亦戴宋頑周之儔也. 以圻外侯事告, 彼歡甚, 約予於來春詣京謁侯. 陳晤予時, 有一句語, 予至今不能忘. 彼云, "凡秘密事, 欲有所謀, 宜於靑天白日下, 空山曠野中談之, 不宜於深夜密室. 蓋深夜密室之中, 耳目不能及遠, 難於提防, 徒予偵察者以机会也."

予自七山回至沙的, 遇一人曰記簾, 价紹会同阮誠憲於予, 此公後亦出洋, 與予同事, 凡七年餘. 旅香港, 爲圖行刺事, 竟被法人捕獲以歸, 死於河內之獄. 噫, 如公者, 亦南中之奇士與!

越明年正月下旬, 予離南中, 此行雖無功, 然予出洋後得助於南圻者居多, 則亦此行之結果也.

甲辰年二月, 予自南中緣陸路, 經過富安·平定, 遍尋諸有志者. 聞平定有

---

11 購 : 저본에는 '構'로 되어 있으나 전집본에 의거하여 수정하였다.
12 罔 : 베트남식 한자로 특정한 뜻은 없고 음을 표시하는 기호로 사용된다.

名肓腿, 原海陽之豪, 以干奇童案, 被終身流河僊. 途中解抵歸仁, 自抉其眼, 官爲停解, 遂寓於是. 對人不肯道姓名, 但使人呼之爲腿, 蓋此君失敗後, 憤而自貶之名. 予訪所寓辰, 則於三月前死矣. 予大哀, 輓以聯云, '聞所聞而來, 湖海姓名令我愛. 悲莫悲乎此, 江山豪俠幾人存'.

予聞通言阮德厚, 亦流寓於平定省邊地, 欲往訪之. 至符吉縣, 則見法兵十餘人擁扛此君過縣, 但遙相視, 不能通一言. 他年予出洋, 至香港, 聞得此君一奇事. 嗣德年間, 君附洋商船至港, 訪得清匪摅掠我國婦女凡九十餘人, 賣與港商. 君熟英文, 善英語, 遂以事陳訴於港英督, 英官爲給資遣送被摅者歸我國. 我朝廷賞君以九品銜, 君不受. 後竟以潛謀革命, 得極刑. 嗟夫, 有此人才, 有如此位置, 國能不亡乎!

予歸至廣南, 宿小羅宅, 僅一夕返京, 蓋監生欠面久, 恐招人疑故也. 是年三月会試, 予落第二場. 於其日潛走廣南, 会七山陳視於小羅宅, 卽偕陳視赴京師, 謁圻外侯. 復偕陳赴廣南, 会烏家程公賢等數十人, 籌進行策. 陳承認南回籌款事, 而予再往北圻, 約以四月初, 請圻外侯潛赴是間, 開聯席密会.

予辭別小羅, 又遍走各地方, 陰結廣平以北諸教徒. 具通謨永, 具傳美裕, 具通琼瑠, 具玉廣平, 皆以此辰疏通情素, 良教岐視之疑雲黑霧, 一掃而空之, 亦快擧也. 此事吳廣寔爲奉行最力之人. 蓋吳於失脚後, 嘗隸名於教徒籍中, 今携予俱, 熟路輕車, 更得如意, 所以予出洋後教民扶義之力爲多.

번역 베트남 남부지역에서 혁명을 준비하다

책이 간행되자 띠에우 라 선생이 나에게 말하였다. "그대는 지금 남쪽으로 갈 만합니다." 이에 나를 위해 통행권을 사주고 여비도 주며, 무리

가운데 이름이 뜨삐라는 자로 하여금 나와 함께 가도록 하였다. 이보다 앞서, 나는 오래도록 쩌우독朱篤 텃선七山의 쩐 티陳視라는 이름을 들었는데, 무리의 우두머리로서 불교에 투신한 자라고 여겨 그 사람을 한번 만나보고 싶었다. 그래서 쯔엉 딩張定과 호 후언胡勳의 남은 무리 가운데 혹시 살아 있는 자가 있는지 없는지 두루 찾아다녔다. 그러면서 기외후를 남끼 의민義民들에게 먼저 소개하여 사람들을 불러모을 때에 대한 준비를 미리 하였다.

계묘년1903 12월 상순, 나는 사이공에 이르러 며칠 유람하다가 여섯 성省에 속한 여러 지역을 두루 돌아다니며 가는 곳마다 운동을 펼쳤다. 그달 하순에는 텃선으로 가서 산사山寺에 있는 쩐 티를 만났다. 그는 말투가 강개하고 나이는 50이 넘었으나 모습은 여전히 굳세었다. 그는 이전에 수차례 프랑스의 의심을 받아 투옥되었는데 석방이 되자 곧 절에 들어가서 떠돌이 승려가 되었다. 아, 그는 대송완주戴宋頑周[13]의 무리였던 것이다. 기외후와 관련된 일을 알려주니 그는 매우 기뻐하며 내년 봄에 후에에 가서 기외후를 뵙겠다고 내게 약속하였다. 쩐 티가 나를 만났을 때 한 말이 있는데 지금도 잊을 수 없다. 그가 말하였다. "무릇 비밀리에 도모하고자 하는 일이 있으면 의당 푸른 하늘, 밝은 해 아래의 아무도 없는 산이나 넓은 들에서 이야기해야 합니다. 깊은 밤 밀실에서 하는 것은 좋

---

13 대송완주(戴宋頑周) : 송나라를 섬기고 주나라에는 완악한 백성이 된다는 의미. 이에 대한 정확한 출처는 알 수 없으나 문맥으로 볼 때 망국의 유민으로서 원수의 나라에 대한 복수를 다짐하는 내용으로 볼 수 있을 듯하다. 중국 고대 상(商) 왕조와 주(周) 왕조의 교체기에 상의 마지막 왕이었던 주왕(紂王)의 이복형이었던 미자(微子)가 송(宋)에 봉해졌던 탓에 송나라에는 주나라를 따르지 않는 '완민(頑民)'이 많았다고 하는데 이때의 역사를 지칭하는 것으로 볼 수도 있을 듯하다.

지 않습니다. 대개 깊은 밤 밀실 안에서는 눈과 귀가 멀리까지 미칠 수 없어 방비하기 어려우니 다만 정탐하는 자에게 기회를 주는 것입니다."

내가 텃선에서 사덱^{沙的}으로 돌아와서 한 사람을 만났는데 끼 리엠^{記廉}이라는 자였다. 그는 내게 회동^{會同}[14] 응우엔 타잉 히엔^{阮誠憲}을 소개하였다. 응우엔 공은 훗날 해외에 나가서 나와 함께 일을 한 것이 모두 7여 년이었다. 그는 홍콩에 가서 암살 작전을 계획하다가 프랑스인에게 체포되어 송환된 뒤 하노이 감옥에서 죽었다. 아, 공과 같은 분은 남쪽 지방의 걸출한 선비로다!

이듬해 정월 하순 나는 남끼를 떠났다. 이번 행차에서 비록 특별히 성공한 일은 없었지만 내가 해외로 나간 후 남끼에서 많은 도움을 얻을 수 있었던 것은 이 여행에서 얻은 소득이었다.

갑진년¹⁹⁰⁴ 2월, 나는 남끼에서 육로로 푸이엔^{富安} 빙딩^{平定}을 거쳐 뜻있는 자들을 두루 찾아다녔다. 그 과정에서 빙딩의 무 투이^{肯腿}라는 자에 대한 이야기를 들었다. 그는 원래 하이즈엉^{海陽}의 호걸이었는데 끼 동^{奇童}과 연관된 사안으로 하띠엔^{河僊}에서 종신 유배형을 살았다. 도중에 풀려나 꾸이년^{歸仁}에 이르러 스스로 그 눈을 도려내니 관에서 풀어주어 결국 이곳에 우거^{寓居}하게 되었다고 한다. 그는 사람들에게 자기 이름 말하기를 좋아하지 않아 다만 사람들로 하여금 자신을 투이^腿라 부르게 하였다. 아마도 이는 의거^{義舉}에 실패한 후 분하여 스스로 자조하는 뜻을 담은 명칭

---

14 회동(會同) : 프랑스 식민지 정부의 자문 역할을 맡았던 '속지회동(屬地會同)'을 가리킨다. 겉으로는 예산 심의 등의 기능을 갖는 지방 의회(議會)를 표방하였으나 실질적으로는 프랑스인 및 공무원과 사업가 등 기득권층의 지위와 권리를 보호하는 역할을 하였다. 이 회동에 참여하는 위원들을 '옹회동(翁會同)'이라 불렀다.

인 듯하다. 그가 우거하던 곳에 내가 찾아갔을 때는 이미 죽은 지 3달이 지난 뒤였다. 나는 몹시 슬퍼하며 만시를 지었다.

명성 듣고 와보니	聞所聞而來,
세상이 다 아는 그 이름, 사랑하지 않을 수 없네.	湖海姓名令我愛.
이보다 더 슬플 수 없을 만큼 슬프니	悲莫悲乎此,
이 강산의 영웅들 몇이나 남아 있나.	江山豪俠幾人存.

나는 통언通言 응우엔 득 허우阮德厚가 빙딩 성省 변방에 머물고 있다는 말을 듣고 그를 방문하고자 하였다. 푸깟𣳆吉 현縣에 도착했을 때 마침 프랑스 병사 십여 명이 이 사람을 붙잡아가는 것을 보았는데 그저 멀리서 바라볼 뿐 한 마디도 나눌 수 없었다. 훗날 내가 해외로 나가 홍콩에 갔을 때 이 사람에 관한 대단한 이야기를 들었다. 뜨 득 연간에 이 사람이 서양 상선을 타고 홍콩에 왔는데, 청나라 도적들이 우리 베트남 부녀자 구십여 명을 잡아가서 홍콩 상인에게 팔아넘겼다는 사실을 알아내었다. 그는 영어에 능통하여 홍콩의 영국 총독에게 이러한 사정을 하소연하니 영국 관리들이 자금을 주어 잡혀간 이들이 베트남으로 돌아올 수 있도록 해주었다. 우리 조정에서는 그에게 상으로 9품의 관직을 내려주었으나 그는 받지 않았다. 나중에 혁명을 몰래 도모한 일로 극형을 받았다. 아, 이러한 인재가 그러한 위치에 있었으니, 나라가 망하지 않을 수 있겠는가!

나는 꽝남으로 돌아와 띠에우 라 선생의 집에 묵었는데 겨우 하루 저녁을 보내고 후에로 갔다. 이는 국자감 학생의 결석이 오래되면 사람들이 의심할까 두려워서였다. 이해¹⁹⁰⁴ 3월 회시^{會試}의 이장^{二場}에서 낙방하였다. 그날 꽝남으로 몰래 달려가 띠에우 라 집에서 텃선의 쩐 티를 만나 곧바로 함께 서울로 와서 기외후를 뵈었다. 다시 쩐 티와 함께 꽝남으로 가서 오지아^{烏家}의 쩡 히엔^{程賢} 공 등 수십 명을 만나 일의 추진계획을 세웠다. 쩐 티는 남끼로 돌아가 자금을 모으고, 나는 다시 박끼로 가서 4월 초에 기외후를 몰래 이곳에 모셔와 비밀 연석회의를 열자고 약속하였다.

나는 띠에우 라와 작별하고 다시 각 지방을 돌아다니며 꽝빈^{廣平} 북쪽의 여러 기독교인과 은밀히 결탁하였다. 모빙^{謨永}의 통^通 어르신, 미주^{美裕}의 쭈이엔^傳 어르신, 꾸잉르우^{瓊琉}의 통^通 어르신, 꽝빈의 응옥^玉 어르신 등과 모두 이때 뜻을 통하였다. 불교와 기독교 사이에 남아 있던 의심의 구름과 검은 안개를 일소하였으니 또한 쾌거였다. 이 일은 응오 꽝^{吳廣}이 가장 힘을 기울여 성사시킨 것이었다. 응오 꽝은 실각한 후 언젠가 기독교인 명부에 이름을 올렸었는데, 이제 나와 함께하니 익숙한 길을 가벼운 수레로 가듯 더욱 마음이 가벼웠다. 이로 인해 내가 외국으로 나간 후에 기독교인의 의로운 행위로 많은 도움을 받을 수 있었다.

원문

至期爲四月上旬, 予赴会, 圻外侯亦蒞焉. 預会者凡二十餘人, 小羅宅外賓素盛, 家僮隣役, 視爲故常, 而小羅又巧爲英雄欺人之技, 鷹俍遂無覺者. 以晨開会, 逾午而散, 会名但会中人知之, 不立簿冊, 章程計畫, 俱口授心傳而已. 推圻外侯彊柢爲会主, 稱呼辰但曰翁主, 禁不得露会字. 阮誠・潘佩珠・程賢・黎瑀・鄧子敬・鄧蔡珅等, 偕爲会員, 稱呼但曰兄弟.

是日所商定, 其最重要者有三款. 一爲会勢力之擴充計, 要於最近時期, 廣招黨員, 厚集黨費. 一爲暴動發難後之接續進行, 要於最近時期, 籌足各種材料. 一爲確定赴外求援之方針與其手段. 前二款則以上列各黨員協任之, 後一[15]款則專委阮諴·潘佩珠, 密籌之, 非行人越境後, 各会員不得預聞, 以防走洩. 因是之故, 予未出洋以前, 各会員亦有鮮知其謀者.

是日会將散, 而予之小僮名春者【彼前爲義提督擇之遺孤, 余撫之自十三歲】, 忽自京監踉蹌而來, 纔入門面予, 附予耳, 語予以意外之警信. 小羅知之, 引予出庭園, 予告以故, 蓋於前三日, 住京欽使奏, 忽電咨監官, 叫祭酒高總裁, 催予赴座, 云有所質. 監官得電, 俱錯愕, 予懼謀洩頗憂之. 小羅笑謂予曰: "是無懼, 彼有所風聞, 欲探其虛寔耳. 若果謀洩, 則已逮捕, 安用催咨爲? 今君速歸京, 直赴使座, 然後回監, 則彼釋然矣."

予如其言, 詣使座, 彼則屛左右, 示予一紙, 爲偵探告密之辭, 辭俱風傳, 無寔証者. 予隨問隨答, 彼無以難予, 彼問予時, 屢注視予面, 予神色故無恙, 從容辭出, 語人曰: "欽使但問予'君文名噪一辰, 何爲更落会試?'" 衆皆信之, 予捧腹而已. 然自是予之行動益愼密.

經此時間, 諸同志俱盡瘁於黨務, 前各計劃, 畧有條緒. 而小羅與予, 則注全力於出洋之擧, 其要切者, 一爲經費, 一爲外交人才, 一爲嚮道人.

小羅曰: "經費一事, 予與山叟兄, 能辦[16]之, 外交人才, 於今寔難, 旣無他人, 必君親任, 惟嚮道員, 予已熟籌久矣. 予想現辰列疆情勢, 非同文同種之

---

15 一: 저본에는 '二'로 되어 있으나 전집본에 의거하여 수정하였다.

16 辦: 저본에는 '辨'으로 되어 있으나 문맥을 고려하여 바로잡았다. 아래의 경우에도 마찬가지이다.

邦, 無肯援我者. 中朝以已讓越與法, 況今國勢寔弱, 自救不遑, 惟日本爲黃
種新進國, 戰俄而勝, 野心方張, 往以利害動之. 彼必樂爲我援, 縱秦兵不出,
而構械借資, 必易爲力. 苟爲秦庭之泣, 莫若赴日爲宜. 曾君拔虎, 自勤王失
敗, 曾是兩粤, 又奉國命赴旅順, 通好俄使, 好旣不成, 轉往臺灣, 依劉永福.
日本收臺劉敗, 曾君赴暹, 假途歸國, 今潛跡河內, 而復讐之心益堅. 予前曾
書招南回, 不日曾君必來, 行人之任, 一以委之, 不患指南無車矣."

予於是決計, 爲日本之遊, 惟於未出發之前, 必須辦完者二事, 一爲辭別諸
志友, 蓋前途尙遙, 歸期無定, 不可不爲最後之一握手也. 一爲囑托諸友, 蓋
外援但爲內力之聲勢, 在內組織, 尤宜完全, 不可不早謀事前之豫備也. 是年
七月日, 予以賀会榜爲名, 首由小羅家, 訪盛平黃公宅, 適西湖潘公·台川陳
公, 俱在座, 徹夜談歡甚. 予示以將有遠行之意, 相視而笑, 爲予祝成功. 嗟
乎! 此席遂爲予與台川永訣之日, 一則斷頭臺上, 血染山河, 一則湖海餘生,
靜含金石, 予心事一日未了, 其何以地下告程嬰哉?

번역 띠에우 라 집에서 비밀회의를 열다

4월 상순이 되어 나는 약속했던 모임에 갔고 기외후 역시 그곳에 이르
렀다. 모임에 참석한 이는 총 이십여 명이었는데 띠에우 라 집에는 외부
손님이 원래 많았기에 집 안의 아이종이나 이웃의 일꾼들도 이를 늘 있
는 일로 여겼다. 게다가 띠에우 라는 영웅으로서 사람을 속이는 교묘한
재주를 가지고 있어 정탐꾼들도 알아차린 자가 없었다. 새벽에 개회하여
정오를 지나 흩어졌다. 모임의 이름은 회원들만 알도록 하고 명부를 작
성하지 않았으며, 규정이나 계획도 모두 입으로 전하고 마음으로 받아들

일 따름이었다. 기외후 끄엉 데를 추대하여 회장으로 삼고 호칭은 다만 옹주翁主라 하였으니, '회會'라는 글자가 드러나지 않도록 금한 것이었다. 응우엔 함阮諴, 판 보이 쩌우潘佩珠, 찡 히엔程賢, 레 보黎瑃, 당 뜨 낑鄧子敬, 당 타이 턴鄧蔡坤 등이 모두 회원이었지만 다만 형제라고 불렀다.

이날 상의하여 결정한 내용 가운데 가장 중요한 세 가지 항목이 있었다. 하나는 모임의 세력을 확충하는 계획이었으니 최대한 빠른 기간 내에 당원을 널리 모집하고 당비를 넉넉히 모으자는 것이었다. 또 하나는 폭동을 일으킨 뒤의 후속 사업으로, 최대한 빠른 기간에 각종 재료를 충분히 마련하는 것이었다. 마지막 하나는 외국으로 나가 원조를 구하는 방침과 그 수단을 확정하는 것이었다. 앞의 두 항목은 위에 나열한 각 당원이 협력하여 맡고, 뒤의 항목은 응우엔 함과 내가 전적으로 맡았다. 은밀히 추진하여 외교를 맡은 이가 국경을 넘은 뒤가 아니면 다른 회원들이 미리 소식을 들을 수 없도록 하여 기밀이 누설되는 것을 방지하였다. 이 때문에 내가 해외에 나가기 전에는 회원이라 하더라도 계획을 아는 자가 드물었다.

이날 모임이 끝나갈 때 쑤언春이라는 이름의 내 아이 종이【그는 전前의 제독義提督 짜익擇의 남은 자손으로 내가 그를 13세부터 보살폈다】 갑자기 서울 국자감에서 헐레벌떡 달려와 문에 들어서 나를 보자마자 내 귀에 대고 뜻밖의 소식을 말하였다. 띠에우 라는 무슨 일이 생긴 줄 짐작하고서 나를 데리고 정원으로 갔고, 나는 그 연유를 말해주었다. 사흘 전 서울에 있는 오베Auvergne 흠사欽使가 갑자기 감관監官에게 전보를 쳐서 좨주祭酒와 까오高 총재總裁를 시켜 나를 자리에 나오도록 재촉하니 물어볼 것이 있다는 것이었다. 감관이 전보를 받고는 모두 깜짝 놀랐다 하고 나는 기밀이 누설된 것인지 몹시 걱정되었다. 그러나 띠에우 라는 웃으면서 내게 말하였다. "이는 두려울 것이 없습니다. 오베 흠사는 풍문을 듣고서 허실을 탐문하려는 것일 뿐입니다. 만약 계획이 누설되었다면 벌써 체포했겠지, 어찌 재촉하여 물었겠습니까? 그러니 그대는 지금 서울로 속히 돌아가서 곧장 오베 흠사를 찾아가 만나고 그런 뒤에 국자감으로 돌아가십시오. 그러면 저들의 의심이 환하게 풀릴 것입니다."

나는 그 말대로 하였다. 오베 흠사를 찾아가니 그는 좌우를 물리치고 종이 한 장을 내게 보여주었는데 그것은 정탐꾼이 밀고한 내용이었다. 그 말들은 모두 소문으로 전해지는 것일 뿐 실증이 없는 것이었다. 나는 물으면 묻는 대로 대답하였고 그는 나를 힐난하지 않았다. 그가 내게 질문할 때 자주 내 얼굴을 똑바로 바라보았는데 나는 일부러 아무렇지도 않은 표정을 지었다. 조용히 하직하고 나와 사람들에게 말하기를, "오베 흠사가 다만 내게 '당신은 글 잘한다는 명성이 세상에 떠들썩한데 어찌하여 또 회시에 떨어졌는가?'라고 묻기만 하던데요"라고 하자, 사람들이 모두 그 말을 믿기에 나는 배를 잡고 웃었다. 그렇지만 이후로 내 행동은 더욱 조심스럽고 은밀해졌다.

이 무렵 여러 동지가 모두 당의 임무에 혼신의 힘을 다했기에 앞서 언급했던 각각의 계획은 대략 두서頭緖가 생겼다. 띠에우 라와 나는 외국으로 나가는 일에 전력하였는데 중요한 것은 '경비經費', '외교 인재', '길잡이'였다.

띠에우 라가 말하였다. "경비를 마련하는 일은 나와 선 떠우山叟 형이 맡을 것입니다. 외교 인재를 찾는 일은 지금 참으로 막막한데 마땅한 다른 사람이 없으니 반드시 그대가 직접 맡아주십시오. 길잡이에 대해서는 제가 이미 오랫동안 준비를 해왔습니다. 현재 열강의 정세를 살펴보면 문자가 같고 인종이 같은 나라가 아니라면 기꺼이 우리를 도와주려는 나라가 없을 것입니다. 중국은 이미 베트남을 프랑스에 넘긴 데다가 지금은 국세가 약하여 스스로 구원할 경황도 없습니다. 오직 일본은 황인종의 신진국가로서 러시아와 싸워 승리하여 야심이 한창 커지고 있으니 우리가 가서 이해득실로써 움직이면 저들은 반드시 기뻐하며 우리를 도울 것입니다. 비록 진병秦兵[17]을 출병시키지는 않더라도 무기와 자금 방면으로는 힘을 빌리기가 쉬울 것입니다. 진실로 진나라 조정에서 울기 위해서는 일본으로 가는 것보다 마땅한 데가 없을 것입니다. 그리고 땅 밧 호曾拔虎 군은 근왕운동이 실패한 이후 양월兩粵 지방을 유력遊歷하다가 나라의 명을 받들고 뤼순旅順으로 가서 러시아 외교관과 교섭하였지만 우호 관계가 성립되지 않아 다시 대만으로 가서 류용푸劉永福에게 의지하였습니다. 그러나 일본이 대만을 점령하여 류용푸가 패배하자 땅 군은 태국으로 가서 길을 빌려 귀국하였으며, 현재 하노이에 잠적해있는데 복수심은 더욱 굳건해졌습니다. 제가 얼마 전에 땅 군에게 편지를 써서 남쪽으로 돌아오라고 불렀으니, 며칠 내에 반드시 올 것입니다. 길을 안내하는

---

17 진병(秦兵) : 춘추시대에 오(吳)나라가 초(楚)나라를 공격하자 초나라의 신하 신포서(申包胥)는 진(秦)나라로 가서 구원을 요청하였다. 진나라가 요구를 들어주지 않자 신포서는 진나라의 조정에서 며칠이고 울음을 그치지 않았다. 그러자 마침내 진나라는 군대를 내어 초나라를 구원하였다. 여기서 초나라는 베트남, 오나라는 프랑스, 진나라는 일본에 견주고 있다.

임무를 그에게 맡기면 지남차指南車가 없다고 걱정하지 않아도 됩니다."

나는 이에 일본에 가기로 마음을 정하였다. 다만 출발하기 전에 반드시 처리해야 할 두 가지 일이 있었다. 하나는 여러 동지와 작별하는 것으로, 앞으로 나아갈 길은 멀고 돌아올 기약은 없기에 최후 한 번의 악수를 하지 않을 수는 없었다. 또 하나는 여러 벗에게 간곡히 부탁하는 것이었다. 외부의 원조는 다만 내부 세력의 성세聲勢를 신장하기 위함일 뿐이며 내부 조직이 더욱 마땅히 완전해야 하므로 일에 앞서 미리 준비하지 않을 수 없었다. 이해 7월 어느 날 나는 회시會試 합격을 축하한다는 명목으로 먼저 띠에우 라의 집을 거쳐 타잉빙盛平 호앙黃 공公의 집을 방문하였다. 마침 떠이 호西湖 판潘 공과 타이 쑤이엔台川 쩐陳 공이 모두 자리에 있어서 밤새도록 지극한 환담을 나누었다. 내가 장차 멀리 떠날 뜻을 보이자 서로 보고 웃으며 나의 성공을 축원하였다. 아! 그런데 이 자리는 내가 타이 쑤이엔과 영원히 이별하는 날이 되고 말았다. 한 사람은 단두대에서 피로 산하山河를 물들였거늘 한 사람은 호해湖海에서 여생을 보내며 고요히 금석金石 같은 우정을 추억하고 있을 따름이니 나의 안타까운 심사는 하루도 그칠 수가 없다. 지하의 정영程嬰[18]에게 무어라 말할 것인가?

원문

是辰, 曾君拔虎, 自北來, 纔抵小羅家, 爲晤予之第一日, 君年外四旬, 而

---

18 정영(程嬰) : 춘추시대 진(晉)나라 조삭(趙朔)이 도안가(屠岸賈)에게 멸문의 화를 당할 때, 조삭의 문객 공손저구(公孫杵臼)가 조삭의 친구인 정영(程嬰)과 함께 조삭의 아들을 살리고자 하였다. 정영은 조삭의 진짜 아들을 안고 산중으로 도피하였고, 공손저구는 가짜 조삭의 아들을 데리고 죽음을 맞았다는 고사가 있다.

蒼髯秀骨, 英氣橫秋, 一望而知其爲飽閱風霜之人也. 談海外情形甚悉, 而於當時中華人物, 尤歷歷如數家珍.

予晤君, 喜爲天授, 談及東行事, 君慨然願前驅, 君謂予曰："予二人在外, 必須有人以時往返, 通迎消息, 藉爲內外之線, 此任亦非輕, 必老練而耐艱勞兼有胆識者, 乃能當之." 予時以鄧子敬對, 小羅亦云然. 蓋子敬年近四旬, 奔走勤王黨旣有年, 而於新黨, 亦多出力, 魚海翁之叔也. 行計旣決, 然予所未辨完之事, 尙須在內數月奔走, 始克成行.

번역 땅 밧 호

이때 땅 밧 호 군이 북쪽에서 곧바로 띠에우 라 집으로 왔다. 이날 그는 나를 처음 보았다. 군은 40세가 넘었는데 수염이 무성하고 기골이 빼어나며 용맹한 기운이 뻗어났기에 얼핏 보아도 온갖 시련과 고난을 한껏 겪은 사람임을 알 수 있었다. 해외 정세를 이야기하는데 대단히 상세하였고 당시 중국 인물에 대해서는 제 주머니 속의 돈을 세는 것처럼 더욱 낱낱이 알고 있었다.

나는 땅 군을 만나보고는 기뻐서 하늘이 내린 인재라 여겼다. 이야기가 일본으로 가는 데에 이르자, 군은 개연慨然히 자신이 앞장서기를 원하였다. 군은 내게 말하였다. "우리 두 사람이 외국에 있으면 반드시 누군가가 때때로 오가며 소식을 전해야 하고, 이로써 안팎의 연결 통로가 되어야 합니다. 이 임무는 가벼운 것이 아니니 반드시 노련하고 어려움과 수고로움을 견딜 수 있으며 담력과 지식을 겸비한 자라야 마땅할 것입니다." 이에 내가 당 뜨 낑을 추천하니 띠에우 라 역시 그러자고 하였다. 당 뜨 낑의 나이는 40세에 가까운데 근왕운동을 위해 분주한 것이 벌써 몇 해이고 신당新黨에 대해서도 힘쓴 바가 많았으며 응으 하이魚海 옹翁의 숙부였다. 출발 계획이 이미 세워졌으나 나는 아직 처리하지 못한 일이 있어 국내에 몇 달 머물며 분주히 처리하고서야 비로소 마치고 길을 떠날 수 있었다.

원문

八月予再往北圻, 晤枚山先生, 孔督辨, 及其他同志. 九月, 遍謁乂靜諸黨友. 十月, 至廣平, 約教友諸重要人, 如具通·具傳等, 開夜会於巴屯之一教堂. 此座人, 多爲賢厚之餘黨, 與法人仇怨頗深. 其他則爲學善秀定所運動而來者, 咸願爲予等後盾.

十一月, 辭國子監, 乞以臘月回家, 因辭別諸監友, 約明年再赴監, 以俟会試期. 予坐監, 凡二年, 而監中人與予同志者, 僅一二人耳. 京師學界之所得, 乃如是哉.

十二月上旬, 予偕魚海翁·子敬, 詣小羅宅, 会諸密友, 如烏耶程公·宗室璿·周[19]書同等僅三四人, 商定分途, 任事之計畫, 出洋求援事, 以予與曾君拔虎·鄧子敬任之, 而內黨進行諸事宜, 則全托於小羅與魚海. 商畫既定, 予於是辭別小羅, 萬里之行, 寔發軔於是. 其後惟子敬屢往返於小羅宅, 而予及曾君, 則是日成爲與小羅永訣之日. 嗚呼, 刎首交稀, 海天途邈, 鷄鳴風雨, 魂夢徒縈, 痛何如哉! 次日予回京, 詣圻外侯宅, 告以東行之計, 且預囑以挾

---

19 周 : 저본에는 '朱'로 되어 있으나 전집본에 의거하여 수정하였다.

侯出洋之意, 侯亦應諾.

十二月中旬, 予回家. 先是數年間, 予潛往南北, 逾乂安凡五六次, 皆不至家, 鄉里人但知予在監勤業而已. 至是將遠行, 故一回家, 以數旬間, 整理族中祠堂墳墓各事, 示予無他圖也. 十二月晦, 予約曾君拔虎至宅, 黎君瑀與隊涓等亦至, 俱送行贐若干. 大同陳東風君, 則以白銀十五笏贈予, 爲豪義, 大可嘉者, 蓋此君爲初與予爲一面之友也. 計行贐所得, 共三千元. 諸志友所贈外, 則皆爲小羅所籌給者, 尙有周[20]書同, 自以意贈三百元, 餘皆以運動得之, 則小羅先生之力也.

번역 본격적인 출양 준비를 하다

8월에 나는 다시 박끼로 가서 마이 선梅山 선생, 콩孔 독판 및 다른 동지들을 만났고, 9월에는 응에띵乂靜의 여러 당우黨友를 두루 방문하였다. 10월 꽝빙廣平에 이르러 통通 어르신, 쭈이엔傳 어르신 등 교회의 주요 인물들과 약속을 하고 바돈巴屯의 한 교당敎堂에서 야간 모임을 열었다. 이 자리에 참석한 사람들은 대부분 히엔賢과 허우厚의 여당餘黨으로 프랑스인에 대한 원망이 매우 깊었다. 그 외의 사람들은 혹 티엔學善과 뚜 딩秀定의 운동으로 온 자들이었는데 모두 우리를 위해 뒤를 지켜주는 방패가 되어주겠다고 하였다.

11월 국자감에서 물러나오며 섣달에는 집으로 돌아가겠다고 요청하였다. 그리고 국자감의 벗들과 작별하면서 내년에 다시 국자감에 나와

---

20 周 : 저본에는 '朱'로 되어 있으나 전집본에 의거하여 수정하였다.

회시會試를 기다리자고 약속하였다. 내가 국자감에 머무른 것이 무릇 2년 이었지만 국자감 사람들 가운데 나와 뜻을 같이하는 자는 겨우 한두 명 뿐이었다. 후에의 학계에서 얻은 바가 이와 같았다.

12월 상순 나는 응으 하이 옹, 뜨 낑과 함께 띠에우 라 집에서 가까운 벗 몇 사람을 만났다. 오 지아烏耶 쩡程 공, 똔 텃 또와이宗室璲, 쭈 트 동周書同 등 서너 명이 각자 맡을 일을 상의하여 결정하였는데, 외국으로 나가 도움을 구하는 일은 나와 땅 밧 호, 당 뜨 낑이 맡았고, 국내에서 당이 진행하는 여러 일을 처리하는 것은 전적으로 띠에우 라와 응으 하이가 맡았다. 계획이 세워지고 나서 나는 띠에우 라와 작별하였다. 만리장도의 행차가 실로 이때부터 시작된 것이다. 이후에는 오직 당 뜨 낑만이 띠에우 라 집에 자주 왕래하였으니 나와 땅 군은 이날이 띠에우 라와 영원히 이별하는 날이 되고 말았다. 아! 문경지교刎頸之交는 드물고 바다와 하늘 사이의 길은 멀기만 한데, 닭이 울고 비바람 치는 사이로 몽혼夢魂만이 떠돌고 있으니 이다지도 아플 수 있을까! 다음날 나는 후에로 돌아가 기외후의 집으로 가서 일본으로 떠날 계획에 대해 말하였다. 향후 그를 모시고 외국으로 나갈 뜻도 미리 알리니 기외후는 또한 수락하였다.

12월 중순, 나는 집으로 돌아갔다. 앞서 수년간 내가 은밀히 남북을 오가며 응에안을 지난 것이 대여섯 차례였는데 번번이 집에 들르지 않았기에 마을 사람들은 그저 내가 국자감에서 부지런히 학업에 힘쓰는 줄 알고 있었다. 장차 멀리 떠나게 되매 일부러 집에 한번 가서 얼마간 머물며 집안의 사당과 분묘 등 각종 일을 정리하면서 내게 별다른 계획이 없는 것처럼 사람들에게 보이도록 행동하였다. 12월 그믐, 약속대로 땅 밧 호

군이 집에 왔고 레 보黎瑪와 도이 구이엔隊淵 등도 이르렀는데 모두 약간의 전별금을 가지고 왔다. 다이 동大同의 쩐 동 퐁陳東風 군은 백은白銀 15홀笏을 나에게 주며 호걸스러운 의리를 보이니 대단히 가상한 자였다. 쩐 군은 이때 나를 처음으로 만나 벗이 되었다. 받은 전별금을 헤아려보니 모두 3천 원이었는데 뜻을 같이하는 벗들이 준 것 외에는 모두 띠에우 라가 마련하여 준 것이었다. 그리고 쭈 트 동이 자의自意로 준 3백 원이 있었고, 나머지는 모두 운동으로 얻은 것이니 띠에우 라 선생의 힘이었다.

원문

乙巳年正月初一日, 予先遣曾君北行, 俟予於南定孔君之家, 慮出發辰有異人, 易爲人指摘故也. 初四日, 春首事完, 予以書招同志數十人於予家, 開最後之別席. 且辭別於鄉里, 告以再赴京坐監謀官之志. 卽於是日, 首途. 黎君瑪, 送至乂城, 陪予行者, 惟鄧子敬. 河靜陳君秉, 則願送予至南定. 陳君, 敎徒中之錚錚者, 能硏究洋書, 自製洋槍及彈藥, 奇巧絶倫. 予初謀爲暴動之擧, 首結識君, 予出洋後, 君以入山製槍事, 竟得重病, 齎志以沒.

予之初上途也, 經擧人陳文良家宿一夕, 陳君家素貧, 然與予爲硯席摯友, 微知予行意, 罄家所藏, 得銀十元, 出以贈予, 謂予曰:"十年至交, 萬里一別. 姑以銀一元, 償一年友債. 此外非予所知也." 予大笑而受之.

至乂城, 謁台山鄧先生. 時先生, 方督乂安學堂, 先生謂予曰:"君行矣. 在內所急者, 爲開民智植人才之事, 予與集川等諸人任之." 予价紹魚海君於先生, 宿談一夕, 越日, 上[21]火車至南定. 入督辦孔宅, 則曾公已在是.

又遲數日, 以俟行賵之至. 蓋予等自家出發時, 不敢多帶金錢, 另由廣南某

君·河靜某君, 分任齎送之役. 月之十五日, 二君至. 陳君秉, 別予南回. 予與
曾·鄧二君, 則取路河內至海防. 此二處, 皆有曾公密友, 故所至如意. 遂於
月之二十日, 搭海防洋商船, 船爲由海防至芒街者. 自是以下, 則入於予出洋
始終之歷史.

번역 동지들과 작별하다

　을사년[1905] 정월 초하루에 나는 땅 군을 먼저 북쪽으로 보내 남딩의 콩
독판 집에서 나를 기다리라고 하였다. 출발할 때 낯선 사람이 있으면 사
람들에게 지목당하기 쉽기 때문이었다. 정월 초사일 새해를 맞이하는 일
들이 마무리되자 나는 편지를 써서 동지 수십 명을 내 집으로 초청하여
최후의 송별 모임을 열었다. 그리고 마을 사람들에게도 작별 인사를 하
며 다시 후에에 가서 국자감에 들어가 관리가 되려 한다고 알렸다. 그러
고 나서 바로 이날 길을 나섰다. 레 보가 응에안 성까지 전송하였고 나를
배행하는 이는 오직 당 뜨 낑뿐이었다. 하띵河靜의 쩐 빈陳秉 군이 나를 남
딩까지 전송하고자 하였다. 쩐 빈은 기독교도 가운데 쟁쟁한 자로서, 서
양 서적을 연구하여 스스로 서양식 총과 탄약을 제작하였는데 그 기교가
매우 뛰어났다. 내가 처음 폭동의 거사를 계획할 때 그와 인연을 맺었는
데 그는 내가 외국으로 나간 이후 산에 들어가 병기 제작하는 일을 하다
가 결국 중병을 얻어 뜻을 품은 채 죽고 말았다.

　내가 처음 길에 올라 거인擧人 쩐 반 르엉陳文良의 집을 지나게 되어 그곳

21　上 : 저본에는 '出'로 되어 있으나 전집본에 의거하여 바로잡았다.

에서 하룻밤을 묵었다. 쩐 군은 집이 가난하였으나 어려서부터 나와 벼루를 같이 썼던 가까운 벗이기에, 내가 떠날 뜻을 짐짓 눈치채고는 집에 있는 돈을 긁어모아 은 10원을 마련해서 내게 주며 말하였다. "10년 동안 깊이 사귀었거늘 만 리 밖으로 이별하네. 그저 은 1원으로 일 년씩 우정의 빚을 갚고자 하니, 이밖에는 내가 알 바가 아니오." 나는 크게 웃으며 그것을 받았다.

응에안乂安 성에 이르러 타이 선台山 당鄧 선생을 뵈었다. 이때 선생은 바야흐로 응에안 학당을 맡고 있었다. 선생이 내게 말하였다. "그대는 떠나시오. 국내에서 급히 해야 하는 일은 민지民智를 열고 인재를 기르는 일인데 이는 나와 떱 쑤이엔集川 등 여러 사람이 맡을 것이오." 나는 선생에게 응으 하이 군을 소개하고 그곳에 하룻밤 머무르며 이야기를 나누었다. 다음날 열차를 타고 남딩에 이르러 콩 독판의 집에 들어갔는데 땅 밧 호가 이미 와있었다.

그곳에서 여비가 도착하기를 기다리느라 며칠을 지체하였다. 대개 우리가 집에서 떠나올 때 금전을 많이 휴대할 수 없어서 따로 꽝남의 모군某君과 하띵의 모군에게 자금 운반하는 일을 나누어 맡겼다. 이달 15일 두 사람이 도착하였다. 쩐 빈은 나와 인사하고 남쪽으로 돌아갔다. 나는 땅 밧 호와 당 뜨 낑 두 사람과 함께 하노이河內 길을 따라 하이퐁海防에 이르렀다. 그 두 곳에는 모두 땅 밧 호의 친밀한 벗이 있어서 가는 곳마다 순조로웠다. 마침내 이달 20일 하이퐁에서 서양 상선을 탔다. 배는 하이퐁에서 몽까이芒街로 가는 선편이었다. 이제부터는 내가 해외로 나간 시말始末을 기술하는 역사로 들어간다.

제3부

외교활동의 전면에 나서다

◎ 연표 제3기

원문

乙巳年, 予三十有八歲矣. 其年正月二十日, 發海防, 曾君謂予曰："由水程入華有二路, 其一偸度竹山, 入中國之防城縣界, 此路頗艱險 而易於秘密. 其一走芒街, 過一江橋, 入中國之東興縣界, 此路頗平坦, 而難於掩藏. 我今所行宜偸度竹山爲便."

晚九點鍾辰, 船泊玉山. 予三人離船上陸. 蓋予等皆飾爲行商樣, 船中法人不之問也. 【茶點】步行約半日程, 至某漁村, 曾公出十字架, 令予繫之於頸, 此全村皆敎民, 但見十字架, 無却拒者. 旣則入一老漁家. 家主爲曾公舊識, 與主人飮食時, 亦額手作十字形, 行祈禱禮, 主人大歡. 是日夜深, 逾十二點鍾, 主人爲雇借一漁船, 潛度予三人偸渡江, 舟行有又二點之久, 橫舟上岸, 則已入中國防城縣界矣.

正月二十二日, 早宿於竹山市船戶洗龍之家, 洗亦曾公舊識 安置行裝畢, 念鴻鵠脫籠, 則不覺喜極欲狂, 因此間絶無法人耳目也.

由竹山至廣東, 有二條路, 一由陸程, 橫度江, 上東興, 經欽州至廉州, 乘北海洋船, 至香港. 一由水程, 乘航船江行, 經欽州以至廉州, 可搭洋船達香港, 如遇順風則帆船亦可達. 時主人將行商赴港, 予等遂乘其帆船, 航行至北海. 凡六日, 乃改乘北海洋船至香港.

번역 **은밀히 중국으로 가다**

을사년[1905] 나는 38세가 되었다. 이해 정월 20일 하이퐁을 출발하였다. 땅 군이 나에게 말하였다. "수로水路로 중국에 들어가는 방법은 두 가지가 있습니다. 하나는 몰래 주산竹山을 넘어 중국의 팡청현防城縣 경계로 들어가는 것인데, 이 길은 몹시 험난하지만 은밀히 이동하기에 용이합니다. 다른 하나는 몽까이로 가서 강의 다리를 건너 중국의 둥싱현東興縣 경계로 들어가는 것으로 이 길은 자못 평탄하나 몸을 숨기기가 어렵습니다. 우리가 지금 움직일 때는 마땅히 몰래 주산을 건너가는 것이 좋겠습니다."

밤 9시에 배가 웅옥선玉山에 정박하였다. 우리 세 사람은 배에서 내려 육지로 올라갔다. 우리는 모두 행상行商 차림을 하고 있었기 때문에 배 안의 프랑스인들은 아무것도 묻지 않았다. 약 반나절을 걸어 짜꼬茶坫 어느 어촌에 이르렀는데, 땅 공은 십자가를 꺼내 내 목에 걸도록 하였다. 이곳은 온 마을 사람이 기독교인이어서 십자가를 보기만 하면 내치지 않는다는 것이었다. 이윽고 어떤 늙은 어부의 집에 들어갔는데 집주인은 땅 공과 구면이었다. 우리는 집주인과 식사를 할 때 이마에 손으로 십자 모양을 그리며 기도의 예를 행하였고 이에 집주인은 크게 기뻐하였다. 이날 밤이 깊어 12시가 지나자 주인은 어선 한 척을 빌려 우리 세 사람이 몰래 강을 건널 수 있도록 해주었다. 배가 출발하고 2시간이 지나 배를 대고 뭍에 올랐다. 벌써 중국 팡청현의 경계에 들어온 것이었다. 정월 22일, 아침 일찍 주산 시장에서 배를 부리는 씨 롱洗龍의 집에 들어갔다. 씨 롱 또한 땅 공과 구면이었다. 행장을 모두 풀고 나니 기러기와 고니가 새장을 탈출한 것처럼 느껴져 나도 모르게 기쁨이 극에 달해 미칠 것 같았다. 이곳에는 프랑스인의 이목이 전혀 없었기 때문이다.

주산에서 광둥廣東까지는 두 갈래 길이 있었다. 하나는 육로를 통하는 것으로 강을 건너 둥싱東興에 상륙한 뒤 친저우欽州를 거쳐 리엔저우廉州에 이르러 베이하이北海에서 서양 상선을 타고 홍콩에 가는 길이고, 다른 하나는 수로인데 배를 타고 강을 따라가서 친저우를 지나 리엔저우에 이르러 서양 상선을 타고 홍콩에 가는 것이었다. 만약 순풍을 만난다면 범선帆船으로도 갈 수 있는 길이었다. 때마침 주인이 장사를 하러 홍콩에 간다기에 우리는 그 범선에 탔다. 그 배로 바다를 건너 베이하이에 도착하였고 6일 후 베이하이에서 서양 상선으로 바꾸어 타고 홍콩으로 갔다.

원문

　於無意中得一好友, 曰里慧, 爲船中廚夫長者. 君往來周視於雜客間, 頗與予三人爲遄逃客, 樂與予攀談, 然予未敢遽告以事, 惟力致慇懃, 約以赴港時, 請相会於旅店.

　二月上旬, 船至港, 君約於泰安客棧晤予, 予至棧宿一日夜, 曾公留予於是, 而獨往韶關 訪前亡臣宗室說陳撰[1]. 又一日里慧君來会予, 談論中頗曉大義, 且深疾法人所爲, 予告以此行之意, 君大感動, 願爲新黨効力. 自是以後, 陰輸金錢密送學生, 一切船中秘密事, 君力擔之. 由內輸出之金錢書信, 毫無錯誤. 而且絶不言及酬勞染指之要求, 忠誠之心, 久而彌篤. 其弟里罵, 亦不亞於君. 今聞此君被徒流. 嗟夫! 靑衿黃帶, 我國中此輩何限, 而熱誠義氣, 乃得之於廚傭中, 亦大可傳之事也.

　予抵港數日, 歷覽周圍各城庸, 見英人植民地各政策, 則大驚異. 道途之整

1　撰 : 저본에는 '譔'으로 되어 있으나 인명의 오류가 명백하므로 바로잡았다.

潔, 商業之蓄昌, 固不待言, 而外人入港之自由, 尤出予意外. 予等以異樣衣服
來此, 然無人問及通行券, 卽何國籍人, 亦不問及, 此爲予平生所經得未曾有.

번역 리 뚜에里慧와 인연을 맺다

이 과정에서 뜻하지 않게 리 뚜에里慧라는 좋은 친구를 만났는데, 그는
배의 주방장이었다. 리 뚜에는 수많은 승객 사이를 오가며 두루 살피다
가 우리 세 사람이 몰래 탈출하는 처지임을 눈치챘으나 나와 대화 나누
는 것을 즐거워하였다. 그러나 나는 아직 감히 사실대로 이야기해줄 수
없어 다만 힘써 정답게 대하였고, 홍콩에 당도하면 여관에서 만나자고
약속하였다.

2월 상순 배는 홍콩에 도착하였고, 리 뚜에와 타이안泰安 객잔客棧에서
만나기로 약속하였다. 객잔에서 하룻밤 묵었는데 땅 공은 나를 남겨두고
홀로 샤오꽌韶關에 가서 예전에 망명한 신하인 똔 텃 투이엣宗室說과 쩐 소
안陳撰을 방문하였다. 다음날 리 뚜에가 나를 찾아왔다. 이야기를 나누어
보니 그는 자못 대의大義를 알고 있었으며 프랑스인의 소행을 크게 미워
하고 있었다. 내가 이번 여행의 의도를 알려주니 그는 크게 감동하며 신
당新黨을 위해 힘을 보태고 싶어 하였다. 이후로 비밀리에 송금하거나 학
생을 보내는 등, 배를 통해 행하는 일체의 은밀한 일들은 리 뚜에가 힘을
다해 맡아주었다. 국내에서 보내는 금전과 서신은 조금의 착오도 없었으
며, 결코 노력을 보상해 달라거나 이익을 나누자는 언급도 없었다. 그 충
심은 시간이 지날수록 더욱 돈독해졌다. 그의 동생 리 뜨里喁 역시 형 못
지않았다. 그런데 지금 듣자니 이 사람들이 도형徒刑과 유형流刑[2]을 당하였

다고 한다. 아아, 청금황대^{靑衿黃帶3}의 유자^{儒者}들이 우리 베트남에 얼마나 많았던가! 그런데 열성적이고 의기^{義氣} 있는 자를 부엌 일하는 사람 중에 얻었으니, 크게 전할 만한 일이로다.

홍콩에 도착하고 며칠이 지나서 나는 주변 도시를 둘러보았다. 영국인의 각종 식민정책을 보고 매우 놀랐다. 도로가 잘 정돈되어 있고 깨끗하며 상업이 번창한 것은 굳이 말할 필요도 없고, 외국인이 항구에 자유로이 드나드는 것은 더욱 내 예상에서 벗어나는 것이었다. 우리가 다른 모양의 복식을 하고 이곳에 와도 우리에게 통행권을 제시하라거나 어느 나라 사람인지에 대해서도 묻지 않았다. 이는 내가 이전에 겪어보지 못한 일이었다.

원문

華人學堂報館, 凡數十間, 一爲商報, 卽爲保皇黨机關, 一爲中國日報, 卽革命黨机關. 予至商報, 求見其主任徐勤, 勤不納. 至中國日報, 報主任憑自由君, 亟邀予入, 筆談頗久, 大表同情於我黨所謀. 憑謂予曰: "迡之十年後, 吾黨排滿成功, 始能爲貴國援手, 今日尙非其時, 但以主藩舊關係 則求之滿政府中人, 亦未必全無補益, 現粤督岑春喧, 滿臣而漢人也. 且彼爲桂籍人【廣西】, 與越脣齒, 君其往愬彼, 或得一臂."

予初出境, 於外交事寔爲堂下人, 聞憑言信之. 爰製一書, 委曾君往省城,

2　도형(徒刑)과 유형(流刑) : 도형은 감금하여 강제노역을 시키는 형벌이고, 유형은 먼 곳으로 유배 보내는 형벌이다. 이 밖에 사형(死刑), 장형(杖刑), 태형(笞刑) 등의 형벌과 함께 '오형(五刑)'이라 불렸다.
3　청금황대(靑衿黃帶) : '푸른 소매와 노란 띠'라는 의미로 유생들의 복장을 형용하는 말이다.

托相識人爲岑幕賓姓周者, 達於岑督, 周約得岑旨則派人赴港招予. 予是書
爲外交文字之破題兒也. 其含有奢望可知, 因是駐港久之, 以俟岑信, 後竟杳
然. 予漸悟專制朝廷之無人, 滿淸與我朝一邱之貉耳.

予在國內, 曾得讀戊戌政變, 中國魂及新民叢報兩三篇, 皆爲梁啓超先生
所著者, 極歆慕其人. 適上海船中, 遇留美學生周椿君回國, 爲予道梁先生住
所, 則爲日本橫濱山下町梁館. 予大喜, 擬一到日本, 則必先謁見梁.

번역 홍콩에서의 외교 활동

중국인 학당과 신문사는 모두 수십 곳이었다. 그 가운데 하나는 『상보
商報』[4]로 보황당保皇黨 기관지였고, 또 하나는 『중국일보中國日報』[5]로 혁명당
기관지였다. 나는 상보에 가서 주임인 쒀친徐勤을 만나고자 하였으나 그
는 거절하였다. 다음으로 중국일보에 갔다. 신문사 주임 펑즈요우馮自由는
나를 극진히 맞아들여 오랫동안 필담을 나누었는데 우리 당이 도모하는
바에 크게 동의를 표하였다. 펑즈요우가 내게 말하였다. "10년 뒤에 우
리 당이 만주왕조를 몰아내는 데에 성공한다면 비로소 귀국貴國을 도울
수 있을 것입니다. 지금은 때가 아닙니다. 다만 중국과 베트남은 오래전
부터 천자국과 제후국의 관계였으므로 만주 정부에 있는 사람에게 원조
를 구한다면 전혀 도움이 없지는 않을 것입니다. 현재 광둥 총독 천춘쒀

---

4 『상보(商報)』: 보황파였던 쒀친(徐勤, 1873~1945)이 1904년 홍콩에서 창간한 신문이
다. 우씨엔즈(伍憲子, 1881~1959)가 주필이었으며 '부만보황(扶滿保皇)'을 표방한 신
문이었다.
5 『중국일보(中國日報)』: 신해혁명에 참여했던 천샤오바이(陳少白, 1869~1934)가 1900
년에서 창간한 신문으로 보황당과 계속 대립하다가 1906년 홍콩의 거부였던 리위탕(李
煜堂)에게 팔렸고 이후 상업적 신문이 되었다.

엔岑春暄은 만주왕조의 신하인데 한인漢人입니다. 그리고 그는 구이저우桂州, 廣西에 적을 둔 사람으로, 광시와 광둥은 순치脣齒의 관계입니다. 그대가 가서 하소연한다면 혹 도움을 얻을지도 모릅니다."

나는 처음으로 국경을 벗어난 처지였기에 외교 업무에 있어 실로 하수下手였으므로 펑즈요우의 말을 그대로 믿었다. 이에 글 한 편을 지어 땅 군에게 주며 광둥에 가서 천춘쉬엔의 막객幕客으로 땅 군과 서로 아는 사이인 쩌우周 성을 쓰는 자를 찾아가 부탁하여 천 총독에게 전달해 달라고 하였다. 그러한 결과 쩌우는 천 총독의 뜻을 얻게 되면 홍콩으로 사람을 보내 나를 부르겠다고 약속의 뜻을 보내왔다. 이 글은 내가 처음으로 작성한 외교문서였으니 얼마나 희망 사항으로 가득 차 있었을지 알 만하다. 이에 나는 천 총독의 서신을 기다리며 홍콩에 오래 머물렀으나 끝내 감감무소식이었다. 나는 전제專制 조정에는 도와줄 사람이 없음을 점차 깨닫게 되었다. 만주족의 청나라 조정과 우리 왕조는 일구지학一邱之貉[6]일 뿐이었다.

내가 국내에 있을 때 일찍이 『무술정변戊戌政變』, 『중국혼中國魂』, 그리고 『신민총보新民叢報』 두세 편을 읽은 적이 있다. 모두 량치차오梁啓超 선생의 저작[7]이었기에 그를 매우 존경하고 사모하였다. 마침 상하이로 가는 배

---

6 일구지학(一邱之貉) : '한 언덕에 사는 오소리'라는 뜻인데 아무런 차이가 없는 같은 종류임을 말할 때 쓰는 표현이다. 여기서는 청나라 왕조와 베트남 응우옌 왕조가 무기력하다는 점에서 아무런 차별점이 없다는 뜻을 나타내고 있다.

7 량치차오(梁啓超) 선생의 저작 : 『무술정변』은 중국 무술변법 운동의 시말을 기록한 책으로 1898년에 출간하였고, 『중국혼』은 무술변법 운동이 실패한 뒤에 일본으로 건너간 량치차오가 일본의 '대화혼(大和魂)'에 자극받아 중국인의 역사의식을 고취하기 위한 목적으로 저술한 책이다. 『신민총보』는 량치차오가 일본에 머물며 발간한 반월간 잡지로 1902년부터 1907년까지 96호가 발행되었으며 민주주의를 반대하고 입헌군주제를 찬

에서 미국에서 유학했던 쩌우춘周椿 군을 만났는데 그는 중국으로 돌아가는 길이었다. 쩌우춘 군은 내게 량 선생의 주소를 말해주었으니 바로 '일본 요코하마 야마시타쵸山下町 양관梁館'이었다. 나는 매우 기뻐하며 일본에 도착하면 반드시 먼저 량 선생을 만나보아야겠다고 생각하였다.

三月上旬, 船到上海, 赴日之心甚急, 奈此時日俄戰爭, 方在結束中, 日本商船被政府收留, 故上海更無日船, 其餘洋商船往日, 亦因戰事未完, 俱滯留不發. 予等不得已停宿於上海, 一月有餘, 四月中旬, 日俄戰事已停, 始有日商船至上海. 予等藉中國留日學生湖南趙君爲指南針, 共乘日船至橫濱, 所最苦者, 日語旣不通, 而華語又不甚曉, 筆談手語, 煩累滋多, 寔外交家之奇恥也.

四月下旬, 船抵神戶, 予等行裝頗重, 日本言語習慣俱不曉, 幸趙君爲予炤料, 引予入旅館, 宿一夕, 卽乘早車赴橫濱, 途中車上, 凡諸所需, 悉由趙君代辨. 行客相逢, 儼如兄弟, 不辭勞不責報, 大國民之美質誠然哉! 亦漢文之媒妁也.

先是予晤趙君, 知君爲革命黨人, 故予將謁梁之事, 不敢談及, 蓋革命與保皇, 互相氷炭. 予至香港, 已稔聞之, 旣至橫濱, 則趙君別予, 謂予曰 : "今我等赴東京, 此處爲橫濱, 君等所需, 已囑日本警吏, 爲君炤料矣." 予茫然, 亦强應曰 : "諾." 旣則下車, 至站門, 因行李不可覓, 呆立站口久之. 有日本人

양하는 기조였다.

戴白帽而帶佩刀, 來予前, 敬禮予, 出懷中小簿, 筆談予曰：“君等何以不去?”
予曰：“覓不得行李, 是以不去.” 其人曰：“予已爲君等買一旅館券矣. 所有
行李, 君等至舘, 卽得之.” 乃招人力車三輛, 引予等上車, 且囑車夫數句語.
頃則至一舘, 名曰田中旅館, 坐未定, 而予等之行李至矣. 蓋日本火車規則,
客與行李不得並裝, 人與畜物, 不能同載, 雖四等車亦然, 謹衛生, 護行客,
每座必明揭載客若干人爲限, 客所有行李, 由車役夫善視之. 且爲之護送, 車
中人無拾遺者. 予與曾公嘗遺脫什物於車上, 後數日仍覓得之. 予於是嘆强
國之政治, 與其國民之程度, 只此一事, 視我國何啻天淵哉!

번역 일본으로 건너가다

3월 상순, 배가 상하이에 도착하자 일본에 가고 싶은 마음이 더욱 급
해졌다. 이때 러일전쟁이 아직 끝나지 않아서 일본 상선은 정부에 징발
된 상태였다. 그래서 상하이에 일본 배는 없고 서양 상선만이 일본을 왕
래하였다. 그리고 전쟁이 아직 마무리되지 않아 모든 사람의 발이 묶여
출발하지 못하고 있었기에, 우리는 부득이 상하이에 한 달 남짓 머물러
야 했다. 4월 중순 러일전쟁이 끝나자 비로소 일본 상선이 상하이에 왔
다. 우리는 중국인 일본 유학생인 후난湖南 출신의 짜오趙 군을 길잡이 삼
아 일본 상선에 올랐고 요코하마에 도착할 수 있었다. 가장 괴로웠던 점
은 일본어도 모르고 중국어도 잘 알아듣지 못해서 필담으로 의사를 소통
하거나 몸동작을 활용해야 하니 굉장히 번거로웠다는 것이다. 참으로 외
교를 맡은 자로서 부끄럽기 그지없었다.

4월 하순, 배가 고베神戸에 이르렀다. 우리의 행장은 몹시 무거웠고 일

본 언어와 관습에도 익숙하지 않았지만, 다행히 짜오 군이 잘 이끌어주었다. 짜오 군은 우리를 여관으로 인도하여 하룻밤 묵게 한 뒤, 다음날 새벽 기차로 요코하마를 향해 출발할 수 있도록 해주었다. 가는 도중 차에서 필요한 모든 것들도 짜오 군이 대신 해결해주었다. 나그네로 만났으나 마치 친형제처럼 수고로움을 마다하지 않고 보답도 요구하지 않으니, 대국大國 백성의 아름다운 자질은 진실로 이러한 것인가! 그리고 이는 역시 한문이라는 매개가 있었기에 가능하였다고 보아야 한다.

이보다 앞서 내가 짜오 군을 만났을 때 나는 그가 혁명당원임을 알아보았기에 량치차오를 만나는 일에 대해서는 언급하지 않았다. 혁명을 수행하는 것과 황제를 보좌하는 것이 서로 빙탄氷炭의 관계임은 내가 홍콩에 갔을 때 이미 들어서 알고 있었기 때문이다. 요코하마에 도착하자 짜오 군이 내게 작별을 고하며 말하였다. "이제 저는 도쿄東京로 갑니다. 이곳은 요코하마입니다. 당신들에게 필요한 것들은 일본 경찰에게 이미 부탁해 놓았으니 잘 보살펴줄 것입니다." 나는 망연자실했지만 애써 알겠다고 대답하였다. 이윽고 열차에서 내려 역문을 나서는데 짐을 찾을 수 없었다. 역 입구에서 한참 동안 멍하니 서 있는데, 흰 모자를 쓰고 허리에 칼을 찬 일본인이 내 앞에 와서 정중히 예를 갖추고는 가슴에서 작은 공책을 꺼내 글을 써서 보여주었다. "그대들은 어찌하여 가지 않습니까?" 나는 "짐을 찾지 못해 가지 못하고 있습니다"라고 써서 보여주었다. 그는 "제가 이미 그대들을 위해 숙박권 하나를 샀습니다. 모든 짐은 그대들이 여관에 도착하면 곧 받게 될 것입니다"라고 하였다. 이에 인력거 3대를 불러 우리를 태우고 인력거꾼에게 몇 마디 말을 하며 부탁하였다.

얼마 지나지 않아 우리는 여관에 도착하였고 그 여관 이름은 '타나카田中'였다. 아직 자리에 앉지도 않았는데 우리 짐이 배달되었다. 일본 열차 규정에는 승객이 짐을 들고 타지 못하며 가축도 함께 타지 못하도록 하였다. 아무리 4등 열차라고 해도 그렇게 하였으며 위생에 신경 쓰고 여행객을 보호하여 객차마다 승객 인원수를 분명히 게시하며 제한하였다. 탑승객 소유의 짐은 열차 승무원들이 잘 관리하고 호송하였다. 열차에는 물건을 주워가는 사람도 없어서 나와 땅 공이 열차에서 물건을 잃어버렸다가 며칠 뒤에 다시 찾은 적도 있었다. 이에 강대국의 정치와 국민의 수준에 감탄하였다. 단지 이 일 하나만 가지고 우리 베트남과 비교해보더라도 천양지차라 할 수 있었다.

원문

越數日, 修一書, 自价紹於梁啓超. 書中有句云, '落地一聲哭, 卽已相知, 讀書十年眼, 遂成通家.'云云. 梁得書大感動, 遂請予入, 酬應語多曾公譯之, 心事之談, 多用筆話. 梁公欲悉其辭詞, 約於次日再会, 筆談可三四點鍾, 略記其最有深意之詞如下. 一, 貴國不患無獨立之日, 而但患其無獨立之民. 二, 謀圖光復之計劃有三要件. 一, 貴國之內之寔力, 二, 兩廣之援助, 三, 日本之聲援. 貴國內苟無寔力, 則下二條, 皆非貴國之福【公又附註云, 貴國寔力, 爲民智民氣與人才, 兩廣之援, 爲軍與餉械, 日本聲援, 爲外交上, 亞州强國首先承認獨立之一國】. 三, 【時因予談及求援日本之事, 公乃云】此策恐非善, 日兵一入境 決無能驅之使出之理 是欲存國而益以促其亡也. 四. 貴國不患無獨立之机会, 只患無能乘机会之人才, 德與法宣戰之辰, 則爲貴國獨立之絶好机会也.

又數日, 予請梁公爲予价紹於日本政治家, 蓋欲達求援之目的也. 公乃約
予於五月中旬, 引予見大隈伯爵, 伯曾兩次首相, 爲維新功臣 而現爲進步黨
之黨魁也. 至日, 予謁公, 公曰："欲見大隈, 必先見犬養毅子爵, 此人爲前文
部大臣, 而現進步黨大總理, 大隈之健將也. 日本於民黨中, 此二人最有力."

번역 량치차오를 만나다

며칠 뒤 편지 한 통을 써서 량치차오에게 나 자신을 소개하였다. 편지
내용 중 '한번 소리 내 울며 태어나 이미 서로 알았습니다.[8] 선생의 글을
10년간 읽다가 마침내 친교를 맺고자 합니다'라고 운운하는 몇 구절이
있었다. 량 공은 편지를 보고는 크게 감동하며 나를 맞이하였다. 주고받
는 이야기의 대부분은 땅 공이 통역해주었지만, 마음속 이야기는 필담으
로 나누었다. 량 공이 더 이야기하고 싶어 하기에 다음날 다시 만나기로
약속하였다. 필담은 서너 시간 동안 이어졌다. 가장 심도 있게 이야기했
던 내용을 다음과 같이 간략히 기록한다.

첫째, 귀국貴國은 독립되는 날이 오지 않을까 걱정하지 말고, 다만 독립
의 의지가 있는 백성이 없을까 걱정해야 한다.

둘째, 광복의 계획으로 세 가지 요건이 필요하다.

① 귀국 국내의 실력

② 양광兩廣, 광둥과 광시]의 원조

---

8 한번 ~ 알았습니다 : 원문은 "落地一聲哭, 卽已相知"인데 이는 도연명(陶淵明) 「잡시(雜
詩)」의 "땅에 태어나면 이미 형제가 되니, 어찌 꼭 골육 관계만 친하리오[落地爲兄弟, 何
必骨肉親]"라는 표현을 가져온 것이다. 인류는 모두 형제라는 뜻을 표현한 것이다.

③ 일본의 성원

귀국 내에 진실로 실력이 없다면 아래 두 조건은 모두 귀국의 복이 아니다. 【량 공이 또 주註를 붙였다. '귀국의 실력은 민지民智, 민기民氣, 그리고 인재人才이다. 양광의 원조는 군대와 군량, 그리고 무기이다. 일본의 성원은 외교상으로 하는 것이니 아시아 강국이 우선 하나의 독립된 국가로 승인해주는 것이다.】

셋째, 【이때 내가 일본의 성원을 구하는 일을 언급했기에 량 공이 말한 것이다】 이 계책은 좋지 않은 듯하다. 일본 군대가 한번 국경을 넘어 들어오면 결코 다시 몰아낼 방도가 없으니, 이는 나라를 보존하려다가 도리어 멸망을 재촉하는 꼴이 된다.

넷째, 귀국은 독립의 기회가 없을까 근심하지 말고 기회를 이용할 인재가 없을까 근심해야 한다. 독일과 프랑스가 전쟁을 선포하는 때가 곧 귀국이 독립할 수 있는 절호의 기회이다.

또 수일이 지나 나는 량 공에게 일본 정치인을 소개해달라고 청하였다. 원조를 구하려는 목적을 달성하기 위해서였다. 공은 5월 중순에 오쿠마 시게노부大隈 백작伯爵과 만나게 해주겠다고 약속하였다. 백작은 일찍이 두 차례나 수상을 지낸 메이지유신의 공신이자 현재 진보당의 당수였다. 약속한 날에 나는 량 공을 방문하였다. 량 공이 말하였다. "오쿠마 시게노부를 보려면 반드시 먼저 이누카이 쓰요시犬養毅 자작子爵을 만나야 합니다. 이 사람은 전 문부대신으로 현재 진보당 대총리大總理이고 오쿠마 시게노부의 맹장입니다. 일본 민당民黨에서 이 두 사람이 가장 힘이 있습니다."

於其日, 梁公偕予二人赴東京, 先謁見犬養毅. 又因犬養毅引謁大隈伯爵, 相見時賓主俱甚歡, 繼談及求援事. 養毅問予曰: "君等求援之事, 亦有國中尊長之旨乎? 若在君主之國, 則須皇系一人爲宜. 君等曾籌及此否?" 予曰: "有之."

乃於袖中出圻外侯乞通行劵文示之, 養毅曰: "宜翼此人出境, 不然將落於敵人之手." 予曰: "然. 我等已籌及此矣."

時則大隈·犬養·梁公三人互談久之, 謂予曰: "以民黨援君則可, 以兵力援君, 則今非其時, 現辰戰國情勢, 非法日單獨問題, 乃歐亞競勝之問題, 日本欲援貴國, 則必與法開戰, 日法開戰, 則全球之戰机皆動. 以今日之日本, 與全歐爭, 力尙不足. 君等能隱忍, 以待机会之至乎?" 予曰: "苟能隱忍, 則予等何苦爲秦庭之泣?"

大隈曰: "今日君等至此, 予等始知有越南人. 印度·波蘭·埃及·菲律賓, 亦皆亡國. 然無若是之幽閉者. 君等能鼓動國中人士, 多數棄國出外, 使其耳目一新, 無論至何一國, 操何一業, 皆可喚吸空氣, 精神無悶死之憂, 此爲救亡之急圖也."

犬養又謂予曰: "君等旣曾組織成一革命黨乎?" 予心此時羞慚欲死, 自念國中尙無眞正完全之革黨者. 然亦飾詞以對曰: "組織則有之, 然黨勢尙微薄, 幾等於零." 大隈又云, "君等能率其黨人來此. 我國能盡收容之, 抑或君等樂居我國, 我且爲君援室, 優待以外賓之禮, 生計亦無可憂. 尙俠義重愛國, 我日本國人之特性也." 隈語此辰, 頗覺自豪, 予耻之, 答曰: "予等跋涉重洋而來, 本爲我國我民死中求活之計, 若但得我身快活, 而我國我民, 仍在地獄之中, 我竟忘之, 諸公亦何用敬重此人爲?"

梁公在旁, 取筆書於紙, 以示隈伯, 諸人曰："此人大可敬." 犬養夫人, 亦出陪坐, 以所持扇, 乞予題字. 予題曰："四方風動, 惟乃之休." 座中有日本衆議院議員柏原文太郎者, 旣閱盡予與三人筆談之紙, 則語予曰："予今日見君等, 恍若讀小說中古豪傑傳. 蓋越人至扶桑, 與我士夫接觸, 寔君爲第一人." 故予至此極悲, 我國民之無遠圖, 而法人幽闇之術, 何竟窮奇極巧如是哉! 会談自上午至暮乃散. 此爲予與日本人接觸之第一日.

梁公復招予至宅, 爲予商確圖存之計, 以筆談互問答甚詳. 略云, 我國與貴國, 以地理歷史之關係, 二千餘年, 密切甚於兄弟. 豈有其兄立視弟之死而不之救乎? 哀哀諸公, 徒肉食耳. 予心痛之, 予彈竭心慮, 現辰只有二策, 爲能貢獻於君者. 其一, 多以劇烈悲痛之文字, 摹寫貴國淪亡之病狀, 與法人滅人國種之毒謀, 宣布於世界. 或能喚起世界之輿論, 爲君等外交之媒价, 此一策也. 君今能回國, 或以文書寄回國內, 鼓動多數青年出洋遊學, 藉爲興民氣開民智之基礎, 又一策也. 此二策外, 則惟有臥薪嘗膽, 畜憤待時. 一旦我國大強, 則必對外宣戰, 發第一之砲聲, 寔爲對法. 蓋貴國毗連我境, 而越桂滇越二鐵路, 寔爲我腹心之憂. 我國志士仁人無一辰忘此者. 君且待之.

予此時腦界限界, 爲之豁然, 深悟從前思想及所經營, 皆孟浪荒唐, 無足取者, 於是首述越南亡國史一書, 以示梁公, 請爲出版, 公許之. 旬日而書印成. 予詣梁公請歸國.

번역 일본 정계의 요인을 만나다—이누카이 쓰요시, 오쿠마 시게노부

그날 량 공은 우리 두 사람과 함께 도쿄에 갔다. 먼저 이누카이 쓰요시

를 만난 후 그의 소개로 오쿠마 시게노부 백작을 만났다. 서로 만났을 때 손님과 주인 모두 매우 기뻐하였다. 대화를 이어가다가 원조를 청하는 일에 이르자 이누카이 쓰요시가 내게 물었다. "당신들이 원조를 요청하는 일에 있어서 귀국의 존장尊長 또한 합의하였습니까? 만약 군주의 나라라면 반드시 황실 계통의 한 사람을 정하는 것이 좋습니다. 당신들은 이것까지 준비했습니까?" 나는 "그렇습니다"라고 하였다.

이에 소매에서 기외후의 통행권을 요청하는 문서를 보여주니 이누카이 쓰요시가 말하였다. "마땅히 이 분이 국경을 넘을 수 있도록 도와야 합니다. 그렇지 않으면 적의 수중에 떨어질 것입니다." 내가 말하였다. "그렇습니다. 저희도 이미 거기까지 생각하고 있습니다."

이때 오쿠마 시게노부, 이누카이 쓰요시, 량치차오 세 사람이 오랫동안 이야기를 나누고는 내게 말하였다. "민당으로서 그대들을 원조하는 것은 가능하지만 병력을 지원하는 것은 지금 적당한 시기가 아닙니다. 현재 위태로운 국제 정세상 이는 일본과 프랑스만의 단독 문제가 아니고 곧 유럽과 아시아 전체가 승부를 겨루는 문제입니다. 일본이 귀국을 돕고자 한다면 반드시 프랑스와 전쟁을 해야 하는데, 일본과 프랑스가 전쟁을 시작하면 전 세계의 전쟁이 일어나게 됩니다. 지금의 일본이 유럽 전체와 싸우기에는 아직 힘이 부족합니다. 그대들은 인내하며 기회가 오기를 기다릴 수 있겠습니까?" 내가 말하였다. "만약 은인자중할 요량이었다면 저희가 무엇 때문에 외국에 와서 읍소하겠습니까?"

오쿠마 시게노부가 말하였다. "당신들이 이곳에 와서야 우리는 오늘날 비로소 베트남인에 대해 알게 되었습니다. 인도, 폴란드, 이집트, 필리핀이 모두 멸망하고 말았지만 베트남만큼 유폐幽閉된 곳이 없었습니다. 당신들이 국내 인사들을 격동시켜 많은 이들이 베트남을 떠나 외국에 가서 눈과 귀를 새롭게 하도록 할 수 있으면, 그들이 어느 나라에 가서 어떤 일을 하든 모두 새로운 공기를 마심으로써 답답해 죽고 싶은 정신상의 근심이 사라질 것입니다. 이것이 나라를 구하기 위해 급히 해야 할 일입니다."

이누카이 쓰요시가 다시 내게 말하였다. "당신들은 이미 혁명당을 조직하였습니까?" 나는 이때 부끄러워 죽고 싶을 지경이었다. 속으로 생각해 보니 베트남에는 아직 진정하고 완전한 혁명당이 없는 것이었다. 그러나 말을 꾸며 대답하였다. "조직이 있긴 합니다. 그런데 당세黨勢가 아직 미약하여 거의 영락한 수준입니다." 오쿠마 시게노부가 또 말하였다. "당신들이 당원들을 이끌고 이곳에 온다면 우리나라는 모두 수용할 것입니다. 아니면 혹시 당신들이라도 우리나라에서 살기를 원한다면 우리는 또한 당신들에게 살 집을 주고 외국 손님에 대한 예로써 후하게 대접할 것입니다. 생계도 걱정할 것이 없습니다. 의리를 숭상하고 애국을 중시하는 것이 우리 일본 국민의 특성입니다." 오쿠마 시게노부가 이 말을 할 때 자못 우월감을 드러내었기에 나는 그것을 수치스러워하며 대답하였다. "우리가 겹겹의 바다를 건너온 것은 죽어가는 우리 국민을 살릴 계획을 도모하기 위해서입니다. 만약 단지 내 몸만 편안히 지내면서 우리 국민이 여전히 지옥에서 지내는 것을 나 몰라라 한다면, 여러분들께서 어떻게 이 사람을 존중하겠습니까?"

량 공이 옆에 있다가 붓을 잡고 종이에 써서 오쿠마 시게노부에게 보여주니, 여러 사람이 "이 사람은 크게 존경할 만하다"라고 말하였다. 이 누카이 부인도 나와서 배석하였는데 가지고 있던 부채에 글귀를 써달라고 내게 부탁하기에, "사방에 바람이 부니, 이는 너의 아름다운 공덕이네"[9]라고 써주었다. 일본 중의원 의원인 가시하라 분타로柏原文太郎도 자리에 있었는데 나와 세 사람이 필담을 나눈 종이를 모두 살펴보더니 내게 말하였다. "제가 오늘 당신들을 보니 황홀하기가 마치 소설 속에 나오는 옛 호걸들의 이야기를 접하는 것 같습니다. 베트남인이 일본에 와서 우리 지식인들을 만난 것은 당신들이 처음일 것입니다." 이에 나는 너무도 서글퍼졌다. 우리 베트남 국민은 원대한 계획이 없거늘 프랑스인이 우리를 가두어 두는 방법은 어쩌면 이리도 교묘하단 말인가! 회담은 정오에 시작해서 저물녘이 되어서야 끝났다. 이는 내가 일본인과 최초로 접촉한 날이었다.

량 공이 다시 나를 집으로 불렀다. 나를 위해 나라와 국민을 보존할 계획을 상의하며 필담으로 매우 상세히 이야기를 나누었다. 그 내용은 대략 다음과 같다. "중국은 귀국과 지리적·역사적으로 이천여 년간 관계를 맺어 친밀함이 형제보다 깊습니다. 어찌 아우가 죽는 것을 그 형이 가만히 서서 보기만 하고 구하지 않을 수 있겠습니까? 그런데 무위도식하는 고관들이 그저 편안히 배만 불리고 있을 뿐이어서 제 마음이 애통합니다. 제가 마음을 다하여 생각해 보건대 현재로서는 다만 두 가지 방책이 있어 그대에게 알려드리고자 합니다. 첫 번째는 매우 극렬하고 비통

---

9 사방 ~ 공덕이네 : 원문은 "四方風動, 惟乃之休"인데 이는 『서경(書經)』「대우모(大禹謨)」의 한 구절로 순(舜)임금의 치적(治績)을 찬양하는 맥락에서 쓰였다.

한 문체로 귀국이 멸망에 이른 참상과 프랑스인이 다른 나라 국민의 씨를 말리려 하는 악랄한 음모를 고발하는 문장을 써서 세계에 널리 알리는 것입니다. 만약 세계 여론을 환기할 수 있다면 당신들의 외교에 있어 수단이 될 것입니다. 이것이 하나의 방책입니다. 당신들이 지금 베트남에 돌아가거나 아니면 편지를 국내에 보내 여러 청년을 격동시켜 바다를 건너 유학할 수 있게 한다면, 민기民氣를 흥기하고 민지民智를 여는 기초가 될 것입니다. 이것이 또 하나의 방책입니다. 이 두 가지 방책 외에는 오직 와신상담하며 분노를 삼키고 때를 기다리는 것뿐입니다. 일단 우리 중국이 강대국이 되어 외국을 상대로 선전포고를 하고 첫 번째 대포를 쏘게 된다면 그것은 실로 프랑스에 대해서일 것입니다. 귀국은 우리 중국과 국경이 인접해 있으며, 베트남에서 중국 구이린[桂林, 廣西]으로 연결되는 철도와 중국 윈난[雲南, 廣東]에서 베트남으로 연결되는 두 철로는 우리 마음속 근심거리입니다.[10] 중국의 지사志士와 인인仁人들은 잠시도 이를 잊은 적이 없습니다. 잠시 기다리십시오."

나는 이때 머리와 눈이 환히 열렸다. 종전에 지녔던 사상이나 도모했던 일들이 모두 맹랑하고 허황하여 족히 취할 것이 없음을 깊이 깨달은 것이다. 이에 우선 『월남망국사越南亡國史』 한 책을 지어 량치차오 공에게 보여주고 출판을 부탁하니 공이 허락하였다. 열흘 정도 걸려 책은 인쇄되었다. 나는 량 공에게 가서 귀국하겠다고 하였다.

---

10 베트남에서 ~ 근심거리입니다 : 여기서 량치차오는 프랑스가 철도를 이용해 중국 남부를 공략할 수 있다는 걱정을 말하고 있는 듯하다.

　辰乙巳年六月下旬也. 予留曾公於橫濱寓舍, 而予偕鄧子敬携越南亡國史數十本歸國, 此行目的有二, 其一, 爲謀挾坼外侯出洋, 其一, 爲謀帶俊秀青年數人出洋, 爲潛引国人遊學外洋之先導也. 蓋遣人遊學, 必需金錢, 而運動金錢, 必先得坼外侯出洋, 藉爲聲勢, 亦予此辰極無聊之計畫也.

　乙巳年, 七月上旬, 予發橫濱, 中旬至香港, 里慧君所服役之洋船至, 君爲設密計潛輸予回海防. 宿一夕, 剃鬚易服, 以白布覆頭, 爲北坼商客樣. 乘火船至南定, 抵岸, 時入夜矣. 乘夜歩行, 至定宅孔督辨家, 告以東行詳情, 囑君物色北坼一少俊. 住孔宅數日, 遣人先往廣南, 密告小羅, 而予改裝, 乘火車, 入乂沿途, 至寧平. 遇寧撫段公展, 公告以政府有嚴飭各地方, 密拿之令, 囑予小心.

　予急於清化途中下車, 歩行三日夜, 至河靜省. 投同志鄧君家, 招魚海來, 商以擁坼外侯出洋事, 魚海不願予入京, 固止之. 約台山先生, 密会於藍江之小舟, 示以梁公手筆各紙, 台山讀梁各書, 内有秘密組織援越之籌劃, 因謂予曰: "吾輩宜於國内, 乘此風潮, 組織農商學各会, 使我人知有團體, 然後鼓動進行, 易爲力. 此事當與集川等諸公共圖之." 予亦力贊其說. 後來朝陽商館, 及各處農会學会之創立, 皆此宗旨也.

　予因潛留乂靜間, 会各黨人, 商於送人出洋之策畧. 一, 爲精選青年, 須得聰俊好學, 而以忍苦耐勞能堅決不變者, 爲合格. 二, 爲籌辦經費, 由和平派與激烈派共謀之. 三, 爲審愼委送之人員, 須得十分可靠者. 四, 爲防備奸細混入與行情洩漏, 一切書件報告, 俱用特別符號代之. 若能但用無墨之文, 尤妙.

[번역] 첫 번째 귀국 — 인재를 물색하다

이때가 을사년1905 6월 하순이었다. 나는 땅 밧 호 공에게 요코하마의 우사寓舍에 있으라 하고, 당 뜨 낑과 함께 『월남망국사』 수십 권을 가지고 귀국하였다. 귀국에는 두 가지 목적이 있었다. 하나는 기외후를 외국으로 모시고 가려는 것이고, 다른 하나는 준수한 청년 몇 명을 데리고 외국으로 가려는 것이었다. 이는 베트남인들이 외국에 나가 유학하도록 은밀히 유도하는 선도로 삼기 위해서였다. 유학을 보내는 데에는 반드시 돈이 필요했고 모금 운동을 위해서는 무엇보다도 기외후를 외국으로 모실 필요가 있었다. 이 계획은 기외후의 명성과 세력에 기대는 것이어서, 나는 이때 굉장히 부끄러웠고 마음이 편치 않았다.

을사년1905 7월 상순, 나는 요코하마를 출발하였다. 나는 이달 중순에 홍콩에 도착하였고, 리 뚜에里慧 군이 근무하는 서양 선박도 홍콩에 들어 왔다. 리 뚜에 군은 나를 은밀히 하이퐁에 보내려는 계획을 세우고 있었다. 나는 하룻밤 묵은 뒤 수염을 자르고 옷을 갈아입었으며 하얀 천으로 머리를 뒤집어써서 박끼의 상인처럼 꾸몄다. 그리고는 증기선을 타고 남딩南定으로 갔다. 해안에 다다랐을 때 시간은 밤에 접어들고 있었다. 밤을 틈타 걸어서 콩 딩 짜익孔定宅 독판의 집에 도착하였다. 일본에서의 일을 자세히 말해주고 박끼의 젊은 준걸 한 사람을 물색해달라고 부탁하였다. 콩 독판의 집에 며칠 머물면서 사람을 먼저 꽝남에 보내 띠에우 라에게 은밀히 통보하였다. 나는 복장을 바꾸어 기차를 타고 응에안으로 들어가 그 길로 닝빙寧平으로 갔다. 우연히 닝빙 순무관인 도안 찌엔段展 공을 만났다. 공은 정부가 각 지방에 엄중하게 명령을 내려 비밀리에 나를 체포하도록 했다고 알려주며 조심하라고 당부하였다.

나는 타잉화淸化로 가는 도중에 급히 차에서 내렸다. 3일 밤낮을 걸어 하떵 성에 도착하여 나의 동지 당 반 바鄧文栢 군의 집에 투숙하였다. 그리고 응으 하이를 불러 기외후를 모시고 외국으로 나갈 일에 대해 상의하였다. 응으 하이는 내가 후에로 가지 않는 것이 좋겠다며 한사코 말렸다. 타이 선 선생과도 약속을 잡아 비밀리에 람지양藍江의 작은 배에서 만나 량치차오 공이 손수 쓴 각각의 문건을 보여주었다. 타이 선 선생이 읽은 량 공의 글 가운데 비밀조직을 만들어 베트남을 도와주겠다는 계획이 담긴 것도 있었다. 그것을 보고 내게 말하였다. "우리는 국내에서 이러한 풍조를 타고 농업·상업·학술 분야의 여러 모임을 마땅히 조직해야 합니다. 우리나라 사람들에게 어떤 단체가 있는지 알게 한 연후에 고무하고 진행하면 쉽게 힘을 얻을 수 있을 것입니다. 이 일은 띱 쑤이엔集川 등 여러 공과 도모해야 할 것입니다." 나도 그 말에 힘껏 찬성하였다. 후에 조양상관朝陽商館 및 곳곳에서 농회農會와 학회學會가 창립되니 모두 이 취지를 따른 것이다.

나는 은밀히 응에안과 하떵 사이에 머무르며 여러 당인黨人을 만나 인재를 외국으로 보낼 계책에 대해 다음과 같이 의논하였다. 첫째, 청년을 가려 뽑아 반드시 총명하고 학문을 좋아하는 자를 선발하되, 고난을 견딜 수 있으며 의지가 굳어 결단코 변절하지 않을 자를 선발한다. 둘째, 경비 마련은 온건파와 급진파가 함께 도모한다. 셋째, 인솔자를 신중히 골라야 하니 모름지기 전적으로 신뢰할 수 있는 자여야 한다. 넷째, 간교한 세작細作들의 침투와 비밀 누설 방비를 위해 모든 문건의 보고는 특별한 부호로 대신해야 하며, 먹을 사용하지 않는 문서면 더욱 좋다.

籌畫既定, 予於七月下旬, 再出北圻, 由海防舊路出洋. 與同行者, 有東渚阮式庚, 爲予師東溪先生之嫡男, 即今尙留德者, 高田某君【阮典】, 清化某君【黎潔】, 預焉. 魚海送予至海防, 予以擁圻外侯之事, 專托君與小羅辦理, 子敬則再偕予東渡. 八月上旬抵廣東, 訪劉永福, 因謁前三宣贊理阮述, 劉年近七旬, 而貌尙矍鑠, 語及法人, 則拍案曰: "打! 打! 打!" 予因憶法兵再次取河城, 使無劉團, 則是我人無一滴血洗敵人頸者. 噫! 彼不可謂雄乎哉. 予此辰崇拜英雄之心, 不覺爲劉傾倒.

阮贊理亦有一事足師者, 公素嗜牙片煙, 已十餘年, 時爲劉幕賓, 囊金頗豊, 煙癖尤重. 一見予至, 讀予所撰維新会章程及越南亡國史, 辰方吸烟, 遽推枕起, 猛然取烟具, 一擲盡碎之, 厲聲曰: "後進人乃如君等, 予可尙在黑籍中生活耶!" 即刻絶煙, 至終身一滴不上口. 其後公之長子愼, 於黃提督之戰役, 爲國飮碑, 仲子常以干新黨案, 流崑崙終焉, 弟繼年七十, 亦流崑崙, 其嫡孫, 阮紹祖, 留學北京士官學校, 學成, 補上校, 竟得肺病, 齎志以終. 予被捕歸國辰, 公尙健在, 今則不知何如矣.

予盤桓劉阮間幾一月, 專等圻外侯之信, 知非出歲, 侯未可動. 於是携三少年, 復渡東海, 辰爲九月上旬矣. 予再往橫賓, 引三少年謁梁公. 坐甫定, 即問予以遣送學生事. 予曰: "此事已與在內同志謀之, 但所苦者, 經費一層. 富家子弟, 一步不敢出門, 而淸寒少年無錢, 等於縛足." 予因指同行者曰: "殫數月經營, 僅得此三人耳." 公沈思有頃, 謂予曰: "君可作一文, 鼓動國中諸有心人, 合腋成裘, 則經費有著矣." 予亦念除此幾無上策, 退草一文.

顏曰: 勸國人助資遊學文, 起語曰: "嗚呼! 崑崙北望, 珥[11]河東顧, 我國江山安在哉." 即是文也. 稿成示梁公, 公慨然爲予付版, 不取資, 印成凡三千餘張, 尙未及輸送囘國. 而北圻六少年, 適以此時至, 一爲河內梁君立岩, 與弟梁毅卿, 梁公玕之二少子也, 一爲秀才阮[12]海臣, 一則河東阮典, 又其他二人. 諸人皆潛跡渡海者, 及至橫濱, 則已囊無一文, 俱來尋予於橫濱之寓舍.

번역 류용푸劉永福와 응우옌 투엇阮述을 만나다

계획이 정해지고 나는 7월 하순에 다시 박끼를 출발하여 하이퐁을 경유했던 지난번 경로를 따라 해외로 나갔다. 동행자 중에는 동쯔東渚 출신 응우옌 특 까잉阮式庚이 있었는데, 그는 나의 스승이신 동 케東溪 선생의 친아들로 지금은 독일에 머무르고 있다. 그리고 까오디엔高田의 응우옌 디엔阮典, 타잉화淸化의 레 키엣黎潔도 참여하였고, 응으 하이는 나를 하이퐁까지 전송하였다. 나는 기외후를 외국으로 모시는 일을 응으 하이와 띠에우 라에게 전적으로 맡겼다. 당 뜨 낑은 다시 나와 함께 일본으로 갔다. 8월 상순 광둥에 도착하여 류용푸劉永福를 방문하고, 전前 삼선찬리三宣贊理[13] 응우옌 투엇阮述도 뵈었다. 류용푸는 나이가 70세에 가까웠는데도 모습은 여전히 정정하였다. 프랑스인에 관한 이야기로 화제가 전환되자

---

11 珥: 저본에는 '湄'로 되어있으나 전집본에 의거하여 수정하였다.
12 阮: 저본에는 '武'로 되어 있으나 전집본에 의거하여 수정하였다.
13 삼선찬리(三宣贊理): '삼선'은 선떠이성(山西省), 씅호아성(興化省), 투이엔꽝성(宣光省) 등 3성을 가리키고, '찬리'는 군대의 직책 가운데 하나이니 장수의 참모로서 군영을 따라다니며 긴급한 임무를 수행하였으며 주로 문관이 맡았다.

책상을 치며 "쳐라! 쳐라! 쳐라!"라고 하였다. 프랑스 군대가 재차 하노이를 점령했던 때를 떠올려 보니 그때 만약 류용푸의 군대가 없었다면 우리 베트남인은 적군의 목에 피 한 방울도 묻히지 못했을 것이다. 아, 저 류용푸를 영웅이라 하지 않을 수 있겠는가! 나는 이때 영웅을 숭배하는 마음이 생겨서 부지불식간에 그에게 경도되었다.

찬리贊理 응우엔 투엇에게도 족히 배울 점이 한 가지 있었다. 공은 평소 아편을 즐겨 태웠으니 그때는 이미 10여 년이나 피워온 상태였다. 당시 류용푸의 막빈幕賓이 되어 주머니에 돈이 두둑하였기에 아편 중독은 더욱 심하였다. 한 번은 나를 만났을 때 내가 지은 『유신회장정維新會章程』과 『월남망국사越南亡國史』를 읽었는데, 당시에도 그는 아편을 피우고 있었다. 그러다가 갑자기 자리를 밀치고 일어나 아편 도구를 홱 잡아 던져 모두 박살을 내고는 언성을 높여 말하였다. "당신과 같은 후배들이 있는데 나는 오히려 아편쟁이로 살아가고 있다니!" 그는 즉시 아편을 끊고 평생 한 모금도 입에 대지 않았다. 훗날 공의 큰아들인 응우엔 턴阮愼은 호앙 호아 탐 제독과 함께 싸운 전투에서 나라를 위해 전사하여 비석에 이름이 새겨졌고, 둘째 아들 응우엔 트엉阮常은 신당新黨 사건에 연루되어 꼰론다오崑崙島에 유배된 채 생을 마쳤다. 동생 응우엔 께阮繼도 나이 70에 꼰론다오에 유배되었다. 그의 적손嫡孫인 응우엔 티엔 또阮紹祖는 북경사관학교北京士官學校에 유학하였는데, 학업을 마친 후 상교上校로 임관하였다가 폐병으로 끝내 뜻을 펴지 못한 채 죽었다. 내가 체포되어 귀국하였을 때 응우엔 투엇 공은 여전히 건재하였으나 지금은 어떠한지 모르겠다.

나는 류용푸와 응우엔 투엇 사이에서 거의 한 달간 오가며, 오로지 기외후의 소식을 기다렸지만 해가 바뀌지 않으면 기외후가 움직이지 않을 것을 알고는 이에 세 명의 소년을 데리고 다시 일본으로 갔다. 그때가 9월 상순이었다. 나는 다시 요코하마로 가서 세 소년을 데리고 량치차오를 방문하였다. 자리에 앉자마자 량 공은 내게 학생을 파견하는 일에 관해 물었다. 내가 말하였다. "이 일은 이미 베트남에 있는 동지들과 의논하였는데 다만 어려운 것은 경비를 마련하는 한 가지 일입니다. 부잣집 자제들은 집 밖으로 한 걸음도 나오려 하지 않고, 가난한 소년들은 돈이 없어 마치 다리를 묶어놓은 것 같습니다." 나는 함께 온 소년들을 가리키며 말하였다. "몇 달간 온 힘을 기울여 겨우 이 세 사람을 데려올 수 있었습니다." 량치차오 공은 깊이 생각하더니 이윽고 내게 말하였다. "그대가 글 한 편을 지어 베트남의 뜻있는 사람들을 격동시켜 작은 힘을 모은다면 경비는 충당될 것입니다." 나도 이보다 좋은 상책이 없다고 여겼다. 돌아와 곧 글 한 편을 지었다.

제목은 「동포들에게 유학생의 자금 지원을 권하는 글[勸國人助資遊學文]」이었으며 다음과 같은 문장으로 시작하였다. "아아! 꼰론다오[崑崙島]에서 북쪽을 바라보고 니하[珥河, 紅江]에서 동쪽을 바라보건대, 우리나라 강산은 어디에 있는가." 글이 완성되어 량 공에게 보여주니 공은 감탄하며 돈을 받지 않고 인쇄해주겠다고 하였다. 3천여 장을 인쇄하였지만 베트남에 보내지는 못하였다. 그때 마침 박끼에서 소년 여섯 명이 도착하였다. 르엉 깐[梁玕] 공의 두 아들인 하노이의 르엉 럽 남[梁立岩]과 동생 르엉 응이 카잉[梁毅卿], 수재[秀才] 응우옌 하이 턴[阮海臣]과 하동[河東]의 응우옌 디엔[阮典] 그리고 다른 두 명도 있었다. 이들은 모두 몰래 바다를 건너왔기에 요코하마에 이르러 이미 주머니에 돈이 한 푼도 없어 요코하마의 우사로 나를 찾아온 것이다.

아온 것이다.

원문

初予僅租一下等住屋, 足容三人居, 今來者, 驟增九人. 而接濟餉源, 又未至, 一辰寓舍忽有人滿錢空之憂. 曾公爲予劃策, 向旅日粵商賒借薪米, 而公自供役於洋船, 轉回廣東, 詣劉處籌借急款, 匯寄到予, 公則密携助資遊學文數千本, 潛回國內. 鄧子敬亦與公偕, 謀於中北兩圻, 行大運動.

九月下旬, 二人離橫濱, 所留下之予等九人, 日惟糲米二餐, 食品僅鹽一合, 茶數杯, 小屋傔居, 相依爲命. 時爲孟冬, 雪落如雨, 寒風刺骨, 手足皆僵. 而予等初出境辰, 毫無禦冬計, 單衣薄飯, 力攻飢寒. 幸梁處藏書甚多, 朝夕借覽, 頗足自遣, 而諸少年亦皆以忍苦相勗, 慍容不形.

其最可愛者, 爲梁君立岩, 君行動不羈, 談笑間, 時呈豪爽之氣. 見旅況益窘, 幾難自存, 則慨然曰:"不以此時吹簫, 更復何時." 遂枵腹步行, 自橫濱至東京, 一日夜, 夜投警察署門口, 席地而睡. 警察詰以日語, 茫然不知所答, 而搜囊又空空如也. 則疑爲心疾人, 及以筆談, 乃知爲我國少年. 日警吏奇之, 給以火車費, 遣之回橫濱. 君得錢, 頗足供數日粮, 仍不回寓, 遍訪東京諸中華留學生寓所【太原發難之行徑, 即此已露鋒芒】.

偶覓得民報報舘, 中國革命黨之机關也. 主筆爲章太炎, 管理爲張繼, 即現今北平政府要人, 二人皆革命黨先鋒. 君自投舘, 以寔情告章張, 章張哀之, 使之就舘, 供三等書記之役, 且囑回橫濱, 引同患者來, 當量容數人. 君既回寓, 纔入門則大笑, 謂予曰:"伯乎, 乞丐有效矣." 遂留弟毅卿於予寓, 而與其同鄉二人, 別予往東京, 寄食於民報, 且習日語.

至是予寓僅六人, 終日枯坐, 誦阿伊兩三聲【阿伊日字母發音詞也】, 以俟南來之佳信. 予辰雜咏頗多, 有句云, "孤鴻匹馬九兄弟, 萬水千山多姓名", 蓋寔狀也.

如是者二月餘, 有中國革命黨人, 名湯覺頓者, 見予等苦況, 慰之曰: "吾輩做革命有祕訣, 云不怕飢, 不怕死, 不怕凍, 不怕窮. 君等苟能如是, 則必有達目的之一日." 湯君又以一書价紹予於廣西邊防大臣莊蘊寬, 莊江蘇人, 淸政府派守住桂邊龍州, 練新兵, 湯君之學友也. 迤月餘, 得莊答復書, 內有云, '越人奴隸根性, 不可救藥, 雖有一二志士, 亦無能爲.' 湯持示予, 歎謂予曰: "莊行營在龍州, 接逼越界, 熟悉貴國人情形, 故所言如是." 予辰悲憤不自勝, 但背人揮淚而已.

然此窮愁無聊之中, 亦有一二事[14]可紀. 初曾公將囘國, 偕予往梁宅辭別. 梁曰: "雲南鐵路主權歸法人, 爲滇人所切齒, 今雲南學生留日頗多, 而振武學校學生, 須皆有志之人, 彼等學成歸國, 投身鎗砲之地, 將來君等擧事, 或多得助於雲南, 今君等可往與彼輩結交, 此下棋閑著也." 梁乃書殷承瓛三字以授予. 謂予曰: "此人爲錚錚者, 其餘由此人价紹可也." 予受之, 將以次日往東京尋殷. 然問其住址, 則梁公不知, 但知爲振武學校學生而已.

번역 요코하마에서의 고된 생활

애초에 나는 싸구려 집을 세내어 세 명이 겨우 지낼 정도였는데, 이번

---

14 一二事 : 저본에는 '二一事'로 되어있으나 전집본에 의거하여 수정하였다.

에 갑자기 아홉 명으로 늘어나고 말았다. 생활비도 아직 오지 않았는데 하루아침에 집에 사람은 꽉 차고 돈은 한 푼도 없어 근심이 깊어졌다. 이 때 땅 밧 호 군이 계책을 내었다. 일본에 머무르는 광둥 상인에게 쌀과 땔감을 빌리고, 자신은 서양 배에서 일을 하면서 광둥으로 돌아가 류용푸에게 급히 돈을 빌려 내게 부쳐주겠다는 것이었다. 그리고 은밀히 내가 지은 글 「동포들에게 유학생의 자금 지원을 권하는 글」 수천 장을 가지고 베트남으로 가겠다고도 하였다. 이에 당 뜨 낑 또한 공과 함께 쭝끼와 박끼에서 크게 운동을 도모하겠노라고 하였다.

9월 하순, 땅 밧 호와 당 뜨 낑이 요코하마를 떠났고, 남아있는 우리 아홉 명은 하루 두 끼 거친 밥을 먹으며 지냈는데 반찬이라고는 소금 한 홉과 차 몇 잔뿐이었다. 작은 집을 빌려 서로 의지하며 목숨을 이어갔다. 당시는 초겨울이었는데 눈이 비처럼 내렸고 찬바람이 뼛속까지 스며들었으며 손발은 꽁꽁 얼었다. 우리가 처음 국경을 나올 때 겨울 대비를 전혀 하지 못하여 홑옷과 거친 밥으로 굶주림과 추위를 이겨내야 했다. 다행인 것은 량치차오 공의 처소에 장서藏書가 매우 많아서 아침저녁으로 빌려 보며 자못 무료함을 달랠 수 있었고, 여러 소년들도 참고 서로 격려하며 힘든 기색을 내비치지 않았다.

소년들 가운데 가장 사랑스러운 이는 르엉 럽 남梁立岩 군이었다. 르엉 군은 행동이 자유로워 담소를 나눌 때 종종 호탕한 기상을 드러내었다. 외국 생활이 군색해져만 가는 것을 보고는 더 이상 버티기 어렵다고 생각하고는 개연히 탄식하며 말하였다. "이런 때에 퉁소를 불지 않으면 다시 언제 불겠는가."[15] 마침내 주린 배를 움켜잡고 요코하마에서 도쿄까

지 하루 밤낮을 걸어갔다. 한밤중에 경찰서 문 앞에 당도하여 땅바닥에
자리 잡고 잠을 자니, 일본 경찰이 일본어로 힐문하는데 멍한 상태로 무
어라 답할지 알지 못하였다. 경찰이 주머니를 뒤져보니, 또한 텅 비어 있
어 정신병자로 의심하였으나 필담을 해보고는 베트남 소년임을 알게 되
었다. 일본 경찰은 르엉 군을 기특하게 여기고는 기차 삯을 주며 요코하
마로 돌아가라고 하였다. 그는 돈을 받아 며칠 밥값으로 챙겨두고는 요
코하마의 우사로 돌아가지 않고 도쿄에 있는 중국인 유학생 숙소를 두루
방문하였다. 【훗날 르엉 럽 남이 타이응우옌太原에서 투쟁에 나섰던 용맹함[16]이 이
때 이미 그 날카로움을 드러내 보였음이라.】

　그러다가 우연히 민보民報[17] 신문사 건물을 찾아갔는데 중국 혁명당의
기관지를 내는 곳이었다. 주필主筆은 장타이옌章太炎이고 관리管理는 장지張
繼였다. 현재 베이징 정부의 중요한 인물들로 두 사람 모두 혁명당의 선
봉이다. 르엉 군이 민보에 들어가 장타이옌과 장지에게 실정을 이야기하
니, 그들은 애석해하며 신문사에 와서 3등 서기의 일을 맡으라 하였다.
그리고 요코하마에 가서 똑같은 어려움을 겪는 자들을 데려오면 그중 몇
명은 받아들일 수 있다고도 하였다. 르엉 군이 우사로 돌아와 문에 들어
서자마자 크게 웃으며 내게 말하였다. "선생님, 구걸이 효과가 있었습니

---

15 통소를 ~ 불겠는가 : 춘추시대 오자서(伍子胥)는 부모의 원수를 갚기 위해 고향 초나라를
　　떠나 오나라로 가서 저자거리에서 통소를 불며 걸식을 하였다는 고사를 표현한 것이다.
16 타이응우옌(太原) ~ 용맹함 : 르엉 럽 남은 훗날 타이응우옌에서 주로 활동하다가 그곳
　　감옥에 간히기도 하였다. 프랑스군이 그곳에 쳐들어올 때 그는 심한 감기에 걸렸었는데,
　　더 이상 피할 수 없음을 알고 스스로 가슴에 총을 쏘아 삶을 마감하였다.
17 민보(民報) : 쑨원(孫文)이 1905년 일본에서 조직한 중국동맹회의 기관지이다. 원래는
　　『이십세기지지나(二十世紀之支那)』라는 이름의 잡지였는데 중국동맹회의 발족에 발맞
　　추어 이름을 바꾸었다. 민주공화국의 건립을 강령으로 삼았다.

다!" 마침내 르엉 군의 동생인 르엉 응이 카잉은 나와 우사에 남고, 그와 동향인 두 사람은 나와 작별하고 도쿄에 가서 민보사에서 기식寄食하며 일본어를 배웠다.

이때 우사에는 여섯 명이 머물고 있었는데 온종일 고목枯木처럼 앉아 '아이우에오' 소리를 외우며【'아이阿伊'는 일본어 자모字母를 발음하는 말이다】 베트남에서 기쁜 소식이 오기만을 기다렸다. 내가 이 시기에 지은 시가 제법 많은데 그 가운데 다음과 같은 구절이 있다. "외로운 기러기요 짝 없는 말과 같은 우리 아홉 형제, 고향도 다르고 이름도 제각각이라네[孤鴻匹馬九兄弟, 萬水千山多姓名]." 대개 이것이 우리의 실상이었다.

이렇게 두 달쯤 지냈을 때 중국혁명당원인 탕주에뚠湯覺頓이라는 자가 우리들의 힘든 상황을 보고 위로하며 말하였다. "우리가 혁명을 완수하는 데에는 비결이 있습니다. 그것은 '배고픔을 두려워 마라, 죽음을 두려워 마라, 추위를 두려워 마라, 곤궁을 두려워 마라'라는 것입니다. 당신들이 이렇게 할 수 있다면 반드시 목적을 달성하는 그날이 올 것입니다." 탕 군은 또 편지 한 통을 써서 나를 광시廣西 변방대신邊防大臣 장원콴莊蘊寬에게 소개하였다. 장원콴은 지앙쑤江蘇 출신으로 청淸나라 정부에서 파견하여 구이린桂林 변방 롱저우龍州의 수비와 신병新兵 훈련을 담당한 자인데 탕 군과 동문수학한 사이였다. 한 달쯤 지나 장원콴에게서 답서가 왔다. 편지 내용 가운데 다음과 같은 말이 있었다. '베트남인의 노예근성은 고칠 만한 약이 없습니다. 비록 한두 명의 지사志士가 있더라도 베트남을 구할 수 없을 것입니다.' 탕 군이 이를 가지고 와서 내게 보여주고 탄식하며 말하였다. "장원콴은 롱저우에서 병영을 운영하는데 이곳은 베트남 국경과

인접해있어 귀국 사람들의 실정과 상태를 잘 알 수 있기에 이처럼 말한 것입니다." 나는 이때 비참하고 분하여 견딜 수 없었지만, 등을 돌려 눈물을 훔칠 수밖에 없었다.

그러나 이처럼 곤궁하고 무료한 와중에도 한두 가지 기록할 만한 일이 있었다. 앞서 땅 밧 호 공이 귀국하려 할 때 나와 함께 량치차오의 집에 가서 작별인사를 하였는데, 그때 량치차오가 말하였다. "윈난 철도 주권이 프랑스인에게 넘어가서 윈난 사람들滇人이 절치부심하고 있습니다. 지금 일본에 유학 중인 윈난 학생들이 제법 많은데, 진무학교振武學校[18] 학생들은 모두 의기가 있는 자들이니 저들이 학업을 마치고 귀국하면 전쟁에 투신할 것입니다. 장래 당신들이 거사할 때 아마도 윈난에서 많은 도움을 받을 수 있을 것입니다. 지금 당신들은 가서 저들과 교유를 맺으십시오. 이것은 바둑으로 치면 포석과 같은 것입니다." 량 공은 '인청환殷承瓛' 세 글자를 내게 써주며, "이 사람은 매우 뛰어난 자로, 그를 통해 다른 이들을 소개받을 수 있을 것입니다"라 말하였다. 나는 그것을 받아들고 다음날 도쿄에 가서 그를 찾기 위해 주소를 물었는데, 량 공은 주소는 알지 못하고 다만 진무학교 학생이라는 것만 알고 있었다.

원문

越日, 予與曾君罄囊所有, 尙得銀數元, 括爲上京之費. 至東京火車站下

---

18 진무학교(振武學校) : 중국 육군이 일본에 보낸 유학생들을 위해 일본 육군이 만들었던 예비군사학교이다. 이 학교를 졸업하면 일본육군사관학교에 입학할 자격이 부여되었다. 1900년 '성성학교(成城學校)'라는 이름으로 개교했다가 1903년에 진무학교로 이름을 바꾸었다. 수학기간은 처음에는 1년 3개월 과정이었는데 나중에는 3년으로 늘어났다.

車, 招人力車來, 車夫問所往, 則出懷中紙阰之, 車夫有難色, 蓋住址不詳, 且予二人俱不能操日語故也. 頃之, 此車夫招其同業者一人至, 彼引車至予前, 以筆語予曰:"此人不甚解漢文, 今薦我於君[19]等, 我通漢文, 苟欲何往, 君可以筆書君意, 我能引之." 語至此, 請予二人上車, 至振武學校. 問殷君. 則殷君已出校, 現方住宿旅館, 以俟明年入聯隊, 寔習軍事. 車夫此辰, 面形不懌之色, 俯首沈思. 有頃, 遽拉車至路旁一僻處, 謂予曰:"汝必止是待予, 尋得汝友住所, 即來." 夫以東京面積之大, 通計旅館不下數萬家, 以日本一車夫, 泛尋支那一學生住所, 其難可知. 予初料彼與我國車夫, 同一奴隷病根, 則甚以無錢償車值爲患.

自晚二點鍾, 立等至五點鍾, 乃見彼欣欣然來, 揮予二人上車去, 馳一點鍾許, 至一旅館, 則見館門廊橫懸一長匾, 書寓客人姓名及國籍. 中有淸國雲南留學生某某等字, 始知調査客人之所以易也. 及問車值, 則但以二十五仙對【卽止二角五仙】. 予大愕, 出囊中銀二元授之, 且致其酬勞感謝之意. 車夫不肯受, 筆語予曰:"炤內務省所定規例, 自火車驛至此屋, 車値止此耳. 我以君等乃外國人慕日本文明而至者, 故歡迎君, 非爲索錢而來. 君等給我過値, 則是輕薄日本人也." 予聞其言, 爲之心倒. 嗟夫! 我國民智識程度, 視日本車夫, 寧不慚死.

予既晤殷, 殷价紹予於雲南諸學生之有志者, 楊振鴻, 趙伸, 皆以此辰相識. 後日雲南雜誌成, 予亦一編輯員, 即造因於此辰也.

---

19 君 : 저본에는 ‘予’로 되어 있으나 전집본에 의거하여 수정하였다.

다음 날 땅 군과 나는 주머니에 있는 돈을 전부 털어보니 은전 몇 원이 아직 남아있어서 도쿄로 가는 여비로 썼다. 도쿄역에 내려서 인력거를 불렀다. 인력거꾼이 어디로 가는지 묻기에 품속에서 종이를 꺼내 보여주니 인력거꾼이 난색을 보였다. 아마도 주소가 자세하지 않고 우리 두 사람이 일본어도 못하기 때문이었을 것이다. 잠시 후 이 인력거꾼이 동업자 한 명을 불러왔다. 그는 인력거를 끌고 우리 앞에 와서 필담으로 내게 말하였다. "저 사람은 한문을 잘 알지 못하여 저를 당신들에게 추천하였습니다. 저는 한문을 조금 압니다. 어디로 가고자 하는지 당신들의 뜻을 써주시면 제가 인도하겠습니다." 이렇게 말하고는 우리 두 사람을 인력거에 태워 진무학교에 도착하였다. 그곳에서 인청환 군에 관해 물으니 인 군은 이미 학교를 떠나 현재는 여관에 머무르며 내년에 군대에 들어가 군사 실습을 기다리고 있다고 하였다. 인력거꾼은 이때 싫어하는 기색도 없이 고개를 숙이고 깊이 생각을 하였다. 얼마 있다가 갑자기 인력거를 길가 한 모퉁이에 세우더니 내게 말하였다. "당신들이 여기에서 저를 기다리고 계시면 당신 친구의 주소를 알아보고 곧장 오도록 하겠습니다." 무릇 넓은 도쿄 땅에서 여관의 수를 헤아려보면 수만을 밑돌지 않을 것인데, 한 명의 일본 인력거꾼이 한 명의 중국 유학생 주소를 널리 수소문한다는 것이 얼마나 어려운 일인가. 처음에 나는 그도 우리 베트남 인력거꾼처럼 노예의 습성을 가지고 있으리라 여겨, 그에게 합당한 수고비를 주지 못할까 전전긍긍하였다.

오후 2시부터 서서 기다려서 오후 5시가 되자, 인력거꾼이 기쁜 낯빛으로 오는 것이 보였다. 그는 우리 두 사람에게 인력거에 오르라 하고는 1시간쯤 달려 한 여관에 도착하였다. 여관의 현관에는 가로로 긴 판이 걸려있었는데 거기에는 투숙객의 성명과 국적이 쓰여 있었다. 그 가운데 '청국清國 윈난 유학생 모모某某'라는 글자가 있었다. 그제야 인력거꾼이 투숙객을 수월하게 조사할 수 있었던 연유를 알았다. 차비를 물으니 25센트【곧 겨우 2각角 5선仙이다】만 내라고 하여 나는 너무 놀랐다. 주머니에서 은 2원을 꺼내어 주며 수고해주어 감사하다는 뜻을 전하였다. 그러자 인력거꾼이 받으려 하지 않으며 필담으로 말하였다. "내무성에서 정한 규례에 따르면 도쿄역에서 이곳 여관까지의 차비가 이와 같을 뿐입니다. 저는 당신들 같은 외국인이 일본 문명을 흠모하여 우리나라에 왔다고 생각하여, 당신들을 환영하는 것이지 돈을 벌려고 이곳까지 온 것이 아닙니다. 당신들이 제게 과분한 차비를 주면 이는 일본인을 경박하게 여기는 것입니다." 나는 그 말을 듣고 마음이 경도되었다. 아! 우리 베트남 국민의 소양을 일본 인력거꾼과 비교해보면 어찌 죽을 만큼 부끄럽지 않겠는가.

인청환을 만나니 그는 내게 윈난 출신의 의기 있는 학생들을 소개하였다. 그래서 양쩐훙楊振鴻, 짜오오션趙伸을 모두 이때 알게 되었다. 후일 『윈난잡지雲南雜誌』[20]가 만들어졌을 때 내가 편집원이 될 수 있었던 것도 바로 이때의 인연 덕분이다.

---

20 『윈난잡지(雲南雜誌)』: 쑨원 등이 일본에 있던 중국 유학생과 화교들의 힘을 모아서 1906년에 창간한 잡지이다. 본문에 나오는 짜오오션이 간사를 맡았다. 1911년 신해혁명 때까지 발간되었으며 민주주의의 선전과 제국주의 침략 규탄을 이념으로 삼았다.

又一日, 犬養毅以一書招予至宅, 爲予价紹於孫逸仙先生. 孫中國革命黨
之大領袖, 時方由美洲回日, 爲組織中國同盟会事, 逗留橫濱. 犬養毅謂予曰
: "貴國獨立, 當在中國革命黨成功之後, 彼黨與君同病相憐. 君宜見此人,
豫爲後來地步." 越日, 予持犬養毅名帖及其价紹辭, 詣橫濱致和堂謁孫, 時
夜八點鍾矣. 孫出筆紙, 與予互談革命事, 孫曾讀過『越南亡國史』, 知予腦中
未脫君主思想, 則極痛斥君主立憲黨之虛僞, 而其結束, 則欲越南黨人加入
中國革命黨. 中國革命黨成功之辰, 即擧其全力, 援助亞洲諸被保護國, 同辰
獨立, 而首先著手於越南.

予所答詞, 則亦謂民主共和政體之完全, 而其主意則反欲中國革命黨先援
越南, 越南獨立辰, 則請以北越借與革命黨爲根據地, 可進取兩廣以窺中原.
予與孫辦解相持, 有數點鍾之久. 夜十一點, 予起辭別, 孫約予以次夕再会
談. 越後日, 復在致和堂会孫, 再申明前夕所談之意, 其寔予與孫此時兩皆誤
会, 予寔未知中國革命黨內容如何, 而孫亦未知越南革命黨眞相何如. 雙方
談解, 皆隔靴搔癢耳. 結果俱不得要領. 然其後吾黨窮急時, 得藉手於彼黨爲
多, 則亦兩夕会談爲之媒价也.

其後孫中山先生以肝癌病死於北京, 予有輓聯云, "志在三民, 道在三民.
憶橫濱致和堂兩度握談, 卓有眞神貽後死. 憂以天下, 樂以天下. 被帝國主義
者多年壓迫, 痛分餘淚泣先生." 蓋道其寔事也.

丙午年爲成泰十八年, 是年至戊申秋, 爲予生平最得意之時代. 蓋通計自
有生以來, 所謀之順適, 無逾是時者.

번역 쑨원을 만나다

또 하루는 이누카이 쓰요시犬養毅가 편지 한 통을 보내 나를 집으로 초대하였는데, 쑨원孫文 선생을 소개해주기 위함이었다. 쑨원 선생은 중국 혁명당의 대영수大領袖로 당시 미국에서 일본으로 건너와 중국동맹회를 조직하는 일 때문에 요코하마에 잠시 머물고 있었다. 이누카이 쓰요시가 내게 말하였다. "귀국의 독립은 응당 중국 혁명당이 성공한 후에 가능할 것입니다. 중국 혁명당과 당신들은 동병상련同病相憐의 처지입니다. 당신들은 꼭 이 사람을 만나 후일을 위한 발판으로 삼으십시오." 다음날 나는 이누카이 쓰요시의 명함과 소개장을 가지고 요코하마의 치화당致和堂으로 가서 쑨원을 만났다. 시간은 밤 8시였다. 쑨원은 붓과 종이를 꺼내 나와 더불어 혁명에 대해 담화를 나누었다. 쑨 선생은 일찍이 『월남망국사』를 읽어서 내 머릿속에 군주 사상이 남아있음을 알고 있었기에 군주입헌당의 허위성을 극렬히 비판하였다. 그의 주장은 베트남 당인黨人들이 중국 혁명당에 가입해야 한다는 것이었다. 중국 혁명당이 성공하면 전력으로 아시아 여러 피보호국이 동시에 독립하도록 도울 것인데 우선 베트남부터 시작할 것이라고 하였다.

그에 대한 나의 답변은 이러하였다. 민주공화정체民主共和政體가 완전한 것임은 동의하지만 나의 주된 뜻은 순서를 바꾸어 중국 혁명당이 먼저 베트남을 도와주어야 한다는 것이었다. 베트남이 독립하게 되면 북베트남을 중국 혁명당의 근거지로 빌려줄 것이니 이를 바탕으로 광둥과 광시를 취하여 중원을 도모하자고 하였다. 나와 쑨 선생은 각자의 주장을 굳게 폈기에 이야기에 오랜 시간이 흘렀다. 밤 11시가 되어 내가 일어나 인사를 하니, 쑨 선생은 이튿날 저녁에 다시 만나 이야기하자고 약속하였다. 다음 날이 되어 치화당에서 쑨 선생을 다시 만나 전날 밤 이야기하던 것에 대해 또 토론을 벌였다. 사실 당시 나와 쑨 선생은 서로를 이해하지 못하였다. 나는 중국 혁명당의 내용이 어떠한지를 알지 못하였고, 쑨 선생도 베트남 혁명당의 본모습이 어떠한지를 알지 못하였다. 그러니 쌍방의 토론은 격화소양隔靴搔癢을 벗어나지 못하였다. 결과적으로 우리 두 사람 모두 원하는 결론에 이르지 못하였지만, 훗날 우리 당이 위급할 때 중국 혁명당으로부터 많은 도움을 받을 수 있었던 것은 이 두 차례 저녁 회담이 매개체가 된 것이었다.

훗날 쑨원 선생이 간암으로 베이징北京에서 운명하였을 때 나는 다음과 같은 만시輓詩를 지었다.

그의 뜻은 삼민三民에 있고	志在三民,
그의 도道도 삼민三民에 있었네.	道在三民.
요코하마 치화당에서 두 차례 손잡고 이야기하던 일 떠올리니	
	憶横濱致和堂兩度握談,
우뚝한 참된 정신 후생에게 남겨주셨네.	卓有眞神貽後死.
천하로 인해 근심하고	憂以天下,
천하로 인해 즐거워하셨도다.	樂以天下.
제국주의자에게 오랫동안 압박을 당하셨기에	被帝國主義者多年壓迫,
통분에 넘치는 눈물 선생 위해 흘리네.	痛分餘淚泣先生.

이는 사실을 말한 것이다.

병오년 타잉 타이^{成泰} 18년¹⁹⁰⁶부터 무신년¹⁹⁰⁸ 가을까지는 내 인생에서 가장 득의한 시기였다. 내가 태어난 이래로 헤아려볼 때 계획한 일들이 순조롭게 진행됨이 이때보다 좋았던 적은 없었다.

원문

正月中旬, 得曾公來一書云, '魚海已於今年元旦日, 擁圻外侯出洋, 月間即能抵香港.' 予急整行裝回港延接. 抵港纔數日, 而侯適至. 同行者爲鄧子敬, 因魚海但護送至海防, 海防至港, 則惟鄧子敬陪行耳.

既晤侯, 談悉國內各狀, 隨下榻於粤商廣禎祥之店. 店主姓楊, 商人而好義者. 予在橫濱時, 遇其侄价紹予等於楊, 楊敬慕其事, 願爲港中東道主. 曾公與予至港, 必食住於是, 不取償金, 雖旬月不計, 他日予遇窘時, 亦嘗借貸於楊, 楊與之無吝色. 此一節求之我國商人中, 恐不易得也.

周覽港市數日, 因粤人傅君, 通款於駐港德領事館. 此爲予等知有德國人之第一日, 他年吾國黨人與德國人關涉之事頗多, 寔起点於是.

번역 끄엉 데가 출양하다

정월 중순에 땅 밧 호가 보낸 편지 한 통을 받았다. '응으 하이^{魚海}가 이미 올해 정월 초하루에 기외후를 모시고 출국하였으니 이번 달 안에 홍콩에 도착할 것'이라고 하였다. 이에 나는 급히 행장을 꾸려 홍콩으로 가서 기외후를 마중할 채비를 하였다. 홍콩에 도착해 며칠이 지나자 기외후가 마침내 이르렀다. 동행자는 당 뜨 낑鄧子敬이었다. 응으 하이는 하이 퐁海防까지만 모셔오고 하이퐁부터 홍콩까지는 당 뜨 낑 혼자 배행하였던 것이다.

기외후를 만나 국내 여러 상황에 대해 두루 이야기하고, 광둥 상인이 운영하는 '광정상廣禎祥'이라는 상점으로 거처를 옮겼다. 상점 주인의 성은 양楊 씨인데 상인이지만 의義를 중시하는 자였다. 내가 요코하마에 있을 때 그의 조카를 만난 적이 있었기에 그 조카가 우리를 양 씨에게 소개한 것이다. 양 씨는 우리의 일을 흠모하여 홍콩의 동도주東道主[21]가 되고 싶다고 하였다. 땅 밧 호와 내가 홍콩에 오면 반드시 이곳에서 숙식하였는데 그는 돈을 받지 않았으며 수개월을 머물러도 개의치 않았다. 그러던 어느 날 내가 곤궁함을 당했을 때 양 씨에게 돈까지 빌렸는데 그는 아까워하는 기색이 없었다. 이런 이를 우리나라 상인 가운데서 찾는다면 아마 쉽게 찾을 수 없을 것이다.

홍콩 시내를 며칠 동안 두루 돌아보다가 광둥 사람 푸傅 군을 통해 홍콩 주재 독일 영사관과 관계를 맺었다. 이는 우리가 독일 사람을 알게 된 첫날이다. 그 뒤 베트남 당인黨人들이 독일 사람과 관계하는 일이 자못 많아졌는데 실로 이때가 기점이 된다.

원문

二月上旬, 侯偕[22]予往廣東, 訪阮公述於沙河劉永福宅. 時維新会章程始付

---

21 동도주(東道主) : 손님을 대접하는 주인이 스스로를 겸손하게 표현하는 말이다.
22 偕 : 저본에는 '皆'로 되어 있으나 전집본에 의거하여 수정하였다.

印, 会爲予與小羅諸公秘密所組織, 在國內時, 但口傳心誌, 爲無字之章程耳. 今圻外侯與予既出外, 擬將派人囘國, 行大運動, 則成文之章程, 亦不可無. 且阮劉二公亦力贊其成, 於是付印. 章程簡畧, 僅大綱三細目六, 其宗旨專在恢復越南, 建設君主立憲國. 印成僅數百張, 爲密攜入內之便也. 然此章程, 已於辛亥年拾月, 宣布取消, 会名亦改爲越南光復会, 故今不復詳記.

번역 「유신회장정維新會章程」을 인쇄하다

2월 상순, 기외후와 나는 광둥으로 가서 샤허沙河의 류용푸劉永福의 집에서 응우옌 투엇阮述 공을 만났다. 이때 「유신회장정維新會章程」이 처음으로 인쇄되었다. 유신회는 나와 띠에우 라 및 여러 사람이 비밀리에 조직하였는데 국내에 있을 때는 글자로 쓰인 장정 없이 다만 입에서 입으로 전하고 마음으로 기록하였을 뿐이다. 그런데 지금 기외후와 내가 이미 출국한 상황에서 사람들을 국내로 들여보내 큰 운동을 일으키려면 성문화된 장정이 또한 없을 수 없었다. 게다가 응우옌 투엇과 류용푸도 이 일을 극력 찬성하였기에 이때 인쇄를 하게 되었다. 장정은 간략히 3대강大綱과 6세목細目으로 구성되었고 그 종지는 베트남 국권을 회복하고 군주입헌국을 세우는 데에 있었으며, 국내에 밀반입하기 편하도록 수백 장만 인쇄하였다. 신해년1911 10월에 이미 유신회의 취소가 선포되고 모임의 명칭 또한 월남광복회越南光復會로 바뀌었기 때문에 이 장정에 대해서는 지금 다시 상세히 기록하지는 않는다.

住劉宅纔數日, 又得一大可喜之事, 則西湖潘周槓先生, 亦是時出洋是也.

二月下旬, 西湖抵港, 聞予往廣東, 亦至是間, 兼訪劉阮. 短衣敝履, 頭髮
蓬鬆, 望之似我國勞動人. 蓋公故飾船中伙夫以行, 而亦里慧君密輸之力也.
入劉宅, 見予等, 未語先笑, 予起握公手, 歡不可言. 徐乃以勸助資遊學文示
公, 公大稱善. 及閱維新会章程, 則默不置答. 但云, "予甚願一渡東洋即回國
耳." 傷心人別有懷抱. 噫! 即公此時之意歟!

予與公盤桓廣東十餘日, 每談國事, 則痛詆獨夫民賊之罪惡, 而尤切齒於
現時君主之禍國殃民, 自以爲君主不廢除, 則雖復國亦非幸事者. 圻外侯在
座, 頗大激刺, 於是自繕警告書付印, 書尾自署爲民賊後疆柢云云. 書共數百
本, 托里慧君潛輸入內. 予亦委鄧子敬回內, 協同曾公分途走南北, 散布前所
述之各種文書, 專着手於鼓動遊學生與募集學費之二事. 摒擋既畢, 予以圻
外侯東渡, 而西湖亦偕[23]予往.

번역 떠이 호西湖, 판 쭈 찡潘周槓이 출양하다

류용푸의 집에 머문 지 며칠이 지났을 때 또 하나의 아주 기쁜 소식을 들
었으니 떠이 호西湖 판 쭈 찡潘周槓 선생이 이때 출국했다는 것이었다.

2월 하순, 판 쭈 찡이 홍콩에 도착하였다. 내가 광둥으로 갔다는 소식
을 듣고 다시 광둥으로 와서 류용푸와 응우옌 투엇을 아울러 방문하였
다. 판 쭈 찡은 짧은 옷에 다 떨어진 신발을 신고 봉두난발을 하였기에

---

23 偕: 저본에는 '皆'로 되어 있으나 전집본에 의거하여 수정하였다.

마치 우리나라 노동자를 보는 것 같았다. 아마도 그가 일부러 배의 요리사로 위장하고 왔기 때문이니 이 또한 리 뚜에里慧 군이 비밀리에 도와준 것이었다. 류용푸 집에 들어와서 우리를 보고는 입을 열지 못하고 먼저 웃기만 하였다. 내가 일어나 판 공의 손을 잡으니 기뻐 말할 수 없는 지경이었다. 조용히 「유학생의 자금 지원을 권하는 글[勸助資遊學文]」을 공에게 보여주니 공은 크게 칭찬하였다. 「유신회장정維新會章程」을 읽고는 묵묵히 아무 대답도 하지 않았다. 다만 "저는 한번 일본에 건너갔다가 곧 귀국하고 싶을 뿐입니다"라고 말할 뿐이었다. '상심한 사람의 속내는 달리 있다[傷心人別有懷抱]'[24]라고 하니, 아! 이때 공의 뜻이 그러했음이라.

나는 판 쭈 찡 공과 광둥 지역을 10여 일 동안 돌아다녔다. 공은 국사國事에 대해 말할 때마다 독부민적獨夫民賊[25]의 죄악을 통렬히 비판하였고, 현재 군주가 나라와 백성에게 재앙을 가져오는 것에 대해 더욱 이를 갈았다. 그래서 군주를 폐하지 않으면 비록 나라를 되찾더라도 기쁜 일이 아니라고 여겼다. 기외후가 그 자리에 있다가 자못 크게 자극을 받아 이에 스스로 [황제에 대한] 경고문을 써서 인쇄하였는데 글의 말미末尾에 서명하기를, '민적의 후예 끄엉 데民賊後疆柢'라고 하였다. 경고문은 모두 수백 부였는데 리 뚜에 군에게 부탁하여 국내로 몰래 들여보냈다. 나도 당 뜨 낑

---

24 상심한 사람의 속내는 달리 있다[傷心人別有懷抱] : 이는 량치차오가 남송 시대의 문인 신기질(辛棄疾)이 지은 사(詞) 「청옥안(靑玉案)·원석(元夕)」을 평하며 한 말이라고 한다. 「청옥안」은 사랑하는 여인을 찾지 못해 상심한 화자의 노래인데, 량치차오는 이를 달리 해석하여 시적 화자가 상심한 것은 여인을 만나지 못해서가 아니라 남송의 정치에 대한 실망을 표현한 것이라고 보았다.
25 독부민적(獨夫民賊) : 포학한 군주를 일컫는 말이다. 군자가 천명을 잃으면 주위에 사람이 없어 '독부'가 되고 '백성들의 적'이 된다는 의미이다.

을 국내로 파견하여 땅 밧 호와 협력해 남북으로 지역을 나누어 돌아다니며 이전에 작성한 각종 문서를 배포하게 하였다. 이는 유학생을 고무시키고 학비를 모집하는 두 가지 일에 본격적으로 착수한 것이었다. 이러한 조치가 마무리되자 나는 기외후를 모시고 일본으로 건너갔고 판 쪽 쩡 또한 나와 함께 갔다.

원문

三月中旬, 則已抵橫濱小寓之丙午軒矣. 丙午軒者, 予等東渡首先成立之一小机關. 是時曾公入內, 已匯到銀數百元, 而圻外侯來, 行囊亦頗厚. 乃盡出其貲, 租日本樓屋一大間, 而請日本人授諸少年以日語, 習爲日文, 題所居曰丙午軒. 蓋因是歲爲丙午, 而且含有我南離明之意義也.

予旣抵寓, 則急奉書於犬養毅, 求爲謀送學生入學之事. 犬養毅謀於其同志三人, 一曰細川侯爵, 東亞同文書院院長也, 一曰福島安正, 陸軍大將, 現充參謀部總長, 而振武學校長者也, 一曰根津一, 陸軍少佐, 而東亞同文会總幹事也. 又委其門下健將, 曰栢原文太郎者, 奔走斡旋於其間. 纔及旬餘, 則送人入學之事, 已有着落. 入振武學校者, 北圻二人, 中圻一人, 爲梁立岩, 陳有功, 阮典.【梁即梁玉玕, 陳即阮式庚, 阮典今已回首】入[26]同文書院【此書院亦一中學校】者一人, 爲梁毅卿. 其他六人, 則俱以資格未到不得入.

四月上旬, 予送諸學生上東京入學, 而西湖公亦偕予赴東京, 參觀學堂[27]及其他日本政治教育之成績, 謂予曰: "彼國民程度如此, 我國民程度如我, 能

---

26 入 : 저본에는 없으나 전집본에 의거하여 보충하였다.
27 參觀學堂 : 저본에는 '參觀諸學堂'으로 되어 있으나 전집본에 의거하여 수정하였다.

無奴隸乎? 此數學生入日學堂, 爲公絕大之事業矣. 宜留東靜息專注意於著書, 且不必昌言排法, 只當提唱民權民智[28], 有權則其他, 皆可徐圖也." 自是一連拾餘日, 公與予反覆議論, 意見極相左. 公則欲翻倒君主, 以爲扶植民權之基礎也, 予則欲先摧法賊, 俟我國獨立之後, 乃能言及其他. 予所謀利用君主之意, 公極反對, 而公所謀尊民排君之意, 予亦極不贊成. 蓋公固與予同一目的, 而手段則大不同. 公則由倚法排君入手, 予則由排法復越入手, 此其所以異也. 與公政見反予, 而意氣則極愛予. 與予連榻數旬, 公翻然欲歸國矣.

時則圻外侯, 亦已由予价紹於福島大將, 福島謂予曰: "以國交慣例, 貴國皇族, 苟非得法政府允許, 則我國不能爲明白之收容. 只可混同於遊學少年, 冒爲一留學生, 則善矣." 於是圻外侯離橫濱, 上東京, 入振[29]武學校. 在校凡五人, 惟侯納費, 餘四人, 俱由日本給費, 此亦[30]文明國之一巧手段也.

五人旣上校, 時丙午軒只數少年留住, 且習日文日語, 而予送西湖公至香港, 爲最後之囑別, 公[31]語予曰: "公好珍重, 國人所希望者惟公, 圻外侯殊無用也." 予敬諾之, 丁寧囑後会, 且祈語盛平[32]台川[33]集川等諸公, 以竭力開民智結團体, 使多爲新黨人後盾, 時五月中旬矣.

번역 요코하마의 혁명 기관 '병오헌丙午軒'

3월 중순, 요코하마에 있는 우리들의 거처인 병오헌丙午軒에 이르렀다.

---

28 智 : 저본에는 '知'로 되어 있으나 전집본에 의거하여 수정하였다.
29 上東京入振 : 저본에는 '○○○'로 처리되어 있으나 전집본에 의거하여 보충하였다.
30 亦 : 저본에는 없으나 전집본에 의거하여 보충하였다.
31 公 : 저본에는 없으나 전집본에 의거하여 보충하였다.
32 盛平 : 저본에는 없으나 전집본에 의거하여 보충하였다.
33 台川 : 저본에는 '台山'으로 되어 있으나 전집본에 의거하여 수정하였다.

병오헌은 우리가 일본에 와서 가장 먼저 설립한 하나의 작은 기관이었다. 이때 땅 밧 호가 국내로 들어가 은 수백 원을 송금해주었고 기외후가 가져온 행낭도 자못 두둑하였다. 이에 그 자금을 모두 모아 몇 칸 되는 일본 가옥 한 채를 빌리고 일본인을 초청하여 여러 청년에게 일어^{日語}를 가르치게 하고 일문^{日文}을 익히게 하였다. 거처의 이름을 병오헌이라고 한 것은 이 해가 병오년¹⁹⁰⁶이었기 때문이고 또한 우리 베트남에 광명이 비친다는 의미를 함유한 것이기도 하다.[34]

나는 병오헌에 도착하자마자 이누카이 쓰요시^{犬養毅}에게 급히 편지를 보내 학생들을 입학시키는 일에 대해 도움을 요청하였다. 이누카이 쓰요시는 그의 동지 세 사람과 상의하였는데, 한 사람은 호소카와 모리시게^{細川護成} 후작^{侯爵}으로 동아동문서원^{東亞同文書院}[35] 원장이고, 한 사람은 후쿠시마 야스마사^{福島安正} 육군대장으로 현재 참모부 총장과 진무학교 교장을 맡고 있으며, 한 사람은 네즈 하지메^{根津一} 육군소좌로 동아동문회^{東亞同文會}[36] 총간사였다. 그리고 가시와바라 분타로^{柏原文太郎}라는 문하의 건장한 무인에게 입학에 관계된 여러 가지 일들을 알선하도록 위임하였다. 10여 일이 지나 학생을 보내고 입학시키는 일이 마무리되었다. 진무학교에 입학한 사람은 박끼 사람 두 명, 쭝끼 사람 한 명으로, 르엉 럽 남^{梁立岩},

---

34 우리 베트남 ~ 하다 : '丙'은 남쪽을 뜻하고 '午'는 한낮을 뜻하므로, 남쪽의 베트남에 광명이 비춘다는 뜻을 담았다는 뜻이다.

35 동아동문서원(東亞同文書院) : 동아동문회가 중국에 설립하였던 학교이다. 처음에는 난징(南京)에 설립하였다가 상하이(上海)로 옮겼다.

36 동아동문회(東亞同文會) : 동아동문회는 위기에 처한 중국에 진출하는 것을 목표로 하였던 일본의 민간단체인 동아회(東亞會), 동문회(同文會), 흥아회(興亞會), 동방협회(東邦協會) 등 여러 단체를 합병하여 1898년에 설립된 단체이다.

쩐 호우 꽁陳有功, 응우옌 디엔阮典이었다.【르엉의 다른 이름은 르엉 응옥 꾸이엔梁玉琄이고, 쩐의 다른 이름은 응우옌 특 까잉阮式庚이며, 응우옌 디엔은 지금 변절하였다.】 동문서원【이 서원은 중학교의 하나이다】에 입학한 사람은 르엉 응이 카잉梁毅卿이다. 그 외 여섯 명은 모두 자격 미달로 입학하지 못하였다.

4월 상순, 나는 학생들을 도쿄로 보내 입학시켰다. 판 쭈 찡 또한 나와 함께 도쿄로 가서 학당學堂 및 기타 일본의 정치, 교육의 성과를 참관하고 나에게 말하였다. "일본 국민 수준이 이와 같으니 보잘 것 없는 수준의 우리 국민이 어찌 노예가 되지 않겠습니까. 이 몇몇 학생들이 학당에 입학한 것은 판 보이 쩌우 공의 대단한 공로입니다. 공은 의당 일본에 머무르며 조용히 쉬면서 오로지 저술에만 힘을 기울이면 되지 구태여 '프랑스를 물리쳐야 한다'고 소리 높여 말할 필요는 없습니다. 다만 마땅히 민권民權과 민지民智를 제창하여야 하니 백성들이 자신에게 권리가 있음을 알게 되면 다른 일은 모두 천천히 도모해도 됩니다." 이로부터 열흘 남짓 동안 연이어 판 쭈 찡 공과 나는 반복하여 논의하였는데 의견이 완전히 상반되었다. 공은 군주제를 없애 민권 부식扶植의 기초로 삼고자 하였고, 나는 먼저 원수인 프랑스를 몰아내고 우리 베트남의 독립을 기다린 뒤에야 그 밖의 것들을 말할 수 있다고 하였다. 내가 도모한 바는 군주제를 이용하는 것이었으니 판 쭈 찡 공이 반대하였고, 공이 도모한 바는 백성을 높이고 군주를 몰아내는 것이었으니 나 또한 전혀 찬성하지 않았다. 공과 나는 진실로 목적은 같았으나 방법이 완전히 달랐다. 공은 프랑스에 의지해 군주를 몰아내는 데서 시작하고자 하였고, 나는 프랑스를 몰아내고 베트남의 국권을 회복하는 데서 시작하고자 하였다. 이것이 차이점이었다. 공의 정치적 견해는 나와 반대였지만 의기意氣로는 나를 매우 아꼈다. 나와 함께한 지 수십 일 되었을 때 공은 돌연 귀국하겠다고 하였다.

이때 나는 기외후를 후쿠시마福島 대장에게 소개하였다. 후쿠시마는 내게 말하였다. "외교 관례로 볼 때 귀국 황족이 프랑스 정부의 허락을 받지 않는다면 우리나라가 공식적으로 받아들일 수 없습니다. 다만 젊은 유학생 무리에 섞여 유학생이라고 둘러대는 것이 좋겠습니다." 이에 기외후는 요코하마를 떠나 도쿄로 가서 진무학교에 입학하였다. 재학생이 다섯 명이었는데 기외후만 학비를 냈고 나머지 네 명은 일본에서 내주었으니 이 또한 문명국의 교묘한 수단이었다.

다섯 명이 입학하자 병오헌에는 청년 몇 명만 남아 일문과 일어를 배웠다. 나는 떠이 호 공을 홍콩까지 배웅하고 그곳에서 최후의 인사를 나누었다. 공은 내게 말하였다. "그대는 진중히 처신하십시오. 베트남 사람들의 희망은 오직 그대에게 달려있습니다. 기외후는 그다지 소용이 없습니다." 나는 공손히 대답하고 훗날 다시 만나기를 간곡히 당부하였다. 그리고 타잉 빙盛平, 타이 쑤이엔台川, 떱 쑤이엔集川 등 여러 사람이 힘을 다해 민지民智를 열고 단체를 결성하여 신당新黨의 후원이 되어주기를 바란다고 하였다. 때는 5월 중순이었다.

원문

適廣南二少年自內出, 会予於港, 且得小羅書, 述國內黨情, 頗有澎漲之象. 予因引二少年渡洋, 仍寓橫濱丙午軒. 著海外血書初編, 編成, 俟得便送回國. 会[37]圻外侯以學堂得暇,[38] 亦囘橫濱. 予謂侯曰: "遊學生, 雖尚無幾,而中圻北圻已俱有人, 不可謂無影響. 惟南圻尚寥[39]寥然, 宜亟圖運動之策, 運動南圻, 必須利用思舊人心, 乃能有效. 今我公以高皇嫡派, 又旣出洋, 卽草一宣告文. 派人入內, 囘南鼓動南圻少年, 令其遊學, 藉南圻之金錢, 兼養中北之人才, 此亦善策." 侯促予速成之, 予乃撰敬告全國父老文. 印成, 寄與港船里慧君, 密交曾鄧二公, 發布於中南二圻, 而北圻則由阮海臣君發布.

敬告全國文如下, 略曰: "英睿皇太子嫡嗣孫圻外侯彊柢, 敬告全國父老子弟曰, 【首段略】僞保護法蘭西者, 存吾君而亡其國, 謂五洲公論之可欺, 白吾地以植彼民, 殄億兆蒼生而奚恤. 雖今上有句踐少康之志, 無奈風狂雨驟, 天難與爭. 雖臣僚有申胥諸葛之忠, 其如海涸山焦, 地無用武……." 末署潘佩珠奉草. 觀此文, 則知予於南朝君相, 皆希望甚深, 而所痛恨深嫉者, 則惟法蘭西之惡政府而已.

初予訪梁公時, 公方修意大利三傑傳, 出以視予. 予極慕瑪志尼之爲人, 而瑪傳中敎育與暴動同時並行一語, 尤予所心醉. 是故一方面, 鼓動學生出洋, 又一方面, 鼓厲國人以革命之思想與其行動, 乃敢取所著海外血書初編, 續成之, 顔曰: 續海外血書, 寄囘國內. 由黎君超松譯成國文, 流布於全國, 文起語曰: "得渃些邏羅窒邏, 農內尼議也別嘉." 卽初編也. 又起語云, "喇血戾呟術飽渃, 計腗哷嘉特包数, 刚貼風景藐州, 盧靈很彷脆愁艮魚." 卽續編也.

初編痛陳法人滅我人種之毒政策, 其一爲陽剝, 卽賦稅征役, 百端煩苛, 務剝竭吾民膏脂是也, 其一陰胺, 卽粉飾僞文明, 僞敎育, 陰滅我國人精神於不

---

37 会: 저본에는 '今'으로 되어 있으나 전집본에 의거하여 수정하였다.
38 暇: 저본에는 '假'로 되어 있으나 전집본에 의거하여 수정하였다.
39 惟南圻尚寥: 저본에는 없으나 전집본을 참고하여 추가하였다.

知不覺之中是也. 至續編首一段, 則痛陳亡國之由, 有三大原因, 一是國君不知有民, 一是國臣不知有民, 一是國民不知有國. 譯文云, "沒羅弄役民空別, 𠄩羅官拯切之民, 𠀧羅民只別民, 默君貝國, 默臣貝埃."

此段反覆剖陳, 淋漓悲痛, 而其中一段, 則詳列救亡之策, 極力挑動國人嫉仇愛國之思想, 而其主旨, 則歸結於擧國同心. 其目分爲十種, 一, 富豪之同心也. 二, 當途仕籍之同心也. 三, 貴家子弟之同心也. 四, 天主敎民之徒同心也. 五, 水陸習兵之同心也. 六, 遊徒会黨之同心也. 七, 通記洋陪之同心也. 八, 婦女界之同心也. 九 仇家子弟之同心也. 十海外遊學生之同心也.

此十段黎君所譯之文, 尤能發揮原旨, 淋漓盡致, 如遊徒会黨一段, 有句云, "腥風撲鼻, 哀劍俠之無靈, 憤氣塡胸, 望棍雄而遥祝. 皇天后土, 其鑒予心否乎[40], 会黨棍徒, 其咱予言否乎." 黎代譯云, "蠡腥衝𪖫諢於, 劍𦒹扱肥麿魚朱仃, 丸𢀭鬱質觥𬛩肆, 英㛪喂吀捽劍𦆹, 固丕固坦固些, 同心如意買羅同心." 此書既付印, 予復回香港, 謀秘密送書入内, 且迎接自内出洋之諸同志, 適河内武敏建与楊嗣源阮泰拔【即阮豊貽君】.

初至港, 即囑二君住港, 候船來行密輸計. 此書因大布散於國内, 武阮之力爲多.

번역 「해외혈서海外血書」·『속해외혈서續海外血書』를 인쇄하다

그때 마침 꽝남 출신의 청년 두 사람이 국내에서 나와 홍콩으로 나를 찾아와 띠에우 라의 편지를 전하였다. 그 편지는 국내의 운동 상황에 관

40 乎 : 저본에는 없으나 전집본에 의거하여 추가하였다.

해 기술하고 있었는데 자못 운동이 커져가는 형세가 느껴졌다. 나는 두 청년을 데리고 바다를 건너 요코하마의 병오헌으로 와서 기거하였다. 그러면서 『해외혈서海外血書』 초편을 집필하여 책으로 만든 후 그 책을 국내로 가지고 갈 인편을 기다렸다. 그때 기외후가 방학을 맞아 요코하마로 돌아왔다. 나는 기외후에게 말하였다. "유학생들이 비록 많지 않으나 쭝끼와 박끼 사람들은 어느 정도 채워져 있어 영향이 없다고 할 수 없습니다. 다만 남끼가 아직 조용하니 서둘러 운동 방책을 세워야 합니다. 남끼에서 운동을 하려면 반드시 옛날을 그리워하는 인심人心을 이용해야 효과가 있을 것입니다. 기외후께서는 고황제高皇帝, 쟈 롱 황제]의 적손으로 해외에 나와 계시니 백성들에게 선포하는 글을 쓰십시오. 베트남에 사람을 보내 남끼로 들어가 그곳 청년들을 격동시켜 유학하도록 하면 남끼의 금전에 힘입어 쭝끼와 박끼의 인재들도 아울러 기를 수 있을 것입니다. 이는 좋은 방책입니다." 기외후는 속히 글을 완성하자고 재촉하였다. 나는 「삼가 전국의 부로에게 고하는 글[敬告全國父老文]」을 짓고 인쇄하여 홍콩 선박의 리 뚜에 군을 통해 은밀히 땅 밧 호와 당 뜨 낑에게 보내 쭝끼와 남끼에 배포하게 하였다. 박끼에서는 응우옌 하이 턴阮海臣이 배포하였다.

「삼가 전국의 부로에게 고하는 글[敬告全国父老文]」의 내용은 대략 다음과 같다. "아잉 주에英睿 황태자의 적손 기외후 끄엉 데疆柢는 전국의 부로와 자제들에게 삼가 선포한다. 【첫 단락 생략】 보호를 빙자하는 프랑스는 우리 황제만 남겨두고 나라는 없애버렸다. 이는 전 세계의 공론을 속일 수 있다고 여긴 것이다. 우리 땅을 강탈하여 자기의 백성을 기르니 우리의 억조창생을 진멸시키더라도 아무렇지 않게 여길 것이다. 비록 우리 황제께서 구천^{句踐}과 소강^{少康}[41]의 뜻이 있다 하더라도 바람이 사납게 불고 폭우가 쏟아지면 어찌할 수 없으니 하늘과는 다투기 어려운 법이다. 신하들에게 신포서^{申包胥}와 제갈량^{諸葛亮}[42]의 충심이 있더라도 바다가 마르고 산이 불타버린 것 같아 무력을 쓸 땅조차 남아있지 않다……." 말미에 '판보이 쩌우 받들어 쓰다'라고 서명하였다. 이 글을 보면 내가 베트남 황제와 신하들에게 기대하는 바가 매우 컸고, 통한^{痛恨}하고 깊이 미워한 것은 오직 악랄한 프랑스 정부였음을 알 수 있다.

예전에 내가 량치차오 공을 방문했을 때 공은 바야흐로 『이태리 삼걸전^{意大利三傑傳}』[43]을 저술하고 있었기에 그 원고를 내게 보여주었다. 나는 마치니^{瑪志尼}의 사람됨을 극히 사모하게 되었고 마치니전^{瑪志尼傳} 가운데 교육과 폭동을 동시에 병행해야 한다는 한 마디에 더욱 심취하였다. 이에 영향을 받아 한편으로는 학생들을 해외로 나가도록 선동하고, 다른 한편으로는 국민들에게 혁명사상과 그것의 실천을 고취하였다. 그리고 앞서 저술하였던 『해외혈서』 초편에 이어 속편을 완성하였으니, 제목은 『속해외

---

41 구천(句踐)과 소강(少康) : 구천은 춘추시대 월나라의 왕으로서 자신의 부친을 죽인 오나라 왕 합려(闔閭)를 죽이고 복수를 하였다. 소강은 하(夏)나라의 왕으로서 유궁씨(有窮氏)에게 빼앗겼던 하나라의 권력을 되찾아왔다.

42 신포서(申包胥)와 제갈량(諸葛亮) : 신포서는 춘추시대 초나라의 신하로 오나라가 초나라를 쳐들어오자 진나라에 가서 구원을 요청하며 며칠 동안 울음을 그치지 않아 끝내 조국을 구하였다. 제갈량은 촉한(蜀漢)의 재상으로 유비(劉備)와 유비의 아들 유선(劉禪)을 도와 한(漢) 왕조의 부흥을 위해 전심전력을 기울였으나 끝내 성공을 보지 못하고 죽었다. 제갈량이 지은 「출사표」는 신하의 절절한 충심이 드러난 천고의 문장으로 기려졌다.

43 『이태리 삼걸전(意大利三傑傳)』 : 정식 명칭은 『이태리 건국 삼걸전』으로 마치니, 카보우르, 가리발디 3인의 영웅적 일대기를 그린 소설이다. 우리나라의 신체호는 이 책을 국한문 혼용체로 바꾸어 출판하였고 이후 『을지문덕전』, 『이순신전』과 같은 역사전기소설도 창작하였던바 『이태리 건국 삼걸전』이 그 계기가 되었다고 말할 수 있다.

혈서續海外血書』라 하고 국내에 보냈다. 레 시에우 뚱黎超松 군이 베트남어로 번역하여 전국에 배포하였다. 글의 시작은 다음과 같다. "우리나라 사람은 이상하고 매우 이상하다. 이 힘든 상황을 알기나 한단 말인가[得浩些邏羅室邏, 農內尼議伍別森]."[44] 이것은 초편이다. 속편의 시작은 다음과 같다. "『해외혈서』를 국내에 보내고서 세월을 헤아려보니 얼마 되지 않았다. 오대주의 풍경을 흘끗 보니 바람과 구름은 고요한데 수심 깊은 밤은 아득하구나[啊血庆呋術虺浩, 計胸得嘉特包数, 眲貼風景蔬州, 蠫霆很彷脆愁艮魚]."[45]

초편에서는 프랑스인이 우리 인종을 멸망시키려는 악독한 정책에 대해 통렬히 기술하였다. 그 첫째는 드러내놓고 착취하는 것이니 부세와 징용이 온갖 명목으로 번잡하여 가혹하게 우리 백성의 고혈을 짜내는 것이 바로 그것이다. 둘째는 은밀히 정신을 꺾으려는 것이니 거짓된 문명과 교육을 빙자하여 우리나라 국민의 정신을 부지불식간에 은밀히 없애려는 것이 그것이다. 속편 첫 단락에서는 망국의 연유를 통렬히 기술하였다. 세 가지 큰 원인이 있는데 첫째는 나라의 군주가 백성이 있음을 알지 못한 것이요, 둘째는 나라의 신하가 백성이 있음을 알지 못한 것이요, 셋째는 나라의 백성들이 나라가 있음을 알지 못한 것이다. 이를 베트남어로 다음과 같이 번역하였다. "첫째는 왕이 백성의 일을 전혀 알지 못함이요, 둘째는 관리가 백성의 일을 전혀 알지 못함이요, 셋째는 백성이 단지 백성만 알고 군주와 국가와 신하를 잊어버림이다[沒羅耆役民空別, 台羅官拯切之民, 吧羅民只別

---

44 우리나라 ~ 말인가 : 이 대목의 원문은 한문이 아니라 베트남식 쯔놈으로 기술되어 있다.
45 『해외혈서』를 ~ 아득하구나 : 이 대목의 원문은 한문이 아니라 베트남식 쯔놈으로 기술되어 있다.

民, 默君貝國, 默臣貝埃]."[46]

이 단락에서는 반복하여 자세하게 기록하였는데 비통함이 넘쳐났다. 그 가운데 한 단락에서 나라를 되찾을 수 있는 대책을 자세히 열거하였으니, 국민이 원수를 미워하고 나라를 사랑하는 사상을 갖추도록 힘을 다해 격동시킨 것이었다. 그 주지는 온 국민이 한마음이 되어야 한다는 것에 귀결되었다. 그 조목은 열 가지이다. 하나, 부호富豪들이 마음을 합할 것. 둘, 관원들이 마음을 합할 것. 셋, 귀족 자제들이 마음을 합할 것. 넷, 천주교도가 마음을 합할 것. 다섯, 바다와 육지 습병習兵들이 마음을 합할 것. 여섯, 혁명동지들이 마음을 합할 것. 일곱, 통역·서기·서양인에게 고용된 급사들이 마음을 합할 것. 여덟, 여성들이 마음을 합할 것. 아홉, 원수들에게 해를 입은 집안의 자제들이 마음을 합할 것. 열, 해외 유학생들이 마음을 합할 것.

레黎 군이 번역한 이 열 개의 단락은 원래의 뜻을 더욱 잘 발휘하였으며 문장이 극히 아름다웠다. 예를 들어 '혁명동지' 단락에는 "腥風撲鼻, 哀劍俠之無靈, 憤氣塡胸, 望棍雄而遥祝. 皇天后土, 其鑒予心否乎, 会黨棍徒, 其咱予言否乎"라는 구절이 있다. 레 군은 이것을 다음과 같이 번역하였다. "피 비린내 나는 바람이 코를 시리게 하거늘, 애통하여라 검협劍俠들은 영혼조차 사라졌네. 분노가 가슴을 메우는데 사이공의 영웅들 바라보며 멀리서 축원하네. 하늘과 땅의 신령은 내 마음 아는가? 혁명동지들은 내 말이 들리는가[蠱腥衝觸薛於, 劍幬扨脈靡魚朱仃, 丸弗鬱質舫熔盟肆, 英姙喂吁捽劍䰿, 固㐌固坦固些, 同心如意買羅同心]?"[47] 이 책이

<hr>

46 첫째는 ~ 잊어버림이다 : 이 대목의 원문은 한문이 아니라 베트남식 쯔놈으로 기술되어 있다.

인쇄되자 나는 다시 홍콩으로 돌아가 비밀리에 책을 국내로 들여보내도록 주선하고 또 국내에서 해외로 나오는 동지들을 맞이하였는데 마침 그 중에 하노이河內의 보 먼 끼엔武敏建과 즈엉 뜨 응우옌楊嗣源, 응우옌 타이 밧阮泰拔【즉 응우옌 퐁 지阮豐貽 군】이 있었다.

처음에 홍콩에 도착하였을 때 보 먼 끼엔과 응우옌 타이 밧에게 부탁하여 홍콩에 머물면서 배가 오는 것을 기다렸다가 책을 몰래 보내는 계획을 실행하도록 하였다. 이로 인해 이 책이 국내에 널리 퍼졌으니 두 사람의 공이 컸다.

원문

　是辰在港, 亦創立一小机關, 因港有留學英文者[48]四五人故也. 港中越僑甚少, 其跟隨法人供備遣之役者, 通計共四十餘人. 通言記錄三四人, 餘則伙夫陪丁耳. 予遇諸項人, 無不大聲疾呼, 現身說法, 彼中有一二熱誠激動, 輸轉傳播, 皆樂咱予言. 予乃組織一越南商團公会, 募集股本, 謀營公利, 練習我旅僑, 以結團體公益之事.

　会成立時, 推通判范文心爲会長, 范南圻人, 通英文法文, 頗冒識世界情形. 然君主思想極濃, 蓋是辰南圻人之特性也. 商團初立, 僑港之我國人, 皆踴躍入会. 法兵船中水兵, 凡我國人, 亦皆捐助会款, 一辰頗形樂觀. 未及一年, 有法領事館通言名戎, 彼乃老偵者, 報告於東京全權, 謂此会爲革命黨机關. 法政府要求港督嚴令解散, 此会遂夭亡. 嗟乎! 無國之民, 幾無一處而不

47　피비린내 ~ 들리는가 : 이 대목의 원문은 한문이 아니라 베트남식 쯔놈으로 기술되어 있다.
48　者 : 저본에는 없으나 전집본에 의거하여 추가하였다.

被強權蹂躪之苦也.

是年自秋徂冬, 予嘗往返於橫濱香港之間, 蓋日本爲學生大本營, 而香港又爲中外交通之咽喉, 予不得不以時兼顧也.

十一月下旬, 予以學生出洋爲數甚少, 而國內革命之行動, 亦寂然無聞, 憂心如焚, 方欲回國親預運動之事. 然苦行費尚未充, 幸國內南定省五少年來, 一爲鄧仲鴻, 一爲鄧子敏, 一爲年最少者鄧國喬, 又其他二人. 其前三人, 皆少俊可愛, 而熱誠毅力, 則鄧子敏尚焉. 後來冒險敢爲以身徇革命黨者, 鄧子敏一人爲最, 五人抵港時, 武敏建承委爲住港机關幹事員, 爲四人籌送赴日本, 至橫濱晤予, 出所携千餘款元助黨云云.

預料此行, 須四五月間, 乃能再東渡, 因此行之目的有三. 一, 乘便探察廣東廣西諸邊地, 凡毗連我國界者, 皆考究一遭, 以預定他辰入內之方向. 再, 粤邊路親赴黃公蕃昌屯, 勸公加入革命黨, 因余前未嘗得一番面接公也. 三,[49] 要密接中圻各派要人, 及北圻諸寔行家, 共圖革命之寔現也.

籌畫既定, 即以銀三百元爲旅行費, 其餘爲住丙午軒諸年少學習之需.

번역 홍콩에서의 활동

이때 나는 홍콩에 머물며 작은 사무소 하나를 설립하였는데 영어를 배우기 위해 홍콩에 머물고 있는 네다섯 명의 유학생들 때문이었다. 홍콩에는 베트남 교민이 아주 적었으니 그들은 프랑스인을 따라다니며 심부름을 해주는 자들로 모두 사십여 명 정도였다. 통역과 서기가 서너 명이

---

49 三 : 저본에는 '一'로 되어 있으나 오자가 분명하므로 바로잡았다.

고 나머지는 식당에서 일하거나 심부름을 하는 급사였다. 내가 그들을 만나기만 하면 소리를 높여 몸소 설득하니 그들 가운데 한두 명이 열성으로 격동되어 다른 사람들에게도 전파하였고 모두 내 말을 기꺼이 들어 주었다. 나는 이에 월남상단공회越南商團公會를 조직하고 자본금을 모아 공적인 이익을 추구함으로써 우리 베트남 교민들이 단체를 결성해 공익을 추구하는 연습을 하였다.

월남상단공회가 성립되자 통판通判 팜 반 뗌范文心을 회장으로 추대하였다. 팜 반 뗌은 남끼인으로 영어와 프랑스어에 능통하였으며 세계정세를 대략 알고 있었다. 그러나 봉건주의 사상이 매우 농후하였으니 대개 이 당시 남끼인의 특징이었다. 상단이 처음 설립되자 홍콩에 사는 우리 국민은 뛸 듯이 기뻐하며 입회하였다. 프랑스 병선兵船의 수병水兵 가운데 우리 베트남인이 모두 돈을 내어 자본금에 보태니 일시에 형세가 자못 낙관적으로 변하였다. 그러나 일 년도 못 되어 일이 터졌다. 오랫동안 첩자 노릇을 하고 있던 프랑스 영사관 통역 늉戎이 통킹東京의 전권대사에게 상단은 혁명당의 기관이라고 보고한 것이다. 그러자 프랑스 정부는 홍콩 총독에게 엄명을 내려 해산시키도록 요구하였고, 결국 이 상단은 단명하고 말았다. 아아! 나라 없는 백성은 어디를 가든 강권强權에 유린당하는 고통이 따르는 법이다.

이해 가을부터 겨울까지 나는 요코하마와 홍콩을 왕래하였는데, 일본은 학생들의 본거지가 되고 홍콩은 베트남과 해외를 연결하는 길목이었기에 나는 때때로 아울러 살피지 않을 수 없었다.

11월 하순, 해외로 나오는 학생 수가 매우 적고 국내 혁명운동 또한 적막하게 들리는 소식이 없자 나는 근심스러운 마음으로 애가 타는 듯하여 바야흐로 국내에 돌아가 몸소 운동에 참여하고자 하였다. 그러나 여비가 충분치 않아 괴로워하고 있었는데 다행히 국내 남딩南定에서 다섯 명의 청년이 왔다. 당 쫑 홍鄧仲鴻, 당 뜨 민鄧子敏 그리고 가장 나이가 어린 당 꾸옥 끼에우鄧國喬가 있었으며, 또 다른 두 명도 있었다. 앞서 말한 세 사람은 모두 젊고 준수하여 사랑스러웠는데 열성과 기백은 당 뜨 민이 제일이었다. 훗날 과감히 위험을 무릅쓰고 혁명당에 몸을 던질 때도 당 뜨 민이 가장 으뜸이었다. 이 다섯 사람이 홍콩에 이르렀을 때 보 먼 끼엔이 홍콩 주재 사무소 간사 일을 맡고 있어서 네 사람을 일본으로 보내 주었다. 그들이 요코하마에 이르러 나를 보고는 가지고 있던 천여 원을 내어주며 당을 위해 쓰라고 하였다.

이 여행을 미리 헤아려보니 4~5개월은 걸려야 다시 일본으로 올 수 있을 듯하였다. 이 여행에는 세 가지 목적이 있었다. 첫째, 우리 베트남과 국경을 접한 광둥廣東 광시廣西의 여러 변방을 살펴보며 전 지역을 두루 탐방하는 것이다. 이는 훗날 국내에 진입하는 방향을 미리 정하기 위함이었다. 둘째, 광시廣西 부근을 지나며 폰쓰엉蕃昌 둔의 호앙黃 공을 직접 찾아가 공에게 혁명당에 가입하라고 권유하는 것이다. 나는 앞서 한 번도 공을 뵌 적이 없었다. 셋째, 쭝끼 여러 세력의 요인要人 및 박끼 실행가들과 은밀히 접촉하여 혁명의 실현을 함께 도모하는 것이다. 여행 계획을 확정하고, 은 3백 원은 여비로 쓰고 나머지는 병오헌에 머무르는 여러 청년의 학습비로 썼다.

予乃於十二月上旬上東京, 辭別圻外侯及在校諸學生. 即日首途至廣東,
先詣劉宅会阮公, 語以南回各意. 公親送予至欽州, 又价紹其舊部一人於予,
曰前德. 前初本以海匪著名, 自稱爲前軍都統者, 其後歸附勤王黨爲提督, 失
敗後, 隨阮劉入華. 然其人不大羈, 既入華, 復理舊業, 爲兩粵綠林之豪. 時
阮公謂予曰:"兩粵邊地, 凡與我國接界者, 土匪巢穴, 遍地有之, 必此人引
途, 乃能穿過." 蓋此人爲匪徒所畏服也. 予商於前德, 前大贊成, 予馳走兩粵
邊地, 經過一月餘里程, 平坦無聲, 則此公寔予之恩人也. 前雖爲粵林豪, 而
對於我南人往來, 必力爲保護. 言談極慷慨磊落, 常有寧爲鷄口, 毋爲牛後之
氣魄. 一路陪予行, 予以老輩待前, 而前則以師禮待予. 予至今思之, 猶爲之
感泣.

初予由東返粵也, 会同志[50]廣義平[51]山陳奇鋒先生,[52] 與某某同志, 自內出.
予見其人, 有熱誠有勇氣, 似堪重任者. 予謂之曰:"吾輩今日所經營者, 其
目的在革命, 而欲革命之寔現, 必在內有運動之人, 其需要視在外遊學爲尤
切. 蓋遊學所養成者, 乃建設之人才, 而破壞之人才, 則不能專倚於遊學也."
二君竟欣然, 願回內運動. 予乃取近所著各種書, 如越南亡國史, 新越南, 海
外血書等, 及圻外侯敬告全國文, 托二君爲入內運動[53]之材料. 某某二君, 遂
偕予一路至欽州.

既抵欽, 二君別予, 乘航船, 至東興, 而予則與前德別阮公, 走欽州以西,

---

50 同志: 저본에는 없으나 전집본에 의거하여 추가하였다.
51 平: 저본에는 '屛'으로 되어 있으나 전집본에 의거하여 수정하였다.
52 先生: 저본에는 없으나 전집본에 의거하여 추가하였다.
53 動: 저본에는 없으나 전집본에 의거하여 추가하였다.

經過上思州下思州, 至桂邊之太平府. 府統領陳世華, 初本洪楊餘黨, 曾竄入我越, 爲黑旗黨之健將, 後因淸政府招撫以勦匪有功, 委駐桂統邊防兵, 對我越人, 感情頗厚. 又稔聞予名, 見予與前德至, 則大歡迎. 陳云, "予部屬尙有留在我越邊者, 多與黃花公往來親密". 予因告以回南会黃之意, 陳願爲妁料行計, 如通行劵及護衛兵各事. 又价紹予於其舊部將梁三奇, 梁三奇者前爲越寇, 現北圻太原之豪目也.

予盤桓太平府數日, 即上途, 陳爲防沿途土匪, 故特派都帶一員, 武裝勇兵十名, 護送予二人. 經過龍州憑祥州各隘, 至鎭南關. 鎭南關者, 夾接我國諒山省文淵市之關口也. 關有淸吏淸兵駐此, 出關, 須呈護詔文憑, 由關吏換劵文乃可. 予將度關, 太平府護兵與前德, 俱別予返, 惟都帶姓何者, 則偕予出關. 一入我國地界, 即有法兵屯, 屯有法少佐官駐此, 檢查旅行客甚密.

予入法兵屯, 屯官駁華官, 給許文憑, 信予與何皆華人, 無所詰難. 然測量身材, 編錄面貌, 却甚詳悉. 乃傳予出銀三元, 換買通行証劵. 予出屯, 上同登火車, 至嘉林下車, 改途往太原. 入太原省界, 則知梁三奇[54]在此間, 勢力頗不弱. 上游林分各省, 素多蠻悍豪黠之徒, 行人憚之. 然見予等華裝, 則相戒曰 : "此往大官處者切勿犯."

予聞梁久擾高平太原間. 法初取北圻, 視高平太原爲險遠, 欲收撫梁, 藉免擾邊之患, 特授梁爲招撫大使, 故土民稱爲大官. 予於是哀吾民之愚且弱, 不惟強法人而吾民憚之, 即華僑之黠者, 亦視之如虎矣.

予行一日程, 至太原省城, 又馳一日許, 至州市, 爲梁所屯住之地. 何都帶

---

54 奇 : 저본에는 '岐'로 되어 있으나 전집본에 의거하여 수정하였다.

先价紹予於梁, 梁知爲自陳統領來, 亟致慇懃, 引予遍觀屯寨, 軍容之壯, 紀律之嚴, 不及安世黃公遠甚, 而其餉藏之富, 人口之繁, 則過之. 然黃爲獨立區, 若梁則仍爲附庸地, 其價值迥不相同矣.

初予見梁, 謂可利用爲一路援軍, 及旣相見, 互通談, 察其人, 無他遠大志, 但一綠林之怪傑耳. 苟非黨勢已張, 外援又至, 則彼必不爲我用, 予於是頓成失望之意.

然事有湊巧, 山西同志陳東英, 亦稱陳善, 初曾與我訂密黨, 是日適相遇於梁屯. 陳亦爲運動梁而來, 陳旣見予, 則价紹予於其熟友, 曰提功者. 功故勤王黨之名戰將也, 累立戰功, 陞至提督, 與黃花探極相得. 勤王黨失敗後, 同事者多出首免罪, 或立功得官, 如提喬輩, 惟探與功二人, 俱不願爲降將軍, 探入北江, 功走太原. 太原已被疾足者先得, 功無可奈, 則與部下數十人, 耕獵爲生, 戢伏於梁勢力範圍內之地. 然梁寔以僚友待之, 而法鷹犬亦不之問, 法人尚視太原爲石田故也.

陳請予赴其宅, 聚談久之, 視其人額高頷豐, 兩目烱烱, 時扼腕曰:"願得机會, 再以刀上血一染法人頸, 則此生了矣."一日對予言, 久不騎馬, 髀肉復生, 俟得錢購一馬. 予卽贈銀十五元, 念君若得宣戰机會, 則彼亦一戰員也. 旣則功遣其長男, 引予從山路至北江, 行二日程, 入安世縣, 穿過雅南市, 入蕃昌屯. 出功所授之祕密符号, 以示黃公, 公大喜, 宿予於公子簧之屯.

번역 **두 번째 귀국**

12월 상순, 나는 도쿄로 가서 기외후와 재학생들에게 인사를 전하였다. 그날 길을 떠나 광둥으로 가서 가장 먼저 류용푸 집에서 응우엔 티엔 투엇阮善述 공을 만나 베트남으로 돌아가 행할 계획들에 대해 말하였다. 응우엔 공은 나를 친저우欽州까지 친히 전송해주었고 옛 부하 중 한 사람인 띠엔 득前德을 소개해주었다. 띠엔 득은 원래 유명한 해적이었는데 '띠엔 군도통軍都統'이라 자칭하였다. 나중에 근왕당에 귀순하여 제독이 되었다가 운동이 실패한 뒤에는 응우엔 티엔 투엇과 류용푸를 따라 중국에 갔다. 그러나 그 사람됨이 얽매이는 것을 너무도 싫어하여 중국에 들어간 뒤에 다시 과거에 하던 일로 돌아가 양월兩粤 사이 도적들의 우두머리가 되었다. 당시 응우엔 공이 내게 말하였다. "양월 지역은 우리 베트남과 접경지이고, 토비土匪들의 은신처가 널리 분포되어 있습니다. 반드시 이 사람이 인도해야 뚫고 지나갈 수 있습니다." 아마도 토비들이 이 사람을 두려워하여 복종하는 듯하였다. 내가 띠엔 득에게 계획을 의논하니 그는 대찬성하였다. 내가 양월 변방으로 달려가 한 달여간의 여정을 지내는데도 평탄하여 아무 어려움이 없었으니, 띠엔 득은 실로 나의 은인이었다. 그는 비록 양월 도적의 우두머리였으나 우리 베트남인의 왕래에 있어서 반드시 힘껏 보호해주었다. 말을 주고받으매 매우 강개하고 거침없었으며, 항상 '닭의 입이 될지언정 소의 꼬리는 되지 말아야 한다'라는 기백이 있었다. 그가 나와 함께해주는 동안 나는 그를 연장자로 대하였고, 그는 나를 스승의 예로 대하였다. 지금 생각해도 감격스러워 눈물이 난다.

처음 내가 일본에서 광둥으로 돌아왔을 때 동지인 꽝응아이廣義 빙선平山 출신의 쩐 끼 퐁陳奇鋒 선생과 모모某某 동지를 만났는데, 그들은 국내에서 나오는 길이었다. 내가 그들을 만나보니 열정과 용기가 있어 중책을 감당할 만하였다. 내가 그들에게 말하였다. "우리가 지금 도모하는 바는 그 목적이 혁명에 있습니다. 혁명을 실현하고자 하면 반드시 국내에 운동하는 사람이 있어야 합니다. 그 필요성을 말하자면 외국 유학생보다 더욱 중요합니다. 유학을 통해 양성하는 자는 건설의 인재요, 파괴의 인재는 오로지 유학에 의지하지 않아도 됩니다." 두 사람도 마침내 기꺼이 국내로 돌아가 운동하겠다고 하였다. 나는 이에 근래에 저술한 각종 저서인 『월남망국사越南亡國史』, 『신월남新越南』, 『해외혈서海外血書』 등과 기외후의 「경고전국문敬告全國文」을 챙겨 두 사람에게 주며 국내 운동의 자료로 삼게 하였다. 모모某某 두 동지는 나와 함께 친저우로 갔다.

친저우에 도착하여 두 사람은 내게 작별을 고하고 배를 타고 항해하여 둥싱東興으로 갔다. 나는 띠엔 득과 함께 응우엔 공에게 인사하고 친저우 서쪽으로 가서 샹스저우上思州·시아스저우下思州를 지나 구이린의 태평부太平府에 이르렀다. 태평부 부통령인 천스화陳世華는 예전에 홍수전洪秀全과 양수청楊秀淸[55]의 잔당이었는데 일찍이 우리 베트남에 숨어들어와 흑기군黑旗軍[56]의 장수가 되었다. 나중에 청나라 정부의 회유를 받아 토비를 없애는데 공로가 있었기에 주계통변방병駐桂統邊防兵에 위임되었다. 그는 베트남인에 대해 감정이 자못 우호적이었으며 내 이름을 익숙히 들어 알고

---

55 홍수전(洪秀全)과 양수청(楊秀淸) : 청나라 말기 농민반란군이 수립한 태평천국(太平天國)의 두 지도자이다. 태평천국은 한때 청나라를 위협하는 세력으로까지 컸으나 홍수전과 양수청이 불화하는 등의 원인으로 증국번(曾國藩) 등의 의용군과 외세에 의해 소멸되었다.

56 흑기군(黑旗軍) : 태평천국 운동이 실패한 뒤 청나라 조정에 쫓긴 류용푸(劉永福)가 1867년 베트남 통킹 지역에서 조직한 군사조직이다. 청나라와 프랑스가 전쟁을 벌이는 동안 프랑스군에 항전하였으나 실패하여 흑기군은 해산되고 류용푸는 중국으로 돌아갔다.

있었기에, 나와 띠엔 득이 오는 것을 알고는 크게 환영하였다. 천스화가 말하였다. "제 부하 중 아직 베트남 변경에 남아있는 자들은 대부분 호앙 호아 탐黃花探과 왕래하며 친밀하게 지냅니다." 이에 나는 베트남에 돌아가 호앙 공을 만날 뜻이 있다고 말하였다. 그러자 천스화는 길 떠나는데 필요한 통행권과 호위병 등을 마련해주겠다고 하였으며, 옛 부하 장수인 량산치梁三奇도 소개하였다. 량산치는 예전에 베트남 도적이었으나 현재는 박끼 타이응우옌太原의 재력가이다.

나는 태평부에서 며칠 머물다가 곧 길을 떠났다. 천스화는 가는 길의 토비를 방비하기 위해 특별히 방대[帮帶, 武官의 일종] 한 명과 무장한 용병勇兵 열 명을 보내 우리 두 사람을 호송하도록 하였다. 롱저우龍州를 거쳐 평상 저우憑祥州의 각 요충지를 지나 진남관鎭南關에 이르렀다. 진남관은 베트남 랑선諒山 성省 반우이엔文淵 시市의 관문과 마주하고 있는 곳이다. 진남관에는 청나라 관리와 병사들이 주둔하고 있어서 그곳을 지나오려면 반드시 여권 및 증빙서류를 내어 관리關吏로부터 권문券文을 받아야만 하였다. 내가 관문을 나갈 적에 태평부에서 보낸 병사들과 띠엔 득은 모두 작별하여 돌아갔으며, 허何 씨 성을 가진 방대만이 나와 함께 관문을 나왔다. 일단 베트남 국경에 들어오니 프랑스군 부대가 있었는데 그곳은 프랑스 젊은 장교가 지키고 있어 여행객에 대한 검사가 매우 치밀하였다.

내가 프랑스군 부대에 들어가니 부대 관리 중 중국인을 조사하는 관원이 문서들을 발급해주었는데, 나와 허가 모두 중국인이라 믿고서 따져 묻지 않았다. 그렇지만 신체를 측정하고 면모를 기록하는 것은 매우 상세히 하였다. 이어서 내게 은 3원을 내고 통행권을 사라고 하였다. 나는 부대를 나와 동당同登에서 기차를 탄 뒤 지아림嘉林에서 내려, 길을 바꾸어 타이응우엔으로 갔다. 타이응우엔성 경계에 들어가니 량산치가 이 지역에서 세력이 약하지 않음을 알 수 있었다. 산간 여러 지역에는 본래 거칠고 교활한 무리가 많아 행인들이 지나기를 꺼렸다. 그렇지만 그 무리는 우리가 중국인 복장을 한 것을 보고서 서로 경계하여 말하기를, "이들은 대관大官께 가는 자들이니 절대로 범하지 말라"고 하는 것이었다.

내가 들으니 량산치는 오랫동안 까오방高平과 타이응우엔太原 사이에서 소요를 일으켰다고 하였다. 프랑스가 처음에 박끼를 취하고는 까오방과 타이응우엔이 험난하고 멀다고 보아 량산치를 회유하여 변방이 시끄러워지는 것을 피하고자 하였다. 그래서 특별히 그를 초무대사招撫大使로 삼았으니 이 때문에 토민土民들은 그를 대관大官이라 칭하였다. 나는 이에 우리 백성의 어리석고 약함을 슬퍼하였다. 다만 힘센 프랑스인만 우리 백성들이 두려워하는 것이 아니라, 교활한 중국인도 또한 호랑이처럼 무서워하였던 것이다.

나는 하루 정도 가서 타이응우엔성에 도착하였고, 또 하루 남짓 달려 쩌우시州市에 이르렀으니 그곳은 량산치의 근거지였다. 허何 방대는 먼저 나를 량산치에게 소개하였는데 그는 내가 천스화 통령이 보내서 왔음을 알고 매우 정답게 대해주었다. 나를 데리고 둔채屯寨를 두루 구경시켜주었는데 군사들의 씩씩함과 기율의 엄정함은 이엔테安世의 호앙 호아 탐 공에게 크게 미치지 못했으나, 풍부한 군량미와 모여 있는 사람 숫자는 훨씬 능가하였다. 그러나 호앙 공은 해방구를 이룬 반면 량산치는 프랑스의 통제를 받는 지역을 맡고 있으니 그 가치는 전혀 달랐다.

내가 처음 량산치를 보았을 때는 한 지역의 원군援軍으로 이용할 수 있을 것이라 여겼으나, 서로 만나 대화를 나누며 그 사람됨을 살펴보니 원대한 뜻이라고는 없는 한낱 도적의 우두머리일 뿐이었다. 만약 당세黨勢가 확장되지 않고 외부 지원 또한 이르지 않는다면 그는 필시 우리에게 소용이 되지 않을 듯했다. 나는 이에 갑자기 실망감이 들었다.

그러나 이때 공교로운 일이 일어났다. 선떠이山西의 동지 쩐 동 아잉陳東英은 쩐 티엔陳善이라고도 부르는데 예전에 나와 비밀리에 결사했던 자였다. 그런데 이날 마침 량산치의 둔채에서 그를 만났다. 알고 보니 쩐 동 아잉 또한 량산치를 설득하기 위해 온 것이었다. 쩐 동 아잉은 나를 보더니 그의 오랜 친구인 데 꽁提功에게 소개하였다. 데 꽁은 옛 근왕당의 이름난 장수로 거듭 전공을 세워 제독의 지위에 올랐으며 호앙 호아 탐과 매우 의기투합하는 사이였다. 근왕당이 실패한 이후, 함께 거사했던 자들은 대부분은 자수하여 죄를 면하거나 공을 세워 관직을 얻었으니 데 끼에우提喬 같은 부류였다. 오직 호앙 호아 탐과 데 꽁 두 사람만이 항복한 장수가 되기를 거부하여, 호앙 호아 탐은 박지앙北江으로 들어가고 데 꽁은 타이응우엔으로 달려갔다. 그런데 타이응우엔은 이미 발 빠른 자들이 선점하였기에 데 꽁은 어쩔 수 없이 부하 수십 명과 함께 밭 갈고 사냥하며 량산치 세력 내의 땅에 은거하였다. 량산치는 그를 벗으로 대해주었고 프랑스 첩자들도 불문에 부쳤으니, 프랑스인들은 타이응우엔을 쓸모없는 땅으로 보았기 때문이다.

쩐 동 아잉이 나를 자신의 집에 초대하여 오랫동안 이야기를 나누었다. 그는 이마가 높고 턱은 넓으며 두 눈이 반짝반짝 빛났다. 때로 팔을 불끈 쥐며 말하기를, "기회를 얻어 다시 한번 내 칼에 프랑스인의 목을 벤 피를 묻힐 수 있다면 이번 생은 마쳐도 좋습니다"라고 하였다. 하루는 내게 말하기를, 오랫동안 말을 타지 않아 허벅다리에 군살이 생겼으니 돈이 있으면 말을 한 필 사고 싶다고 하였다. 나는 이에 즉시 은 15원을 주었다. 그가 만약 전투의 기회가 생기면 우리 전투원이 되리라 생각하였던 것이다. 얼마 있다가 데 꽁은 자신의 장남을 보내 나를 인도하여 산길을 따라 박지앙에 당도할 수 있도록 해주었다. 이틀 정도 가서 이엔테현에 들어가 냐남시雅南市를 통과하여 폰쓰엉蕃昌 둔에 들어갔다. 데 꽁이 준 비밀부호를 꺼내 호앙 공에게 보여주니 공은 크게 기뻐하며 나를 아들 후잉簧의 둔채에 머물게 하였다.

次日殺牛釃酒, 集裨佐, 開会以饗予. 予前曾一度入屯, 然與公握手談心, 則此爲第一次. 予留宿於屯者十餘日, 其所與公訂密約者有數事. 一, 爲公卽加入維新会, 承認圻外侯爲会主. 二, 爲容納中圻諸義人之失踙者. 三, 爲中圻能唱義時, 公當起爲應援. 而公所要求於予者, 亦有數事. 一, 爲繁昌屯有戰事, 中圻當援助之. 二, 爲有戰事時, 維新会須給外援之勢力. 三, 爲蕃昌屯有軍需缺乏之時, 会黨中當盡力捐助之. 兩方面俱已商妥, 公乃爲予勘定大屯後一小山, 借與中圻諸黨人爲根據地. 未幾松岩君與黃衡等, 相率入屯, 營一別屯, 稱秀乂屯, 卽此番訂盟之結果也.

越次日, 予偕密友河靜鄧君文栢別公, 趂北寧, 詣內裔社同志某擧人之宅. 会魚海逸竹俱來, 以近狀報告, 密約中北各要人, 会商進行之策, 擬分爲二派, 一爲和平派, 專注力於學堂演說宣傳等事, 一爲激烈派, 專注力於運動軍隊籌備武裝寔行之擧動. 而其任奔走聯絡之責者, 北坼則專委武海秋君, 中坼則專委鄧君子敬, 海鯤翁則周旋左右其二派之間, 南奔北馳, 一肩兩擔.

自此以後, 在外之遊學費, 在内之寔行資, 皆賴以維持, 而革命黨之影響, 乃日漸發展, 未申酉數年間, 東京義塾發起於河城, 商会學会林立於南義. 而且河内習兵有投毒殺法兵官之事, 又静習兵管隊武奮阮傳等, 有襲功河静城之謀. 惜乎! 辰机未熟, 羽翼未齊, 或則謀以洩露而無成, 或則事已垂成而忽敗, 其結果擲幾多志士之頭顱, 耗幾多義民之血髓. "傷心往事君休問, 憔悴年芳不忍看." 即謂予此次南囘, 但有罪而無功, 予亦無詞以解矣.

번역 호앙 호아 탐과 밀약을 맺다

다음 날 소를 잡고 술을 걸러 부하들을 소집하고서 연회를 열어 나를 대접해주었다. 나는 전에 한 번 둔채에 들어왔었지만 호앙 공과 손을 잡고 이야기를 나눈 것은 이번이 처음이었다. 나는 둔채에 십여 일 머물면서 공과 밀약을 맺은 것이 몇 가지 있다. 첫째, 공이 유신회에 가입하면 기외후가 회주會主가 됨을 승인한다. 둘째, 쯩끼의 실각한 의인義人들을 받아들인다. 셋째, 쯩끼가 창의할 때 공도 응당 봉기하여 응원한다. 공이 내게 요구한 것도 몇 가지 있다. 첫째, 폰쓰엉 둔에 전투가 벌어지면 쯩끼는 마땅히 원조한다. 둘째, 전투가 벌어지면 유신회는 반드시 외부에서 원조하는 세력을 보낸다. 셋째, 폰쓰엉 둔에 군수품이 부족하면 유신회는 마땅히 힘을 다해 돕는다. 양 방면에서 모두 협상이 타결되자, 공은 나를 위해 대둔大屯 뒤에 있는 작은 산을 살펴보고 쯩끼의 여러 당인들에게 빌려주어 근거지로 삼게 하였다. 얼마 지나지 않아 뚱 남[松岩] 군과 호앙 하잉[黃衡] 등이 함께 폰쓰엉 둔에 들어와 별도의 둔채를 만들어 뚜옹에 [秀乂] 둔이라 하였으니 이번 맹약의 결과였다.

다음 날 나는 긴밀한 벗인 하띵[河靜] 출신의 당 반 비[鄧文柏]와 함께 호앙 공에게 작별인사를 하고, 박닝[北寧]으로 가서 노이주에[內裔] 사[社] 동지인 모[某] 거인[擧人]의 집을 방문하였다. 마침 응으 하이[魚海]와 젓 쭉[逸竹]이 와서 근래 상황을 다음과 같이 알려주었다. 쭝끼와 박끼의 요인[要人]들이 각기 은밀히 회동하여 운동의 진행 방책을 상의하고 두 개의 파[派]로 나누기로 하였다는 것이었다. 하나는 '화평파[和平派]'로 학당[學堂] 설립, 대중연설, 선전선동 등에 주력하고, 다른 하나는 '격렬파[激烈派]'로 군대를 세워 무장혁명을 준비함에 주력하는 것이었다. 그리고 긴밀히 연락하는 책임은 박끼에서는 보 하이 투[武海秋]가 전적으로 맡고 쭝끼에서는 당 뜨 낑[鄧子敬]이 전적으로 맡았다. 하이 꼰[海鯤, 응으 하이]은 두 파 사이에서 양쪽을 주선하느라 남북으로 뛰어다녔으니 한 사람의 어깨에 무거운 짐이 지워져 있었던 것이다.

이후로 국외 유학비와 국내 혁명 자금이 모두 이에 힘입어 유지되었다. 혁명당의 영향력은 날로 발전하여 1907년에서 1909년 사이 동경의숙[東京義塾][57]이 하노이에 설립되고, 상회[商會]와 학회[學會]도 꽝남[廣南]과 꽝응아이[廣義]의 여기저기에서 생겨났다. 또한 하노이의 습병[習兵]이 프랑스 장교를 독살한 사건이 있었고, 응에띵[乂靜]의 습병인 부 펀[武奮]과 응우엔 쭈이엔

---

57 동경의숙(東京義塾) : 베트남 독립운동 진영이 1907년 3월에 '동경' 즉 하노이에 설립한 학교이다. 베트남 사회의 근대화를 목표로 하는 교육을 시행하였는데 당시 베트남에서 프랑스인 독살 사건이 일어나는 등 프랑스에 대한 저항의 분위기가 고조되자 곧 폐쇄되고 말았다.

阮傳 등이 하띵河靜 성을 습격하려는 모의도 있었다. 그렇지만 안타깝게도 때가 무르익지 못하고 도움도 이르지 않았으니 모의가 누설되어 성공하지 못하기도 하였고 거의 성공에 가까웠으나 뜻밖에 실패하기도 하였다. 그 결과 얼마나 많은 지사志士의 머리가 던져지고, 얼마나 많은 의로운 백성의 피가 뿌려졌던가. "지난 일들 마음 아프니 그대는 묻지 마오. 초췌한 꽃다운 청춘을 차마 볼 수 없네[傷心往事君休問, 憔悴年芳不忍看]." 이는 내가 이번에 베트남에 와서 죄만 있고 공은 없음을 자책한 시구詩句였으니 나는 어떠한 해명의 말도 할 수 없었다.

제4부

동유운동의 짧은 성공

丁未年正月上旬, 予回河內, 僅住一日夜, 適集川公自乂安來会予. 是辰乂
城朝陽商店已成立, 然聞店中人多盛談革命事者, 予深以爲憂. 蓋言論與寔
行, 勢不能同地同時而收同一之效果也. 予時已與集川公言之, 然亦晚矣. 予
晤集川公後之一日, 諸同志促予再東. 因是時萬事初僅萌牙, 前途尚甚微渺,
僉皆不願予爲無謂之犧牲, 故迫予出. 予甚欲一回乂靜, 然竟不可.

遂於正月中旬, 由北寧乘火車往諒山. 於同登車站下車, 敝衣殘笠, 辮髮剔
鬚, 僞飾華人行商者. 入文淵市, 混市人叢中, 以行纔數分鍾, 則已爲鎮南關
內之人. 予與其同行者李雲山劉蔭生宿於憑祥州一夜, 越旦馳一日, 至龍州,
龍州頗多我國僑民, 然太半則爲法商法吏之陪丁. 且其地有法領事舘, 予以
故不敢留. 是夕即雇商船, 由龍州至太平府, 陳統領世華旋爲予換特別船.

번역 다시 베트남을 떠나다

정미년1907 정월 상순, 나는 하노이로 돌아와 겨우 하룻밤 머물렀다.
마침 떱 쑤이엔集川 공도 응에안乂安에서 나를 만나러 왔다. 이때 응에안
조양상점朝陽商店이 문을 열었는데, 듣자 하니 상점 사람들 가운데 혁명에
대해 떠드는 자들이 많다 하여 나는 심히 걱정되었다. 대개 여론과 혁명
은 그 형세가 같은 장소와 같은 때에 같은 효과를 거두기 어려운 법이다.
나는 당시 이미 떱 쑤이엔 공과 이에 대해 의논을 했으나 또한 늦었던 것
이다. 내가 떱 쑤이엔을 만난 이튿날 여러 동지는 내게 다시 일본으로 가
라고 재촉하였다. 이때 모든 일은 겨우 맹아만 싹튼 상태이고 앞길은 여
전히 너무나도 막막했기에 내가 무의미한 희생이 되는 것을 모두가 원치

않아서 나의 출국을 재촉하였던 것이다. 나는 한 번만이라도 응애떵으로 돌아가고 싶었으나 끝내 그러지 못하였다.

드디어 정월 중순이 되어 박닝에서 기차를 타고 랑선으로 갔다. 동당역에서 하차하여 구멍 난 옷과 해진 모자 차림에 머리를 땋고 수염을 깎아 중국인 행상처럼 위장하였다. 반우이엔文淵 시에 들어가 저잣거리 군중 속에 섞여 겨우 몇 분을 걷자 벌써 진남관 사람이 되어있었다. 나는 동행한 리 번 선李雲山, 르우 엄 싱劉蔭生과 함께 펑샹저우憑祥州에서 하룻밤 묵고, 이튿날 아침부터 종일 달려 룽저우龍州에 도착하였다. 룽저우에는 베트남 교민이 제법 많았으나 태반이 프랑스 상인이나 프랑스 관리의 심부름꾼이었다. 게다가 그곳에는 프랑스 영사관이 있었기에 나는 감히 머무르지 못하였다. 이날 밤 즉시 상선을 빌려 룽저우에서 태평부로 갔는데 통령 천스화陳世華가 나를 위해 특별선으로 바꾸어주었다.

난닝南寧에 이르기까지 배 안에서 지내며 필요한 물품들은 모두 천스화가 제공하였으니 우리에 대한 중국인의 감정이 어떠했는지 그 일단을 여기에서 볼 수 있다.

원문

至南寧, 船中什物, 皆陳供應, 華人對我之感情, 此亦一班. 船至南寧, 換乘輪船, 至梧州, 又換乘英人商船至香港, 抵港時已二月下旬矣. 劉蔭生迫欲東渡, 蓋彼之此行, 奉小羅烏耶之意以來, 專欲得晤圻外侯. 要予一種文件, 歸而調解內部之意見故也. 先是予與小羅等擁圻外侯, 本欲利用君主, 以迎合一般人心, 其眞目的, 在驅逐法政府耳. 因此名義, 所以予出洋後, 附和頗多. 自西湖公由日本歸來, 大唱尊民排君之説, 專攻擊君主, 而置法政府於不問, 創爲倚法求進步之政策. 一時輿談, 忽然紛紜, 幾起黨爭之禍, 劉蔭生之來, 即爲此也.

予急離港至東京. 時丙午軒已移至東京, 南定諸君俱已延師練習日文日語, 以預備入學之便. 同人見予, 皆大欣悅, 予亦爲之呈喜容, 而予心中寔愁緒如麻, 蓋憂內黨之分裂也.

번역 베트남 혁명당의 분열

난닝에 도착하여 증기선으로 갈아타고 우저우梧州에 갔고, 다시 영국 상인의 배로 갈아타서 홍콩에 갔다. 홍콩에 도착했을 때는 이미 2월 하순이었다. 르우 엄 싱은 어서 일본으로 가자고 재촉하였다. 대개 그의 이번 여행은 띠에우 라小羅와 오 지아烏耶의 뜻을 받들고 온 것으로, 오로지 기외후를 뵙는 것이 목적이었다. 그리고 내게 문건 하나를 요구하였는데 귀국하여 내부의 의견을 중재하려는 까닭이었다. 원래 나와 띠에우 라 등이 기외후를 옹립한 것은 군주를 이용하여 민심을 하나로 모으려는 것이었으며 그 최종 목적은 프랑스 정부를 몰아내는 데에 있었다. 이것을 명분으로 삼았기에 내가 출국한 이후 우리를 따르는 자들이 자못 많아졌다. 그런데 떠이 호西湖 공이 일본에서 돌아온 후로 '백성을 높이고 군주를 내치자'라는 주장을 크게 부르짖으며, 오로지 군주를 공격하기만 할 뿐 프랑스 정부의 악행은 불문에 부쳤다. 또한 '프랑스에 기대어 진보를 모색한다'라는 정책을 내니 당시 여론이 순식간에 끓어올라 거의 당쟁黨爭의 화禍가 일어날 지경이었다. 르우 엄 싱이 따라온 것도 바로 이 때문이었다.

나는 급히 홍콩을 떠나 도쿄로 갔다. 당시 병오헌은 이미 도쿄로 옮겼으니 남딩南定의 여러 청년이 선생을 초빙하여 일문日文과 일어日語를 학습하면서 미리 입학 준비를 하고 있었다. 이들은 나를 보더니 모두 크게 기뻐하였고, 나 역시 그들에게 기쁜 얼굴을 보여주었다. 그러나 내 마음속에는 실로 근심이 삼처럼 얽혀 있었으니 국내 혁명당의 분열이 걱정이었다.

원문

急引劉君謁圻外侯, 而自修一書, 擬由劉君持歸, 求援於西湖, 書中有‘民之不存, 主於何有’之一語. 蓋專爲緩和西湖公之意見也. 予又商於圻外侯曰 :"排君之説, 若旦夕大張, 則中北二圻人心, 必呈渙散之象. 人心不一, 則款無從籌. 宜於此辰, 用一種印刷物, 派人携往南圻, 利用思舊戀君之人心, 運動集款. 大款一至, 則其他方可著手. 不然中北二圻, 恐將崩裂矣."

侯深然之, 乃托予草一哀告南圻父老文. 文印成, 予以住東, 此辰尙無事可辨, 而香港柴棍船路甚便, 必須回港, 以闢一聯絡南圻之線路. 於是予以四月上旬, 復偕劉君赴港, 先以各件文書付劉, 密輸入內, 而予則專著力於南路之開通.

旣至港則中北圻諸少年陸續來者又共七人. 然皆以遊學無費而來者也. 予時欲試驗諸學生志氣之堅決與否, 則設詞以難之曰 :"諸兄弟有志遊學, 誠甚可嘉. 然學必有費, 今自費, 則皆家貧不能辨, 而公費則黨政府尙未成立, 何從有款? 諸君能爲苦學生乎? 或吹蕭如伍子胥, 或負薪如朱買臣, 任擇一途, 有志者爲之." 七人中惟有阮泰拔君, 請行乞求學. 予爲給銀二十二元, 爲東渡之船費, 君慨然辭行.

　阮文俱【阮文俱爲阮公述之幼孫, 自國內出時纔六歲】以年尚童幼, 留港學英文, 餘
五人俱俟費到東渡. 夫爲求學計而重洋跋涉, 隻影飄零, 甘爲行乞之苦, 此辰
之阮泰拔, 其志氣何如? 而後來之試進士中庭元爲阮豐貽, 乃即此人, 則其哀
何如矣.

번역 기외후의 이름으로 모금 운동을 하다

　나는 급히 르우 엄 싱을 데리고 기외후를 뵈었다. 그리고 편지 한 통을
썼는데 르우 엄 싱이 가지고 돌아가 떠이 호에게 도움을 요청하기 위해
서였다. 그 편지에는 '백성이 없다면 군주가 어디에 있겠는가'라는 한 구
절이 있었으니 떠이 호 공의 마음을 달래고자 하였던 것이다. 나는 또 기
외후에게 다음과 같이 이야기하였다. "군주를 물리쳐야 한다는 주장이
만약 단시간 내에 널리 퍼진다면 쭝끼와 박끼의 인심에는 반드시 흩어지
는 양상이 나타날 것입니다. 인심이 하나가 되지 않으면 자금을 마련할
길이 없어집니다. 마땅히 지금 인쇄물을 만들고 사람을 시켜 남끼로 가
져가 옛날을 그리워하고 군주를 사모하는 인심에 호소하여 모금 운동을
해야 합니다. 큰 자금이 일단 모이면 다른 일들도 착수할 수 있을 것입니
다. 그렇게 하지 않으면 쭝끼와 박끼 두 지역은 아마도 장차 와해될 것입
니다."

　기외후는 깊이 찬동하고서 내게 「남끼 부로에게 애처롭게 고하는 글哀
告南圻父老文」을 지으라고 하였다. 글이 인쇄되었을 때 나는 도쿄에 머물고
있었는데 이때 특별히 할 일도 없고 홍콩-사이곤柴棍 항로도 매우 편리하

므로 반드시 홍콩에 가서 남끼로 통하는 길을 열어야겠다고 생각하였다. 이에 나는 4월 상순 다시 르우 엄 싱과 함께 홍콩으로 갔다. 먼저 각종 문서를 르우 군에게 맡겨 은밀히 국내로 들여보내도록 하고, 나는 오로지 남쪽 길을 여는 데에만 힘을 기울였다.

홍콩에 도착해보니 쭝끼와 박끼 여러 청년들이 속속 모여들어 모두 일곱 명이 되었다. 그런데 모두 돈도 없이 유학하러 온 자들이었다. 나는 이때 학생들의 지기志氣가 굳센지 어떤지를 시험해보고 싶어서 질문을 던져 그들을 곤란하게 하였다. "여러 형제가 유학에 뜻을 두고 있으니 진심으로 기쁩니다. 그런데 배움에는 반드시 돈도 필요합니다. 지금 스스로 마련하자니 모두 집이 가난하여 마련할 수가 없고, 공적으로 마련하자니 당과 정부가 아직 성립되지 않았습니다. 어디에서 자금을 마련할 수 있겠습니까? 여러분들은 고학생苦學生이 될 수 있습니까? 오자서伍子胥처럼 구걸하거나 주매신朱買臣처럼[1] 땔나무를 지고 다니며 팔아야 합니다. 하나의 길을 스스로 선택하는 것은 뜻이 있는 자만이 할 수 있습니다." 일곱 명 중 오직 응우옌 타이 빗阮泰拔만이 구걸해서라도 공부를 하겠다고 하였다. 나는 은 22원을 주어 일본 가는 뱃삯으로 쓰게 하였고, 응우옌 군은 비장한 태도로 인사를 하고 떠났다.

응우옌 반 꾸阮文俱【응우옌 반 꾸는 응우옌 투엣阮述 공의 어린 손자로 국내에서 나올 때 겨우 여섯 살이었다】는 나이가 아직 어렸는데 홍콩에 머물며 영문英文

---

1   오자서(伍子胥)처럼 ~ 주매신(朱買臣)처럼 : 춘추시대 오나라 왕 합려(闔閭)를 도와 오나라를 강국으로 이끌었던 오자서는 원래 초나라 사람이었는데 아버지의 원수를 갚기 위해 고국을 떠나 오나라로 와서 걸식하며 훗날을 도모하였다. 주매신은 한나라의 승상의 지위에 오른 인물인데 어려서는 땔나무를 팔아 생계를 유지할 정도로 가난하였다고 한다.

을 배웠다. 나머지 다섯 명은 돈이 도착하기를 기다렸다가 일본으로 갔다. 무릇 배움을 구하고자 계획을 세워 드넓은 바다를 건너 홀로 떠돌며 구걸의 고통을 감내하려 했으니, 이때 응우옌 타이 밧의 뜻과 기개가 어떠하였던가! 훗날 진사시에 합격한 응우옌 퐁 지阮豐貽가 바로 이 사람이다. 그 애달픔이 어떠했겠는가.

予於是得數旬之暇, 著新越南, 書中大畧可分爲二大篇, 其一爲十大快, 其二爲六大願, 印成一千本, 又以哀告南圻文譯成國語, 起語云, "傷喂六省南圻, 齗齘基業群夷毗空, 蠹囊沒解嫩滝, 咳埃埃固坊悉拯埃." 即此文也. 印成數千本, 擬用爲運動南圻之材料.

因是辰香港有天主敎所立之高等小學校, 中有我國南圻少年一名, 名陳文雪者, 爲柴棍知府照之子. 予乃旦夕至雪學寓, 鼓吹以愛國復讐之思. 又得范通判勸誘彼以扶君戴阮之意. 即以予所著各種書文, 寄與其父. 而苦邀其父, 至港爲一番遊歴. 其後數旬日而知府照來. 又數月後而陳文定裴夢雨諸人, 俱繹絡至日本, 南圻遊學生之多, 寔自此始.

五月下旬, 又有北圻三少年出, 一爲高竹海, 一爲范振淹, 一爲譚其生. 中圻又有二人, 一爲阮琼林, 一爲潘伯玉, 俱隨予至日本. 其後高病死於橫濱, 范病死於香港. 惟阮琼林則於中華第二次革命之戰役, 以戰死名. 譚其生則再回內謀運動籌款, 被囚死於高平, 此二人皆大可敬.

번역 『신월남新越南』을 짓다

나는 이때 수십 일의 여가를 내어 『신월남新越南』을 지었다. 글은 대략 두 부분으로 나뉜다. 첫 번째는 '열 가지 큰 통쾌함十大快', 두 번째는 '여섯 가지 큰 소원六大願'이다. 천 부를 인쇄하였다. 또 「남끼 부로에게 애처롭게 고하는 글哀告南圻文」을 베트남어로 번역하였는데 그 서두는 다음과 같았다. "슬프도다, 남끼의 여섯 성省. 천년의 기업基業에서 남은 것이 무엇인가? 논과 강은 흩어져서 흐릿하거늘 가슴 아파하는 이 누구인가?[傷哉六省南圻, 廨廨基業群夷能空, 霓讚沒解嫩滝, 咳埃埃固坊悲拯埃]" 이것이 바로 그 문장이다. 수천 부를 인쇄하여 남끼에서 운동할 때의 자료로 삼으려고 하였다.

이때 홍콩에는 천주교에서 설립한 고등소학교가 있었는데 그곳에 베트남 남끼 청년 한 명이 재학 중이었다. 이름은 쩐 반 뚜이엣陳文雪으로 사이공 지부知府 쩐 찌에우陳照의 아들이었다. 나는 아침저녁으로 쩐 반 뚜이엣의 기숙사에 가서 나라를 사랑하고 원수를 갚아야 한다는 사상을 고취하였고, 팜范 통판通判을 통해 그에게 응우엔 왕조를 받들자는 뜻을 권유하였다. 그리고 내가 지은 각종 문건을 그의 아버지에게 보내면서 홍콩에 와서 한번 둘러보라고 간곡히 요청하였다. 그 후 수십 일이 지나 지부 쩐 찌에우가 왔다. 또 몇 달 뒤에는 쩐 반 딩陳文定과 부이 몽 부裴夢雨 등 여러 명이 잇달아 일본에 왔으니 남끼 유학생이 많아진 것은 실로 이때부터였다.

5월 하순, 또 박끼 출신 청년 세 명이 국외로 나오니, 까오 쭉 하이高竹海, 팜 쩐 이엠范振淹, 담 끼 싱譚其生이 그들이었다. 쭝끼에서도 두 명이 오니, 응우엔 꾸잉 럼阮瓊林, 판 바 응옥潘伯玉이 그들인데 모두 나를 따라 일본에 왔다. 그 후 까오 쭉 하이는 요코하마에서, 팜 쩐 이엠은 홍콩에서 병사하였다. 응우옌 꾸잉 럼만이 중국 제2차 혁명 전투에서 전사함으로써 이름을 날렸다. 담 끼 싱은 다시 국내로 돌아와 운동자금을 모으다가 까오방高平에 수감되어 죽었다. 이 두 사람은 모두 대단히 존경할 만하다.

원문

予既再東渡, 而曾拔虎之凶耗, 忽於是來, 此爲予出洋後, 踊地號天之第一次. 初公之回內, 其原因有二, 一則見予等在東京之苦況, 一則憂學費問題之無著, 而謀所以解決之. 公入內纔一年餘, 運動成績, 頗甚顯著. 午未年間, 在外旅費學費行動各費, 尚能挹注維持, 寔皆中北二圻義人志士之力, 而線引媒妁於其間者則爲公也.

丙午年春, 公自北圻遍走淸乂靜平間, 晝伏夜馳, 心力俱瘁. 冬抵順京, 將入南義趨南圻, 爲全國運動之役, 豈意天公多妬, 事不如心. 及至安和武公之家, 而劇疾大發, 武公爲防外人耳目, 故特雇小舟, 次於江口, 以朝夕奉養公, 纔數旬而公溘焉, 以舟中人終矣. 嗟乎! 予出洋也, 寔賴有公, 而公未嘗一刻賴有予. 大志未完, 前途邃縮, 造物之苛刻, 乃如是哉. 予其後修越南義烈史, 冠以曾拔虎傳, 非私意也.

予因曾公事, 爰著紀念錄一書, 首著曾公傳, 次及王叔貴先生傳, 先生爲先茂材王公之孽子, 公首應勤王起義詔, 任義軍帮辦, 力戰陣亡. 先生繼其志, 未成而沒, 亦在曾公沒後之一月. 先生臨沒辰, 手書八字, 示魚海翁云, "父讐未報, 此生徒虛." 嗚呼! 眞可惜矣.

予修紀念錄完, 將付印, 念最近無名之英雄. 有最當紀念而爲予所知者, 凡

數人, 其一曰高勝, 其一曰隊合, 其一曰管寶. 寶短刀壓陣, 殺賊將名沒片,
以報高公勝之仇. 予撫拾各事之始末, 畧分爲傳, 顏曰崇拜佳人.

紀念錄末頁, 又附泉快聞一則, 其文曰：梁知縣出洋之快聞, 因是辰有梁
文成者, 某縣之知縣, 棄官越境, 尋吾輩於港濱間. 其原因如何, 寔未甚悉.
但得於海臣所言, 亦有志者. 予時急欲鼓動官場中人, 故作贊揚頗過. 梁住港
纔半年, 則其妻赴港, 邀之同回. 予乃深悔前所作快聞一則之誤濫也. 文已出
版, 不可收毁. 予因是又得一良教訓. 凡料一人一事, 非的確身親目擊, 則切
勿輕信人言, 非総核過去將來, 則不可專憑現在, 梁特一折臂之緣耳【雖知如
此, 而錯誤仍重重, 知人是古今第一難事】.

번역 땅 밧 호의 서거

내가 다시 일본으로 건너왔을 때 땅 밧 호의 흉보가 갑자기 전해졌으
니 이는 내가 해외로 나온 후 처음으로 땅을 구르고 하늘을 부르짖은 날
이었다. 예전에 땅 밧 호 공이 국내로 돌아간 것은 그 이유가 두 가지였
다. 하나는 우리의 곤궁한 도쿄 생활을 보았기 때문이고, 다른 하나는 학
비 문제가 어려움을 걱정해서 그 해결을 모색하기 위해서였다. 땅 공이
국내로 돌아간 지 겨우 일 년 남짓 되자 운동의 성적이 매우 두드러졌다.
1906년에서 1907년 사이 외국에서의 여비, 학비, 각종 사업비가 넉넉하
게 유지될 수 있었던 것은 실로 쭝끼와 박끼의 의인義人과 지사志士들의 힘
인데, 그 사이에서 주선한 사람이 땅 밧 호였다.

병오년1906 봄, 땅 공은 박끼에서 타잉화, 응에안, 하띵, 꽝빈 등지를
두루 다녔는데, 낮에는 숨어 있다가 밤에 다니느라 심신이 모두 피폐해

졌다. 겨울에 후에에 당도하여 장차 꽝남, 꽝응아이로 들어가 남끼로 가고자 하였으니 전국적 운동을 벌이기 위해서였다. 그런데 어찌 생각이나 했겠는가, 하늘이 이토록 질투가 많아서 세상일이 마음과 같지 않음을. 이엔호아安和에 있는 보武 공의 집에 도착했는데 위중한 병이 더욱 심해졌다. 보 공은 다른 사람의 이목을 피하려고 특별히 작은 배를 빌려 강어귀에 매어두고 그곳에서 아침저녁으로 땅 밧 호를 봉양하였다. 그러나 겨우 수십 일 정도 지나 공은 갑자기 배 안에서 생을 마치고 말았다. 아아! 내가 해외로 나올 수 있었던 것은 실로 땅 밧 호 덕분이었는데, 공은 한 번도 내게 의지한 적이 없었다. 큰 뜻은 아직 완성되지 못하였는데 앞길이 갑자기 막혀버리니 조물주의 가혹함이 이와 같도다. 내가 이후 『월남의열사越南義烈史』를 지을 때 「땅 밧 호전曾拔虎傳」을 맨 앞에 둔 것은 사사로운 뜻이 아니다.

나는 땅 밧 호의 일로 인해 이를 기념하는 글을 저술하고자 가장 앞에 땅 공의 전傳을 배치하고 다음에 브엉 툭 꾸이 선생에 관한 전傳을 배치하였다. 브엉 선생은 돌아가신 수재秀才 브엉 툭 머우王叔茂 공의 서자였다. 브엉 툭 머우 공은 왕에게 충성을 다했기에 기의起義하라는 조서에 가장 먼저 호응하여 의병의 부관副官을 맡아 힘써 싸웠으나 끝내 군대는 패배하고 말았다. 그 아들 브엉 선생은 아버지의 뜻을 계승하였으나 이루지 못하고 죽었으니, 또한 땅 밧 호가 죽은 지 한 달 뒤의 일이었다. 브엉 선생이 죽음을 목전에 두었을 때 손수 여덟 자를 써서 응으 하이漁海에게 보여주니, "아버지의 원수를 갚지 못했으니, 이번 생을 헛되이 살았도다[父讐未報, 此生徒虛]"였다. 아아! 참으로 안타깝도다.

기념록을 완성하고 인쇄하려는데 최근의 무명無名 영웅들이 생각났다. 마땅히 기념해야 할 인물들 가운데 내가 알고 있는 몇몇을 들자면, 까오 탕高勝, 도이 협隊合, 꽌 바오管寶가 있다. 꽌 바오는 단도短刀를 쥐고 적진에 뛰어들어 적장 못 피엔沒片을 죽여 까오 탕의 원수를 갚았다. 나는 이들에 대한 각 사건의 전말顚末을 수습하여 대략 나누어 전傳을 짓고 그 제목을 『숭배가인崇拜佳人』이라 하였다.

기념록 끝부분에 부록으로 「쾌문일칙快聞一則」을 실었는데 르엉梁 지현知 縣이 해외로 나간 통쾌한 소식이라는 것이었다. 당시 르엉 반 타잉梁文成은 모某 현의 지현이었는데 관직을 버리고 국경을 넘어 홍콩과 요코하마로 우리를 찾아왔다. 그 이유가 무엇인지 그때는 자세히 알지 못하였으나 다만 하이 턴海臣에게 들으니 그 또한 뜻있는 자라고 하였다. 나는 이때 관원들을 고무시키고자 하는 마음이 급하였던 것인데 찬양이 자못 지나 치고 말았다. 르엉 반 타잉은 홍콩에 머문 지 반년 만에 그의 아내가 홍 콩으로 와서 그를 데리고 돌아갔다. 나는 이에 전에 지은 「쾌문일칙」의 실수에 대해 심히 후회하였지만, 글이 이미 출판되었기에 회수하여 없애 버릴 수도 없었다. 나는 이 일로 인해 또 하나의 좋은 교훈을 얻었다. 무 릇 한 사람의 어떤 일을 헤아릴 때 정확히 직접 목격한 것이 아니면 절대 로 남의 말을 쉽게 믿지 말아야 한다는 것이다. 과거와 미래를 확실히 알 지 못한 상태에서 현재의 모습만 믿어서는 안 된다. 르엉 반 타잉은 그저 한 번 실패한 인연일 뿐이다. 【비록 이와 같이 교훈을 얻어도 착오는 계속 반복 되니 사람을 알아보는 것은 고금에 있어 가장 어려운 일이다.】

원문

是年七月, 中華革命黨之中國同盟会, 勢力驟增, 其机關之報館, 發起於東京者, 凡數十種, 留日本之雲南雜誌社, 專爲雲南省黨人之机關. 予擬將來必有由滇回越之一日, 欲預先聯絡彼都人士之感情, 乃自薦於伊社主任趙直齋君, 充義務編輯員. 社文所載, 有哀越吊滇文一篇及越亡慘狀等作, 皆予筆也. 以故, 雲南革命學生, 對於我黨感情甚好. 然其時彼等勢力尚微, 但能爲文字之援助而已.

予因多與中國革命黨人相周旋, 民主之思想, 已日益濃厚. 雖阻於原有之計劃, 未能大肆其詞, 然胸中含有一番更絃易轍之動机, 則自此始. 於是首著一書, 述黃岱友革命失敗之全史, 顔曰黃潘泰. 書中指摘嗣德君之罪惡甚詳, 而於當辰所目爲大逆不道黃潘泰, 則大書特書, 稱之爲革命之開山之祖. 蓋欲以此覘諸青年之傾向, 而投以變換思想之第一方針也.

書既印成, 適香港有信來, 謂南圻有父老數人至港, 急欲一接予, 商談畢即南回. 因諸人皆祕密出境, 須速回爲佳, 遲則恐生障礙故也. 予旋於八月上旬, 由橫濱出發, 所携書凡五種, 曰新越南, 曰紀念錄, 曰崇拜佳人, 曰黃潘泰, 又前所發行之哀告南圻父老文尚餘數百本, 亦悉籠載回港.

번역 운남雲南 잡지사의 편집직원이 되다

이해 7월의 일이다. 당시 중화혁명당의 중국동맹회 세력이 갑자기 늘어 도쿄에서 발기한 동맹회 신문사가 수십 종이었다. 그 가운데 일본에서 운영되고 있던 『운남雲南』잡지사는 오로지 윈난雲南 성省 당인黨人의 기관을 위한 것이었다. 나는 장래에 반드시 윈난을 통해 베트남으로 돌아가는 날이 있으리라 생각하여 미리 그쪽 인사들과 마음을 나누고자 하였다. 그래서 잡지사 주임인 즈자이直齋 자오션趙伸[2]에게 자천해서 무급 편집 직원이 되었다. 잡지에 실린 「베트남을 애도하고 윈난을 조문하는 글哀越吊滇文」과 「베트남 멸망의 참상越亡慘状」 등은 모두 내가 쓴 것이다. 이러한 연고로 혁명에 참여하는 윈난 학생들은 우리 당에 대한 감정이 매우 우호적이었다. 그러나 당시 그들의 세력이 아직 미미하여 다만 문자로 원조할 따름이었다.

내가 여러 차례 중국혁명당 인사들과 어울리니 민주사상이 날로 더욱 농후해졌다. 비록 원래의 계획에 막혀 마음껏 그러한 이야기를 펼칠 수는 없었으나 한번 노선을 바꾸어보자는 뜻을 가슴에 품은 것은 이로부터 시작되었다. 이에 먼저 책을 한 권 써서 호앙 다이 흐우黃岱友가 혁명에 실패한 전사全史를 서술하고 『호앙 판 타이黃潘泰』라고 제목을 달았다. 책 속에서 뜨 득嗣德 황제의 죄악을 상세히 지적하고 당시 '대역부도大逆不道 호앙 판 타이'라고 지목되었던 내용을 자세하고도 길게 기록하여 혁명의 개산지조開山之祖라 칭하였다. 이렇게 한 것은 청년들의 경향을 엿보고 사상을 변화시키는 하나의 방침으로 제시하기 위함이었다.

책의 인쇄가 완성되었을 때 마침 홍콩에서 연락이 왔다. 남끼 부로父老 몇 사람이 홍콩에 와서 급히 나를 한번 만나보고 싶은데 회담이 끝나면 곧바로 돌아가야 한다는 것이었다. 그 사람들은 모두 비밀리에 국경을

---

2   자오션(趙伸) : 1875~1930. '즈자이(直齋)'는 그의 자(字)이다. 신해혁명 당시 큰 공을 세웠으며 이후 장학생으로 선발되어 일본 유학을 하였다. 일본에서도 쑨원의 지시에 따라 중국인의 조직을 만들고 잡지를 발행하는 등 활발한 활동을 벌였다.

넘었기에 속히 돌아가는 것이 좋으니, 지체하다가는 지장이 생길까 두려운 까닭이었다. 나는 곧바로 8월 상순에 요코하마에서 출발하였다. 가지고 간 서적이 모두 다섯 종이었는데, 『신월남新越南』, 『기념록紀念籙』, 『숭배가인崇拜佳人』, 『호앙 판 타이黃潘泰』이며, 전에 발행하였던 「남끼 부로에게 애처롭게 고하는 글哀告南圻父老文」도 수백 부 남은 것이 있어 또한 모두 싣고 홍콩으로 갔다.

원문

至則美湫某会同, 芹苴某正總, 隆湖某鄕職, 俱佇予已一旬. 予延至寓, 授以各種書, 勸其傳播. 且慇懃托以二事, 一曰運動遊學生, 一曰捐助遊學生費, 諸人皆樂願出力, 卽辭予南回. 後數旬, 則有南圻靑年數十人出, 其中有兒童三名, 皆年在十歲以下, 爲永隆陳文定所帶來者, 曰陳文安, 陳文書. 曰黃偉雄, 出洋學生中之最年少也.

予以南來人一切航行事情, 俱未諳曉, 而香港机關處惟武敏建爲幹辦員, 不能一刻離港. 予乃率領此全夥人赴日. 計陸續抵港之南圻少年, 共四十餘人, 北中圻少年, 六十餘人. 同時偕予搭日本船, 赴橫濱, 我國人之多數東遊, 且備三圻人於一輪船中, 寔以此次, 爲前史所無之一奇事也.

予八月下旬, 抵東京, 時丙午軒所容之人數, 已一百餘矣. 諸前次來者, 已習練日語, 俱半年度可進學, 而現今初來者, 又皆有得入學堂之熱, 若令其在外, 必不能安. 予乃急爲籌辦學生進學之事, 而各種困難之問題, 亦因是發生.

其一, 私立各學堂, 其章程手續, 必不能完備, 且無軍事操習一科, 反違吾輩求學之目的. 國立各學堂, 固吾輩所願入, 然非得政府咨送之文憑, 必不得

入. 其二, 諸未練習日語之學生, 必須練習日語, 而日本學校中, 無教授日語
之專科. 日語未曉, 何能教授各種學科. 其三, 學生經費, 須有常額, 而現在
經濟, 無一定基礎, 只憑國內捐助, 寔難望其有恒.

번역 동유운동의 어려움이 가중되다

홍콩에 당도하니 미토美秋의 모某 회동會同, 껀터芹苴의 모某 정총正總,[3] 롱
호隆湖의 모某 향직鄉職[4]이 나를 열흘이나 기다리고 있었다. 나는 여관에 도
착하여 각종 서적을 주며 널리 전파할 것을 권하고 또 간곡하게 두 가지
일을 부탁하였다. 하나는 유학생 운동이고, 하나는 유학비 원조였는데
모두 기꺼이 도와주겠다고 하였다. 그들은 곧 나와 작별하고 남끼로 돌
아갔다. 이후 수십 일이 지나 남끼 청년 수십 명이 출국하였으니 그중에
는 어린이도 세 명 있었는데 모두 열 살 미만이었다. 빙롱永隆의 쩐 반 딩
陳文定이 데려온 쩐 반 안陳文安, 쩐 반 트陳文書, 그리고 호앙 비 홍黃偉雄이었
으니 해외 유학생 가운데 최연소였다.

남끼에서 온 자들은 배를 타는 일체의 절차에 대해 전혀 알지 못하는
데 홍콩 사무소에는 오직 보 먼 끼엔武敏建 혼자 일을 맡고 있어서 그는 한
시도 홍콩을 떠날 수 없었다. 그래서 내가 이 사람들을 전부 인솔하고 일
본으로 가야만 했다. 속속 홍콩에 당도하는 남끼 청년들을 헤아려보니
모두 사십여 명이었고, 박끼와 쭝끼 청년은 육십여 명 정도였다. 이들은

---

3 정총(正總): '총(總)'은 베트남 봉건 시대에 오랫동안 유지된 행정체계 내에서 '현(縣)'
   과 '사(社)'의 중간 단위였다. 금석문 자료를 살펴보면 이 행정 단위가 레 왕조 초기부터
   사용되었음을 알 수 있다. '정총'은 '총'을 관리하는 최고 관직이었다.
4 향직(鄉職): 베트남의 마을 단위 행정을 담당한 관직명이다.

나와 함께 일본 배를 타고 요코하마로 갔는데 이렇게 많은 베트남인이 일본에 유학을 가고, 또 남끼, 쯩끼, 박끼 출신이 같은 배에 탄 것은 실로 이전 역사에는 없던 특이한 순간이었다.

나는 8월 하순, 도쿄에 도착하였다. 이때 병오헌에 머물고 있는 인원이 벌써 백여 명 남짓이었다. 앞서 온 자들은 일본어를 배운 지 벌써 반년 정도 되어 학당에 다닐 만하였다. 이제 막 온 자들도 모두 학당에 들어가겠다는 열망을 지녔기에, 만약 병오헌 밖에서 지내도록 한다면 필시 안정을 찾지 못할 듯하였다. 나는 이에 급히 학생들을 진학시키기 위한 일을 준비하였으나 각종 곤란한 문제들이 일어났다.

첫 번째 문제는 다음과 같은 것이었다. 각급 사립학교는 규정과 절차가 전혀 완비되지 못하였고, 군사훈련 과목이 없어서 우리가 배움을 구하는 목적에 맞지 않았다. 그런데 각급 국립학교는 진실로 입학하고 싶으나 정부가 발급한 문서가 없으면 입학할 수 없었다. 두 번째 문제는 다음과 같은 것이었다. 일본어를 익히지 못한 학생들은 반드시 일본어를 익혀야 했으나 일본 학교에는 일본어를 가르치는 전문과정이 없었다. 일본어를 알지 못하니 어떻게 각종 학과를 가르칠 수 있겠는가. 세 번째는 학생 경비문제였다. 학생들의 경비를 위해 반드시 일정한 수입이 있어야 했으나 당시에는 일정한 경제적 기초가 없었다. 그저 베트남 국내의 도움에 기대고 있으니 안정을 이룰 수 없었다.

원문

此各問題, 皆不易解決. 爲欲解決前二問題, 不得不求助於日本諸名人. 予於是詣犬養毅, 犬養氏偕予詣福島大將, 共商辦援助越南學生之事.

　起談時, 予欲增選若干人, 入振武學校, 福島曰："予與諸君相交, 特以個人之資格, 而爲此好友之表示則可, 若以一政府參謀部長官之資格則不可. 蓋凡一帝國之政府, 必不能顯然與他一國之革命黨相提携, 此外交之慣例也. 前者收容君等四人於振武學校, 已破格多矣. 若再增加, 必不可能. 蓋此學校爲我國政府所立, 多收容君等, 法政府必有辭以詰我, 妨害我帝國政府之外交政策. 於君等亦不利. 爲君等計, 宜專倚東亞同文會幹旋之. 東亞同文會, 乃以民黨組織成者, 民黨援民黨, 政府不必過問則善矣."

　福島語至此, 則顧犬養而言曰："越人出洋, 日漸以多, 結果當若何?" 犬養氏曰："現在景象頗佳, 但未知彼輩能堅持忍耐否."

　福島又曰："我爲一軍人家. 但從戰畧上之關係而談. 越人能與法開戰, 勝算必越人爲多. 蓋越地瀕於熱帶, 民性耐熱. 法兵士以寒國之人, 至若在炎天瘴候, 戰鬪力必比越人爲弱, 此天辰可勝也. 歐洲接濟之兵, 必由海路, 越南可容大戰艦之軍港, 只有芹苴海口. 若用一大艦隊塞之, 則歐州援路絶矣, 此地利可勝也. 所未可知者, 惟以人心卜之, 君等能堅持忍耐, 則光復無難矣."

　予曰："敝國不至無人心, 惟勢力未足, 人心無可表現耳." 福島曰："是勿憂. 人心爲勢力最偉大之一物. 欲觀人心, 則於其能耐勞忍苦與否証之. 此次日本勝俄, 原因雖多. 然日本人能耐勞忍苦, 其最大之原因也. 君等亦讀日本報紙, 當能知之. 征俄凱旋, 報紙多歸功於大根【即蘿葍根. 日本以此根醃爲最普通之食品】, 當非戲言. 夫以我國地瘠民貧, 供應極苦, 浩大之戰費, 至於二年. 使日本軍人亦嗜牛肉酪漿如俄人, 其何以堪? 惟飽茹大根與黑蕎麥, 所以能收最後五分鍾之決勝也."

談至此, 適下女【日本女婢之稱】, 以燒芋一盤進. 福島請予食, 而先自取一根連皮啖之, 笑謂予曰: "我爲軍人, 憚芋皮不敢食, 能於戰地, 食敵人之肉乎." 餘所談, 皆爲籌畫學[5]事, 一爲關於軍事專門之學術, 一爲關於普通智識之學術, 俱由東亞同文會, 經紀其事, 而校場則於東亞同文書院內, 另闢一部分校室充之, 予依其言.

犬養福島二氏, 因价紹予於東亞同文會會長鍋島侯爵, 東亞同文書院院長細川侯爵, 此二人, 皆舊時藩主, 而今日爲元老議院之重要議員. 又有東亞同文會幹事長根津一, 書記恒屋盛服等, 皆尤爲出力籌辦. 學校名爲東亞同文書院, 院中設特別校室五間, 專爲我國學生授業之便. 校主任爲栢原文太郎, 日本前文學部次官, 而今衆議院議員也. 文學主任爲十時彌, 東京帝國大學文科學士也, 軍事學主任爲丹波少佐, 日本征俄時充陸軍少佐而今已歸休, 爲常備兵中佐也.

校中功課, 分爲午前午後二大總則, 上半日, 於日文日語外, 授以各普通之學識, 算術, 地理, 歷史, 化學, 物理學, 修身等各課. 下半日, 專授以軍事之智識, 而首先注意於兵操之練習. 部署既定, 其章程規則, 屬於在校內時者, 由日本人規定之, 屬於在校外時者, 由我人規定之. 因是之故, 爲要整理我內部, 復於維新會章程之外, 組織一越南公憲會.

번역 일본 명사들의 원조를 이끌어 내다

이런 각종 문제는 모두 해결이 쉽지 않았다. 특히 앞의 두 가지 문제를

---

5 學: 저본에는 없으나 전집본에 의거하여 추가하였다.

해결하기 위해서는 부득불 일본의 여러 명사에게 원조를 요청해야만 했다. 이에 내가 이누카이 쓰요시犬養毅를 방문하니 그는 나를 데리고 후쿠시마福嶋 대장에게 데리고 가서 베트남 학생을 원조하는 일에 대해 함께 논의하였다.

말을 꺼내면서 내가 약간 명을 더 뽑아 진무학교에 입학시키고 싶다고 하자, 후쿠시마 대장이 말하였다. "제가 여러분과 교제하는 것은 다만 개인 자격으로 하는 것입니다. 따라서 개인적인 우호를 표시하는 것은 가능하지만, 만약 정부 참모부 장관의 자격으로 한다면 불가합니다. 무릇 한 제국帝國의 정부가 다른 나라의 혁명당과 드러내놓고 제휴하는 것은 절대 불가능합니다. 이것이 외교의 관례입니다. 앞서 그대들 네 명을 진무학교에 수용하는 것도 대단한 파격이었습니다. 인원을 더 늘리는 것은 절대 불가합니다. 이 학교는 우리나라 정부가 세웠는데 그대들을 더 많이 받아들이면 프랑스 정부가 반드시 이를 구실삼아 우리를 비난하고 우리 제국 정부의 외교정책을 방해할 것입니다. 그렇게 되면 그대들에게도 불리합니다. 그대들을 위한 계책을 내자면 오로지 동아동문회의 알선에 의지해야 하는데, 동아동문회는 민당民黨이 조직하여 만들었으니 민당이 민당을 돕는 것은 정부가 지나치게 간여하지 않는 것이 좋은 것입니다."

후쿠시마가 여기까지 말하고서 이누카이를 돌아보며 말하였다. "베트남 사람들이 해외로 나오는 것이 날로 증가하고 있는데 결과는 어떻게 될 것 같습니까?" 이누카이가 말하였다. "현재 상황은 상당히 좋습니다. 다만 저들이 굳게 지켜 인내할 수 있을지 어떨지 잘 모르겠습니다."

후쿠시마가 또 말하였다. "저는 군인이니 다만 전략적 관계에서 말하겠습니다. 만약 베트남인이 프랑스와 싸운다면 승산은 필시 베트남인에게 더 많습니다. 베트남 지역은 열대에 가까워 사람들이 더위를 잘 견디는데 프랑스 병사는 추운 나라 사람들이니 덥고 습한 기후에 노출되면 전투력이 반드시 베트남인보다 약해질 것입니다. 이는 천시天時에 있어 유리한 점입니다. 그리고 유럽의 구원 부대는 반드시 해로海路를 통해 올 것인데 베트남에서 큰 군함이 들어올 수 있는 군항은 다만 껀저芹苴 해구海口뿐입니다. 만일 큰 함대로 이곳을 막아버리면 유럽이 구원할 수 있는 길은 끊어집니다. 이는 지리地利에 있어 유리한 점입니다. 나머지 확실치 못한 것은 오직 인심人心으로 추측해볼 수 있습니다. 그대들이 굳게 지켜 인내한다면 광복도 어렵지 않을 것입니다."

내가 말하였다. "저희 베트남이 인심이 없지는 않습니다. 다만 세력이 부족하여 인심이 표출되지 못할 뿐입니다." 후쿠시마가 말하였다. "그것은 걱정하지 마십시오. 인심이야말로 가장 위대한 세력의 한 가지입니다. 인심을 보고자 한다면 능히 수고로움을 견디고 고통을 참아낼 수 있는가 하는 점에서 증명할 수 있습니다. 이번에 일본이 러시아를 이긴 원인은 여럿이지만, 일본인이 수고로움을 견디고 고통을 참아낸 것이 가장 큰 힘이었습니다. 그대들은 일본 신문을 읽었으니 응당 알 것입니다. 러시아를 이기고 개선했을 때 신문에서 승리의 공을 대근大根에 돌렸는데【대근은 곧 무 뿌리이다. 일본에서는 이 뿌리를 절여 일상 식품으로 삼는다】희언戱言이 아닙니다. 무릇 우리나라는 땅이 척박하고 백성은 가난하여 물자를 공급하기가 지극히 어렵거늘 막대한 전쟁비용 지출이 2년이나 지속되었습니다. 만약 일본 군인들이 러시아 군인들처럼 소고기와 우유를 좋아했다면 어떻게 감당했겠습니까? 오직 무 뿌리와 검은 메밀만 먹었기에 최후 승리를 거둘 수 있었던 것입니다."

이야기가 여기에 이르렀을 때 마침 하녀【일본 여자 종의 칭호】가 구운 고구마 한 접시를 가져왔다. 후쿠시마는 내게 먹기를 청하고 먼저 하나를 집어 껍질 채 먹으면서 내게 웃으며 말하였다. "저는 군인입니다. 고구마 껍질을 꺼려 먹지 않는다면 능히 전쟁터에서 적군의 살을 먹을 수 있겠습니까?" 그 외의 이야기는 모두 학교에 관한 계획이었다. 첫째 전문적 군사에 관한 과목과 둘째 보통지식에 관한 과목은 모두 동아동문회를 통해 교육과정을 마련하고, 학교는 동아동문서원 내에 별도로 교실을 설치해 충당하기로 하였다. 나는 그 말을 따랐다.

후쿠시마와 이누카이 두 사람은 나를 동아동문회 회장 나베시마鍋島 후작侯爵과 동아동문서원 원장 호소카와細川 후작에게 소개하였다. 이 두 사람은 모두 과거에 번주藩主였는데 지금은 원로의원元老議院의 주요 인사이다. 또 동아동문회 간사장 네즈하지메根津一와 서기 쓰네야 세이후쿠恒屋盛服 등도 모두 더욱 힘써 주선해주었다. 학교 이름은 동아동문서원이라 하였으며 서원 내에 교실 다섯 칸을 특별히 설치하여 전적으로 우리 베트남 학생들 수업의 편의를 봐주었다. 교장은 가시와바라 분타로栢原文太郎인데 일본 전前 문학부 차관으로 지금은 중의원 의원이다. 문학 주임은 토토키 와타루十時彌로 동경제국대학 문과를 졸업하였다. 군사학 주임은 탄바丹波 소좌少佐로 러일전쟁 당시 육군 소좌로 충원되었다가 지금은 퇴역하여 상비병 중좌이다.

학교 수업은 오전과 오후 크게 둘로 나누어, 오전에는 일문과 일어 외에 일반상식, 산술, 지리, 역사, 화학, 물리학, 수신 등 각 과목을 가르쳤고, 오후에는 전적으로 군사 지식을 가르쳤는데 무엇보다 실제 군사훈련에 힘을 기울였다. 부서가 정해지고 나서 장정章程과 규칙도 마련하였다. 학교 안에 있을 때는 일본인이 규율하고, 학교 밖에 있을 때는 우리 베트남 사람들이 규제하였다. 이 때문에 우리 내부를 정리하기 위해 유신회 장정維新會章程 이외에 별도로 월남공헌회越南公憲會를 조직하였다.

원문

維新会者, 統納全體黨人於其中, 若公憲会, 則專爲留日學生而組成也. 会分設爲四大部, 一經濟部, 一紀律部, 一交際部, 一文書部, 会長爲圻外侯, 会總理兼監督爲潘佩珠.

四部委員, 每一部皆三圻各擇一人充之, 經濟部委員, 爲鄧子敏, 鄧秉誠, 范振淹, 專司收入支出及儲備各事件. 紀律部委員, 爲譚其生, 潘伯玉, 黃光成, 專司糾察學生功過及提議獎賞懲罰各事件. 交際部委員, 爲潘世美, 阮泰拔, 藍廣忠, 專司與外國人交涉及對於我國人爲迎來送往各事件. 文書部委員, 爲黃仲茂, 鄧梧鄰, 黃興, 專司酬應往來各文件及一切書翰之存記與發行各事件. 又於各部外, 設一稽查局, 以調查各部員之稱職與否. 以梁立岩, 陳有功, 阮典, 充之.

是時統計國內所匯到之款, 以南圻爲最多, 中圻次之, 北圻又次之, 共得一萬餘銀元. 分爲三項, 一爲供給學生費, 一爲供給校外黨人駐費, 一爲存儲支應特別公需費. 學生費每人每月十八元, 会長一[6]員每月三十六元, 会總理監督一員每月二十四元. 各部委員專任義務, 於學費外, 無俸金. 但各委員雖設有常職, 然皆爲學務所纏, 遇有不能辦事時, 須總理代行之. 每一旬遇星期日, 則開全體会員大会一次. 借校堂爲演說壇, 首由会長總理訓練, 次則会員各得自由演說. 藉以聯絡感情, 鞏固團體. 此爲公憲会事實之大畧也.

公憲会成立, 爲丁未年九月中旬. 諸少年乃悉入學, 後有新由國內續來者, 俱即送入學院. 因院內有特別日語班故也. 公憲会成, 全体青年, 皆有學有養, 秩序頗好. 每一旬必數日, 丹波少佐引學生出野外, 習爲戰事之体操. 南圻有父兄來者, 咸呈歡喜之象.

然予則苦心慘淡者有二事, 一爲謀學生團体之密固, 一爲謀財政後援之接續. 前者則因三圻人士, 向來不相接觸, 而氣質習尚皆不相同. 南圻人近於樸誠, 而躁急欲速, 且物質之傾向太深. 中圻人近於忠勇, 且喜冒險而粗莾之情態, 難於融合感情. 至於北圻人則文飾過多, 而誠樸不足. 雖其中皆有優秀分子, 而混合衆流, 聚於一鍪, 寔爲至難. 予於一年餘, 寔含有痛苦不可言之隱, 亦深自愧才德之太薄弱也. 幸自丁未年冬, 至戊申年秋, 尚未呈若何分裂之狀態. 其間彌縫補救, 功過相除, 寔頼在內父兄教訓之力, 其得助之多, 誠甚顯著.

後者則因在外財政無一定之基礎, 專倚國內接濟之力, 然內力亦甚薄弱. 惟南圻學費頗裕, 藉以挹彼注此[7]. 故專致力於南路之運動, 且現時學生, 亦南圻爲最衆, 後援之希望, 在於南圻, 亦事寔也.

丁未年十月起, 至戊申年六月止, 學生陸續入校, 共得二百人上下, 大約南

---

6 一: 저본에는 없으나 전집본에 의거하여 추가하였다.
7 此: "挹彼注此(玆)"는 『詩經』에 나오는 표현으로, 저본에는 '斯'로 되어 있으나 전집본에 의거하여 수정하였다.

圻學生一百內外, 中圻學生五十餘, 北圻四十餘, 而聞風接踵者, 尚未有艾. 設使前途順坦, 後援日增, 則維新会之事業與公憲会之成績, 其發達如何, 亦未可量. 乃無幾何而解散學生之事發, 又無幾何而圻外侯與予被逐之令下, 公憲会亡, 維新会, 亦幾於虛設, 曇花一現, 缺月迟圓, 時運之方屯, 亦人謀之未善也. 惟其間有數事可紀者.

一, 歡送南圻諸義父老之会. 二, 歡迎枚老蚌之会. 三, 歡迎阮尚賢先生之会. 四, 日本人淺羽佐喜太郎之俠史. 五, 結交暹羅之初幕. 六, 志士陳東風殉國之短劇

戊申年正月, 南圻父老自接到敬告全國文及圻外侯哀告南圻[8]父老文, 頗多出洋, 然俱抵香港即回. 至是乃有數輩東渡, 且多携少年來. 其最熱誠者, 爲阮誠憲陳文定黃公旦等. 予既引之至學院, 參觀各校室與学生操練場, 俱大歡悦, 請担任回內籌款之託.

번역 **월남공헌회를 조직하다**

유신회는 전체 당인黨人을 그 대상으로 포괄하는 것이고, 공헌회는 오로지 재일유학생들을 대상으로 조직한 것이었다. 공헌회는 크게 4부로 나누어 설치하였으니 경제부, 기율부, 교제부, 문서부였다. 회장은 기외후였고 총리 겸 감독은 내가 맡았다.

4부의 위원은 각 부마다 모두 남끼, 쭝끼, 박끼에서 한 사람씩 선발하여 충원하였다. 경제부 위원은 당 뜨 먼鄧子敏, 당 빙 타잉鄧秉誠, 팜 쩐 이엠

---

8   南圻 : 저본에는 '○○'로 처리되어 있으나 전집본에 의거하여 보충하였다.

范振淹으로 수입과 지출 및 저축에 대한 사무를 전담하였다. 기율부 위원은 담 끼 싱譚其生, 판 바 응옥潘伯玉, 호앙 꽝 타잉黃光成으로 학생들의 잘잘못을 규찰하고 상벌賞罰을 심의하는 일들을 전담하였다. 교제부 위원은 판 테 미潘世美, 응우엔 타이 밧阮泰拔, 람 꽝 쫑藍廣忠으로 외국인과의 교섭과 베트남 사람을 맞이하고 보내는 일들을 전담하였다. 문서부 위원은 호앙 쫑 머우黃仲茂, 당 응오 런鄧梧鄰, 호앙 홍黃興으로 각종 문서 수발과 모든 서한의 보존과 발송 등을 전담하였다. 또 4부 이외에 계사국稽查局을 설치하여 각부 위원들의 직무수행이 적절한지 조사하였는데 르엉 럽 남梁立岩, 쩐 호우 꽁陳有功, 응우엔 디엔阮典으로 충원하였다.

이때 국내에서 모아 보낸 자금을 계산해보니, 남끼가 가장 많고 그다음은 쭝끼, 박끼 순이었는데 모두 합해 일만一萬 은원銀元 남짓이었다. 이를 '학생비', '학교 밖에 사는 당인黨人 주거비', '특별한 공적 필요에 대한 저축' 세 가지 항목으로 나누었다. 학생비는 1인당 매월 18원, 회장 1인은 매월 36원, 총리감독 1인은 매월 24원이었다. 각부 위원들은 전담하는 업무가 있었으나 학비 외의 급료는 없었다. 다만 각 위원에게는 일정한 직무가 설정되어 있으나 모두 학업에 매여 있었기에 처리할 수 없는 일이 생기면 반드시 총리가 대행하였다. 매주 일요일이면 전체 회원대회를 열었다. 학당을 빌려 연단을 만들고 회장과 총리가 훈화를 하고 나면 다음으로 회원들이 각자 자유 연설을 하였다. 이렇게 해서 마음을 나누고 조직을 공고히 하였으니 이것이 공헌회 운영의 대략이었다.

공헌회 성립은 정미년1907 9월 중순이었다. 청년들이 모두 학교에 들어갔고, 나중에 새로 국내에서 온 자들도 즉시 학원에 입학시켰으니 학원 내에 일본어 특별반이 있었기 때문이다. 공헌회가 성립되자 전체 청년들은 모두 배움과 교양이 있었기에 질서가 잘 잡혔다. 일주일에 이삼일은 반드시 탄 바 소좌가 학생들을 이끌고 야외에 나가 전투 체조를 익히게 하였다. 남끼에서 온 부형父兄들도 모두 기쁜 표정을 지었다.

그런데 나로서는 마음이 괴롭고 참담한 두 가지 일이 있었다. 하나는 학생 단체의 단결을 도모하는 것이었고, 다른 하나는 재정적 후원을 지속하는 것이었다. 앞의 문제는 땀끼三圻 인사들이 원래 서로 접촉이 없어 기질과 습속이 모두 다르기에 생겨났다. 남끼 사람들은 질박하고 솔직한 편인데 조급하여 무엇이든 빨리하고자 하며 물질에 대한 집착이 매우 강하였다. 쭝끼 사람들은 충성스럽고 용맹한 편이어서 모험을 좋아하는데 거칠고 분방한 기질 때문에 마음을 화합하기가 어려웠다. 박끼 사람들은 꾸밈이 너무 많고 질박함이 부족하였다. 비록 땀끼에 모두 우수한 분자들이 있었지만 여러 갈래를 합하여 한 곳으로 모으는 것이 실로 너무나 어려웠다. 나는 일 년여 기간 동안 말할 수 없는 고통이 있었으며 내 재주와 덕망의 빈약함을 스스로 심히 부끄러워하였다. 다행히 정미년1907 겨울부터 무신년1908 가을까지 특별한 분열의 조짐은 드러나지 않았다. 그동안 갈등을 미봉하고 서로 도와 잘잘못이 상쇄되었던 것은 실로 국내 부형들의 가르침에 힘입었기 때문이었으니 많은 도움을 받았음이 매우 분명히 드러났다.

두 번째 문제는 국외에서의 재정이 일정한 기초가 없으므로 오로지 국내의 원조에 의지해야 한다는 것이었다. 그러나 국내 또한 매우 어려운 형편이었다. 오직 남끼의 학비만 여유가 있어서 이에 힘입어 다른 지역

학생들도 도울 수 있었다. 그래서 남끼의 운동에 전적으로 힘을 기울였다. 당시 학생도 남끼 출신이 가장 많았으므로 사실 후원을 바랄 수 있는 곳도 남끼뿐이었다.

정미년¹⁹⁰⁷ 10월부터 무신년¹⁹⁰⁸ 6월까지 학생들이 속속 입학하여 총 200명 내외가 되었다. 대략 남끼 학생이 100명 내외이고, 쭝끼가 50여 명, 박끼가 40여 명이었으며 소문을 듣고 따라오는 자들도 여전히 끊이지 않았다. 만약 앞길이 순탄하고 후원이 날로 늘었다면 유신회 사업과 공헌회 성적이 얼마나 발전했을지는 헤아리기 어렵다. 그러나 얼마 있지 않아 학생들을 해산시키는 사건이 발생하고, 또 얼마 후 기외후와 나를 추방하라는 명령이 내려져 공헌회는 없어지고 유신회도 거의 헛되이 설치한 꼴이 되었다. 우담바라優曇波羅 꽃이 한번 폈다가 지고, 초승달이 둥글게 되는 것과 같았으니 이는 시운이 바야흐로 막힘이요, 인간의 계획이 완전하지 못한 탓이다. 다만 그동안 기록할 만한 몇 가지 사건이 있었다.

① 남끼의 여러 의로운 부로들을 환송한 모임. ② 마이 라오 방枚老蚌을 환영한 모임. ③ 응우옌 트엉 히엔阮尚賢 선생을 환영한 모임. ④ 일본인 아사바 사키타로淺羽佐喜太郎의 의로운 행동. ⑤ 태국인과 결교를 시작함. ⑥ 지사 쩐 동 퐁陳東風이 순국한 비극.

무신년¹⁹⁰⁸ 정월, 남끼 부로들이 「경고전국문敬告全國文」과 기외후의 「남끼 부로에게 애처롭게 고하는 글圻外侯哀告南圻父老文」을 접하고부터 해외로 나오는 자가 자못 많았다. 그러나 모두 홍콩까지 왔다가 곧바로 돌아갔다. 그런데 이때 몇몇은 많은 청년을 대동하고 일본까지 건너왔는데 그 중 가장 열성적이었던 자는 응우옌 타잉 히엔阮成憲, 쩐 반 딩陳文定, 호앙

꽁 단黃公旦 등이었다. 내가 그들을 이끌고 학원에 가서 각 교실과 학생조
련장을 참관하게 하니 모두 크게 기뻐하며 국내로 돌아가서 모금하는 일
을 맡겠노라 자청하였다.

원문

爰於正月中旬, 開全体学生歡送会. 時南圻老人君主思想甚濃, 對於圻外
侯, 執禮備至, 故於踊躍籌款事, 寔出眞情. 可惜此中人雖有赴義之熱, 而辦
事手段, 方極幼穉.

迨四月初由東回國, 諸人寄到東京一密函, 函由柴棍郵局轉遞者. 函内云,
南圻義民等, 已籌集得款二十萬元, 但未知匯寄之法如何爲便, 請由主公與
先生指教. 予接此函, 惧溢於喜, 蓋深慮此函已入法人之眼, 則不惟喜信全
虛, 而凶禍且立至. 然無可奈何, 則亦不得不出於海底撈針之計畫, 念巨款非
由銀行匯到, 寔無他法.

然由越人匯票, 則萬不可能, 乃生一計, 求援於中華革命黨. 幸此辰, 中華
革黨大領袖黃興先生, 尚住日京, 黃與予, 素相結合. 予詣黃求策, 黃以手書
囑革黨住西貢籌款委員馮自由君代爲辦理, 而要予派幹人回内, 持函詣馮,
董理其事, 款匯到黃, 黃轉付予.

此計畫定, 予以爲無二之上策, 即於南圻學生中, 遴得二人, 一曰黃光珹,
一曰鄧秉誠. 鄧君通法文, 頗曉漢文, 有沈靜剛毅之質. 黃君尤富於冒險性,
嘗自願爲寔行家, 南圻諸青年之錚錚者. 此次奉命南回, 責任頗鉅. 蓋維新会
之經濟問題, 以此行爲第一步解決法也.

二人由香港搭英船回西貢, 初抵埠, 法吏譏察極嚴, 探員乃至數十輩, 二逋

人竟被發覺, 捕送水上警察署, 所携帶文件, 悉被查收, 隨送入獄, 被監禁三年之案.

先是青年多數出洋, 法政府久有所聞. 然催質各父兄, 皆堅稱子弟何往, 彼等毫不預知, 及鄧黃被捕, 法政府急於窮研其黨.

会日法協約初成, 外交情勢一變, 法政府有所求, 日人皆曲徇之. 一日, 日警兵奉内務命令, 到書院, 盤詰學生眞確名姓住址. 且云徇法公使之請, 勒令學生皆手寫一書, 寄與其家, 由日警代爲郵寄, 否則引渡法公使. 學院一辰大呈恐慌之状.

又旬日, 則學生皆得父母之信, 詳敍拘監痛苦情形, 邀各子弟, 急即回内投首. 初南圻青年出洋遊者, 皆風潮所驅, 茫無宗旨, 至是瓦解, 衆情紛紛, 向予索請給費回内. 予初尚爲挽留計, 堅不與費, 恐學生一散則内情又變故也.

번역 프랑스 정부의 탄압과 방해 공작

정월 중순에 전체 학생을 모아 환송회를 열었는데, 당시 남끼 노인들은 군주 사상이 매우 깊어 기외후에 대한 예절을 극진히 갖추었다. 그러므로 그들이 모금하는 일에 열성적으로 나섰던 것은 실로 진정에서 나온 것이었다. 그러나 안타까운 점은 이 사람들이 비록 의로움에 나아가는 열성은 있으나 그 방법이 극히 유치하다는 것이었다.

4월 초가 되어 이들은 귀국하였는데 도쿄로 비밀 편지 한 통을 보내왔다. 편지는 사이곤柴棍 우체국에서 부친 것으로 그 안에는 "남끼 의민義民이 20만 원을 모금하였으나 어떻게 송금하는 것이 편리한지 모르겠습니다. 청컨대 기외후와 선생께서 가르쳐주십시오"라고 적혀 있었다. 내가 이 편지를 받고 기쁨보다 두려움이 컸던 것은 대개 이 편지가 프랑스인의 눈에 띄었다면 기쁜 소식이 전부 헛수고로 돌아갈 뿐 아니라 오히려 험한 화가 즉시 닥칠 것이 걱정되었기 때문이었다. 그러나 어쩔 수 없어 바닷속에서 바늘을 찾는 것 같은 어려운 계책을 낼 수밖에 없었는데, 그러한 거금은 은행을 통해 송금하는 외에 실로 다른 방법이 없었다.

하지만 베트남인을 통해 송금하는 것은 절대 불가능하였다. 이에 한 가지 계책을 내었으니 중화혁명당에 도움을 요청하는 것이었다. 다행히 이때 중화혁명당 대영수大領袖 황씽黃興 선생이 아직 일본 도쿄에 머물고 있었는데 그와 나는 평소 의기투합한 사이였다. 내가 황씽에게 가서 도움을 청하니 그는 사이곤西貢 혁명당 자금담당 위원인 펑즈요우馮自由 군에게 손수 편지를 써서 대신 처리해주라고 부탁하였다. 그리고 내게는 일을 맡아 처리할 사람을 국내에 보내라 하였다. 편지를 가지고 펑즈요우에게 가서 은행 일을 처리하도록 함으로써 자금이 황씽에게 당도하면 내게 전해주겠다고 하였다.

이렇게 계획이 확정되니 나는 최선의 계책이라 생각하였다. 즉시 남끼 학생 중에서 두 사람을 엄선하였다. 한 명은 호앙 꽝 타잉黃光城이고 다른 한 명은 당 빙 타잉鄧秉誠이었다. 당 빙 타잉은 프랑스어에 능통하고 한문도 깨쳤으며 침착하고 강인한 자질을 지니고 있었다. 호앙 꽝 타잉은 매우 모험심이 많아 일찍이 혁명가가 되기를 원했으니 남끼 여러 청년 중에서도 쟁쟁한 인재였다. 이때 명을 받들고 베트남으로 돌아가매 책임이 자못 무거웠으니 대개 유신회의 경제 문제는 이번 행차로 해결의 첫걸음을 걸을 수 있었던 것이다.

두 사람은 홍콩에서 영국 배를 타고 사이곤西貢으로 갔다. 처음 부두에 당도하니 프랑스 관원들의 감시가 매우 삼엄하여 정탐하는 자가 수십 명에 이르렀다. 둘은 마침내 발각되어 수상水上 경찰서로 보내졌고 휴대한 문건들도 모두 압수당하였다. 결국 감옥으로 보내져 3년형을 살았다.

이에 앞서 다수의 베트남 청년이 해외로 나가자 프랑스 정부는 오랫동안 관련 첩보를 수집하고 있었다. 그러나 청년들의 부형들에게 다그쳐 물어도 모두 자제들이 어디로 갔는지 전혀 알지 못한다며 굳게 버텼다. 그러다가 당 빙 타잉과 호앙 꽝 타잉이 체포되자, 프랑스 정부는 급히 우리 혁명당에 대해 파악하기 시작하였다.

마침 일본과 프랑스 사이에 외교 협약이 이루어져 국제 정세가 일변하니, 프랑스 정부가 요구하는 바가 있으면 일본인은 그대로 따랐다. 어느 날 일본 경찰과 군인이 내무성의 명령을 받아 동아동문서원에 와서 학생들의 실명과 주소를 조사하였다. 또 프랑스 공사의 요청에 따라 학생들에게 모두 직접 편지를 써서 집에 부치도록 강제하고는 일본 경찰이 대신 우송할 것이며 만약 이를 거부하면 프랑스 공사에게 인도하겠다고 하였다. 이에 학원은 일시에 공황상태에 빠지고 말았다.

열흘이 지나 학생들은 모두 부모의 편지를 받았는데, 그 편지에는 부형들이 구금되어 고초를 겪은 상세한 사정이 담겨 있고 또 자제들에게 급히 돌아와 자수할 것을 바라는 내용이 쓰여 있었다. 애초에 해외 유학에 나섰던 남끼 청년들은 단지 유행을 따랐을 뿐 어떠한 신념이 있었던 것은 아니기에 이러한 상황이 되자 대오가 와해되고 말았다. 여러 청년이 분분하게 돌아갈 여비를 달라고 내게 요청하였는데, 그래도 처음에는 만류하며 완강히 여비를 내주지 않았다. 학생들이 일단 해산하면 국내 정세가 또 변하게 될 것이 염려되었기 때문이다.

迨之數月, 時已戊申年九月矣, 振武之學生俱畢業, 方開祝賀会, 而解散學生之令遽下. 予辰大愕, 急求援於犬養毅福島諸人, 彼等云, "此事由內務外務二省之令. 外交關係, 予等亦無可力爭. 然不過暫辰政策耳. 諸生能散處日本各地方, 苦工求學, 約一年間, 予等能再設法, 爲恢復原狀之計."

予到院, 集各學生邀至予寓家, 語以留東備工求學之計, 南圻青年, 皆堅請歸國, 有泣下者, 有發病者. 其不願南回, 惟黃興阮脈之二人, 與三幼童生而已.

是時所發生困難之問題者有二, 其一爲解散學生之費, 其一爲供給旅中所需之費. 旅費一項, 尚可徐圖, 惟解散費, 則急於燃眉. 因自六月至此, 內款已久不來, 而公憲会所儲存, 亦已等於烏有. 一時求得三四千元之路費船費, 無米寔難爲炊, 萬不得已, 則以眞情求援於東亞同文会諸要人及廣西雲南留日學生会. 旬日之內, 奔走哀鳴, 得犬養毅氏手援至力, 結果日本郵船会社, 給以船票一百引, 可⁹由橫濱至香港, 犬養氏自給以現銀二千元, 解散費漸漸告完矣.

학생 해산령이 내려지다

몇 달을 끌어 무신년¹⁹⁰⁸ 9월, 진무학교 학생들이 모두 학업을 마쳐 바

---

9   可 : 저본에는 '又'로 되어 있으나 전집본을 참고하여 수정하였다.

야흐로 축하회를 열려는데 갑자기 학생 해산령이 내려졌다. 나는 이때 깜짝 놀라 급히 이누카이 쓰요시犬養毅와 후쿠시마 야스마사福島安正 등 여러 사람에게 도움을 청하였다. 그렇지만 그들은 이렇게 말하였다. "이 일은 내무성과 외무성의 명령에 따른 것으로 외교 관계는 우리가 힘써 다툴 수 없습니다. 그러나 이는 잠시의 정책에 불과할 것입니다. 여러 학생이 일본 각 지방에 흩어져 일 년 정도 힘써 일하며 배우기를 도모한다면 우리들이 다시 방법을 내어 원래 상태를 회복할 것입니다."

나는 학원에 가서 모든 학생을 불러 모아 내가 거처하는 집으로 오게 하고는 일본에 남아 일을 하면서 공부하는 계획에 관해 이야기하였다. 그렇지만 남끼 청년들은 모두 귀국하겠다고 완강하게 청하였다. 눈물을 흘리는 자도 있고, 발광하는 자도 있었다. 베트남으로 돌아가기를 원치 않는 자는 호앙 홍黃興과 응우옌 마익 찌阮脈之 두 사람과 세 명의 어린 학생뿐이었다.

이때 두 가지 곤란한 문제가 발생하였다. 하나는 학생들을 해산시키는 비용 문제였고, 다른 하나는 여행에 필요한 경비를 마련하는 것이었다. 여행경비는 천천히 도모해도 되지만 해산비용은 눈썹이 타는 것처럼 시급하였다. 6월부터 이때까지 국내 자금이 오랫동안 도달되지 않아 공헌회가 비축했던 경비는 텅 비고 말았다. 일시에 삼사천 원이나 되는 여행비용이며 운임을 마련해야 하는 데다가 밥 지을 쌀도 없었다. 어쩔 수 없이 동아동문회 여러 요인要人과 광시廣西, 윈난雲南 출신 재일在日 유학생회에 간절히 도움을 요청하면서 열흘 동안 분주히 다니며 읍소하였다. 그 결과 이누카이 쓰요시의 지극한 도움에 힘입어 일본우선회사日本郵船會社

로부터 선표船票 백 장을 받을 수 있었다. 그 표는 요코하마에서 홍콩까지 갈 수 있는 것이었다. 또한 이누카이가 개인적으로 현금 2천 원을 주어 해산비용이 점차 마련되었다.

원문

予大集學生, 告以願回者給回費. 計當時學生所願留者, 南圻乃僅五人, 黃興阮脉之及三幼童, 陳文書其後畢業於日本早稻田大學, 陳文安後回暹羅以肺病死, 黃偉雄後入中華北京士官學校, 將卒業而病亡. 黃興君留日本爲苦工求學生, 約半年後, 回香港, 苦心積慮, 爲一憲行家, 以製造炸彈, 謨有所動, 被英政府引渡於法, 得崑崙徒案, 現今回里矣. 此時南圻靑年, 黃興幾乎燕雀中之一鶚也. 阮脉之君後回香港, 復偕圻外侯遊歐洲, 卒竟回國, 今予不知所爲. 中圻北圻學生所願留者, 摘擧其最有名者如下.

北圻. 鄧子敏君, 君爲我國學生中之最[10]有心血者. 南定省人, 留日爲苦工學生幾半年, 後因圻外侯被日本放逐, 君亦歸華, 奔馳於香港雲南兩粵之間, 結交中華革命黨人及諸綠林之雄, 所至接融合. 累次經營越邊暴動之事, 失敗再四, 然壯志益堅. 曾在香港, 製造無煙火藥及炸碑, 藥爆發, 幾至隕命, 幸但炸其右手三指. 然尚能用兩手指, 辨事如常. 曾在香港, 以運送軍械事, 被監禁六個月. 又嘗奔走於暹越邊界, 謀入中圻起事, 惜其時法探太多, 駐暹越僑, 又勢力尚薄, 竟不得達目的. 君嘗與予沿途乞食於暹野, 絶無慍容. 雖未成功, 眞失敗之革命家也.

10　最 : 저본에는 없으나 전집본을 참고하여 보충하였다.

高竹海君, 河内人, 初嘗入法醫學堂, 學醫業. 法文頗精, 嘗繹法文所著之雲南遊記, 登雲南雜誌. 解學後, 至橫濱, 充一洋行書記, 不幸得天花痘症, 死於橫濱. 君富於耐苦性, 初離校時, 旅費無著, 然不願回國, 曾入日本一旅館, 爲廚中雇役. 壯志未展, 天不予齡, 可惜也.

黃廷珣, 河内人, 初名阮繼之. 東渡時, 年十四歲, 入同文書院日文日語班, 君爲優生. 解學後, 爲留日苦工生, 逾一年, 與中華留日學生結交, 華人愛重之, 价紹於中華住日大使, 得以廣西籍人, 爲官費生. 考入日本高等學校, 五年卒業, 再考, 入日本專門師範學校, 爲優等卒業生. 回華, 歷任北京中學教員職, 又任北京東亞同文報舘編輯員. 君學力高, 辦才俊, 工英日語, 稍曉法德文. 予至北京, 數年間, 與外交界周旋, 君臂助爲多. 俄公使舘書記加拉罕, 大使之密僚也, 德公使舘參贊威禮賢, 德外交之領袖也, 予屢訪談, 皆以君爲舌人. 君雖熱誠慷慨, 而態度極和平. 辛甘寒煖, 必與朋友共之, 雖流離困苦中, 歡笑自若. 距今六年前, 潘伯玉輩, 以甘言誘君, 邀回國内, 任高等教員職, 兄擧人某, 亦有書來, 君皆峻拒之. 惜君体質素弱, 旅北京久与氷雪洹寒戰弗克, 於予歸國前一年, 以肺病終. 君亡, 外交人才, 失一熟手, 予亦失一心血友, 奈天何!

梁立岩, 解學後, 君回華, 以振武學校卒業生資格, 得入廣東軍需學校, 又入北京士官學校, 皆爲中華官費生. 君天性雄悍, 於他學問, 多不留意, 惟軍事學及戰術一科, 素所踴躍, 短刀匹馬之志, 幾無一時忘之. 歐戰將起之前, 君以勇於冒險, 故屢往來香港間, 被香港法探捕獲, 解回河内, 被徒太原. 然太原光復七日之役, 君竟爲其先鋒, 乃知人但患無志氣, 不患無表現之一日, 觀於梁君而信矣.

君弟梁毅卿君, 解學後, 爲苦工學生, 幾年牛, 由華人价紹, 得以官費生, 入日本高等工業學校. 後以肺病重, 謀潛回內地服藥, 至香港被捕, 解送河內, 得徒高蠻.

譚其生, 名譚國器. 君東渡時, 知留學生局面必不能久持, 常謂予曰: "我輩所圖, 須一方面謀教育, 又一方面籌暴動, 其或有濟." 予大然之. 君本世家子, 通漢文, 粗解法文, 義氣熱誠, 時流露於詞色. 初丙午軒移在東京, 同胞聚處凡六十餘人, 君自任厨務, 吾輩常戲稱君爲內務長. 乃至洗盥洒掃之役, 君皆樂爲之.

解散學生令下, 君憤然曰: "汝不解散, 我宜自解散. 堂堂七尺, 安能久事筆硯間." 既則同校諸人, 俱領旅費或路費, 君獨否, 盡焚其所讀日本書, 但袖携予所著海外血書新越南數本, 欣欣然離東京. 君是時已能爲日本語, 詣一日本建築公司, 自乞爲塗泥匠. 日得工銀六角. 惡衣惡食, 儲積至牛年, 遂向日本槍枝商店, 密買六響短槍二枝, 潛帶入內. 時予寓香港爲己酉年春.

安世黃公, 方与法宣戰. 君携予密信入乂安, 会魚海翁, 謀中北二圻同時爲大規模之暴動, 且爲黃公分敵力. 乃因經濟甚窘, 軍械不充, 而庚戌年春, 魚翁已先殉難. 君乃不得不出於犧牲身命之一策, 与其同志一人, 袖二槍枝, 潛入某大奴宅, 謀行刺, 未及發, 被捕送獄, 得徒終身案, 發往高平.

初君入獄, 曾自囓其舌, 不得死, 及至高平, 遂成仁焉. 君於被捕前一日, 有密書寄予, 內有云, "風潮一落, 人心大變, 時事已不可爲, 弟將尋魚翁於地下矣." 惜君在東時, 絶不肯道眞姓名. 君此辰已蓄志矣. 予但聞爲某按察之子, 曾稱蔭生者.

번역 해산 이후 일본 유학파의 독립 투쟁 (1)-박끼 출신

나는 학생들을 다 모이게 한 뒤 돌아가기를 원하는 자에게는 여비를 지급하겠다고 말하였다. 이때 일본에 남기를 원한 자들 가운데 남끼 출신은 겨우 다섯이었다. 호앙 홍黃興, 응우옌 마익 찌阮脈之와 세 명의 어린 학생이 있었는데, 어린 학생 가운데 쩐 반 트陳文書는 나중에 일본 와세다 대학早稻田大學을 졸업하였고, 쩐 반 이엔陳文安은 태국으로 갔다가 폐병으로 죽었으며, 호앙 비 홍黃偉雄은 중국 북경사관학교北京士官學校에 입학했는데 졸업을 앞두고 병들어 죽었다. 호앙 홍黃興 군은 일본에 남아 고학생苦學生으로 지내다가 약 반년 뒤에 홍콩으로 갔다. 그곳에서 고민 끝에 혁명가가 되어 폭탄을 제조하며 소요를 꾀하다가 영국 정부에 체포되었다. 프랑스 측에 인도되어 꼰론다오崑崙島의 수형자 명단에 이름을 올렸다가 지금은 고향으로 돌아갔다. 이때 남끼 청년 가운데 호앙 홍은 거의 참새와 제비 무리 가운데 있는 한 마리의 독수리 같았다. 응우옌 마익 찌 군은 뒤에 홍콩으로 갔다가 다시 기외후와 함께 유럽을 유력하였는데 결국 고향으로 돌아갔고 지금은 무얼 하는지 알지 못한다.

쭝끼와 박끼 학생으로 일본에 머물기를 원했던 자들 가운데 가장 이름 있는 자들을 다음과 같이 기록한다. 먼저 박끼 학생들은 다음과 같다. 당 뜨 먼鄧子敏 군은 우리 베트남 학생 중 가장 혈기가 있는 자였다. 남딩南定성 사람으로 일본에 머물며 고학생 노릇을 거의 반년 동안 하였다. 뒤에 기외후가 일본에서 쫓겨나자 군 또한 중국으로 가서 홍콩, 윈난, 광둥, 광시 사이를 분주히 다니며 중화혁명당 사람들 및 여러 녹림당의 우두머리들과 결교하여 만날 때마다 의기가 투합하였다. 여러 차례 베트남 국경에서 폭동을 일으켰는데 실패를 거듭했지만 굳센 의지는 더욱 견고해졌다. 언젠가 홍콩에서 무연화약과 폭탄을 제조하다가 화약이 폭발하여 거의 목숨을 잃을 뻔했는데 다행히 오른손 세 손가락만 잃었다. 그렇지만 남은 두 손가락을 써서 평소처럼 일을 처리하였다. 또 언젠가는 홍콩에서 무기를 수송하는 일로 6개월 동안 감금되기도 하였다. 그리고 태국과 베트남 국경지대를 분주히 다니며 쭝끼에서 거사할 모의를 하였는데, 애석하게도 당시 프랑스 정탐꾼이 너무 많고 태국에 거주하는 베트남 교포는 세력이 여전히 미약하였기에 끝내 목적을 달성하지 못하였다. 군은 일찍이 나와 함께 태국 시골길을 걸으며 걸식한 적이 있는데 부끄러워하거나 성내는 모습이 전혀 없었다. 비록 성공하지는 못했지만 참으로 '실패의 혁명가'라고 할 수 있다.

까오 쭉 하이高竹海 군은 하노이河内 사람이다. 처음에는 프랑스 의학당醫學堂에 들어가 의학을 배웠다. 프랑스어에 자못 정통하여 한번은 프랑스어로 된 윈난 여행기를 번역하여 『운남잡지雲南雜誌』에 싣기도 하였다. 학생 해산 후에 군은 요코하마에 가서 한 서양 식당의 서기로 들어갔는데 불행히도 천연두를 얻어 그곳에서 죽고 말았다. 군은 인내심이 강하여 학교를 떠날 때 여비를 받지 않았고, 고국으로 돌아가는 것도 원치 않아 한 일본 여관에 들어가 주방 심부름꾼으로 지냈다. 장대한 포부를 미처 펴지도 못했거늘 하늘이 시간을 허락하지 않았으니 애석하도다.

호앙 딩 뚜언黃廷詢은 하노이河内 사람으로 초명初名은 응우엔 께 찌阮繼之였다. 일본으로 건너왔을 때 나이는 열네 살이었으며, 동문서원同文書院 일문일어반日文日語班에 입학하여 우등생이 되었다. 학생 해산 후 그는 일본에 남아 고학생 노릇을 하면서 일 년을 지내며 중국 재일유학생들과 교제하였다. 중국인들은 그를 매우 사랑하여 주일 중국대사에게 소개하였다. 이에 군은 광시 호적을 얻어 중국 관비 유학생이 되었다. 군은 시험을 쳐서 일본 고등학교에 입학해 5년 후 졸업하였으며, 다시 시험을 쳐서 일본 전문사범학교에 입학해 우등생으로 졸업하였다. 중국에 가서는 북경 중학교 교원직을 역임했고 또 북경 동아동문보관東亞同文報館의 편집 일을 맡았다. 군은 학식이 높고 능력도 출중했으며 영어와 일어에 능통하고 불어와 독일어도 조금 알았다. 내가 베이징에서 수년간 외교계 활동을 할 때 군이 많은 도움을 주었다. 러시아 공사관 서기 카라한加拉罕, Лев Михайлович Караха은 대사의 최측근 막료였고, 독일 공사관 참찬參贊 빌헬름威禮賢, Richard Wilhelm은 독일 외교의 영수였는데 내가 이들을 누차 방문하여 담화할 때면 언제나 군이 통역을 맡아주었다. 군의 마음은 열정적이고 강개하였으나 태도는 극히 온화하였다. 좋은 일이든 궂은일이든 동지들과 함께하여 비록 어려운 가운데 떠돌아다녀도 기뻐 웃는 것이 평상시와 같았다. 지금으로부터 6년 전 판 바 응옥潘伯玉 무리가 감언이설로 군을 꾀어 국내로 돌아와 고등교원직을 맡으라 하고, 군의 형인 모某 거인擧人 또한 편지를 보냈지만 군은 모두 준엄히 거절하였다. 애석하게도 군은 평소 체질이 약한 데다가 베이징에 머물며 오래도록 강추위와 싸우다가 이기지 못하여, 내가 귀국하기 일 년 전에 폐병으로 생을 마쳤다. 군의 죽음은 외교 인재에 있어 한 명의 전문가를 잃은 것이며, 나로서는 심혈心血을 나눈 벗 한 명을 잃은 것이다. 하늘이여, 어찌 이럴 수 있단 말인가!

르엉 럽 남梁立岩은 해산 후 중국으로 가서 진무학교 졸업생 자격으로 광동군수학교廣東軍需學校에 들어갔다. 또 북경사관학교北京士官學校에도 진학했는데 모두 중국 관비생이었다. 군은 천성이 용맹하고 굳세어 다른 학문에는 별다른 뜻을 두지 않고 오직 군사학과 전술 과목에 대해서만 평소 열의가 있었으며, 단도短刀를 차고 필마匹馬로 전쟁터에 나서려는 뜻을 거의 한시도 잊지 않았다. 유럽에서 세계대전이 발발하기 직전 군은 위험한 일에 용맹하게 나서 여러 차례 홍콩을 왕래하다가 홍콩에 있는 프랑스 정탐꾼에게 잡혀 하노이로 보내져 결국 타이응우옌太原의 감옥에 갇혔다. 타이응우옌이 7일 동안 해방되었던 전투에서 군은 마침내 그 선봉이 되었다. 이에 알겠노라, 사람은 다만 지기志氣가 없음을 걱정할 것이요, 그 지기를 표출할 날이 없음은 걱정할 필요가 없도다. 르엉 군의 경우를 보면 참으로 그러하다.

르엉 군의 동생 르엉 응이 카잉梁毅卿 군은 학생 해산 후 고학생으로 거의 일 년 반쯤 지내다가 중국인의 소개로 중국 관비생 자격을 얻어 일본 고등공업학교에 입학하였다. 나중에 폐병이 심해져 몰래 베트남에 돌아가 치료하려고 홍콩에 갔다가 체포되어 하노이로 보내졌고, 이후 까오만高蠻 감옥에 갇혔다.

담 끼 싱譚其生의 다른 이름은 담 꾸옥 키譚國器이다. 군이 일본에 건너왔을 때 유학할 수 있는 환경이 필시 오래 유지되기 어렵다는 것을 알고 항상 내게 말하였다. "우리가 도모할 바는 반드시 한 방면으로는 교육에 힘쓰고, 또 한 방면으로는 폭동을 준비하는 것입니다. 그렇게 해야 혹여라도 성공할 수 있을 것입니다." 나는 크게 찬동하였다. 군은 본래 유서 깊은 집안의 자제여서 한문에 능통하였고 프랑스어도 조금 알았으며 의기가 뜨겁고도 진지해 그것이 때때로 언사에 드러났다. 처음 병오헌을 도쿄로 옮겨올 때 동포 육십여 명이 모여 살았는데, 군은 스스로 주방 일을 맡았기에 우리는 늘 군을 놀려 내무부 장관이라 하였다. 청소하고 정리하는 일들도 군은 모두 즐겁게 하였다.

해산령이 내리자 군은 분연히 말하였다. "너희가 해산시키지 않았더라도 나는 의당 스스로 해산하였을 것이다. 당당한 7척尺의 몸으로 어찌 오래도록 필묵을 잡고 있으랴." 이윽고 동학들은 모두 여비 등을 받았지만, 군은 홀로 거부하고 공부해 온 일본책을 모두 불사르고 내가 지은 『해외혈서海外血書』와 『신월남新越南』 등 몇 권만 소매에 넣은 채 홀연히 도쿄를 떠났다. 군은 이때 이미 일본어를 할 줄 알았기에 어느 일본 건축회사를 찾아가 스스로 미장공이 되겠다고 하여 날마다 공임으로 6각角을 받았다. 형편없는 옷과 음식으로 지내면서도 반년 동안 돈을 모아 드디어 일본의 어느 총기 상점을 찾아가 은밀히 육혈포 두 자루를 사서 몰래 베트남으로 가지고 들어갔다. 이때는 내가 홍콩에서 잠시 지내던 기유년1909 봄이었다.

이엔테安世의 호앙 호화 탐黃花探 공이 바야흐로 프랑스와 전쟁을 선포하자, 담 끼 싱 군은 나의 비밀 편지를 가지고 응에안乂安으로 들어가 응으 하이魚海 옹을 만나 쭝끼와 박끼가 동시에 대규모 폭동을 일으킬 계획을 세웠다. 호앙 공을 위해 적의 힘을 분산시키려는 목적이었다. 그런데 경제적 사정이 매우 곤란하고 군사 장비도 충분치 않은 데다가 경술년1910 봄 응으 하이 옹마저 순국하고 말았다. 담 끼 싱 군은 이에 부득불 자기 한목숨을 희생할 계획을 세웠다. 동지 한 사람과 함께 총 두 자루를 소매에 숨겨 어느 못된 매국노賣國奴의 집에 몰래 들어가 그를 암살하고자 하였다. 그러나 실행하지도 못한 채 체포되어 감옥에 보내졌으며 종신형을 받아 까오방高平으로 유폐되었다.

처음 군이 감옥에 들어가서 스스로 혀를 깨물어 죽고자 하였으나 죽지 못했는데 까오방에 가서는 끝내 살신성인殺身成仁의 뜻을 이루었다. 군이 체포되기 하루 전 내게 비밀 편지를 보냈는데 그 안에는 이러한 말이 있었다. "시대가 한번 쇠락하니 인심도 크게 변하여 세상일은 이미 어찌할 수 없습니다. 아우는 장차 지하에서 응으 하이 옹을 찾아뵐까 합니다." 생각해보면 군은 일본에 있을 때 절대로 본명을 말하지 않으려 했으니 그때부터 이미 이러한 뜻을 품고 있었던 것이다. 나는 다만 그가 모某 안찰사의 자제로 일찍이 음직蔭職을 맡았던 자라고 들었을 뿐이다.

원문

中圻, 藍廣忠, 廣義人, 原名武慣. 君留日爲苦工學生, 幾半年, 復回中華, 入北京士官學校, 習戰畧, 硏究軍事學, 寢食不遑, 大有磨厲以須之氣. 卒業後, 君請於袁世凱總統, 乞給路費, 探察粤滇間華越邊界情[11]形, 爲用兵時之預備. 袁嘉而許之, 崎嶇跋涉, 穿林跨[12]溪, 勞頓憔悴於嵐瘴之毒. 癸丑年九月, 由雲南至廣東, 腦病大發, 入醫院數月, 病日增. 君奄臥病床, 深以不得馬革裹尸爲恥, 遂自投珠江. 予嘗修君傳有贊云, "秦帝魯連恥, 楚濁屈平墳. 香骨投淸流, 江海无時盡." 君常兩度潛回內, 帶南義學生六人出洋, 今尚有

---

11 界情 : 저본에는 없으나 전집본에 의거하여 보충하였다.
12 穿林跨 : 저본에는 없으나 전집본에 의거하여 보충하였다.

留外者.

黃仲茂, 乂安人, 原名阮德功. 通漢學, 工科擧文, 新潮初起, 即廢擧業, 破所有產, 挈之出洋. 入書院, 逾半年, 工課優於儕輩. 研究各種科學日文書, 幾無暇晷, 尤注意於軍事之練習. 解學後, 回華, 專与中華革命黨人結交. 嘗入嶺南學校, 習官話, 爲華語, 一如華人, 蓋爲入華兵營之準備也.

時蔡松坡先生在桂, 練桂新兵, 君因楊振鴻營長价紹, 得入兵營, 寔習兵事, 射擊法, 陣伍操練法, 俱甚精, 大爲松坡所賞鑑. 離營後, 專潛心於革命方畧之考究. 越南光復会成立時, 著有光復軍方畧一書, 其太半由君創稿.

歐戰勃發時, 君極銳意於兵事之進行, 奔馳滇桂間數月, 匹馬短槍, 風雨不輟. 君所結交, 多爲華兵官, 往來頗密, 因招納粵桂散兵得數千人, 槍械粗足, 謀攻入諒山. 君於此時, 謂大業可立就也, 不圖中華忽對德宣戰, 外交政策一變, 法人要脅華政府嚴勒我人, 予既被粤政府拘監, 而君所收拾之華兵, 亦同時被解散.

會國內太原光復事發, 消息甚佳, 君圖急應, 自以所部我兄弟得三十人, 由鎮南關入諒山界, 襲攻一法兵屯, 因料有我習兵倒戈故也, 詎意攻至屯而習兵與法兵, 俱反攻甚烈, 君遂敗走回廣東.

謀往暹羅, 由暹羅界入中圻, 纔至香港, 即爲法探所獲, 捕回河內, 送入獄, 法吏要以首服得免罪, 君不屈, 竟被槍殺. 予所著越南國史考, 批評語及跋文, 皆君遺筆.

陳有力, 乂安人, 原名阮式唐, 予業師東溪先生之仲男也. 家世本儒, 而秉性特異, 有赳赳武夫之風. 年十五時, 見予所著琉球血淚新書, 竊以歸, 背人讀之, 輒廢學業文, 不復習. 專從諸遊俠者, 爲揮拳厲劍之事, 嘗手刃阮恬,恬舉人而恨也. 君初志不在出洋, 專圖內地暴動之政策, 賊恬死後, 魚翁恐誤君前途, 強之出洋. 然既入院, 得爲軍事之訓練, 則亦大奮發, 肩槍腰劍, 廢寢忘餐.

解學後, 仍留日爲苦工學生, 及圻外侯被放逐, 君認爲奇恥, 欲有所洩, 同志皆勸止之, 君乃棄日回華. 適是時, 蔡松坡練兵廣西, 廣西有陸軍幹部學堂, 君与阮焦斗阮泰拔三人, 同入軍校, 爲將弁之學習, 三年在校, 常踴如臨戰場. 卒業後, 回粵, 補少尉, 得率領一小隊, 臨操練時, 兵士皆嚴憚之.

越南光復会成立時, 君願往暹, 組織越僑光復軍, 自當一隊, 予以光復会總理資格, 特委君爲住暹光復会支部部長. 君既至暹, 奔走暹內地及夾越各邊界, 凡有我越僑民之處, 竭誠運動, 入会人數大增, 籌款購械, 亦已有著落, 所未有能決者, 爲率衆入內之時間耳.

會暹羅是時亦對德宣戰, 暹政府狗法人之請, 大索越南革命黨人, 加以繩束. 法走狗北圻人名雄, 中圻人名某, 極力踪躡君, 捕得君, 引渡於法政府, 捕回河內, 送入獄, 勸君首服卽免赦, 君不屈, 同日与黃仲茂君, 俱槍殺於白梅山下. 殺時亦叢十鎗射之, 如俘將例. 君臨刑時, 有自輓聯云, "江山已死, 我安得偸生, 十年來礪劍磨刀, 壯志擬扶鴻祖國. 羽翼未成, 事忽焉中敗, 九原下調兵練將, 雄魂願作國民軍."

阮琼林, 河靜人. 君出洋時, 僅十五歲. 然志氣剛決, 寡言好學, 儼如成人. 解學後, 留日爲苦工學生, 逾年半, 旋回華, 入廣東兵營, 親爲戰地之寔習. 出兵營後, 又研究製造火器之學, 能製造無煙火藥及炸硨爆發藥. 忍耐異常, 任何勞苦, 無所避.

嘗於己酉年, 以密輸軍械事, 被香港英警吏, 捕送獄, 監禁數月, 及英政府察知爲越革命黨人, 赦之. 蓋是時, 英政府与我感情尚好故也.

越南光復會成立, 君竭誠結好於中華國民黨, 冀得厚援. 会中華癸丑年第二次革命軍起, 君自投黃克彊麾下, 願助戰役. 黃時留守南京, 任君爲中隊長. 嘗鼓勇前驅, 視礮雨鎗林, 爲娛樂地.

袁軍攻南京, 京城幾陷, 黃興走, 華軍諸士官, 素知君爲越南革命黨志士, 咸勸君走, 謂君曰: "此無涉君革命事. 宜留性命, 以俟時机." 君慨然曰: "人以兵付我, 以其能殺賊也. 今見賊而逃, 何面目爲男子乎?" 奮戰益力, 竟中賊礮二, 傷臂及胸, 竟死於陣. 君前屢次由暹潛回内, 查察内情, 謀有所擧動, 皆爲狐倀所梗, 僅得脱身. 嗟乎. 君一失敗之寠行家也.

黎求精, 乂安人. 君有巧思, 解學後, 專習爲兵器之製造家, 能依日本鎗式, 造五響長鎗枝, 較明治三十年所造之鎗, 幾不能辨. 予嘗密運軍械回暹, 謀送入内, 君爲予製秘密箱, 海關史檢察, 竟不能發. 庚戌年與鄧子敬回暹, 謀營田, 竟死於疫病, 惜哉.

丁允濟, 河靜人, 潘賚良, 乂安人. 解學後, 爲日本苦學生, 皆幾一年. 丁君家本中産, 破資出洋, 後回暹, 謀入内預暴動事, 行至車君, 得重病. 他鄉風雨, 隻影呻吟, 惟居亭, 爲潘公廷逢舊部, 曰領牧者, 時與之左右. 每熱病大發, 沈迷如死, 則語曰: "殺賊! 殺賊!" 連月臥病床, 未嘗起坐, 及得鄧子敏至, 忽蹶然起, 暢談革命事, 約三十分点鍾, 大笑一聲而瞑. 予極哀之, 時予亦窮困, 至於極点. 輓以聯云, "不能死又不能生, 展轉病中魂, 痛史到君无底痛, 與俱出誰與俱入, 倏身後事, 悲場任我自由悲."

潘君世家子, 父擧人, 初補教授, 國亡棄官歸, 乂安人. 於成泰十九年秋, 君方成婚, 未一月, 棄妻出洋. 君在學, 用工甚勤. 解學後, 輱掌於苦工. 且日本寒重, 君體素文弱, 得肺病, 回華, 死於病院. 初君病甚, 予患其不能生也, 苦勸君權宜回養, 聊以存身, 君固不肯曰 : "寧死於人境, 不願死於鷄豚界也." 君天性聰慧, 讀漢文日文書, 俱一覽即能了解. 惜其以體弱而夭, 體育之關係何如哉.

번역 해산 이후 일본 유학파의 독립 투쟁 (2)—쭝끼 출신

쭝끼 학생들은 다음과 같다. 람 꽝 쫑藍廣忠은 꽝응아이廣義 출신이며 본명은 보 꽌武慣이다. 군은 일본에 남아 고학생으로 반년쯤 지내다가 다시 중국으로 가서 북경사관학교에 입학하였다. 군사전략을 익히고 군사학을 연구하느라 먹고 잘 겨를도 없었으나, 갈고 닦아 반드시 뜻을 이루겠다는 큰 기백이 있었다. 졸업 후 군은 위안스카이袁世凱 총통에게 여비를 요청하며 광둥과 윈난의 중국-베트남 국경지대를 자세히 살펴두어 훗날 병력을 동원할 때를 미리 대비하겠다고 하였다. 위안스카이는 가상히 여기고 허락하였다. 군은 산을 오르고 바다를 건너 숲을 통과하고 계곡을 건너다가 밀림의 독한 기운에 쇠잔해졌다. 계축년1913 9월, 윈난에서 광둥으로 가다가 머리의 병이 심해져 병원에 몇 달간 입원하였는데 증세는 날로 악화되었다. 군은 병상에 누워 있다가 홀연 전쟁터에서 죽지 못하게 된 자신을 자책하는 마음이 심해져 마침내 쥬지앙珠江에 스스로 몸을 던졌다. 나는 일찍이 군의 전傳을 짓고 다음과 같은 찬贊을 두었다.

진秦나라 황제를 노중련魯仲連은 치욕으로 여겼고　　　秦帝魯連恥,

초楚나라의 탁류가 굴원屈原의 무덤이었네　　　楚濁屈平墳.

향기로운 육신, 맑은 물결에 던지니   香骨投清流,

강물은 마를 날 없으리라.   江海无時盡.

군은 일찍이 두 차례나 국내에 몰래 들어와서 남응아이南義의 학생 여섯 명을 데리고 출국하였는데 그들 가운데 여전히 외국에 남아있는 자들이 있다.

호앙 쫑 머우黃仲茂는 응에안乂安 사람으로 본명은 응우엔 득 꽁阮德功이다. 한학漢學에 능통하여 과거科擧 문장을 잘했는데 신사조新思潮가 일어나자 즉시 과거 공부를 그만두고 가진 재산을 처분하고는 그것을 가지고 해외로 나갔다. 동아동문서원에 입학한 지 반년이 지나니 동료들보다 학업이 월등하였다. 일본어로 된 각종 과학서적을 연구하느라 거의 쉴 겨를이 없었으나 그 가운데 더욱 군사연습에 집중하였다. 학생 해산 후 중국에 가서 중화혁명당 사람들과 열심히 사귀었다. 일찍이 영남학교嶺南學校에 입학하여 관화官話를 배웠는데 그가 중국어를 하면 마치 중국 사람 같았다. 이는 중국 군대에 들어가기 위한 준비였다.

이때 차이송포蔡松坡 선생이 구이린桂林에서 신병新兵을 조련하고 있었고, 호앙 쫑 머우는 양쩐홍楊辰鴻 대장의 소개로 그 병영에 들어가 군사학 실습을 할 수 있었다. 사격술, 전투대형훈련 등에 대단히 정통하게 되어 차이송포가 그를 크게 주목하였다. 그 병영에서 나온 뒤에는 혁명방략革命方略 연구에 오로지 전념하였다. 월남광복회越南光復會가 성립되었을 때『광복군방략光復軍方略』한 권을 저술하였는데 그 책의 태반은 호앙 군이 쓴 것이었다.

유럽에서 전쟁이 발발하자 군은 전쟁 상황을 예의주시하며 윈난과 구이린 사이를 수개월간 분주히 누볐는데, 짧은 창에 한 필의 말을 타고 비가 오든 바람이 불든 멈추지 않았다. 군이 사귄 사람들은 대부분 중국 군인이었는데 관계가 매우 긴밀하였다. 이로 인해 광둥과 구이린에 흩어진 병력 수천을 불러 모을 수 있었고, 무기도 그런대로 갖추어지자 랑선諒山을 공격할 계획을 세웠다. 이때 군은 조만간 대업을 이룰 수 있으리라 기대하였지만, 뜻하지 않게 중국이 갑자기 독일에 대해 선전포고를 함으로써 외교정세가 일변하였다. 프랑스가 중국 정부에 대해 우리 베트남 사람들을 엄히 단속하라 요구하매, 나는 광둥 정부에 의해 구금되고, 군이 규합하였던 중국 군대 또한 동시에 해산되고 말았다.

마침 국내에서는 타이응우옌 봉기가 일어났으니 그 소식이 참으로 반가웠다. 군은 조속히 호응하기 위해 거느리고 있던 우리의 형제 30명을 스스로 이끌고 진남관鎭南關을 통해 랑선 경계로 들어가 한 프랑스 부대를 습격하였다. 이렇게 한 것은 그 부대에 소속된 베트남 습병習兵들의 호응이 있으리라 예상하였기 때문이었다. 그러나 뜻밖에도 프랑스 부대를 공격하자 베트남 습병들과 프랑스 군인들이 함께 맹렬하게 반격을 가하는 것이었다. 마침내 군은 패주하여 광둥으로 돌아갔다.

군은 태국에 가서 그곳을 통해 베트남 쭝끼로 들어갈 계획을 세웠는데, 홍콩에 도착하자마자 프랑스 첩자에게 붙잡혀 하노이로 압송되어 감옥에 갇혔다. 프랑스 관원은 죄를 인정하면 풀어주겠다고 했으나, 군은 굴복하지 않아 끝내 총살을 당하였다. 내가 저술한 『월남국사고越南國史考』의 평어와 발문은 모두 군의 유필遺筆이다.

쩐 흐우 륵陳有力은 응에안乂安 사람으로 본명은 응우엔 특 드엉阮式庸인데 나의 스승이신 동 케東溪 선생의 둘째 아들이다. 집안 대대로 유학儒學을 닦았으며, 군은 타고난 성품이 비범하여 헌걸찬 무인의 기풍이 있었다. 열다섯 살에 내가 지은 『유구혈루신서琉球血淚新書』를 보고 몰래 가져가서 읽고는 즉시 과거 공부를 그만두고 다시는 익히지 않았다. 오로지 여러 유협遊俠을 따르며 주먹을 휘두르고 칼 쓰는 일을 하였다. 언젠가 직접 응우엔 디엠阮恬을 칼로 베어 죽였는데 응우엔 디엠은 과거 공부를 하면서 첩자 노릇을 한 자였다. 쩐 군의 처음 뜻은 해외로 나가는 데 있지 않았으니 오직 국내에서 폭동을 일으킬 계획을 세웠다. 그러다가 매국노 응우엔 디엠이 죽은 후, 군의 앞날이 잘못될까 염려한 응으 하이 옹이 억지로 해외로 내보냈다. 동문서원에 입학하여 군사훈련을 받게 되자 크게 분발하여 어깨에는 총을 메고 허리에는 칼을 차고서 잠도 자지 않고 먹는 것도 잊어버렸다.

학생 해산 후 일본에 남아 고학생이 되었는데 기외후가 추방되자 군은 크나큰 치욕으로 여겨 복수하고자 하니, 동지들이 모두 만류하여 중지하였다. 군은 이에 일본을 버리고 중국으로 갔다. 마침 이때 차이송포가 광시에서 병사들을 조련하고 있었고, 광시에는 육군간부학당이 있었다. 군은 응우엔 띠에우 더우阮焦斗, 응우엔 타이 밧阮泰拔과 함께 셋이 군사학교에 들어가서 장교 과정을 공부하였는데 3년간 재학하면서 항상 전쟁터에 임한 듯 용맹하였다. 졸업 후에는 광둥으로 돌아가 소위少尉에 보임되어 한 소대를 지휘하였는데, 훈련에 임할 때면 병사들이 모두 두려워 벌벌 떨었다.

월남광복회越南光復會가 성립되었을 때 군은 태국에 가서 월교광복군[越僑光復軍, 베트남 교민 광복군]을 조직하여 스스로 한 부대를 담당하기를 원하였다. 나는 광복회 총리 자격으로 특별히 군을 태국 주재 광복회 지부장으로 임명하였다. 군은 태국에 당도해서, 태국 내지와 베트남 접경지대를 분주히 다니며 우리 베트남 교민이 있는 곳이면 성심을 다하여 운동하였다. 그 결과 광복회에 들어오는 사람 수가 많이 증가했으며 자금을 마련하고 무기를 구매하는 일도 착착 진행되었다. 아직 결정되지 않은 것은 무리를 이끌고 국내로 진격할 시점뿐이었다.

그런데 마침 태국 정부는 이때 독일을 향해 선전포고하였다. 태국 정부는 프랑스인의 요청에 따라 월남혁명당 사람들을 대대적으로 색출하여 체포하였다. 프랑스의 사냥개 노릇을 하던 박끼 사람 홍雄과 쭝끼 사람 아무개가 필사적으로 군을 추적하고 체포하여 프랑스 정부에 인도하였다. 프랑스 정부는 그를 하노이로 압송해 감옥에 가두고서 자백하면 즉시 사면 받을 수 있다고 회유하였다. 그러나 군이 굴복하지 않자 그날로 호앙 쫑 머우黃仲茂 군과 함께 바익마이선白梅山 아래에서 총살하였다. 총살할 때 소총수 열 명을 모아 사격하니, 장교 포로와 동등하게 대우한 것이었다. 군은 사형집행에 임해서 스스로 다음과 같이 만시를 지었다.

강산이 이미 죽었으니   江山已死,
내가 어디에서 구차히 살기를 바라리오.   我安得偸生,
십 년 세월 칼날을 버리고 또 벼렸으니   十年來礪劍磨刀,
장대한 뜻은 위대한 조국을 일으키려 했음이라. 壯志擬扶鴻祖國.

날개가 아직 완성되지 않았거늘	羽翼未成,
홀연 중도에 실패하였네.	事忽焉中敗,
구천에서도 병사와 장수를 조련하여	九原下調兵練將,
웅대한 혼으로 국민의 군대를 만들리라.	雄魂願作國民軍

응우엔 꾸잉 럼阮瓊林은 하띵河靜 사람이다. 군이 해외로 나갈 때 겨우 열다섯 살이었다. 그러나 지기志氣가 굳세고 과단성이 있으며 과묵하고 배우기를 좋아하여 의젓하기가 어른 같았다. 학생 해산 후 일본에 남아 고학생이 되었으나 반년이 지나 중국으로 가서 광둥의 부대에 들어가 몸소 전투 실습을 하였다. 병영에서 나온 뒤에는 화기火器 제조법을 연구하여 능히 무연화약과 작약炸藥 등을 만들었다. 인내력이 보통이 아니어서 어떠한 고된 일을 맡아도 피하는 법이 없었다.

그는 일찍이 기유년1909에 무기를 밀수한 일로 홍콩의 영국 경찰에게 붙잡혀 감옥에 수개월 동안 감금된 적이 있었다. 그런데 영국 정부는 군이 월남혁명당 사람임을 파악하고 사면해주었다. 대개 이때 영국 정부가 우리 베트남에 대해 좋은 감정을 지니고 있었기 때문이었다.

월남광복회가 성립되자 군은 열성을 다해 중국국민당과 우호를 다지며 국민당의 후원을 기대하였다. 마침 중국에서 계축년1913 제2차 혁명군 봉기가 일어나자 군은 스스로 황씽黃興의 휘하로 투신하여 전투를 돕고자 하였다. 황씽은 이때 난징南京을 맡아 지키고 있었는데 군을 중대장으로 임명하였다. 군은 언제나 용맹을 떨치며 선봉으로 나서 비처럼 쏟아지는 총탄과 숲처럼 늘어선 총검을 마치 놀이터처럼 여겼다.

위안스카이의 군대가 난징을 공격하여 난징이 거의 함락될 지경이 되자 황씽은 난징을 빠져나갔다. 중국 혁명군의 여러 장교는 평소 군이 월남혁명당의 지사志士임을 알고 있었기에 모두 군에게 달아나라고 권하며 말하였다. "여기는 군의 혁명사업과 관련이 없습니다. 의당 목숨을 부지하여 새로운 시기와 기회를 기다리십시오." 그러자 군은 개연히 말하였다. "사람들이 제게 병사를 맡긴 것은 적을 죽일 수 있는 능력 때문입니다. 지금 적을 보고서 도망간다면 무슨 면목으로 남자라 하겠습니까?" 그리고는 더욱 힘을 내어 분전하다가 적의 총탄 두 발을 어깨와 가슴에 맞아 마침내 전장에서 죽고 말았다. 군은 이전에 여러 차례 태국을 통해 몰래 국내로 들어와 내부 사정을 살피며 거사를 꾀하고자 하였지만, 그때마다 염탐꾼 앞잡이에게 방해를 받아 겨우 탈출하곤 하였다. 아아, 군은 실패의 혁명가였음이라.

레 꺼우 띵黎求精은 응에안乂安 사람이다. 군은 공교로운 재주가 있었다. 학생 해산 후 열심히 기술을 익혀 무기 기술자가 되었다. 일본 소총의 구조를 본떠서 5연발 소총을 만들었는데 메이지 30년1897에 제작한 소총[13]과 비교해보아도 거의 구분할 수 없을 정도였다. 내가 은밀히 무기를 태국으로 보냈다가 국내로 들여보내려고 했을 때, 군이 나를 위해 비밀 상자를 만들어 주었는데 세관 관리들이 검색해도 발각되지 않았다. 군은 경술년1910에 당 뜨 낑과 태국에 가서 농장을 경영하려 하였다가 전염병

---

13 메이지 ~ 소총 : 당시 일본 육군 포병 공창에 소속된 아리사카 나리아키라(有坂成章)가 개발한 소총으로 '나리사카 30식'이라 불렸던 일본 보병의 기본 화기이다. 5연발에 최대 사거리는 700미터였다.

에 걸려 죽고 말았다. 애석하도다.

딩 조안 떼丁允濟는 하띵河靜 사람이고, 판 라이 르엉潘賚良은 응에안乂安 사람이다. 학생 해산 후 일본에서 고학생이 되어 모두 일 년가량 지냈다. 딩 군의 집은 본래 중산층이었는데 재산을 처분하고 해외로 나왔다. 뒤에 태국으로 가서 국내로 들어가 폭동에 참여할 계획을 세웠는데, 사콘車君에 이르러 중병을 얻었다. 타향에서 풍우를 견디며 외롭게 신음하는데 오직 그가 거처한 곳의 주인인 판 딩 퐁潘廷逢 공의 옛 부하인 링 묵領牧이란 사람이 이때 함께 있어 주었다. 열병이 크게 도져 혼수상태에 빠질 때마다 "적을 죽여라! 적을 죽여라!"라고 외쳤다. 딩 군은 몇 달 동안 병상에 누워 일어나 앉지도 못하다가 당 뜨 먼鄧子敏이 찾아오자 갑자기 벌떡 일어나 혁명에 관해 삼십 분 정도 마음껏 이야기하더니, 크게 한번 웃고는 눈을 감았다. 나는 너무도 애통했는데, 이때는 나 또한 곤궁함이 최고조에 이른 시절이었다. 나는 다음과 같이 만시를 지었다.

죽지도 못하고 또 살지도 못하는	能死又不能生,
떠도는 병중病中의 혼이여	展轉病中魂,
통한의 역사가 그대에게 이르니 무한히 원통하구나.	痛史到君无底痛,
함께 해외로 나왔으나 누구와 함께 돌아갈까	與俱出誰與俱入,
쓸쓸하여라, 그대 가고 없으니	條身後事,
슬픔의 공간에 몸을 맡긴 채 하염없이 슬퍼하네.	悲場任我自由悲.

판 라이 르엉은 유서 깊은 집안의 자식이었다. 아버지는 거인擧人이었

으니 처음 교수敎授에 보임되었을 때 나라가 망하자 관직을 버리고 고향으로 돌아갔으며, 응에안 사람이다. 타잉 타이成泰 19년1907 가을, 군은 결혼한 지 한 달도 안 되어 아내를 두고 해외로 나왔다. 학교에 다니면서 매우 부지런히 공부하였고, 학생 해산 후에도 열심히 고학苦學 생활을 하였다. 군은 몸이 평소 문약文弱하였는데 일본 날씨가 너무 추워서 폐병을 얻었다. 중국으로 옮겼으나 병원에서 죽고 말았다. 처음 군의 병세가 심해졌을 때 나는 그가 살지 못할까 염려하여, 우선 귀국하여 요양하며 애오라지 몸을 보전하라고 간곡히 권하였다. 그러나 군은 완강히 거절하며, "사람의 땅에 살다 죽을지언정 닭과 돼지의 땅에서 죽고 싶지는 않습니다"라고 하였다. 군의 성품은 총명하고 지혜로워 한문과 일본책을 읽을 수 있었는데 무엇이든 한번 보면 즉시 이해하였다. 애석하게도 몸이 약해 요절하고 말았으니 신체의 단련이 얼마나 중요한 것인가!

> **원문**
>
> 戊申年二月, 予將爲暹羅之行, 回香港, 接枚老蚌先生自內出, 同行者, 爲黎逸竹君, 携有靑年學生數人. 枚公由天主敎全体所委托而來, 爲維新会敎徒中人之代表也. 先是出洋學生, 尚无敎会中人者, 自枚翁出, 敎会亦派遣人出洋, 如黎金聲・黎洪鍾・阮牡丹・劉燕[14]丹輩, 前後共數十人. 尝爲宣講師者, 金聲・燕丹, 其卓卓也. 燕丹後改姓名, 爲李仲栢, 隷中華學生籍, 考得官費, 留學日本, 卒業於高等工業學校, 又入帝國工科大學, 得工科學士文憑.

---

14 燕: 저본에는 '安'으로 되어 있으나 전집본에 의거하여 수정하였다.

劉君工學程度極高, 然不能回國, 爲國民服務, 今在中華, 充傭雇之工程師, 可惜也.

枚翁初渡日本, 予以珍重教会之故, 会全院學生, 開会歡迎之. 翁極熱心於教徒之鼓動, 著有老蚌普勸書, 大有影響. 翁後往暹羅, 謀回國, 法政府控於暹政府, 被監禁四个月, 旋被放逐, 復來香港, 港政府徇法人之請, 監禁三箇月, 旋放逐. 又來廣東, 復被袁黨龍濟光徇法人之請, 偕予入獄. 予獄中慰公詩有句云, "身世幾回瀕死地, 鬚眉三度入图中"四年, 龍死後得釋. 赴上海, 被法控訴於英, 英人引渡於法領事, 解回國, 又被獄幾十年, 乃得釋. 一生以哀憫同胞之故, 嘗辛茹苦, 百折不回, 眞基督教主之弟子也. 予從前未嘗攝影, 歡迎翁時, 予与翁同攝一影, 散布於國內, 法人始得予影相云.

번역 동유운동의 조력자들 (1)—마이 라오 방

무신년[1908] 2월, 나는 태국에 가기 위해 홍콩으로 갔는데 국내에서 나온 마이 라오 방枚老蚌 선생을 만났다. 동행자는 레 젓 쭉黎逸竹 군이었으며 청년 학생 몇 명을 데리고 왔다. 마이 공은 천주교 단체에서 보냈는데 유신회 천주교도의 대표였다. 이때까지 해외로 나온 학생 가운데 천주교인은 없었다. 그러다가 마이 옹이 출국함으로써 천주교에서도 사람을 해외로 보내기 시작했으니, 레 낌 타잉黎金聲, 레 홍 쭝黎洪鍾, 응우옌 머우 던阮牡丹, 르우 이엔 던劉燕丹과 같은 이가 앞뒤로 모두 수십 명 이어졌다. 레 낌 타잉과 르우 이엔 던은 일찍이 선교사가 되었는데 그 역량이 탁월하였다. 르우 이엔 던은 나중에 리쫑바이李仲柏라고 개명하고 중국 학생 명부에 이름을 올렸고 시험을 통과하여 관비로 일본 유학을 하였다. 고등공업학교를 졸업하고 또 제국공과대학에 입학해 공과 학사 졸업장을 땄다. 르우 군의 공학 수준은 매우 높았으나 귀국하여 우리 국민을 위해 복무하지는 못하였다. 지금 중국에 머물며 기술자로 고용되어 있으니 애석하다.

마이 옹이 처음 일본에 건너왔을 때 나는 교회를 중시해야 한다고 생각하여 전체 학생을 모아 환영회를 열었다. 마이 라오 방은 매우 열심히 교인들을 고취하여 『라오 방이 널리 권하는 글老蚌普勸書』을 저술하였는데 큰 영향력이 있지는 않았다. 옹은 훗날 태국에 갔다가 국내로 들어갈 계획이었는데 프랑스 정부가 태국 정부에 압력을 넣어 4개월 동안 감금당했다가 곧 추방되었다. 그래서 다시 홍콩에 왔으나 홍콩 정부가 프랑스인의 요청에 따라 옹을 3개월 동안 감금했다가 추방하였다. 그래서 또 광둥으로 왔으나 위안스카이 무리인 롱지광龍濟光이 프랑스인의 요청에 따라 나와 함께 옥에 가두었다. 내가 옥중에서 공公을 위로한 시를 지었으니, 다음과 같은 구절이 있었다.

> 살면서 몇 차례나 죽을 고비를 지났는가,　　　身世幾回瀕死地,
> 사나이가 세 차례 감옥에 들어왔네.　　　鬚眉三度入圄中.

4년 뒤 롱지광이 죽은 후 석방되어 상하이로 갔으나, 프랑스 정부가 영국 정부에 강력히 요청하는 바람에 영국은 옹을 프랑스 영사관에 넘겼다. 나중에 풀려나 베트남에 돌아왔으나 다시 수감되어 거의 10년을 지낸 뒤에야 풀려날 수 있었다. 일생토록 동포들을 가엾게 여겼기에 온갖 고난을 맛보고 무수히 좌절을 겪으면서도 뜻을 바꾸지 않았으니, 그리스

도의 참된 제자였다. 내가 종전에는 사진을 찍지 않았는데 옹을 환영할 때 함께 사진 한 장을 찍어 국내에 배포하였다. 이때 프랑스인들이 비로소 내 사진을 입수할 수 있었다고 한다.

원문

丁未年七月, 成泰帝被廢, 枚山阮尚賢先生, 棄官【時爲南定省督學】出洋. 戊申五月, 予自暹回, 晤先生於廣東, 邀之赴日, 先電同文書院, 囑全體學生, 派代表於九月上旬至橫濱候接. 至東京, 開學生歡迎大会. 是時東亞同文会, 方爲我學生, 築新院, 氣象蔚然一新, 即借新院堂, 爲歡迎会所. 先生著有開校演說詞及勸勉學生歌一長篇, 有句云, "粃敲䭜賊買飯, 鉢羹滇渣弗謇買甘"又著有遠海歸鴻一集, 俱付印, 寄回國内. 先生後於歐戰時期中, 奔走暹羅香港廣東廣西間, 力図起革命軍之事. 然俱弗獲展志, 遂隱於禪, 華人談佛學者, 樂與之遊. 噫, 如先生者, 殆我國之鄭所南 · 朱舜水者歟.

번역 동유운동의 조력자들 (2)-응우엔 트엉 히엔

정미년¹⁹⁰⁷ 7월, 타잉 타이 황제가 폐위되자 마이 선枚山 응우엔 트엉 히엔阮尚賢 선생이 관직을 버리고【당시 남딩南定 성省 독학督學이었다】해외로 나왔다. 무신년¹⁹⁰⁸ 5월, 나는 태국에서 돌아와 광동에서 선생을 만나 함께 일본으로 향하였다. 먼저 동문서원에 전보를 쳐서 전체 학생들에게 부탁하기를, 9월 상순에 대표를 요코하마로 보내어 그곳에서 선생을 맞이하라고 하였다. 선생이 도쿄에 이르자 학생들이 환영대회를 열어주었다. 이때 동아동문회는 우리 학생들을 위해 새로운 건물을 지어 기상氣象이 보기 좋게 일신되었는데 새 건물을 빌려 환영회 장소로 삼았다. 선생은 개교 연설문과 학생들을 권면하는 장편 노래도 지으니, "적의 살점을 넣어야 볶음밥이 배부르고, 원수의 핏방울을 떨어뜨려야 국이 달다네腥臊猩賊買飯, 鉢羹潩辝彿口買甘"라는 구절이 있었다. 또 『원해귀홍遠海歸鴻』한 책도 지어 함께 인쇄해 국내로 보냈다. 선생은 뒤에 유럽에서 전쟁을 벌이는 시기에 태국, 홍콩, 광둥, 광시를 분주히 오가며 혁명군을 봉기시키는 일을 힘껏 도모했으나 모두 뜻을 펴지는 못하였다. 그러다가 마침내 선생은 불교에 귀의하여 불학佛學을 담론하는 중국인들과 즐겨 어울렸다. 아, 선생 같은 분은 아마도 우리 베트남의 정소남鄭所南이요, 주순수朱舜水[15]라 할 것이다.

---

15 정소남(鄭所南)이요, 주순수(朱舜水): '정소남'은 송(宋)의 유민이었던 정사초(鄭思肖, 1241~1318)를 지칭한다. '소남'은 그의 호이다. 원래 이름은 정사인(鄭思因)이었는데 송 왕조가 망하자 송조(宋朝)의 성(姓)인 '趙'에서 '肖'를 가져와 이름으로 삼았다. 끝내 명(明) 왕조를 인정하지 않고 불교에 귀의해 만년을 보냈다. '주순수'는 주지유(朱之瑜, 1600~1682)를 지칭하니 '순수'는 그의 호이다. 그는 명 왕조의 일족이었으며 명나라가 멸망하자 항청(抗淸) 운동에 적극적으로 가담하였고 한때 남명(南明)의 황제로 추대되기도 하였으나 끝내 실패하여 일본으로 건너가 그곳에서 유학사상을 전파하다가 삶을 마쳤다.

제4부 | 동유운동의 짧은 성공   231

제5부
새로운 투쟁 노선의 모색

戊申年冬十月, 解散學生事已完, 公憲会亡, 予知日本之不可倚, 專傾向於中華革命及世界各民族之與我同病者. 初予之謁孫中山也, 价紹予於宮崎滔天, 宮崎滔天者, 日本浪人, 而富有全世界革命之思想也. 予初晤君, 君謂予曰: "貴國之力, 必不能以倒法人. 其求援於友邦, 未爲不是. 然日本何能厚援君. 日本政治家, 大抵富於野心, 而貧於義俠. 君宜勸諸靑年, 多學英語, 或俄語德語, 多與世界人結交, 鳴法國之罪惡, 使世界人聞之, 重人道, 薄強權, 世界正不乏此等人, 始能爲公等援耳."

予時未深信其言, 至是益驗. 聯結世界之思想, 乃於是始. 然欲浪遊歐美, 則予不能爲無錢之旅行, 而歐文不通, 其愧爲世界之盲聾矣, 結納歐美之一事, 不得不期於異時, 其第一步, 則擬先聯絡全亞團結諸亡國志士, 互相提挈, 以共躋各民族於革命之舞臺, 而一方面, 則專以革命之宣傳, 爲亡國時期中之敎育.

번역 전세계 혁명의 필요성에 대해 눈뜨다

무신년1908 겨울 10월에 학생 해산이 완료되고 공헌회도 없어졌다. 나는 일본에 의지할 수 없음을 알고 오로지 중국혁명 및 우리와 동병상련의 상황에 놓여있는 세계 각 민족에 관심을 기울이게 되었다. 내가 처음 쑨원을 뵈었을 때 쑨 선생은 내게 미야자키 도텐宮崎滔天을 소개하였다. 그는 일본의 로닌浪人으로 전 세계의 혁명 사상에 대해 풍부히 알고 있는 자였다. 내가 그를 처음 만났을 때 그는 내게 이렇게 말하였다. "귀국의 힘으로는 결코 프랑스인을 거꾸러뜨릴 수 없습니다. 그러니 우방友邦에 도움을 요청하는 것이 잘못은 아닙니다. 그런데 일본이 어떻게 그대를 충분히 돕겠습니까? 일본 정치가는 대개 야심이 많고 의협심은 적습니다. 그대는 여러 청년에게 권하여 영어를 많이 배우라 하고 혹은 러시아어나 독일어를 배워 세계인들과 많이 사귀도록 하여 프랑스의 죄악을 세계인들에게 널리 알리십시오. 인도人道를 중시하고 패권을 나쁘게 보는 사람들이 세계에는 적지 않으니 그렇게 되면 그들이 비로소 그대들을 도울 것입니다."

나는 당시 그 말을 깊이 신뢰하지는 않았으나 지금에 이르러서 그 말이 참으로 옳음을 실감하고 있다. 세계가 단결해야 한다는 사상도 그때 비롯되었다. 그러나 구미歐美를 두루 다니고 싶어도 무전여행을 할 수는 없는 노릇이고, 서구 언어에 능통하지 못하니 세계의 귀머거리와 장님이 되는 것도 부끄러워 구미와 연결하는 사업은 부득불 훗날을 기약해야만 하였다. 그래서 그 첫걸음으로 먼저 전체 아시아와 연락하여 여러 망국 지사들과 단결하고 서로 이끌어주어 각 민족이 혁명의 무대에 함께 오르게 하였으며, 다른 방면으로 혁명의 선전을 망국 시기의 교육으로 삼고자 하였다.

원문

因是而困難之問題又發生. 蓋予於是時, 内款不來, 囊空如洗, 而旬日間哀鳴所得, 已爲諸學生席捲以去, 旅居費外交費印刷費, 一切烏有. 聚十餘窮友於一室, 長歌當哭, 時喚奈何.

'山窮水盡疑無路, 柳暗花明別有村', 浸假而遇一奇俠人, 則淺羽佐喜太郎先生也. 淺羽先生, 嘗救助阮泰拔於沿街叫苦之中. 阮君於公憲会成時, 因讀報紙得知之, 遂請於淺羽先生赴東京覓予等, 先生許之, 且令入同文書院, 而親給以學費. 予輩同人, 咸嘖嘖稱義俠. 至是予以境窘情迫, 念惟有出於丐之一策. 然望門呼庚, 談何容易, 非素知爲義俠者, 何敢一鳴. 爰以意謀於阮泰拔, 阮君然之, 予乃修一乞丐書, 阮君持往. 嗟乎施尚未酬, 求又無厭, 況平生不曾面, 謀之乞貸, 其夢想不已癡乎. 豈意予書朝來, 而滙票夕至. 先生旣滙到予銀日金一千七百圓. 且附以函, 函中但云, "現搜括敝舍所存, 僅得此數, 俟後有款, 如尚需者, 則速以書來." 只此寥寥數句, 一切客氣辭, 不曾帶及. 予於窮困中得此, 喜可知已. 乃於是款中, 摘爲三項之分配, 最多者爲外交費, 印刷費次之, 旅居費又次之.

既則奔走於中華革命黨与日本平民黨之間, 首得章炳麟先生·張繼·景梅九諸人, 爲之唱. 繼則朝鮮趙君素昂君【此人嘗在美洲, 識阮愛國】, 印度帶君, 斐律賓怛君【此二人皆歐文姓名, 今不能記】等, 及其同志數十人, 皆附和之, 而日本大杉榮·畊利彦·宮崎滔天等十餘人【大杉·畊二氏, 爲日本社会黨之領袖者, 幸[1]德秋水之同志者也】, 尤表同情.

번역 여러 외국인의 후원을 받다

　이로 인해 곤란한 문제가 또 발생하였다. 대개 나는 이때 국내에서 자금이 오지 않아 주머니가 텅 비고 말았다. 열흘 동안 애달피 울며 모은 돈도 이미 여러 학생이 모두 털어가서 여비와 주거비, 외교비, 인쇄비 등

1　幸 : 저본에는 '杏'으로 되어 있으나 '幸'으로 수정하였다.

필요한 자금이 하나도 없었다. 이에 십여 명 궁박한 벗들을 한 방에 모아 놓고 길게 노래하고 통곡하며 이제 어떻게 하나 부르짖었다.

'산은 막히고 물길은 끊어져 길이 없다 의심했는데, 버드나무 우거지고 꽃이 환하게 다른 마을이 나타났네'[2]라는 말처럼, 얼마 있다가 의협심 있는 한 사람을 만났으니 곧 아사바 사키타로淺羽佐喜太郎 선생이었다. 아사바 선생은 예전에 길가에서 괴롭게 부르짖는 응우엔 타이 밧阮泰拔을 도와준 일이 있었다. 응우엔 군은 공헌회가 성립되었을 때 신문을 통해 공헌회 성립 소식을 접하고서 아사바 선생에게 도쿄의 공헌회를 찾아가겠다고 하였다. 그러자 선생은 응낙하였고, 동문서원에 입학하라고 권하며 친히 학비도 주었다. 그 이야기를 듣고 우리는 모두 찬탄을 금치 못하며 의협이라 칭송했었다. 그런데 이때 나는 사정이 곤궁하고 마음도 급해 그에게 구걸해보자는 생각이 들었다. 그러나 모르는 사람에게 구걸하는 것이 어찌 쉽게 말이 나오겠는가. 평소 의협인 줄 알지 못했다면 어찌 감히 한번 울기라도 하겠는가. 이런 뜻을 가지고 응우엔 타이 밧과 상의하니 응우엔 군이 그러자고 하였다. 나는 곧 도움을 요청하는 편지를 썼고 응우엔 군이 이를 가지고 갔다. 아아, 그간 베풀어 준 바도 아직 갚지 못했는데 또다시 염치없는 요구를 하였다. 게다가 평소 얼굴도 못 본 처지에 돈을 빌릴 생각을 했으니 그 몽상이 정말 어리석지 않은가. 그런데 생각지도 못하게 내 편지가 아침에 당도하자 수표가 저녁에 도착하였다. 선생은 내게 일본 돈 1,700엔을 보내며 편지를 첨부하였다. 그 편지에는

---

2   산은 ~ 나타났네 : 이는 송대(宋代) 시인 육유(陸游)의 「유산서촌(游山西村)」의 시구(詩句)이다.

다만 "지금 저의 집에 있는 돈을 모아보니 겨우 이 정도입니다. 시일을 기다려 자금을 마련할 수 있으니 만일 또 필요하면 속히 편지를 주십시오"라는 단출한 몇 구절뿐이었으며 어떠한 의례적인 언사도 없었다. 내가 궁곤한 가운데 이런 도움을 얻으니 그 기쁨이 어떠했는지 알 수 있을 것이다. 이에 이 자금을 세 항목으로 분배하니 가장 많은 부분이 외교비였고, 인쇄비가 다음, 여비와 주거비가 그다음이었다.

이윽고 중화혁명당中華革命黨과 일본평민당日本平民黨 사이에서 분주히 움직여 제일 먼저 장빙린章炳麟 선생, 장지張繼, 징메이지우景梅九 등 여러 사람의 호응을 얻었다. 이어서 조선의 조소앙趙素昂 군【이 사람은 미국에서 응우엔 아이 꾸옥阮愛國을 만났다】, 인도의 다이帶 군, 필리핀의 닷旦 군【이 두 사람은 모두 알파벳으로 성명을 썼는데 지금 기억할 수 없다】 및 그들의 동지 수십 명이 호응해 주었다. 그리고 일본의 오스기 사카에大杉榮, 사카이 토시히코堺利彦, 미야자키 도텐宮崎滔天 등 십여 명【오스기와 사카이 두 사람은 일본사회당日本社會黨의 영수이며, 코오토쿠 슈스이幸德秋水의 동지이다】이 더욱 동정을 표하였다.

원문

以戊申年十月, 組成東亞同盟会, 我國人爲会員者, 潘是漢【予之別名】·鄧子敏·阮瓊林等十餘人. 此会成爲聯絡東亞之胚胎, 時予頗含有希望. 然又念唇齒密切之關繫, 莫如中華, 而兩粤滇桂, 尤与我密切, 則又奔走於滇桂留日學生之間, 謀創立滇桂越聯盟会. 雲南學生会長趙伸君, 廣西學生会長曽彦君, 皆大贊成, 旬日之間, 桂滇學生繹絡聯臂, 於是桂滇越聯盟会成. 会章程須捐助總会基本金, 予於丐得款中, 摘出金二百五十元, 供爲全國人捐集之款, 此爲丐款外交之時代也.

至於國內革命之宣傳, 則大注意於印刷物. 於是取前所著海外血書, 付石印, 內備三種文, 一爲漢文, 二爲舊體國文, 三爲新體國文, 共印成三千本, 而越南史考, 又方在編纂中, 亦趕速印成, 共費七百餘元. 又因陳東風自殉事, 修陳東風傳, 亦俱印行, 擬不日回香港, 設法盡送入內, 此爲予丐款鼓動之時代也. 不謂敵强我弱, 力薄援孤, 百諸所圖, 皆等於戲.

東亞同盟会成立纔五月, 因会中人, 皆英法革命黨, 而朝鮮革命黨, 日本社会黨, 尤爲日政府所深嫉者, 英法二政府, 又慫涌之, 其会遂被日警官嚴令解散. 聯盟会, 被滿淸與法人, 交詰於日政府, 日人亦勒期取消, 而此会立纔及三月, 会遽散. 吾人須知處於强權世界, 幾無一正義公理之会, 而能堂皇標揭者也.

戊申冬, 印成之海外血書三千本, 未及發送, 而日政府已悉數沒收, 焚燬於法國住日大使舘之庭前. 幸予於沒收前十分鍾, 接密友急告, 僅走得一百五十本. 文字之厄, 亦奇寃矣. 雖然, 此等行爲, 固皆大可痛心之失敗. 然尙能造此失敗, 則亦不得不謂之成功. 設使當時無淺羽之慷慨傾囊, 恐求爲一失敗而亦不可得矣.

번역 **동아동맹회의 조직과 해산**

무신년[1908] 10월에 동아동맹회를 조직했는데 베트남 사람 중 회원이된 자는 판 티 한潘是漢【나의 별명이다】, 당 뜨 먼鄧子敏, 응우옌 꾸잉 럼阮琼林등 십여 명이었다. 나는 당시 이 모임이 동아시아를 연결하는 배태胚胎가될 것이라는 희망을 품고 있었다. 순망치한脣亡齒寒의 밀접한 관계를 맺어야 할 대상으로 중국이 가장 중요한데 그중에서도 광둥, 광시, 윈난은 우리와 더욱 긴밀하여, 윈난과 광시 출신 재일유학생 사이를 분주히 오가며 진계월연맹회滇桂越聯盟會를 창립하고자 하였다. 윈난학생회장 자오선趙伸 군과 광시학생회장 쩡옌曾彦 군이 모두 대찬성하여 열흘 사이에 윈난과 광시 학생들이 속속 결집하여 진계월연맹회가 성립되었다. 연맹회 장정에 따라 총회 기본금을 내야 했으므로 나는 구걸하여 얻은 자금에서 250원을 할애하여 전국 사람들이 기부하여 모은 자금에 합하였다. 이때는 내가 자금을 구걸하여 외교를 하던 시절이다.

이 시기 국내 혁명의 선전을 위한 인쇄물에도 큰 관심을 두었다. 이에 예전에 저술한 『해외혈서』를 석판 인쇄하였으니 그 안에는 한문, 구식국문[쯔놈], 신식국문[꾸옥응으] 세 가지 문자가 갖추어졌으며 모두 삼천 부를 찍었다. 『월남사고越南史考』 또한 한창 편찬 중이었는데, 신속히 인쇄를 하였다. 이 경비가 총 7백여 원이었다. 그리고 쩐 동 퐁陳東風이 자결하는 사건이 일어났으므로 「쩐 동 퐁전陳東風傳」도 엮어서 인쇄하였다. 며칠 내에 홍콩에 가서 방법을 마련해 국내로 모두 보내고자 하였다. 이는 내가 자금을 구걸해 혁명을 고무하던 시절이다. 그런데 적은 강하거늘 우리는 약하며, 우리 힘은 보잘것없는데 원조는 미약함을 생각하지 않았기에 모든 시도는 그저 장난과 다름없었다.

동아동맹회가 성립된 지 겨우 다섯 달이 지났는데, 동맹회 구성원이 모두 영국과 프랑스의 혁명당, 조선혁명당, 일본사회당 소속이었으므로 더욱 일본 정부로부터 미움을 받았다. 그리고 영국과 프랑스 두 정부도 또한 종용해서 동맹회는 마침내 일본 경찰의 삼엄한 명령으로 해산당하고 말았다. 연맹회는 만청^{滿淸}과 프랑스 사람들이 함께 일본 정부를 비난하므로 일본이 또한 기일을 당겨 취소해버리니, 성립된 지 세 달 만에 급히 해산되었다. 우리는 모름지기 강권^{强權}의 세계에서는 당당하게 밖으로 드러낼 수 있는 정의^{正義}와 공리^{公理}의 모임이 거의 없다는 사실을 알았어야 했다.

무신년¹⁹⁰⁸ 겨울에 인쇄한 『해외혈서』 3천 부는 미처 발송하기도 전에 일본 정부가 전부 몰수하여 프랑스 주일대사관 앞마당에서 태워버렸다. 다행히 나는 몰수되기 십 분 전에 은밀한 벗의 급한 연락을 받고 겨우 150부를 빼돌렸으니 문자의 곤액이 너무나 원통하였다. 비록 이러한 일들은 진실로 모두 크게 마음 아픈 실패였지만, 오히려 이 실패를 만들어냈다는 것은 또한 성공이라 하지 않을 수 없다. 만약 당시 아사바 선생의 강개한 도움이 없었다면 아마도 한번 실패하고자 해도 그럴 수 없었을 것이다.

원문

予於是將離日之前, 詣國府津淺羽宅, 謁先生. 初入門, 阮泰拔君, 爲予介紹, 予未及道謝, 先生遽握手引入, 豪飮劇談, 落落無俗氣. 先生原陸軍大將之男也, 業醫學, 得博士文憑, 開一醫院, 專療病濟貧, 一生不涉政界. 與予談時, 極鄙日本政策, 即至大隈犬養, 亦羞稱之, 謂予曰："彼等對君, 陰謀野心家之伎癢耳." 予旣辭別回華.

後十年, 予再東渡, 則先生已棄世矣. 予深感大恩之未及償, 而愧無謝知己, 因爲先生, 築紀念碑於墓前. 勒以文云, "予等以國難奔扶桑, 公哀其志,拯於厄, 不計所酬, 蓋古之奇俠者. 今予來此, 公已逝矣, 俯仰而顧, 闃無其人, 蒼茫海天, 此心誰訴. 逐勒所感于石, 銘曰: '豪空古今, 義蓋中外. 公施以天, 我受以海. 我志未成, 公不我待. 悠悠此心, 其億萬載.' 越南光復会同人泐".

於此一事. 亦足見日民程度之一班, 并錄之. 予初至靜岡, 籌畫堅碑事, 材料及鐫刻[3]費, 盡銀一百元, 而運載建築工程, 尚須費一百元以上. 予搜囊中, 僅一百二十元, 度必不能成. 然已許与死者, 則又必踐之. 爰与李仲栢君, 詣淺羽村長幸太郎家, 告以予意, 并詳淺羽先生義援予之故事, 因知先生所爲, 絶未嘗向人言也. 村長大感動, 且極贊予意, 促予速成之. 予以現款未充對, 且願寄存銀一百元於村長家, 而予再回華, 俟籌得款, 再東渡完其事.

村長謂予曰: "君能爲我村人紀念, 我當成君志. 跋涉往返, 毋庸過勞." 予喜甚. 村長又樂爲予東道主, 供其缺乏. 於是月星期六日, 村長引予參觀伊村小學校, 村長囑各學生於星期日, 請各家屬悉集校場, 聽村長訓諭. 蓋日本地方自治憲規, 村長即一村行政之主腦人也. 至日, 予偕村長至校, 各家長已齊集. 村長登壇演説, 初述淺羽義俠之歷史, 次价紹予與李仲栢君於村民. 李仲栢, 我國人而日本工科大學工學進士者, 繼乃大暢其詞云, "人類所以長存者, 以其有互相親愛之感情耳. 淺羽君能以義俠肝腸, 援助他一國人, 既爲吾村人植名價矣. 我村人寧獨讓彼一人爲君子乎. 今潘李二君冒風濤, 涉萬里海路, 不鄙我村, 爲淺羽君堅紀念碑. 彼等對於我村人, 何義氣眞摯若此. 我等對於彼, 乃恝然無以爲助, 諸君能無辱乎? 不惟村人之辱, 亦日本國民之辱也".

---

3 刻: 저본에는 '印'으로 되어 있으나 전집본을 참고하여 수정하였다.

語至此, 撫掌聲如雷. 衆中有起而言曰:"我等樸野. 惟村長所命.【此村爲農村, 村中但有武人與農戶, 文士甚少】村長復繼其辭曰:"予意欲此紀念碑之事. 但由彼等出購石, 酬匠資, 而運送建築諸工程, 我村人可以義務助彼成之. 蓋犧牲勞力之酬金, 以完成一義俠之紀念物, 亦日本民之天職也." 語未終, 諾聲震屋. 迨後一旬而碑亭成, 碑高可四西尺半, 以天然石製成之, 厚五寸, 橫可二西尺, 字大如小兒掌. 完成日, 集村人爲完成祭典, 又釀金設酒以饗予等及來賓, 皆村長之計劃, 而予僅百餘銀元耳. 予甚願我同胞知此義事, 故不嫌贅筆也.

번역 아사바 사키타로 선생과의 인연

나는 일본을 떠나기 전에 코즈國府津[4]의 아사바 선생 댁에 가서 선생을 뵈었다. 처음 문에 들어가니 응우엔 타이 밧阮泰拔 군이 나를 소개하였다. 내가 감사의 말을 하기도 전에 선생은 급히 내 손을 잡고 이끌고 들어가서 통쾌히 술을 마시며 마음껏 이야기하니 낙락落落하여 속된 기운이 전혀 없었다. 선생은 원래 육군대장의 아들로 의학을 전공하여 박사학위를 취득하였다. 의원을 열어 오로지 아픈 사람을 치료하고 가난한 이를 구제하였으며 일생토록 정계政界와 관련이 없었다. 나와 이야기할 때 그는 일본의 정책을 극히 비루하게 여겼다. 오쿠마大隈와 이누카이犬養에 대해서도 역시 일컫기를 부끄러워하며 내게 말하기를, "그들이 그대에게 했던 행동은 음모야심가陰謀野心家의 잘난 체였을 뿐입니다"라고 하였다. 나

---

4 코즈(國府津) : 가나가와 현 오다와라(小田原)시 동부 지역이다.

는 작별하고 중국으로 갔다.

십 년 뒤 내가 다시 일본에 갔을 때는 선생이 이미 세상을 떠난 후였다. 나는 큰 은혜를 입었으나 아직 갚지 못했기에 깊은 감회가 들고 나를 알아주었던 분에게 사례하지 못한 점이 부끄러워서 선생을 위해 묘 앞에 기념비를 세우고 다음과 같이 글을 새겼다. "우리가 국난國難으로 일본에 도망오니 공께서는 그 뜻을 애달피 여겨 곤액에서 건져주되 보답을 바라지 않으셨으니, 아마도 옛날 기협奇俠과 같은 분이다. 지금 내가 여기 오니 공께서는 이미 세상을 떠나시고 말았다. 지난 역사를 우러러 살펴보건대 이러한 분이 있지 않았도다. 아득한 하늘 끝에서 이 마음 누구에게 하소연할까. 이에 느낀 바를 돌에 새기노라." 명銘은 다음과 같다.

이러한 호방함은 고금에 없었거니와	豪空古今,
그 의리는 온 세계를 덮었도다.	義蓋中外.
공께서 하늘 같은 은혜를 베푸셨기에	公施以天,
나는 바다 같은 혜택을 받았노라.	我受以海.
나의 뜻이 아직 완수되지 못하였거늘	我志未成,
공께서는 나를 기다려주지 않으셨네.	公不我待.
아득한 이 마음이여	悠悠此心,
억만세토록 이어지리.	其億萬載.

월남광복회 동인들이 쓰다.

이 한 가지 일에서 또한 일본 국민의 수준이 어떠한지 족히 엿볼 수 있으므로 아울러 기록해둔다. 내가 시즈오카靜岡에 가서 기념비를 세우려고 하니 재료비와 새기는 비용이 총 은銀 100원이었으며, 운반하고 세우는 공정에도 또한 100원 이상이 필요하였다. 그런데 내가 가진 돈이 겨우 120원이어서 필시 성사되기 어렵다고 생각하였다. 그러나 이미 돌아가신 분과 약조를 하였으니 실천해야만 했다. 이에 리쭝바이李仲栢 군과 함께 아사바의 촌장 코타로幸太郎의 집을 찾아가 나의 뜻을 말하였다. 아울러 아사바 선생이 우리를 의롭게 도왔던 지난 이야기를 상세히 하였는데, 이로 인해 선생이 그 일을 결코 다른 사람에게 말한 적이 없음도 알게 되었다. 촌장은 크게 감동하였고 나의 뜻을 극히 칭찬하며 속히 성사하라 재촉하였다. 나는 그때 가진 돈으로는 충당할 수 없으므로 우선 가진 돈 은 100원을 촌장 집에 맡겨놓고 다시 중국으로 가서 자금을 마련한 뒤 일본에 돌아와 그 일을 완성하려 한다고 하였다.

촌장이 내게 말하였다. "그대가 우리 마을 사람을 위해 기념하고자 하니 나는 당연히 그대의 뜻을 이루어주겠소. 대양을 오가느라 과로할 필요가 없소." 이에 나는 매우 기뻤다. 촌장은 또한 기꺼이 나를 맞아 주인이 되어주며 부족한 것을 제공해주었다. 그달 토요일에 촌장은 나를 이끌고서 마을 소학교를 참관하게 하였는데 촌장은 각 학생에게 당부하기를 일요일에 모든 가족이 전부 학교 마당에 집합하여 촌장의 훈시를 들어야 한다고 하였다. 대개 일본의 지방자치법규에 따르면 촌장이 곧 한 마을 행정의 책임자였다. 일요일이 되어 나는 촌장과 함께 학교에 가니 모든 가족들이 일제히 모여 있었다. 촌장이 단상에 올라 연설을 하였는데 처음에는 아사바 선생의 의로운 행적을 설명하고 이어서 나와 리쫑바이를 사람들에게 소개하였다. 리쫑바이는 우리 베트남 사람으로 일본 공과대학에서 공학을 공부하는 자였다. 촌장은 계속해서 우렁차게 말하였다. "인류가 오래 살아남을 수 있었던 것은 서로 친애하는 감정이 있었기 때문입니다. 아사바 군은 의협의 마음으로 다른 나라 사람을 도와주어 우리 마을 사람들의 명예를 높여주었거늘 우리 마을 사람들이 어찌 유독 저 한 사람만 군자가 되도록 하겠습니까. 지금 판潘과 리李 두 사람이 바람과 파도를 무릅쓰고 만 리 바닷길을 건너와서 우리 마을을 작게 여기지 않고 아사바 군을 위해 기념비를 세우려 합니다. 우리 마을 사람에 대한 저들의 의롭고 진실함이 어찌 이와 같을 수 있겠습니까. 우리가 저들을 냉정히 대하여 도와주지 않는다면 여러분들은 치욕스럽지 않겠습니까? 이는 우리 마을 사람들의 치욕일 뿐 아니라 일본 국민의 치욕일 것입니다."

연설이 이에 이르자 박수 소리가 우레처럼 쏟아졌다. 무리 중 일어나 말하는 자가 있었다. "우리는 촌사람이니 오로지 촌장이 명하는 바대로 하겠습니다."【이 마을은 농촌이어서 마을에는 다만 무인武人과 농민만 있었으며 문사文士는 극히 적었다.】촌장이 다시 이어서 말하였다. "나는 이 기념비를 완성하고 싶습니다. 다만 저들이 돌을 구입하고 새기는 비용을 내었으니, 옮기고 세우는 공정은 우리 마을 사람들이 의무적으로 저들을 도와 완성합시다. 대개 희생과 노력에 대한 보답으로 의로운 한 사람의 기념물을 완성하는 것은 또한 일본 국민의 천직입니다." 말이 끝나기도 전에 옳다는 소리가 건물을 울렸다. 그 후 열흘이 지나 기념비가 완성되었다. 높이는 4미터 반에 천연석재로 만들었으며 두께는 5촌寸이요 너비는 2미터 였고 글자 크기는 어린아이 손바닥만 하였다. 완성되는 날 마을 사람들을 모아 잔치를 여는데, 돈을 걷어 술을 마련하여 우리와 내빈들을 대접하였다. 이 모든 것은 촌장의 계획으로 나는 겨우 은 100여 원만 냈을 뿐이다. 나는 우리 동포들이 이 의로운 일을 알기를 바라기에 주저하지 않고 용렬한 붓을 놀려 기록하는 것이다.

원문

戊申年五月初二日, 學院中乂安留學生陳東風, 忽棄校自死. 死時, 懷中有遺書, 書用國語文, 釋其意, 則謂君家富有, 財票可鉅萬, 而近日校中學費, 全仰給於南圻, 君屢以書寄回家, 勸我父效張子房爲國破産, 父不答, 君以富家子忍恥偸生, 不能爲也, 特自盡以明志. 同胞皆大哀之, 聯三圻人行会葬禮. 日本陸軍中佐丹波, 衆議院議員栢原文太郎等, 及中華留學生, 皆參与会葬禮. 日本人爲豎石碑於墓前, 刻文云, 越南志士陳東風之墓.

번역 **쩐 동 퐁의 자살**

무신년1908 5월 2일, 학원에 재학 중인 응에안乂安 출신 유학생 쩐 동 퐁陳東風이 갑자기 학교를 저버리고 자살하였다. 죽을 때 그의 품에는 유서가 있었는데 베트남어로 쓴 것이었다. 그 뜻을 풀이하면 이러하였다. 쩐 군의 집안은 부유하여 재산이 수만금에 달했으나 최근 학비는 전적으로 남끼에서 보내주는 돈만 바라보았다. 그래서 쩐 군은 누차 집에 편지를 보내 아버지께 장자방張子房[5]이 나라를 위해 재산을 다 쓴 일을 본받으라고 권유하였지만, 그 아버지는 응답하지 않았다. 쩐 군은 부호의 아들로서 결코 부끄러움을 참으며 구차하게 살 수 없었기에 다만 스스로 목숨을 끊음으로써 뜻을 밝힌 것이다. 동포들이 모두 그 일을 크게 슬퍼하여 땀끼三圻 사람들을 모아 장례를 거행하였다. 일본 육군중좌 탄바丹波와 중의원 의원 가시와바라 분타로柏原文太郎 및 중국 유학생들도 모두 장례식에 참석하였다. 일본인들은 그를 위해 묘 앞에 비석을 세우고 '베트남 지사志士 쩐 동 퐁陳東風의 묘'라고 새겼다.

원문

己酉年二月, 圻外侯与予, 同時被日政府迫令出境. 圻外侯限於二十四小時內, 而予則限於旬日內, 俱不得逾限滯留. 蓋日法叶約成立之影響也. 予於是乃專意於華暹之二方面, 圻外侯回香港, 密書寄南圻, 囑其最心腹者數人, 爲籌一宗大款, 將爲歐洲之遊. 予則返港, 租一小樓, 得枚老蚌·梁立岩同居, 寄書魚翁, 力籌若干款, 將於得款後, 率領前解學諸少年, 同往暹羅爲耕牧業, 藉以聯絡僑暹之越南同胞.

予曾於戊申年春夏之間, 公憲会初成, 學生俱處置淸妥, 同時謀及外交之豫備, 乘暇爲遊暹之行, 一度住暹京曼谷城. 時暹國前老皇爲暹羅之第一英主, 遊歷遍全歐洲, 有政治家之眼光, 越暹唇齒關係, 尤爲皇所注意.

且予於將出發時, 曾因大隈以書价紹予於佐藤賀吉. 此人乃日本法律學進

---

5 장자방(張子房) : 한고조(漢高祖) 유방(劉邦)의 공신이었던 장량(張良)으로 '자방'은 그
   의 자(字)이다. 장량은 본래 한(韓)의 명문 집안 출신이었는데 조국을 멸망시킨 진(秦)에
   게 복수하기 위해 재산을 모두 털어 진나라 타도에 나섰다. 그는 박랑사(博浪沙)에서 쇠
   몽둥이로 진시황을 저격하였으나 실패하고 말았다.

士, 而駐暹充政府法律顧問大臣者. 予得彼先容, 皇大嘉納, 因得接見外交部
大臣某公一次, 又時往來接合於某親王皇叔之家. 某親王以殊禮款予, 皆皇
意也. 蓋暹羅爲君主政體極崇之國, 且暹國所以能獨立於十九世紀列强, 寔
皇一人造成之. 故內政外交, 無一臣民得自決者.

予當時曾以來暹屯墾事, 商請於某親王, 王允爲收揷. 後來吾党人鄧子敬 ·
鄧午生 · 胡永隆輩, 皆陸續至暹, 聚衆分耕, 實此一行爲結好暹人之初幕也.

予自被日本放逐後, 擬卽繼續前好, 再爲暹羅之行, 而內信忽來, 謂安世黃
公, 已与法人宣戰, 屢戰屢捷, 而松岩君亦由蕃昌屯返乂, 謀爲乂靜響應之
擧. 予心大動, 急欲得軍火, 潛偸入內, 援應黃軍. 鄧子敬 · 黃仲茂等, 亦力贊
其議. 暹行之計, 因此停頓, 乃仍集同志住港, 以俟款來. 又委譚其生君, 以
予信回內, 囑魚海翁查確各種情形, 卽來報告.

번역 일본에서 추방되어 태국으로 가다

기유년[1909] 2월, 기외후와 나는 동시에 일본 정부에 의해 국경 밖으로
나가라는 명령을 받았다. 기외후는 24시간 이내로, 나는 열흘 내로 한정
되었는데 둘 다 기한을 넘겨서 체류할 수 없었다. 이는 일본과 프랑스 간
협약이 성립한 영향 때문이었다. 나는 이에 중국이나 태국으로 갈 생각
을 하였다. 기외후는 홍콩으로 가서 은밀히 남끼에 편지를 보내 최측근
심복 몇 명에게 자금을 넉넉히 마련하라고 부탁하였으니, 장차 유럽으로
떠나려는 것이었다. 나는 홍콩으로 돌아와 작은 집 하나를 세내어 마이
라오 방[牧老蚌], 르엉 럽 냠[梁立岩] 등과 함께 지냈다. 응으 하이 옹에게 약간
의 자금을 힘써 마련해달라고 편지를 보냈다. 자금이 마련되면 학업을

중단한 청년들을 데리고 태국으로 함께 가서 농사와 목축업을 하며 태국에 사는 베트남의 동포들을 조직하려고 하였다.

나는 지난 무신년1908 봄과 여름 사이 공헌회가 처음 세워졌을 때 학생들이 잘 지낼 수 있도록 조치하는 동시에 외교를 위한 준비를 꾀하면서, 여가를 이용해 태국 여행을 하며 태국 수도인 방콕曼谷에 간 적이 있었다. 이때 태국의 전前 노황[老皇, 라마 5세]은 태국 역사상 가장 영명한 군주였는데, 유럽 전 지역을 두루 유력하였으며 정치가의 안목을 갖추고 있었다. 베트남과 태국은 순망치한의 관계였기에 더욱 황제가 유의하였다.

나는 장차 출발하려 할 때 미리 오쿠마大隈에게 사토 카키치佐藤賀吉를 소개해달라고 편지하였다. 이 사토란 사람은 일본에서 법학 공부를 하였고 태국에 머물며 태국 정부의 법률고문대신을 맡고 있었다. 사토가 나를 잘 소개해 주었기에 황제는 매우 기쁘게 나를 맞아주었다. 이로 인해 외교부대신 모某 공을 한 차례 접견할 수 있었으며, 때때로 황숙皇叔인 모某 친왕親王의 집을 왕래하며 교제하였다. 모 친왕은 특별한 예우로 나를 맞아주었는데, 이는 모두 태국 황제의 뜻이었다. 대개 태국은 군주를 극히 높이는 나라로, 19세기 열강 사이에서 독립을 유지할 수 있었던 것은 실로 황제 한 사람이 이룩한 성과였다. 그러므로 내정과 외교에 있어서 신민들이 스스로 결정할 수 있는 사안은 하나도 없었다.

나는 당시 태국에 와서 개간하는 사업에 대해 모 친왕에게 부탁하니, 친왕이 그것을 허락해 주었다. 그 뒤에 우리 당인黨人인 당 뜨 낑鄧子敬, 당 응오 싱鄧午生, 호 빙 롱胡永隆 등이 속속 태국에 도착하여 무리를 이루어 농사를 지으니, 실로 이것이 태국과 우호를 맺은 서막이었다.

나는 일본에서 쫓겨난 뒤 지난날 태국과의 우호를 계속 잇고자 다시 태국으로 가려 하였다. 그런데 국내에서 급한 편지가 왔다. '이엔테安世의 호앙黃 공이 프랑스군과 전쟁을 개시하여 싸울 때마다 승리를 거두었고, 뚱 남松岩 군 또한 폰쓰엉蕃昌에서 응에안으로 돌아와 응에안, 하띵 지역에서 호응하는 거사를 꾀하려 한다'는 것이었다. 나는 마음이 크게 동하여 급히 무기를 확보해 국내로 몰래 들여보내 호앙 공의 군대를 지원하고자 하였다. 당 뜨 먼鄧子敏, 호앙 쫑 머우黃仲茂 등도 그 계획을 적극적으로 찬성하였다. 태국으로 가려던 계획은 이 일로 인해 중지되었고 즉시 동지들을 모아 홍콩에 머물며 자금이 오기를 기다렸다. 또한 응으 하이魚海 옹에게 각종 정황을 확실하게 조사하고 즉시 알려달라고 부탁하는 내 편지를 국내로 보내는 일을 담 끼 싱譚其生 군에게 맡겼다.

원문

其年三月, 午生自内出, 携魚海翁所交款二千五百餘元, 抵港接予, 詳叙國内党情, 武裝派頗形踴躍. 但苦乏械, 倘得少許軍械送給, 則内款可以源源而來. 予聞言狂喜, 遂專注力於購械送械之一策. 先將款二千一百, 付鄧子敏·鄧午生二君, 東渡購械. 初予在日本, 結識[6]一械商, 爲山口商店. 至是, 託二君, 往彼定購每日本明治三十年式長鎗一百枝, 價二千元, 蓋每枝二十元也. 此鎗式爲日本征俄時所用之鎗, 勝俄後改造新式, 視此種槍爲舊式, 槍心五碼子, 亦名爲五響長槍. 因舊式儲存過多, 恐久留成爲廢物, 故由陸軍部給商

6 　識 : 저본에는 '譏'로 되어 있으나 전집본에 의거하여 수정하였다.

家發賣. 商家急於出賣, 予以現銀買一百枝, 賒買得四百枝, 共五百枝, 買成喜甚.

又用中華革命黨人李偉奇之計畫, 因得密運至香港, 租一小屋, 密藏之. 此時現銀, 貳百元, 而密運入內之方, 尙無若何把握. 適聞中華革命密輸之路, 多發源於南洋, 星加坡尤爲叢藪之地.

乃於己酉年五月下旬, 予與鄧午生, 南走星嘉坡, 訪中華革黨駐星委員陳楚楠君, 款談數夕, 爰詢以密輸軍械之法. 陳云, "向來我黨人輸械之法有二. 一雇洋商船入各租界. 一雇華商船入各內地". 予以我國無外國洋船可雇, 而法國海關, 又非我目的地, 欲密入各內地, 須華商船爲宜. 蓋華商, 但用大帆[7]船, 可隨意泊一空曠無人之口岸, 輸械到時, 可先由內人秘密接收故也. 於是, 由陳君价紹予於大華商, 說定雇送各費, 每一百鎗枝, 須二百銀以上, 五百槍, 非一千銀以上, 弗克濟事. 予時已料此計必不成, 蓋籌款一層, 決非容易, 然亦強諾之.

六月上旬, 予離南洋, 順路赴暹羅, 擬求援於暹前親王. 若暹政府[8]允許密輸, 則飾爲裝載貨物, 可以通過海關, 此爲上策. 旣抵曼谷城, 謁前某親王. 初時某親王允爲出力, 及磋商數四, 則外部大臣極反對此事. 蓋恐事洩, 則大傷法暹交情, 而於外交慣例, 亦大不合. 予不得已, 仍返港, 淹留隱忍, 專望再有款來, 則行雇借華商船之一策. 適譚其生自內出, 而拂心失意之凶信, 層至疊來.

松岩翁已被捕, 孟愼翁已陣亡, 黃軍孤手獨擎, 望援之熱, 甚於水火, 魚海

---

7 帆 : 저본에는 '航'으로 되어 있으나 전집본에 의거하여 수정하였다.
8 府 : 저본에는 없으나 전집본에 의거하여 추가하였다.

翁聲嘶力竭, 而巨款之集, 尙在計畫中. 所望者, 人心尙未盡亡, 則譚君起行前, 又靜習兵, 由奮傳二隊長主持, 謀襲攻靜城, 此事若成, 危局或可挽回. 予聞此, 則急促譚君, 爲語在內諸武裝派, 軍械已購成, 但要有款一宗, 早晩得便送回, 密囑魚海翁預於又靜廣南諸海岸, 尋覓善地, 準備接械之人, 一得款來則械往矣.

己酉年八月, 譚君持予手書回, 久之尙無款到. 時念送械事, 憂心如焚. 盖密械久藏, 旣慮英警偵知, 又慮出械時成爲廢物. 且一旦黃軍消滅, 則右臂已折, 械入亦何能爲. 又久之則魚海翁之凶信猝到, 則予手忙脚亂, 心如刀刺, 呑聲禁淚, 謂天無知. 計自戊申年秋迄今, 內信所來, 須皆驚心動魄之事, 而其使予一慟欲絶者, 則至於魚海翁之凶信而極矣.

申年夏秋間, 中圻義民抗租之慘殺, 北圻烈士毒殺法兵官之大犧牲, 東京義塾, 中圻諸商会學会, 相繼告亡, 而心血諸同志, 又一時囚死流竄. 天涯憔悴, 無淚可揮, 髀肉蹉跎, 有生亦贅. 盖爲予於此十年間最失意無聊之時代也.

庚戌年二月中旬, 得范枚林君來信云, "今年二月朔日, 法人以西南兵, 圍魚翁住所, 翁盡焚其懷所存文件. 先以短鎗射斃一兵, 繼則以鎗指近身一習兵而言曰: '予尙能殺汝, 但以同種殺同種, 我不爲也.' 遂回鎗自射其喉而死". 此寔爲予之第一箭致命傷也.

初小羅公被逮, 而諸同志如南昌烏耶九坺等, 俱末亡. 又靜間尙有魚海翁主持, 巨款之來, 尙有幾分希望. 魚海又亡, 則此望絶矣. 所儲存在港之軍械, 計無用之. 適是時中華革黨, 將謀襲攻粤城, 秘密購械事, 聞於予黨. 予乃謀於在港諸同志, 權以此項軍械贈與華黨, 由孫中山之兄孫壽屏派人接收, 計共鎗四百八十枝, 槍刀槍帶彈子俱備. 想以此厚結感情, 邀報於彼黨成功之後, 雖窮計亦善計也. 存下槍二十枝, 彈子二十包, 槍刀二十口, 俱開解密封, 裝入貨箱. 買一等船票, 載往曼谷, 以爲一等船行箱, 或可逃官吏[9]警兵之耳目也. 不意, 一到海岸稅關, 則以箱載過重, 關警疑之, 而此冒險僥倖之策, 亦終無成, 至使瓊林君得數月監禁, 亦此槍枝之賜也.

번역 무기 조달 거사의 실패

이해 3월, 당 응오 싱鄧午生이 국내에서 나왔다. 그는 응으 하이 옹이 보낸 2,500여 원을 가지고 홍콩에 와서 나를 만나 국내 우리 당의 사정을 상세히 말해주었다. 국내 무장파武裝派가 꽤 활약하고 있는데 무기가 부족하여 괴로우니, 만약 약간의 무기가 공급된다면 국내에서 자금을 계속 보낼 수 있을 것이라 하였다. 나는 그 말을 듣고 미칠 듯 기뻤다. 드디어 무기를 구입해서 보내주는 일에 전력을 기울였다. 먼저 자금 2,100원을 당 뜨 먼鄧子敏과 당 응오 싱鄧午生 두 사람에게 건네며 일본에 가서 무기를 구입하는 일을 맡겼다. 전에 내가 일본에 체류할 때 무기상 야마구치山口 상점商店과 알고 지냈다. 이때에 이르러 두 동지를 그곳에 보내 무기를 구매하게 하였다. 일본 메이지 30년식 장총 1백 자루를 구매했는데 가격은 총 2천 원으로 한 자루당 20원이었다. 이 연식의 총은 일본이 러시아와 전쟁할 때 쓰던 것으로 러일전쟁에서 승리한 뒤에는 신식으로 개량하였다. 이러한 신식 총에 견주어 우리가 구매한 총은 구식으로 5발의 총알이 들어가므로 오향장창五響長鎗이라 불렸다. 구식이라 남아있는 재고가

9　官吏 : 저본에는 '關稅'로 되어 있으나 전집본의 의거하여 수정하였다.

많았고, 오래되면 사용할 수 없는 폐물이 될까 염려하여 육군본부에서 상인들에게 파니 상인들은 이를 급하게 처분하고 있었다. 나는 현금으로 1백 자루, 외상으로 4백 자루를 구매하니 합하여 모두 5백 자루였다. 무기 구매가 성사되어 너무도 기뻤다.

또 중화혁명당 사람인 리웨이치李偉奇의 계획에 따라 총을 비밀리에 홍콩으로 운반하였으며 작은 집을 빌려 숨겨두었다. 이때 현금은 2백 원 남아있었고, 국내로 몰래 들여보내는 방법은 아무리 찾아봐도 없었다. 마침 중화혁명당이 밀수하는 루트는 대부분 난양海洋에서 시작되는데 특히 싱가포르星加坡가 그 근거지가 된다는 소문을 들었다.

이에 기유년1909 5월 하순, 나는 당 응오 싱鄧午生과 함께 남쪽으로 향하여 싱가포르로 갔다. 중화혁명당 싱가포르 주재 위원인 천추난陳楚楠 군을 방문하여 여러 날 진지하게 토론하였다. 그에게 무기 밀수방법을 물으니 그는 이렇게 말하였다. "그동안 우리 당이 무기를 비밀리에 운반하는 방법은 두 가지였습니다. 하나는 서양 상선을 빌려 각국 조계지로 들어가는 것입니다. 다른 하나는 중국 상선을 빌려 각 내지內地로 들어가는 것입니다." 내가 생각해보니 우리 베트남에는 빌릴 만한 외국 배가 없고 프랑스가 통제하는 해관海關은 우리 목적지가 아니므로, 국내로 무기를 몰래 들이고자 한다면 반드시 중국 상선을 이용하는 것이 적당하였다. 대개 중국 상인은 큰 범선만을 이용하므로 우리 뜻대로 텅 비어 사람이 없는 포구에 정박할 수 있으며, 무기가 도착하면 먼저 국내 동지들을 통해 비밀리에 전달할 수 있기 때문이었다. 이에 천 군이 내게 대화상大華商을 소개해 주었다. 무기 운반비용을 협상해보니 1백 자루의 총을 운반하는데

2백 원 이상 필요하고 5백 자루의 총을 운반한다면 1천 원 이상이 아니고서는 일을 성사시킬 수 없었다. 나는 당시 이 계획이 필시 성사되지 못할 듯 여겨졌고, 자금 마련도 결코 쉽지 않았지만, 어쩔 수 없이 그렇게 하기로 하였다.

6월 상순, 나는 난양南洋을 떠나 길을 따라 태국에 갔다. 태국의 전前 친왕親王에게 도움을 요청할 생각이었다. 만약 태국 정부가 우리의 무기밀수를 허용한다면, 무기를 화물로 위장하여 해관海關을 통과할 수 있으니 이것이 상책이었다. 방콕曼谷에 도착하여 나는 전前 모某 친왕을 만나보았다. 당초 모 친왕은 내게 힘을 보태주겠노라 윤허했었는데, 논의가 수차례 진행되자 외부대신이 이 일을 적극적으로 반대하고 나섰다. 일이 누설되면 태국과 프랑스 간의 외교 관계가 크게 손상되고, 외교 관례에도 크게 부합하지 않는다는 이유였다. 나는 부득이 홍콩으로 돌아가 체류하며 은인자중하였으니 자금이 도착하여 중국 상선을 빌리는 방법을 실행할 수 있기를 바랐던 것이다. 마침 담 끼 싱이 국내에서 나왔는데, 가슴 찢어지는 실망스러운 흉보를 연이어 전해왔다.

뚱 냠松岩 옹은 이미 체포되었고, 마잉 턴孟愼 옹은 전사했으며, 호앙 호아 탐黃花探의 군대는 외롭게 홀로 버티고 있어 지원을 바라는 다급함이 물이나 불보다 심하였다. 응으 하이魚海 옹이 목이 쉬도록 온 힘을 기울였으나 대규모 자금 모집은 여전히 계획 단계였고, 기대할 수 있는 바는 인심이 아직 다 흩어지지는 않았다는 것이었다. 담 끼 싱 군이 출발하기 전에 옹에안 하띵의 습병習兵들이 펀奮과 쭈이엔傳 두 대장隊長의 지휘를 받아 하띵성 공격을 도모하고 있었다 하니, 만약 이 일이 성공한다면 위기 상황을 어쩌면 만회할 수 있을 것이었다. 나는 이 소식을 듣고 담 군을 급히 재촉하여 국내 무장 투쟁파에게 다음과 같은 나의 말을 전하라고 하였다. "무기 구매는 이미 완료하였으니 자금만 마련되면 조만간 운송할 것입니다. 응으 하이 옹에게 은밀히 부탁하여 미리 응에안, 하띵, 꽝남 해안가 적당한 곳을 물색해 무기 인수자를 준비시켜 달라고 하였습니다. 자금이 도착하면 무기를 곧 보내겠습니다."

기유년1909 8월, 담 군이 나의 친필 편지를 가지고 갔으나 한참을 기다려도 여전히 자금이 오지 않았다. 이때 무기를 보내는 문제로 걱정하느라 마음은 불에 타는 듯하였다. 무기를 오랫동안 숨겨두는 동안 영국 경찰이 정탐해낼까 걱정되었고, 또 총을 꺼냈을 때 녹이 슬어 폐물이 될까도 염려되었다. 게다가 호앙 군의 군대가 일단 소멸하고 나면 오른팔이 이미 꺾인 것이니 무기가 도착한들 또한 무엇을 할 수 있겠는가. 한참이 지나 응으 하이 옹의 흉보가 갑자기 도착하였다. 나는 손이 떨리고 다리가 후들거렸으며 마음은 칼로 저민 듯하였다. 탄식을 삼키고 눈물을 참으면서 하늘이 무심하다고 생각하였다. 무신년1908 가을부터 이때까지 국내에서 온 소식은 모두 마음을 놀라게 하고 혼백을 흔드는 일이었지만 그중에서도 나를 죽도록 통곡하게 만든 것은 응으 하이 옹의 부고訃告가 가장 심하였다.

무신년1908 여름과 가을 사이에 쭝끼 의민義民들이 조세에 저항하다 처참하게 살육을 당하였고, 박끼 열사烈士가 프랑스 장교를 독살[10]한 뒤 큰

---

10 박끼 ~ 독살 : 이는 1908년 6월 27일 하노이에서 일어났던 사건이다. 이 사건은 베트남 군인과 요리사들이 주동이 되었으며, 호앙 호아 탐의 지원을 받았다. 원래는 프랑스 군인

희생을 치렀고, 동경의숙東京義塾과 쭝끼의 여러 상회와 학회가 연이어 탄압을 받았으며, 뜨거운 피를 가진 여러 동지가 일시에 체포되어 죽거나 유배되었다. 멀리 떨어진 하늘 끝에서 초췌한 나는 훔칠 눈물도 없었다. 이리저리 다니며 세월만 보냈으니 살아도 산 것이 아니었다. 내게는 이때가 십 년 세월 가운데 가장 실의하고 한심한 시절이었다.

경술년1910 2월 중순, 팜 마이 럼范枚林 군의 편지를 받으니 다음과 같은 내용이었다. "금년 2월 초하룻날 프랑스인이 프랑스 병사와 베트남 병사를 동원해서 응으 하이 옹의 집을 포위하자, 옹은 품에 지니고 있던 문건들을 모조리 태워버렸습니다. 먼저 권총으로 프랑스 병사 한 명을 쏘아 죽이고, 이어 총으로 본인 근처에 있던 베트남 병사를 겨누면서 '내가 너를 죽일 수도 있지만, 동족이 동족을 죽이는 짓은 내가 하지 않을 것이다'라 말하고 총구를 돌려 자신의 목을 쏘아 죽었습니다." 이는 실로 내게 치명상을 입힌 하나의 화살이었다.

처음 띠에우 라小羅 공이 체포되었을 때, 남 쓰엉南昌, 오 지아烏耶, 끄우 까이九垓 등 여러 동지가 아직 살아 있었고, 응에안, 하띵 사이는 여전히 응으 하이 옹이 장악하고 있었기에 큰 자금이 올 것이라는 어느 정도 희망이 있었다. 그런데 응으 하이마저 죽자 이 희망은 사라졌고 홍콩에 보관 중인 무기는 쓸모가 없게 되었다. 그때 마침 중화혁명당이 장차 광둥을 기습 공격하려고 비밀리에 무기를 구매하고 있다는 소식이 우리 당에

을 독살한 뒤 프랑스군과 직접 싸우려는 것이었으나, 사전에 정보가 누설되어 결과적으로 프랑스 군인은 아무도 해를 입지 않았다. 그러나 베트남 혁명가들은 13명이 처형당하고, 그 외 다수가 종신형을 받았다.

알려졌다. 나는 이에 홍콩에 있는 여러 동지와 상의하여 임기응변으로 이 무기들을 중화혁명당에 전달하기로 하였다. 쑨원孫文의 형 쑨메이孫眉가 사람을 보내 무기를 접수하였는데 전체 총기를 헤아려보니 480자루였고, 착검용 칼, 탄띠, 총알도 완비되어 있었다. 생각건대 이 일로 중화혁명당과 좋은 관계를 맺으면 중국이 성공한 뒤에 보답을 받을 수 있으리니 비록 궁한 가운데 나온 계책이나 또한 좋은 계책이었다. 남은 총 20자루, 총알 20자루, 착검용 칼 20개는 모두 밀봉을 풀고 위장해 화물 상자에 담았다. 일등실 선표船票를 사서 그것을 싣고 방콕曼谷으로 갔다. 일등실의 화물 상자는 관리나 경찰의 이목을 피할 수 있기 때문이었다. 그런데 생각지도 않게 일행이 해안 세관에 이르렀을 때 상자의 무게가 너무 무거워서 해관 경찰의 의심을 사고 말았다. 이로써 위험을 무릅쓰고 요행을 바랐던 계획은 끝내 성공하지 못하였다. 꾸잉 럼瓊林 군을 수개월 동안 감금시킨 것도 이 총 때문이었다.

원문

庚戌年春夏之交, 予潛跡廣東省城. 時往香港·澳門輪船各埠頭, 携將所儲存各書, 逢人叫賣, 韜名匿姓, 爲拓落無聊之生涯. 賣書告白文, 有句云, "濡毫血淚, 原藉爲革命之先聲. 失路英雄, 權借作吹簫之後援." 亦趣語矣.

時中華諸學生商客類, 多蓄革命思想者, 見予賣書, 間有以逾格之價售之. 衣食各費, 豐於他辰. 每早出夕還, 或日得銀二三元, 輒聚二三同志, 狂飲劇醉. 醉態, 以阮瓊林君爲最佳. 君天眞爛熳, 毫無俗姿. 次則爲梁立岩君, 素不喜飲, 至是亦縱飲豪醉. 賣書所得錢, 每日輒盡. 一日酒罄, 梁君知予袖中尙有錢, 叫予添買, 而予以無錢對, 梁探予囊, 得銀數十仙, 大呼曰："須手刃此老, 奈何慳一盃酒, 不給我耶!"

其最可笑者, 諸人出賣, 多空手而還, 惟予出賣, 則日或二三元, 有日得五元者. 蓋鬚眉瑰偉, 而衣履蹣跚, 好奇者多憐而厚售之者也. 自是一連三四月, 予專爲賣書老先生. 時酒中雜咏頗多, 有一首大爲予黨恩人周師太所贊賞. 每面予, 必浪吟此篇, 予因記之. "倚樓南望日徘徊, 心緒如雲鬱不開. 疎雨深宵人暗泣, 斜陽初月鴈孤回. 可無大火燒愁去, 偏有長風送恨來. 顧影自憐還自笑, 同胞如此我何哀."

번역 책을 팔며 지내던 시절

경술년1910 봄과 여름 사이, 나는 광둥성에 몸을 숨기고 있었다. 이때 나는 홍콩과 마카오로 가는 배가 정박하는 부두에 나가서 사람을 만나기만 하면 가지고 간 각종 서적을 사라고 외쳤으니, 성명을 숨긴 채 낙척불우의 무료한 삶을 보냈던 것이다. 「책을 판 일을 고백함賣書告白」이라는 글을 지었는데 "피눈물에 적신 붓은 혁명을 알리는 앞선 함성의 바탕이 되고, 길 잃은 영웅을 잠시 빌려와 피리 부는 후원군으로 삼네"라는 구절이 있으니 운치 있는 말이라 할 수 있을까.

이때 중국의 학생과 상인 부류는 혁명사상을 지닌 자들이 많아, 내가 책을 파는 것을 보고는 비싼 값을 치르고 사가는 경우도 간혹 있었다. 그래서 의식衣食에 쓰는 비용이 다른 때에 비해 풍족하였다. 매일 아침 일찍 나가서 저녁에 돌아왔는데 간혹 하루에 2~3원을 벌게 되면 즉시 두세 명의 동지들을 모아 미친 듯이 퍼마시고 마음껏 취하였다. 술 취한 모습은 응우엔 꾸잉 럼阮瓊林 군이 가장 훌륭했으니 군은 천진난만하여 조금도 저속한 모습이 없었다. 그다음은 르엉 럽 남梁立岩 군이었다. 군은 평소 술을 좋아하지 않았는데 이때는 마음껏 마시면서 호쾌하게 취하였다. 책을 팔아 번 돈은 매일 즉시 써버렸다. 하루는 술이 다 떨어지자 르엉 군이 내 수중手中에 돈이 있음을 알고서 술을 더 사오라고 소리쳤다. 내가 돈이 없다고 대꾸하자 르엉 군은 내 주머니를 뒤져 수십 전을 찾아내고는 "이 노인네를 손으로 찔러버려야겠네. 어찌 한 잔 술을 아까워하며 내게 주지 않는단 말입니까!"라며 크게 소리 질렀다.

가장 우스운 일은 이런 것이었다. 여러 사람이 책을 팔러 나가면 대부분 빈손으로 돌아오는데 오직 내가 책을 팔러 나갈 때만 하루에 2~3원, 어떤 날은 5원도 벌었다. 이는 아마도 내가 수염과 눈썹이 기이하고 옷과 신발은 남루하였기에 호기심 있는 자들이 가엾게 여겨 후한 값을 치르고 사가는 자가 많았기 때문이었으리라. 이렇게 3~4개월을 보내니 나는 완전히 책 파는 노선생이 되었다. 이 무렵 취중에 지은 시가 꽤 많은데, 그중 한 수는 우리 당의 은인인 저우周 사태師太에게 칭찬을 받았다. 그녀는 나를 만날 때면 언제나 이 시를 낭송하였기에 내가 기억하고 있다. 시는 이러하다.

누각에 기대 남쪽 땅 바라보며 날마다 배회하노니	倚樓南望日徘徊,
심사心思는 구름인양 뭉친 채 펴지지 않네.	心緒如雲鬱不開.
가랑비 내리는 깊은 밤 사람들 몰래 흐느끼고	疎雨深宵人暗泣,
저물녘 초승달 떠오르면 기러기는 외로이 돌아가네.	斜陽初月鴈孤回.

큰불로 이 슬픔 태워버릴 수는 없을까	可無大火燒愁去,
다만 긴 바람이 한恨을 내게 보내오네.	偏有長風送恨來.
그림자 보고 스스로 애처로워하다가 스스로 비웃나니	顧影自憐還自笑,
동포들이 이 지경인데 내가 어찌 슬퍼하랴?	同胞如此我何哀.

원문

周恩人者, 廣東省香山縣人, 通漢文, 壯而寡居, 常開塾授徒, 爲養子計.
子周鉄生, 亦以授書爲業, 遇予賣書於途, 引予謁母. 母素有豪俠氣, 好談古
豪傑快事, 既見予, 知爲越南革命黨人, 則大欣賞, 謂君等窮途中, 不妨借我
爲東道主. 是時, 予等窮窘, 極苦於租屋乏錢, 乃相携依母所, 西關黃沙周氏
女舘, 遂成爲予等之居亭. 自是以後, 凡我黨中人老若壯男若女, 無一不寢食
於其家者. 食住各費, 量所有供之, 酬資多少不問也. 予黨遇有急需時, 家中
無錢, 則典衣服賣簪珥, 代爲料理. 母義氣深重, 膽量亦豪, 予黨有藏炸彈火
器於其家, 亦不之懼.

陳有力·鄧子敏輩, 借母菜刀, 以深夜殺法探某於其家. 母晨起, 笑問諸人
曰：“君等昨夜乃宰得一豬乎? 予爲君等賀!”其子周君, 亦以予故, 被龍濟光
監禁十餘日, 母亦泰然. 母對於予黨人, 幾如其至親之子女, 今年逾八十矣.
對予等之感情, 始終乃如一日. 嘗有某某等三人, 皆前嘗寓於母家, 幾數年矣.
其後回首背黨, 以法侦來探黨事, 入母家, 出重金贈母. 母與之語, 知金所從
來, 怒罵曰：“予初養汝等, 意汝爲人, 今汝乃狗也, 尙來見我耶?”某三人者,
爲之絶跡於母庭. 天下大得意之人, 嘗於大失意中遇之, 亦吾輩所不能忘之
大紀念事也. 母姓周, 號栢齡, 爲女教師. 廣東俗稱教師爲師太, 故曰周師太.

[번역] 은인 저우周 **사태**師太

　　나의 은인 저우 사태는 광둥성 샹산香山 현縣 사람이다. 한문에 정통했
는데 젊은 나이에 과부가 되어서는 글방을 열어 아이들을 가르치는 일로
자식을 부양하였다. 아들 저우티에성周鉄生 또한 글을 가르치는 것으로 업
을 삼았다. 그는 길에서 책을 팔고 있는 나를 만나서는 나를 데리고 가서
자기 어머니에게 인사를 시켰다. 그 어머니는 평소 호협의 기개가 있어
옛 호걸들의 통쾌한 일을 말하는 것을 좋아하였다. 나를 보고서 내가 월
남혁명당의 일원인 것을 알고 크게 기뻐하고 칭찬하며 말하였다. "그대
들은 궁한 처지에 있으니 거리끼지 말고 우리 집을 숙소로 삼으세요." 이
때 우리는 곤궁하여 집을 빌릴 돈도 없어 매우 괴로웠기에 서로 이끌고
그 어머니의 거처에 의탁하니 시관西關 황사黃沙 저우씨周氏 여성의 집이 마
침내 우리들의 거처가 되었다. 이로부터 우리 혁명당원 남녀노소 가운데
그 집에서 먹고 자지 않은 이가 한 명도 없었다. 먹고 지내는 각 비용은
우리가 지불할 수 있을 만큼만 냈는데 그것의 많고 적음을 따지지 않았
다. 그리고 우리 당에 급한 일이 발생하였으나 그 집에 돈이 없는 경우에
는 의복을 전당포에 맡기고 비녀와 귀걸이를 팔아 그것으로 대신 처리해
주었다. 그 어머니는 의기가 깊고도 무거우며 담력과 국량이 또한 커서
우리 당에서 폭탄이나 무기를 그 집에 숨겨놓아도 두려워하지 않았다.

　　언젠가 쩐 호우 륵陳有力과 당 뜨 먼鄧子敏 등이 그 어머니의 식칼을 빌려
심야에 프랑스 첩자 아무개를 그 집에서 죽인 일이 있었다. 그 어머니는
새벽에 일어나 웃으면서 사람들에게 물었다. "그대들은 어젯밤 돼지 한
마리를 잡았습니까? 축하합니다." 아들 저우 군이 나 때문에 롱지광龍濟光

에게 십여 일 감금되기도 하였으나 어머니는 태연한 모습이었다. 그녀가 우리 당 사람들을 대하는 것은 거의 친자식과 같았고, 올해 나이 팔십 세를 넘겼는데 우리를 대하는 마음은 시종 한결같았다. 일찍이 모모某某 등 세 사람이 그 어머니의 집에 몇 년 동안 유숙하였는데, 이후 그들은 우리 당을 배신하고 전향하였다. 프랑스 첩자가 되어 우리 당을 정탐하러 와서 그 어머니의 집에 들어가 큰돈을 주자, 그녀는 돈의 출처를 안다고 말하며 화를 내고 꾸짖었다. "내가 처음 너희들을 보살핀 것은 너희가 사람이 될 것으로 여겼기 때문이다. 그런데 지금 개가 되었구나. 그런데도 와서 나를 만난단 말이냐?" 모某 세 사람은 그녀의 집에 드나들 수 없었다. 천하의 크게 득의한 사람을 크게 실의한 가운데 만났으니, 우리에게는 잊을 수 없는 크게 기념할 만한 일이었다. 그 어머니의 성姓은 저우周이고, 호號는 바이 링栢齡이며 여교사였다. 광둥 풍속에 교사를 사태師太라 하므로 그분을 저우周 사태師太라고 한 것이다.

원문

庚戌年夏秋之間, 偶得一愁情聊勝無之事. 時有五百餘銀元, 一爲里慧君手交, 則梁立岩家所寄之款. 一爲廣南某君手交, 則南昌等諸同志所送給之款. 予遊暹之計乃決, 因先以銀二百元, 付鄧子敬·鄧子敏·黎求精等, 囑先赴曼谷城, 預籌備居耕各材料. 適北圻青年二人來, 皆梁先生所送出者. 一爲余必達, 其後改名爲張國威, 畢業於北京士官學校, 累入華兵營充軍官, 今仍奔走於兩粤間者.

一爲林德茂, 君初出洋, 即送往廣東, 寓周氏舘, 學習華語. 因是時外交方針, 已專傾向於德國, 故令君入德人所立之學校, 名爲中德中學校, 學習德語德文, 準備行人之材料. 予夙有遊歷栢林之希望, 以通譯無人, 旅資亦窘, 遊歐計遲遲未成. 至是得林君, 寔空谷之足音矣. 君通法文, 然未讀漢文, 旅粤半年, 而漢文大進. 既入學堂, 德文漢文俱佳, 纔一年, 得以優等生免學費及堂中食宿費. 又三年畢業, 校中師生, 皆重君.

被擧爲初級教員. 又進入靑島高等學堂, 因君於德文最精熟, 與德人交遊最稔. 歐戰勃發後之一年, 君棄華回暹京. 盖因駐暹德國奧國公使, 皆予與鄧子敬所素通情款者, 故以君急往暹, 備外交之一方面也. 君至暹逾半年, 而外交局面忽變, 暹羅對德宣戰, 暹政府遽狥法人之請, 引渡君解回河內. 時與同被捕者有一[11]人, 曾爲助教, 曰阮文忠, 南定省人也. 二君對獄, 詞皆剛毅不少屈, 法人以槍殺嚇之, 林君憤然曰:"吾輩寧死爲越南人, 不願生爲汝走狗也. 雖然, 吾輩死, 德兵且至矣."二人遂被槍殺. 君與阮君, 同日就義於白梅山下. 嗚呼!

林君抵暹京時, 予已入廣東獄, 君馳書慰予, 有句云,"天意如扶吾祖國, 肯教夫子不生還"之句, 其懷抱可想矣. 林君雙眼炯炯, 面貌和藹極可親, 且詞鋒尤爲尖利, 交涉之材, 比黄廷珦君, 相伯仲焉. 國當需才之時, 而二君相繼淪亡, 痛何如矣.

번역 쯔엉 꾸옥 우이와 럼 득 머우의 활약

경술년1910 여름과 가을 사이에 위로가 될 만한 작은 일 한 가지가 있

---

11 一 : 저본에는 '二'로 되어 있으나 전집본을 참고하여 수정하였다.

었다. 당시 은 5백여 원이 있었는데 일부는 리 뚜에里慧가 손수 가져온 것으로 르엉 럽 냠梁立岩 집에서 부쳐준 것이고, 또 일부는 꽝남의 모某 군이 가져온 것으로 남 쓰엉南昌 등 여러 동지가 보내준 것이었다. 이에 나의 태국행이 결정될 수 있었다. 먼저 은 2백 원을 당 뜨 낑鄧子敬, 당 뜨 먼鄧子敏, 레 꺼우 띵黎求精 등에게 부쳐 먼저 방콕에 가서 살며 농사지을 각종 재료를 미리 준비하라고 부탁하였다. 마침 박끼 청년 두 사람이 왔는데 모두 르엉 반 깐梁文玕 선생이 보낸 자들이었다. 그중 한 사람은 즈 띳 닷余必達인데 뒤에 쯔엉 꾸옥 우이張國威로 개명하였다. 북경사관학교를 졸업하고 여러 차례 중국 군대에 들어가 군관이 되었는데, 지금도 양월兩粤 사이에서 분주히 활동하고 있다.

또 한 사람은 럼 득 머우林德茂이다. 럼 군은 처음 해외로 나왔을 때 곧바로 광둥으로 가서 저우周 사태의 집에 머물며 중국어를 배웠다. 당시 외교방침이 독일을 중시하는 쪽으로 기울게 되자, 나는 럼 군을 독일인이 세운 중덕중학교中德中學校라는 곳에 입학하게 하였다. 그곳에서 독어와 독문을 배워 외교관으로서의 자질을 갖추도록 하였다. 전에 나는 베를린을 돌아보고 싶은 희망이 있었는데, 통역해 줄 사람도 없고 여비 또한 군색하여 유럽에 가려던 계획이 지지부진 성사되지 못하였다. 이때 이르러럼 군을 얻게 되니, 실로 아무도 오지 않는 빈 골짜기에서 사람 발소리를 듣는 격이었다. 럼 군은 프랑스어에 능통하였으나 한문은 읽지 못하였다. 그런데 광둥에 머문 지 반년이 지나자 한문이 크게 진보하였다. 학당에 입학해서는 독문과 한문을 모두 잘하여 1년 만에 우등생으로 학비와숙식비를 면제받았으며, 3년 만에 졸업을 하니 교사와 학생들이 모두 그를 높이 평가하였다.

　그는 처음에는 초급교원으로 뽑혔다가 다시 청도고등학당靑島高等學堂에 들어갔다. 럼 군은 독일어에 가장 정통하여 독일인과의 교유에 매우 익숙하였다. 제1차 세계대전이 발발하고 일 년 뒤, 럼 군은 중국을 떠나 태국의 수도로 갔다. 태국에 주재하던 독일 공사와 오스트리아 공사는 나와 당 뜨 먼鄧子敏이 평소 마음을 통하던 이들이었으므로, 럼 군을 태국에 급히 가게 해서 외교 방면에 대비하게 한 것이었다. 럼 군이 태국에 온 지 반년이 지나 외교 상황이 돌변하여 태국 또한 독일에 선전포고를 하였다. 태국 정부는 갑자기 프랑스인의 요청에 따라 럼 군을 체포하여 하노이로 송환하였다. 이때 함께 체포된 이가 한 명 있었으니 일찍이 조교助教[12]였던 응우엔 반 쭝阮文忠으로 남딩南定 출신이었다. 두 사람은 옥에 갇혀 있어도 말이 모두 굳세어 조금도 굽힘이 없었다. 프랑스인이 총으로 죽인다고 위협하자 럼 군은 분연히 말하였다. "우리는 차라리 죽더라도 베트남 백성으로 남을 것이니, 살아서 너희의 사냥개가 되기를 바라지 않는다. 비록 우리가 죽더라도 독일군이 곧 도래할 것이다." 두 사람은 마침내 총살되었다. 럼 군과 응우엔 군은 같은 날 바익마이선白梅山 아래에 묻혔다. 아아!

　럼 군이 태국 수도에 당도했을 때, 나는 광둥성 감옥에 갇혀 있었다. 군이 편지를 보내 나를 위로하였는데, "하늘이 만일 우리 조국을 부지하려 한다면, 어찌 선생을 살려 보내지 않겠습니까?"라는 구절이 있었으니

12　조교(助教) : 베트남의 전통 교육기관이었던 국자감의 직책 가운데 하나이다.

럼 군이 품은 뜻을 상상해 볼 수 있다. 럼 군은 두 눈이 형형했으며 용모가 온화하여 매우 친근하였다. 또한 필봉이 매우 날카로웠고 외교관으로서의 자질은 호앙 딩 뚜언黃廷珣 군과 막상막하였다. 나라에서 인재를 절실히 필요로 하던 시기에 두 청년이 연이어 죽고 말았으니, 애통함을 어찌할 것인가!

원문

庚戌年九月, 予再由廣東赴暹羅, 將步伍子胥耕於鄙之後塵也. 同行者, 有勞働輩四五人, 念櫛風沐雨籃筆泥塗, 非此輩人莫適, 故携之偕, 其中得一人焉, 亦大可紀. 此人稱翁佁芳, 目不識丁, 而豪俠之氣, 得於天性, 童時跟隨法人至香港, 嗣學理西膳, 業頗精, 充法國洋行廚夫長, 所入銀漸豐, 獨身不娶, 無家室謀, 然喜款接南人, 因知有予黨. 港中越南商團成立時, 君捐錢獨多, 每月五元, 未嘗有缺. 聞談革命事, 則甚願棄奴隷業, 爲一麾下兵. 港中越人爲陪丁爲伙夫者, 約數十人, 君時鼓吹愛國事, 亦多有所感激. 予時將耕於暹, 赴港邀君, 君欣然請往, 且運動其同業者, 又得二人, 後隨鄧子敬君, 耕於伴忱, 早起晏餐, 泥塗寒暑, 皆泰然安之, 較洋行廚長時西衣西履之佁芳, 竟變化達於極點. 噫, 如君者動於義氣而毫無勢利之臭味者歟!

九月下旬, 予輩抵暹. 初予此行, 滿擬駐暹終其身, 爲十年生養十年教訓之計. 蓋深悔出洋至今, 凡所經營, 皆小兒竪瓦屋之行爲也. 迨既至暹, 則午生·子敬·永隆等, 已向暹人借地營居, 略有頭緒. 予再謁前年所會之老親王, 詳訴我黨詳情, 乞爲寓黨於農之計, 求暹政府暗中保護. 老親王大悦, 召其皇弟, 陸軍少將某至, 以事委之. 某少將諾焉, 力任其事, 集予等於其家, 設饌款待, 其夫人親爲請餐. 與予定約, 每一人初來, 給以首一月食費, 每銀五笏【暹銀一笏, 當法銀七角或八角】, 以後則食於田利所得者. 且派人指定耕地, 地爲山田, 名曰伴忱, 傍大江, 水利亦便, 以江流域, 故土肥而澤, 距暹京城, 約步行四日程, 農器耕種, 皆某少將供給之, 所需耕牛, 則借給於其鄰村, 村人奉有官意, 樂借無少靳, 前所被解散之學生, 凡能耐勞苦者, 皆集於是. 予時不能操犁鋤, 然敝衣殘笠, 摘菜拾薪, 亦頗勝任. 予又製爲愛國·愛種·愛群歌三章, 演成國音, 令衆人歌之, 驅犁叱犢間, 雜以群歌之聲, 暹人過者, 皆停足撫手, 亦雅事也.

耕侶中有一老兵, 名爲固坤【淸水人】, 頑勇樸誠, 有古武士之風. 其人在國內, 嘗應武科, 建福甲申年恩試中武科秀才, 曾充弁兵隊長, 法人入乂城, 又充習兵該隊. 魚海翁以大義曉之, 携械歸黨, 翁失敗入山, 至是聞予在暹, 往從之, 年已近六十, 矍鑠如壯年人, 尤諳武藝, 每耕作之暇, 淸晨永夜, 則敎少年棍拳刀槍各技, 士氣爲之大增.

予於種種失敗之餘, 韜晦待時, 謂爲得策. 不圖纔及一年, 而中華革命起, 武漢光復之聲, 雷轟予耳, 予爲之翻然改圖, 第二回之失敗, 又從此萌芽矣.

번역 태국에서 농사를 지으며 때를 기다리다

경술년[1910] 9월, 나는 다시 광둥에서 태국으로 가서 오자서伍子胥[13]가 비루한 땅에서 농사짓던 일을 따르려 하였다. 이때 나와 동행한 이는 노동

---

13 오자서(伍子胥) : 춘추시대의 풍운아였던 오자서는 부친의 복수를 위해 오나라로 가서 공자(公子) 광(光)의 야심을 알아보고서 협객 전저(專諸)를 공자 광에게 추천하였다. 전저가 오나라 왕을 죽여 공자 광이 왕위에 오르기를 기다리며 오자서는 들판에 나아가 밭을 갈며 시간을 보냈다.

자 네다섯 명이었는데 이들이 아니었다면 비바람을 무릅쓰며 진창에서 풍찬노숙하는 고통을 견뎌내지 못했을 것이다. 함께했던 이들 가운데 인물 한 명을 얻었으니 또한 특별히 기록할 만하다. 이 사람은 하이 프엉仁芳이라 불렸는데 목불식정으로 지식은 없지만, 천성이 호협한 기개가 있었다. 어렸을 때 프랑스 사람을 따라 홍콩에 가서 서양요리를 배웠는데 요리 솜씨가 뛰어나 프랑스 음식점의 주방장이 되었다. 그 수입이 점차 늘었으나 독신으로 지내며 가정을 꾸릴 생각은 하지 않았다. 그는 베트남 동포들을 환대하기 좋아하였고, 우리 당의 존재도 알게 되었다. 홍콩의 베트남 상단商團이 성립되었을 때 하이 프엉 단독으로 많은 후원금을 내었는데, 매달 5원씩 한 번도 빠뜨린 적이 없었다. 우리가 혁명에 관해 이야기하는 것을 들을 때면 그는 노예 같은 일을 그만두고 우리 휘하의 병사가 되기를 간절히 원하였다. 홍콩에 머무는 베트남인 가운데 심부름 꾼이 되거나 요리사가 된 자가 수십 명이었는데, 하이 프엉이 때때로 애국심을 고취하면 감격하는 이가 많았다. 나는 그때 태국에서 농사지을 계획이었는데, 홍콩에서 군을 만나니 혼연히 나를 따르겠다고 하였다. 그리고 그의 동업자를 설득하여 함께 할 두 사람을 얻었다. 그 뒤 그는 당 뜨 낑鄧子敬 군을 따라 태국 반탐伴忱에서 농사를 지었다. 아침 일찍 일어나 일하고 저녁 늦게 밥을 먹었으며 추위와 더위에 시달리는 상황에서도 그는 언제나 태연자약하였다. 서양 식당 주방장으로서 서양 옷에 서양 신발을 신던 시절과 비교해보면 그 변화가 하늘과 땅의 차이가 있었다. 아! 하이 프엉 같은 이는 의기에 따라 움직일 뿐 조금도 형세와 이익에는 관심이 없던 자였다.

9월 하순, 우리는 태국에 도착하였다. 처음 내가 올 때는 태국에서 생을 마칠 작정이었으니 십 년 동안 살림을 키우고 십 년 동안 교육 사업을 펼칠 계획이었다. 그런데 출양出洋하여 지금까지 깊이 후회하는 바는 무릇 경영한 바가 모두 어린아이가 기와집을 지으려 한 것과 같았다는 점이다. 태국에 도착해 보니 응오 싱午生, 뜨 낑子敬, 빙 롱永隆 등이 이미 태국인에게 땅을 빌려 집을 짓고 있었는데 대략 두서가 있었다. 나는 다시 작년에 만났던 노친왕老親王을 찾아뵙고 우리 당의 실정을 상세히 말하였다. 그리고 농사를 지으며 후일을 도모하려는 계책을 말하면서 태국 정부의 은밀한 보호를 요청하였다. 노친왕은 크게 기뻐하며 황실의 아우인 모某 육군소장陸軍少將을 불러 우리 일을 그에게 일임하였다. 모某 소장은 이를 허락하면서 힘써 맡아주었다. 우리를 자신의 집에 모아놓고 음식을 마련하여 성심껏 대접해주었는데 그의 부인이 직접 식사를 권하기도 하였다. 그 소장은 나와 약조하기를 매번 한 사람이 처음 태국에 오면 먼저 첫 달 식비를 지급해줄 터이니 사람마다 은 5홀笏이며【태국 은 1홀笏은 프랑스 은 7각角 또는 8각角에 해당한다】이후에는 밭에서 얻은 소득으로 식비를 조달토록 하라고 하였다. 또 사람을 보내 경작지를 지정해주었는데, 그 땅은 산전山田으로 반탐伴忱이라 불렸다. 그곳은 큰 강을 끼고 있어 물을 대기에 편리했고, 강 유역에 자리하여 땅이 비옥하고 윤택하였다. 태국 수도와의 거리는 도보로 4일 정도 걸렸다. 농기구와 경작하는 작물은 모두 그 육군소장이 제공하였다. 경작에 필요한 소는 이웃 마을에서 빌렸는데, 마을 사람들은 관청의 뜻을 잘 받들어 기꺼이 빌려주며 조금의 거리낌도 없었다. 이전에 일본에서 해산당한 학생 가운데 농사일을 감당할 만한 이들은 모두 이곳에 모였다. 나는 그때 밭 갈고 김매는 농사일을 할 줄 몰라, 낡은 옷과 허름한 모자 차림에 나물을 뜯고 땔나무를 주우면서 자못 나름의 역할을 하려고 하였다. 나는 또 〈애국가愛國歌〉, 〈애종가愛種歌〉, 〈애군가愛群歌〉를 짓고 베트남어로 바꾸어 사람들에게 노래 부르게 하였다. 소떼를 모는 사이에 내가 지은 여러 노래가 뒤섞여 들리면 지나가던 태국 사람들이 모두 발을 멈추고 손뼉을 쳤다. 이 또한 아취 있는 일이었다.

농사짓는 이들 중에 노병老兵이 있었는데 이름은 콘坤[14]이었다【타잉투이淸水[15] 사람이다】. 그는 굳세고 용감하며 성실하고 순박하여 옛 무사武士의 풍모가 있었다. 그가 국내에 있을 때 일찍이 무과에 응시하여 끼엔 푹建福 갑신년1884의 은시恩試에서 무과 수재로 합격하여 변병대장弁兵隊長에 임명되었다. 프랑스인이 응에안 성을 점령했을 때 그는 다시 그 부대의 습병으로 충원되었다. 응으 하이 옹이 대의大義로 그를 깨우치니 그는 무기를 가지고 우리 당에 귀의했지만 응으 하이 옹은 실패하여 산으로 들어가고 말았다. 이에 이르러 그는 내가 태국에 있다는 소문을 듣고 와서 나를 따랐다. 콘의 나이는 이미 60세에 가까웠으나 형형한 의기가 젊은이와 같았고 특히 무예에 능하였다. 매양 경작하는 여가에 맑은 새벽이나 긴 밤이면 청년들에게 곤봉, 권법, 창검술 등 각종 기술을 가르치니 우리의 사기가 크게 올랐다.

이때 나는 이런저런 실패를 맛본 뒤였기에 몸을 숨기며 때를 기다리는 것이 상책이라고 여겼다. 그런데 뜻하지 않게 겨우 일 년도 지나지 않아

---

14 콘(坤) : 원문은 '固坤'인데 '固'는 베트남어로 증손자를 둔 자를 가리키는 명칭이다.
15 타잉투이(淸水) : 응에안에 속한 지명이다.

중국에서 신해혁명이 일어나 우한武漢 지역이 해방되었다는 소식이 우레
처럼 내 귀에 들려왔다. 나는 그 일로 완전히 계획을 바꾸었으니 두 번째
실패가 다시 이때로부터 싹텄다.

제6부

동아시아 혁명 열기의
고조와 좌절

辛亥年十月, 中華革命軍收復武昌, 未一月而全國響應, 未三月而滿淸倒, 南京政府創民國成立, 實爲予意中所料不到. 此信一來, 而予喜獵故態, 又怦怦然復萌. 且以爲革黨成功之後, 中華政府, 決非舊時腐敗之政府, 中華必繼日本而大强. 苟中日二國, 皆注全力於對歐, 則不惟我越南, 而印度・菲律賓, 亦且同時獨立矣. 予將復回華, 且再東渡, 謀爲合縱之運動, 乃於田所之暇, 首起草一小册, 名曰聯亞芻言.

全文數萬言, 極詳解中日同心之利益, 與不同心之損害. 書旣草完, 先寄書於革黨諸舊識, 祝賀成功, 且微示以予願回華之意, 諸故人如章炳麟・陳其美・謝英伯等, 皆有書勸予來. 予以田所事務, 一委於鄧子敬・鄧午生, 統率田友凡五十餘人, 仍理舊業, 而予偕同志數人, 至曼谷, 訪華暹新報主筆蕭佛成, 蕭爲革黨駐暹机關之主任人也. 見予所著聯亞芻言, 爲予付印一千本, 日本人僑暹者, 大爲歡迎, 購讀至三百本, 存七百本, 以少數分贈諸華僑, 餘悉携之赴華. 偕行者, 爲鄧子敏・阮琼林・鄧鴻奮, 旣至廣東, 下榻於周師太家.

時爲辛亥年十二月矣. 適阮海臣君自內出, 而諸散處華地之各黨人, 如鄧冲仲鴻・藍廣忠・黃仲茂・陳有力等, 俱相次抵粤, 南圻阮誠憲・黃興・鄧秉誠, 亦由暹續來, 目的皆與予同. 均欲乘革黨成功之机会, 藉手於華人爲收之桑楡之計畫也. 雖然事後回思, 則此等計劃, 亦甚荒唐, 蓋在內尚無若何之組織經營, 而徒虛張外力, 萬事依人, 古今東西絶無乞丐團之革命黨也. 奈予等此時, 入內旣不可能, 在外又不忍安坐飽食, 度此無聊之歲月, 不得不出於下策耳.

壬子年春正月, 孫中山已被擧爲中華臨時大總統. 廣東都督, 即前予在日時所已識之胡漢民, 上海都督爲陳其美, 又與予素深相得者. 而且駐粤諸我黨人, 陸續增加, 可以百計. 圻外侯在香港, 枚老蚌在暹京, 亦俱來会.

方群議紛紜之際, 忽得阮仲常君自河內來, 以內狀告則云, 中華革命成功之風潮, 影響於我國甚大, 人情激奮, 比前驟增, 在外苟有先聲, 不患在內無再活之氣勢. 於是衆議乃大激昂, 予乃略定進行之程序, 爰擬第一步, 首先開全體会議, 定趨向之方針, 與其遵守之主義. 蓋自留日學生被解散, 公憲会亡, 加之國內凶信疊來, 黨徒紛散, 而維新会之章程已成廢物, 及今謀黨務再興, 不可無一番之整頓也.

第一步, 則須決定一主義, 以解決國體問題. 第二步, 則須再選回內委員, 遍行三圻, 施大運動之工作. 第三步, 則聯絡中華革命黨人, 設立机關, 招致諸有力者, 求械餉之援助. 蓋是時我黨人皆白手空拳, 非借外資, 無能爲力故也. 心劃既定, 即著手於第一步. 以二月上旬, 借沙河劉氏祠堂, 即劉永福舊宅, 爲集会所. 集全體黨人, 開大会議, 三圻人俱預焉. 会議起時, 即有一問題爲須先解決者, 則君主主義與民主主義之傾向, 是也.

予自到日本後, 歷究外國革命原因, 及政體之優劣, 又心醉於盧梭等理論【盧梭民約論, 孟德斯鳩法意等書, 予皆於出洋後始見之】. 且多與中華同志結合, 君主主義, 已置於腦後, 所以未敢昌言者. 因予初出發時, 固以君主旗幟, 取信於人, 設使局面尙存, 則手段未敢更改. 今則局面, 已大變矣, 予乃突然於衆中, 提出民主主義之議案. 首贊成者爲鄧子敏·梁立岩·黃仲茂, 餘中北二圻同志, 皆大贊成. 其反對者, 惟南圻諸人. 因此中同胞, 對於圻外侯信仰甚深, 未能易其腦質故也. 老前輩海陽阮公, 頗不以民主爲然, 然亦強諾, 結果以多數人傾向民主主義, 決議取消維新会, 而另組織一新机關以代之.

신해혁명 이후 새로운 활동 모색

신해년1911 10월, 중화혁명군이 우창武昌을 수복하니 한 달이 못 되어 중국 전역에서 호응하였으며, 석 달에 못 미쳐 만청滿淸 정권이 무너지고 난징南京 정부가 세워져 중화민국이 성립되었다. 이는 실로 내가 생각하지 못했던 일이었다. 이 소식이 한번 전해지자 나는 싸움을 좋아하던 옛 투지가 불현듯 다시 솟아났다. 또 생각해보니, 혁명이 성공한 이후의 중화민국 정부는 결코 지난날의 부패한 정부가 아닐 것이며, 중국은 필시 일본에 이어 강대국이 되리니 진실로 중국과 일본 두 나라가 유럽과 맞서 전력을 기울인다면 우리 베트남뿐 아니라 인도와 필리핀 또한 함께 독립할 수 있으리라 여겨졌다. 나는 장차 다시 중국과 일본에 가서 합종合從 운동을 꾀하고자 하였다. 이에 농사짓는 여가에 우선 작은 책 하나를 저술하고서 『연아추언聯亞芻言』이라 이름 지었다.

『연아추언聯亞芻言』 전문은 수만 자로 이루어졌는데 중국과 일본이 마음을 합쳤을 때의 이익과 그렇게 하지 않았을 때의 손해에 대해 매우 상세히 설명하였다. 책의 초고가 완성되자, 먼저 중국혁명당의 친구들에게 보내 혁명 성공을 축하하고 또 내가 중국으로 돌아가려는 뜻을 은근히 내보였다. 여러 친구 가운데 장빙린章炳麟, 천치메이陳其美, 씨에잉보謝英伯 등은 모두 편지를 보내 중국에 오라고 권하였다. 나는 농장의 사무를 당 뜨 낑鄧子敬과 당 응오 싱鄧午生에게 일임하였다. 농사짓던 동지 오십여 명을 통솔토록 하고, 전에 하던 일도 계속해서 처리하도록 하였다. 나는 동지 몇 사람과 함께 방콕에 가서 화섬신보華暹新報의 주필인 씨아오포청蕭佛成을 만났다. 그는 태국에 주재하는 중화혁명당 기관의 주요 인물이었다.

내가 지은 『연아추언』을 보고 나를 위해 1천 부를 인쇄해주었다. 태국에 거주하는 일본인들이 크게 환영하며 3백 부를 구매하여 읽었다. 나머지 7백 부는 화교들에게 조금씩 나누어 주고, 나머지는 모두 내가 중국으로 가지고 갔다. 이때 함께 간 이들은 당 뜨 먼鄧子敏, 응우엔 꾸잉 럼阮琼林, 당 홍 펀鄧鴻奮이었다. 광둥에 이르러 저우周 사태師太 집에서 묵었다.

때는 신해년1911 12월이었다. 마침 응우엔 하이 턴阮海臣 군이 국내에서 나와 중국 각 지역에 흩어져 있던 당 쑹 홍鄧仲鴻, 람 꽝 쭝藍廣忠, 호앙 쫑 머우黃仲茂, 쩐 흐우 륵陳有力 등 여러 당원과 함께 광둥에 도착하였다. 남끼 의 응우엔 타잉 히엔阮城憲, 호앙 홍黃興, 당 빙 타잉鄧秉誠 또한 태국에서 잇 달아 왔는데 그 목적은 나와 같았다. 모두 중국 신해혁명의 성공을 기회 로 삼아 중국인의 도움을 끌어내 베트남의 독립을 꾀하려는 계획이었다. 그런데 뒤에 돌이켜 생각해보니 이런 계획은 매우 허황한 것이었다. 우 리 내부에 어떠한 조직이나 운영도 없이 그저 헛되이 외부의 세력을 빙 자하여 모든 일을 다른 사람들에게 의지하였으니 이는 동서고금에 전혀 존재하지 않았던 거지 무리의 혁명당이었다. 안타깝게도 우리는 이때 국 내에서는 어찌할 방도가 없고, 국외에서 편하게 호의호식하며 무료한 세 월을 보낼 수도 없었기에 부득불 이러한 하책下策을 생각해 낼 수밖에 없 었던 것이다.

임자년1912 봄 정월, 쑨원이 중화민국의 임시 대총통에 추대되었다. 광 둥 도독은 내가 일본에 있을 때 알고 지내던 후한민胡漢民이었고, 상하이 도독은 천치메이陳其美였는데 또한 평소 나와 깊이 알고 지낸 자였다. 그 리고 광둥성에 머무는 우리 당 사람들이 계속 늘어나 1백여 명에 달하였다. 기외후는 홍콩에, 마이 라오 방牧老蚌은 태국 수도에 있다가 이때 모두 와서 한자리에 모였다.

한창 여러 논의가 분분할 즈음, 갑자기 응우엔 쫑 트엉阮仲常 군이 하노이에서 와서 국내 상황을 전하였다. "중화 혁명이 성공한 여파가 우리 베트남에도 크게 영향을 미쳐 인심의 격동이 과거에 비할 바 없이 커졌습니다. 국외에서 먼저 움직임이 일어난다면, 국내에서 다시 기세가 타오를 수 있을까 하는 걱정은 할 필요가 없습니다." 이에 여러 논의가 곧 격렬히 일어났다. 나는 진행순서를 대략 정하였고, 그 첫걸음으로 먼저 전체회의를 열어 앞으로의 방침과 준수할 주의主義를 정하였다. 재일유학생이 해산당한 이후로 공헌회는 폐지되고 그에 더하여 국내에서 흉한 소식이 연이어 들려오자 당원들은 흩어지고 유신회 장정은 이미 휴지조각이 되었으므로, 지금 당의 조직을 다시 일으키려면 한 번 정돈이 없을 수 없었다.

제1보는 모름지기 하나의 주의主義를 결정하여 국체國體 문제를 해결하는 것이었다. 제2보는 반드시 국내 위원을 다시 뽑아 땀끼三圻에 두루 보내어 큰 운동을 시행하는 것이었다. 제3보는 중화혁명당 인물들과 협력하여 기관을 설립하고, 여러 유력자를 초빙하여 무기와 양식 등의 원조 물자를 요청하는 것이었다. 당시 우리 당 사람들은 적수공권赤手空拳으로 아무런 가진 것이 없었기에 외부의 도움을 빌리지 않으면 어떤 능력도 없었기 때문이다. 마음속에 계획이 서자 즉시 제1보에 착수하였다. 2월 상순에 샤허沙河에 있는 류씨劉氏 사당祠堂, 즉 류용푸劉永福의 구택을 빌려 집회 장소로 삼고 전체 당원을 소집하여 큰 회의를 개최하니 여기에 땀끼를 대표하는 사람들이 모두 참여하였다. 회의가 시작되자 선결해야만

하는 문제가 곧 대두되었다. 그것은 군주주의와 민주주의 가운데 방향을 정하는 것이었다.

나는 일본에 도착한 후 외국의 혁명 원인과 정치체제의 장단점에 대해 연구하였다. 또 루소盧梭 등의 이론에 심취하였다.【루소의『민약론民約論』, 몽테스키외孟德斯鳩의『법의 정신法意』등의 책은 모두 해외로 나온 뒤에 처음 보았다.】여러 차례 중국 동지들과 결합하면서 군주주의는 이미 마음에서 중시하지 않게 되었다. 하지만 감히 입 밖에 내지 못했던 것은 내가 처음 출국할 때 군주주의를 기치로 내세워 사람들의 신뢰를 받았는데 그러한 국면이 아직도 유지되는 상황에서 그 수단을 감히 바꿀 수 없기 때문이었다. 그런데 지금은 국제정세가 이미 크게 변화되었기에 나는 전격적으로 여러 사람에게 민주주의의 안건을 제시하였다. 가장 먼저 찬성한 사람으로는 당 뜨 먼鄧子敏, 르엉 럽 남梁立岩, 호앙 쫑 머우黄仲茂였으며, 그밖에 쭝끼와 박끼 동지들도 모두 적극 찬성하였다. 반대하는 사람은 오직 남끼인 뿐이었는데, 남끼인은 기외후에 대한 믿음이 대단히 깊었기 때문에 쉽게 그 머릿속을 바꿀 수 없었던 것이다. 노선배인 하이 즈엉海陽 응우엔 공은 민주주의를 그다지 좋게 여기지 않았지만 억지로 응낙하였다. 결과적으로 다수 사람이 민주주의로 기울었으므로 유신회는 해산하고 별도로 새로운 기관 하나를 조직하여 그에 대신하기로 결의하였다.

원문

越南光復会之誕生, 即於是時, 予所艸創之越南光復会章程, 經全體会員承認者, 亦即是時. 其第一條宗旨云, "驅逐法賊, 恢復越南, 建立越南共和民國, 爲本会唯一無二之宗旨." 会職員, 設爲三大部.

一總務部, 以越南光復会会長彊柢充部長, 越南光復会總理潘巢南充副部長. 一評議部, 三圻各選一年老有學有望者充之, 北圻阮尙賢, 中圻潘巢南, 南圻阮誠憲. 一執行部, 部設委員十人.

軍務委員, 黃仲茂·梁立岩, 經濟委員, 枚老蚌·鄧子敏, 交際委員, 林德茂·鄧秉誠【二人者, 一通法文, 一通德文, 而兼通漢文故也】, 文牘委員, 潘伯玉·阮燕昭. 庶務委員, 潘季諄【後易以楊鎭海】·丁濟民. 於執行部委員之外, 又設爲有回內運動委員三人, 南圻鄧秉誠, 中圻藍廣忠, 北圻鄧冲鴻. 於是時也, 黨人聚会之地點有二, 一爲沙河劉家祠, 卽劉永福所許借者, 可容五十餘人, 一爲黃沙周氏館, 可容十餘人.

餘則散處於各華人之家, 或各學堂寄宿舍. 其最可爲談資者, 則有一事. 会已成立, 職員已擧, 地址已有著落, 而臨時政府之公款, 實無一文. 会職員縱爲巧婦, 亦不能無米而炊, 終日淸談, 或時對泣, 因是最緊急之問題, 乃在籌款.

籌款之方法, 惟在内運動與在外乞丐而已. 於是, 先行小丐, 以豫備大丐之材料. 心社劉師復先生, 贈二百元【劉爲極端社会學者, 創一心社, 以實行共產主義爲目的】, 民軍統領關仁甫, 贈一百元, 謝英伯·鄧警亞等, 贈一百元.

乃摘其一小部份, 爲三委員回内之費, 存一大部份, 爲印刷各種文書之費. 光復会章程, 光復会宣言書, 皆卽行付印, 而托三委員入内發佈之. 然是時, 里慧君已被囚, 火船中無秘密黨友, 而陸途艱阻, 不便多携. 故此等文書, 輸入内地甚少. 至於内款所得, 合三圻, 僅二千餘元. 南圻一千餘元, 鄧秉誠君載來, 中圻藍廣忠得三百餘元, 北圻鄧冲鴻得五百餘元. 國内情勢, 卽此足見一班, 而運動之艱難, 比維新会盛時蓋十倍矣.

初三委員之將回內也, 予亦注全力於對外之運動. 以壬子年二月下旬, 上南京, 謁孫中山, 曾預第一次國會旁聽席. 時南政府初成立, 纔二月餘, 而袁政府又將繼起, 中山鑑於時局重大之故, 讓大總統於袁. 予抵南京時, 實爲新舊交乘之衝, 政府事務紛如亂麻, 孫亦應接不暇. 予但晤談得數分鍾, 後惟與黃興接洽, 往返數次, 乃談及援越事.

黃語予曰:"我國援越, 實爲我輩不可辭之義務. 然此時謀及, 尙屬太早. 今所能爲諸君計者, 惟選派學生, 入我國學堂, 或入我國軍營, 儲備人才, 以俟机會, 至遲亦不過十年. 關於此事, 一切有所需, 皆能辦之. 其他, 無能爲諸君謀也."予聞黃言, 大爲失望, 以爲派送學生, 則仍依樣畫葫耳. 然亦勉強應之. 黃復以書价紹予於粵督胡漢民, 托胡以料理我學生寓粵各事. 蓋粵疆接我, 情形密切, 爲便利我人計, 莫粵若也.

予袖黃書出, 回上海, 謁滬督陳其美, 陳豪俠慷慨, 予前所稔親, 彼於奔走革命中, 尤與予同病. 予晤彼, 乃不復作客氣語, 直告以困苦乞援之實情. 陳素解予意, 毫無躊躇, 以四千銀元相贈, 予又告以將派人回內, 行大劇烈之暴動, 陳初不以爲然, 謂"君等宜從敎育入手, 無敎育之國民, 暴動不能爲功."

予答, "以我國敎育權, 完全在法人掌握, 法人所立之學堂, 完全爲奴隸之敎育, 禁私立學堂, 禁學生出洋, 凡百敎育之具, 我輩無一毫自由. 我國人求一生於萬死之中, 惟有暴動. 暴動者, 爲改良敎育之媒价也."

予因擧瑪志尼敎育與暴動同時並行之一語以告, 且歷擧從來失敗之詳情, 如東京義塾·廣南學会等事, 反覆詳解, 陳大然之, 遂給予以軍用炸彈三十顆. 予所挾以來之希望, 至此粗慰, 而陳君之恩, 實刻骨不能忘也. 予旣辭謝回粵, 乃開始爲会務之進行. '米已落釜, 灶方起烟', 正此時也.

於是, 有一大可笑之事, 亦當紀之. 先是, 臺灣諸志士, 組織一密黨, 將樹革命旗於臺灣, 其黨魁爲楊鎭海. 楊曾入臺灣高等醫學校, 得醫學士文憑, 聰明灵利, 通英文日文, 又解漢文, 富有革命思想. 因謀洩, 被日政府逮捕, 楊殺獄卒而逃, 至上海. 日政府以殺人犯控於華, 上海華官不敢容, 變名姓至廣東, 得讀越南光復会宣言書與各種予所著者, 遂請加入我黨, 冒越南籍人, 竟充光復会委員, 以其人有辦事幹材故也. 嗟夫! 以亡國之黨人, 竟包庇其他亡國之黨人, 事亦離奇甚矣.

予因憶在日本時, 予送我國學生四人, 入振武學校, 印度革黨, 時亦多駐日者, 以面貌太與華人殊, 不能入軍事學校. 黨魁蒂君, 求援於我, 願承認爲安南人, 爲之先容於日政府, 我輩不敢諾. 時廣西陸榮廷爲桂軍統領, 創辦陸軍幹部學堂. 予以書价紹蒂君於陸, 陸嘉其志, 然婉拒之. 無內力而倚賴人, 其困苦若是. 雖然, 若我黨者, 入北京士官學校, 入廣西陸軍學堂, 入廣東軍官學校, 教之養之, 保全之, 毫無所吝. 華人之對我, 其感情不已厚乎!

壬子夏秋之間, 爲越南光復会誕生後之試啼時, 雖種種失敗, 無一可觀, 而百諸胚胎, 皆可謂爲具体而微之事業也. 今摘詳其數大端如下.

一爲民主主義之確定, 此事已見前段.

번역 월남광복회의 탄생

월남광복회의 탄생은 바로 이 시점이었으며 내가 기초한 월남광복회 장정이 전체 회원의 승인을 거친 것도 바로 이때였다. 그 제1조 대원칙은 "프랑스 도적을 몰아내고 베트남을 회복하여 베트남공화민국의 건립을 본회의 유일무이한 원칙으로 삼는다"였다. 월남광복회 직원은 크게 세 부서로 배치하였다.

하나는 총무부로 월남광복회 회장 끄엉 데彊柢를 부장部長에 임명하고 월남광복회 총리인 판 사오 남潘巢南을 부부장副部長으로 임명하였다. 또 하나는 평의부評議部로 땀끼三圻에서 학식과 덕망이 있는 연로자年老者를 한 사람씩 임명하였으니 박끼는 응우옌 트엉 히엔阮尙賢, 쭝끼는 판 사오 남, 남끼는 응우옌 타잉 히엔阮誠憲이었다. 마지막 하나는 집행부로 위원 10인을 두었다.

군무위원軍務委員은 호앙 쫑 머우黃仲茂와 르엉 럽 남梁立岩, 경제위원經濟委員은 마이 라오 방枚老蚌과 당 뜨 민鄧子敏, 교제위원交際委員은 럼 득 머우林德茂와 당 빙 타잉鄧秉誠【두 사람인데 한 사람은 프랑스어에 능통하고, 다른 한 사람은 독일어에 능통하면서 한문도 잘하는 자이다】, 문독위원文牘委員은 판 바 응옥潘伯玉과 응우옌 이엔 찌에우阮燕昭, 서무위원庶務委員에는 판 꾸이 쭈언潘季諄【뒤에 즈엉 쩐 하이楊鎭海로 개명하였다】과 딩 떼 전丁濟民이었다. 집행부 위원 외에 국내로 돌아가 운동할 위원 3인을 두니, 남끼의 당 빙 타잉鄧秉誠, 쭝끼의 람 꽝 쭝藍廣忠, 박끼의 당 쑹 홍鄧仲鴻이었다. 당시 당원이 모이는 장소는 두 곳이었다. 하나는 샤허沙河의 류가劉家 사당祠堂 즉 류융푸劉永福에게 빌린 곳으로 오십여 명을 수용할 만하였다. 다른 하나는 황샤黃沙의 저우씨周氏 집으로 십여 명을 수용할 만하였다.

나머지는 중국인 친구의 집이나 각 학당의 기숙사에 나누어 거처하였다. 그 사이에 있었던 일 가운데 가장 이야기할 만한 것은 이것이다. 광복회가 성립되고 직원도 이미 뽑힌 데다 거처도 착착 마련되었으나, 임시정부의 공금은 한 푼도 없었다. 광복회 직원에게 솜씨 있는 부인이 있더라도 쌀 없이 밥을 지을 수는 없는 노릇이었다. 그래서 종일토록 청담淸談을 나누거나 바라보며 눈물을 흘릴 뿐이었다. 가장 긴급한 문제는 자금을 마련하는 것이었다.

자금을 마련하는 방법은 오직 국내 운동과 해외 구걸뿐이었다. 이에 먼저 작은 구걸을 하면서 큰 구걸의 재료를 미리 준비하였다. 심사心社의 류스푸劉師復 선생이 2백 원을 주었고【류스푸는 극단적 사회주의자로 심사心社를 창설하여 공산주의의 실행을 목적으로 삼았다】, 민군民軍의 통령統領 관런푸關仁甫는 1백 원을 주었으며 씨에잉보謝英伯와 덩징야鄧警亞 등이 1백 원을 주었다.

이에 모인 자금에서 약간의 금액을 덜어내어 세 위원이 국내로 들어가는 비용으로 쓰고, 대부분 자금은 각종 문서를 인쇄하는 비용으로 남겨두었다. 광복회 장정과 선언서를 모두 즉시 인쇄하여 세 위원에게 국내에 유포하도록 맡겼다. 그런데 이때 리 뚜에里慧 군이 이미 체포되어 선중船中에서 활동하는 비밀당원이 없는 데다 육로마저 막혀 많은 양의 문서를 휴대하기는 어려운 상황이었다. 그래서 국내에 반입된 문서가 매우 적었다. 국내에서 모은 자금은 땀끼三圻를 통틀어 겨우 2천여 원이었다. 남끼는 1천여 원을 당 빙 타잉鄧秉誠 군이 가져 왔고, 쭝끼는 람 꽝 쭝藍廣忠이 3백여 원을 모았고, 박끼는 당 쫑 홍鄧仲鴻이 5백여 원을 모금하였다. 국내 정세는 이것으로 족히 그 상황을 알 수 있었으니, 운동의 어려움이 유신회가 한창일 때보다 10배는 되었다.

처음 세 위원이 국내로 들어가려 할 때 나는 다시 대외 운동에 전력을 기울였다. 임자년1912 2월 하순, 난징南京에 가서 쑨원을 만나 뵈었고 제1차 국회가 열렸을 때 방청석에 참여하였다. 이때는 난징 정부가 처음 성립되고 겨우 2개월 정도 지났을 시기였는데 위안스카이 정부가 연이어 일어나려 할 때였다. 쑨원은 시국의 중대함을 염려하여 대총통 자리를 위안스카이에게 양보하였다. 내가 난징에 도착했을 때는 실로 신구 세력이 교체되는 충격으로 정부의 사무가 난마처럼 얽혀있었고, 쑨원 또한 손님을 응접할 겨를이 없었다. 나는 단지 몇 분 동안 쑨원과 면담할 수 있었다. 그 뒤로는 오직 황씽黃興과 접촉하여 수차례 만나 베트남을 지원하는 방안에 대해 논의하였다.

황씽은 내게 말하였다. "우리 중국이 베트남을 돕는 것은 실로 거부할 수 없는 의무에 해당합니다. 그러나 지금은 일을 도모하기에 너무 이릅니다. 지금 그대들을 위해 할 수 있는 것은 오직 베트남 학생을 뽑아 파견하여 중국 학당에 입학시키거나, 중국 군영에 소속시켜 인재를 양성하면서 기회를 엿보는 것인데, 지체되어도 십 년을 넘기지는 않을 것입니다. 이 일에 관한 일체의 필요한 바가 있으면 모두 마련해주겠습니다. 그 밖에는 그대들을 위해 도모할 수 있는 것이 없습니다." 나는 황씽의 말을 듣고 크게 실망하였다. 유학생을 파견하는 것은 도와주는 시늉만 하는 것이라 여겼지만 억지로 응낙하였다. 황씽은 다시 편지로 나를 광둥성 총독 후한민胡漢民에게 소개하면서, 우리 베트남 학생들이 광둥에 머물면서 생기는 각종 사무에 대해 처리해 달라고 부탁하였다. 이는 광둥 지역이 우리 베트남과 국경을 접하고 있어 형세가 밀접하게 연관되기에, 우리 일을 편하게 할 만한 곳으로는 광둥 만한 곳이 없기 때문이었다.

나는 황씽의 편지를 소매에 넣고 나와 상하이로 가서 호독[滬督, 상해총독] 천치메이陳其美를 만났다. 그는 호협하고 강개하였으며 내가 예전부터 익히 친하게 지내는 사이였다. 그는 혁명 운동에 분주하였기에 더욱 나와 동병상련의 처지였다. 그와 만나 의례적인 말은 하지 않은 채 단도직입으로 현재의 곤란함과 지원이 절실한 실제 형편을 말하였다. 천치메이는 평소 내 의중을 잘 알고 있었기에 조금의 주저함도 없이 은 4천 원을 주었다. 나는 장차 사람을 국내로 보내 극렬한 폭동을 일으킬 것이라고도 알려주었다. 그는 처음부터 이에 반대하였기에, "그대들은 의당 교육에 착수해야 합니다. 교육을 받지 않은 국민에게는 폭동이 효과가 없습니다"라고 하였다.

나는 대답하였다. "우리 베트남의 교육권은 완전히 프랑스인에게 장악당하였습니다. 프랑스인이 세운 학당은 완전히 노예를 위한 교육입니다. 저들은 사립학당 설립을 금지하고, 학생이 해외로 나가는 것도 금지합니다. 교육과 관련된 모든 일에 우리는 조금의 자유도 없습니다. 우리 베트남인이 죽음에서 살아날 수 있는 한 가지 방법은 오직 폭동뿐입니다. 폭동은 교육을 개선하는 수단이 될 것입니다."

나는 이어 마치니馬志尼, Giuseppe Mazzini의 교육·폭동 동시병행론을 들어 고하고, 종래에 실패했던 상세한 사정을 열거하였다. 예를 들어 동경의 숙東京義塾, 광남학회廣南學會 등의 일을 반복적으로 상세히 말하였다. 천치메이는 매우 옳다 여기고 마침내 나에게 군용 폭탄 30개를 주었다. 그때까지 품어 왔던 희망이 이에 이르러 조금 위안이 되었으니, 천치메이의 은혜는 실로 뼈에 사무쳐 잊지 못할 것이었다. 나는 사례하고 광동으로 돌아와 광복회 일의 진행을 시작하였다. '쌀을 솥에 안치고, 아궁이에 불을 땐다'라는 말이 바로 이때였다.

이때 크게 웃을 만한 한 가지 사건이 있어 응당 기록한다. 이에 앞서 타이완臺灣의 지사志士들이 비밀결사를 조직하고 장차 혁명의 깃발을 타이완에 세우고자 하였다. 그 당의 우두머리는 양쩐하이楊鎮海였다. 그는 일찍이 타이완 고등의학교高等醫學校에 들어가 의사 자격증을 획득하였는데 총명하고 영리하며 영어와 일어에 능통하고 아울러 한문도 알았다. 그는 혁명사상을 강렬하게 신봉하였는데 계획이 누설되어 일본 정부에 체포되었다. 양쩐하이는 옥졸을 죽이고 도주하여 상하이로 건너갔다. 일본 정부가 살인범이라고 중국에 압력을 넣어 상하이의 중국 관원은 그를 포용할 수 없었고, 양쩐하이는 개명하고 광둥으로 넘어왔다. 그는 「월남광복회 선언서越南光復會宣言書」와 내가 지은 여러 글을 읽고 우리 당에 가입하기를 청하였다. 그는 베트남 사람으로 자처하여 결국 월남광복회의 위원이 되었으니 일을 잘 처리하는 유능한 인재였기 때문이었다. 아아! 망국의 당인黨人이 마침내 다른 망국의 당원을 껴안게 되었으니 이 일이 또한 매우 기이하다.

생각해보니 내가 일본에 있을 때 이런 일도 있었다. 당시 나는 베트남 학생 네 명을 보내어 진무학교에 입학시켰다. 그런데 인도 혁명당원 중에도 당시 일본에 체류하는 자가 많았는데, 인도인은 외모가 중국인과 크게 달랐기 때문에 군사학교에 입학할 수 없었다. 인도 혁명당의 우두머리 체군蔕君이 내게 도움을 청하기를 인도인을 베트남인으로 인정해 달라고 하였다. 베트남인이 일본 정부로부터 먼저 허가를 얻었기 때문이었다. 그러나 우리는 감히 승낙할 수 없었다. 당시 광시성에는 리우룽팅陸榮廷이 계군통령桂軍統領이 되어 육군간부학당을 설립해 운영하고 있었다. 나는 편지로 그에게 체군蒂君을 소개하였다. 리우룽팅은 그 뜻을 가상히 여겼으나 완곡히 거절하였다. 스스로 힘이 없어 남에게 의지하게 되면 그 곤란하기가 이와 같은 법이다. 그렇지만 우리 당에 대해서는 북경사관학교에도 입학시키고, 광서육군학당에도 입학시켰으며 광동군관학교에도 입학시켜 교육하고 양성하고 온전하게 만드는데 조금도 인색하게 굴지 않았다. 중국인이 우리 베트남인을 대함에 있어 그 감정이 이미 두터웠기 때문이 아니겠는가!

임자년1912 여름과 가을 사이는 월남광복회가 탄생하여 막 소리내기 시작한 때이다. 비록 온갖 일이 실패하여 하나도 볼 만한 것이 없었지만 여러 사안이 이때 배태胚胎되었으니 모두 형태는 갖추어졌으나 세력이 미약한 사업이라 할 수 있었다. 몇 가지 중요한 문제를 적시하면 아래와 같다.

민주주의의 확정이니 이 문제는 이미 앞 단락에서 말하였다.

원문

一爲越南國國旗之創製.

会初成立, 即著手於光復軍之組織. 因年來遊學生類多入軍事學校者, 北京士官學校, 有梁立岩·藍廣忠·胡馨山·何當仁·阮紹祖·鄧鴻奮·潘伯玉等. 北京軍需學校, 有劉啓鴻·阮燕昭等, 廣西陸軍幹部學堂, 有陳有力·阮焦斗·阮泰拔等. 至若黃仲茂·阮琼林·鄧沖鴻·阮海臣輩, 皆亦在兵營, 爲軍事實地之演習, 得軍隊而操練之, 不患將弁之無人也.

既有軍, 不可無軍旗, 有軍旗, 不可無國旗. 向來, 我國但有皇帝旗, 而無國旗, 亦一怪事. 至是, 始製定國旗. 徽樣, 用五星聯珠式X, 因我國有五大部,用此式者, 表示五大部聯絡統一之意也. 旗色, 用黃地紅星, 爲國旗, 紅地白星爲軍旗. 黃以表示我人種, 紅以表示我方輿, 南方屬火, 火色紅也. 白爲金, 主殺伐, 用爲軍旗之星, 即取此意.

一爲越南光復軍方略之編定, 全書可百餘張, 顔以國旗軍旗. 內容分爲五章, 一光復軍之主義與其宗旨, 二光復軍之紀律, 三光復軍之編製法, 四光復軍之職員與其俸餉, 五光復軍豫定進行之計畵. 時黃仲茂任軍務委員長, 本方略書第三章以下, 皆黃君起稿, 予但略加潤色而已, 第一第二章, 則予手撰也.

번역 베트남 국기의 제정과 『월남광복군 방략』 편찬

베트남 국기를 제정하는 일이었다.

월남광복회가 성립되자 곧바로 광복군을 조직하는 일에 착수하니, 근래 군사학교에 입학하는 유학생이 많기 때문이었다. 북경사관학교에는 르엉 럽 남梁立岩, 람 꽝 쭝藍廣忠, 호 힝 선胡馨山, 하 드엉 년何當仁, 응우옌 티엔 또阮紹祖, 당 홍 펀鄧鴻奮, 판 바 응옥潘伯玉 등이 있었고, 북경군수학교北京軍需學校에는 르우 카이 홍劉啓鴻, 응우옌 이엔 찌에우阮燕昭 등이 있었으며, 광서육군간부학당에는 쩐 호우 륵陳有力, 응우옌 띠에우 더우阮焦斗, 응우옌 타이 밧阮泰拔 등이 있었다. 호앙 쫑 머우黃仲茂, 응우옌 꾸잉 럼阮瓊林, 당 쭝 홍鄧仲鴻, 응우옌 하이 턴阮海臣 등은 모두 병영에서 실제 군사훈련을 하였고 군대에 들어가 조련했기에 지휘관이 될 사람이 없다고 걱정할 필요는 없었다.

군대가 있으면 군기軍旗가 없을 수 없고, 군기가 있으면 국기國旗가 없을 수 없었다. 지난날 우리 베트남에는 단지 황제의 깃발만 있고 국기는 없었으니 또한 이상한 일이었다. 이에 이르러 비로소 베트남 국기를 제정하였다. 깃발 문양은 다섯 개의 별을 X 모양으로 연결했는데 이는 우리 베트남에 오대부五大部[1]가 있기 때문이었다. 이 문양으로 오대부가 하나로 통일된다는 뜻을 나타내었다. 색깔은 황색 바탕에 붉은 별을 그린 것이 국기이고, 붉은 바탕에 흰 별을 그린 것이 군기軍旗였다. 황색은 우리 인종을 표시하였고 홍색은 우리나라의 위치를 표시했는데 오행에서 남방은 화火에 속하고 화火의 색깔은 붉기 때문이었다. 그리고 흰색은 금金에 해당되어 죽이고 무찌르는 일을 주로 하므로, 군기의 별을 흰색으로 그린 것은 이 뜻을 취함이었다.

또 하나는 『월남광복군 방략越南光復軍方略』의 편찬이었다. 『방략』은 전체 백여 장이었고, 국기와 군기로 표지를 삼았으며 내용은 5장으로 나누었다. 1장은 광복군의 주의主義와 종지宗旨, 2장은 광복군의 기율紀律, 3장은 광복군의 편제법編製法, 4장은 광복군의 직책 및 봉급, 5장은 광복군이 향후 진행할 계획이었다. 당시 호앙 쫑 머우黃仲茂가 군무위원장에 임명되어 이 방략의 제3장 아래는 모두 호앙 군이 기초한 것이고, 나는 다만 거기에 약간의 윤색을 더하였을 뿐이다. 1장과 2장만 내가 직접 썼다.

원문

一爲越南光復軍軍用票之印製.

時予鑑於宣傳政策之徒托空言, 與和平緩進之徒勞夢想, 即如東渡遊學,

---

1 오대부(五大部) : 오대부는 박끼(北圻)·쭝끼(中圻)·남끼(南圻)·땀끼(三圻)와 캄보디아, 라오스를 포함해 지칭하기도 하고, '사농공상병(士農工商兵)'을 상징하기도 한다.

畵虎不成, 義塾義商, 作繭自縛, 宣傳緩進等套語, 已視爲不入耳之談. 畵作夜思, 惟求得武裝革命之實現, 與暴動革命之實施, 否則亦尋一得死之法耳. 然欲實行暴動, 不能不有待於經濟, 無資本之經濟, 經濟亦無從來, 枯菉殘局, 惟孤注一擲, 雖敗猶勝於待斃. 故一切明知無益之事, 皆僥倖爲之, 聊使有心人懸予爲殷鑑耳.

時有廣東革黨人蘇少樓, 曾充民軍統領, 而今被解散者. 彼昔嘗僑我國, 提黨軍, 由諒山進入鎭南關, 熟悉革黨故事, 與予爲深交, 極表同情於光復会者. 因爲予畫策, 勸其印發軍用需, 一方面散布於兩粤間, 一方面散布於内地, 派人遍行各處, 廣勸消售. 事幸而有成, 則以實金收回票券, 固甚易易, 不幸而無成, 則亦一種欺人取財之文明辦法也.

予以爲然, 委黃仲茂與蘇君, 向革命黨人之習於其事者, 秘密製造, 定爲四種票券. 前面上一行文曰, '越南光復軍軍用票', 中心爲銀數大字, 五元・十元・二十元・百元共四種, 四角數字如之, 後面用漢文國語兩式字, 文云, '這票係越南光復軍臨時軍政府發行, 依票面數字, 兌換現銀, 俟正式民國政府成立時, 以實銀收回, 給息一倍. 禁冒假濫發, 違者重罰.' 署名人[2]爲潘巢南, 檢發人爲黃仲茂. 電印精巧, 與中華紙幣一樣云.

번역 **군용표의 발행**

또 하나는 월남광복군의 군용표軍用票[3]를 인쇄하여 제작하는 것이었다.

이때 내가 되돌아보니 선전 정책은 다만 공언에 그쳤고, 평화롭게 점

---

2   人 : 저본에는 없으나 전집본을 참고하여 추가하였다.
3   군용표(軍用票) : 전쟁지역에서 군대가 발행하는 채권으로 어음의 일종이라 할 수 있다.

진적으로 나아간다는 것은 한갓 몽상일 뿐이었다. 예컨대 동유운동은 목표만 거창할 뿐이었으며, 의숙義塾과 의상義商의 설립도 자승자박이었다. 이에 '선전'이니 '점진'이니 하는 상투어는 이미 귀에 들어오지 않는 말이 되고 말았다. 밤낮으로 추구하고 도모하는 바는 오직 무장혁명의 실현과 폭동혁명의 실시였다. 그것이 아니라면 또한 죽기를 바랄 뿐이었다. 그런데 폭동혁명을 실행하려면 경제가 뒷받침되지 않으면 안 되는데 자본이 없으니 경제도 따라오지 않았다. 나는 다 잃어가는 노름판에서 남은 돈을 모두 걸어 비록 잃는다 한들 그래도 앉아서 죽기를 기다리는 것보다는 낫다는 심정이었다. 그래서 무익할 줄 뻔히 아는 일들도 모두 요행을 바라며 행하였으니, 애오라지 뜻있는 사람들은 나를 반면교사로 삼으라.

당시 광동혁명당의 당원 수샤오로우蘇少樓라는 이가 있었는데 일찍이 민군통령民軍統領으로 있다가 지금 해산을 당한 처지에 있다. 그는 과거에 우리 베트남에 머물며 혁명당의 군사를 이끌고 랑선諒山에서 진남관鎭南關으로 진입한 적이 있었기에 혁명당의 전후 사정을 익히 알고 있었으며 나와도 깊이 알고 지내는 사이였기에 월남광복회에 대해 지극한 공감을 표명하였다. 그래서 나를 위해 계책을 내어 군용표 발행을 권하였다. 한편으로는 양월兩粵 사이에 배포하고, 다른 한편으로는 베트남 국내에 배포하여 사람들을 보내 각지에 두루 다니며 군용표 구매를 널리 권하라 하였다. 일이 다행히 성공하여 실제 현금으로 군용표를 회수한다면 실로 쉽게 교환할 수 있고, 불행히 일이 성공하지 못하더라도 이는 일종의 사람들을 속여 재원을 마련하는 문명사회의 방법이라는 것이었다.

나는 그 말이 옳다고 여겨 호앙 쫑 머우黃仲茂와 수샤오로우蘇少樓에게 위임하여, 혁명당원 가운데 그러한 일에 경험이 있는 자들과 힘을 합쳐 비밀리에 만들도록 하였다. 이에 모두 네 종류의 군용표가 정해졌다. 앞면 위쪽에는 '월남광복군 군용표'라고 한 줄을 쓰고, 가운데에는 은색으로 크게 숫자를 표시하였다. 군용표는 5원, 10원, 20원, 100원의 총 네 종이었는데, 네 개의 모서리에도 숫자를 적었다. 뒷면에도 한문과 베트남어로 문장을 썼으니, '이 표는 월남광복군 임시군정부가 발행한다. 표에 적힌 숫자에 따라 현금으로 태환兌換할 수 있다. 정식으로 민국 정부가 성립되면 실제 은으로 회수하며 두 배의 이자를 지급한다. 가짜를 만들어 남발하는 것을 금지하니 이를 위반한 자는 중벌에 처한다'라고 하였다. 서명인은 판 사오 남潘巢南이었고, 검발인檢發人은 호앙 쫑 머우黃仲茂였다. 인쇄 상태가 정교하여 중국 지폐와 방불하였다.

원문

一爲振華興亞会机関之成立.

前段所述第一步第二步之程序, 已略見施行. 今又入[4]於第三步之試行矣. 謀武裝革命之實現, 只有二方法. 在內則運動習兵, 在外則借援於華兵, 而且軍器軍需, 皆不能不有求於華人之援助. 於是, 一方面注重於回內運動員之派遣【此事, 失敗最大, 言之極爲痛心, 詳見後段】, 又一方面注重於在華聯絡之机關.

蘇少樓·鄧警亞諸同志, 言於予曰: "革命事業, 固重實際. 然有時亦用虛聲

---

4 入 : 저본에는 없으나 전집본을 참고하여 추가하였다.

得之, 不過以虛聲發其端, 而以實際盾其後耳. 今諸君實力缺如, 則不妨製造一虛聲之工具, 今須設立一机關, 敷衍表面, 聯以引起人注意, 使粵人謂君等內容, 必已得十分之五六, 然後樂爲援助. 此則兵法虛者實之之一種作用也."

予用其言, 又參以己意. 幸陳其美君所給之款, 用於前段各事, 費盡二千八百元【即印刷費, 外交費, 旅中費, 遣人回內費, 與其他零雜費】, 尙存一千二百元, 專留下七百元, 爲特別行動費【事詳後段】, 而以五百元, 儘用於聯華机關之費. 先擬一振華興亞会会名, 草振華興亞会章程及其宣言書一本, 以示蘇鄧諸同志, 彼皆大爲認許.

宣言[5]書頗長, 不能盡錄, 姑摘其大旨如下. 首段極言, 中華地大物博人衆, 皆甲於全亞洲, 又爲亞洲文化最古之國, 當爲全亞洲之兄長, 決無可疑. 欲擧全亞兄長之責, 當以扶植亞洲諸弱小國爲獨一無二之天職. 繼乃痛責滿淸時代廢棄其兄長之天職.

中段則詳紋, 中華國恥, 全在於外交不振, 外交不振之故, 又在於國威不揚, 欲揚國威, 除對外排歐, 更無他策, 而排歐之手續, 莫若先排法人, 欲排法人, 必先援越.

此段述其理由甚詳, 大意以爲英人海軍偉大, 而中國尙無偉大之海軍, 則英未可圖. 日本方與英同盟, 又新強之國, 其燄方張, 況同種同文之邦, 只可結之爲友! 德國國皇有雄霸全歐之志, 英法俱所側目. 今欲剪法, 德人必表同情, 此於現時, 只宜結爲強援. 俄法爲同盟之國, 攻法俄必助之. 然苟德人樂援, 則德人足以制俄. 且俄國內革命之潮方張, 彼懼內訌, 未敢大逞於外. 而

5   言: 저본에는 없으나 전집본에 의거하여 추가하였다.

梗於日本, 彼亦不敢逞志於華. 此外交情勢, 無可慮者.

至於經濟軍事, 則援越之戰, 其勝算必在中華. 越地毗連滇粵, 糧道接濟, 甚易爲功. 華軍一入越疆, 必可以因糧於敵, 此勝算一. 越地逼近熱帶, 而法人以寒國之人臨之, 耐熱久戰, 必不能及華兵, 此勝算二. 華越地相接, 而法國隔越, 遠在重洋, 接濟之兵, 必華利而法鈍, 此勝算三. 法兵駐越, 爲數甚少, 緩急專倚越卒, 華兵一入, 則越兵必皆倒戈, 此勝算四.

末乃言華法未宣戰之前, 宜厚助越南革命黨, 使其勢力, 足以擾法人, 即所以爲中華排法之先鋒隊也. 結論則云, 華國威振, 則東亞必因之而強, 而其第一著手之方針, 莫若援越以排法. 以上所記, 宣言書之大略也.

章程與宣言書, 既付印發行, 華人士多贊成者. 予乃租借廣東洋式二層樓一所, 共十餘間, 內外分爲三廣廳, 每月租金三十六元. 初租時, 設立一醫院, 門前掛一招牌, 木質而飭以金色, 題曰東朋醫社四大字. 西醫主任爲楊鎭海, 中醫主任爲枚老蚌, 蓋以此爲招致來賓之媒价也. 醫社設於最外之廣廳, 中一大廳則爲振華興亞会会所, 又內廳則專爲越南光復会会堂. 冠冕堂皇, 旗幟鮮明, 越南革命黨之表面, 亦已差強人意, 蓋皆虛聲之作用也.

時廣東諸報家, 多爲予熟友, 因多文字鼓吹之助. 於旬月間, 粵人就予願入振華興亞会者, 日漸加多, 開会之時机, 察已成熟. 乃於壬子年七月日, 開振華興亞会成立大会. 到会者近二百人, 華人工商學界諸有名者俱預焉,[6] 乃至軍營將弁及閨閣名媛, 亦有參加者.

既乃讀章程及宣言書, 取決於大多數之同意, 在会人員咸認可. 粵人鄧警亞

---

6 華人工商學界 : 전집본에는 '工商學界'로 되어 있다.

與予, 皆有長篇之演說詞, 大衆頗爲感動. 即於会場中, 公擧粤人鄧警亞爲会長, 越人潘巢南爲副会長, 書記及各職員, 皆華越二人充之. 繼即擬及進行之程序, 照章程中所定之手續, 第一步爲援越南, 第二步爲援印度緬甸, 第三步爲援朝鮮. 其目的固在於振華以興亞, 而其第一發放之砲聲, 首在越南故也.

於是, 鄧警亞君, 首提唱購買光復軍軍用票之必要, 蓋援越之工具, 百諸進行, 必需有款, 而籌款之活法, 則發行軍用票爲最宜, 衆人多有贊其議者. 將閉会時, 認購人共得一千餘元, 全付予爲越南光復会之用. 又於全體会員之中, 遴擧其諳熟越情且所願爲實行家者若干人, 加入越南光復会, 專促成越南光復会之進行.

因此之故, 於壬子年八月, 再改組越南光復会職員会, 以華人參加之. 公擧潘巢南爲会總理, 蘇少樓【粤人】爲副總理, 黎麗南【粤人】爲財政部總長, 枚老蚌副之, 黃仲茂爲軍務部長, 鄧冬生【粤人】副之, 庶務部長爲楊鎭海【臺灣人】, 潘季諄副之, 交涉部長及其副, 以總理副總理兼任之.

越南光復会誕生以來, 至此乃漸有發達之希望. 且其時粤省長爲陳烱明, 與革命党頗表同情, 故不加以干涉, 我党行動, 較爲自由, 入会人漸以加多, 購消軍用票者, 亦漸及數千元, 交涉奔走之費, 頗足支持, 不至露我党貧窮之眞相. 惟所大患者, 武裝革命之實現, 尙屬萬難. 蓋軍械軍餉軍需, 非最巨款在數十萬元以上, 不能辦【按, 數十萬專爲發難時一試之用耳. 一試有效, 則倍蓰無難】, 而欲得此巨款之借助, 非在內有極大之影響, 必不能生. 予至是乃不得不假途於一種劇烈之門徑矣. 一爲劇烈暴動之實現.

또 하나는 진화흥아회振華興亞會 기관을 세우는 일이었다.

앞 단락에서 서술한 제1보와 제2보의 과정과 절차는 이미 대략 시행되었고, 이제 제3보의 시행에 들어갔다. 무장혁명을 실현하려면 오직 두 가지 방법이 있었다. 국내에서는 습병을 대상으로 운동을 벌이고 국외에서는 중국군의 지원을 빌리는 것이었다. 역시 무기와 군수물자는 모두 중국인의 원조를 구하지 않을 수 없었다. 이에 한편으로는 국내 운동을 담당할 인원의 파견에 주력하였고, 【이 일은 실패가 가장 컸다. 말하려니 너무도 마음이 아프다. 상세한 내용은 뒤에 서술하였다】 다른 한편으로는 중국과 연락하는 기관의 구축에 주력하였다.

수샤오로우蘇少樓와 덩징아鄧警亞 같은 동지들이 내게 말하였다. "혁명사업은 진실로 실제 현실을 중시해야 하지만, 때에 따라 허세를 써서 성공하는 경우도 있습니다. 그것은 허세로 단초를 열고 실제로써 그 뒤를 채워 나가는 것입니다. 지금 여러분들의 실제 능력이 부족하니 허세의 수단을 써보는 것도 나쁘지 않습니다. 지금 모름지기 하나의 기관을 설립하여 그 외형을 그럴듯하게 꾸미면 사람들의 주목을 받을 수 있습니다. 광둥 사람들로 하여금 그대들의 말 가운데 절반 정도는 성취되었다고 여기게 만들면 기꺼이 원조가 이루어질 것입니다. 이는 병법에서 말하는 허허실실의 한 방법입니다."

나는 그들의 말을 채용하는 한편 내 생각을 참작하여 실행하였다. 천치메이陳其美 군이 제공한 자금을 앞서 말한 각 사업에 써서 2,800원 지출하고【즉 인쇄비, 외교비, 여비, 당원을 국내로 파견하는 비용, 그리고 기타 잡비이다】

다행히 아직 1,200원이 남았는데, 700원을 남겨 특별활동비로 썼고【자세한 내용은 뒷단락에 보인다】500원은 중국 기관과 연락하는 비용으로 모두 사용하였다. 먼저 진화흥아회振華興亞会라는 명칭을 정하고「진화흥아회장정振華興亞會章程」과「선언서宣言書」한 부를 작성하여 수샤오로우와 덩징야 등 여러 동지에게 보였더니 그들 모두 직극 동의하였다.

선언서는 자못 길어 전문全文을 기록할 수 없으므로 우선 그 취지를 옮기면 아래와 같다. 첫 단락에서는 다음과 같은 내용을 크게 강조하였다. 중국은 땅이 크고 물산이 풍부하며 사람이 많기로 아시아 전체에서 으뜸이다. 또 아시아에서 가장 오래된 문화 국가로서 응당 전체 아시아의 맏형이 됨은 결코 의심할 바가 없다. 전체 아시아의 맏형으로서 책임을 다하려면 마땅히 아시아의 여러 약소국을 도와주는 것을 유일무이의 천직으로 삼아야 한다. 그리고 이어서 만청滿淸 시대에 맏형으로서의 천직을 내쳤던 점을 통렬하게 꾸짖었다.

중간 단락에서는 다음과 같은 내용을 상세히 기술하였다. 중국이 국치를 당한 까닭은 전적으로 외교 부진 때문인데, 외교가 부진한 이유는 또한 국위國威를 떨치지 못한 때문이다. 국위를 떨치려면 대외적으로 유럽을 물리치는 것 말고는 다른 방법이 없다. 그런데 유럽을 물리치는 수단으로는 먼저 프랑스인을 물리치는 것보다 중요한 것이 없고, 프랑스인을 물리치려면 반드시 먼저 베트남을 지원해야 한다.

이 단락에서 그 이유를 상세히 서술하였다. 그 대체는 이러하다. 영국은 해군이 막강한데 중국은 아직 강성한 해군이 없으므로 영국에 대해서는 아직 도모할 수 없다. 일본은 지금 영국과 동맹을 맺고 있으며 새롭게

부상하는 강대국으로 그 기세가 한창이다. 게다가 일본은 동문동종同文同
種의 나라이므로 우방으로 삼음이 좋다. 독일 황제가 유럽 전역을 차지하
려는 야심을 가지고 있어 영국과 프랑스 모두 눈을 흘기고 있다. 지금 프
랑스를 물리치고자 하면 독일은 반드시 동의를 표할 것이다. 지금은 독
일과 동맹을 맺어 강고한 지원세력으로 삼는 것이 마땅하다. 러시아는
프랑스와 동맹 관계이니, 프랑스를 공격한다면 반드시 러시아가 도울 것
이다. 그러나 만약 독일이 기꺼이 우리를 도와준다면 독일의 능력으로
충분히 러시아를 제압할 수 있다. 또 러시아는 국내에 혁명의 기운이 한
창이라, 그들은 내부 분쟁이 두려워 아직 외부에 힘을 쓸 수 없고 일본에
막혀 있어 저들은 중국에도 감히 힘을 뻗칠 수가 없다. 외교정세가 이러
하므로 걱정할 것이 없다.

경제와 군사 방면에서 따져보아도 베트남을 지원하는 전쟁은 그 승산
은 반드시 중국에 돌아간다. 베트남은 중국의 윈난, 광둥과 붙어 있어 군
량과 군수 보급이 쉽게 이뤄질 수 있다. 중국 군대가 일단 베트남 국경에
들어가면 반드시 식량을 적에게서 조달할 수 있으니 이것이 첫 번째 승
산이다. 베트남 지역은 열대에 가까운데 프랑스인은 추운 나라에서 살다
왔기에 더위를 견디며 오랫동안 싸우면 반드시 중국군을 당해내지 못할
것이다. 이것이 두 번째 승산이다. 중국과 베트남은 땅이 서로 붙어 있는
데 프랑스는 베트남과 떨어져 멀리 바다 건너에 있으므로 지원병을 보내
는 측면에서 중국이 이롭고 프랑스는 불리하다. 이것이 세 번째 승산이
다. 베트남에 주둔한 프랑스 군대는 숫자가 매우 적어 평상시나 전쟁 때
나 오로지 베트남 병졸에 의지하고 있는데 중국 군대가 한번 진격하면

베트남 병졸은 반드시 총구를 프랑스인에게 돌릴 것이다. 이것이 네 번째 승산이다.

끝부분에는 이렇게 썼다. 중국과 프랑스가 선전포고를 하기 전에 월남혁명당을 전폭적으로 도와주어야 한다. 만약 베트남 혁명 세력이 프랑스인을 충분히 교란하면 이는 곧 중국이 프랑스를 물리침에 있어 선봉대가 되는 것이다. 결론은 다음과 같다. 중국이 위세를 떨치면 동아시아는 그에 따라 강해질 것이니 제일 먼저 착수해야 할 방책은 베트남을 지원해 프랑스를 물리치는 것보다 좋은 것이 없다. 이상의 기록한 바가 선언서의 대강이다.

장정章程과 선언서를 인쇄하여 발행하자 중국 인사들 가운데 찬성하는 이들이 많았다. 나는 곧 광둥의 서양식 2층 건물 한 채를 빌렸고 모두 10여 칸이었다. 안과 밖은 나누어 세 개의 광청廣廳으로 만들었으며, 매월 내는 월세는 36원이었다. 처음 빌렸을 때, 의원醫院을 설립하여 문 앞에 명패를 내걸었는데 나무에 금색을 입혀 '동붕의사東朋醫社' 네 자를 큼직하게 새겼다. 이곳의 서의西醫 주임은 양쩐하이楊鎭海였고, 중의中醫 주임은 마이 라오 방枚老蚌이었다. 의료사업을 통해 사람들을 모으는 매개로 삼았던 것이다. 병원은 가장 바깥의 넓은 방에 자리했으며, 가운데 대청은 진화흥아회振華興亞会의 모임 장소였고, 또 내청內廳은 월남광복회의 회당으로 삼았다. 외관이 당당하고 깃발이 선명하여 월남혁명당의 겉모습이 또한 사람들의 마음을 조금 굳세게 했는데, 이는 모두 허세를 부려본 것이었다.

이때 광둥의 여러 신문사에는 나와 친한 벗들이 많아 신문기사로 우리 활동을 고취하는 도움을 많이 받았다. 한 달 남짓 사이에 나를 통해 진화홍아회에 가입하고자 하는 광둥 사람이 날로 증가하였다. 개회의 시기와 조건이 무르익었음을 살펴 임자년¹⁹¹² 7월 모일某日에 진화홍아회 성립대회를 열었다. 대회에 모인 사람은 거의 2백 명이었는데, 중국의 경제계와 학계에서 유명한 자들이 다수 참석하였고, 군대 장교들과 여성 명사들 가운데에서도 참가한 사람이 있었다.

진화홍아회 장정과 선언서를 낭독하여 대다수의 동의를 받아 상정되어 회의에 참석한 인원들의 인가를 받았다. 광둥인 덩징아鄧警亞와 나는 길게 연설을 하였는데 대중들이 자못 감동하였다. 이어 회의장에서 선거를 통해 광둥인 덩징야를 회장으로, 베트남인 나 판 사오 남을 부회장으로 선출하고, 서기 및 각 부서 직원에 모두 중국인과 베트남인 두 사람씩을 임명하였다. 계속해서 사업의 진행순서를 결정하니 장정에서 정한 순서에 따라, 제1보로 베트남을, 제2보로 인도와 미얀마를, 제3보로 조선을 돕기로 하였다. 그 목적은 실로 중국을 진흥하고 아시아를 부흥시키는 것인데, 그 맨 처음 포성이 우선 베트남에서 울렸기 때문에 이렇게 정한 것이다.

이에 덩징야 군이 먼저 광복군 군용표 구매의 필요성을 제창하였다. 대개 베트남을 원조하는 수단으로 진행되는 여러 사업에는 반드시 자금이 필요하고, 자금을 마련하는 좋은 방법으로는 군용표를 발행하는 것이 가장 적합하다고 하였다. 이에 여러 사람이 그 의견에 찬성하였다. 폐회즈음 사람들이 구매한 것을 헤아려보니 총 1천여 원이었는데, 전액을 나에게 주며 월남광복회를 위해 쓰라고 하였다. 그리고 전체 회원 중에서 베트남 사정에 익숙하고 혁명가가 되기를 원하는 약간 명을 뽑아 월남광복회에 가입시켰다. 이는 월남광복회의 발전을 전적으로 촉성促成하려는 것이었다.

임자년1912 8월, 다시 월남광복회 직원회를 개편하여 중국인을 참여하게 하였다. 선거를 통해 나 판 사오 남을 광복회의 총리로, 수샤오로우蘇少樓【광둥인】를 부총리로 삼았다. 리리난黎麗南【광둥인】을 재정부 총장으로 선출하고 마이 라오 방枚老蚌이 보좌하였으며, 호앙 쫑 머우黃仲茂가 군무부장軍務部長이 되고 덩둥성鄧冬生【광둥인】이 보좌하였다. 서무부장에는 양쩐하이楊鎭海【타이완인】를 선출하고 판 꾸이 쭈언潘季諄이 보좌하였으며, 교섭부장 및 그 부장副長은 총리와 부총리가 겸하도록 하였다.

월남광복회가 탄생한 이래로 이때에 이르러 점차 발전하고 있다는 희망이 생겼다. 당시 광둥성 성장省長이 천지옹밍陳炯明이었는데 그는 혁명당에 동정을 표하며 간섭하지 않았다. 그래서 우리 혁명당의 활동은 비교적 자유로웠고 입회하는 사람도 차츰 많아졌으며, 군용표를 구매하는 사람도 증가하여 수천 원에 달하였다. 교섭 활동비가 자못 넉넉했기에 우리 혁명당의 빈궁한 진상을 노출하지 않을 수 있었다. 그런데 오직 크게 근심하는 바가 있었으니 무장혁명의 실현이 여전히 많은 어려움 속에 있다는 것이었다. 무기와 식량, 군수품은 수십만 원 이상의 거금이 아니면 마련할 수 없었다. 【생각건대 수십만 원은 오로지 군사작전을 일으킬 때 한 번 시도하는 데 드는 비용일 뿐이다. 한 번의 시도가 유효를 거둔다면 몇 곱절 되는 모금도 어렵지 않을 것이다.】 이러한 거금을 원조 받으려면 베트남 국내에서 거대한 사건이 일어나지 않고는 결코 이루어질 수 없었다. 이에 나는 일종의 극렬한 노선을 택하지 않을 수 없었다. 그것은 극렬한 폭동을 일으키는 것이었다.

敍予史至此, 實含淚呑痛而寫之, 所不忍寫而又不忍不寫者, 蓋犧牲其有
志氣心血之同胞, 以希冀國家運命之復活, 忍少數人之苦痛, 以圖大多數人
之幸福. 列寧先生所云, "殺其一以生其二." 吾輩亦何惜焉, 不平者事, 難料
者機. 徒斷送同胞於無結果之犧牲, 則是予之極大罪惡也.

壬子年秋間, 在光復会完全成立之後, 予接回内運動委員三人由國内出,
皆云, "國內軍隊之運動, 非先有驚天動地之一聲, 殊難有效." 蓋彼等惟急於
旦夕之成功, 不能爲歲月之計劃也. 此等理由, 與運動籌款之手段, 幾於一
致. 予乃於陳款中所儲存爲特別用者, 尙有七百元, 而現發行票券之所得, 除
正式支消外, 又溢出五百元, 共一千二百元. 以三百元給與阮海臣 · 阮仲常,
副以炸彈六顆, 由諒山間道入北圻, 以六百元給與何當仁 · 鄧子羽, 副以炸彈
四顆, 由暹羅取道入中圻, 以二百元給與裴正路, 副以炸彈二顆, 由暹羅取道
入南圻. 各人分途出發之後, 予以爲張子房之椎, 安重根之槍, 必同時突發於
三圻, 苟強權政治家之三巨頭得其一焉, 已足激動人心, 而大寒賊膽, 影響於
籌款前途, 必甚大也.

豈意結果乃得其反, 輸入北圻之炸彈, 不用之於東京全權[7], 而用之於太平
巡撫, 與飯店法商及二退伍之法兵官. 携至暹羅之炸彈, 俱未至目的地, 何鄧
二人則盤桓暹地, 彈竟虛抛. 裴正路君則以急激短見僅於曼谷城, 殺數小輩
狐伥, 而犧牲其極可貴之性命. 此則大非予所圖, 而事後回思, 予極悔料人料
事之才, 萬不及小羅先生矣.

7　東京全權 : 저본에는 없으나 전집본을 참고하여 추가하였다.

雖然此事, 實授予以極良好之教訓. 初予之將出此計也, 以爲秘密行爲, 不能使公衆共喩, 惟於對衆聚談時, 輒嘆息怨艾, 恥不能爲張子房・安重根, 而且旦夕祈禱, 求此二人之出現, 阮海臣與何・鄧, 皆窺知予意, 予固不與之謀, 而彼奮勇願自任者. 阮海臣於出發時, 有留別詩云, "成三十載生平志, 發四千年歷史光". 名心之重, 已略露於詞間矣.

鄧子羽於出發時, 有國語留別句云, "鼎鍾物吏朱埃奇, 寶劍忙蹺者嬪苧". 則其胸中未全忘利祿, 亦已甚明, 名心太重, 利心未忘, 必不能殺身, 其理甚顯. 惜其時木已成舟, 不可復救. 予縱有先見之明, 亦難爲挽回計矣.

予乃知爲此等冒險成仁之事, 必其人極光明磊落, 無一點名利之思, 極沈毅忍耐, 有百折不回之氣, 而且膽力魄力, 俱壯偉異常. 缺一於此, 必不能行. 或由鼓動而來, 或由驅使而爲, 必僞也, 且必無結果.

[번역] 의열 투쟁으로 방향 전환

나의 투쟁 역사를 서술함이 여기에 이르러 참으로 눈물을 머금고 통한을 삼키며 쓴다. 차마 쓸 수 없으나 또한 차마 쓰지 않을 수 없는 것은 지기와 심혈을 지녔던 우리 동포들을 희생시켜 나라의 운명이 부활하기를 바랐고, 소수의 고통을 감수하여 다수의 행복을 도모하였기 때문이다. 레닌 선생이 "한 사람을 죽여 두 사람을 살린다"고 했으니, 우리는 또한 무엇을 애석해하리오. 평탄하지 않은 것이 사업이요, 헤아리기 어려운 것이 세상의 흐름인 것이다. 그렇지만 결과도 없는 희생에 동지들을 그냥 죽게 한 것이야말로 나의 크나큰 죄악이다.

임자년1912 가을 무렵 광복회가 완전히 성립된 후 나는 국내에서 나온 회내回內 운동 위원 3인을 만났다. 그들은 모두 "국내에서 군사투쟁을 할 때 먼저 경천동지의 일성一聲이 없으면 효과를 보기 어렵다"라고 말하였다. 대개 그들은 오직 단기간의 성공을 이루는 것에 급급하여 장기간의 계획을 세울 수 없었다. 이러한 이유는 투쟁 자금을 마련하기 어려운 사정과도 대략 일치하였다. 이에 자금을 살펴보니 특별 용도로 사용하려고 남겨둔 7백 원이 있었고, 군용표 발행으로 얻은 소득은 정식으로 지출한 금액을 제외하고 남은 5백 원까지 총 1,200원이 있었다. 3백 원은 응우엔 하이 턴阮海臣과 응우엔 종 트엉阮仲常에게 폭탄 6발과 함께 지급하여 랑선諒山을 경유하는 지름길로 박끼에 들여보냈다. 6백 원은 하 드엉 년何當仁과 당 뜨 부鄧子羽에게 폭탄 4발과 함께 지급하여 태국을 경유해서 쭝끼로 들여보냈다. 2백 원은 부이 찡 로裴正路에게 폭탄 2발과 함께 지급하여 태국을 통해 남끼로 들여보냈다. 이들이 각각 지역을 나눠 출발한 후에 나는 생각하기를, 장자방張子房의 쇠몽둥이와 안중근安重根의 권총이 땀끼三圻에서 동시에 터져 강권 통치를 하는 3명의 거두 가운데 하나라도 제거한다면 인심을 충분히 격동시키고 적의 간담을 크게 서늘케 하여 향후의 자금 모집에 큰 영향을 줄 수 있으리라 여겼다.

그런데 어찌 생각이나 했겠는가? 결과는 정반대로 나타났다. 박끼로 들여보낸 폭탄은 통킹東京의 프랑스 전권대사를 죽이는 데 쓰이지 못하고, 태평순무太平巡撫와 음식점에 있던 프랑스 상인 및 퇴역한 프랑스 군관 두 명에게 쓰이고 말았다. 태국에 가져간 폭탄은 모두 목적지에 이르지 못하였다. 하 드엉 년何當仁과 당 뜨 부鄧子羽 두 사람은 태국 땅에서 머뭇거리다가 폭탄은 끝내 허망하게 버려지고 말았고, 부이 찡 로裴正路 군은 과

격하고도 짧은 판단으로 겨우 방콕에서 몇몇 조무래기 앞잡이를 살해하느라 자신의 극히 귀한 목숨을 희생하고 말았다. 이는 결코 내가 뜻했던 바가 아니었다. 후에 돌이켜 생각하니 나는 너무도 후회스럽다. 사람을 쓰고 사업을 추진하는 자질에 있어 참으로 띠에우 라小羅 선생에게 미치지 못하였다.

그렇지만 이 사건은 실로 내게 너무도 귀중한 교훈을 주었다. 당초 내가 이 일을 계획할 때에는 비밀리에 행동하여 사람들이 알 수 없게 하였다. 오직 여러 사람이 모여 이야기를 나누게 되면 그때마다 탄식하고 원망하면서 스스로 장자방과 안중근이 될 수 없음을 부끄러워하고, 또 이러한 두 사람이 출현하기를 기도하였다. 그러자 응우엔 하이 턴阮海臣과 하 드엉 년何當仁, 당 뜨 부鄧子羽가 나의 뜻을 알아채고 말았다. 나는 진실로 그들과 상의하지 않았건만 그들은 분연히 용기를 내어 일을 자임하고자 하였다. 응우엔 하이 턴은 출발하며 작별시를 남겼다. "삼십 년 품은 평생의 뜻을 이루고, 사천 년 우리 역사의 빛을 발하리라成三十載生平志, 發四千年歷史光." 마음에 새긴 무거운 다짐이 시구 사이에 대략 드러나 있다.

당 뜨 부鄧子羽는 출발할 때 베트남어로 이별시를 남겼다. "부귀영화는 다른 사람에게 던져두고, 보검 한 자루로 묵은 빚을 갚으러 가노라鼎鍾物吏朱埃奇, 寶劍怊曉者嫿葚." 그는 흉중에 명리와 복록을 완전히 떨치지 못했음이 또한 분명하다. 마음에 새김이 무겁기는 하지만, 명리를 바라는 마음을 완전히 떨치지 못했으니 그가 살신성인하지 못함은 그 이치가 매우 분명하다. 애석하게도 그때는 상황을 돌이킬 수 없었기에 어찌할 도리가 없었다. 내게 비록 선견지명이 있었더라도 만회하는 계책을 내기는 어려웠을 것이다.

나는 이를 통해 알게 되었다. 이렇게 위험을 무릅쓰고 살신성인하는 일이 반드시 그 실행자가 지극히 광명정대하고 도량이 넓고 커서 명리名利에 대한 한 점의 생각도 없어야 하며, 지극히 침중하게 인내하여 백절불굴의 기상이 있어야 하고, 담력과 정신력이 모두 장대하고 기특해야 한다. 이러한 자질 가운데 하나라도 결점이 있으면 결코 그 일은 실행될 수 없다. 어떤 사람은 다른 사람의 고무와 격려로 인해 오기도 하고, 어떤 사람은 상황에 밀려 행동에 나서기도 하는데 이는 필시 위선이기에 또한 결실이 없다.

원문

雖然, 此數人中, 則裴正路君之死, 眞可敬可哀. 君之回暹, 實奉予命, 非君自所願者. 初君在國內, 與魚海翁共事多年, 實爲魚翁之心血友, 而又予之信徒也【君爲予漢學之徒弟】. 魚翁殉義後, 君猶爲奔走熱烈之一黨員, 事覺被捕, 法人加君以終身苦差之案. 君方在獄, 会獄中疫病大發, 囚犯死, 日至四五十人. 君僞爲疫病死者, 而囑其門弟僞葬之. 時監獄人, 不敢近死屍, 君竟得以假葬得脫, 葬後再活. 即潛走南圻, 從高蠻間道赴暹羅, 旋來廣東会予.

適予方經營前述之計劃, 而南圻一路, 未得其人, 知君途徑南圻, 行徑已熟, 且又素有輕生勇義者, 爰托君以事. 惜君於沈毅忍耐之氣, 尙未十分圓熟. 故時常洩忿於其小而誤大謀. 君懷彈至曼谷城, 因君名早爲狐倀所覺, 君所至必尾之, 君忿不可遏, 出懷中彈擲之. 死二狐倀, 而君爲警吏所捕, 將引渡於法人, 君遂自殺. 嗟乎! 明珠彈雀, 寶劍斬蛇, 君誠非張子房·安重根之

流, 而亦予委任不精之罪也. 予在廣東獄中, 曾爲君著「再生生傳」. 蓋君於魚
海翁在時, 輸送金錢, 密運械器及文書, 往返越暹間, 年五六次, 又靜黨人之
行動, 大多得助於君云.

번역 부이 찡 로 군의 안타까운 죽음

그러나 이러한 몇 사람들 가운데 부이 찡 로裴正路 군의 죽음은 진실로
경외하고 슬퍼할 만하다. 부이 찡 로 군이 태국으로 돌아온 것은 실로 나
의 명령을 받든 것으로 군이 자원한 바는 아니었다. 당초에 군은 베트남
국내에 있으면서 응으 하이 옹과 함께 일을 추진하며 여러 해를 보내어
응으 하이 옹의 심혈우心血友가 되었고, 군은 나를 믿고 따르는 무리이기
도 하였다.【군은 나에게 한학漢學을 배운 제자였다.】응으 하이 옹이 순절한 후
에도 군은 여전히 열렬한 한 사람의 당원으로 활발하게 활동하였는데 일
이 발각되어 체포되었고 프랑스인은 군에게 종신노역형을 선고하였다.
군이 옥에 갇혔을 때 마침 옥중에 전염병이 크게 번져 죄수 가운데 죽는
이가 하루에 40~50명이었다. 군은 전염병 때문에 죽은 것처럼 거짓으
로 꾸미고는 제자들에게 부탁해 장사지내는 것처럼 위장하였다. 당시 간
수들은 시체에 감히 접근하지 못했으므로 군은 마침내 가짜 장례를 치르
고 감옥을 빠져나올 수 있었다. 장례 이후 다시 살아난 군은 잠행하여 남
끼로 가고 거기서 캄보디아高蠻의 지름길로 태국으로 갔다가 다시 광둥에
와서 나를 만났다.

마침 나는 앞에서 서술한 계획을 진행하고 있었는데 남끼에서 일을 실
행할 사람을 구하지 못한 상황이었다. 그러다가 부이 찡 로 군이 남끼를

경유한 경험이 있어 그 지역에 이미 익숙하다는 것을 알게 되었다. 게다가 그는 평소 용감하고 정의로웠으며 목숨을 아끼지 않았으므로 그에게 일을 맡겼다. 그런데 애석하게도 군은 침중하게 인내하는 자질 면에서 아직 충분히 원숙하지 못하여 자주 사소한 일에 격분하여 큰일을 그르치곤 하였다. 부이 찡 로 군이 폭탄을 품고 방콕에 갔는데 군의 이름이 일찍부터 첩자들에게 알려져 있었기 때문에 가는 곳마다 미행이 붙었다. 군은 분을 참지 못하고 가슴에서 폭탄을 꺼내 던져버렸다. 첩자 두 명이 죽고 군은 경찰에 체포되어 프랑스인에게 인도되었다. 그리고 끝내 군은 스스로 목숨을 끊어버렸다. 아! 아름다운 구슬로 참새를 죽이고 보배로운 검으로 뱀을 찌른 격이었다. 군은 참으로 장자방과 안중근의 부류가 아니건만 내가 정밀하게 살피지 않고 일을 맡긴 죄를 짓고 말았다. 나는 광둥성 옥중에서 부이 찡 로 군을 위해 「재생생전再生生傳」을 지었다. 군은 응으 하이 옹이 살아 있을 때 자금을 수송하였으며 무기와 문서를 베트남과 태국 간에 비밀리에 전달하는 일을 일 년에 5~6차례나 하였다. 응에안, 하띵 당원들의 활동은 대부분 군의 도움을 받은 것이라고 한다.

원문

　北圻炸彈之初計, 原豫決其發現於十一月鄕試放榜之日, 以是日保護行政首官, 皆親臨發給冠服故. 不意彈聲之發, 不於試場門, 而於飯店. 沙露全權之威望, 乃能使炸彈聞之而遠避者歟? 嗚呼! 陳君贈予之厚恩, 反鑄成此大錯, 幽冥之中, 負此良友, 予復何説以辭!

　壬子年十二月, 北圻炸彈事發, 傳至廣東, 而予困苦之種種問題, 又從此接

踵而來矣. 大凡一事之成功也, 僅得一二事之成功, 隨於其後, 一事之失敗
也, 乃常有無數事之失敗, 隨於其後. "福不重來, 禍無單至." 此語吾不得不
認爲知言.

因炸彈事, 而法人得有辭, 以控於華政府曰, 我等机關, 殺人犯之机關也.
又曰, 潘巢南者, 殺人犯之領袖也. 北京法公使, 屢求華政府引渡犯人, 幸此
時袁總統實潛蓄拿破崙·亞歷山大之謀. 圻外侯曾至北京, 求謁袁, 袁以段祺
瑞總理代面, 表示歡迎【予以主張民主, 故恐爲袁所不悅, 所以結交袁氏之事, 全托於圻
外侯, 侯受袁待遇頗優】.

段之言曰: "大總統必有大懲歐人之一日, 嘗謂予曰:'中國不可不對外示
威, 泥之五六年, 予整頓中國完好, 將必以越南爲試驗場.'" 我國靑年, 得以
官費入北京士官學校, 畢業後, 袁皆優養之, 故法人控案, 袁政府皆以無証據
却之. 我黨在廣東所立各机關, 因此得苟延殘喘. 然光復軍軍用票之價値, 則
已一落萬丈矣. 蓋在內之革命行動, 影響寥然, 而在外之外交轇轕, 反使投机
商買者, 因而退縮, 坐無所事, 款何從生, 動而無成, 款亦垂死, 此則處於進
退維谷之情境矣.

번역 하노이 식당 폭발 사건

박끼에서 폭탄을 터뜨리려던 당초의 계획은 원래 1912년 11월 향시
합격자 발표일에 실행하기로 미리 결정하였다. 이날 보호행정부의 수장
이 직접 참석하여 합격자들에게 관복을 수여하기 때문이었다. 그런데 생
각지도 않게 폭발음이 발생한 곳은 시험장이 아니라 식당이었다. 전권대
신 사로沙露의 위세와 명망에 눌려 폭탄 터뜨리는 자가 두려워 멀리 피했

던 것인가? 아! 천치메이陳其美 군이 내게 준 두터운 은혜를 도리어 이같이 큰 실패로 만들고 말았다. 어두운 상황 가운데 이 어진 친구를 저버리게 되었으니 내가 다시 어떤 말로 변명할 수 있겠는가.

임자년1912 12월, 박끼에서 폭탄이 터지는 사건이 발생하자 광둥까지 그 소식이 들려왔다. 내게는 곤란한 여러 문제가 이 일로부터 꼬리를 물고 잇달아 생겼다. 대체로 한 가지 일의 성공에는 겨우 한두 가지 일의 성공이 뒤따르지만, 한 가지 일이 실패하면 항상 무수한 일의 실패가 그 뒤를 따른다. "복은 거듭 오지 않고 화는 홀로 이르지 않는다." 나는 이 말이 이치를 담고 있다고 인정하지 않을 수 없다.

폭탄이 터진 일로 인해 프랑스인은 이것을 구실로 삼아 중국 정부에 압력을 넣으며 우리 기관을 살인범의 기관이라 하고, 판 사오 남은 살인범의 우두머리라고 하였다. 베이징 주재 프랑스 공사는 여러 차례 중국 정부에 범인을 인도할 것을 요청하였다. 다행히 이때 위안袁 총통은 나폴레옹拿破侖과 알렉산더亞歷山大 같은 황제가 되고 싶다는 뜻을 몰래 품고 있었다. 기외후가 일찍이 베이징에 와서 위안 총통을 만나고자 하니, 위안스카이 총통은 두안치루이段祺瑞 총리에게 대신 만나도록 하고 환영의 뜻을 표하였다. 【나는 민주주의를 주장하였기에 위안 총통이 달갑게 여기지 않을까 염려하여 위안 총통을 만나는 일은 전적으로 기외후에게 맡겼으며, 기외후는 위안 총통에게 후한 대우를 받았다.】

두안 총리가 말하였다. "대총통이 유럽인을 크게 징계하는 날이 반드시 올 것입니다. 일찍이 총통이 내게 이야기하기를, '중국은 대외적으로 위력을 드러내지 않을 수 없으니, 5~6년 내에 내가 중국을 완전히 정돈

하면 장차 베트남을 시험장으로 삼을 것이다'라 하였습니다." 실제로 우리 베트남 청년들은 관비로 북경사관학교에 입학하였고 졸업하게 되면 모두 위안스카이가 우대하여 양성해주었다. 그리하여 프랑스인이 제기한 사건들을 위안스카이 정부는 모두 증거불충분으로 기각하였고, 우리 혁명당이 광둥에 세운 각 기관은 이로 인해 구차하게나마 명맥을 이어갈 수 있었다. 그러나 광복군 군용표의 가치는 벌써 크게 떨어져 버렸다. 대개 베트남 국내의 혁명운동은 영향력이 거의 소진되었고 국외의 외교활동도 도리어 투기꾼이나 장사꾼에게 맡겨지면서 기세가 위축되었다. 앉아 아무것도 하는 일이 없으니 자금이 어디에서 나오겠는가! 행동에 나서도 성공한 것이 없으니 자금은 거의 고갈되었다. 이야말로 진퇴유곡에 놓인 형편이었다.

원문

癸丑年春, 我黨聚集於廣東者, 尙百餘人, 已儼如殘軍臨大敵, 進則或有生机, 退則將至死絶. 蓋坐張旗鼓虛聲, 縱於大局無裨, 尙足爲呼號求活之媒价也. 故仍繼續從前之工作, 爲僥倖行險之事.

時有一事, 大可笑亦大可哭. 人滿錢空之患, 無日稍舒, 不得不權爲文明家之欺騙. 東朋醫社, 屢與日藥商交涉, 現銀貿易, 彼素信之. 楊鎭海君又日語甚工, 彼不知其越黨人也. 向彼賒貨三百元, 賣藥度日, 未幾醫社取消, 日商亦受其損失, 不之恤也.

至其他呼號所得, 則專爲同志奔走之用. 黃仲茂往廣西, 結連桂省綠林及諸民軍之被散者, 彼皆槍枝具足, 而又皆勝廣之流也. 鄧子敏·黃興·鄧秉誠往香港, 設一秘密製造所, 專製造爆發器及火藥, 謀再如前之動作. 其後黃仲茂被捕, 阮誠憲及黃鄧輩, 皆被引渡. 鄧子敏失其三指, 又被監禁. 禍胎皆於此時釀之. 陳有力之暹羅, 謀以少數軍械入中圻, 梁立岩潛回北圻, 阮燕昭潛回南圻, 皆出於冒險籌款之計畫, 三君先後就拎, 亦以此時爲告亡之兆, 嗚呼痛矣!

癸丑年三月, 予與枚公老蚌, 專任留守在粵之机關. 同住者尚有四五十人, 忍饑耐渴不可終日. 然尚欲爲空城張幟之計畫, 爰詳籙河城投毒之始末, 著爲河城烈士傳, 付石印成. 托杜基光君潛帶入內, 秘密散布於軍隊之間, 冀引起習兵之觀感. 以豫策黃仲茂·阮式庚, 入內時之響應也.

河城烈士者, 據予所聞則爲黎廷潤·阮治平·杜廷仁及台軒等諸人, 於戊申年毒殺法兵官, 謀奪械襲城之事. 今特加以崇拜之文, 詢非溢美. 況其爲無名之英雄者乎. 述此一事, 杜基光君之結果, 不可不記. 予曾於越南義烈史詳之, 今摘其畧如下.

君之赴粵, 實爲越南光復會方興之時, 及其漸衰, 而廣東廣西歸路已梗. 君乃自願得少許旅費, 由雲南鐵路回北圻. 予因以運動習兵事托君, 然初與君同來之一人曰, 阮黑山. 實給君以出洋之旅費. 君不知其爲倀也. 與君周旋於粵幾半年, 又入南京軍營習兵事, 幾半年. 同勞共苦, 君益信之. 及往雲南, 携黑山以俱, 因黑山時有家錢奇到故.

君通漢文, 國語文亦佳, 辯說尤能動人. 臨行時携帶光復会文件甚多, 乃大施運動於旅滇之越人. 我同胞充滇越護路兵, 及通記陪丁伙夫, 沿蒙自一帶, 凡五十人皆加入光復会. 未幾, 歐戰事發. 君又得駐蒙自德國領事之贊助, 運動益靈. 遂由護路兵之价紹, 潛回河內, 陰結習兵隊長某某, 秘密加盟. 事將發矣, 而君忽被捕.

君案所干連者, 何城習兵隊長一名, 旅滇越人自記蘭而下五十餘人. 同日被斬於河口, 法人以此懲其他之越僑也. 君所組織之支部, 竟一網無遺者, 皆黑山爲倀之功, 君旣得斬快刑.

黑山以自首免罪, 旋得備奴銜, 而所派遣黑山之老倀, 曰阮夏長, 得授知縣. 嗟夫! 爲區區奴隷之名位而慘害其愛國之同胞, 至五十餘人, 如許肝腸. 吾無以名之矣, 予聞同日被戮之五十人中, 記蘭尤爲可敬. 蓋此輩中之翹楚也, 惜不詳其歷史.

癸丑年三月, 予住廣東, 慮前所籌畫, 俱失敗. 則同住之四十餘人, 不死於革命而死於饑寒, 勢有必至. 予乃急爲改途之乞丐. 質言之, 年來在外之運動, 皆文明之乞丐耳.

因憶予在日本時, 有湖南人張輝瓚者, 我留學振武學校諸君之同學友也. 其人富於義氣, 尤熱心於革命. 予嘗與之接洽. 今民國成立, 君被任爲湘軍師長.

湘督譚延闓 又於予有文字緣. 乃以三月下旬, 偕梁立岩君赴湖南, 訪張師長且謁譚督. 初抵湘省, 晤張, 示以振華興亞会宣言書及其章程 張大悅爲設洗塵席, 約其同僚陳嘉佑等十餘人. 一一爲予价紹, 且言旬日間爲諸君籌集借款二十萬. 予聞狂喜, 幾欲起舞.

詎知纔及明日而事情忽變! 國民黨討袁之兵, 已發起於安徽湖北江西三省. 湖南以唇齒關係, 勢必加入戰團, 而前夕所晤談之要人. 時皆手忙脚亂, 無暇他圖. 昨所許詞, 竟只銀三百元爲歡送歸粤之費. 事之倏忽變化, 計莫此若, 噫! 時運之方屯, 而亦足証倚賴人者之必無成也. 自此以後, 乃爲予歷史中最凄涼慘淡之時代.

번역 『월남의열사』 집필

계축년[1913] 봄, 광둥성에 모인 우리 혁명당원들은 백여 명 정도였는데 완연히 큰 적을 만난 패잔병 같았다. 전진한다면 어쩌면 살아날 기회가 있을지도 모르나 후퇴한다면 장차 죽고 말 것이었다. 대개 앉아서 깃발을 세우고 허장성세를 부린다면 비록 큰 판도에 보탬이 되지는 않더라도 그래도 살려달라고 소리치는 방법은 될 수 있었다. 그리하여 종전의 공작을 계속 이어가며 요행을 바라고 위험을 무릅쓰는 일을 하였다.

이때 한 사건이 있었는데 크게 우스우면서도 심히 통곡할 만한 일이었다. 사람은 많은데 돈이 없는 근심은 어느 하루도 털어버릴 수가 없었다. 그래서 부득불 임시방편으로 문명인文明人의 사기를 쳤다. 동붕의사東朋醫社는 누차 일본의 약재상과 거래하며 현금으로 결제하였기에 저들이 평소 신뢰하였다. 양쩐하이楊鎭海 군이 일본어에 능숙하였기에 저들은 그가 월남혁명당 사람임을 알지 못하였고, 양 군은 저들에게 3백 원 어치의 약재를 외상으로 구매하고서 일본으로 가버렸다. 얼마 뒤 동붕의사가 문을 닫음으로써 일본 상인이 그 손실금을 떠안게 되었지만 우리는 개의치 않았다.

이 밖에 호소해서 구한 자금은 오로지 동지들이 활동하는 용도로 썼다. 호앙 쫑 머우黃仲茂는 광시廣西로 가서 구이린桂林의 녹림당 및 흩어져 있는 여러 민군民軍과 동맹을 맺었다. 그들은 모두 무기가 풍족하였으며 진승陳勝과 오광吳廣[8] 같은 반란의 무리였다. 당 뜨 먼鄧子敏과 호앙 홍黃興 및

---

8 진승(陳勝)과 오광(吳廣) : 진(秦)나라 말기 농민반란을 일으켰던 인물들이다.

당 빙 타잉鄧秉誠은 홍콩으로 가서 비밀제작소 한 곳을 세우고 화약과 폭탄을 만들면서 이전과 같은 공작工作을 다시 계획하였다. 그 뒤 호앙 쫑 머우는 체포되고 응우옌 타잉 히엔阮誠憲과 호앙 훙 및 당 빙 타잉 등도 모두 잡혀 베트남으로 인도되었으며, 당 뜨 먼은 손가락 세 개를 잃고 감옥에 갇혔다. 재앙의 싹이 모두 이 시기에 배양된 것이다. 쩐 흐우 륵陳有力은 태국으로 가서 얼마간의 무기를 쯩끼로 들여오려 했고, 르엉 럽 남梁立岩은 몰래 박끼로 갔으며, 응우옌 이엔 찌에우阮燕昭는 은밀히 남끼로 갔다. 이는 모두 위험을 무릅쓰고 자금을 마련하려는 계획이었다. 그러나 세 사람은 차례로 체포되고 말았으니 이때부터 우리 혁명당의 종말을 알리는 조짐이 보였다. 오호통재라!

계축년1913 3월, 나는 마이 라오 방枚老蚌 공과 더불어 광둥에 있는 기관의 운영을 전담하고 있었다. 함께 지내는 자들이 여전히 40~50인이었는데, 배고픔을 참고 목마름을 견디느라 하루를 보내기 힘들었다. 그런데 텅 빈 성에 깃발이라도 내걸어야겠다는 생각에 하노이에서 일어난 독살사건[9]의 전말을 상세히 기록하여 『하성열사전河城烈士傳』을 짓고 석판으로 인쇄하였다. 도 꺼 꽝杜基光 군에게 부탁해 몰래 국내로 가지고 들어가 군대에 비밀리에 유포하여 습병들이 보고 감동하기를 바랐으니, 이는 호앙 쫑 머우黃仲茂와 응우옌 특 까잉阮式庚이 국내에 진공했을 때 호응하기를 미리 꾀한 것이었다.

'하노이의 열사'는 내가 들은 바에 의하면 레 딩 뉴언黎廷閏, 응우옌 찌

---

9 독살사건 : 앞의 주석 71번 참조.

빙阮治平, 도 딩 년杜廷仁 및 하이 히엔海軒 등 여러 사람이다. 이들은 무신년 1908에 프랑스 군인과 관리를 독살하고 무기를 빼앗아 하노이를 습격하려는 계획을 세웠다. 지금 특별히 그들을 숭배하는 문장을 짓는 것도 결코 지나친 미화가 아닌데, 하물며 무명無名의 영웅들에 있어서랴. 이 일을 기술하자면 도 꺼 꽝 군의 최후를 기록하지 않을 수 없다. 나는 일찍이 『월남의열사越南義烈史』에서 그에 대해 상세히 기록하였는데 지금 그 대략을 아래와 같이 소개한다.

도 꺼 꽝 군이 광둥에 왔을 때는 실로 월남광복회가 한창 흥성할 때였는데, 점점 쇠퇴하게 되자 광둥과 광시를 통해 국내로 돌아가는 길이 이미 막혀버렸다. 군은 이에 약간의 여비를 얻어 윈난에서 철도를 이용해 박끼로 가겠다고 자원하였고, 나는 습병들을 권유하는 운동을 도 꺼 꽝 군에게 맡겼다. 처음 군과 함께 온 사람이 한 명 있었으니 응우옌 학 선阮黑山이란 자였다. 그는 도 꺼 꽝 군이 해외로 나가도록 실제로 여비를 주었는데 군은 그가 첩자인지 알지 못하였다. 그자는 도 군과 함께 광둥을 돌아다닌 것이 거의 반년이요, 또 난징 군영에 들어가 군사훈련을 받은 것이 거의 반년이었다. 노고를 함께 하니 도 꺼 꽝 군은 그를 더욱 신임하게 되었다. 군이 윈난에 갔을 때도 응우옌 학 선을 데리고 가서 함께 활동했는데, 당시 그자의 집에서 부쳐온 돈이 있었기 때문이었다.

도 꺼 꽝 군은 한문에 능통하고 베트남 국문도 잘하였으며 연설은 더욱 사람들을 감동시켰다. 그가 윈난에 갈 때 광복회 문건을 많이 가지고 갔기에 그곳에 머무는 베트남 사람들에게 크게 운동을 펼칠 수 있었다. 그리하여 우리 동포로서 윈난과 베트남 사이 철로를 지키는 병사, 통역사, 심부름꾼, 요리사 등의 일을 하며 멍즈蒙自 일대에 퍼져있던 50명이 모두 광복회에 가입하였다. 얼마 지나지 않아 제1차 세계대전이 발발하자 도 꺼 꽝 군이 멍즈 주재 독일 영사의 찬조를 얻어 운동이 더욱 활발해졌다. 마침내 철도를 수비하는 병사에게 부탁하여 몰래 하노이로 돌아와 은밀히 습병 대장 모모某某와 연결하여 비밀맹약을 맺었다. 그런데 일을 장차 벌이려 할 때 군이 갑자기 체포되었다.

군과 연루된 자로는 하노이 습병 대장 한 명과 윈난에 머물던 베트남인 끼 란記蘭 외에도 50여 명이 있었다. 이들은 같은 날 체포되어 허코우河口에서 참수되었다. 프랑스인은 이 사건 때문에 다른 베트남 교민들도 못살게 굴었다. 도 꺼 꽝 군이 조직한 지부支部는 일망타진一網打盡되어 한 사람도 남지 않았으니 이는 모두 응우엔 학 선이 앞잡이 노릇을 한 공功이었다. 도 꺼 꽝 군도 참수형에 처해졌다.

응우엔 학 선은 프랑스에 자수하여 죄를 면함으로써 곧 변절자의 명단에 이름을 올렸다. 또 그를 조종한 늙은 앞잡이인 응우엔 하 쯔엉阮夏長은 지현知縣의 관직을 얻었다. 애통하다, 구차하게 노예의 이름과 지위를 얻기 위해 50여 명에 달하는 애국 동포를 참살하고 말았으니 이러한 작자의 속내를 나는 무어라 형용할 수가 없다. 내가 들으니, 같은 날 죽임을 당한 50여 명 가운데 끼 란은 더욱 존경할만한 인물로서 이 무리 가운데 으뜸이었다고 한다. 그러나 애석하게도 나는 그의 역사에 대해 상세히 알지 못한다.

癸丑年五月, 中華第二次革命之役. 延及兩廣, 陳炯明在粵, 出師援湘, 陸
榮廷·龍濟光, 受袁命討陳. 陳走, 龍遂督粵, 時袁已潛有謀稱帝之志. 外交態
度, 傾於柔和. 陳去龍來, 粵政府對我黨情形, 大與前異.

壬子年所成立之我黨机關, 已暗令解散, 蓋深慮其失法人之歡也. 予於是
仍回周氏學舘, 而於河南, 另借一德人教会所出租之屋, 以處其徒黨.

因是時德法衝突之事. 雖未實形, 而在華各外交家, 已署知其發在旦夕. 予
頗聞之, 將以此早爲親德之地步也. 此計劃正在萌芽而靈捷机警之手腕, 終
爲强權家所先占, 則亦內無實力之故也. 使當時有款數千元, 予必爲赴德之
行, 不至爲四年之革命囚矣.

癸丑年秋七月, 法國東洋全權沙露氏, 親往廣東, 直接與龍督交涉, 要求引
渡越南革命黨, 其重要人, 爲彊柢·潘佩珠·枚老蚌. 且謂各人皆有殺人犯之
嫌疑, 指河內飯店炸彈事也. 龍督許爲捕拿, 俟查得証據, 即行引渡. 粵督署
中人, 有關偵探長者, 曾以事密告予, 勸其離粵. 予本有離粵之志, 所苦者,
兄弟相依, 尚三十餘人, 一旦 予去則乞丐團無團長, 生活無可爲謀, 惟俟漸
漸得款, 陸續遣散各人, 予亦且遠颺矣.

時圻外侯住香港, 予因慫慂侯, 爲同日赴歐之行, 而勸侯親回南圻, 募集巨
款, 以南圻非侯親往, 款不可得故也, 侯然之. 於八九月間, 冒險南回, 住留
僅十餘日, 集得五萬元. 初出至香港, 即被港督, 捕送警獄, 蓋因沙露抵港時,
亦已要求港督引渡侯, 如予之在粵也. 侯爲此故, 急於脫身, 幸袖中多金, 即
以港銀三千元, 徵納於英國大律師, 求律師擔保在外侯審, 侯出獄, 急乘日本
商船, 往歐洲. 倉皇避死之中, 不敢会予一面, 予以是遊歐之計, 終不能成,

居無何而予爲獄中人矣.

　癸丑年十二月二十四日, 先是有粤人關仁甫者, 本熟識予, 得法人賄賂銀二千元, 設爲予暗通陳黨之誣語, 以告於龍, 勸龍引渡. 龍本一無所忌憚之小人, 所以未即引渡予者, 俟得一投机之商賣品耳. 今又聞予通陳. 則殺机大動, 乃以是日, 捕予與枚老蚌翁, 鐐鎖嚴固, 如重犯然, 而予所居住之周舘, 突被搜索. 幸所搜獲, 皆越南革命黨之証據文件, 無一與陳黨關係, 又拘捕舘主周鉄生, 監查至十五日, 但絶無我黨與陳黨往來之事, 龍乃釋疑. 然欲居予爲奇貨, 乃拘予於陸軍監獄室, 一面向法人要求以借道滇越鐵路引兵回雲南, 爲引渡予之交換條件.

　予此時性命, 危於一髮, 幸北京内閣總理段祺瑞, 仁厚君子人也, 素保護我黨甚力, 而梅山阮尚賢先生, 時方寓京, 住粤諸兄弟鄧仲鴻等, 乃急以電促梅山乞援於段. 段兼長陸軍部, 即以陸軍部命令, 電龍切囑, 保存予二人, 龍不得已, 乃堅拘予於觀音山, 禁絶我人, 不得往來探問, 且言於法領事, 謂已決議斬予, 以此結法人歡, 而枚老蚌翁則別監於警察署, 以枚非主要犯故.

번역 ▌의열 투쟁의 실패로 광둥에 수감되다

　계축년[1913] 3월, 광둥에 머물면서 지난날 계획했던 바를 헤아려보니 온통 실패뿐이었다. 함께 지내는 40여 명은 혁명으로 죽는 것이 아니라 추위와 굶주림으로 죽게 될 터이니 형세가 필시 그렇게 될 수밖에 없었다. 나는 이에 구걸로 급히 방향을 바꾸었다. 사실대로 말하자면, 몇 해 동안 국외에서의 운동이라는 것은 모두 문명 시대의 거지 노릇일 뿐이었다.

　옛일을 떠올려보니 내가 일본에 있을 때 중국 후난[湖南] 사람 장훼이쩐[張輝

璋이란 자가 있었는데 진무학교에 유학하는 우리 베트남 학생들의 학우였다. 그는 의기가 넘치며 더욱 혁명에 열의를 내었다. 나는 일찍이 그와 교섭하였는데 중화민국이 성립되자 그는 상군湘軍[10] 사단장에 임명되었다.

그리고 후난성 도독 탄옌이譚延闓 또한 나와 문자 인연이 있었기에 3월 하순에 르엉 럽 남梁立岩 군과 후난에 가서 장 사단장을 방문하고 탄 도독도 뵈었다. 처음 후난성에 도착하여 장훼이짠을 만나 진화홍아회의 「선언서」와 「장정」을 보여주니 그는 매우 기뻐하며 환영연회를 베풀어주었다. 그는 동료 천지아요우陳嘉佑 등 10여 인을 초대하여 일일이 나에게 소개하였다. 그리고 말하기를 며칠 내에 그대들을 위해 차관 20만 원을 마련해주겠다고 하여 나는 듣고서 미칠 듯이 기뻐 일어나 춤이라도 추고 싶었다.

그러나 겨우 다음날 사정이 급변할 줄 어찌 알았겠는가. 위안스카이를 토벌하는 국민당의 군대가 이미 안후이安徽 · 후베이湖北 · 장시江西 3성省에 일어났는데, 후난성은 순망치한의 관계이므로 형세상 반드시 전투에 가담할 수밖에 없었다. 그래서 전날 저녁 만나 이야기를 나눈 요인들은 그때 모두 손발이 바빠 다른 일을 도모할 겨를이 없었다. 전날 허락했던 말 가운데 실현된 것은 단지 광둥으로 환송하는 여비인 3백 원뿐이었다. 사태가 급변함이 이처럼 심할 수가 없었다. 아! 시운이 바야흐로 막히고 말았으니 또한 남에게 의지하는 자는 반드시 성공하지 못한다는 충분한 증거

---

10 상군(湘軍): 원래 '상군'은 증국번(曾國藩)이 태평천국군을 진압할 때 동원했던 호남지방의 군사세력을 일컫는 말이지만, 여기서는 호남성을 관할하는 군대 정도의 의미로 쓰인 듯하다.

가 되었다. 이후로는 나의 역사 가운데 가장 처량하고 참담한 시대이다.

계축년¹⁹¹³ 5월, 중국 제2차 혁명전쟁이 광둥과 광시까지 번졌다. 천지웅밍陳炯明은 광둥에서 병력을 파견하여 후난성을 원조하였다. 루룽팅陸榮廷과 룽지광龍濟光은 위안스카이의 명을 받아 천지웅밍陳炯明을 공격하니, 천지웅밍은 도주하고 룽지광이 결국 광둥 도독이 되었다. 이때 위안스카이는 이미 속으로 황제가 되려는 뜻을 지니고 있었기에 외교 태도가 유화적으로 흘렀다. 천지웅밍이 떠나고 룽지광이 오자 광둥 정부가 우리 혁명당을 대하는 태도도 이전과는 크게 달라졌다.

임자년¹⁹¹²에 설립한 우리 당 기관에 대해서도 이미 암암리에 해산령이 내려졌다. 이는 프랑스인의 환심을 잃을까 염려하였기 때문이다. 나는 이에 저우사태周師太의 학관으로 돌아갔다가 허난성河南省에서 독일 교회가 세놓은 집을 별도로 빌려 우리 동지들을 거처하게 하였다.

이때 독일과 프랑스의 충돌이 비록 아직 실질적으로 드러나지는 않았지만, 중국에 주재하는 각국의 외교관들은 이미 조만간 사건이 터지리라는 것을 알고 있었다. 나는 그러한 이야기를 듣고 속히 독일과 친해지는 기회로 삼고자 하였다. 이 계획은 참으로 맹아 단계에 있었지만 기민한 대응이라고 할 수 있었다. 그러나 끝내 권력 있는 자들에게 선점되고 말았으니 우리 베트남이 실력이 없었던 때문이다. 만약 당시에 자금 수천 원이 있었다면 나는 필시 독일로 갔으리니 그랬다면 4년간 혁명의 죄수가 됨에 이르지는 않았을 것이다.

계축년¹⁹¹³ 가을 7월, 프랑스 동양전권대신 사로沙露가 친히 광둥에 가서 직접 룽 도독과 교섭을 하여 월남혁명당의 중요인물인 끄엉 데, 판 보이 쩌우, 마이 라오 방을 인도하라고 요구하였다. 또 각각의 인물이 모두 살인혐의가 있다고 말하였으니, 하노이 식당 폭발사건을 가리키는 것이었다. 롱 도독은 체포한 뒤 조사하여 증거가 확보되기를 기다렸다가 즉시 인도하겠다고 응낙하였다. 광둥 관청에서 정탐과 관련된 일을 책임지고 있던 꽌關 씨 성을 쓰는 어떤 사람이 이 정보를 은밀히 내게 주며 광둥을 떠나라고 하였다. 나는 본래 광둥을 떠날 뜻이 있었지만 걱정되는 바는 형체처럼 의지하고 있는 사람이 삼십여 명이나 있다는 것이었다. 하루아침에 내가 떠나버리면 거지 무리에 우두머리가 없어지는 꼴이라 생활을 도모할 수 없을 것이기에 천천히 자금이 확보되기를 기다렸다가 차례로 그들을 해산시킨 뒤에 나도 멀리 달아나려고 하였다.

이때 기외후는 홍콩에 머물고 있었는데 나는 기외후에게 함께 유럽으로 가자고 종용하는 한편, 남끼에 가서 직접 거금을 모으라고 권유하였다. 기외후가 남끼에 직접 가지 않으면 자금을 모을 수 없기 때문이었는데 기외후는 수락하였다. 이에 8~9월 사이에 위험을 무릅쓰고 남끼로 가서 겨우 십여 일 머물면서 5만 원을 모았다. 그런데 출국하여 홍콩에 이르자마자 즉시 홍콩 제독에게 체포되어 경찰에 구금되고 말았다. 사로 전권全權이 홍콩에 왔을 때 홍콩 제독에게 기외후를 인도해달라고 요구했던 때문이었으니, 이는 내가 광둥에 있었을 때와 같은 조치를 한 것이었다. 기외후는 이 때문에 급히 빠져나오려 했는데, 다행히도 수중에 거금이 있어 즉시 홍콩 돈 3천 원으로 영국 변호사를 고용하고 변호사의 보증으로 석방된 상태에서 심리를 받겠다고 하였다. 기외후는 감옥에서 나와 급히 일본 상선을 타고 유럽으로 갔다. 황급히 죽음을 피하는 중이었기에 한 번도 서로 만나지 못했다. 이로 인해 나는 유럽을 여행하려는 계획을 끝내 이루지 못한 채 얼마 있다가 감옥에 갇히는 신세가 되고 말았다.

계축년[1913] 12월 24일의 일이다. 광둥인 관런푸闕仁甫는 원래 나와 잘 아는 사이였는데 프랑스인이 주는 은 2천 원에 매수되어 내가 천당陳黨[11]과 몰래 소통한다는 거짓말을 지어내 룽지광에게 고발하고는 나를 프랑스로 인도하라고 권유하였다. 룽지광은 본래 거리끼는 바 없이 제멋대로 하는 소인배였는데 나를 즉각 인도하지 않은 것은 투기할 기회를 기다리는 상품으로 여겼기 때문이었다. 그런데 지금 또 내가 천당陳黨과 소통한다는 말을 듣자 살기殺機가 크게 동하여, 바로 이날 나와 마이 라오 방을 체포하고 엄중히 구금하기를 마치 중범죄인처럼 하였다. 그리고 내가 머물던 저우周의 집이 갑작스런 수색을 당하였는데 다행히 찾아낸 것은 모두 월남혁명당의 증거 문건일 뿐, 천당과 관련된 것은 하나도 없었다. 또 여관 주인 저우티에셩周鉄生을 구금하여 15일 동안 조사했지만 우리 당과 천당이 왕래한 일이 전혀 없었기에 룽지광은 의심을 풀었다. 그러나 이용할 가치가 있다고 보고 나를 육군 감옥에 가두고, 한편으로 프랑스인에게 윈난-베트남 철로를 이용해 윈난으로 군대를 이동시켜줄 것을 요구하며 나의 인도를 교환조건으로 내세웠다.

이때 나의 목숨은 경각에 달려 있었다. 그런데 다행히 베이징 내각 총리인 두안치루이段祺瑞는 인후한 군자로서 평소 우리 당을 보호하는 데 매우 힘을 쓰고 있었다. 그리고 마이 선梅山 응우엔 트엉 히엔阮尚賢 선생이

---

11 천당(陳黨) : 천지웅밍(陳烱明)과 관련된 자들을 일컫는 말로 추정된다.

당시 베이징에 머물고 있었으므로 광둥에 있던 당 쫑 홍鄧仲鴻 등 형제들이 급히 마이 선에게 전보를 쳐서 두안치루이에게 도움을 요청하라고 하였다. 두안치루이는 육군부陸軍部도 맡고 있었기에 즉시 육군부 명령으로 룽지광에게 전보를 보내 우리 두 사람을 살려두라고 간곡히 부탁하였다. 그러자 룽지광은 어쩔 수 없이 나를 관음산觀音山에 단단히 구금하고는 우리 베트남인들을 철저히 막아 오고가며 탐문하지 못하도록 하였다. 또 프랑스 영사에게는 이미 나를 참수하기로 결정했다고 말하여 프랑스인의 환심을 샀다. 마이 라오 방은 경찰서에 따로 수감되었으니 그가 주범이 아니기 때문이었다.

원문

予在獄凡四年, 自癸丑年十二月, 至丙辰年三月. 龍軍爲護國軍所敗, 走瓊州, 予始得釋. 四年中, 絶不見一我國人之面, 并我國人之聲音, 而亦不可得聞. 惟予頗諳粵語, 龍督又爲粵人所深惡, 予因於監獄中結交得廚夫名劉阿三, 彼爲粵人. 予亦自稱爲粵人. 前後左右, 皆龍部滇人, 予因是與阿三, 感情甚密, 每數日, 必密托彼, 往周舘一次, 以故我人在外之音信, 得時時密輸於獄中.

予時雜吟甚多, 但記得國音二首. 其一. "湯羅豪傑湯風流, 趨瘧躓時海於囚. 佗客空茹融罪液, 吏得固罪叫缸洲. 抴抴捨秩蒲經濟, 鵰品哄散局怨讎. 身乃湯群群事業, 油包危險悵之兜." 其二. "裊莪衝㘗丐拱能, 群些些吏性朱眉. 歪兜固獄埻神聖, 坦剄空唐踜蠹遝. 薩泮液東搁則㪿, 破光棱北拻堆抴. 英媕埃乃吁添助, 功業剥秋祓沒㫑."

於此囹圄生涯中, 時或運動得一酒樽, 視爲無上幸福. 至於下酒物, 一味絶佳, 則腹中所吐之文字也. 綜前後所著, 國魂錄文一篇, 魚海翁別傳, 小羅先生別傳, 黃安世將軍別傳, 再生生傳, 人道魂, 重光心史, 予愚懺【以上爲大篇文】, 河城二烈士小傳, 平西建國檄文【此文作於歐戰勃發時】及其他短篇, 則并其名目而忘之矣.

甲寅年七月, 爲予入獄後之八个月, 阿三日嘗爲予購報紙, 使予講, 彼聽. 一日讀國民日報, 有大字題爲歐洲戰雲起矣之一幅, 予以爲我國於此時, 必有一驚天動地之變局, 使獄中人爲之揚眉吐氣也. 詎知自此以後, 則凶信竟重重疊疊而來.

蓋因國中熱心赤血之好男兒, 皆欲乘此時期, 完我夙志, 腦烘膽壯, 突起狂跳, 許大好頭顱, 畢竟斷送於獵人之手. 予之幸而不死, 豈其天耶. 今畧記其獄中所得之凶信如下.

一, 梁立岩在港被捕. 二, 陳有力在暹被捕. 三, 黃仲茂在廣西失敗. 四, 黃仲茂在港被捕. 五, 杜基光在滇失敗. 六, 杜回內殉義. 七, 林德茂教忠在暹被捕. 八, 林德茂在河內殉義, 九, 教忠同日殉義. 十, 阮仲常君回內被捕. 十一, 黃仲茂陳有力在河內殉義. 十二, 維新事發南昌君殉義【按, 南昌爲蔡蕃先生之別名, 黨人稱呼之密號也. 君本熱心大義, 長於經濟, 且有辦事才, 與小羅魚海諸同志共事多年. 甲酉間吾內黨幾於一空, 君爲碩菓, 迨維新皇以愛護國民, 事敗喪位. 君又爲革命黨中之重要人, 被捕得死刑. 予於入獄後之三年, 始得聞之】.

吁嗟乎, 惡耗疊隨雲鴈至, 怒潮時逐海濤來. 予在獄久, 一次絶食祈死, 已七日矣. 其日適得歐戰信到, 予喜復食, 豈知其悲乃眞境, 而喜爲夢想耶. 予獄中所作哀悼詩甚多, 今不能記, 但記得四句云, "頭恨不先朋輩斷, 心難并與國家亡, 江山剩我支殘局, 魂夢隨君涉遠洋".

於此四年中, 有一事可特別記者, 亦我國人所當懲懲之一端也.

번역 수감 생활의 시작, 옥중에서 들은 흉보

나는 계축년¹⁹¹³ 12월부터 병진년¹⁹¹⁶ 3월까지 4년 동안 감옥에 있었다. 롱지광 군대가 호국군^{護國軍12}에게 패주하여 치옹저우[瓊州, 海南省]로 달아날 때 비로소 석방되었다. 4년간 한 번도 우리 베트남인의 얼굴을 보지 못했으며 베트남인의 음성도 들을 수 없었다. 하지만 나는 광둥어를 잘 알았고, 롱 도독은 광둥인에게 매우 미움을 받고 있었다. 나는 감옥에서 조리원으로 일하는 리우아산^{劉阿三}과 교분을 맺으니 그는 광둥인이었고 나도 광둥인으로 자처하였다. 주변의 모든 사람이 롱지광의 고향인 원난 출신이었기에 나와 리우아산의 우정은 대단히 깊어졌다. 며칠에 한 번 그에게 부탁하여 저우^周의 집에 들러 달라고 했기에 밖에 있는 우리나라 사람들의 소식이 때때로 은밀히 감옥에 전해질 수 있었다.

나는 이때 되는대로 많은 시를 지었다. 그러나 기억나는 것은 베트남 국문으로 지은 시 두 수이다. 첫 번째 수는 다음과 같다.

여전히 호걸이요 여전히 풍류남아인데   仍羅豪傑仍風流,

지치도록 달려와서 감옥에 머무네.   趂瘻蹟時海於囚.

---

12 호국군(護國軍) : 위안스카이에 반대하여 일어나 중국 인민들의 투쟁은 윈난성을 중심으로 '호국군'의 조직으로 이어졌다. 1916년 위안스카이가 병사함에 따라 호국군은 해산하였다.

나그네는 이미 4대양에 집이 없고   他客空茹甊罕液,

또한 5대주에 죄를 지었네.   吏得固罪𠹷甊洲.

팔을 뻗어 경세제민의 동지를 끌어안고   拝栖培秩蒲經濟,

입 벌려 웃으며 원망을 흩어버리네.   輣品唭散局怨讎.

이 몸이 있으면 사업도 이어갈 수 있으리니   身乃物群群事業,

위험이 많다 해도 두려울 것 없도다.   油包危險悑之兜.

두 번째 수는 이러하다.

죽고 나서라도 좋으니   橐毦衝㧬丐拱毪,

우리는 반드시 너희의 죄를 묻겠노라.   群些些吏性朱眉.

하늘이 어찌 영웅을 옥에서 죽게 하겠나?   歪兜固獄塼神聖,

땅에는 응당 바람과 구름이 달리리라.   坦尉空唐踞鼉逮.

혀를 놀려 동해 바닷물을 퍼내고   薩泩波東搦㘔砓,

손을 흔들어 북쪽의 숲을 깨뜨리리.   破光㯱北拒堆㧎.

형제들이여 더욱더 노력하자   英婘埃乃吁添助,

천추의 공업이 언젠가는 이루어지리니.   功業舒秋祗沒時

이 영어(囹圄)의 삶에서 간혹 투쟁하며 마시는 한잔 술을 더없는 행복으로 여겼는데 안주로 가장 맛있는 것은 뱃속에서 토해내는 글들이었다. 이때 지은 글들을 헤아려보면 이러하다. 『국혼록문(國魂錄文)』한 편, 『어해옹별전(魚海翁別傳)』, 『소라선생별전(小羅先生別傳)』, 『황안세장군별전(黃安世將軍別傳)』, 『재생

생전再生生傳』, 『인도혼人道魂』, 『중광심사重光心史』, 『여우참予愚懺』【이상은 장편이다】, 『하성이열사소전河城二烈士小傳』, 『평서건국격문平西建國檄文』【이 글은 유럽 전쟁이 발발했을 때 지었다】, 그리고 그밖에 짧은 글들은 제목조차 잊었다.

갑인년1914 7월, 내가 감옥에 들어온 지 8개월이 되었다. 리우아산劉阿三은 날마다 나를 위해 신문을 사다주고는 내게 읽으라 하고 자신은 들었다. 하루는 국민일보國民日報를 읽는데 큰 글씨로 "유럽에 전운이 일어나다"라고 쓰인 면이 있었다. 나는 우리 베트남에도 이때 반드시 경천동지하는 변국變局이 생겨 감옥에 있는 사람들이 눈썹을 치켜뜨고 기염을 토하게 되리라 생각하였다. 그러나 이후로 흉보가 연달아 이르게 될 줄을 어찌 알았겠는가.

대개 뜨거운 마음과 붉은 피를 가진 베트남 호남아好男兒들이 모두 이 시기를 이용해 우리의 숙원을 이루고자 대담하게 몸을 불살라 너무도 조급하게 거사를 일으켜서, 허다한 좋은 인재들이 끝내 사냥꾼의 손에 목숨을 잃고 말았다. 내가 요행히 죽지 않음은 아마도 하늘의 뜻인가 보다. 이제 옥중에서 들었던 흉보를 아래와 같이 대략 기록해 둔다.

① 르엉 럽 냠梁立岩이 홍콩에서 체포됨. ② 쩐 흐우 륵陳有力이 태국에서 체포됨. ③ 호앙 쫑 머우黃仲茂가 광시廣西에서 실패함. ④ 호앙 쫑 머우가 홍콩에서 체포됨. ⑤ 도 꺼 꽝杜基光이 윈난에서 실패함. ⑥ 도 꺼 꽝이 하노이에서 순국함. ⑦ 럼 득 머우林德茂와 쫑忠 선생이 태국에서 체포됨. ⑧ 럼 득 머우는 하노이에서 순국함. ⑨ 쫑 선생도 같은 날 순국함. ⑩ 응우엔 쫑 트엉阮仲常 군이 국내로 돌아갔다가 체포됨. ⑪ 호앙 쫑 머우와 쩐 흐우 륵이 하노이에서 순국함. ⑫ 유신회 사건이 발각되어 남 쓰엉南昌 군

이 순국함. 【살펴보건대, 남 쓰엉은 타이 피엔蔡蕃 선생의 별명으로 우리 당에서 쓰는 비밀 호칭이다. 군은 본래 대의大義에 마음을 바쳤고 경세제민에도 식견이 뛰어났으며 일을 처리하는 능력도 갖추었다. 띠에우 라小羅와 응으 하이魚海 등 여러 동지와 수년 동안 함께 일하였고, 신유년1921 즈음 우리 국내 당이 거의 와해되었을 때 군은 마지막 남은 인재였다. 주이 떤維新 황제가 국민을 사랑했지만 일은 실패하고 자리도 빼앗기게 되자, 군 역시 혁명당의 중요인물이라 하여 체포되어 사형 당하였다. 나는 감옥에 들어온 지 3년이 지나서야 비로소 이 소식을 들었다.】

아아, 나쁜 소식은 거듭해서 구름과 기러기를 따라 이르고, 성난 물결은 때때로 파도를 따라 왔다. 내가 감옥에 오래 있으면서 한 번은 음식을 끊고 죽기를 기다린 지 7일이 지났을 때, 마침 유럽의 전쟁 소식이 전해져 나는 기뻐하며 다시 밥을 먹었다. 그러나 슬픔은 실제 일이 되고 기쁨은 몽상이 될 줄을 어찌 알았겠는가. 내가 옥중에서 지은 애도시가 너무 많으나 지금 다 기억하지 못하고 다만 4구만 생각이 난다.

내 머리가 벗들보다 먼저 잘리지 않은 것 원통한데,	頭恨不先朋輩斷,
심장을 나라와 함께 멈추는 것도 어렵네.	心難幷與國家亡.
강산은 나를 남겨 위태로운 시국에 지탱케 하는데,	江山剩我支殘局,
꿈속의 혼은 그대를 따라 먼 바다를 건너네.	魂夢隨君涉遠洋.

이 4년 중에 특별히 기록할 만한 일이 있었다. 우리 베트남인은 마땅히 경계로 삼아 거듭 실수하지 않도록 해야 할 것이다.

원문

乙卯年九月, 予方在獄中, 忽阿三以一密書付予, 予折視之, 則鄧子敬手筆. 書大畧云, 住暹德奧二公使, 有以越南革命黨事密訪於暹人, 暹某親王【即予前所屬與接洽者, 而贊助予耕田之工作者也】, 价紹子敬於彼. 子敬往謁, 則許以力援, 但須得其領袖者來, 且注意於圻外侯與予, 固予與圻外侯素爲暹人所知, 而德奧二公使, 皆素聞其名故也【圻外侯曾駐暹數月, 暹皇族中人多與之遊】. 奈今圻外侯方在歐洲, 而予又方在獄, 請予爲畫策. 予時以枚山先生現由北京回粵, 擬請枚山代之行, 予答子敬書, 囑以此意, 而另以一書价紹枚山於暹某親王, 囑子敬攜之返暹, 偕枚山往謁彼. 枚山從前未入暹境, 得子敬俱往, 亦可無礙. 自此以下, 則皆爲枚山子敬二人面述者.

梅山抵暹, 初由某親王价紹於德奧二公使, 訂以次日再会談. 越日二人抵德公使舘門, 則已有門僮守候. 纔通帖, 二公使即出至門, 纔與二人握手, 隨相携爲散步之遊. 既至一空曠無人之處, 德公使於懷中出銀票一萬元, 授梅山子敬二人曰: "援助公等, 今尚非其時. 此一萬銀元, 聊代一盃珈排, 爲吾與貴國人結識之媒价物. 公等若能於貴國內發生一種之影響, 使敝國政府聞之, 必得我政府之援助, 非在數百萬元以上之給款, 何能名爲援助. 今此區區者, 聊表我輩愛國之熱誠, 出自我二人之意, 尚非政府意也."

二人既接受此款, 携之返粵, 因之造出其後之失敗. 按此事雖小, 實足見德人辦事之精神. 不飾虛文, 不輕然諾, 始則不待我黨之請求, 繼則不惜重金之輕擲, 而且援金談事, 皆於空曠無人時行之, 愼密如此, 精細如此, 要之以國內影響之發生, 許之以數百萬元之厚援, 重國事而結外情, 無微不至. 視我國人之行事, 能若此者幾何? 爲之三嘆.

此一萬元到粤, 寓粤諸黨人, 分其款爲三路之用. 一路由阮公孟孝認, 囘東
興, 爲謀襲芒街之用, 一路由阮公梅山認, 囘龍州, 爲謀襲諒山之用, 一路支
與黃仲茂, 爲謀襲河口之用【時黃仲茂方在滇故】. 款僅一萬, 而用途若此之分,
其失敗固意中事. 然深察其内情, 則分路進行, 特其第二目的. 以故, 當時所
分與黃之款, 黃固不受. 結果惟武敏建阮海臣以數十人襲攻諒邊一法屯, 被
傷一人, 其名曰巴門, 事竟全敗. 其後黃由滇返桂, 渡港之暹, 遭種種失敗,
以至於死, 此事亦其一原因云. 嗚呼. 黨派之意見, 其誤事殺國, 流毒無窮,
吾輩可以鑑矣.

번역 오스트리아 정부의 자금 지원

을묘년[1915] 9월, 내가 옥중에 있을 때였는데 갑자기 리우아산劉阿三이
밀서密書 하나를 내게 주었다. 열어서 보니 당 뜨 낑鄧子敬이 손수 쓴 것이
었다. 대략의 내용은 이러했다. 태국 주재 독일 · 오스트리아 두 공사가
월남혁명당과 관련된 일로 비밀리에 태국사람을 접촉하니, 태국 모某 친
왕親王【즉 전에 내가 부탁하고 교섭했던 자로 내가 농사를 지을 수 있도록 도와주었
다】은 그들에게 당 뜨 낑을 소개하였다. 당 뜨 낑이 가서 그들을 만나니,
그들은 우리를 힘써 원조할 터이니 반드시 월남혁명당의 영수가 와야 한
다고 하면서 기외후와 나에 대한 관심을 내보였다. 이는 나와 기외후가
태국인들에게 잘 알려져 있어 독일 · 오스트리아 두 공사가 모두 평소 그
이름을 들었기 때문이다.【기외후는 일찍이 태국에 수개월 머무르며 태국 황족
중에 교유한 자가 많았다.】그런데 지금 기외후는 유럽에 있고 나는 감옥에
있어서 내게 대책을 요청한 것이었다. 나는 이때 마이 선梅山 선생이 베이

징에서 광둥으로 돌아왔으니 마이 선이 대신 가면 좋겠다고 생각하였다. 나는 당 뜨 낑에게 답서를 써서 이러한 뜻을 전달하였고, 따로 마이 선을 태국 모 친왕에게 소개하는 편지 한 통도 썼다. 그러면서 당 뜨 낑이 태국에 갈 때 마이 선도 함께 데리고 가서 그들을 만나라고 당부하였다. 마이 선은 이전에 태국 국경에 들어간 적이 없으나 당 뜨 낑과 함께 가면 장애가 없을 것이었다. 이하의 내용은 마이 선과 당 뜨 낑 두 사람이 나를 만나 이야기해 준 것이다.

마이 선은 태국에 도착하여 처음 모 친왕을 통해 독일과 오스트리아 두 공사를 소개받고, 다음날 다시 만나서 이야기하기로 약속하였다. 다음날 두 사람이 독일 공사관 문에 이르자 이미 문지기가 기다리고 있었다. 명함을 전달하니 두 공사가 즉시 문 앞으로 나왔다. 이들은 두 사람과 악수하고 곧바로 마이 선과 당 뜨 낑을 이끌어 산책을 하였다. 한적하여 아무도 없는 곳에 이르자 독일 공사가 품속에서 일만 원 수표를 꺼내 마이 선과 당 뜨 낑에게 주며 말하였다. "그대들을 돕는 것은 지금 마땅한 때가 아닙니다. 이 돈은 그저 한 잔 커피 값에 불과하나 우리와 귀국 사람들이 우정을 맺는 매개물입니다. 그대들이 만약 귀국의 내부에서 일종의 영향력을 발휘할 수 있다면 저희 정부에 알려주십시오. 그러면 반드시 우리 정부의 원조를 받을 수 있으리니 수백만 원 이상의 금액을 주는 것이 아니라면 어찌 원조라고 이름할 수 있겠습니까? 지금 이 소략한 것은 그저 우리가 나라를 사랑하는 열성을 표하는 것으로 우리 두 사람의 뜻에서 나온 것이지 아직 정부의 뜻은 아닙니다."

마이 선, 당 뜨 낑 두 사람이 이 돈을 받고 그것을 가지고 광둥으로 돌아왔는데 이는 훗날 실패의 원인이 되었다. 생각해보면 이 일은 비록 작은 것이지만 실로 독일인이 일을 처리하는 정신을 충분히 볼 수 있다. 공허한 수식을 하지 않고 경솔히 응낙하지 않으며 애초에 우리 당의 요구를 기다리지도 않더니 그다음에는 거액을 쾌척하며 아까워하지도 않았다. 또 돈을 주고 이야기 나눌 때면 언제나 탁 트인 곳에서 다른 사람이 없을 때 하니, 그 치밀함이 이와 같고 신중함이 이와 같았다. 국내에서 영향력을 발휘하라 요구하면서 수백만 원의 후원을 약속하니 나랏일을 중히 여기고 외부와 교섭하매 세세하게 처리하지 않음이 없었다. 우리 베트남인 가운데 이렇게 능숙하게 일을 처리하는 자가 얼마나 될까? 이로 인해 세 번 탄식하노라.

이 일만 원이 광둥에 이르자 광둥에 있던 여러 당인은 그 돈을 나누어 세 갈래 용도로 사용하였다. 한 갈래는 응우옌 마잉 히에우阮孟孝 공이 둥싱東興으로 가서 몽까이芒街를 습격하는 용도였고, 또 한 갈래는 응우옌 마이 선阮梅山 공이 룽저우龍州로 가서 랑선諒山을 습격하는 용도로 썼으며, 또 하나는 호앙 쫑 머우黃仲茂에게 지급하여 허코우河口를 습격하는 용도였다. 【당시 호앙 쫑 머우가 바야흐로 윈난에 있었기 때문이다.】 겨우 일만 원의 용도가 이같이 나뉘었으니 그것이 실패할 것임은 뻔히 짐작되는 바였다. 그러니 이들의 속마음을 깊이 살펴보면, 용도를 나누어 진행했던 것은 그저 부차적인 목적 때문이었다.[13] 이 때문에 당시 호앙 쫑 머우에게 지급한 돈을 그는 완강히 받지 않았던 것이다. 결과적으로 보 면 끼엔武敏建과 응우

---

13 그러니 ~ 때문이었다 : 행간의 뜻을 살펴보면, 이들의 첫 번째 목적은 당파의 이익이었다는 판 보이 쩌우의 비판이 담겨 있다.

엔 하이 턴阮海臣이 수십 명을 이끌고 랑선 부근의 프랑스 군부대를 습격했을 때 바몬巴門이라는 프랑스인 한 사람만 부상을 입히고 말았으니, 일은 완전히 실패였다. 그 뒤로 호앙 쫑 머우는 윈난에서 구이린桂林으로 돌아가고, 홍콩에 갔다가 태국으로 가며 온갖 실패를 만나 죽음에 이르렀다. 일만 원 원조를 받은 이 일이 또한 그 원인의 하나였다고 하겠다. 아아, 당파의 의견이 일을 그르치고 나라의 운명까지 끊어놓으니 그 끼치는 해악이 끝이 없다. 우리는 이 일을 마땅히 거울로 삼아야 할 것이다.

丁巳年三月, 龍濟光敗, 棄粤走琼州, 始放予. 予離琼州時, 有雲南人, 名曰張天民. 彼爲龍部下一參謀官, 見龍敗, 棄龍, 願入我黨, 予携之至上海. 予始悟在獄之一險事, 護國軍起, 蔡松坡首唱於雲南, 龍謀以一師團, 假道滇越鐵路, 直趨雲南, 爲軍事上極便捷之計劃, 派遣其兄龍覲光詣東京, 直接與沙露全權交涉, 時我國華語通譯員阮焦斗也, 此計若行, 則引渡予乃爲假道越都之交換品. 渺渺予身, 價値亦殊不薄. 奈法政府爲世界第一外交家, 手腕眼光, 俱極鋭利, 彼知袁黨之終必敗, 不欲樹怨於華民. 況龍爲無厭之豺狼, 今假道於虞以滅虢, 法人非虞公比, 豈肯許之. 龍計不行, 而予竟仍爲不値一文之越南人矣.

丁巳年四月, 予至廣東, 投周舘, 周母爲予言, 近數月來, 越南侲狗某名某名, 無日不至母家, 蓋因龍敗棄粤, 法人料予必脱獄, 跡予益急. 予住粤, 僅一日夜, 即走上海, 地爲英法租界, 嗅狗成群, 予不敢住上海. 聞梅山先生與胡馨山方在杭州, 予往依焉.

適其時, 楚狂由內出, 方旅日本, 跟圻外侯, 以書招予, 謂有銀二千元, 來則全付之, 任所欲爲. 予念黎初回首, 此銀胡爲來哉? 沈思久之, 方燎然於此銀之來路.

是時歐戰已逾三年, 尚未結束. 但閱華報外電, 則德軍捷報最多, 法國北部九縣, 俱已淪陷. 予初出獄, 即有乘机歸國之思. 但桂粵港暹諸水陸途程, 俱已荊棘遍地, 惟由滇回越一路, 我人以途遙費廣, 無人渡關, 且滇中當路, 多爲舊識, 或能爲將伯之助. 予以是甚願爲雲南之一行, 計遊滇各費, 至少亦須一千元. 若得黎君款資, 不妨利用.

繼又接陳有功君一信云, 日參謀部計劃, 對德宣戰, 非日本心, 不過迟望多時, 俟兩方俱形竭蹶, 則彼必將收卞莊子一刺雙虎之利, 現得之此中要人云, 已與德人, 密商一特別之條約, 此計若行, 則外交局面, 必有一番突變. 予於是渡日, 表面会黎, 而裏面實欲接犬養毅福島諸人, 探察日人對德之眞情也.

予時住日, 又幾三个月, 而黎所許予, 則但月給旅費, 二千元之款, 尚悠悠無期. 予屢要求黎踐約, 則云須月贈五百元, 四个月則可充數. 至是年七月, 乃只得一千餘, 然予回國心急, 不能復待, 遂以七月偕陳有功君, 回杭州.

纔至杭, 寓胡馨山家, 則忽接得一書, 由北京來, 爲張國威黎揖遜二人所寄予者. 黎君於光復會成立時, 初出洋, 至粵與予会, 光復會解散, 君乃上北京, 入土官學校, 畢業後, 仍留北京. 張君亦然. 歐戰時期中, 二人俱奔走於運動德人之事, 但駐北京德公使守持重態度, 迟之又迟, 至是華德絕交, 天津德租界德人乃奉德公使之密旨, 訪我越革黨, 將與以援手, 其人爲二君所夙結, 以事告二君, 且云須立一合同文, 兩方俱有要人簽字乃可. 張黎此書即邀予來北京, 謀成此事者也.

予時已爲驚弓之鳥, 得書憂喜交幷. 先以書答黎, 囑其以越南光復会代表, 與彼磋商, 雙方俱草一合同, 俟各得同意, 則簽字時, 予必親往. 黎君接書, 乃往返於天津, 與德商接洽數次. 彼云, 現德華宣戰, 我輩不日離華. 所有軍械若干, 現款若干, 將被沒收. 若君黨能發難於東洋, 我輩以此項援君黨. 然須結立合同, 爲互換利益之契約, 則甚善也. 黎張乃與駐北京諸我黨人, 如黃廷珣鄧鴻奮等, 斟酌條件, 構一合同草文, 至天津將晤德人, 爲合同之磋商. 初入英租界, 未至德界, 突被英兵拿捕, 搜其懷中, 得合同草文, 乃引渡於法領事. 黎先被捕, 張君以後行, 得走脫. 其後黎被解, 囘河內, 以通德罪, 得終身流囚案, 死於囚所.

此事之結果, 據調查所得, 則一雲南人爲法探, 得賞金三千元, 而此雲南人者, 潘伯玉之密友, 彼曽與同學於土官學校者也. 予由滇囘越之志願, 因黎張一信, 延緩至一月餘, 天津惡耗來, 而予行計乃決矣.

번역 석방 이후의 혼돈스러운 정서

정사년[1917] 3월, 롱지광이 패주하여 광둥을 버리고 치옹저우琼州로 달아나니 그제야 나를 석방하였다. 내가 치옹저우를 떠날 때였다. 장티엔민張天民이라는 윈난 사람이 있었는데 그는 롱지광의 부하로 참모관이었다. 그는 롱지광이 패주하는 것을 보고는 롱지광을 버리고 우리 당에 들어오기를 원하기에 나는 그를 데리고 상하이로 갔다. 이때에 이르러서야 나는 비로소 내가 감옥에 있을 때 험한 일이 진행되고 있었음을 깨달았다. 호국군護國軍이 일어나서 차이송포蔡松坡가 윈난에서 가장 먼저 창도하니, 롱지광은 프랑스로부터 윈난-베트남 철로를 빌려 자신의 사단 하나를 직접 윈난으로 이동시킬 꾀를 내었다. 이는 군사상 대단히 효율적인 계획이었다. 그래서 그는 자신의 형 롱진꽝龍觀光을 통킹東京으로 보내 직접 사로沙露 전권과 교섭하게 했는데, 이때 베트남인으로 중국어 통역을 맡은 자가 응우엔 띠에우 더우阮焦斗였다. 이 계획이 만약 실행됐다면 나를 프랑스에 인도하는 것이 베트남 땅에서 철로를 빌리는 것에 대한 교환품이 되었을 것이다. 보잘것없는 내 몸의 가치가 자못 작지 않았던 것이다. 그렇지만 프랑스 정부는 세계에서 가장 외교에 능하여 그 수완과 안목이 모두 대단히 예리하였기에 위안스카이 무리가 결국 패배할 것을 예상하고 있었으며, 중국 인민들에게 원한을 사고 싶어 하지 않았다. 게다가 롱지광은 욕심이 끝이 없는 승냥이와 같은데, 만일 우虞로부터 길을 빌려 괵虢을 멸망시켰다면[14] 프랑스인은 우공虞公의 처지에 비할 수 없었을 것이니 프랑스가 어찌 허락하려 했겠는가. 롱지광의 계획이 실행되지 않아서 나는 마침내 한 푼의 가치도 없는 베트남인이 되고 말았다.

정사년1917 4월, 나는 광둥에 이르러 저우周의 집에 묵었다. 저우 사태師太가 내게 말하기를, 최근 몇 개월 간 프랑스 사냥개 노릇을 하는 베트남인 모某와 모某가 그녀의 집에 오지 않은 날이 없다고 하였다. 롱지광이 패주하여 광둥에서 도망하자 프랑스인들은 내가 필시 탈옥할 것이라 짐작하고 나를 더욱 급히 추적했던 것이다. 나는 광둥에서 하룻밤만 지내고 즉시 상하이로 갔다. 그곳도 영국과 프랑스의 조계지여서 사냥개 노

---

14 우(虞)로부터 ~ 멸망시켰다면 : 이는 '가도멸괵(假道滅虢)' 고사를 활용한 표현이다. 춘추 시대 우(虞)나라 임금 우공(虞公)은 탐욕이 많은 성품이었는데 좋은 말과 보물을 가져와 길을 열어달라는 진(晉)나라의 요구를 들어주었다. 진나라는 우나라의 길을 통해 괵나라를 멸망시키고, 돌아오는 길에 우나라도 멸망시켰다.

룻하는 자들이 무리를 이루고 있었기에 감히 머물러 있을 수 없었다. 듣자니, 마이 선梅山 선생과 호 힝 선胡馨山이 항저우杭州에 있다기에 나는 그곳에 가서 의탁하였다.

그때 마침 서 꾸옹[楚狂, 黎興]이 국내에서 나와서 일본을 여행하며 기외후를 따르고 있었다.[15] 그는 편지로 나를 초대하며, 은 2천 원이 있으니 오기만 하면 전부 줄 것이며 원하는 대로 쓰라고 하였다. 나는 그가 이제 막 일본에 갔는데 그 돈이 어디에서 난 것인지 걱정되었다. 오랫동안 깊이 생각하고 나서야 이 돈의 내력을 환히 알게 되었다.

이때는 유럽 전쟁이 발발한 지 벌써 3년째였는데 아직도 결말이 나지 않고 있었다. 다만 중국 신문의 외신을 살펴보니 독일군의 승리에 관한 기사가 가장 많았고, 프랑스 북부 9개 지방이 이미 함락되었다고 하였다. 나는 처음 감옥에서 나왔을 때 곧바로 기회를 봐서 귀국하려는 생각이 있었다. 그런데 구이린과 광동, 홍콩과 태국 모든 수로와 육로는 가시덤불로 꽉 막혀있었다. 오직 윈난에서 베트남으로 가는 길 한 곳만 열려있었는데, 길이 멀고 비용이 많이 들어 베트남 사람 가운데 이쪽으로 넘어가는 사람이 없었다. 그렇지만 윈난의 요직에 있는 사람 중에 아는 사람이 많아 혹시 도움을 받을 수도 있을 것 같아 윈난으로 한번 가기를 간절히 바랐다. 그러나 윈난으로 가는 여러 비용을 계산해보면 적어도 천 원이 필요하였다. 그래서 처음에는 만약 레 즈黎興가 자금을 대준다면 그것을 사용해도 좋겠다고 생각하였다.

---

15 기외후를 ~ 있었다 : 기외후는 1915년에 다시 일본으로 가서 일본에 체류 중이었다.

그런데 곧 이어 쩐 호우 陳有功의 편지 한 통을 받았는데 이러한 내용이었다. '일본 참모부는 독일에 선전포고할 계획이다. 그러나 이는 일본의 본심이 아니고 천천히 사태를 관망하며 시간을 보내는 것에 불과하다. 영국과 독일 양측이 모두 지치는 기색을 드러내기를 기다렸다가 일본은 필시 변장자卞莊子[16]가 한번 찔러 호랑이 두 마리를 잡았던 이익을 취하고자 하는 것이다. 현재 접촉하고 있는 어떤 요인要人이 말하기를 이미 독일 사람과 은밀히 한 가지 특별조약을 협상하고 있다 하니 이 계획이 만일 실행된다면 외교 국면에 반드시 한번 급격한 변화가 생길 것이다.' 나는 이에 일본으로 건너갔다. 표면적으로는 레 즈를 만나는 것이었지만, 실질적으로는 이누카이 쓰요시犬養毅와 후쿠시마 야스마사福島安正 등 여러 사람을 만나 독일에 대한 일본인의 진심을 알아보는 것이 목적이었다.

내가 일본에 머무른 것이 3개월이었는데 레黎가 내게 약속한 금액 가운데 매달 여비만 지급할 뿐 2천 원에 대해서는 여전히 아득히 기약이 없었다. 나는 누차 레 즈에게 약속을 지키라 요구하였고 그는 반드시 매달 5백 원씩 지급하여 4개월이면 약속한 금액이 될 것이라 하였다. 이해 7월에 1천여 원을 받았으나 나는 국내로 돌아갈 마음이 급해 더는 기다리지 못하고 바로 7월 중에 쩐 호우 陳有功 군과 함께 항저우杭州로 갔다.

---

16 변장자(卞莊子): 전국시대 진혜왕(秦惠王)이 서로 싸우고 있는 한나라와 위나라를 지켜보며 이 싸움에 개입할지 고민하고 있을 때 유세객이었던 진진(陳軫)이 진혜왕에게 했던 우언(寓言)에 나오는 이야기다. 춘추 시대의 용맹한 장사였던 변장자가 호랑이를 찌르려 하자, 곁의 관수자(館豎子)가 말리며 "지금 두 마리의 범이 한 마리의 소를 먹고 있으니 반드시 서로 싸우게 될 것이고, 싸우면 큰 놈은 부상하고 작은놈은 죽을 것이다. 그때 부상한 놈을 찌른다면 일거에 두 마리의 범을 잡게 될 것이다" 하였다. 그 말대로 하니 변장자는 호랑이 두 마리를 잡았다고 한다.

항저우에 도착하자마자 호 힝 선胡馨山의 집에 머물렀는데 베이징에서 보낸 한 통의 편지를 갑자기 받았다. 편지는 쯔엉 꾸옥 우이張國威, 레 업 똔黎揖遜 두 사람이 내게 보낸 것이었다. 레 업 똔 군은 광복회가 성립되었을 때 처음 해외로 나와 광둥에서 나를 만났다. 광복회가 해산되자 군은 베이징으로 가서 북경사관학교에 입학하였으며, 졸업한 뒤에도 베이징에 머물렀다. 쯔엉 꾸옥 우이 군 역시 그러한 처지였다. 유럽이 전쟁을 치르는 동안 두 사람은 독일인과 교섭하는 일로 분주하였는데 베이징 주재 독일 공사가 신중한 태도를 견지하며 교섭을 계속 미루고 있었다. 그러던 중 독일이 중국과 단교하게 되자 티엔진天津 독일 조계의 어떤 독일 사람이 독일 공사의 밀지를 받들고 우리 혁명당을 방문해 도움을 주겠다고 하였다. 그 독일인은 쯔엉과 레 두 사람과 익히 잘 아는 사이였다. 그 독일인은 이 일을 두 사람에게 알리면서 말하기를, 협약문건을 작성할 필요가 있으니 양측의 책임 있는 사람이 서명해야 한다고 하였다. 쯔엉과 레가 이 편지를 보낸 것은 곧 나를 베이징으로 불러 이 일을 성사시키고자 하였던 것이다.

나는 이때 이미 화살에 놀란 새와 같은 처지였기에 편지를 받고서 걱정과 기쁨이 교차하였다. 먼저 레黎에게 답서를 써서 월남광복회 대표 자격으로 저들과 협상을 진행하여 쌍방이 모두 협약문건을 기초起草하도록 하고, 각자의 동의를 얻어 서명할 때에는 내가 반드시 직접 가겠노라 하였다. 레 군은 내 편지를 받고서 티엔진을 왕복하며 독일과 수차례 협상을 벌였다. 독일 측에서는 '지금 독일과 중국은 선전포고를 하였으므로 우리는 며칠 내에 중국을 떠날 것이고, 소유하고 있는 군 장비 약간과 현금 약간은 앞으로 중국 정부로 몰수될 것이다. 만일 그대들의 당이 동양에서 투쟁을 일으킨다면 우리는 이 장비와 현금을 그대들에게 원조할 것이다. 그렇지만 반드시 협약문을 작성하여 서로 이익이 되는 계약을 맺는다면 더욱 좋을 것이다'라고 하였다. 레와 쯔엉은 호앙 딩 뚜언黃廷珣, 당 홍 펀鄧鴻奮 등 베이징에 머물고 있는 우리 당 사람들과 조건에 대해 숙의熟議한 뒤 협약문을 기초하였다. 그리고 티엔진으로 가서 장차 독일인을 만나 협약문을 상의하고자 하였다. 이들이 영국 조계에 들어가서 아직 독일 조계에 이르지 못했을 때 돌연 영국 군인이 그들을 체포하고는 소지품을 수색하였다. 결국 협약문 초안을 압수당하고 프랑스 영사에게 인도되었다. 레가 먼저 체포되었고 쯔엉은 뒤에 가고 있었기에 도망갈 수 있었다. 그 뒤 레는 풀려나 하노이로 돌아갔는데 독일과 내통했다는 죄목으로 종신형을 받고 감옥에서 죽었다.

이 사건의 내막에 대해 조사를 통해 알게 된 사실이 있다. 어떤 윈난 사람이 프랑스의 끄나풀 노릇을 하여 상금 3천 원을 받아 챙겼는데, 이 윈난 사람은 판 바 응옥潘伯玉의 은밀한 벗으로 일찍이 사관학교에서 함께 공부하였던 자이다. 윈난을 통해 베트남으로 돌아가려는 나의 소망은 레와 쯔엉의 편지 한 통으로 인해 한 달 정도 늦추어지고 있었는데 티엔진의 나쁜 소식이 전해지면서 나의 출발 계획도 이에 결정되었다.

원문

原通滇有二路, 一由廣東廣西, 經越界北寧河內, 可乘滇越路車至雲南. 一由上海南京, 取航路, 經湖北四川貴州抵雲南. 前一路快坦而決不能通, 後一路艱阻, 而勢必可達. 予與陳君, 離杭時, 秘不令外人知, 蓋此行所抱之目的, 甚遠且[17]大, 不圖抵滇後, 事竟違心, 徒多作一跋涉崎嶇之戲劇, 不得不怨天公之多事也.

八月上旬, 離杭州, 不敢經過上海, 由航路至蘇州, 乘滬寧火車至南京, 又改由航路溯長江而上, 經湖南湖北至宜昌, 住宜昌一旬以等待船期. 是時南北之戰未息, 宜昌以下爲北軍界線, 夔州以上爲南軍界線. 軍事時期, 川途多梗, 乃向北軍總司令吳光新取護照文, 方能雇民船入夔府, 夔爲川地, 南軍之第一重要險也, 於此乃發現一大可笑之事.

初至夔府, 未及通知於南軍總司令, 入旅舘, 坐未定, 即問軍營所在, 舘主以白帝城對, 予聞白帝城有蜀先主祠武侯廟, 覽古興濃.

忽忘點檢, 遽與陳君相携, 訪白帝山, 纔及山麓, 遇南軍巡哨, 詰予所從來. 予操華音, 必不能及華人, 彼已疑之, 搜懷中, 又得吳光新護照文, 彼以爲北軍之間諜也, 急引予至總司令部. 部長爲王天縱, 王傳予等至軍法司, 司長查審予, 且令衞兵於予前磨刀霍霍, 冀以此覘予等神色. 幸南軍有湘省人何海清爲師長, 與予素稔, 予乃乞援於何師長, 拘一點鍾許, 而何師長之函至, 予得釋. 囘至旅舘, 則舘亦被搜查矣. 夫爲好奇覽勝, 受一場虛驚, 亦膽大而心不小之一証也.

번역 중국 남부 여행의 시작

원래 윈난으로 가려면 두 개의 경로가 있는데 하나는 광둥과 광시를

---

17   且 : 저본에는 '甚'으로 되어 있으나 전집본에 의거하여 수정하였다.

통해 박닝北寧과 하노이河內를 경유하는 길이니 윈난-베트남 철로를 이용해 윈난에 이를 수 있다. 또 하나는 상하이와 난징을 통해 뱃길로 후베이湖北, 쓰촨四川, 구이저우貴州를 거쳐 윈난에 이르는 것이었다. 앞의 경로가 빠르고 평탄하지만 나는 결코 이용할 수 없는 길이었고, 뒤의 경로는 어렵고 느리지만 형세상 반드시 도달할 수 있었다. 나는 쩐 호우 꿍陳有功 군과 항저우를 떠날 때 다른 사람들이 알지 못하게 비밀에 부쳤으니 이번 길에 품은 목적이 심히 원대하기 때문이었다. 그러나 막상 윈난에 도착해보니 의도와는 달리 그곳에서의 일들이 끝내 내 마음과는 어긋나고 말았다. 괜히 멀고 험한 길을 여러 차례 떠나는 희극을 만들고 말았으니, 하늘이 일을 복잡하게 만듦을 원망하지 않을 수 없었다.

8월 상순, 항저우를 떠났다. 감히 상하이를 경유할 수 없어 뱃길로 쑤저우蘇州로 가서 후닝[滬寧, 상하이-난징] 열차를 타고 난징으로 갔다. 다시 뱃길로 창장長江을 거슬러 올라가 후난湖南과 후베이湖北를 지나 이창宜昌에 가서 열흘간 머무르며 선편船便을 기다렸다. 이때 남북의 전투[18]가 아직 종식되지 않았기에 이창 남쪽은 북군의 경계선이 되고, 쿠이저우夔州 북쪽은 남군의 경계선이 되었다. 군사작전이 벌어지던 시기여서 뱃길에 장애물이 많았다. 북군 총사령 우꽝씬吳光新에게 여권을 새로 발급받아야 민간의 배를 빌려 쿠이저우로 들어갈 수 있었다. 쿠이저우의 지세地勢는 남군에게 가장 중요한 곳이었는데 나는 여기에서 크게 우스운 일을 만들고 말았다.

---

18 남북의 전투 : 위안스카이를 추종하는 북쪽의 군벌 세력과 쑨원을 따르는 남쪽 혁명파의 싸움을 지칭한다.

처음 쿠이저우에 이르러 미처 남군 총사령에게 통지하지 않은 채 여관에 들어갔다. 자리를 정하기도 전에 즉시 군영이 어디 있는지 물으니 여관 주인은 백제성白帝城에 있다고 답하는 것이었다. 나는 백제성에 옛 촉蜀의 선주先主 유비劉備와 제갈무후諸葛武侯의 사당이 있다고 들은 바 있기에 고적을 관람하고 싶은 감흥이 불쑥 일었다.

그래서 남군의 점검이 있으리라는 것도 잊어버리고 급히 쩐 군과 함께 백제성으로 갔다. 산허리에 이르자마자 남군의 순초군巡哨軍을 만났는데 그는 내게 어디에서 왔는지 따져 물었다. 나의 중국어 발음이 중국인 같지 않았으므로 그는 의심을 품고 소지품을 수색하여 우쫭씬의 여권을 찾아냈다. 그는 내가 북군에서 보낸 간첩이라 생각하고 급히 총사령부로 끌고 갔다. 부장部長은 왕티엔종王天縱이었는데 그는 나를 군법사軍法司로 보냈다. 군법사장은 나를 심문하는 한편 위병衛兵을 시켜 내 앞에서 쉭쉭 소리를 내며 칼을 갈도록 하니, 이를 통해 내 신색神色을 살피려는 것이었다. 다행히 남군에는 나와 평소 잘 아는 사이인 후난湖南성 사람 허하이칭何海淸이 사단장으로 있었기에 나는 그에게 도움을 요청하였다. 한 시간쯤 억류되어 있으니 허 사단장의 편지가 당도하였고 나는 풀려날 수 있었다. 여관에 돌아오니 여관 또한 수색을 당한 뒤였다. 무릇 승경 구경을 좋아하다가 괜히 놀라고 말았으니 또한 이는 내가 담대하고 조심성이 적다는 하나의 증거이리라.

원문

川中素多土匪, 而是時散兵敗卒, 瀰漫山河, 行人皆爲之裹足. 舘主語予曰

：“君等非得大軍護隨, 則不宜前往. 往則爲匪所啖矣.”幸其時唐繼堯熊克武在渝, 將開軍事大会議, 而夔軍總司令亦打點赴会. 予詣王, 乞靈於王. 王既知予爲越南革命黨者, 則深悔前事冒昧, 益加禮焉. 王乃令以予二人所乘船, 夾王船以行. 沿江十餘日, 自夔抵渝【即重慶府川北一大都会也】, 一隊雄兵, 若爲予護衛者.

予既入渝, 謁渝軍總司令黃復生君. 君中華革命黨之先鋒人也, 年十八時, 偕汪精衛入北京, 爲暗殺滿清攝政王之擧, 與汪同獄. 民國成立, 得出獄, 充總統府秘書. 予曾一度晤談於南京總統府, 今日再晤, 歡逾登龍. 但念我国前途, 去心如箭, 黃亦不可挽矣, 乃贈予以贐三百七十元滇金.

予行已決, 但自渝至黔【貴州省】, 行路之難, 甚於川北. 武侯南征時, 所謂深入不毛之地, 即其處也. 今因兵亂盜匪如毛, 浹月山行, 生人更險. 駐渝幾半月矣, 寢食不寧, 度日如歲. 幸唐督以軍事会議終, 凱旋囘滇, 予於滇部將領, 多爲舊識, 遂與之偕. 一路大軍, 亦若爲予護衛者. 山行半月, 乃抵畢節【貴州中心地】, 唐軍駐畢, 予亦滯留數旬, 唐行予行, 又逾半月, 乃能達予所夢想之目的地, 時爲十一月矣. 計自八月迄茲, 由杭至滇, 所經凡中華省地六, 艱難險阻之備嘗, 而豈料此艱難險阻者, 尚非吾最終之日耶. 予曾著有西南旅行記, 步步皆可動心, 惜歸時不能携之俱也.

至雲南省城之日, 爲十一月下旬, 滿城三色旗與五色旗, 交叉紛亂, 沿滇越鐵路一帶, 尤爲三色旗蔽天拂日之區域. 予覩之愕然, 幾於口呆脚木. 因自九月至茲, 奔走於長山叢藪之中, 無一報紙可讀【我輩所聞, 則已認中華爲開明之國. 然僅於中原各省大都城見之, 至若山林邊僻之區, 則其幽陰, 比我爲甚】.

抵省之時日, 急走至雲南府閱報社, 始得知歐戰已停, 德已屈伏, 法國既以勝國自雄, 連數日間, 皆爲祝賀法捷之景象也. 噫嘻! 初予於饑寒交迫之中, 忽得一千餘元之款, 方感戴楚狂君之不暇, 而竟虛擲此款於徒勞無益之風塵, 奇愚亦極矣.

此行也, 予之初意, 以爲歐洲戰雲, 非五六年不能散, 我於此時, 乘法人之敝, 象有鼻, 蟻實鑽之, 獅有耳, 蚊實噆之. 其七顚八倒而至於斃, 固意中事也. 況滇越鐵路, 滇人豈甘長此讓法, 獲援於滇, 理亦宜然. 豈知一抵滇城, 則法人呑天之氣燄, 使滇人心膽俱碎.

唐繼堯素知予者, 且予來時, 携有黃總司令書, 請唐援予. 然竟不敢接予一面, 但囑其警察長鄭開文【鄭留學日本時, 與予甚相得】, 善視予. 又婉勸予離滇. 予住滇僅十二日, 而其時鄧子敏久在滇, 爲運動越僑之計劃, 唐亦狗法人旨, 堅監鄧君. 予乃投一書於督府, 請放鄧君, 不俟回答, 遂離滇回杭, 萬水千山, 匆匆然脚踏來時路矣.

行至渝城, 則囊中靑蚨, 已俱烏有, 予不得已再謁黃復生君. 黃勸予在渝入黃幕, 給予以一聘任文憑, 文云, '特聘潘是漢先生, 爲川軍總司令諮謀官. 俸金一百七十元. 總司令黃復生印.' 予姓名之下著官字, 實以此爲第一日, 任職僅七日, 而領餉期到. 予得餉, 即辭黃別渝. 予之目的, 在餉不在官也. 離渝時, 已爲丁巳年十二月下旬矣, 越明年正月下旬予抵杭.

計是行彳亍客途, 旣艱且苦, 而陳君之忍耐艱苦, 尤爲可驚. 由渝至滇, 又由滇返渝, 往返凡九十日行程, 予時或雇馬與輿, 陳君則完全恃脚力耳, 途間雇用挑夫擔負行李, 彼走甚疾, 防彼挑之逸, 須步步緊隨, 此事一任陳君, 予但裹一氈, 慢隨其後, 予脚不敵陳脚遠矣.

一日行貴州大山中, 山空曠絶人跡, 予行距陳君約三法里, 忽大雪驟下, 鱗

甲蔽天, 滿地皆銀, 人路不可辨, 時日暮矣, 如能走一點鍾, 則逾此山, 可抵
所豫定之村店. 然勢已萬不可即, 乃以氈纏身, 臥於雪林, 周圍皆雪被也. 口
占一首云, "一夜山中雪罩身, 石爲長枕草爲茵. 明朝殘月披氈走, 回顧蒼茫
我一人." 亦趣事也.

戊午年至乙丑年, 實爲予閑散蕭條之時代, 革命之行動, 實無一事可指者.
但使予驚心動魄爲之哭爲之歌, 則有一二件, 予筆下不敢擱遺. 然皆自起自
沒之波瀾, 非予吹之, 亦非予滅之也.

戊午年二月, 予方爲恩人淺羽先生堅紀念碑之事, 旅居日本名古屋, 其地
有帝國高等工業學校. 同志李仲栢君, 入學於此. 予故就近僦居, 聊便晨夕.
忽接潘伯玉郵寄一書, 要予救枚公出粵獄, 奔走運動之勞. 伯玉擔任, 至其費
款, 則楚狂任之. 予得書, 深以二君盛心爲感.

先是, 粵獄四年間, 予與枚音問隔絶, 一在觀音山砲臺, 一在廣東警察署,
幾如東西兩半球之距離, 所以予在琼遇釋, 予意枚同時在粵得釋矣. 其仍在
獄中, 則實完全出於潘黎所報告. 彼二人調査之精確, 亦已可驚, 而其請予救
出之詞, 予亦無可謝却. 此事結果, 則枚公至上海被拎, 予深悔救出枚公, 所
以鑄成拎枚之偉力, 予罪之大復何能辭, 我雖不殺伯仁, 伯仁由我而死, 料人
料事之闇, 其造孽可勝誅乎!

번역 쓰촨에서 윈난까지의 여정

쓰촨四川에는 원래 토비土匪가 많은 데다가 이 시기에는 패잔병들이 산
하山河에 가득하였기에 행인들은 모두 함부로 길에 나서지 못하였다. 여
관 주인이 내게 말하였다. "당신들은 대군大軍의 호위를 받지 못하면 앞으

로 나아갈 수 없습니다. 그냥 가면 토비들에게 잡아먹힐 것입니다." 다행히 이때 탕지야오唐繼堯와 씨옹커우熊克武가 유저우渝州에서 장차 군사회의를 크게 열려고 하여 쿠이저우 군 총사령 또한 회의에 참석할 준비를 하고 있었다. 이에 나는 왕티엔종에게 가서 도와달라고 애걸하였다. 그는 내가 월남혁명당 사람인 것을 알고 앞서 잘 모르는 상태에서 했던 일을 깊이 후회하고 있었으므로 더욱 정중히 대해주었다. 그리고 우리 두 사람이 탄 배가 자신의 배 옆에 붙어 가도록 조치해 주었다. 강을 따라 열흘 정도 갔는데 쿠이저우에서 유저우【총칭重慶이니 쓰촨 북부의 큰 도회지이다】에 이르도록 마치 하나의 큰 부대가 나를 호위하는 듯하였다.

나는 유저우에 들어가서 유저우 군 총사령 황푸셩黃復生 군을 찾아갔다. 군은 중화혁명당의 선봉으로, 18세 때 왕징웨이汪精衛와 함께 베이징으로 가서 만청滿淸의 섭정왕을 암살하려는 거사를 일으켰다가 왕징웨이와 함께 옥에 갇혔다. 민국이 성립되자 출옥하여 총통부 비서가 되었다. 나는 예전에 난징 총통부에서 그를 만나 이야기한 적이 있었는데, 오늘 다시 만나니 그 기쁨이 하늘에 오르는 것처럼 컸다. 그러나 나는 우리 베트남의 앞날이 걱정되어 떠나고자 하는 마음이 화살과 같았기에 황푸셩도 만류하지 못하고 내게 노잣돈으로 370원을 주었다.

나는 출발을 이미 결행했지만 유저우渝州에서 구이저우貴州에 이르는 행로의 어려움은 쓰촨 북부보다 심하였다. 제갈무후諸葛武侯가 남쪽을 정벌하면서 '불모의 땅으로 깊이 들어가다'[19]라고 했던 곳이 바로 여기다.

---

19 불모의 ~ 들어간다 : 제갈량(諸葛亮)의 「전출사표(前出師表)」에 나오는 "오월에 노수를 건너, 불모의 땅으로 깊이 들어가다[五月渡瀘, 深入不毛]"라는 구절을 인용한 것이다.

지금은 병란으로 인해 도적과 토비들이 깃털처럼 많아 한 달간 산행하면서 살아있는 사람을 만나는 것이 더욱 위험하게 여겨졌다. 또 유저우에 머무는 보름가량은 먹고 자는 것이 불편하여 하루가 일 년 같았다. 다행히 군사회의가 종료됨에 따라 탕지야오唐繼堯가 윈난으로 개선하였는데, 나는 윈난 출신 장령將領 중에 아는 자가 많아서 마침내 그들과 함께하였다. 마치 한 무리의 대군이 나를 호위해주는 것 같았다. 산길로 보름을 가서 비지에畢節【구이저우의 중심지】에 이르렀다. 탕지야오의 군대가 그곳에 머물렀기에 나도 열흘 넘게 머물렀고, 탕이 떠나면 나도 떠나서 다시 보름이 지나니 꿈에 그리던 목적지에 당도할 수 있었다. 때는 11월이었다. 8월에 출발하여 지금에 이르도록 항저우에서 윈난까지 경유한 중국 성省이 여섯이었으며 온갖 곤란과 고통을 두루 맛보았다. 그런데 이 곤란과 고통이 아직도 나의 마지막 어려움이 아니라는 것을 어찌 헤아릴 수 있었겠는가. 이에 대해 나는 일찍이 『서남여행기西南旅行記』를 저술하여 가는 곳마다 놀라운 광경을 기록하였다. 애석하게도 귀국할 때 그것을 가지고 오지 못하였다.

윈난에 도착한 날은 11월 하순이었다. 온 성에 프랑스 삼색기와 중국 오성홍기가 뒤섞여 펄럭였는데, 윈난-베트남 철로 일대는 특히 프랑스 삼색기가 하늘을 덮어서 태양을 가리고 있었다. 나는 그 광경을 보고 놀라 입이 벌어지고 다리가 움직이지 않았다. 9월부터 이때까지 깊은 산 수풀 가운데서 분주히 다니느라 신문 한 장 읽을 수 없었다.【우리는 중국이 개명한 나라가 되었다고 들었다. 그러나 그런 모습은 겨우 중원지역의 각 성과 큰 도시에서나 볼 수 있었고, 산림과 변방지역 같은 경우는 그 궁벽함이 우리 베트남보다

심하였다.】

윈난에 도착한 당일 급히 윈난부雲南府에 가서 신문을 살펴보고서야 비로소 1차 세계대전이 끝나서 독일이 항복하고 프랑스가 전승국의 지위를 누리게 되었음을 알게 되었다. 연이어 며칠간 모두 프랑스의 승리를 축하하는 분위기였다. 아아! 내가 굶주림과 추위에 시달리는 와중에 홀연 1천여 원의 자금을 얻고서 서 꾸옹楚狂 군에게 감사의 말도 전할 겨를이 없었는데, 끝내 이 돈을 무익한 고생에 허비해버리고 말았으니 어리석음이 또한 너무 컸던 것이다.

이번 여행을 떠나며 내가 처음 생각할 때는 유럽의 전운戰雲이 5~6년 사이에 걷힐 수는 없을 듯하였다. 그래서 나는 이때 프랑스의 어려움을 틈타 코끼리 코를 개미가 물어뜯듯 사자의 귀를 모기가 깨물 듯이 하면, 일곱 번 넘어지고 여덟 번 거꾸러지더라도 프랑스를 멸망시킬 수 있을 것이라 여겼다. 게다가 윈난-베트남 철로를 윈난 사람들이 어찌 오래도록 프랑스에 기꺼이 양보하겠는가. 우리가 윈난 사람들에게 도움을 얻는 것은 이치상 당연한 일이라 여겼다. 그러나 어찌 알았으랴, 한번 윈난에 이르고 보니 하늘을 찌르는 프랑스의 기세가 윈난 사람들의 간담을 모두 꺾어 놓았을 줄을!

탕지야오唐繼堯는 원래 나와 아는 사이인 데다 내가 윈난에 이르렀을 때 황푸성黃復生 총사령總司令의 편지를 지니고 있었기에 탕지야오에게 도와달라고 부탁하였다. 그러나 끝내 한 번도 나를 만나주지 않고 다만 경찰장警察長 쩡카이원鄭開文【일본 유학시절에 나와 매우 친하게 지낸 인물이다】에게 나를 잘 돌보라고 당부하고는 완곡하게 윈난을 떠날 것을 권유하였다. 내가 윈난에 머문 것은 겨우 12일이지만 그때 당 뜨 먼鄧子敏은 오랫동안 윈난에 머물고 있었으니, 베트남 동포를 대상으로 운동을 계획하고 있었던 것이다. 탕지야오는 프랑스인의 뜻에 순응하여 당 뜨 먼 군을 수감하였다. 나는 이에 탕지야오에게 편지 한 통을 써서 당 군을 풀어주라 요청하고, 회답을 기다리지 않고 마침내 윈난을 떠나 항저우로 돌아갔다. 만수천산萬水千山의 왔던 길을 다시 밟아 바삐 돌아갔다.

도중에 유저우渝州에 이르자 주머니 속의 노잣돈이 이미 텅 비어 있었다. 나는 어쩔 수 없이 다시 황푸성 군을 찾아갔다. 황푸성은 내게 유저우에 머물며 자신의 휘하로 들어오라고 권하였다. 내게 임명장도 주었는데 '특별 초빙 판 티 한潘是漢 선생. 쓰촨군川軍 총사령總司令 자모관諮謀官. 봉급은 170원. 총사령 황푸성 인印'이라고 되어 있었다. 내 이름에 관직이 붙은 것은 이날이 처음이었다. 그 직책을 맡은 지 7일 만에 봉급날이 왔고, 나는 봉급을 받자마자 황푸성과 작별하고 유저우를 떠났다. 나의 목적은 봉급에 있었지 관직에 있지 않았던 것이다. 유저우를 떠난 시기는 정사년1917 12월 하순이었고, 이듬해 1월 하순이 되어 나는 항저우에 도착하였다.

이번 여행을 돌아보면 걸음걸음 나그넷길이 고되고 힘들었는데 쩐 흐우 꽁陳有功 군이 온갖 고생을 인내하는 모습이 더욱 놀라웠다. 유저우에서 윈난으로, 다시 윈난에서 유저우로 왕복한 것이 모두 90일의 여정이었다. 나는 때때로 말이나 수레를 빌려 탔지만 쩐 군은 온전히 다리 힘에 의지하였다. 도중에 짐꾼을 고용해 짐을 맡길 때면 그들의 걸음이 너무 빨랐기에 그들이 도망가는 것을 방지하기 위해 반드시 빨리 걸어 바짝 따라붙어야 했다. 이런 일을 모두 쩐 군이 맡았고, 나는 그저 담요 한 장을 걸치고 천천히 그 뒤를 따랐다. 나의 다리는 쩐 군의 다리를 도저히 따라갈 수 없었다.

하루는 구이저우貴州의 큰 산을 지났다. 산은 텅 빈 채 인적이 끊겼고 나와 쩐 군의 거리는 약 3법리法里[20] 정도 되었다. 그때 갑자기 큰 눈이 내리기 시작하여 비늘 같은 눈송이가 하늘을 덮었고 온 땅이 모두 은빛이 되었다. 사람 다니는 길을 분간할 수 없고 날은 저물었다. 만약 한 시간을 걸어 이 산을 넘는다면 예정했던 마을 여관에 도착할 수 있을 듯하였다. 그러나 형세가 이미 절대로 불가능하였다. 이에 담요로 온몸을 감싸고 눈 침대에 누우니, 주위는 온통 눈으로 된 이불이었다. 이때 입으로 시 한 수를 읊었다.

산속에서 한밤중에 눈으로 몸을 덮고　　　　　　　一夜山中雪罩身,
돌로 긴 베개 삼고 풀로 자리를 삼았네.　　　　　　石爲長枕草爲茵.
내일 아침 달이 질 때 담요 걷고 길 떠나면　　　　　明朝殘月披氈走,
돌아보매 창망히 나 한 사람뿐이리.　　　　　　　回顧蒼茫我一人.

이 또한 운치 있는 일이었다.

20　법리(法里) : 예전에 프랑스에서 쓰던 거리의 단위로 3법리는 지금의 약 12km이다.

戊午年三月, 予接伯玉信, 爰致一書於粤督莫榮新, 請放枚公, 旋得莫覆書
云, "此案全由警署長魏邦平查辦." 予又致一書於魏邦平. 時省政府財政部長
曾彦爲予舊友, 予亦致一書於曾, 求爲緩頰. 至三月下旬, 而枚公得釋矣. 四月
間, 枚公至上海. 即寄予一書, 附以希皐·金臺二公手筆. 希金二公, 皆純粹志
士, 被錮崑崙, 與九垓先生同時脫獄, 結筏泛洋, 經許多波折, 乃能至上海者.

予昔坐船經崑島下, 有一絶句云, "此物經吾眼, 凄然欲斷魂. 平生遊歷遍,
未得到崑崙." 今二公信至, 喜殆無極, 豈知吉信未眞, 而凶信遽到? 又四五日,
則胡馨山書來云, '三人俱被捕矣.' 此信既至, 予勿忙離日回杭, 欲得此事之
眞相也. 耗矣哀哉! 枚公之脫粤獄, 希皐·金臺之謝崑崙, 皆所以造出潘伯玉
背父叛國之奇功, 而爲其幕中人者誰耶? 則吾儕可不必問矣.

今乃及於法越提携論文之原委, 此固由黎與潘誤予, 而亦實予誤信黎潘之
罪也. 戊午年正月, 黎從內出, 会予於杭州. 法越提携四字之名詞入予耳者,
此爲第一次. 彼以爲沙露全權之政策, 與向來諸全權不同, 黎又云, "沙氏, 社
会黨人. 社会黨主義, 與法國殖民政策, 大相矛盾." 黎又歷陳沙氏種種之政
績, 如立各學堂, 改訂北圻新律, 許我人得結社立会, 如益智進德会云云.

予初不甚信黎言, 然念果如所言, 則將計就計, 未必無轉旋之餘地. 予因謀
於潘伯玉, 是時予左右, 其共事多年, 曾冒險多次, 助予耳目成績最多者, 莫
若伯玉. 而此次黎出, 尤與潘極意綢繆, 潘提携之熱, 已達極點, 予未之覺也.
潘之言曰: "欲成大事, 不可無詭謀. 今先生但作一理論之文, 專言法越提携
之兩俱有益, 法人得書, 必謂吾意已緩和, 不專注目於吾黨, 吾可以遣人入
內, 與法人周旋, 爲吾黨之間諜, 法人之情狀, 吾能窺之, 國內人之秘密, 外

人能知之, 依黎君言, 亦甚得策." 予信其言, 謂彼決無背父叛國之理故也. 爰著一長篇文, 顔爲法越提携論, 獨醒子撰. 撰成, 潘伯玉繕寫, 文末署潘伯玉奉書五字, 有譎意在也. 黎携此書南歸, 又四五月, 而潘公廷逢之愛兒, 居然爲挈鬚翁之忠狗. 用間之至難, 吾至是乃深信孫子之不我欺矣.

己未年二月, 潘伯玉会予於杭州, 謂沙露全權甚願與予商提携之策. 予要以須政府派人來会商, 且先提出若何之條件, 非得予同意, 不可, 潘諾之, 再入内. 其年三月, 伯玉先自内寄書於予云 : "政府已允派員來会, 其條件若何? 俟派員來, 兩方互訂." 至其年五月, 則有一法人名尼容, 與伯玉俱至杭州, 先由伯玉通价於予, 予要以会地點会日期, 須由我方決定, 臨時乃可宣布. 又彼方止可一人來, 我方若干人, 任我自由帶隨, 否則不会. 伯玉商於彼, 彼皆許之. 至時則会商於杭州西湖中心之湖樓亭. 予與陳有功胡馨山及他三少年, 俱往, 坐定, 畧酬應數語, 尼容於懷中出一紙, 文用法文, 翻以國語曰 : '此沙露全權所親授之意旨也.' 予令一少年誦之, 予大錯愕. 今錄其條件如下.

予之一方面, 須承認下之二條. 一, 宣布一文於國内, 取消其革命之意旨與其行爲. 二, 須歸國, 若不歸國亦可, 但須指定一在外居住之地點, 以接近於法租界者爲最宜. 東洋政府之一方面, 則待以如下之二條. 一, 若歸國時, 待以南朝中一重要之位置與特別優厚之俸金. 二, 若不歸國, 則厚給以長住在外之旅費及其所需求者.

予既決定一種宗旨, 則繕一答覆書, 書用國語文, 解剖提携之原意, 拒絶其不正當之條件. 由李仲柏君精寫, 付與潘伯玉, 携歸河内, 致與全權沙露. 予直接與法人交涉之文字, 此爲第一次. 此書另詳錄出, 願我同胞讀之, 則知予所謂提携與彼所謂提携迥然氷炭矣.

번역 판 바 응옥의 배신

무오년1918에서 을축년1925까지는 실로 내가 한산하고 쓸쓸한 시기였다. 혁명의 행동은 손꼽을 만한 것이 하나도 없었다. 다만 내 마음을 놀라게 하고 혼백을 격동시켜 통곡하고 노래하게 한 한두 가지 사건이 있었다. 내가 붓을 놀려 이 일을 쓰지 않을 수 없다. 그러나 이 모두 저절로 생겨나고 저절로 사라진 물결이었으니 내가 불러일으킨 것도 아니요, 내가 없애버린 것도 아니었다.

무오년1918 2월, 나는 은인 아사바淺羽 선생의 기념비를 세우는 일로 일본 나고야名古屋에 머물고 있었다. 그곳에는 제국고등공업학교가 있는데 우리 동지 리쭝바이李仲栢 군이 이 학교에 다녔다. 나는 일부러 학교 가까운 곳에 숙소를 잡아 아침저녁으로 그와 만남에 편의를 도모하였다. 그때 갑자기 판 바 응옥潘伯玉의 편지 한 통을 받게 되었다. 그 편지에서 판 바 응옥은 내게 마이 라오 방枚老蚌 공을 광둥성 감옥에서 구출하자고 하였다. 분주히 운동하는 노고는 그가 맡고, 비용은 서 꾸옹楚狂이 담당하겠다고 하였다. 나는 편지를 받고서 두 사람의 성심에 깊이 감동하였다.

이에 앞서 내가 광둥 감옥에 있던 4년 동안 마이 라오 방枚老蚌과 소식이 끊어졌다. 한 사람은 꽌인산觀音山 포대炮臺에 있고, 한 사람은 광둥 경찰서에 있었으니 서로 떨어진 거리가 거의 지구의 동쪽과 서쪽 같았다. 내가 하이난다오海南島에서 석방될 때 나는 속으로 마이 공도 동시에 광둥에서 풀려났을 것이라 여겼다. 그런데 그는 여전히 감옥에 있었으니 이러한 사실은 판 바 응옥과 레 즈黎輿가 보고한 바에서 전부 나온 것으로, 두 사람이 조사한 바의 정확함은 경탄할 만했다. 그러므로 마이 라오 방을 구출하자고 하는 그들의 요청을 나는 거절할 수가 없었다. 그렇지만 결과적으로 본다면, 마이 공은 후에 상하이에서 다시 잡히고 말았으니 나는 마이 공을 구출한 것을 깊이 후회하였다. 마이 공을 붙잡은 앞잡이들의 힘만 키워줬기 때문이다. 나의 큰 죄를 어찌 면할 수 있겠는가! 내가 비록 주백인周伯仁을 직접 죽이지는 않았지만, 주백인은 나로 인해 죽은 것이다.[21] 사람을 잘 파악하지도 못하고 일을 잘 처리하지도 못하는 나의 아둔함으로 재앙을 만들고 말았으니 어찌 다 벌줄 수 있겠는가.

무오년1918 3월, 나는 판 바 응옥의 편지를 받고 광둥 총독 모룽씬莫榮新에게 편지 한 통을 보내 마이 공의 석방을 요청하였다. 바로 모룽씬의 답신이 도착하였는데, 거기에는 "이 사안은 전적으로 경찰서장 웨이방핑魏邦平이 담당합니다"라고 적혀있었다. 그래서 나는 다시 웨이방핑에게 편지 한 통을 보냈다. 이때 광둥성 정부의 재정부장 쩡옌曾彦이 나의 오래된 벗이었기에 그에게도 편지를 써서 완곡하게 도움을 요청하였다. 마침내 3월 하순 마이 공은 석방되었다. 4월 무렵 마이 공이 상하이에 이르러 나에게 편지를 보냈는데, 히 까오希阜와 낌 다이金臺가 손수 쓴 편지도 동봉하였다. 히 까오와 낌 다이 두 공은 모두 순수한 지사로서 꼰론다오崑崙島에 수감되었다가 끄우 까이九垓 선생과 함께 탈옥하여 뗏목을 만들어 타고 바다

---

21 주백인은 ~ 것이다: '주백인'은 중국 삼국시대 진(晉)나라 주의(周顗)를 가리키니 '백인'은 그의 자(字)이다. 그는 왕도(王導)와 절친한 사이였는데, 왕도의 종형인 왕돈(王敦)이 반란을 일으켰다. 그러자 왕도는 황제 앞에 가서 대죄하였는데 주의가 변호를 해주어 그는 무사할 수 있었다. 하지만 왕돈의 반란군이 도성에 들어와서 왕도에게 주의를 어떻게 하면 좋을지 물었을 때 왕도는 아무런 대답을 하지 않아 결국 주의는 죽임을 당했다. 나중에 주의가 자신을 변호했다는 사실을 알게 된 왕도는 "내가 비록 백인을 죽이지는 않았지만, 백인이 나 때문에 죽었다[吾雖不殺伯仁, 伯仁由我而死]"라고 하였다. 『진서(晉書)』, 「주의전(周顗傳)」 참조.

를 건너 허다한 파란과 곡절을 경험하고 상하이에 도착한 이들이다.

예전에 배를 타고 꼰론다오를 지나며 지은 절구 한 수가 있다.

여기 경물景物이 내 눈을 스쳐 가니	此物經吾眼,
처연한 마음 혼을 끊는 듯하네.	凄然欲斷魂.
평생토록 여기저기 떠돌았어도	平生遊歷遍,
꼰론崑崙에는 이르지 못했었네.	未得到崑崙.

지금 두 공의 편지를 받으니 기쁨이 그지없었다. 그런데 길한 소식은 진짜가 아니고 흉한 소식이 곧바로 당도할 줄을 어찌 알았으랴! 4~5일이 지나 호 힝 선胡馨山의 편지가 왔는데, '세 사람 모두 체포되었다'라는 것이었다. 이 소식을 듣고 나는 바삐 일본을 떠나 항저우로 가서 이 일의 진상을 알아보고자 하였다. 부질없고 슬프도다! 마이 공이 광둥 감옥에서 탈출하고 히 까오와 낌 다이가 꼰론다오를 벗어난 것이 모두 판 바 응옥이 아버지를 배반하고 나라에 반역하는 특별한 공로가 되는 것이었다니! 이 일의 주모자는 누구인가? 우리는 물어볼 필요도 없도다.

지금 「법월제휴론法越提携論」[22]이라는 글을 쓰게 되었던 내력을 말해야겠다. 이는 실로 레 즈와 판 바 응옥이 나를 그르친 데서 말미암은 것이지만 이는 사실 내가 그들을 잘못 믿은 죄이다. 무오년1918 정월, 레 즈가

---

22 「법월제휴론(法越提携論)」: 판 보이 쩌우가 지었던 글로, 베트남과 프랑스가 제휴해야 한다는 내용을 담고 있다. 이 글로 인해 판 보이 쩌우는 독립운동 진영으로부터 오해를 받는 곤욕을 치렀다.

국내에서 나와서 항저우에서 나를 만났을 때 '법월제휴法越提携'라는 네 글자의 단어가 내 귀에 들어왔다. 그들은 사로 전권全權의 정책이 이전의 여타 전권의 정책과는 다르다고 하였다. 레 즈는 또 말하기를, "사로는 사회당 사람입니다. 사회당의 이념은 프랑스 식민정책과는 크게 모순됩니다"라고 하며, 사로의 여러 가지 업적을 열거하였다. 예컨대 각지에 학당을 세우고 박끼의 법률을 새로 개정하여 우리가 결사와 집회를 할 수 있도록 익지회益智會와 진덕회進德會 같은 단체를 허락했다는 것이었다.

나는 처음에 레 즈의 말을 크게 신뢰하지는 않았다. 그러나 생각해보니 과연 그 말과 같다면 장차 일을 계획하고 실천함에 필시 일을 도모할 여지가 있을 듯하였다. 그래서 나는 판 바 응옥과 상의하였다. 이때 내 곁에서 오랫동안 일을 함께하며 여러 차례 위험을 감수하고 나의 눈과 귀를 도와 가장 많은 공적을 이룬 자로는 판 바 응옥 만한 사람이 없었다. 이번에 레 즈가 출국했을 때는 더욱 판 바 응옥과 긴밀한 관계를 이루고 있었으나, 베트남과 프랑스 제휴론에 판 바 응옥의 열성이 이미 극점에 도달했음을 나는 간파하지 못하였다. 판 바 응옥은 이렇게 말하였다. "큰일을 이루기 위해서는 간교한 꾀를 내지 않을 수 없습니다. 지금 선생께서는 논리적인 문장 한 편을 지어 베트남과 프랑스의 제휴가 양측에 모두 이득이 된다고 말씀하십시오. 프랑스인이 그 글을 보면 우리의 투쟁 의지가 약화되었다고 여겨서 우리 당을 크게 주목하지 않을 것입니다. 그러면 우리 사람을 국내로 들여보내 프랑스인과 어울리게 하고 그를 우리 당의 첩자로 활용하면, 프랑스의 상황을 파악할 수 있고 국내의 비밀 활동을 나라 밖에서도 알 수 있을 것입니다. 레 즈 군의 말대로 하는 것이 또한 득책이라 하겠습니다." 나는 그 말을 믿었다. 판 바 응옥이 결코 아버지를 배반하고 나라에 반역할 까닭이 없다고 여겼던 것이다. 이에 장편 문장 하나를 짓고 「법월제휴론」이라 이름하고 '독성자獨醒子가 짓다'라고 썼다. 다 쓰고 나자 판 바 응옥이 필사하고 문장 끝에 '반백옥 봉서潘伯玉奉書'라는 다섯 글자를 썼으니 음흉한 뜻이 담겨 있었던 것이다. 레 즈가 이 글을 가지고 베트남으로 돌아갔다. 그리고 4~5개월이 지났을 때 판 딩 풍潘廷逢 공의 사랑하는 아들인 판 바 응옥은 뜻밖에도 수염 기른 프랑스인의 충견임이 드러났다. 간첩을 활용하는 것은 대단히 위험하니 나는 이때에서야 손자孫子가 나를 속이지 않았음[23]을 알게 되었다.

기미년1919 2월, 판 바 응옥은 항저우로 나를 찾아와 사로 전권이 제휴 방안에 대해 나와 몹시 상의하고 싶어 한다고 하였다. 나는 반드시 프랑스 정부 측에서 사람을 보내 협상을 해야 하며, 먼저 몇 가지 조건을 제시하겠다고 요구하였다. 그리고 내가 동의하지 않으면 협상은 불가능하다고 하니, 판 바 응옥은 알겠다며 다시 국내로 들어갔다. 이해 3월 판 바 응옥이 국내에서 편지를 보내 말하기를, "정부에서 사람을 파견하여 회담하기로 승낙하였습니다. 그런데 그 조건이 무엇입니까? 정부에서 파견하는 사람을 기다렸다가 양측이 논의하십시오"라고 하였다. 이해 5월 네로尼容라는 이름의 프랑스인이 판 바 응옥과 함께 항저우에 왔는데

---

23 손자(孫子)가 ~ 않았음 : '손자'는 춘추시대의 병법가 손무(孫武)를 지칭한다. 그의 병법 서인 『손자(孫子)』에서는 '용간(用間)' 즉 첩자 활용의 필요성을 논한 내용이 있는데(「用間」第十三), "성지(聖智) 아니면 간첩을 쓸 수 없고, 인의(仁義) 아니면 간첩을 부리지 못하며, 미묘(微妙) 아니면 간첩의 실상을 얻지 못한다[非聖智不能用間, 非仁義不能使間, 非微妙不能得間之實]"라고 하였다.

먼저 판 바 응옥을 통해 자신을 내게 소개하였다. 나는 만날 장소와 시간
은 반드시 우리가 결정할 것이며 그 사항은 임박해서야 알려줄 것이라고
하였다. 또 그쪽은 다만 한 사람만 와야 하며 우리 측 인원은 내가 마음
대로 대동할 것이니 이 조건을 받아들이지 않으면 만나지 않겠다고 하였
다. 판 바 응옥이 네로와 상의하고는 모두 그렇게 하겠다고 하였다. 만나
기로 한 날이 되어 항저우 서호西湖 가운데 호루정湖樓亭에서 회담을 하였
다. 나는 쩐 흐우 꽁陳有功, 호 힝 선胡馨山 및 다른 세 명의 청년과 함께 가
서 좌정하고 대략 몇 마디 수응하였다. 네로가 품속에서 프랑스어로 된
문서 한 장을 꺼냈는데, 베트남어로 번역하면 '이는 사로 전권이 친히 전
달하는 의견이다'라는 것이었다. 나는 한 청년에게 그 문서를 읽도록 했
는데 깜짝 놀라고 말았다. 그 문서의 조건들을 아래와 같았다.

우리 측은 반드시 다음 두 조건을 받아들여야 한다는 것이었다. 첫째,
혁명의 의지와 행위를 취소하겠다는 글을 국내에 선포할 것. 둘째, 반드
시 귀국할 것. 만일 귀국하지 않겠다면 그것도 가능한데 그러려면 반드
시 지정된 장소에서 거주해야 하며 프랑스 조계지에 인접한 지역이 가장
좋다는 것. 프랑스 동양 정부 측에서는 다음 두 조건을 받아들이겠다고
하였다. 첫째, 만일 귀국한다면 베트남 조정의 고위직으로 대우하며 특
별히 넉넉한 봉급을 지급할 것. 둘째, 만일 귀국하지 않는다면 장기간 외
국에 체류할 수 있는 여비 및 필요한 것들을 충분히 지급할 것.

나는 이에 하나의 원칙을 결정하고서 답서答書를 엮은 뒤 베트남어로
썼는데 '제휴'의 본래 뜻을 자세히 설명하고서 프랑스의 정당치 못한 조
건을 거절하는 내용이었다. 리쭝바이李仲柏 군에게 정사正寫하게 해서 판

바 응옥에게 주고 하노이로 가져가 사로 전권全權에게 전달하게 하였다. 이는 내가 프랑스인과 직접 교섭한 첫 번째 문서이다. 이 글은 별도로 상세히 인쇄하였으니 우리 동포들이 읽어주기를 바란 것이다. 그리하면 내가 말한 제휴와 저들이 말한 제휴가 빙탄氷炭과 같이 거리가 먼 것임을 알게 될 것이다.

원문

己未年七月, 予離杭上北京, 又渡日本. 自此以後凡四年間, 每因坐無聊, 則復爲一度無謂之奔走. 庚申年十一月, 聞紅俄社会共産黨, 多聚集於北京, 而赤化之大本營, 即在北京大學. 予好奇心動, 欲硏究共産黨之眞理. 乃取日本人布施辰[24]治所著之俄羅斯眞相調査記一書, 反覆尋味, 譯成漢文, 書共上下二册. 於勞農政府之主義與其制度, 此書極詳. 予乃携之, 走北京, 欲以此書自价紹於俄華之社会黨也.

旣至北京, 則得面晤蔡元培【北京大學校長】, 蔡大歡洽, 价紹予於兩俄人, 一爲勞農俄羅斯遊華團團長某君【俄文名予不能記】, 一爲駐華大使加拉罕屬員之漢文參贊拉君, 此實爲予與俄人直接結交之第一幕. 予嘗問拉君曰: "我國人欲遊學貴國, 先生能爲指示前途否?"

拉曰: "我勞農政府, 對於赴俄遊學之世界同胞, 大爲歡迎. 如越南諸君, 能遊學, 尤爲便利. 由北京至海參威, 水陸俱可達. 由海參威至赤塔, 有鐵路可入西比利亞, 以至莫斯科, 計程僅十餘日耳. 學生赴俄, 必先至北京, 由我

---

24 辰 : 저본에는 '彌'로 되어 있으나 관련 역사 사실을 참조하여 수정하였다.

國駐京大使給以价紹証書, 得大使書, 則自赤塔至俄京, 火車及食用各費, 俱由勞農政府優待. 計自越南至俄境, 需費二百元以內, 當甚易辦. 但遊學生於其入學之前, 必先承認如下之條件【一, 願信仰共産之主義. 二, 學成歸國, 必任宣傳勞農政府主義之責. 三, 學成後歸其本國, 須力行社会革命之事業】. 在學時與歸國之費用, 一切由勞農政府擔任之."

以上皆爲當時拉君與予会話之詞, 至今日現情如何, 則予不能知也. 其所令予不能忘者, 俄人晤予時, 現出一種和藹誠實之氣象, 詞色皆在若淡若濃之間. 予記一語云:"我輩得見越南人, 乃自君始. 君能著一書, 用英文詳述法人在越南之眞相, 即以贈我, 我當感謝不忘云." 惜予不能爲英文書, 無以應也.

爲此行之目的, 而予反得一可笑之事, 予并記之. 初予在橫濱出發, 至大連, 乘一裝貨船, 船中但容九人, 予爲一人. 某一人自稱爲日本工人, 彼全身穿著, 皆工人式. 在船中, 與予談笑, 甚相得. 至長崎, 船且著岸, 忽失此人所在. 及至大連, 而予八人俱被日警署逮捕送監. 予入獄四日, 署長釋予, 延予入座, 辨明此次之誤捕. 蓋因朝鮮革命黨人林某, 行刺一日倀於東京, 此日倀爲朝鮮共進会会長. 林某刺斃之, 遂逃脫, 日警捕之急, 林潛乘予所乘之貨船, 謀走大連, 知不可脫, 及長崎而逸. 越南革命黨人, 竟得爲朝鮮革命黨中之嫌疑犯. 世事之互爲因果. 亦甚奇矣.

庚申辛酉數年間, 予時往返於北京杭州廣東, 亦時經過東三省, 順路由安東入朝鮮, 渡日本探幾外侯數次, 不過爲遊歷考驗之行, 實無預於革命之工作. 但著作一事則未嘗輟, 因旅資無藉, 則必以賣筆爲生涯, 華報與雜誌所登, 如北京之東亞新聞, 杭州之軍事雜誌, 實予筆墨爲多. 然其目的在求食,

不在文也. 惟有數種之著, 一, 予之福音, 此書十二大章, 純爲開導驚覺國民
之文. 一, 越南義烈史, 純爲紀念諸先我殉國之同胞, 凡所耳聞目見之事實,
及所得於同志追述者, 錄入是編, 其尚未蓋棺之人, 俱不登考, 蓋有待也. 一,
爲亞洲之福音, 此書一中册, 專發揮聯絡亞洲之政策, 而主意則在於中日之
同心, 大署與聯亞蒭言同. 然此書出現於中日感情已壞之後, 故效力不能發
生. 此種著作, 實間接與革命事有關係耳.

번역 **동아시아를 유력하며 활로를 모색하다**

기미년[1919] 7월, 나는 항저우를 떠나 베이징으로 갔다가 다시 일본으
로 건너갔다. 이로부터 4년간 매양 무료하게 앉아 있다가 아무 목적 없
이 떠돌아다니곤 하였다. 경신년[1920] 11월에는 붉은 러시아 사회주의 공
산당이 베이징에 많이 모여 있으며 그 대본영이 북경대학北京大學에 있다
는 소식을 들었다. 나는 호기심이 발동하여 공산당의 원리를 연구하고자
일본인 후세 다쓰지布施辰治[25]가 지은 『아라사 진상 조사기俄羅斯眞相調査記』
한 권을 구해서 반복적으로 음미하며 한문으로 번역하니 상·하 2책이
되었다. 이 책에는 소비에트 정부의 주의 및 제도에 대해서 굉장히 상세
히 적혀 있었다. 나는 이를 가지고 베이징에 가서 이 책을 통해 러시아
중국 사회당에 스스로 소개하고자 하였다.

베이징에 가서 북경대학 총장 차이위엔페이蔡元培를 만났는데 그는 나

---

25 후세 다쓰지(布施辰治) : 1880~1953. 일본의 인권변호사, 사회운동가이다. 일본 민중의
편에 서서 활동한 것은 물론이고, 조선의 독립을 위해서도 적극적인 활동을 하였다. 한국
독립운동가를 위한 변론도 많이 맡았다. 이를 기려 한국 정부는 2004년 건국훈장 애족장
을 수여하였다.

를 매우 환영하며 두 명의 러시아인에게 소개하였다. 한 사람은 소비에트 러시아 정부의 중국 유람단 단장인 모某 군이고, 【러시아 이름을 기억하지 못하겠다】 또 한 사람은 중국 주재 대사大使 카라한加拉罕, Карахан 수하의 한문 담당 참찬參贊인 코도로브拉 군이었다. 이는 실로 내가 러시아인과 직접 교류를 맺은 제1막이었다. 나는 언젠가 코도로브 군에게 물었다. "우리 베트남인이 러시아에서 유학한다면 선생께서는 그들을 위해 앞길을 인도해줄 수 있으십니까?"

그는 이렇게 대답하였다. "우리 소비에트 정부는 러시아로 유학 오는 세계동포들을 대단히 환영합니다. 베트남 여러분이 유학 온다면 더욱 편리할 것입니다. 베이징에서 블라디보스토크海參威까지는 수로와 육로 모두 통하고, 블라디보스토크에서 치타赤塔로 가면 철로가 있어 시베리아西比利亞를 통해 모스크바莫斯科에 당도할 수 있습니다. 이 노정을 헤아려보면 겨우 열흘이 걸릴 뿐입니다. 학생들이 러시아에 오려면 반드시 먼저 베이징을 거쳐야 하는데 베이징 주재 러시아 대사가 소개증서를 발급하고, 그 증서만 있으면 치타에서 러시아 수도까지 여비와 식비 등 각 비용을 모두 소비에트 정부에서 넉넉히 지급합니다. 베트남에서 러시아 국경까지 소요 비용을 계산해보면 2백 원 이내이니 쉽게 마련할 수 있는 돈입니다. 단, 유학생들은 입학 전에 반드시 몇 가지 조건을 수락해야 합니다. 【첫째, 공산주의를 신봉해야 할 것. 둘째, 학업을 마치고 귀국하면 소비에트 정부의 이념을 선전할 책임을 맡을 것. 셋째, 학업을 마치고 본국으로 돌아가면 반드시 사회혁명사업을 힘써 행할 것.】 그러면 유학할 때와 귀국할 때 일체의 비용을 소비에트 정부가 담당합니다."

이상은 모두 당시 내가 코도로브 군과 나누었던 말들인데 지금은 그쪽 상황이 어떠한지 잘 모르겠다. 그러나 잊을 수 없는 것은 러시아인들이 나를 대할 때 보여준 일종의 따뜻하고 진솔한 태도이다. 그들의 말투는 담담한 듯하기도 하고 억센 듯도 하니 그 중간이었다. 그들이 내게 한 말 가운데 생각나는 것이 하나 있다. "우리가 베트남인을 만난 것은 당신이 처음입니다. 당신이 영어로 하나의 글을 지어 프랑스인이 베트남에서 벌인 진상을 상세히 서술해서 우리에게 준다면 그 감사함을 잊지 않을 것입니다." 그런데 애석하게도 나는 영어로 글을 쓸 줄 몰라 그 부탁을 들어주지 못하였다.

이번 여행의 목적지로 가다가 나는 도리어 한 가지 우스운 일을 겪었기에 아울러 기록한다. 나는 요코하마에서 다롄大連으로 가기 위해 화물선에 탑승하였다. 배에는 아홉 명만 수용되었는데 내가 그중 한 사람이었다. 그 가운데 어떤 한 사람이 스스로 일본 기술자라 하였는데 정말로 온몸의 차림새가 기술자 복장이었다. 배 안에서 그와 담소를 나누었는데 서로 잘 맞았다. 나가사키長崎에 이르러 배가 뭍에 다다르자 이 사람은 홀연 사라져 버렸고, 다롄에 이르러 나머지 여덟 명은 모두 일본 경찰에 잡혀 감옥에 보내졌다. 수감되어 4일이 지나니 경찰서장이 나를 풀어주었다. 그리고는 나를 불러서 자리에 앉히고는 이번 체포가 잘못되었던 경위를 변명하였다. 조선혁명당원朝鮮革命黨員 임林 모某가 도쿄에서 한 일본 앞잡이를 찌르는 사건이 발생했는데, 그 일본 앞잡이는 조선공진회朝鮮共進會 회장이었다. 임 모가 그를 찌르고 도주하자 일본 경찰은 임 모를 급히 체포하고자 하였다. 이에 임 모는 내가 탔던 화물선에 몰래 탑승하여 다롄으로 도주할 계획을 세웠으나 벗어날 수 없음을 깨닫고 나가사키에서 도망쳤던 것이다. 월남혁명당 사람이 조선혁명당 용의자가 되었으니 세상일이 서로 인과因果를 이루는 것이 또한 참으로 기이하다 하겠다.

경신년1920부터 신유년1921 사이 두어 해 동안 나는 때때로 베이징, 항저우, 광둥을 왕래하였으며 이 시기에 동삼성東三省[26]을 지났다. 그 길로 안둥安東[27]을 통해 조선에 들어갔으며 일본으로 건너가 몇 차례 기외후를 방문하였다. 이때의 유람과 시찰은 실로 혁명 공작과는 아무 관련이 없었다. 다만 글 짓는 일만큼은 한 번도 중단한 적이 없었으니 여비를 구하지 못하면 글을 팔며 살아갈 수밖에 없었다. 중국 신문과 잡지에 내 글을 실었는데 예컨대 베이징의 『동아신문東亞新聞』, 항저우의 『군사잡지軍事雜誌』에 나의 필묵筆墨이 많이 실렸다. 그러나 그 목적은 어디까지나 먹고살기 위해서였지 글 자체에 있지 않았다. 몇 종의 저작도 있었다. 하나는 『여지복음予之福音』이다. 12장으로 이루어진 이 책은 순전히 국민을 깨우치고 이끌기 위한 것이었다. 또 하나는 『월남의열사越南義烈史』이다. 이 책은 오직 나보다 앞서 순국한 동포들을 기념하기 위한 것으로, 내가 직접 보고들은 사실과 동지들이 나중에 저술한 내용을 여기에 실었다. 아직 관棺에 들어가지 않은 인물들은 모두 싣지 않았으니 대개 훗날을 기다린 것이다. 또 하나는 『아주지복음亞洲之福音』이다. 이 책은 중책[中册, 중간 크기의 책]인데 오로지 아시아 단결의 방책을 드러내 밝힌 것으로 그 핵심 주장

---

26 동삼성(東三省) : 중국 동북 지역의 세 개의 성(省)으로, 랴오닝(遼寧)·지린(吉林)·헤이룽장(黑龍江)을 가리킨다.
27 안동(安東) : 한중(韓中) 접경에 위치한 단둥(丹東) 시의 옛 이름이다.

은 중국과 일본이 한마음이 되어야 한다는 데에 있었으니 대략 이전에 내가 지은 『연아추언聯亞芻言』과 비슷한 성격이었다. 그러나 이 책은 중국과 일본의 감정이 이미 상한 뒤에 나왔기에 별 효력은 발생하지 않았다. 이 몇 가지 저작은 혁명사업과 간접적으로 관계가 있다고 할 수 있겠다.

원문

壬戌年正月十五日, 中華杭州省城西湖畔, 發生一駭人觀聽之暗殺案. 予於其年二月回杭州, 此處成爲予之賣文店矣. 初予之離滇回杭也, 方謂杭州爲中華之第一勝區, 林逋故宅, 岳飛舊墳, 徐烈士錫麟之碑亭, 秋鑑湖女俠之廟墓, 皆在是間, 於焉逍遙, 時與九泉人晤談, 福亦不薄. 且革命舊友, 惟杭爲多, 章炳麟, 陳其美, 皆杭産也, 枚山公, 亦栖托於是, 促膝有人, 尤爲方便. 所恨, 地鄰上海, 偍跡錯雜, 而潘伯玉尤爲此間熟客, 予亦戒心, 故不敢定住.

至壬戌年正月十五日, 是夕爲元宵, 杭人有觀燈之俗, 西湖湖濱, 萬燈如晝, 紅男綠女, 人海花叢, 極一場之鬧熟. 忽於爆竹千聲中, 突聞三聲爲六響短槍所發者, 人衆初猶驚怪, 繼乃狂呼云, "有人仆於地, 滿身血淋." 警兵麇集, 搜其懷中, 有紙幣二千一百五十元, 袖有一等金鏢約値六十元, 其人則已絶命矣. 此人爲誰? 越南之潘伯玉也, 殺之者誰? 快少年黎傘英也.

번역 판 바 응옥이 암살당하다

임술년1922 정월 15일, 중국 항저우성 서호西湖 가에서 사람들의 이목을 놀라게 하는 암살사건이 발생하였다. 나는 이해 2월에 항저우에 왔는데 이곳은 내가 글을 파는 점방이 되었다. 애초에 내가 윈난을 떠나 항저우에 왔을 때는 항저우가 중국에서 으뜸가는 명승지로 임포林逋[28]의 고택, 악비岳飛[29]의 옛 무덤, 열사 쉬시린徐錫麟[30]의 비정碑亭, 감호여협鑑湖女俠 치우진秋瑾[31]의 사당과 묘가 모두 이곳에 있으니, 이곳에서 소요하며 구천九泉의 인물들과 만나 담소하는 복락福樂이 적지 않으리라 생각하였다. 게다가 혁명의 옛 벗들도 항저우에 많이 있었다. 장빙린章炳麟, 천치메이陳其美가 모두 항저우 출신이며, 마이 선枚山 공도 항저우에 머물고 있어 사람들과 가까이 어울리기에 매우 편리하였다. 안타까운 점은 이곳이 상하이와 인접하여 앞잡이들의 발자취가 어지럽고 판 바 응옥은 특히 이곳 사정에 밝아서, 나는 마음을 경계하며 감히 계속 머물지 못하였다는 것이다.

임술년 정월 15일, 이날은 정월 대보름이었다. 항저우 사람들은 관등觀燈 풍속이 있어 서호西湖 호숫가는 온갖 등으로 대낮처럼 밝았다. 붉은 차림의 남자, 푸른 차림의 여자로 인산인해人山人海와 꽃밭을 이루고 있어 극히 떠들썩하였다. 어지럽게 폭죽 소리가 터지는 가운데 돌연 세 발의 육혈포 총소리가 들렸다. 사람들이 처음에는 놀라고 의아해하다가 이어 미친 듯이 소리 지르기를, "사람이 땅에 쓰러졌다! 온몸에 피가 홍건하다!"라고 하였다. 경찰과 군인이 모여들어 그 소지품을 뒤져보니 2,150원의 지폐와 약 60원 값어치의 고급시계가 나왔다. 그 사람은 이미 죽은 뒤였

---

28 임포(林逋) : 북송(北宋) 시대 시인으로, 매화와 학(鶴)을 사랑했던 것으로 유명하다.
29 악비(岳飛) : 남송(南宋) 시대 장군으로, 금(金)과의 전쟁에서 큰 성과를 올렸으나 정적(政敵)들의 모함을 받아 40세도 안 되는 젊은 나이에 비극적으로 삶을 마쳤다.
30 쉬시린(徐錫麟) : 청말(淸末)의 혁명가이다. 청조 타도를 목표로 무장봉기 하였으나 실패하여 처형을 당하였다.
31 치우진(秋瑾) : 청말(淸末)의 여성혁명가로 쉬시린의 동지였다. 일본 유학을 하였으며 스스로 '감호여협'이라 칭하였다.

다. 이 사람은 누구인가? 바로 베트남의 판 바 응옥이었다. 죽인 자는 누구인가? 호쾌한 젊은이 레 딴 아잉黎傘英이었다.

원문

時予方寓北京, 予友林亮生先生任杭州軍事雜誌總理, 以書招予來杭. 先是我國人留學北京, 畢業於士官學校頗多, 以外交關係, 於軍界中, 難於位置, 杭省督軍朱瑞承段祺瑞之旨【段時總理兼陸軍部總長】, 設一軍事雜誌, 爲收容我人之机關. 予得林書, 離北京囘杭, 任軍事雜誌編輯員, 雜誌中時評社論小説等欄, 皆予編撰, 予是時又成爲小説家矣. 一枝禿管, 爲他人作嫁衣裳, 固非其志, 然月得俸金七十元, 時爲供給二三少年讀書之費, 與諸兄弟往來之行贐, 亦慰情聊勝矣. 而於雜誌上, 得發揮其世界革命之精神, 痛罵帝國殖民之文章, 可以盡情揮洒, 則亦壯士窮途中之趣事. 予業是者凡三年又四月, 其間所輸送入内之著作, 計有數種. 予九年來所持之主義, 醫魂丹, 天乎帝乎.

此三種皆小本, 專備行人携帶之便, 天乎帝乎一册, 極力攻擊法人之罪惡, 内容分爲三大篇, 一陰滅人國之宗教家, 二陰滅人種之法律政治, 三陰滅人種之教育. 又有長篇文三種. 一爲敬告我國内青年學生文. 二爲敬告僑暹我同胞文. 原文皆漢文, 譯成國語. 至於敬告鄰邦暹羅政府文, 而予在外時所運用之筆鎗舌劍, 乃終止矣.

번역 『군사잡지』에서 일하다

당시 나는 베이징에 머물고 있었다. 나의 벗 린량성林亮生 선생은 항저우『군사잡지』총리를 맡고 있었는데 내게 편지를 보내 항저우로 오라고

하였다. 이에 앞서 베트남인 중 베이징에 유학하여 사관학교를 졸업한 자가 자못 많았으나 외교상의 문제로 이들은 군대에서 자리를 잡기가 어려웠다. 항저우 독군督軍 주루이朱瑞가 두안치루이段祺瑞【그는 당시 총리 겸 육군부 총장이었다】의 뜻을 계승하여 『군사잡지』를 창간하고 베트남인을 수용하는 기관으로 삼았다. 나는 린량성의 편지를 받고 베이징을 떠나 항저우로 가서 『군사잡지』의 편집을 맡았다. 잡지 가운데 시평時評·사론社論·소설小說 등은 모두 내가 편찬한 것이었으니 이때 나는 소설가였다. 한 자루 몽당붓으로 다른 사람을 위해 결혼 의상을 만드는 것이[32] 참으로 내 뜻은 아니었지만, 달마다 70원의 봉급을 받아 두세 청년들이 공부하는 비용으로 떼어주고 여러 형제가 왕래하는 노자로 썼으니 마음에 위로됨이 컸다. 그리고 세계혁명의 정신을 가지고 제국주의와 식민주의를 통박痛駁하는 문장을 잡지에 실어 시원하게 내 뜻을 폈으니, 또한 궁벽한 길에 처한 장사壯士의 운치 있는 일이라 할 수 있었다. 내가 이 일을 맡은 것이 3년 하고도 4개월이었으며, 그 사이 국내로 들여보낸 저작도 몇 종류가 되었으니, 『내가 9년 동안 견지하고 있는 이념予九年來所持之主義』, 『혼을 치료하는 약醫魂丹』, 『하늘이여 하느님이여天乎帝乎』 등이었다.

이 세 종은 모두 작은 책자이니 오로지 휴대의 편의를 고려한 것이었다. 그 가운데 『하늘이여 하느님이여天乎帝乎』는 프랑스인의 죄악을 신랄하게 공격한 것으로, 내용은 크게 세 부분으로 나누어진다. 첫 번째는 은

---

32 결혼 ~ 것이 : 이는 당나라 때 시인 진도옥(秦韜玉)지 지은 「빈녀(貧女)」의 한 구절이다. 「빈녀」는 가난한 여인이 돈을 벌기 위해 애써 다른 사람의 결혼 의상을 짓지만 정작 본인은 입을 수 없다는 탄식을 노래한 작품이다.

밀히 다른 나라를 멸망시키는 종교인, 두 번째는 은밀히 다른 인종을 멸망시키는 법률정치, 세 번째는 은밀히 다른 인종을 멸망시키는 교육이다. 그리고 장편 문장도 세 편 있다. 하나는 「우리나라 청년 학생에게 삼가 고하는 글敬告我國內青年學生文」이고, 또 하나는 「태국 교민 동포에게 삼가 고하는 글敬告僑暹我同胞文」로 원문은 모두 한문인데 베트남어로 번역하였다. 마지막으로 「이웃 나라 태국 정부에 삼가 고하는 글敬告鄰邦暹羅政府文」은 내가 외국에 있을 때 휘두른 필봉으로써 마지막 작품이다.

甲子年五月十九日, 予在杭州, 方坐編輯室, 展讀報紙, 見上海各報所登之廣東來電, 有驚天動地之暗殺案與越南革命黨之炸彈聲, 皆大字登載. 予初讀完, 手足俱震. 是時中華各報及外人所發行之英美各報, 皆一連四五日, 接續登載其事, 加以批評. 世界人之知有越南人, 知有越南革命黨, 此事實爲最有力之宣傳. 住京之俄國大使加拉罕, 聞此信, 拍案曰:"資本家之收場. 必當有是." 則知此事之影響, 亦甚大矣. 予雖不預其事, 然不敢不記其事之始末.

甲子年二月日, 東洋全權馬蘭氏, 將爲日京之行, 途經香港廣東, 至橫濱東京. 我黨人在外, 已畧有所聞. 駐粤黨人皆摩拳擦掌, 欲有所試. 然快談則易, 實行甚難, 凡事皆然. 況對於一帝國之頭等政治家, 而加以大抨擊之一聲, 事豈容易. 且馬蘭此行, 專爲與日本政府, 締結一種密約, 於東洋時局, 關係甚大. 以故法政府, 對於馬蘭本身之防衞, 尤萬分嚴密. 於馬蘭未出發之時, 東洋偵探局長尼容, 已密布偵狐於香港廣東上海之間, 如陳德貴·阮尚玄及其他某某等. 凡我黨人所在, 彼必跟踪躡跡, 步步緊隨. 然彼雖極力提防, 而我亦殫精應付, 張子房之椎, 安重根之槍, 彼固防之, 而莫能防也.

甲子年五月上旬, 馬蘭已由日本回香港, 擬往廣東, 與粵政府干涉我黨事. 但行踪甚秘, 所乘船爲法兵船, 其所預定之行情, 外人俱無從探測. 惟我輩精誠所感觸, 天或相之, 以演此政治家當頭一棒之活劇. 護隨馬蘭之法倀, 反以彼行情, 寔告於我黨. 我黨大烈士范鴻泰先生, 棄家出洋之初, 即已潛蓄壯志, 自矢爲越南之安重根. 及二月抵廣東, 得聞馬蘭此行, 躍冶劍光, 早已破匣欲出. 惟百諸材料, 頗需經營, 而倀陳德貴輩, 又日夜偵伺於其旁. 先生與其密友黎傘英, 協圖行刺之謀, 用工極苦. 一方面務掩倀目, 又一方面陰伺時機. 幸此時有化學家俄人, 方在黃浦軍官學校充教員. 我黨人嘗密向彼求新式炸彈之製造法, 彼樂相助, 製成電机炸彈二顆, 彈形僅如小柑子, 納於小皮箱中, 箱僅如掌大, 樣式與洋人所携帶之手咽包無異. 又向中華軍官購得六響手短槍二枝, 皆爲最新穎之行刺器. 烈士得此二物, 距躍三百可知.

馬蘭行情, 五月十八日早七点, 乘兵船, 抵廣東珠江天字碼頭. 午十二点, 赴沙面域多惟亞飯店, 應各國外交官之讌席. 下午六点, 又於沙面法租界法人酒店, 應駐粵法領事及法僑民之讌席. 烈士既逢此一縱即逸之机會, 懷鋒欲試, 如箭在弦, 擬定於上述各處, 爲吾目的地. 天予之巧, 彈重發而聲遽轟. 既無傷於華人之感情. 而又大吐我黃人之鬱憤. 雖不中馬蘭, 而帝國家之迷夢, 得此一醒, 亦我國江山之靈所黙爲指導者也.

十七日之夜, 已豫雇定一小舟, 先泊近碼頭, 烈士虎踞其中, 以俟馬蘭上岸時, 即行發爆. 不意法國兵船將入口之際, 廣東水上警察署長, 忽勒令天字碼頭附近大小船隻, 一齊離開, 不得在防線內停泊. 馬蘭船抵岸, 即有廣東政府所派出之滾車, 接之登陸, 頃刻遠颺, 烈士所擬之第一目的地, 已失望矣. 机会尚存, 雄心益奮, 赴域多維亞飯店, 豫雇定樓上客房, 擬豹伏其間, 俟馬蘭赴讌時, 即行爆發. 然是日英法租界, 皆異常戒嚴, 以無外國人護照文, 却不許雇, 而烈士所擬之第二目的地, 又失望矣. 於是時烈士手中之炸彈箱, 袖中之六響槍, 與胸中之電光, 俱閃爍作芒, 其動机乃不可復遏, 遂出於孤注之一擲矣.

下午六點, 法領事及法僑民男若女, 俱絡繹赴酒店, 預備開跳舞大讌席, 以爲東法全權大臣洗塵, 且祝賀此行之成功. 及六点四十分鍾, 而馬蘭氏赴讌之汽車來, 頃則橋門外有一壯年男子跟之至, 其人面色微白, 上唇短髭, 著洋衣, 穿洋履, 操洋杖, 及橋門, 昂然直入, 門旁兩警兵爲洋人, 皆以爲赴讌之法人也者, 蓋全身裝束及其行動, 皆法人式, 洋警兵不之疑. 又頃則烈士成仁之時机至矣. 鍾鳴七点, 叮叮聲乍停, 桌上刀叉聲初動, 而烈士指端之電机一觸, 食桌上一聲轟然, 屋宇皆震, 食桌兩旁之法人, 紛紛倒地.

即時炸死者四人, 一爲法國領事與其妻, 一爲法國家銀行行長與其妻, 又二人被重傷, 一爲法國醫院院長, 一爲隨員, 至翌晨而斃. 炸彈發後, 英法警兵與兵艦上之水兵, 俱紛紛追拿行刺人. 時烈士不欲死於法人之手也, 將奔出橋門, 然警兵已迫, 則返向店面之江灣而走. 警兵追之急, 則出袖中短槍, 擬警兵, 放彈二丸, 遂自投於珠江.

此事之爆發也, 其志在斃馬蘭, 而馬蘭竟逸, 烈士於九泉下, 猶爲之撫臂長號, 然不得不謂爲成功. 蓋吾黨之意, 在懲創惡政治家, 而不在个人. 得一懲焉, 則吾目的已達矣. 蓋彈不發於華官迎接之時, 不發於外國人讌会之時, 而發於東法全權與法人讌会之一刻, 所炸之地爲法租地, 所炸之人, 但爲法人, 則善乎革命家之勇烈而精細也.

其後駐北京法國公使及東洋政府, 皆累向粤政府要求驅逐越南人及責令賠償損害, 且謝其收容凶手之罪. 粤政府皆嚴詞拒之, 時孫中山開大元帥府於廣東, 而胡漢民爲省長. 孫之言曰: "予未聞有越南人, 脱使有之, 亦皆好人, 無一凶手." 胡之言曰: "東洋總督此行, 所經粤地, 皆安如泰山. 及一入租界, 乃發生此危險事, 英法警兵, 不力之罪, 已無可辭. 以後法政府若欲防危險事件之發生, 可於臨時照会, 請我國警兵入租界, 爲貴國人保護則善矣."

時甲子年五月十八日也. 十九日撈起其屍, 草葬於某義地. 予於此事, 著有數種文, 一爲越南國民黨對於沙面炸彈案之宣言書, 一爲范烈士鴻泰傳. 一爲追悼范烈士祭文. 華洋各報, 皆稱贊范烈士此事, 以爲膽畧兼優.[33]

烈士殉國後之二月, 爲甲子年七月, 時中法交涉事清. 予回廣東, 爲竪烈士墓前石碑, 聊示紀念, 以俟他時改葬. 其年十二月, 中國國民黨廖仲愷·汪精衛等, 擬欲紀念范先生, 以表示中國對於我革命黨之感情, 乃請出公幣三千元. 謀於我黨人, 徙烈士墓改葬於黃華岡前之一小山. 黃華岡者七十二烈士墳處也, 對面爲烈士墓, 建築壯偉, 竪以豐碑. 碑有亭, 碑心字如掌大, 題曰, 越南志士范鴻泰先生之墓, 題字人爲鄒魯.

[번역] 팜 홍 타이 열사의 의거

갑자년[1924] 5월 19일, 나는 항저우에 있었다. 편집실에 앉아 신문을 펼쳐 읽으려던 차에 상하이 각 신문에 실린 광둥 소식을 보니, '경천동지驚

---

33 저본에 따르면 "時甲子年五月十八日也 (…중략…) 以爲膽畧兼優". 이 단락은 위의 "則吾目的之已達矣"와 "蓋彈不發於華官迎接之時" 사이에 위치해 있으나, 전집본에 따라 이곳으로 옮겼다.

天動地의 암살사건', '월남혁명당의 폭탄 소리'가 큰 활자로 찍혀 있었다. 기사를 다 읽고 나서 손발이 떨렸다. 이때 중국의 각 신문과 외국인이 발행하는 영미의 모든 신문이 연달아 4~5일간 그 사건을 보도하고 비평하였다. 이로 인해 세계인이 베트남인이 있음을 알게 되었고, 월남혁명당이 있음을 알게 되었으니 이 사건은 실로 가장 영향력 있는 선전이었다. 베이징에 있던 러시아 대사 카라한은 이 소식을 듣고 책상을 치며, "자본가의 말로는 마땅히 이와 같아야지"라고 하였으니, 이 사건의 영향이 매우 컸음을 알 수 있다. 내가 비록 이 거사에 참여하지는 못했으나 그 전모를 기록하지 않을 수 없다.

갑자년 2월 어느 날 동양 전권대사 메를렝馬蘭이 일본 도쿄로 가려는데, 홍콩·광둥을 경유하여 요코하마에서 도쿄로 이르는 경로였다. 외국에 있던 우리 당 사람들은 이미 그 소식을 대략 알고 있었다. 광둥에 머물던 당원들은 모두 주먹과 손바닥을 비비면서 한번 사건을 일으키고 싶어 하였다. 그러나 호쾌하게 이야기하기는 쉬워도 실행은 매우 어려운 법이니 모든 일이 그러하였다. 하물며 한 제국의 우두머리 정치가에 공격을 가하는 일이 어찌 쉽겠는가. 메를렝의 이번 길은 오로지 일본 정부와 밀약을 체결하기 위함이었으니, 동양 시국에 관계됨이 매우 컸다. 이 때문에 프랑스 정부는 메를렝의 신상에 대한 경호를 더욱 엄격히 하였다. 메를렝이 출발하기 전, 동양 정탐국장偵探局長 네로尼容가 은밀히 홍콩·광둥·상하이 일대에 정탐꾼을 풀어놓으니 쩐 득 꾸이陳德貴, 응우엔 트엉 후이엔阮尙玄과 기타 모모某某 등과 같은 자들이었다. 그들은 우리 당원들이 있는 곳을 밀착하여 미행하였다. 그들이 비록 온 힘을 기울여 방비하여도 우리 역시 온 힘을 다해 대응하였다. 그러므로 장자방張子房의 쇠 몽둥이와 안중근安重根의 총탄을 저들이 막고자 하여도 막을 수 없었다.

갑자년 5월 상순, 메를렝은 일본에서 홍콩으로 돌아갔다. 그리고 광둥 으로 가서 광둥 정부와 함께 우리 당의 일에 간섭하려고 하였다. 그런데 그 행적이 매우 은밀했고 탑승한 배도 프랑스 군함이었기에 그의 예정된 일정을 외부인이 알아낼 방법이 없었다. 그렇지만 우리 정성에 감동한 것인지 하늘이 혹 도와준 것인지 이 정치가가 일격을 당하는 활극이 연 출되었고, 메를렝을 수행하며 경호하던 프랑스 앞잡이들이 도리어 그의 일정을 우리 당에 알려주었다. 우리 당의 위대한 열사인 팜 홍 타이范鴻泰 선생은 집을 버리고 해외로 나오던 초기에 이미 웅장한 뜻을 남몰래 키 우며 스스로 베트남의 안중근이 될 것을 맹세하였다. 팜 홍 타이는 2월 에 광둥에 도착하여 메를렝의 이 행차에 대해 듣고 거사를 결심하니, 번 쩍이는 칼날의 빛이 칼집을 깨고 밖으로 나오려 하였다. 그러나 모든 수 단은 정밀한 경영이 필요하고 프랑스 앞잡이 쩐 득 꾸이 무리가 밤낮으 로 그 곁에서 정탐하고 있었기에, 선생은 그의 은밀한 벗인 레 딴 아잉黎 傘英과 함께 거사할 계획을 도모하며 갖은 애를 썼다. 한편으로는 정탐꾼 들의 눈을 속이려 애쓰고, 다른 한편으로는 몰래 기회를 엿보았다. 다행 히 이때 황포군관학교 교원으로 일하는 러시아 화학자가 있었는데 우리 당 사람들이 몰래 그에게 신식 폭탄 제조법을 가르쳐달라고 하니 그는 흔쾌히 도와주었다. 이에 전기 폭탄 두 개가 완성되었다. 폭탄은 겨우 작 은 귤만 하였고 조그마한 가죽 상자에 넣으니 상자는 손바닥 크기만 했 다. 그 모양은 서양인이 휴대하는 손가방과 차이가 없었다. 또 중국 군관으로부터 육혈포 두 자루를 사들이니 모두 최신식의 휴대 무기들이었다. 팜 열사가 이 두 물건을 손에 넣고 펄쩍펄쩍 뛰었을 것을 가히 짐작할 수 있다.

메를렝의 일정은 다음과 같았다. 5월 18일 오전 7시에 군함을 타고 광둥 주장珠江 티엔즈天字 부두에 도착하여, 정오 12시 샤미엔沙面의 빅토리아域多惟亞 반점으로 이동 후 각국 외교관 파티에 참석하였다. 오후 6시에는 다시 샤미엔의 프랑스 조계지에 있는 프랑스인 호텔에서 열린 광둥 주재 프랑스 영사 및 프랑스 교민 파티에 참석하였다. 팜 열사는 한번 놓치면 다시 잡을 수 없는 이 기회를 맞이하여 품고 있는 칼을 시험하고자 하였으니 마치 시위에 메겨진 화살과 같은 상황에 있었다. 위에서 서술한 각각의 지점을 우리의 목적지로 삼았다. 하늘이 공교롭게도 도와주어 탄환이 두 번 발사되니 그 소리가 굉장하였다. 중국인의 감정을 상하게 하지 않고 우리 황인종의 울분을 토해내었다. 비록 메를렝을 적중시키지는 못하였으나 제국주의자의 어리석은 꿈은 이로 인해 깼으리니, 또한 우리 베트남 강산의 영령께서 말없이 도와주신 것이리라.

17일 밤 미리 작은 배를 빌려 부두 근처에 정박시켜 놓고, 팜 열사는 그 안에서 호랑이처럼 웅크리고 메를렝이 상륙하는 때를 기다려 즉시 발포하려고 하였다. 그런데 뜻하지 않게도 프랑스 군함이 항구로 들어오려 할 때 광둥 수상경찰서장이 갑자기 티엔즈 부두 근처에 있는 크고 작은 배들을 일제히 물러나게 하여 금지선 안쪽으로는 정박할 수 없게 하였다. 메를렝의 배가 부두에 닿자 광둥 정부가 보낸 자동차가 상륙한 메를렝을 태워 순식간에 멀리 가버려서 팜 열사가 계획한 첫 번째 목적지는 실패하고 말았다. 그러나 기회는 아직 남아있었기에 웅대한 뜻을 더욱 분발하여 빅토리아 반점의 미리 빌려둔 객실로 갔다. 그곳에서 표범처럼 엎드려 있다가 메를렝이 파티에 올 때를 기다려 즉시 발포하려는 계획이었다. 그런데 이날 영국과 프랑스 조계지는 특별히 경계가 엄하였다. 외국인은 여권이 없으면 객실을 빌리지 못하도록 하여 팜 열사가 계획한 두 번째 목적지도 실패였다. 이때 팜 열사 수중의 폭탄 상자와 소매 속의 육혈포와 흉중의 번개 같은 열망이 모두 번쩍이며 빛을 발하려 하니, 그 움직임을 더는 막을 수 없어 마침내 최후의 승부를 걸었다.

오후 6시에 프랑스 영사와 프랑스 남녀 교민들이 모두 속속 호텔에 이르렀다. 미리 무도회를 열어 프랑스 동양 전권대신을 환영하고 이번 여행의 성공을 축하하고 있었다. 오후 6시 40분 파티로 오는 메를렝의 자동차가 도착하였다. 얼마 있다가 호텔 정문 밖에 장년의 한 남자가 이르렀는데, 얼굴은 조금 하얗고 입술 위로 짧은 수염이 있었다. 양복과 구두를 신고 서양식 지팡이를 짚고서 정문에 이르더니 당당하게 들어왔다. 문 양옆의 경비병은 서양인이었는데 모두 그를 파티에 온 프랑스인이라고 생각하였다. 온몸에 걸친 옷과 그 행동이 프랑스식이었기에 서양 경비병도 의심하지 않았던 것이다. 잠시 후 팜 열사가 살신성인할 시기가 왔다. 시계가 7시를 알리며 땡땡거리는 소리를 멈추고 식탁 위의 나이프와 포크 소리가 나기 시작할 때 열사의 손가락 끝에서 불꽃이 튀기자 식탁 위로 큰소리가 울리며 건물이 온통 흔들렸고 식탁 양옆의 프랑스인들은 허겁지겁 땅에 엎드렸다.

그 자리에서 폭탄으로 죽은 사람이 네 명이었는데 프랑스 영사와 그의 아내, 프랑스 은행장과 그의 아내였다. 또 두 명이 중상을 입었으니 한 사람은 프랑스 병원장이고 또 한 사람은 그의 수행원이었는데 다음날 새벽 사망하였다. 폭탄이 터진 후 영국·프랑스의 경비병과 군함에 있던 수병水兵이 모두 분분히 범인을 쫓았다. 당시 열사는 프랑스인의 손에 죽고 싶지 않았다. 정문으로 뛰어나왔으나 경비병도 거의 쫓아오자 호텔 쪽 강굽이를 향해 달렸다. 경비병의 추격이 가까워지자 소매의 권총을 꺼내 경비병을 향해 두 발을 발사하고는 마침내 주장珠江에 스스로 투신하였다.

이 폭발 사건은 그 목표가 메를렝을 죽이는 데 있었으나 메를렝은 도망가고 말았으니 팜 열사는 구천에서 팔뚝을 어루만지며 길게 통곡할 것이다. 그러나 이 사건은 성공했다고 말하지 않을 수 없다. 우리 당의 뜻은 악랄한 정치가를 징계하는 데에 있었으며 어느 개인을 처벌하는 데 있지 않았다. 한번 징계하였으니 이미 목적을 달성한 것이다. 게다가 폭탄이 중국 관리가 영접할 때 터지지 않았고, 외국인들이 파티할 때 터지지도 않았으며, 프랑스 동양 전권대신과 프랑스인의 파티에서 터졌다. 또 폭발한 곳도 프랑스 조계지요, 폭발로 죽은 사람도 프랑스인뿐이었다. 훌륭하도다, 혁명가의 용맹하면서도 주도면밀함이여!

그 후로 베이징 주재 프랑스 공사와 동양 정부는 거듭 광둥 정부에게 베트남인을 내쫓고 손해배상을 하라고 요구하며 흉악범을 용납했던 죄를 사죄하라고 하였다. 그러나 광둥 정부는 단호한 말로 거절하였다. 당시 쑨원은 대원수부大元帥府를 광둥에 두고 후한민胡漢民을 성장省長으로 삼고 있었다. 쑨원은 말하기를, "저는 이곳에 베트남인이 있다는 말을 듣지 못하였습니다. 설사 있다면 그들은 모두 좋은 사람들일 것이며 흉악한 사람은 한 명도 없을 것입니다"라고 하였다. 후한민은 또 이렇게 말하였다. "동양 총독이 이번 행차에서 광둥 땅을 경유할 때는 태산처럼 늘 편안하였습니다. 그러나 조계지에 들어가서 이러한 위험한 일이 발생하였습니다. 영국과 프랑스 경비병이 최선을 다하지 않은 죄는 이미 변명할 수 없습니다. 이후에 프랑스 정부가 위험한 사건이 발생하는 것을 막고자 한다면 그때마다 문서를 보내 우리 경비병에게 조계지에 들어오도록 청하여 귀국인을 보호하게 함이 좋을 것입니다."

그때가 갑자년1924 5월 18일이었다. 19일에 그 시신을 건져내 어느 공동묘지에 임시로 매장하였다. 나는 이 사건에 대해 몇 편의 글을 썼다. 하나는 「베트남 국민당의 샤미엔 폭탄 사건에 대한 선언서越南國民黨對於沙面炸彈案之宣言書」이고, 또 하나는 「열사 팜 홍 타이 전范烈士鴻泰傳」이며, 다른 하나는 「팜 열사 추도제문追悼范烈士祭文」이다. 중국과 서양의 각종 신문도 팜 열사의 이 사건을 칭송하며 대담함과 지략이 다 훌륭하다고 하였다.

팜 열사가 순국한 지 두 달이 지난 갑자년1924 7월, 중국과 프랑스의 교섭은 마무리되었다. 나는 광둥으로 가서 팜 열사의 묘 앞에 비석을 세워 열사를 기념하며 훗날의 개장改葬에 대비하였다. 그 해 12월, 중국 국민당 랴오쫑카이廖仲愷와 왕징웨이汪精衛 등이 팜 선생을 기념하여 월남혁명당에 대한 중국의 감정을 표현하고자 하였다. 이에 3천 원을 내며 우리 혁명당원들과 상의하기를 팜 열사의 묘를 옮겨 황화강黃華岡 앞의 작은 산에 개장하자고 하였다. 황화강은 중국 72열사의 무덤이 있는 곳으로 그 건너편에 열사의 묘를 마련하였는데 건축이 웅장하였다. 높고 큰 비석을 세우고 비에는 비각碑閣도 두었으며 비 가운데에는 손바닥만 한 크기의 글씨로 '베트남 지사 팜 홍 타이 선생의 묘越南志士范鴻泰先生之墓'라고 썼다. 글자를 쓴 사람은 저우루鄒魯였다.

予於七月囘廣東, 停住至九月, 因有一種之工作. 先是越南光復会, 自予入粵獄後, 經四年間, 黨人亦已七零八落, 光復会日瀕於亡. 至是年春間, 國內諸靑年, 陸續至廣東, 而沙面炸彈案發, 價値忽增, 黨事漸有中興之希望.

会蔣中正時方爲黃浦軍官學校校長, 李濟琛爲校監督, 予偕阮海臣等, 謁見此二公, 參觀校場, 謀送我學生入學事. 蔣李皆大贊成. 而校中俄教員三人, 又與予晤談, 同攝一影. 予知現時代風潮, 已漸趨於世界革命之傾向, 急與諸同志商確, 將光復会取消, 而改組爲越南國民黨. 爰草出越南國民黨章程, 越南國民黨黨綱, 付印宣布. 其内容分爲五大部, 一評議部, 一經濟部, 一執行部, 一監督部, 一交際部. 其組織規模, 大抵取中國國民黨之章程, 而斟酌增損之, 亦隨時[34]改革之一種手段也.

予於其年九月, 離粵囘杭. 此章程黨綱宣布後, 未及三月, 而阮愛國先生, 自俄都莫斯科, 囘至廣東, 屢謀於予, 求其改訂. 予擬以乙丑年五月一囘廣東, 会駐粵同志, 商決此問題, 不幸予竟被捕囘國, 今日之越南國民黨章程及其黨綱, 或已修改如何, 予不得而知也.

---

34 時 : 저본에는 없으나 전집본에 의거하여 보충하였다.

나는 7월에 광둥으로 돌아와 9월까지 머물렀으니 일종의 공작工作이 있었기 때문이다. 이때 월남광복회는 내가 광둥 감옥에 들어간 이후 4년이 지나는 동안 당원들은 흩어져버려 날로 망해가고 있었다. 그런데 이해 봄에 국내의 많은 청년이 속속 광둥으로 왔으니 이는 샤미엔 폭탄 사건으로 인해 광복회의 가치가 갑자기 올라갔기 때문이었다. 광복회가 점차 중흥할 수 있겠다는 희망이 생겼다.

마침 장제스蔣介石가 황포군관학교 교장이 되었고 리지천李濟琛이 군관학교 감독이 되었기에 나는 응우엔 하이 턴阮海臣 등과 함께 두 분을 만나뵙고 교정을 참관하였으며, 우리 학생들을 보내 입학시키는 일을 상의하니 장제스와 리지천은 크게 찬성하였다. 황포군관학교에는 러시아 교원세 사람이 있었는데, 나와 만나 이야기를 나누고 사진도 함께 찍었다. 나는 현現 시대의 풍조가 점차 세계혁명으로 나아가는 추세임을 알게 되었고, 급히 여러 동지와 의논하여 광복회를 해산하고 월남국민당越南國民黨을 조직하기로 하였다. 이에 월남국민당 장정과 강령을 작성하고 이를 인쇄하여 선포하였다. 그 내용은 크게 다섯 부部로 나뉜다. 곧 평의부評議部, 경제부經濟部, 집행부執行部, 감독부監督部, 교제부交際部였다. 조직 구성은 대체로 중국 국민당 장정을 참조하면서 가감하였으니 때에 맞게 개혁하는 하나의 방법이었다.

나는 이 해 9월 광둥을 떠나 항저우로 갔다. 월남국민당 장정과 강령이 선포된 지 3개월도 지나지 않아 응우엔 아이 꾸옥阮愛國 선생이 러시아 수도 모스크바에서 광둥으로 돌아와 누차 내게 개정할 것을 요구하였다.

나는 을축년1925 5월에 광둥에 가서 그곳에 머물러 있는 동지들과 만나서 이 문제를 상의하고자 하였는데, 불행히도 나는 체포되어 국내로 송환되었다. 오늘날 월남국민당의 장정과 강령이 어떻게 개정되었는지 나는 알 수가 없다.

원문

予於乙丑年五月, 謀囬粵一行, 有二原故, 其一爲改組國民黨之問題, 已如前述, 又其一爲追悼范鴻泰先生之第一週紀念, 將於是年五月十八日, 在粵擧行, 蓋是日爲先生殉國之日也.

向來予在杭州, 因匯兌德國銀票, 寄栢林給陳仲克先生在德之學費, 每年必潛往上海二次, 以六月十二月[35]爲例. 此次爲追悼范先生事, 早先一月行之, 乃於五月十一日, 馳往上海. 擬匯銀事完, 即搭船往廣東, 由上海至廣東船行五日程故也. 予由杭出發時, 携帶華銀四百元, 實爲匯給陳君之款【予入河內獄時, 尚有此數銀. 陳君之枵腹讀書, 予實負君多矣】. 至於將予行動之時刻, 一一密報於法人, 乃爲與予同住, 受予供養之阮尙玄, 則予不得知之. 玄初來杭與陳德貴俱, 予頗疑之, 然聞其爲阮尙賢先生之侄孫, 通漢文, 曾中學人, 法文國語文俱可用, 予因愛其才, 留爲書記, 其爲法伥, 予實不料也.

五月十一日午十二点, 杭州火車至北站. 予急於匯銀, 故寄行李於貨台, 而手携一小皮箱, 出站口, 則見有滊車一輛車, 頗美麗, 環車而立者, 有四洋人, 予不知其爲法人也, 蓋上海洋人雜處, 貴客如雲, 以滊車接賓, 亦大旅舘之通

---

35 月 : 저본에는 '日'로 되어있으나 전집본에 의거하여 수정하였다.

例, 予豈知此滰車者爲掠人之奸具乎. 予及站口外纔數步, 則一洋人詣予前,
用中國語, 語予曰:"這個車很好, 請先生上車." 予方婉却之曰:"我不要."
忽一人自車後出, 力擁予上車, 車机一動, 予已入法租界矣. 車馳至海濱, 則
法國兵船旣在此, 予遂爲兵艦中之囚犯矣.

予於兵艦中, 得一長篇古風, 寄與林亮生心友, 摘錄如下. 奔馳二十年, 結
果僅一死. 哀哉亡國人, 性命等螻蟻. 嗟予遭陽九, 國亡正雛稚. 生與奴隸群,
俯仰自慚愧. 所恨羽毛薄, 一擊容易試. 殲齋計未就, 尚畜椎秦志. 呼號十餘
年[36], 同胞競[37]奮起. 以此蘇國魂, 大觸强權忌. 網羅彌山河, 荊棘遍天地. 一
枝何處借, 大邦幸密邇. 側身覆載間, 踽踽胡乃爾. 今朝遊滬濱, 適纔北站至.
颷馳一滰車, 環以凶徒四. 捉人擁之前, 驅向法領署. 投身鐵欄中, 鷄豚無其
値. 使予有國者, 何至辱如是. 予死何足惜, 所慮在唇齒. 堂堂大中華, 一羽
不能庇. 兎死狐寧悲, 瓶罄罍之恥.

번역 프랑스 앞잡이에게 체포되다

내가 을축년[1925] 5월 광둥으로 가려고 했던 것은 두 가지 이유가 있었
다. 그 하나가 월남국민당 장정과 강령을 개정하는 문제였음은 전술[前述]
한 바와 같고, 다른 한 가지 이유는 팜 홍 타이 선생의 1주기를 추도하기
위함이었다. 이 행사를 5월 18일에 광둥에서 거행하려 했으니, 바로 이
날이 팜 선생의 순국일이었던 것이다.

예전부터 내가 항저우에 있을 때면 독일 화폐로 환전하여 베를린으로

---

36 年 : 저본에는 '事'로 되어 있으나 전집본에 의거하여 수정하였다.
37 競 : 저본에는 '覺'으로 되어 있으나 전집본에 의거하여 수정하였다.

보내 쩐 쭝 칵陳仲克의 독일 유학비로 사용하도록 하였다. 그래서 매년 은밀히 상하이로 두 차례씩 갔는데 6월과 12월을 기준으로 삼았다. 이번에는 팜 선생을 추도하는 일 때문에 한 달 빨리 길을 나서 5월 11일 상하이로 갔다. 송금을 완료하고 즉시 광둥으로 가는 배를 타려고 하였다. 상하이에서 광둥까지는 뱃길로 5일이 걸렸다. 내가 항저우에서 출발할 때 중국 돈 4백 원을 가지고 있었는데 이는 쩐 군에게 송금할 돈이었다【내가 하노이 감옥에 들어갈 때도 이 돈을 가지고 있었다. 쩐 군이 굶주린 배로 공부한 것은 실로 내 책임이 크다】. 내가 행동할 시각에 이르러 모든 것이 프랑스인에게 비밀리에 보고되고 있었으니, 이는 나와 함께 지내며 나의 돌봄을 받던 응우엔 트엉 후이엔阮尚玄 때문이었음을 나는 까마득히 모르고 있었다. 응우엔 트엉 후이엔이 처음 항저우에 왔을 때 쩐 득 꾸이陳德貴와 함께 있는 점이 자못 의심스럽기는 하였다. 그러나 그가 응우엔 트엉 히엔阮尚賢 선생의 조카라고 들은 데다가 한문도 잘해 일찍이 과거 시험에 합격한 적도 있고 프랑스어와 베트남어도 모두 구사할 수 있어 내가 그 재주를 아껴 서기書記로 남겨두었던 것이다. 그가 프랑스의 앞잡이임은 실로 짐작도 하지 못하였다.

5월 11일 정오에 항저우 열차가 상하이 북참北站에 도착하였다. 나는 송금이 급해 짐은 보관소에 맡겨두고 손에는 작은 가죽가방 하나만 들고 역을 나섰다. 그때 아주 좋은 자동차 한 대가 눈에 들어왔는데 차 주위에 네 명의 서양인이 서 있었다. 나는 그들이 프랑스인인 것을 알지 못했으니 대개 상하이는 서양인들이 많이 모이는 곳으로 귀한 손님이 구름처럼 많았다. 그리고 자동차로 손님을 맞이하는 것 또한 큰 호텔에서 늘 하는 일이었기에 이 자동차가 사람을 납치하는 간악한 도구가 될 줄 어찌 알았겠는가. 내가 역에서 나와 겨우 몇 걸음 떼자 서양인 한 명이 내 앞에 와서 중국어로 말하였다. "이 차가 참 좋습니다. 선생께서는 타시지요." 나는 완곡히 거절하며, "원치 않소"라 하니, 홀연 자동차 뒤에서 한 사람이 나와 완력으로 나를 차에 태웠다. 자동차가 한번 움직이니 나는 이미 프랑스 조계에 들어와 있었고, 자동차가 달려 해안에 이르자 프랑스 군함이 벌써 그곳에 와 있었다. 나는 마침내 군함 속에 수감된 죄인이 되고 말았다.

　나는 군함 속에서 장편고풍長篇古風을 지어 나의 벗 린량성林亮生林亮生에게 보냈다. 그 시에서 몇 구절을 뽑아 아래에 기록한다.

분주히 쏘다닌 이십 년,	奔馳二十年,
결과는 다만 한 죽음일 뿐.	結果僅一死.
슬프다 망국의 백성이여,	哀哉亡國人,
목숨이 땅강아지 개미와 같도다.	性命等螻蟻.
아, 내가 액운을 만나	嗟予遭陽九,
나라는 망하고 사람들은 병아리 떼 같아졌도다.	國亡正雛稚.
살아서는 노예와 무리를 지었으니,	生與奴隸群,
하늘을 우러르고 땅을 굽어보매 스스로 부끄럽기만 하네.	俯仰自慚愧.
통탄하노니 하늘에 날아올라,	所恨羽毛薄,
시원하게 한번 때려 볼 것을.	一擊容易試.
섬멸해 소탕할 계획 이루지 못하여	殲齋計未就,

진시황 때려죽일 뜻 여전히 막혀있네.　　尚畜椎秦志.

부르고 부르짖은 십여 년 세월에,　　呼號十餘年,

동포들 다투어 떨쳐 일어나니　　同胞競奮起.

이로써 국혼國魂이 다시 살아나,　　以此蘇國魂,

강한 적을 크게 들이받았네.　　大觸強權忌.

하지만 그물이 온 산하를 동여매고,　　網羅彌山河,

가시덤불이 천지에 가득하구나.　　荊棘遍天地.

한 가지의 봄소식을 어디서 가져오나,　　一枝何處借,

큰 나라가 다행히도 가까이 있네.　　大邦幸密邇.

하늘과 땅 사이에 이 몸 깃들이니,　　側身覆載間,

움츠러듦이 어찌 이리 심한고.　　跼蹐胡乃爾.

오늘 아침 상하이 해변을 달려,　　今朝遊滬濱,

마침 기차역에 당도하자마자　　適纔北站至.

날렵한 자동차 한 대,　　飈馳一溫車,

네 사람 흉한 무리에 둘려 있더니　　環以凶徒四.

나를 잡아채선 밀어 넣고,　　捉人擁之前,

차를 몰아 프랑스 영토로 들어갔네.　　驅向法領署.

철창 속에 나를 던져 넣으니,　　投身鐵欄中,

내 몸값이 닭이나 돼지만도 못하도다.　　鷄豚無其值.

만일 내게 조국이 있었다면,　　使予有國者,

어찌 이런 치욕을 당했으랴.　　何至辱如是.

나 하나 죽는 것 어찌 아까우랴만,　　予死何足惜,

걱정은 순망치한 동양정세라.   所慮在脣齒.

당당한 대중화^{大中華}여,   堂堂大中華,

한쪽 날개로는 능히 동양을 보존할 수 없다네.   一羽不能庇.

토끼가 죽으면 여우가 이에 슬퍼하고,   兔死狐寧悲,

작은 병이 비면 큰 병이 부끄러운 법이라네.[38]   瓶罄罍之恥.

---

38 작은 병이 ~ 법이라네 : 『시경(詩經)』, 「요아(蓼莪)」의 "작은 병의 술이 떨어지면 큰 병 술통의 수치가 되네[缾之罄矣, 維罍之恥]"의 구절을 가져온 표현이다. 친척 사이에 이해 (利害)를 함께하는 관계를 나타내고 있다.

부록_베트남 인물 약전

가독성 및 독자들의 편의를 위하여 『판 보이 쩌우 자서전』에 등장하는 베트남 인명의 경우, 번역문에 각주 처리를 하지 않고 따로 인명사전을 만들어 부록으로 제시하였다.

연번	한글	베트남어	한자	생몰	정보	국적
1	판 보이 쩌우 /판 티 한 /판 사오 남	Phan Bội Châu /Phan Thị Hán /Phan Sào Nam	潘佩珠/潘是漢/潘巢南	1867~1940	베트남 독립운동의 대표 지도자이다. 1904년 끄엉 데(Cường Đế, 疆柢)를 추대하여 유신회(維新會)를 결성하였다. 일본 정부의 원조를 얻기 위하여 1905년 일본으로 건너갔다. 일본에서는 중국의 망명 정치가 량치차오(梁啓超)와 교분을 맺었고, 제야 정치가인 오쿠마 시게노부(大隈重信)와 이누카이 쓰요시(犬養毅) 등에게 입헌군주제에 의한 베트남의 독립을 호소하면서 일본의 원조를 요청하였다. 그러나 량치차오의 만류로 일본 정부의 무기·군대 원조를 단념하고, 베트남의 청년들을 일본에 유학시켜 인재를 육성하겠다는 동유운동(東遊運動)을 일으켰다. 1909년 일본의 강제퇴거령으로 일본을 떠나 타이에 잠입했고 중국에서 신해혁명이 일어나자 월남광복회를 조직하여 중국 각지에서 독립운동을 지도하였다. 1914~1917년 룽지꽝(龍濟光)의 군대에 체포·감금되었으며, 이후 중국 각지에서 독립운동을 지도하였다. 1924년 상하이(上海)에서 프랑스령 인도차이나 관헌에 체포, 하노이로 호송되어 사형선고를 받았다. 그러나 감형을 요구하는 민중운동이 일어나 프랑스는 그를 후에(Huế, 化) 교외에 종신 연금 상태에 두었다.	베트남
2	뜨 득	Tự Đức	嗣德	1829~1883	응우엔 왕조의 4대 황제로 휘는 응우엔 푹 티(Nguyễn Phúc Thì, 阮福蒔), 자는 응우엔 푹 홍 넘(Nguyễn Phúc Hồng Nhậm, 阮福洪任)이다. 뜨 득은 황제의 연호로 1847년에서 1883년까지 재임하였다. 3대 황제 티에우 찌(Thiệu Trị, 紹治)의 아들로 본래 왕위 계승자가 아니었으나 아버지의 뜻에 따라 왕조의 유교 부흥에 힘썼고, 장자를 대신하여 1847년 왕위를 물려받았다. 기독교를 탄압하고, 유럽과의 무역 및 외교 정책에 반대하여 쇄국정책을 펼쳤다.	베트남
3	판 반 포	Phan Văn Phổ	潘文譜	?~1900	판 보이 쩌우의 아버지	베트남
4	응우엔 티 냔	Nguyễn Thị Nhàn	阮氏嫻	?~1884	판 보이 쩌우의 어머니	베트남
5	마이 학 데	Mai Hắc Đế	梅黑帝	670~723	본명은 마이 툭 로안(Mai Thúc Loan 梅叔鸞)으로 8세기 경 베트남을 잠시 통치한 왕조였던 마이지우(梅朝)의 황제이다. 마이지우는 722년 당나라에 의해 멸망하였다.	베트남
6	쩐 떤	Trần Tấn	陳縉	?~1874	'陳瑨'이라고도 기록한다. 응에안성 출신으로 과거시험에 합격한 수재(秀才)였으며 응우엔 왕조와 프랑스에 저항한 문신(Văn Thân, 文紳) 운동을 이끌었다. 판 보이 쩌우는 쩐 떤을 위해서『쌍술록(雙戌錄)』이라는 저술을 남기기도 하였다.	베트남
7	더우 마이	Đỗ Mai	杜梅	?~1874	더우 마이(Đậu Mai) 혹은 더우 느 마이(Đậu NhưMai)라고도 하고, 『대남식록(大南寔錄)』에서는 당 느 마이(Đặng Như Mai, 鄧如梅)로 기록하였다. 쩐 떤(陳縉)과 함께 응에안성 봉기를 이끈 주역 인물로 베트남 근대	베트남

연번	한글	베트남어	한자	생몰	정보	국적
					의 열사로 평가된다.	
8	응우엔 끼에우	Nguyễn Kiều	阮喬	?~?	쑤언 리에우(Xuân Liễu, 春柳) 마을 사람으로 판 보이 쩌우의 한학 선생이 있었다. 거인(擧人)으로서 편수(編修) 벼슬에 올랐으나 곧 관직을 버리고 은거하며 제자들을 가르쳤다.	베트남
9	끼엔 푹	Kiến Phúc	建福	1869~1884	응우엔 왕조의 7번째 황제 응우엔 푹 하오(Nguyễn Phúc Hạo, 阮福昊)의 연호이다. 재위 기간은 1883~1884년이다.	베트남
10	쩐 반 르엉	Trần Văn Lương	陳文良	?~?	거인에 합격하였으나 관직에 오르지 않았다.	베트남
11	응우엔 아이 꾸옥	Nguyễn Ái Quốc	阮愛國	1890~1969	아이 꾸옥은 호찌밍(Hồ Chí Minh, 胡志明)의 호이다. 본명은 응우엔 싱 꿍(Nguyễn Sinh Cung, 阮生恭)이고 자는 떳 타잉(Tất Thành, 必誠)이다. 호찌밍은 판 보이 쩌우 이후 베트남 독립운동의 주요 인물로 일생을 베트남의 독립을 위해 바쳤다. 베트남 공산당, 베트남 독립연맹 등을 창건하였고, 1945년 베트남 민주 공화국을 선포하고 총리(1946~1955)와 국가주석(1955~1969)을 지냈다.	베트남
12	타이 선 /당 응우엔 껀	Thai Sơn /Đặng Nguyễn Cẩn	台山 /鄧元謹	1867~1923	본명은 당 타이 년(Đặng Thai Nhận, 鄧迨訒)이고 호는 타이 선(Thai Sơn, 台山)이다. 땀 타이(Tam Thai, 三台)라고도 불렀다. 베트남 응우엔 왕조의 관리이자 혁명지사이다. 응에안(Nghệ An, 乂安) 지역 출신으로 1867년에 태어났다. 당 응우엔 껀이 하띵(Hà Tĩnh, 河靜)에 있었던 때에 응오 득 께와 판 보이 쩌우 등을 만났으며 당시 판 보이 쩌우가 계획한 일본행에 함께 하였다. 당 응우엔 껀은 응오 득 께와 함께 조양상관(朝陽商館)을 세워 동경의숙을 위하여 물자를 마련하는 등 지원 활동을 펼쳤다. 그러나 프랑스 식민 당국에 의해 1908년에 상관이 강제 폐쇄되고, 당 응우엔 껀은 빙투언(Bình Thuận, 平順)의 독학(督学)을 맡게 되었다. 1908년 중기 지역에서 일어난 저항운동에 동조하여 식민 정부에 의해 꼰론 섬(Côn Lôn, 崑崙島)로 추방되었으나 1923년 사망하였다. 1921년 석방되었으나 1923년 사망하였다.	베트남
13	당 타이 턴 /응으 하이	Đặng Thái Thân /Ngư Hải	鄧蔡紳 /魚海	1874~1910	당 타이 턴은 근대 베트남의 지사로 응으 하이는 그의 호이기도 했다. 응으 옹(Ngư Ông, 魚翁)이라는 별호로 불리기도 했다. 그는 판 보이 쩌우의 제자이자 동지였다. 당 타이 턴은 기외루 끄엉, 띠에우 라, 판 보이 쩌우, 정 히엔, 레 부, 당 뜨 낑 등과 함께 유신회를 설립하였다. 1908년 프랑스와 일본의 협약으로 인하여 동아동문서원과 공헌회가 해산되고 일본에 있던 유학생들이 추방되었다. 동시에 베트남 국내의 동유운동도 탄압받자 당 타이 턴은 잠시 산속으로 피신하였다. 1910년 마을로 몰래 잠입하였으나 발각되었고 프랑스군에 포위되자 기밀문서를 모두 없애버리고 총으로 자결하였다.	베트남
14	응우엔 함 /응우엔 타잉 /띠에우 라	Nguyễn Hàm /Tiểu La	阮諴 /阮誠 /小羅	1863~1911	띠에우 라는 응우엔 함의 호이다. 본명은 응우엔 타잉(Nguyễn Thành, 阮誠)이다. 꽝남(Quảng Nam, 广南)성 탕빙(Thăng Bình, 升平) 현에서 태어났다. 그의 부친은 조정의 고관이었는데 1885년 근왕운동에 참여하자 띠에우 라 또한 학업을 그만두고 봉기군에 참가하였다. 근왕운동이 실패한 뒤에도 판 보이 쩌우와 긴밀한 관계를 유지하며 독립운동에 헌신하였다. 1908년 체포되어 꼰론 섬(Côn Lôn, 崑崙島)에 유배되었다가 1911년 유배지에서 세상을 떠났다.	베트남
15	호앙 판 타이 /호앙 다이 호우	Hoàng Phan Thái /Hoàng Đại Hữu	黄潘泰 /黄岱友	1819~1865	호앙 판 타이는 응에안 지역 출신의 사람으로 호는 다이 호우(Đại Hưu)이다. 어려서부터 총명하여 학문으로 명성이 자자했으며 시국에 대한 선견지명이 있었다. 조국을 진보된 문명국가의 반열에 올리기 위해 신당 창당을 제안하는 등 개혁적인 성향이었다. 판 보이 쩌우는 『호앙 판 타이』를 짓고 그에 대하여 "혁명개산지조(革命開山之祖)"라고 표현하였다.	베트남

연번	한글	베트남어	한자	생몰	정보	국적
16	라 선 /판 딩 풍	La Sơn /Phan Đình Phùng	羅山 /潘廷逢	1847~ 1896	프랑스에 대항하여 투쟁을 이어갔던 베트남의 민족영웅이다. 하땡성 출신의 유학자 집안에서 태어난 판 딩 풍은 1877년 수도에서 거행된 과거 시험에서 합격해 어사(御史)로 임명되었다. 이후 똔 텃 투이엣과 함께 반란군을 조직하여 프랑스 저항 운동에 힘썼다. 프랑스는 그를 위협하고 회유하기 위해 온갖 수단을 써서 그의 온 가족을 죽이겠다는 협박까지 하였으나 판 딩 풍은 뜻을 꺾지 않았다.	베트남
17	함 웅이 /쑤엇 데	Hàm Nghi	咸宜 /出帝	1871~ 1943	베트남 응우옌 왕조의 제8대 황제로 휘는 응우옌 푹 밍(Nguyễn Phúc Minh, 阮福明)이며, 재위 전 이름은 응우옌 푹 응 릭(Nguyễn Phúc Ưng Lịch, 阮福膺䥱)이다. '함 웅이'는 1884~1885년의 짧은 재위 기간에 사용했던 연호이며 '쑤엇 데(Xuất Đế, 出帝)'는 그의 별칭이다. 13세의 나이로 즉위하였는데(1884) 그 이듬해 프랑스에 대항하여 크게 봉기를 일으키라는 내용의 격문(檄文)을 발표하고는 수도를 탈출하였다. 그러자 프랑스 당국은 즉시 함 웅이 황제의 형인 동 카잉 데(同慶帝)를 황제로 세웠다. 함 웅이 황제는 지방에서 저항을 이어가다가 1888년 체포되어 알제리아로 유배되었다. 1943년 사망하였다.	베트남
18	하 반 미	Hà Văn Mỹ	何文美	?~?	판 딩 풍(Phan Đình Phùng, 潘廷逢, 1847~1895)이 주도한 흐엉케(Hương Khê) 의거에 참여한 지휘관이다. 하땡 출신으로 원래 유학자였다. 1885년 똔 텃 투이엣이 함 웅이 황제의 피신을 도왔는데 이때 판 딩 풍도 하땡에서 일어났다. 하 반 미는 판 딩 풍의 거사 소식을 접하고서 이에 협력하여 그의 무리에 합류하였다. 이후 프랑스를 공격한 장수로서 명성을 얻었다.	베트남
19	응오 꽝	Ngô Quảng	吳廣	1858~ 1928	호는 티엔 선(Thần Sơn)이다. 응에안 사람 응오 꽝은 근왕운동에 참여하여 수령 판 딩 풍(Phan Đình Phùng)의 휘하에서 부장을 맡았다. 흐엉케(Hương Khê) 봉기가 프랑스에 진압된 후 유신회에 참여, 중국으로 건너갔다. 1908년에 귀국하였으나 탄압이 심해지자 가족과 함께 태국으로 탈출하고, 베트남 청년들을 중국으로 데려가는 기반을 마련하였다. 1928년에서 태국에서 사망하였다.	베트남
20	도이 꾸이엔	Đội Quyên	隊涓	1859~ 1917	본명은 레 꾸이엔(Lê Quyên, 黎涓?)이고 레 반 꾸이엔(Lê Văn Quyên, 黎文涓?)이라고도 하며 호는 다이 더우(Đại Đầu)이다. 반프랑스 의군(義軍)의 수령이었다. 하땡 지역의 농가에서 태어났으며, 26세이던 1885년에 처음 봉기에 참여하였다. 후에 무기 생산을 담당하여 1874년식 프랑스 소총 제작을 맡았으며 이때부터 '도이 꾸이엔'이라는 이름을 사용하였다. 유신회와 광복회에 모두 참여하였다. 1917년 프랑스군에 포위되어 극렬 저항하다가 스스로 자결하였다.	베트남
21	타잉 타이 /응우옌 푹 찌에우	Thành Thái/ Nguyễn Phúc Chiêu	成泰 /阮福昭	1879~ 1954	타잉 타이는 응우옌 왕조의 10번째 황제인 응우옌 푹 찌에우(Nguyễn Phúc Chiêu, 阮福昭)의 연호로 1889년부터 1907년까지 재위하였다.	베트남
22	보 바 합	Võ Bá Hạp	武伯合	1876~ 1948	보 바 합은 후에 거인이 되었으며 판 보이 쩌우의 운동에 참여하였고, 꼰 섬(Côn Đảo, 崑島)에 수감되었다가 뒤에 후에로 돌아와 죽었다.	베트남
23	키에우 낭 띵	Khiếu Năng Tĩnh	叫 /叫能靜	1835~ 1915	키에우 선생의 성명은 키에우 낭 띵, 자는 짜 선(蔗山)이다. 남딩(Nam Định, 南定) 지역 출신으로 1878년에 향시에 합격하여 거인이 되고 2년 뒤에는 동진사출신(同進士出身)이 되었다. 독학(督學)과 국자감 쩨주(祭酒) 등을 역임한 19세기 베트남의 대학자이며 교육자, 작가이다.	베트남

연번	한글	베트남어	한자	생물	정보	국적
24	마이 선 /응우엔 트엉 히엔 /하이 즈엉	Mai Sơn /Nguyễn Thượng Hiền /Hải Dương	梅山 /阮尙賢 /海陽	1868~ 1925	자는 딩 남(Đinh Nam, 鼎南), 딩 턴(Đinh Thần, 鼎臣) 호는 마이 선(Mai Sơn, 梅山)이다. 1868년 하 동의 리엔 밧(Liên Bạt, 連拔) 마을에서 태어났으며 어린 나이부터 총명하기로 유명하였다. 1884년 타잉 호아(Thanh Hóa, 淸化)에서 향시에 합격했고 1885년에 회시 합격, 1892년에 정시(廷試)에 합격해 황갑(黃甲)이 되었으며 24세 때 국사관에 임명되었다. 후에에 머무는 동안 중국의 신서를 많이 접한 동시에 판 보이 쩌우, 땅 밧 호, 판 쭈 찡, 후잉 툭 캉 등 여러 애국지사들과 교류하였다. 땅 밧 호와 교제하며 동유운동을 도왔는데 당시 부친이 중병을 앓고 있었기 때문에 국내에 머물면서 혁명운동을 하였다. 이후 판 보이 쩌우와 함께 월남광복회를 세웠으며 1904년 판 보이 쩌우가 체포되자 협회의 지도자 역할을 담당하였다.	베트남
25	응우엔 로 짜익	Nguyễn Lộ Trạch /Nguyễn Lỗ Trạch	阮露澤 /阮魯澤	1852~ 1895	자는 하 년(Hà Nhân, 河胭), 호는 끼 암(Kỳ Am, 琦庵), 트어티엔(Thừa thiên, 承天)성, 퐁디엔(Phong Điền, 豐田) 현, 께 몬(Kế Môn, 薊門) 마을 출신으로 박식한 사람이었으나 과거시험에는 응시하지 않고 실천가의 길로 들어섰다. 조정을 향하여 개혁의 의지를 표명하는 상소를 많이 올렸으나 받아들여지지는 않았다. 주요 작품으로는 『꾸이 으우 룩(Quỷ ưu lục, 葵憂錄)』, 『티엔 하 다이 테 루언(Thiên hạ đại thế luận)』이 있다.	베트남
26	땅 밧 호	Tăng Bạt Hổ	曾拔虎	1858~ 1906	본명은 땅 조안 반(Tăng Doãn Văn, 曾允文)이고 호는 디엔 밧(Điền Bát, 田八)이다. 1885년 근왕운동에 참여하였다가 실패로 돌아가자 해외로 나가 태국, 중국, 러시아, 일본 등지를 유력하였다. 1904년 다시 베트남으로 돌아와 띠에우 라의 소개로 판 보이 쩌우를 만나 함께 유신회를 건설하는데 참여하였다. 1905년에는 판 보이 쩌우가 동유운동을 위해 일본에 머무는 동안 그는 국내에서 동유운동을 지원하는 여러 활동을 벌였는데 이듬해인 1906년 꽝남에서 후에로 오는 여정 중에 병으로 세상을 떠나고 말았다.	베트남
27	학 롱	Hắc Long	黑龍	?~?	학 롱은 하이즈엉(Hải Dương, 海陽) 지역의 쩐(Trần, 陳) 씨 성을 가진 인물의 별호로 정확한 이름은 알 수 없다. 그는 베트남 동쪽에 위치한 하이 즈엉 지역에서 장원으로 합격하였기에 '더우 쓰 땅(동쪽 지역의 우두머리)' 혹은 줄여서 '더우 동(동쪽의 우두머리)'라고 불렸다. 쩐 학롱은 바익 씨(Bạch Xi, 白齒)의 동지이자 조력자였다.	베트남
28	바익 씨	Bạch Xi	白齒	1855~ 1897	도안 찌 뚜언(Đoàn Chí Tuân) 혹은 도안 득 머우(Đoàn Đức Mậu)라고 하며 바익 씨는 그의 호이다. 시인이자 근왕운동의 봉기를 주도한 수령이기도 하다. 꽝빙 지역의 유학자 집안에서 태어났다. 그의 아버지 대에서부터 프랑스 침략에 대한 논의가 활발하였고 1873년 프랑스의 통킹 공격으로 바익 씨는 공부를 그만두고 전투에 뛰어들었다. 이후 판 딩 풍과 의견을 달리하였으므로 군대를 철수하고 독자적으로 전투에 임하였다. 함 응이 황제를 계승한다는 명목으로 스스로 황제를 칭하기도 했으나 광범위한 지지를 얻지는 못하였다. 프랑스군에 체포되어 1897년 감옥에서 세상을 떠났다.	베트남
29	판 바 응옥	Phan Bá Ngọc	潘伯玉	?~ 1922	본명은 판 딩 끄(Phan Đình Cừ)이고 고향은 라선(羅山)이다. 베트남의 독립운동가 판 딩 풍(Phan Đình Phùng, 潘廷逢)의 아들로 북경사관학교에서 유학하였다. 판 보이 쩌우가 아꼈던 후배였으나 후에 판 보이 쩌우를 배신하고 프랑스의 첩자가 되었다. 중국 항저우에서 의문의 피살을 당해 생을 마감하였다.	베트남
30	응우엔 디엠	Nguyễn Điềm	阮恬	?~?	과거 공부를 하면서 프랑스의 첩자 노릇을 하던 인물이다. 후에 애국 청년 응우엔 특 드엉(Nguyễn Thức Đường, 1886~1916) 즉, 쩐 호우 륵(Trần Hữu Lực)에 의해 살해되었다.	베트남

연번	한글	베트남어	한자	생몰	정보	국적
31	다오 떤	Đào Tấn	陶進	1845~1907	본명은 다오 당 떤(Đào Đăng Tấn, 陶登進), 자는 찌 툭(Chi Thúc, 止叔), 호는 몽 마이(Mộng Mai, 夢梅), 별호는 마이 땅(Mai Tăng, 梅僧)이다. 빙 딩(Bình Định)성의 거인 출신으로 1867년에 향시에 합격하여 거인이 된 후 1871년 한림원 전적(典籍), 1874년 꽝짜익의 지부(知府)를 거쳐 수도 후에의 부윤(府尹)에 올랐다. 1901~1902년 당시에는 응에안의 총독이었으며 응에안 총독을 두 번 역임하였다. 베트남의 전통 고전극(nghệ thuật hát bội)의 개조로도 여겨진다.	베트남
32	호앙 호아 탐	Hoàng Hoa Thám	黃花探	1858~1913	데 탐(Đề Thám, 提探)으로도 불리는 인물로 19세기 말부터 20세기 초까지 북부 베트남에서 프랑스의 인도차이나 침략에 항거한 전설적 영웅이다. 박지앙(Bắc Giang, 北江)의 이엔테(Yên Thế, 安世)에서 태어나 1884년부터 항불 세력에 합류했으며 1887년에 프랑스에 저항하는 근왕군에 들어가 장군으로 임명되었다. 1894년 호앙 호아 탐은 프랑스군과 잠정적 강화를 맺고 이엔테 지방을 자신의 자치구로 만들었다. 1906년에 판 보이 쩌우 등과 접촉하고 서로를 지원하기 위해 협력했으며 1907년에는 하노이에서 무장봉기를 계획하기도 했으나 1908년 프랑스 군인의 독살 사건에 연루되어 공격을 받았다. 이후 군대를 이끌고 저항을 펼쳤지만 1909년에 전투에서 패배하여 큰 손실을 입었다. 해외로의 탈출은 부하의 배신으로 실패하고 프랑스에 체포되었다. 1913년 첩자에게 암살당하였다.	베트남
33	콩 딩 짜익	Khổng Định Trạch	孔定宅	?~?	남딩의 전 독판으로 당시 근왕당을 관리하는 당의 주요 인사였다.	베트남
34	끼엠 퐁/응우옌 끄	Kiếm Phong/Nguyễn Cừ	劍鋒/阮遽	?~?	응이록(Nghi Lộc, 宜祿) 현, 트엉싸(Thượng Xá, 上舍) 지역 공신 집안의 자손으로 그는 당의 사업에 매우 유능한 인재였으나 불행하게도 일찍 죽고 말았다.	베트남
35	까 징	Cả Dinh/Dinh	營	?~?	호앙 호아 탐의 아들로 정실부인이 낳은 아들 중 한 명이다. 호앙 반 징(Hoàng Văn Dinh, 黃文營) 혹은 호앙 득 징(Hoàng Đức Dinh, 黃德營)이라고도 한다.	베트남
36	까 후잉	Cả Huỳnh/Huỳnh	璜/黃	?~?	호앙 호아 탐의 아들로 정실부인이 낳은 아들 중 한 명이다. 본명은 호앙 반 후잉(Hoàng Văn Huỳnh, 黃文璜) 혹은 호앙 득 후잉(Hoàng Đức Huỳnh, 黃德璜)이라고도 한다.	베트남
37	까 쫑	Cả Trọng/Trọng	重	?~?	호앙 호아 탐의 아들로 정실부인이 낳은 아들 중 장자이다. 본명은 호앙 반 쫑(Hoàng Văn Trọng, 黃文重) 혹은 호앙 득 쫑(Hoàng Đức Trọng, 黃德重)이라고도 한다. 매우 총명하고 총을 잘 다루었다. 1909년 전쟁 중에 부하가 실수로 쏜 총에 맞아 중상을 입고 사망하였다.	베트남
38	레 짱 똥	Lê Trang Tông	黎莊宗	1515~1548	후레(後黎) 왕조의 13대 황제(재위: 1533~1548)이다. 성명은 레 닝 또는 레 뚜언이다. 묘호가 짱 똥(Trang Tông, 莊宗)이고 시호는 주 호앙 데(Dụ Hoàng đế, 裕皇帝)이다. 레 왕조가 막 당 중(Mạc Đăng Dung, 莫登庸, 1470~1541)에 의해 찬탈 당하였을 때, 레 왕조 부흥운동의 구심점이었다.	베트남
39	종실 또아이/똔 텃 또아이	Tông Thất Toại/Tôn Thất Toại	宗室璲/尊室璲	?~?	똔 텃(Tôn Thất, 尊室)은 베트남 고유의 성으로 종실(宗室)임을 의미한다. 응우옌 푹 미엔 똥(Nguyễn Phúc Miên Tông, 阮福綿宗, 1807~1847)을 피휘하여 똥(宗)을 똔(尊)으로 고쳤다. 민망(Minh Mạng, 明命, 1791~1841) 황제는 종실의 수가 많아 국가 재정에 부담이 되자 똔 텃이라는 성을 내려 제계(帝系)와 번계(藩系)를 구별하였다. 또아이는 주이 떤(Duy Tân, 維新) 황제의 섭정이었던 똔 텃 헌(Tôn Thất Hân, 尊室訢, 1854~1944)	베트남

연번	한글	베트남어	한자	생몰	정보	국적
					의 아들로 타잉호아(Thanh Hóa, 淸化)의 포정사(布政使), 안찰사(按察使)를 지냈으며, 트어티엔 후에(Thừa Thiên Huế, 承天化)의 부윤, 빙딩(Bình Định, 平定)의 총독을 역임하였다.	
40	쟈 롱	Gia Long	嘉隆	1762~1820	응우엔 왕조의 제1대 황제로 1802년부터 1820년까지 재위하였다. 성명은 응우엔 푹 아잉(Nguyễn Phúc Ánh, 阮福暎)이고 연호로 쟈 롱을 사용하였다.	베트남
41	히엡 호아	Hiệp Hòa	協和	1847~1883	응우엔 왕조의 6번째 황제로 휘는 응우엔 푹 탕(Nguyễn Phúc Thăng, 阮福昇), 자는 응우엔 푹 홍 젓(Nguyễn Phúc Hồng Dật, 阮福洪佚)이다. 1883년 7월에 제위에 올랐으나 4개월 만에 세상을 떠났다. 1884년에 연호를 개원하고자 하였으나 이른 사망으로 선포하지 못하였다. 그러나 히엡 호아 황제로 통칭하고 있다. 사후 받은 봉호는 반 랑 꾸언 브엉(Văn Lãng Quận Vương, 文朗郡王), 시호는 짱 꿍(Trang Cung, 莊恭)이다. 사후에 그의 조카인 응우엔 푹 하오(Nguyễn Phúc Hạo, 阮福昊), 즉 끼엔 푹(Kiến Phúc, 建福, 1869~1884) 황제가 뒤를 이었다.	베트남
42	동 카잉	Đồng Khánh	同慶	1864~1889	응우엔 왕조의 제9대 황제로 1885년부터 1889년까지 재위하였다. 함 응이(Hàm Nghi, 咸宜, 1871~1943) 황제가 프랑스에 의해 폐위된 후 즉위하였다. 동 카잉 황제 사후에 그의 사촌 조카인 응우엔 푹 찌에우(Nguyễn Phúc Chiêu, 阮福昭, 1879~1954) 즉 타잉 타이(Thành Thái, 成泰) 황제가 뒤를 이었다. 휘는 응우엔 푹 비엔(Nguyễn Phúc Biện, 阮福昪), 자는 응우엔 푹 응 끼(Nguyễn Phúc Ưng Kỳ, 阮福膺祺), 묘호는 까잉 똥(Cảnh Tông, 景宗), 시호는 포이 티엔 밍 번 히에우 득 년 부 비 꽁 호앙 리엣 통 티엣 먼 후에 투언 호앙 데(Phối Thiên Minh Vận Hiếu Đức Nhân Vũ Vĩ Công Hoằng Liệt Thông Thiết Mẫn Huệ Thuần Hoàng Đế, 配天明運孝德仁武偉功弘烈總敏惠純皇帝)이다.	베트남
43	아잉 주에	Anh Duệ	英睿	1780~1801	본명은 응우엔 푹 까잉(Nguyễn Phúc Cảnh, 阮福景)으로 주로 까잉 황자로 불렸다. 쟈롱 황제의 적자이며 1793년 동궁(東宮)으로 책봉되었다. 1801년 봄에 천연두에 걸려 사망하였다. '아잉 주에'는 1805년 받은 그의 시호이다.	베트남
44	기외후/끄엉 데	Kỳ ngoại hầu/Cường Để	畿外侯/彊柢	1882~1951	원래 이름은 응우엔 푹 전(Nguyễn Phúc Dân, 阮福民)으로 후에에서 태어났다. 쟈 롱 황제의 5대 종손이며 아잉 주에 태자, 즉 응우엔 푹 까잉의 직계손이다. 황실의 정통 후계자라는 이유로 판 보이 쩌우 등 독립운동가들에 의해 추대되었다. 베트남 독립운동에 투신하여 판 보이 쩌우와 함께 외교활동을 벌이기도 하고 베트남 유신회를 조직하기도 하였다. 공식적으로는 '기외후'라고 칭하였는데 이는 그가 정통이 아님을 강조하기 위한 것이었다. 독립운동에 동참한 이후에는 응우엔 쭝 흥(Nguyễn Trung Hưng, 阮中興)이라는 별명으로도 불렸다.	베트남
45	호 티엡	Hồ Thiệp	胡浹	?~?	응에안(Nghệ An, 乂安)성, 꾸잉르우(Quỳnh Lưu, 瓊瑠) 현의 수재(秀才, 뚜 따이)로 판 보이 쩌우의 친구이다.	베트남
46	호 레	Hồ Lệ	胡麗	1850~1905	응우엔 왕조의 관리로 꽝남(Quảng Nam, 廣南)성, 주이쑤이엔(Duy Xuyên, 濰川) 현 사람이다. 1870년 향시에 합격하였다. 이후 지방 관직을 역임하다가 1894년부터 경성(京城)에서 관직을 수행하였으며 1902년 12월에 병부상서에 임명되었다.	베트남
47	응우엔 투엇	Nguyễn Thuật	阮述	1842~1911	베트남 응우엔 왕조의 관리로 자는 히에우 싱(Hiếu Sinh, 孝生), 호는 하 딩(Hà Đình, 荷亭)이다. 꽝남(Quảng Nam)성, 레즈엉(Lễ Dương, 醴陽) 출신이며 1868년 향시에 합격하여 한림원편수(翰林院編修)에 임명되었다. 1881년에는 정사(正使)로서 청나라에 갔으며 1884년에 귀국한 후 참	베트남

연번	한글	베트남어	한자	생몰	정보	국적
					지(参知)로 승격되었다. 1895년 이부상서(吏部尚書)를 맡았고 이후 공부상서, 형부상서 직을 수행하다가 1904년 치사(致事)하였다. 남긴 작품으로는 『방 떤 넌 끼(Vãng tân nhật kí, 往津日記)』, 『모이 호아이 응엄 타오(Mỗi hoài ngâm thảo, 每懷吟草)』, 『하 딩 반 떱(Hà Đình văn tập, 荷亭文集)』, 『하 딩 반 사오(Hà Đình văn sao, 荷亭文抄)』 등이 있다.	
48	떠이 호 /판 쭈 찡	Tây Hồ /Phan Chu Trinh	西湖 /潘周楨	1872~ 1926	판 쭈 찡은 꽝남(Quảng Nam)성 출신으로 자는 뜨 깐(Tử Cán, 子幹)이고 호는 떠이 호이며 별호로 히 마(Hy Mã, 希瑪)를 사용하기도 하였다. 베트남의 문인이자 혁명가이며 유신회 운동을 이끌었던 독립운동가이다. 민족해방을 우선시하였던 판 보이 쩌우와는 생각이 달라 서구의 문명과 민주주의를 받아들이는 것을 우선시하였기에 두 사람은 사상적으로 대립하기도 하였다. 1908년 프랑스에 의해 체포되었다가 1911년 석방되었다. 이후 파리로 건너가 살다가 1925년 귀국하였다.	베트남
49	타이 쑤이엔 /쩐 꾸이 깝	Thai Xuyên /Trần Quý Cáp	台川 /陳季恰	1870~ 1908	쩐 꾸이 깝은 꽝남성 출신으로 자는 자 항(Dã Hàng, 野航), 호가 타이 쑤이엔(Thai Xuyên, 台川)이다. 젊었을 때부터 팜 리에우(Phạm Liệu, 范燎, 1873~1937), 응우엔 딩 히엔(Nguyễn Đình Hiến, 阮廷獻, 1872 ~1947), 판 쭈 찡, 후잉 툭 카잉 그리고 판 꽝(Phan Quang, 潘光, 1873~1939)과 함께 쩐 딩 퐁(Trần Đình Phong, 陳廷風, 1843~1909) 선생의 여섯 제자로 유명하였다. 가난한 집에서 태어나 과거 시험을 통해 교수(教授)가 되었는데 유신회 운동에도 적극 참여하였다. 쭝끼 지역에서 백성들의 폭동이 일어났을 때 응우엔 왕조에 의해 체포되어 처형당하였다.	베트남
50	타잉 빙 /후잉 툭 캉	Thạnh Bình /Huỳnh Thúc Kháng	盛平 /黃叔沆	1876~ 1947	후잉 툭 카잉은 꽝남성 출신으로 밍 비엔(Mính Viên, 茗圜)이라는 호를 사용하였다. 베트남 애국지사 중 한 사람이다. 판 보이 쩌우와 함께 유신회 운동에 투신하였다가 1908년 판 쭈 찡과 같이 프랑스에 체포되었다. 1919년 석방 뒤에도 해방 운동을 계속하다가 신문사를 창간하였다. 1945년 해방된 뒤에는 호 찌 밍의 요청으로 임시정부의 내정부장(內政部長)을 맡았고, 1946년에는 잠시 주석 대리를 맡기도 하였다.	베트남
51	응우 랑 /쩐 찡 링	Ngũ Lang /Trần Trinh Linh	五郎	?~?	응우 랑의 본명은 쩐 찡 링이고, 보통 엄 남(ấm Năm)으로 불렸다. 쩐 찌 띤(Trần Chi Tín)의 자녀로 후에가 고향이다. 응우 랑은 유신회 운동에 적극적으로 참여하였으나 프랑스 정부에 의해 체포되어 보 바 합(Võ Bá Hạp, 1876~1948)과 함께 수감 생활을 하였다.	베트남
52	어우 찌에우 /레 티 단	Âu Triệu /Lê Thị Đàn	幼趙 /黎氏彈	?~ 1910	어우 찌에우는 후에 출신의 여성으로 본명은 레 티 단이다. 판 보이 쩌우와 함께 유신회 운동과 동유운동을 함께 했던 여성 운동가이다. 그녀의 어머니는 일찍 돌아가셨고 아버지는 근왕운동과 관련되어 프랑스 식민주의자들에 체포되었다. 이 때문에 가산을 모두 빼앗겼으나 찻집을 운영하여 생계를 이었다. 보 바 합의 소개로 판 보이 쩌우를 만난 후 유신회의 승인을 받아 회원이 되었다. 유신회에서 연락 담당을 맡아 쭝끼와 박끼 사이의 문서와 자금 전달에 힘을 다하였다. 1910년에 체포되어 옥중에서 스스로 생을 마감하였다. 판 보이 쩌우는 레 티 단의 굳은 의지를 기리기 위하여 베트남 역사 속 인물인 바 찌에우(Bà Triệu, 趙婆)의 이름을 빌려 '작은 바 찌에우(Bà Triệu Nhỏ)'라는 의미로 '어우 찌에우(幼趙)'로 명명하였다.	베트남
53	쩐 티	Trần Thị	陳視	?~?	수차례 프랑스의 의심을 받아 투옥되었으며 석방 후에 불교에 귀의해 쩌우 독(Châu Đốc, 朱篤)의 텃선(Thất Sơn, 七山)에서 수행한 인물이다. '쩐 녓 티(Trần Nhật Thị)'라고도 전한다.	베트남
54	쯔엉 딩	Trương Định	張定	1820~ 1864	쯔엉 당 딩(Trương Đăng Định, 張登定) 혹은 쯔엉 꽁 딩(Trương Công Định, 張公定)이라고도 전한다. 꽝응아이(Quảng Ngãi, 廣義)성 출신으	베트남

연번	한글	베트남어	한자	생몰	정보	국적
					로 응우옌 왕조의 관리이며 저항군의 수령이기도 하였다. 1859년 프랑스가 남끼(南圻)를 침략했을 때 쟈딩(嘉定)성 방어에 참여했으며, 의병을 규합하여 프랑스 침략에 대항하기를 호소하였다. 그러나 1864년에 첩자의 배신으로 프랑스군에 포위되어 쯔엉 딩은 스스로 자결하였고 그의 부하와 가족들도 총살되었다.	
55	호 후언 /응우옌 호우 후언	Hồ Huân /Nguyễn Hữu Huân	胡勳 /阮友勳	1830~ 1875	호 후언의 본명은 응우옌 후우 후언으로 애국자이자 학자이며 남끼 지방에서 프랑스에 대항하기 위해 의병을 일으킨 지도자였다. 딩뜨엉(Định Tường)성에서 태어난 그는 어려서부터 총명하였다. 1852년에 향시에 응시해 장원으로 합격하였으므로 투과(首科, 과거시험에서 수석 합격하였다는 뜻의 별칭)라는 이름으로 더욱 알려졌다. 의병군을 이끌고 프랑스에 맞섰으나 1863년 체포되어 1864년에 유배형을 선고받았고 1869년에 석방되었다. 이후 다시 의병군을 규합하여 봉기를 일으켰으나 1875년에 체포되어 사형 당하였다.	베트남
56	응우옌 타잉 히엔	Nguyễn Thành Hiến	阮誠憲	1857~ 1914	응우옌 턴 히엔(Nguyễn Thần Hiến, 阮神献)으로도 불린다. 자는 팍 딩(Phác Đinh), 호는 쯔엉 쭈(Chương Chu)이다. 프랑스 식민기의 뛰어났던 남부 지역의 독립 활동가인 동시에 동아운동의 선구자 중 한 사람이다. 1904년에 판 보이 쩌우가 메콩강 삼각주 일대를 방문했을 때 다른 사람의 소개를 통하여 응우옌 타잉 히엔과 서로 알게 되었다. 그는 가산이 넉넉하였으므로 이를 출자하여 베트남인이 일본에서 유학할 수 있도록 힘썼다.	베트남
57	끼동 /응우옌 반 껌	Kỳ Đồng/Nguyễn Văn Cẩm	奇童/阮 文錦	1875~ 1929	끼동의 본래 이름은 응우옌 반 껌이다. '끼동'이라는 호칭은 뜨 득 황제가 '재능이 많은 젊은이'라는 의미를 담아 내려준 것이다. 어려서부터 총명하였으며 반프랑스 운동을 하다가 프랑스 정부에 의해 알제리로 강제 유학을 다녀왔다. 그곳에서 함 응이 황제와 가깝게 지내며 민족운동의 기반을 닦았다. 1896년 귀국하여 애국운동을 주도하며 의병을 일으켰다. 1897년 마르키제 제도에 유배되어 1929년 54세의 나이로 타히티에서 사망하였다.	베트남
58	응우옌 득 허우	Nguyễn Đức Hậu	阮德厚	?~?	응우옌 득 허우는 뜨 득 연간에 홍콩에서 청나라 도적이 베트남 부녀자들을 납치해 홍콩 상인에 팔아넘긴다는 사실을 알게 됐다. 이에 홍콩 주제의 영국 총독에 호소하여 잡혀간 부녀자들이 다시 베트남으로 돌아올 수 있도록 하였다. 이 일을 알게 된 베트남 조정에서 그에게 9품 관직을 내렸으나 거절하였다고 한다. 후에 혁명을 도모한 사실이 발각되어 프랑스 군대에 체포되었으며 결국 극형에 처해졌다.	베트남
59	찡 히엔	Trình Hiền	程賢	?~?	찡 꽁 히엔(Trình Công Hiền, 程公賢)으로 고향은 꽝남의 오 쟈아(Ô Gia, 烏耶)이다.	베트남
60	레 보	Lê Võ	黎瑀	?~?	흐엉케 의거(Khởi nghĩa Hương Khê)에 참여한 의병 중 한 사람이다.	베트남
61	당 뜨 낑	Đặng Tử Kính	鄧子敬	1875~ 1928	당 뜨 낑은 응에안성 출신의 베트남 애국지사이다. 그는 판 보이 쩌우, 응우옌 타잉, 찡 히엔, 레 보, 당 타이 턴 등과 함께 유신회의 주요 구성원이다. 1905년에는 판 보이 쩌우와 함께 외국의 원조를 구하기 위해 일본으로 떠났다. 동유운동의 착수를 위해 1906년 직접 끄엉 데를 하이퐁에서 일본으로 모셔 왔다. 1908년 프랑스와 일본 사이의 협약으로 인해 동유운동이 탄압을 받자 그는 홍콩을 거쳐 태국으로 갔다가 1911년에 중국으로 옮겨 월남광복회를 설립하였다. 1913년 판 보이 쩌우가 체포되었으므로 월남광복회를 대신 지휘하였다. 1928년 태국 피지에서 임무를 수행하다가 사망하였다.	베트남
62	데 짜익 /응우옌	Đề Trạch /Nguyễn	提擇 /阮擇	?~ 1895	응우옌 짜익은 응에띵(Nghệ Tĩnh) 지역 사람으로 형인 응우옌 짜잉(Nguyễn Chanh, ?~1892)과 의병운동에 참가하였다. 판 딩 풍(Phan	베트남

연번	한글	베트남어	한자	생몰	정보	국적
	짜익	Trạch			Đinh Phùng)에 의하여 깐록(Can Lộc)의 군제독에 임명되었다. 이후 1895년에 적의 칼에 참수당하였다.	
63	오베	Ô-ve /Alexis Auvergne	烏	?~?	프랑스인 오베는 1897년부터 1898년까지, 1900년부터 1904년까지 쭝끼의 흠사(欽使)로 있었다. 1890년에는 프랑스에 투항하는 것에 대해 르엉 땀 끼(Lương Tam Kỳ, 梁三奇)와 교섭하기도 하였다.	프랑스
64	까오 총재 /까오 쑤언 죽	Cao Tổng tài /Cao Xuân Dục	高總裁 /高春育	1843~ 1923	까오 총재는 곧 응우엔 왕조의 대신 까오 쑤언 죽이다. 자는 뜨 팟(Tử Phát, 子發), 호는 롱 끄엉(Long Cương, 龍崗)이다. 그는 19세기 말, 20세기 초 베트남의 주요 정치가이자 역사학자, 문학인이었다. 응에안에서 태어난 그는 어릴 적부터 총명하기로 유명했으나 과거 시험에는 1876년 34세의 다소 늦은 나이에 합격하였다. 이후 총독, 상서, 동각대학사(東閣大學士), 국사관 총재 등을 역임했으며 응우엔 왕조의 주요 역사서 편찬에 참여하였다. 그의 롱 끄엉 서원(龍崗書院)에는 그가 국사관의 여러 사서와 자료로부터 수집한 희귀 문서 1만 권 이상이 소장돼 있다. 여기에는 판 보이 쩌우, 판 쭈 찡 등 당대 베트남의 주요 인물들과의 주고받은 서류들도 소장돼 있다.	베트남
65	선 떠우 /도 당 뚜이엔 / 오 지아	Sơn Tẩu /Đỗ Đăng Tuyển /Ô Gia	山叟 /烏耶	1856~ 1911	선 떠우는 도 당 뚜이엔(Đỗ Đăng Tuyển), 도 당 깟(Đỗ Đăng Cát)이라는 이름이 있으며 하이 다오(Hy Đào)라는 별호도 있다. 썬 떠우는 활동 예명이다. 보통 오 지아(Ô Gia, 烏耶)로 불렸는데 꽝남(Quảng Nam) 지역의 오지아 마을이 그의 고향이기 때문이다. 그는 판 보이 쩌우의 열정적인 동지였다. 유학자 집안의 일원이었지만 그는 실업에 집중하였다.	베트남
66	류용푸 /류가사	Lưu Vĩnh Phúc /Lưu gia từ	劉永福 /劉家祠	1837~ 1917	청나라의 무관(武官)이며 정치가(政治家)이다. 젊은 시절에는 무뢰배로 지내다가 변경 지방의 무장 조직 흑기군(黑旗軍)에 참가하였다. 청조의 의해 흑기군이 베트남으로 쫓겨나게 되자 조직을 이끌고서 베트남에 진입한 프랑스군을 몰아냈다. 그 공으로 베트남 황제로부터 높은 관작을 받았다. 청불 전쟁이 끝난 뒤 흑기군을 해산시켰다가 청일전쟁이 개시되자 청조의 명으로 다시 흑기군을 결성하여 대만 방위에 나섰다. 1895년 시모노세키 조약이 체결되면서 대만이 일본에 넘어갔지만 그는 대만 전체를 통치하며 일본에 맞섰다. 그러나 군사적 우위에 있던 일본군에 끝까지 맞서지 못하고 중국으로 탈출하였다.	중국
67	콩 독판 /콩 딩 짜익	Khổng Đốc biện /Khổng Định Trạch	孔 督辨	?~?	하남닝(Hà Nam Ninh : 베트남 북남부에 있는 지역의 옛 지명)의 독판이었다.	베트남
68	쩌우 트 동 /쭈 트 동	Châu Thư Đồng	周書同	1856~ 1908	호가 트엉 반(Thượng Văn, 上文)이고 호이안(Hội An) 지역, 밍흐엉(Minh Hương, 明鄉) 마을의 매우 부유한 집안 출신이다. 그의 3대조 할아버지는 명에 충성한 중국인으로 청 조정에 복명하기를 원하지 않아 바다를 건너 호이안에 정착한 것이었다. 프랑스에 적대심을 지니고 있던 그는 판 보이 쩌우를 만나 유신회에 가입하고 주요 회원이 되었다. 호이안 거리 가운데 위치한 그의 집은 남북의 여러 동지들을 맞이하는 회합 장소였으며 쩌우 트 동은 이곳에서 비밀문서의 전달을 담당하였다. 1908년 체포되어 호이안에 있는 감옥에 수감되었다. 수감 중에 단식을 이어가다가 목숨을 잃었다.	베트남
69	쩐 빙 /쩐 반 빙	Trần Bình /Trần Văn Bình	陳秉 /陳文秉	?~?	하띵(Hà Tĩnh) 지역 사람으로 영웅호걸이었다. 서양 서적을 연구해서 스스로 소총과 탄약을 제조하였다. 이후에 박끼로 이동해 프엉럼(Phương Lâm)의 산 속들어가 총기를 제작하였다. 그러나 산의 기후에 적응하지 못하고 중병이 들어 생을 마감하였다.	베트남

연번	한글	베트남어	한자	생몰	정보	국적
70	떱 쑤이엔 /응오 득 께	Tập Xuyên /Ngô Đức Kế	集川 /吳德繼	1878~ 1929	본명은 응오 빙 비엔(Ngô Bình Viên)이고 떱 쑤이엔은 그의 호이다. 20세기 초 베트남의 언론인이자 시인, 그리고 지사였다. 하띵(Hà Tĩnh)성 타익 하(Thạch Hà) 현 사람으로 여러 세대에 걸쳐 관리를 지낸 집안 출신이었다. 1901년에 정시((廷試)에 합격했으나 관직에 나아가지 않고 신서를 읽으며 캉유웨이와 량치차오의 의견에 공감하였다. 또한 판 보이 쩌우와 교류하며 새로운 교육에 대해 제창하고 프랑스 식민지배에 반대하였다. 1908년 프랑스 정부가 중끼를 압박하는 데에 반발하여 꼰론섬으로 추방되었는데 그곳에서 여러 베트남 독립운동가들과 만났다. 1912년 석방된 후 하노이에 정착했으며 그곳에서 『호우 타잉(Hữu thanh)』 신문의 주필로서 활동했다. 그가 남긴 작품으로는 『티엔 니엔 혹 히에우 끼(Thiên nhiên học hiệu ký, 天然學校記)』, 『타이 응우엔 텃 년 꽝 푹 끼(Thái Nguyên thất nhật quang phục ký, 太原七日光復記)』 등이 있다.	베트남
71	리 뚜에	Lý Tuệ	里慧	1871~ 1938	본명은 응우엔 흐우 뚜에(Nguyễn Hữu Tuệ)로 보통 리 뚜에로 불렸다. 하이퐁의 유학자 집안에서 태어난 그는 생계를 위하여 부두에서 일하기 시작했으며 이후 베트남과 중국 남부 사이를 오가는 선박에서 주방 일을 하였다. 생계를 위해 일하면서도 그는 일찍부터 애국운동에 깊이 영향을 받고 있었다. 이에 기회가 닿았을 때마다 적극적으로 합류하여 동유운동과 유신회의 해외 활동에 공헌할 수 있었다. 리 뚜에의 활약과 그에 대한 칭송은 판 보이 쩌우와 판 쭈 찡 등 여러 지사들의 글에 기록되어 있다.	베트남
72	리 뜨	Lý Tư	里罳	?~?	리 뚜에의 동생으로 형 못지않게 애국심이 깊어 판 보이 쩌우의 활동에 도움을 주었다.	베트남
73	똔 텃 투이엣	Tôn Thất Thuyết	宗室說 /尊室說	1839~ 1913	꽝남국(Quảng Nam Quốc, 廣南國)의 주인 응우엔 푹 떤(Nguyễn Phúc Tần, 阮福瀕)의 후손으로 후에에서 태어났다. 응우엔 왕조의 총리대신을 맡았으며 동 카잉 황제와 타잉 타이 황제의 섭정을 수행하였다. 함 응이 황제 연간에 근왕운동을 제창했고, 베트남의 독립과 회복을 목표로 삼았다. 아들과 함께 항불 운동을 이어가던 그는 1887년 청나라로 가서 원군의 출병을 요청하였다. 그러나 다음해인 1888년에 함 응이 황제는 프랑스에 사로잡히고 아들들은 순국하였다. 똔 텃 투이엣은 청나라에서 남은 생을 보내다가 1913년 광동에서 사망하였다.	베트남
74	쩐 소안 /쩐 쑤언 소안	Trần Soạn /Trần Xuân Soạn	陳撰 /陳春撰	1849~ 1923	응우엔 왕조의 장군이다. 타잉호아(Thanh Hóa)의 가난한 농가에서 태어난 그는 가족의 생계를 위해서 이웃 사람 대신 군에 입대하였다. 군에서 복무하는 동안 계속 공로를 세워 경성 제독의 지위까지 올랐다. 1885년에 똔 텃 투이엣과 함께 프랑스를 공격했으나 실패한 후 타잉호아에서 근왕운동 조직을 위한 임무를 수행하였다.	베트남
75	쉬친	Từ Cần	徐勤	1873~ 1945	자는 군면(君勉), 호는 설암(雪庵)이다. 청말민초(淸末民初)의 학자이자 정치인이다. 중화민국 초기에 국회의원, 진보당 광동 지부장 등을 역임하였다. 1916년 쉬친은 광동에서 민군 봉기를 일으켜 위안스카이를 토벌하였다. 같은 해 광주해주사변이 발발하여 마카오로 이주하였다. 1927년 량치차오 등과 함께 중국헌정당을 건립하였다. 만년에 텐진(天津)에 거처하며 중국헌정당의 주석을 지냈다.	중국
76	펑즈요우	Phùng Tự Do	馮自由	1882~ 1958	본명은 무룡(懋龍) 자는 건화(健華)이고 본적은 광동(廣東)성 남해(南海)현이다. 일본의 요코하마(橫濱)에서 태어났다. 중국의 민주 혁명가이자 정치가, 역사가다. 신해혁명 시기 중국일보의 주필로 활동했으며 『혁명일사』라는 책을 썼다.	중국
77	천춘쉬엔	Sầm Xuân	岑春暄	1861~	자는 운계(云阶)이고 광서(廣西)성의 소수민족 장족(壯族)이며 청말민초	중국

연번	한글	베트남어	한자	생물	정보	국적
		Huyên		1933	의 중국의 정치가이다. 어렸을 때는 '경성의 세 불량배' 중의 한 사람으로 불렸으나 1879년 관직에 나아가 낭중에 임명되었다. 팔국연합군(八國聯合軍)이 베이징을 침입했을 때의 공이 있어서 섬서순무(陝西巡撫)로 발탁되고, 그 후에 사천총독(四川總督), 양광총독(兩廣總督), 우전부상서(郵傳部尙書) 등을 역임하였다. 후에 이쾅(奕劻), 위안스카이(袁世凱)와 권력 다툼을 벌이다 면직되었다. 민국(民國) 시기에 반원(反袁) 활동을 하였고, 일찍이 호법군정부(護法軍政府) 주석총재(主席總裁)를 지냈다.	
78	량치차오	Lương Khải Siêu	梁啓超	1873~1929	중국 청말 중화민국 초의 계몽 사상가이자 문학가로 번역, 신문·잡지의 발행, 정치학교의 설립 등 혁신운동과 변법자강운동에 힘썼다. 계몽적인 잡지를 발간해 신사상을 소개하고 애국주의를 고취해 중국 개화에 공헌하였다.	중국
79	오쿠마 시게노부	Đại Ôi Trọng Tín	大隈重信	1838~1922	근대 일본의 토대를 마련하고 와세다대학(早稻田大學)의 전신인 동경전문학교를 설립한 일본의 정치가이다. 입헌개진당(立憲改進黨)을 조직하여 민권운동을 추진하였고 2차례에 걸쳐 내각총리대신을 역임하였다.	일본
80	이누카이 쓰요시	Khuyển Dưỡng Nghi	犬養毅	1855~1932	일본의 정치가이자 총리를 역임한 인물로 오카야마(岡山) 현 출생이다. 다이쇼정변(大正政變)에 이은 제1차 호헌운동(護憲運動)의 선봉에 서서 '헌정의 수호신'이라는 호칭을 얻었다. 1931년 와카쓰키 레이지로(若槻禮次郎) 수상이 사임하자 그 뒤를 이어 총리가 되었다. 만주 사변을 일으켜 중국 만주를 점령하고 1932년에 쫓겨났던 청나라 황제 선통제(宣統帝)를 허수아비 황제로 하여 만주국을 세웠다. 1932년 도쿄에서 해군 장교들에 의해 일어난 5·15사건 당시에 해군 소위 구로이와 이사무(黒岩勇)의 총에 맞아 사망하였다.	일본
81	가시와바라 분타로	Bá Nguyễn Văn Thái Lang	柏原文太郞	1869~1936	일본 치바(千葉) 현 출신의 교육자이자 사회사업가이다. 동아동문회 설립에 힘썼으며 메지로(目白) 중학교 창립에서 실질적인 교장 직무를 역임하였다. 또한 중의원(衆議院) 의원으로서 중일 관계와 사학교육의 개선에 공적을 남겼다.	일본
82	도안 찌엔	Đoàn Triển	段展	1854~1919	베트남의 응우옌 왕조의 관원이자 작가이다. 본명은 도안 쫑 빙(Đoàn Trọng Vinh, 段仲榮)이고 자는 조안 타잉(Đoãn Thành, 尹誠), 호는 마이 비엔(Mai Viên, 梅園)이다. 하노이에서 태어났으며 부친은 한림원의 시강학사(侍講學士)였다. 1886년에 과거에 합격하여 여러 관직을 거쳐 1903년에 닝빙(Ninh Bình, 寧平)의 순무관을 역임하였다. 1914년에 협판대학사(協辦大學士)로 승진했으며 1916년에 치사(致事)하였다.	베트남
83	당 반 바	Đặng Văn Bá	鄧文柏	1873~1931	하띵(Hà Tĩnh)의 타익하(Thạch Hà)현에서 태어난 유신운동의 지사이다. 아버지는 당 반 끼에우(Đặng Văn Kiều, 鄧文喬, 1824~1881)이다. 당 반 바는 1900년에 거인이 되었으므로 그를 끄 당(Cử Đặng, 舉鄧) 혹은 끄 바(Cử Bá, 舉柏)라고도 불렀다. 1904년에 응에안-하띵에서 유신운동에 참여했으며 조양상관을 세운 이들 중 한 사람이기도 하다. 1921년(혹은 1916년이라고도 함)에 석방되어 사이곤에 머물렀다. 판 보이 쩌우와 함께 후에에 갔다가 고향으로 돌아가 1931년에 세상을 떠났다.	베트남
84	응우옌 특 까잉 /쩐 쫑 칵	Nguyễn Thúc Canh /Trần Trọng Khắc	阮式庚 /陳仲克	1884~1965	응에안에서 태어난 응우옌 특 까잉은 동 케(Đông Khê, 東溪) 응우옌 특 뜨(Nguyễn Thúc Tự, 阮式序)의 맏아들이며 응우옌 특 드엉(Nguyễn Thúc Đường, 1886~1916)과 응우옌 특 바오(Nguyễn Thúc Bao, 1896~1930)의 맏형이기도 하다. 베트남의 혁명지사로 중국에서 의사로 일하였다. 일본에 있을 때는 쩐 호우 꽁(Trần Hữu Công, 陳友功), 독일에 있을 때는 쩐 쫑 칵(Trần Trọng Khắc, 陳仲克)이라는 이름을 사용하였다.	베트남

연번	한글	베트남어	한자	생몰	정보	국적
85	동 케	Đông Khê	東溪	1841~1923	응우엔 왕조의 관리로 이름은 응우엔 특 뜨(Nguyễn Thức Tự, 阮式序)이고 동 케는 별호였다. 그의 세 아들 응우엔 특 까잉, 응우엔 특 뜨, 응우엔 특 바오 모두 베트남의 혁명 지사들이다. 동 케는 응에안 출신으로 어릴 적부터 학문에 탁월하고 애국심이 깊었다. 1868년에 거인이 되어 관직을 수행하다가 1884년에 모친의 장례를 치른 후 관직에서 물러나 고향에 머물며 학생들을 가르쳤다. 이후 함 응이 황제의 근왕운동에 참여했고 1886년에는 호엉케 의거에 뛰어들었다. 1895년 판 딩 풍 대장이 전사하자 전우들과 함께 숲속으로 철수하였다. 그러나 군대는 서서히 해산되고 말았다. 그는 고향으로 돌아가 동 케 학당을 열어 말년까지 인민 교육에 힘쓰다가 세상을 떠났다.	베트남
86	응우엔 디엔	Nguyễn Điển	阮典	?~?	응에명의 타잉끄엉(Thanh Cương, 靑岡) 현, 까오디엔(Cao Điền, 高田) 마을 출신이다.	베트남
87	응우엔 턴	Nguyễn Thận	阮慎	?~?	본명은 응우엔 뚜이엔(Nguyễn Tuyển)으로 응우엔 투엇(Nguyễn Thuật, 阮述, 1842~1911)의 맏아들이다. 호앙 호아 탐과 함께 전투에 참여했다가 사망하였다.	베트남
88	응우엔 트엉	Nguyễn Thường	阮常	?~?	응우엔 투엇의 둘째 아들이다. 꼰론섬에 유배되었다가 사망하였다.	베트남
89	응우엔 께	Nguyễn Kế	阮繼	?~?	응우엔 투엇의 동생으로 꼰론섬으로 추방되었다.	베트남
90	응우엔 티엔 또	Nguyễn Thiện Tổ	阮紹祖	?~?	응우엔 투엇의 적손으로 북경사관학교에서 유학하였다.	베트남
91	르엉 럽 냠	Lương Lập Nham	梁立岩	1885~1917	베트남 근대의 애국지사로 르엉 응옥 꾸이엔(Lương Ngọc Quyến, 梁玉春)이라고도 한다. 하노이의 부유한 가정에서 르엉 반 깐의 둘째 아들로 태어났다. 동생인 르엉 응이 카잉과 동유운동에 호응하여 일본에서 유학했으며 판 보이 쩌우의 지도 아래 진무학교에 입학하여 우등생으로 졸업하였다. 유학생 해산 명령 이후에는 중국으로 건너갔다. 1912년 월남광복회의 군사위원으로 활동했고, 캉유웨이와 량치차오의 사상에 영향을 받아 1914년에 남끼에 혁명 기지를 조직한 뒤 태국과 홍콩을 누비며 활동하였다. 그러던 중 1915년 홍콩에서 체포되어 하노이의 감옥에 수감되었다. 그는 감옥에 있으면서 프랑스 식민정부에 부역하는 베트남인들을 설득하여 1917년 8월 30일 봉기에 성공하였다. 그러나 고문으로 이미 몸이 만신창이가 되어 있던 그는 프랑스 군대의 대대적인 진압을 견디지 못하고 스스로 목숨을 끊고 말았다.	베트남
92	르엉 응이 카잉	Lương Nghị Khanh	梁毅卿	?~?	르엉 응이 카잉은 르엉 반 깐의 여덟 아들 중 한 명이다. 그는 동유운동으로 형인 르엉 럽 냠과 함께 일본으로 건너가 유학하였다. 유학생 해산 명령 이후에는 고학생이 되어 일본에 머무르다가 중국 관비생 자격을 얻어 일본 고등공업학교에 입학하였다. 그러나 폐병이 심해져 추운 일본을 떠나고자 홍콩에 들렀다가 체포되고 말았다. 이후 하노이로 호송되어 까오만 감옥에 수감되었다. 혹은 태국에 있던 부친을 만나기 위해 홍콩에서 캄보디아의 프놈펜으로 이동하다가 병을 이기지 못하고 30세에 사망했다고도 전한다.	베트남
93	르엉 깐	Lương Can	梁玕	1854~1927	르엉 반 깐(Lương Văn Can, 梁文玕) 혹은 르엉 응옥 깐(Lương Ngọc Can, 梁玉玕)은 자가 온 느(Ôn Như, 溫如), 호는 선 라오(Sơn Lão, 山老)이다. 베트남의 혁명가이자 동경의숙 설립자 중 한 사람이다. 하동(Hà Đông)성의 한 가난한 집안에서 태어나 어릴 적에는 생계를 위해 칠장이로 일하기도 했고 1874년에는 향시에 합격해 거인이 되었다. 1901년에 응우엔 꾸이엔(Nguyễn	베트남

연번	한글	베트남어	한자	생물	정보	국적
					Quyền, 阮權, 1869~1941) 등과 함께 동경의숙을 설립하였다.	
94	응우옌 하이 턴 /보 하이 투	Nguyễn Hải Thần /Võ Hải Thu	阮海臣 /武海秋	1869~ 1959	베트남 혁명동맹회의 창립자이자 지도자이다. 하동(Hà Đông)성에서 태어났으며 1905년에는 베트남을 떠나 판 보이 쩌우가 이끄는 동유운동에 참여하였다. 1912년에 월남광복회에 가입해 군사 지도를 맡았다. 1925년 판 보이 쩌우가 체포되자 여러 혁명가들과 혁명동맹회를 설립하였다.	베트남
95	응우옌 디엔	Nguyễn Điền	阮典	?~?	하동(Hà Đông) 출신으로 까오디엔 출신의 응우옌 디엔과는 다른 사람이다. 후에 프랑스 정부의 첩자 노릇을 하였다.	베트남
96	장타이엔 /장빙린	Chương Thái Viêm /Chương Binh Lân	章太炎 /章炳麟	1869~ 1936	장빙린(章炳麟)이라고 하며, 절강(浙江)성 여항(余杭) 현 출생이다. 호가 타이엔(太炎)이다. 쑨원(孫文)·황싱(黃興)과 함께 혁명삼존(革命三尊)이라 불렸으며 유학자로서도 유명하다. 처음에는 고증학(考證學)을 배우고 역사제도를 연구하였는데, 청일전쟁 다음해부터 정치운동으로 전향하였다. 1906년 중국혁명동맹회의 초대로 도쿄에 가서 기관지인 『민보(民報)』를 편집하고 집필하였다. 1911년 신해혁명 후 동맹회에서 탈퇴하고 위안스카이(袁世凱)에 의하여 잠시 감금되기도 하였다. 1917년 광저우(廣州) 혁명정부에 가담하였다가 1918년 이후에는 정계에서 물러났다.	중국
97	장지	Trương Kế	張繼	1882~ 1947	허베이(河北) 창현(滄縣) 사람으로 본명은 부(溥)이고, 자는 부천(溥泉), 서명은 박천(博泉), 자연생(自然生)이다. 중국 근대의 언론인이자 정치인으로 국민당(國民黨)의 원로이다. 1903년에 『소보(蘇報)』에 근무했고, 『국민일일보(國民日日報)』를 창간하였다. 1904년에 화흥회(華興會) 조직에, 1905년에 동맹회(同盟會) 조직에 힘을 보탰다. 더불어 『민보(民報)』 편집과 발간에도 참여하였다. 1912년에 남경임시참의원(南京臨時參議院) 의원(議員), 동맹회 교제부(交際部) 주임 간사를 맡았다. 1913년에 국회중의원(國會衆議院) 의장에 당선되었다. 2차 혁명 실패 후에는 일본으로 건너갔다.	중국
98	탕주에뚠	Thang Giác Đốn	湯覺頓	1878~ 1916	탕루이(湯睿)이다. 자가 각돈(覺頓), 호는 하암(荷庵)이다. 중화민국의 정치인으로 일찍이 만목초당에서 캉유웨이로부터 가르침을 받았으며 무술변법에 참여하였다. 무술정변 후에 일본으로 건너갔다가 1900년에 중국으로 잠입하여 탕차이창(唐才常)의 자립회(自立會)에 가담하였다. 그러나 봉기가 실패하자 다시 일본으로 망명해 요코하마 대동학교에서 교편을 잡은 동시에 경제학을 공부하였다. 중화민국 성립 후에는 베이징 정부 재무부 고문, 중국은행 총재를 역임하였다. 위안스카이의 칭제를 반대하다가 사직하고 물러났다. 1916년 광저우 하이주(海珠) 경찰서의 연회회의에 참석했다가 습격을 받아 숨졌다.	중국
99	장원콴	Trang Uẩn Khoan	莊蘊寬	1866~ 1932	창저우(常州) 사람으로 자는 사함(思緘)이고 호는 포굉(抱閎), 무애거사(無㝵居士)다. 청말민초(清末民初) 시기의 관리이자 교육가로 1890년에 부공(副貢)으로 뽑혔다. 벼슬은 심양서원(瀋陽書院)의 주강(主講), 백색청동지(百色廳同知), 오주부지부(梧州府知府), 태평사순병비도(太平思順兵備道), 광서룡주변방독판(廣西龍州邊防督辦) 등을 역임하였다. 또한 무성학당(武城學堂), 무비학당(武備學堂), 오주중학당(梧州中學堂) 등을 설립하였다. 신해혁명(辛亥革命) 후에 강소도독(江蘇都督), 심계원(審計院) 원장을 지내고, 『강소통지(江蘇通志)』의 총편찬(總編纂)을 맡았다.	중국
100	인청환	Ân Thừa Hiến	殷承瓛	1877~ 1945	청말민초의 군인이자 정치가이다. 중국동맹회(中國同盟会)에 속한 혁명파 인물로 후에 운남파(雲南派)가 되어 호국 전쟁에 참가하였다. 자는 숙환(叔桓)이다. 1903년 일본에 유학하여 동경진무학교(東京振武学校)를 거쳐 육군사관학교 제5기 공병과(工兵科)에서 수학하였다. 이때 중국동맹회	중국

연번	한글	베트남어	한자	생물	정보	국적
					에 가입하였다, 귀국 후, 윈남의 신건육군(新建陸軍) 제19진에 가입하여, 정참모관(正参謀官), 정참의(正参議) 등을 역임하였다.	
101	양전홍	Dương Chấn Hồng	杨振鸿	1874~1909	자는 추범(秋帆), 별호는 지복(志復), 복시(福什)며 윈난(雲南)의 쿤밍(昆明) 사람이다. 중국의 민주혁명가로 마위(馬毓), 황위잉(黃毓英)과 함께 '윈남혁명삼걸(云南革命三杰)'로 불린다. 1903년 일본으로 유학을 떠나 진무학교에서 군사를 학습하였다. 1905년 쑨원을 만나 중국동맹회에 가입하였다. 그는 1906년 귀국길에 프랑스의 베트남 침공과 윈난 침입, 그리고 진월철로(滇越铁路) 연변의 상황을 조사하였다. 귀국한 후에는 공학회(公学会)를 설립하고 윈난의 인민들에게 프랑스와 영국의 침략자들에 대해 저항하자고 호소하였다. 1907년 미얀마를 거쳐 일본 도쿄에 도착해서 다시 진무학교에 입학하였다. 쑨원을 도와 여러 차례 봉기를 계획했지만 실패했고 1908년 허커우(河口) 봉기 때 다시 귀국했으나 그 역시 실패하였다. 그는 미얀마 양곤으로 옮겨 『광화일보(光华日报)』를 설립하고 혁명을 선전하였다. 1908년 겨울에 윈난으로 돌아와 봉기를 일으키고자 했으나 누설되어 실패로 끝났으며 1909년 1월에 세상을 떠났다.	중국
102	자오선	Triệu Thân	趙伸	1875~1930	자는 직재(直齋), 호는 웅비(雄飛)이고 윈난(雲南)의 쿤밍(昆明) 사람이다. 신해혁명의 혁명공신(革命功臣)이다. 1903년 윈남고등학당에 입학했고 1904년 당국에 의해 선발되어 일본의 세이죠학교에서 유학하였다. 1905년에 중국동맹회에 가입했고 1906년에는 윈남동맹회원 13인과 함께 도쿄에서 진보단체인 '윈남유일동향회(云南留日同乡会)'를 설립하고 혁명잡지 『윈남(云南)』을 창간하였다. 1908년 윈남독립회를 창설해 허커우(河口)에서 일어난 봉기에 호응하고 청 정부가 베트남에 주둔한 프랑스군과 비밀리에 교섭해 혁명을 진압하려 하는 음모를 폭로하였다. 중화민국 성립 후에 중국동맹회 윈난지부 부지부장과 윈난성 의회의 의장을 역임했고 『천남일보(天南日報)』를 창간해 민주공화사상을 선전하였다. 1917년 윈난성 정부 재정이사로 부임하고 1919년 윈난 조폐공장장이 되었다. 1922년 국회의원에 당선돼 베이징으로 부임했고 1924년 고향으로 돌아와 수리국(水利局) 국장을 맡았다. 1930년 병사하였다.	중국
103	쑨원	Tôn Văn	孫文	1866~1925	중국의 외과 의사이자 정치가이며 신해혁명을 이끈 혁명가, 중국국민당(中國國民黨)의 창립자이다. 호는 일선(逸仙), 자는 덕명(德明), 별명은 중산(中山)이다. 광둥성 출신으로 홍콩에서 의학교를 졸업하였다. 재학 중에 혁명에 뜻을 품고 1894년 미국 하와이에서 흥중회를 조직하여 이듬해 광저우에서 최초로 거병했으나 실패를 제창하였다. 그 후 삼민주의를 착상, 이를 제창하였다. 1905년 일본 도쿄에서 유학생, 화교들을 중심으로 중국혁명동맹회를 결성하고 반청 혁명운동을 전개하였다. 1911년 쑨원은 난징에서 신해혁명을 크게 성공시킴으로써 1912년 1월 1일 중화민국 임시대총통이 되었다. 그러나 북양군벌의 거두 위안스카이와 타협하고 3월 1일 위안스카이에게 실권을 위임하였으며 3월 10일에는 급기야 대총통직을 넘겨주었다. 같은 해 '제2혁명'에서 실패하여 일본으로 망명, 이듬해 중화혁명당을 결성하여 반원(反遠)운동을 계속하였다. 1917년 광저우에서 군정부를 수립, 대원수에 취임하며 1919년 중화혁명당을 개조해 중국 국민당을 결성하였다. 1924년 국민당대회에서 '연소, 용공, 농공부조'의 3대 정책을 채택해 제1차 국공합작을 실현시켰다. 이어 '북상선언'을 발표하고 '국민혁명'을 제창, 국민회의를 주장했으나 이듬해 베이징에서 병사하고 말았다.	중국
104	홍콩 주재 독일 영사관 /보렛	Vô-rét	Vorestch	?~?	이 독일 영사관은 보렛(Vô-rét, Vorestch)으로 1912년 말 신용장을 발급하여 끄엉 데를 도왔다. 1914년 말에 그는 유럽에서 다시 돌아와 베이징에서 끄엉 데를 다시 만났다.	독일

연번	한글	베트남어	한자	생몰	정보	국적
105	호소카와 모리시게	Tế Xuyên Hộ Thành	細川護成	1868~1914	1885년 영국, 프랑스에 유학하였다. 1893년에 아버지 호소카와 모리히사(細川護久, 1839~1893)가 사망하자 가독(家督)을 상속받았다. 이에 따라 작위를 습작(襲爵)하여 1894년에 귀족원 의원에 취임하였다. 평소 동아시아 문제에 관심을 두어 도쿄(東京)·메지로(目白)의 동아동문서원(東亜同文書院) 제2대 원장을 역임하였다. 이후 동아동문회 부회장으로서 중국 각지를 순유하였다. 중국 유학생을 위해 노력했으며 중국과 일본의 친선을 위해 힘썼다.	일본
106	후쿠시마 야스마사	Phúc Đảo Yên Chính	福島安正	1852~1919	일본의 육군이자 화족이다. 최종 계급은 육군 대장이었고 작위는 남작이었으며 뛰어난 정보장교였다. 1878년에 육군 사관 시험에 합격하여 중위가 되었으며 1887년에 육군 소령으로 승진하여 독일 베를린 공사관에 주재하였다. 1892년 귀국 시에 여행을 구실로 베를린에서부터 시베리아까지 말을 타고 이동하며 현장을 조사하였다. 이를 '시베리아 단기횡단(單騎横斷)'이라고 부른다.	일본
107	네즈 하지메	Căn Tân Nhất	根津一	1860~1927	일본의 교육자이자 육군 군인으로 청일전쟁에 종군하는 한편 상하이 청일무역연구소를 운영하면서 상하이 동아동문서원의 초대·제3대 원장을 역임하여 중일 사이에서 활동할 인재를 양성하기 위해 노력하였다.	일본
108	레 시에우 뚱	Lê Siêu Tùng	黎超松	1875~1951	레 다이(Lê Đại)라고 불리며 자가 시에우 뚱(Siêu Tùng)이고 호는 뜨 롱(Từ Long)이다. 베트남의 시인이자 애국지사이다. 하동(Hà Đông)성에서 태어나 어려서부터 총명했으나 향시에 여러 차례 낙방하였다. 1906년 유신회 및 동유운동에 합류하였다. 1907년 르엉 반 간의 요청에 응하여 동경의숙 설립과 교과서 개발에 참여하였다. 1908년 하타잉(Hà Thành) 독살 사건에 연루되어 종신형을 선고받고 콘론섬으로 추방되었으나 1925년 풀려났다.	베트남
109	응우옌 타이 밧 /응우옌 퐁 지	Nguyễn Thái Bạt /Nguyễn Phong Di	阮泰拔 /阮豐貽	1889~?	본명은 응우옌 타이 밧으로 1889년 타잉호아(Thanh Hóa)에서 태어났다. 동유운동으로 일본으로 건너가 아사바 사키타로(浅羽佐喜太郎)의 도움으로 동문학교에서 공부하였다. 동유운동이 탄압받았을 때 중국으로 피신하는 판 보이 쩌우와 끄엉 데를 호송한 것이 응우옌 타이 밧이었다. 북경군수학교에서 유학했으나 애국운동이 잇달아 실패하자 귀국하였다. 이후 과거 시험에 합격해 정원진사(庭元進士)가 되어 '정원 응우옌 퐁 지'라고도 불렸다. 관직에 오른 지 오래않아 병을 얻어 사망하였다.	베트남
110	팜 반 떰	Phạm Văn Tâm	范文心	?~?	남끼 사람으로 월남상단공회의 회장을 역임하였다. 영어와 불어에 능통하였으며 세계정세에도 밝았다.	베트남
111	늉	Nhung	戎	?~?	프랑스 영사관의 통역 담당이자 식민정부의 끄나풀 노릇을 하였다.	베트남
112	당 쫑 홍	Đặng Trọng Hồng	鄧仲鴻	?~?	동유운동으로 일본에 유학한 베트남인 청년 중 한 사람이다.	베트남
113	당 뜨 먼 /당 쑹 홍	Đặng Tử Mẫn /Đặng Xung Hồng	鄧子敏 /鄧冲鴻	1887~1938	당 뜨 먼은 당 도안 방(Đặng Đoàn Bằng)이라고도 하고 해외에서 활동하면서부터는 당 흐우 방(Đặng Hưu Bằng) 혹은 당 쑹 홍(Đặng Xung Hồng)이라는 이름으로도 불렸다. 그는 베트남의 혁명 활동가이자 문학가로 1887년 남딩(Nam Định)의 가난한 유학자 집안에서 태어났다. 젊은 시절부터 문장으로 명성이 있었는데 신서(新書)를 읽은 후 동유운동에 호응하여 일본으로 건너가 고학생 생활을 하였다. 그러나 1908년 일본과 프랑스의 조약에 따라 동아동문서원과 공헌회에 대한 해산 명령이 내려져 유학생들은 일본에서 추방당하였다. 이에 따라 당 뜨 먼은 중국으로 건너가 월남광복회에 참여하며 혁명 활동을 이어갔다. 그가 남긴 작품 중 한문으로	베트남

연번	한글	베트남어	한자	생몰	정보	국적
					쓴 『월남의열사』는 대표판 보이 쩌우가 수정하고 응우엔 트엉 히엔이 서문을 달아 1918년 중국에서 출판하였다.	
114	당 꾸옥 끼에우	Đặng Quốc Kiều	鄧國喬	?~?	동유운동으로 일본에 유학한 베트남인 청년 중 한 사람이다.	베트남
115	응우엔 티엔 투엇	Nguyễn Thiện Thuật	阮善述	1844~1926	자는 마잉 히에우(Mạnh Hiếu, 孟孝)이며 딴 투엇(Tán Thuật, 贊述)이라고도 불렸다. 1844년 하이즈엉(Hải Dương, 海陽)에서 응우엔 짜이(Nguyễn Trãi, 阮廌, 1380~1442)의 후손으로 태어났으며 1874년에 관직 생활을 시작하였다. 1882~1883년 프랑스가 박끼를 침략하자 응우엔 티엔 투엇은 조정에 항명하고 프랑스에 저항하기로 결심하였다. 이에 1883년부터 의병을 모집하여 항전을 계속 이어갔다. 그러나 1888년 프랑스에 의해 진압되자 그는 군 지휘권을 넘기고 중국으로 건너가 똔 텃 투이엣(Tôn Thất Thuyết)과 만나 증원을 논의하였다. 그러나 실패로 돌아가고 말았다.	베트남
116	띠엔 득	Tiền Đức	前德	?~?	응우엔 티엔 투엇의 부하로 원래는 해적이었으나 후에 근왕당에 소속되어 제독이 되었다. 근왕운동의 실패 후 응우엔 티엔 투엇을 따라 중국으로 건너갔다.	베트남
117	쩐 끼 퐁	Trần Kỳ Phong	陳奇鋒	1872~1941	빙선(Bình Sơn, 平山) 현 사람으로 1888년 수재가 되어 고향에 학당을 열고 선생 노릇을 하였다. 이후 판 보이 쩌우를 만나 1906년에 유신회 설립을 추진하고 1908년에는 조세 저항 운동에 뛰어들었다. 그러나 체포되어 사형 선고를 받았다가 종신 노역형을 살고 1909년에는 13년형으로 감형, 꼰론섬으로 추방되었다. 감옥에서 풀려난 후 신월남당이라는 애국 단체를 결성하고 혁명 활동을 지속하였다.	베트남
118	량산치	Lương Tam Kỳ	梁三奇	?~?	원래 베트남 북부에서 활동하던 토비(土匪)의 수령이었다. 중국 친저우(欽州) 출신으로 흑기군의 장수였고 류용푸의 부장이다. 량산치는 타이응우엔(Thái Nguyên, 太原) 일대를 점령하고 빙푹(Vĩnh Phúc, 永福)까지 세력을 확장했는데 당시 그의 무리는 1,000자루 이상의 소총으로 무장하고 있었을 만큼 강했다고 한다. 똔 텃 투이엣이 근왕운동을 추진했을 때 량산치가 이에 호응하였다. 그러나 함 응이 황제가 체포되고 프랑스의 탄압이 강화되자 량산치는 토지를 분할 받는 조건으로 항복하였다.	중국
119	쩐 동 하잉 /쩐 티엔	Trần Đông Anh /Trần Thiện	陳東英 /陳善	?~?	선 떠이(Sơn Tây)의 동지로 판 보이 쩌우와 비밀결사를 함께 했던 인물이다.	베트남
120	데 꽁	Đề Công	提功	?~?	근왕당의 장수로 거사 실패 이후에도 프랑스에 항복하지 않았던 인물이다.	베트남
121	데 끼에우	Đề Kiều	提喬	1855~1915	본명은 호앙 반 투이(Hoàng Văn Thúy)이다. 근왕운동에 일찍이 호응했던 장수 중 한 사람이다. 이후 프랑스의 협박에 이기지 못하고 항복하였다. 그러나 프랑스 정부가 부여하는 관직에는 종사하지 않았으며 타잉 타이 황제에 의해 영용(英勇) 장군의 칭호와 삼품(三品)의 직함으로 추대되었다. 프랑스 정부에 의해 독살당하였다.	베트남
122	뚱 남	Tùng Nam	松岩	?~1910	팜 반 응온(Phạm Văn Ngôn)은 동유운동 지사로 그의 호가 뚱 남이다. 1900년대에 당 타이 턴(Đặng Thái Thân)과 함께 동유운동을 위해 적극적으로 활동하였다. 그는 동생인 팜 즈엉 년(Phạm Dương Nhân)을 판 보이 쩌우를 따라 일본으로 가게하고, 자신은 북부의 상류와 응에띵의 산간에서 활동하였다. 1909년 응에안에서 은밀하게 활동하던 그는 프랑스 정부에 의해 체포되어 꼰론섬으로 추방당했다가 1910년 그곳에서 사망하였다.	베트남

연번	한글	베트남어	한자	생몰	정보	국적
123	호앙 하잉	Hoàng Hành	黃衡	?~1942	꼰론섬으로 유배되었다가 풀려난 뒤 후에에서 판 보이 쩌우와 함께 살았다. 판 보이 쩌우가 사망한 후 남단(Nam Đàn)의 고향으로 돌아가 1942년에 사망하였다.	베트남
124	레 젓 쭉	Lê Dật Trúc	黎逸竹	?~?	판 보이 쩌우와 마이 라오 방이 홍콩에서 만났을 때 베트남 국내에서 유신회 천주교 대표로 나온 마이 라오 방과 동행하였던 청년 중 한 사람이다.	베트남
125	부 펀	Vũ Phấn	武奮	?~?	옹에띵의 습병으로 이후 옹우엔 쭈이엔과 함께 습병 대장이 되어 하띵성 공격을 지휘하였다.	베트남
126	옹우엔 쭈이엔	Nguyễn Truyền	阮傳	?~?	옹에띵의 습병으로 이후 부 펀과 함께 습병 대장이 되어 하띵성 공격을 지휘하였다.	베트남
127	리 번 선	Lý Vân Sơn	李雲山	?~?	박닝(Bắc Ninh, 北寧) 출신의 베트남인 청년으로 판 보이 쩌우가 중국과 일본을 오갈 때 동행하였다.	베트남
128	르우 엄 싱	Lưu Ấm Sinh	劉蔭生	?~?	후에(Huế, 化) 출신의 베트남인 청년으로 판 보이 쩌우가 중국과 일본을 오갈 때 동행하였다.	베트남
129	옹우엔 반 꾸	Nguyễn Văn Cu	阮文俱	?~?	옹우엔 투엇의 손자로 6세 나이에 유학을 떠났다.	베트남
130	쩐 반 뚜이엣	Trần Văn Tuyết	陳文雪	?~?	쩐 찌에우의 아들로 홍콩의 천주교 학교에서 공부하였다.	베트남
131	쩐 찌에우	Trần Chiểu	陳照	1868~1919	쩐 짜잉 찌에우(Trần Chánh Chiếu)로 길버트(Gilbert) 찌에우라고도 불렸다. 호는 꽝 후이(光輝)다. 베트남의 문학가이자 언론인, 개혁가였다. 그는 자익자(Rạch Giá)의 부유한 가정에서 태어나 사이곤의 아드랑(Adran) 중학교에서 공부하였다. 1900년 그는 가산의 일부를 사이곤의 신문사에 제공하고 유신운동에도 참여하였다. 판 보이 쩌우와 만난 뒤에는 많은 청년이 일본에서 공부할 수 있도록 노력했으며 판 보이 쩌우의 작품들을 널리 보급하는 데에도 힘썼다. 1908년에 동유운동에 연루된 혐의로 투옥되었으나 1909년에 풀려났다. 이후 그는 고향으로 돌아가 가산을 정리하고 사이곤에 상점을 차려 판 보이 쩌우와 끄엉 데의 활동을 도왔다.	베트남
132	쩐 반 딩	Trần Văn Định	陳文定	?~?	남끼 출신의 청년으로 일본에서 유학하였다. 1908년에 남끼 사람 중에 「경고전국문(敬告全國文)」과 「기외후애고남기부로문(圻外侯哀告南圻父老文)」에 감응하여 해외로 나간 사람이 많았는데 그중에서도 쩐 반 딩의 열정이 대단하였다.	베트남
133	부이 몽 부	Bùi Mộng Vũ	裴夢雨	?~?	부이 찌 뉴언(Bùi Chi Nhuận)이라고도 한다. 떤안(Tân An) 출신으로 생몰년은 알려지지 않았다. 1907년 일본으로 유학을 떠났으나 1908년 일본에서 추방되어 태국으로 건너갔다. 당시 끄엉 데가 태국의 사원에 머물고 있었으므로 그가 회계를 담당하여 구국을 위한 자금을 모았다. 1913년 태국에서 체포되었고 베트남으로 송환되어 종신형을 선고받고 꼰론섬으로 추방되었다. 석방 후 고향으로 돌아와 약재를 다루며 살았다.	베트남
134	까오 쭉 하이	Cao Trúc Hải	高竹海	?~?	박끼 하노이 출신 유학생으로 처음에는 일본에서 프랑스 의학교에 들어가 의학을 배웠으며 프랑스어에 능통하여 번역 활동을 하기도 하였다. 유학생 해산 명령에도 고국으로 돌아가지 않고 일본에 남았다. 이후 요코하마에 있는 한 회사에서 서기로 일하였으나 천연두로 인해 죽었다.	베트남
135	팜 쩐 이엠	Phạm Chấn Yêm	范振淹	?~?	박끼 출신의 청년으로 동유운동에 호응하여 일본으로 향했다. 월남공헌회에서 수입과 지출 및 저축 관련 사무를 담당하였다. 홍콩에서 사망했다.	베트남
136	담 끼 싱	Đàm Kỳ	譚其生	?~?	박끼 출신의 유학생으로 담 꾸옥 키라고도 한다. 본래 유서 깊은 집안에서	베트남

연번	한글	베트남어	한자	생물	정보	국적
	/담 꾸옥 키	Sinh /Đàm Quốc Khí	/譚國器		태어났으며 한문에 능통하고 프랑스어도 할 수 있었다. 처음 병오헌을 도쿄로 옮겼을 때 60여 명이 모여 살았는데 담 끼 싱은 스스로 주방 일을 맡았기에 동료들이 그를 '내무부 장관'이라는 별명으로 부르기도 하였다. 유학생 해산 명령 이후 그는 일본 건축회사에서 일하며 모은 돈으로 총을 구입하였다. 베트남으로 돌아가 응오 하이와 함께 폭동을 일으킬 계획이 있었기 때문이다. 그러나 계획을 실행하지 못하고 체포되었으며 종신형을 선고받아 까오방에 유폐되었다.	
137	응우엔 꾸잉 럼	Nguyễn Quỳnh Lâm	阮瓊林	?~?	하띵 사람으로 15세에 해외로 나와 유학하였다. 유학생 해산 이후 일본에 남아 고학생이 되었다가 이후 중국으로 가서 광둥 부대에 들어가 전투를 익혔다. 병영에서 나온 뒤에는 화기 제조법을 연구하여 화약을 만들었다. 1909년에 무기를 수송하다가 홍콩에 있던 영국 경찰에 붙잡혀 수감되기도 하였다. 1913년에는 황성의 휘하로 들어가 전투에 임했으나 난징에서 총에 맞아 사망하였다.	베트남
138	브엉 툭 꾸이	Vương Thúc Quý	王叔貴	1862~ 1907	프랑스에 저항한 베트남 지식인으로 동유운동과 동경의숙에 모두 참여하였다. 고향은 응에안이고 근왕운동에 참여했던 브엉 툭 머우(Vương Thúc Mậu)의 아들이다. 어렸을 때부터 총명했고 1891년에 수재가 되었다. 1901년 판 보이 쩌우와 브엉 툭 꾸이는 20여 명의 사람을 모아 비밀리에 응에안을 점유할 계획을 세웠는데 기밀이 유출되어 피신하였다. 고향으로 돌아온 그는 학당을 열어 제자를 길렀다. 호 찌 밍 주석이 그의 제자 중 한 사람이기도 하다. 1904년 판 보이 쩌우가 유신회를 설립하자 브엉 툭 꾸이도 참여해 고향에서 활동하며 청년들의 일본 유학을 도왔다. 1907년에는 동경의숙에 호응하여 신서를 모아 도서관을 지었다. 1907년 일본으로 향하던 그는 병 때문에 고향으로 돌아와야 했으며 회복하지 못하고 세상을 떠났다. 그의 아들인 브엉 툭 오완은 베트남 청년혁명회의 창립 멤버로 판 보이 쩌우의 딸과 혼인하였다.	베트남
139	브엉 툭 머우	Vương Thúc Mậu	王叔茂	?~ 1886	근왕운동에 참여한 베트남의 지식인으로 응에안 출신이다. 1885년 근왕운동에 뛰어들어 함 응이 황제로부터 검을 하사받기도 하였다. 1886년 프랑스 군대의 집중공격을 받아 총에 맞아 사망하였다. 브엉 툭 꾸이는 그의 아들이고 브엉 툭 오완(Vương Thúc Oánh, ?~1962)은 그의 손자로 모두 구국운동에 참여한 애국자들이다.	베트남
140	까오 탕	Cao Thắng	高勝	1864~ 1893	까오 탕은 판 딩 풍(Phan Đình Phùng, 潘廷逢, 1847~1895)의 보좌관이자 흐엉케(Hương Khê) 의거의 뛰어난 지휘관이다. 하띵 지역의 농가에서 태어났으며 불과 10세였을 때부터 프랑스 저항 운동에 참여하였다. 1886년에는 판 딩 풍의 운동에 참여해 총기 제작에 힘썼다. 1893년 타잉쯔엉(Thanh Chương)의 기지에서 피엔(Phiến, 片)이라는 적장의 계략에 당하여 총에 맞아 사망하였다.	베트남
141	꽌 바오	Quản Bảo	管寶	?~?	까오 탕의 복수를 위해 1894년 반 선(Vạn Sơn)에 매복하여 전투를 준비하였다. 결국 응우엔 바오(Nguyễn Bảo) 즉, 꽌 바오가 피엔을 죽여 복수에 성공하였다.	베트남
142	못 피엔	Một Phiến	沒片	?~?	까오 탕을 죽음으로 몬 프랑스인 적장이다. 베트남인이 멸시의 의미로 피엔의 이름에 '못'을 붙여 '못 피엔'이라고 불렀다. 까오 탕 죽음 이후 꽌 바오의 복수로 사망하였다.	프랑스
143	르엉 반 타잉	Lương Văn Thành	梁文成	?~?	베트남 국내에서 지현으로 있다가 관직을 버리고 홍콩과 요코하마로 판 보이 쩌우의 일행을 찾았다. 르엉 반 타잉의 애국심에 감동해 판 보이 쩌우는 그의 행동을 「쾌문일칙(快聞一則)」에 실어 칭찬했으나 얼마 지나지 않	베트남

연번	한글	베트남어	한자	생몰	정보	국적
					아 르엉 반 타잉은 자신을 찾아 홍콩에 온 부인을 따라 곧장 귀국해버렸다.	
144	즈자이 /자오션	Trúc Trai /Triệu Thân	直齋 /趙伸	1875~ 1930	자오션(趙伸)의 자가 즈자이(直齋)이고 호는 시웅페이(雄飛)이다. 신해혁명 때 공로가 컸던 혁명공신이다. 윈난 쑹밍(嵩明) 현 사람으로 1903년에 운남고등학당에 입학하였다. 1904년에는 당국에서 의해 선발되어 일본으로 건너가 세이조(成城)학교에서 공부하였다.	중국
145	쩐 반 안	Trần Văn An	陳文安	?~?	남끼 출신의 유학생으로 일본 와세다 대학을 졸업하였다. 그는 후에 끄엉 데와 지내기도 했고 일본이 동양을 점령했을 때에는 이름을 쩐 히 타잉으로 바꾸고 친일단체를 설립한 적도 있다. 이후 광둥에서 응우옌 뜨엉 땀(Nguyễn Tường Tam)의 무리에게 죽임을 당하였다.	베트남
146	쩐 반 트	Trần Văn Thư	陳文書	?~?	남끼 출신의 유학생으로 이후 태국에 갔다가 폐병으로 죽었다.	베트남
147	호앙 비 훙	Hoàng Vĩ Hùng	黃偉雄	?~?	남끼 출신의 유학생으로 해외 유학생 가운데 최연소 학생이었다. 중국 북경 사관학교에 입학하여 졸업을 앞두고 병으로 죽었다.	베트남
148	부 먼 끼엔	Vũ Mẫn Kiến	武敏建	?~?	해외에서 유학한 베트남인 청년으로 처음 베트남에서 홍콩으로 나와 판 보이 쩌우를 만났다. 이후 유학생 운동과 관련하여 홍콩 사무소에서 일을 전담하면서 베트남 국내에서 나온 청년들을 일본 등지로 보냈다. 또한 그는 1915년에 응우옌 하이 턴과 함께 수십 명을 이끌고서 랑선 부근에서 프랑스 군부대를 습격하였다. 그러나 군인 한 명이 부상을 입은 데서 그쳐 계획은 실패하고 말았다.	베트남
149	나베시마 나오히로	Oa Đảo	鍋島 直大	1846~ 1921	메이지 및 다이쇼 시대의 관료로 작위는 후작이었다. 사가의 번주인 나베시마 나리마사(鍋島齊正)의 차남으로 태어나 메이지 유신 이전에는 모치자네(茂実)라는 이름을 사용하였다. 1861년에 부친의 은거로 번주의 지위에 앉게 되었다. 보신 전쟁에서는 사가 번의 병사를 지휘하였다. 이후 메이지 정부에서 일했고 1871년에 영국으로 유학을 갔다. 1880년에 주이탈리아 왕국 특명전권공사로 임명되었다. 1882년에 귀국하여 원로원의관, 궁중 고문관, 귀족원의원, 황전강구소장(皇典講究所長) 등을 역임하였다.	일본
150	쓰네야 세이후쿠	Hàng Ốc Thịnh Phục	恒屋盛服	1855~ 1909	일본 무츠(陸奧) 지역 출신으로 메이지 시대의 민족주의자이다. 청일전쟁이 발발하자 망명 중인 박영효(朴永孝)와 함께 조선에 건너가 조선의 내정 개혁에 관여하였다. 동아동문회 간사를 맡았으며 국민동맹회를 조직하고 러일전쟁을 이끌었다.	일본
151	토토키 와타루	Thập Thời Di	十時彌	1874~ 1940	일본의 교육자로 후쿠오카에서 태어났다. 도쿄제국대학 문과대학 철학과를 졸업했으며 학습원(学習院)과 제삼고등학교(第三高等学校)에서 학생을 가르쳤다. 1922년에 사회학 연구를 위해 구미에서 유학했고 1923년에는 신설한 히로시마고등학교(広島高等学校) 교장에 취임, 1932년에는 제오고등학교(第五高等学校)의 교장으로 옮겼다.	일본
152	탄바	Đan Ba	丹波	?~?	동아동문서원의 군사학 주임으로 러일전쟁 당시 육군소좌로 충원되었다가 퇴역하였다.	일본
153	당 빙 타잉	Đặng Bình Thành	鄧秉誠	?~?	남끼 출신의 일본 유학생으로 월남공헌회의 경제부 위원을 맡았다. 당 빙 타잉은 프랑스어와 한문에 모두 능통하였다. 호앙 꽝 타잉과 함께 유신회의 자금 조달 임무를 맡아 일본에서 홍콩을 거쳐 베트남 국내로 들어가려 하였으나 발각되었다. 프랑스 관원에게 지니고 있던 문건을 빼앗기고 감옥으로 보내져 3년형을 살았다.	베트남
154	호앙 꽝 타잉	Hoàng Quang	黃光成	?~?	남끼 출신의 일본 유학생으로 월남공헌회의 기율 위원을 맡았다. 여러 남끼 청년들 중에서도 특히 뛰어난 인재였다. 당 빙 타잉과 함께 유신회의 자금	베트남

연번	한글	베트남어	한자	생물	정보	국적
		Thành			조달 임무를 맡아 일본에서 홍콩을 거쳐 베트남 국내로 들어가려 하였으나 발각되었다. 프랑스 관원에게 지니고 있던 문건을 빼앗기고 감옥으로 보내져 당 빙 타잉과 마찬가지로 3년형을 살았다.	
155	판 테 미	Phan Thế Mỹ	潘世美	?~?	월남공헌회의 교제부 위원을 맡아 외국인과의 교섭과 베트남인을 맞이하고 전송하는 일을 전담하였다.	베트남
156	람 꽝 쭝 /보 꽌	Lam Quảng Trung /Võ Quán	藍廣忠 /武慣	?~ 1913	꽝응아이(Quảng Ngãi, 廣義) 지역 출신으로 원래 이름은 보 꽌이다. 동유운동으로 일본에서 유학했으며 판 보이 쩌우가 조직한 월남공헌회에서 교제부 위원을 맡았다. 일본의 유학생 해산 명령 이후에도 일본에 남아 고학생으로 지내다가 다시 중국으로 건너가 북경사관학교에 입학하였다. 졸업한 뒤에는 위안스카이에게 여비를 요청해 중국과 베트남의 국경을 답사하였다. 그러나 이 일로 병을 얻어 요양하게 되자 자책이 심해져 스스로 강물에 투신하여 생을 마감하였다.	베트남
157	호앙 쫑 머우 /응우옌 득 꽁	Hoàng Trọng Mậu /Nguyễn Đức Công	黃仲茂 /阮德功	1874~ 1916	월남공헌회의 문서부 위원이다. 본명은 응우옌 득 꽁(Nguyễn Đức Công), 자는 바우 투(Báu Thụ)이며 응에안이 고향이다. 매우 지적인 사람으로 한문에 능통하였을 뿐 아니라 회화도 유창하여 마치 베이징 사람이라고 착각할 정도였다고 한다. 1902년 일본으로 건너가 동아동문서원에서 일본어, 과학, 군사 등을 공부하였다. 1908년 추방되어 중국 베이징으로 몸을 옮겨 사관학교에서 공부하고 중화혁명당 사람들과 사귀며 혁명 전략에 특별한 관심을 두게 되었다. 1912년 월남광복회에 참여했으며 판 보이 쩌우 저서인 『월남국사고(越南國史考)』의 주석과 서문을 담당하기도 하였다. 프랑스의 기록에 따르면 1915년에 주이 떤 황제에 의해 베트남 정주군의 총사령관으로 임명되어 1916년 주이 떤 봉기를 준비했다고 한다. 그러나 이후 홍콩 항구에서 체포되어 하노이에 수감, 결국 사형에 처해졌다.	베트남
158	당 응오 런	Đặng Ngô Lân	鄧梧鄰	?~?	월남공헌회의 문서부 위원을 맡아 각종 문서 수발과 서한의 보존과 발송 등을 전담하였다.	베트남
159	호앙 흥	Hoàng Hưng	黃興	?~?	베트남 남끼 출신으로 일본에서 유학하였다. 월남공헌회의 문서부 위원이 되어 각종 문서 수발, 서한 보존, 서한 발송 등의 일을 전담하였다. 1908년 일본과 프랑스의 협약으로 인해 베트남 유학생에 대한 해산 명령이 내려졌음에도 불구하고 마지막까지 귀국을 원하지 않았다. 일본에 남은 호앙 흥은 고학생으로 지내다가 약 반년 뒤에 홍콩으로 건너갔다. 홍콩에서 폭탄을 직접 제조하며 소요를 꾀하다가 결국 영국 정부에 체포되었다. 이후 프랑스 측에 인도되어 꼰론섬에 유배되었다가 고향으로 돌아갔다.	베트남
160	마이 라오 방	Mai Lão Bạng	枚老蚌	1866- 1942	마이 라오 방은 지아 쩌우(Già Châu, 㻩珠)로 불리던 인물로 천주교 신자이자 유신운동, 동유운동, 월남광복회의 혁명지사이다. 1866년 하띵의 천주교 집안에서 태어난 그는 '세례자 요한 마이 반 쩌우(Gioan Baotixita Mai Văn Châu)'라는 이름으로 세례를 받았다. 전해지는 말로는 마이 라오 방의 부친이 '老蚌生珠'를 취해 아들의 이름은 쩌우(Châu, 珠)로, 자는 라오 방(Lão Bạng, 老蚌)으로 지었다고 한다. 유학을 숭상한 아버지의 영향으로 마이 라오 방은 어릴 적부터 한문 공부를 하였고 자라서는 신학교에 진학하였다. 이후 1904년 무렵 애국 천주교 신자들을 모아 '유신교도회'를 조직하고 판 보이 쩌우가 이끄는 유신회의 본지를 좇았다. 1908년 일본과 프랑스의 조약에 따라 조직 활동이 탄압받게 되자 태국으로 건너갔다. 그러나 프랑스의 요청으로 태국 정부는 그를 체포, 투옥했고 4개월 후에는 태국에서 추방시켰다. 1910년 광둥에서 재회한 판 보이 쩌우에 의해 마이 라오 방은 다시 태국으로 파견되었고 1912년 설립된 월남광복회에서 재무부 차관을 맡았다. 1917년 첩자 판 바 응옥에 의해 본국으로 송환되어 감금되	베트남

연번	한글	베트남어	한자	생몰	정보	국적
					었다가 꼰론섬으로 추방당하였다.	
161	아사바 사키타로	Thiền Vũ Tá Hi Thái Lang	淺羽佐喜太郎	1867~1910	일본의 의사이자 독지가로 판 보이 쩌우의 동유운동을 지원한 것으로 잘 알려져 있다. 1907년 길에 쓰러져 있던 응우엔 타이 밧(Nguyễn Thái Bạt, 阮泰拔)을 도운 일을 계기로 응우엔 타이 밧이 동아동문서원에 입학할 수 있도록 물심양면으로 힘썼다. 이때부터 아사바 사키타로와 판 보이 쩌우의 교류도 시작되었다. 판 보이 쩌우는 1905년에 방문하여 이누카이의 지원을 얻고, 동유운동을 일으켜 베트남 청년들의 일본 유학을 도모하고자 하였다. 그러나 금전적인 어려움을 피할 수 없었다. 이때 아사바가 판 보이 쩌우에게 1,700엔의 거금을 제공하여 동유운동이 지속될 수 있도록 도왔다. 두 사람의 교유는 일본에서 퇴거 명령이 내려진 1909년까지 계속되었다. 이후 1917년 아사바의 부고를 접한 판 보이 쩌우는 중국에서 일본으로 밀입국하여 1918년에 아사바 사키타로를 기리는 기념비를 세웠다.	일본
162	쩐 호우 꽁	Trần Hữu Công	陳有功	?~?	월남공헌회의 계사국 위원으로 각부 위원들의 직무수행을 감독하였다. 그는 일본에 머물며 일본, 독일, 영국 사이의 정세를 파악해 판 보이 쩌우에게 보고하였다. 이후 판 보이 쩌우와 항저우로 건너가 호 힝 선에 의탁하였다.	베트남
163	응우엔 디엔	Nguyễn Điển	阮典	?~?	월남공헌회의 계사국의 위원으로 각부 위원들의 직무수행을 감독했다.	베트남
164	쩐 동 퐁	Trần Đông Phong	陳東風	1887~1908	동유운동에 따라 최초로 해외로 건너간 9명의 유학생 중 한 명이다. 응에안의 부유한 가정에서 태어나 동유운동에 많은 돈을 기부하였다. 일본에서 유학 생활하던 때에 국내 자신의 집안으로부터 자금이 전달되지 못하자 책임감과 부끄러움을 느껴 자살하였다. 꾸엉 데는 도쿄에 쩐 동 퐁의 무덤을 직접 마련해주었고, 판 보이 쩌우는 「쩐 동 퐁 전(陳東風傳)」을 엮어 그를 기리고자 하였다.	베트남
165	황씽	Hoàng Công Đán /Hoàng Hưng	黄興	1874~1916	중국의 혁명 지도자이다. 중화혁명당의 대영수로 1903년 일본에서 200명 이상의 유학생으로 구성된 자원봉사군을 조직하였다. 판 보이 쩌우와 일본에서 의기투합하여 동유운동의 자금 전달에 도움을 주었다.	중국
166	응우엔 마익 /응우엔 마익 찌	Nguyễn Mạch /Nguyễn Mạch Chi	阮脈 /阮脈之	?~?	응우엔 쓰엉 찌(Nguyễn Xương Chi)라고도 한다. 베트남 남끼 출신으로 일본에서 유학하였다. 1908년 일본과 프랑스의 협약으로 인해 베트남 유학생에 대한 해산 명령이 내려졌음에도 불구하고 마지막까지 귀국을 원하지 않았다. 이후 홍콩으로 건너간 응우엔 마익 찌는 다시 1913년 기외후와 함께 유럽을 유력하였다.	베트남
167	응우엔 띠에우 더우	Nguyễn Tiêu Đẩu	阮焦斗	1881~1945	본명은 응우엔 바 짝(Nguyễn Bá Trác, 阮伯卓)이고 띠에우 더우는 그의 호다. 응우엔 왕조의 관리로 프랑스 식민 정부의 공사를 맡았다. 혁명가이자 언론인, 연구자이기도 하다. 동유운동으로 일본으로 건너갔으나 1908년 추방된 뒤 중국으로 옮겨 가 육군간부학당에서 공부하고 1914년 하노이로 돌아왔다. 중국어와 프랑스어에도 능통했으므로 1917년 있었던 롱진꽝(龍覜光)과 알베르 사로(沙露) 전권 총독의 교섭에서 통역을 맡기도 하였다. 1917년부터 잡지 『남풍(南風)』의 주필을 맡았으며 『남풍』을 떠난 뒤에는 다시 후에로 돌아와 고위직을 역임하였다. 1945년 월맹이 집권한 후 공개석상에서 총살당하였다.	베트남
168	호앙 딩 뚜언 /응우엔 께 찌	Hoàng Đình Tuân /Nguyễn Kế Chi	黃廷詢 /阮繼之	?~?	하노이 출신의 유학생으로 일본으로 건너왔을 때 나이가 14세였다. 동문서원 일어일문반에 입학해 우등생이 되었으며 유학생 해산 명령이 떨어진 후에도 일본에 남아 중국인 유학생들과 교유하였다. 이후 중국인의 도움으로 광시의 호적을 얻어 관비 유학생으로 일본 고등학교를 졸업했고, 이후	베트남

연번	한글	베트남어	한자	생몰	정보	국적
					다시 일본 전문사범학교에 입학해 우등생으로 졸업하였다. 중국에 가서는 북경중학 교원과 동아동문보관의 편집원을 차례로 역임하였다. 호앙 딩 뚜언은 영어와 일어에 능통하고 프랑스어와 독일어도 할 수 있었기 때문에 판 보이 쩌우가 베이징에서 활동할 때 통역 등으로 여러 차례 도움을 주었다. 폐병을 얻어 베이징에서 생을 마감하였다.	
169	카라한	Gia Lạp Hãn	加拉罕 /Karak han)	?~?	베이징에 주재하고 있던 러시아 공사관의 서기로 호앙 딩 뚜언의 통역을 통해 판 보이 쩌우와 여러 차례 담화하였다.	러시아
170	빌헬름	Vệ Lễ Hiền	威禮賢 /Richa -rd Wilhelm	1873~ 1930	독일 공사관 참찬으로 독일 외교의 영수였다. 호앙 딩 뚜언의 통역을 통해 베이징에서 판 보이 쩌우와 여러 차례 만나 담화하였다.	독일
171	차이송포	Thái Tùng Pha	蔡松坡	1882~ 1916	차이어(蔡鍔)의 호가 송포(松坡)이다. 민국시대의 군사가로 1898년에 장사시무학당(長沙時務學堂)에 입학하고, 무술정변(戊戌政變) 후에 상해 남양공학(南洋公學)에 들어갔다. 1901년에 일본으로 유학 가서 육군사관학교 제3기 기병과(騎兵科)에 입학하였다. 1904년에 귀국해 광서육군소학당(廣西陸軍小學堂) 총판(總辦), 신련상비군(新練常備軍) 제1표(標) 표통(標統), 신군혼성협(新軍混成協) 협통(協統) 등을 지냈다. 신해혁명(辛亥革命) 시기에 윈난(雲南)에서 신군(新軍 : 청일전쟁 후 조직된 근대적 군대) 봉기를 일으켰고, 위안스카이(袁世凱)의 황제 등극에 반대하였다. 후에 윈난대한군정부(雲南大漢軍政府) 도독(都督)과 윈난민정장(雲南民政長)을 지냈다. 유작으로 『채송파집(蔡松坡集)』이 있다.	중국
172	위안스카이	Viên Thế Khải	袁世凱	1859~ 1916	중국의 군인·정치가이며 총리교섭통상대신으로 조선에 부임해 국정을 간섭하고 일본, 러시아를 견제하였다. 청일전쟁에 패한 뒤 서양식 군대를 훈련시켜 북양군벌의 기초를 마련하였다. 탄쓰퉁 등 개혁파를 배반하고 변법운동을 좌절시켰다. 이후 의화단의 난을 진압했으며 신해혁명 때 청나라 조정의 실권을 잡고 임시총통이 되었으며 이어서 스스로 황제라 칭하였다.	중국
173	쩐 호우 륵 /응우옌 특 드엉	Trần Hữu Lực /Nguyễn Thức Đường	陳有力 /阮式唐	1886~ 1916	응우옌 특 드엉은 응에안 출신으로 쩐 호우 륵이라는 다른 이름도 가지고 있었으며 노 남(Nho Năm)이라고도 불렸다. 동유운동에 참여한 학생 중 한 사람이자 월남광복회에서도 활동한 인물이다. 교육자인 응우옌 특 뜨(Nguyễn Thức Tự, 1841~1923), 즉 동 케 선생의 둘째 아들이자 응우옌 특 까잉(Nguyễn Thức Canh, 1884~1965)의 동생, 응우옌 특 바오(Nguyễn Thức Bao)의 형이기도 하다. 애국자 집안에서 태어난 그는 일본으로 건너간 뒤 동아동문서원에서 공부하고 쩐 호우 륵이라는 이름을 사용하기 시작하였다. 동유운동의 조직이 해체된 뒤 육군학교에서 공부하기 위해 중국으로 이동했으며 졸업 후에는 혁명군으로 복무하였다. 후에 프랑스 군을 습격했다가 실패하고 태국으로 도망쳤다. 그러나 1915년 체포되어 바익마이(하노이)에서 참수되었다.	베트남
174	레 꺼우 띵	Lê Cầu Tinh	黎求精	?~?	응에안 출신으로 동유운동으로 일본에서 유학하였다. 유학생 해산 이후에 무기 제조 기술을 익혀 일본의 것을 그대로 본뜬 소총을 만들어냈으며 판 보이 쩌우가 태국과 베트남 사이에서 무기를 조달할 때 돕기도 하였다. 이후 태국에서 농업을 경영할 계획을 세웠으나 전염병으로 인해 사망하였다.	베트남
175	딩 조안 떼	Đinh Doãn Tế	丁允濟	?~?	딩 조안 떼는 하띵의 흐엉선(Hương Sơn, 香山) 현 출신으로 베트남 근대의 열사 중 한 사람이다. 본래 중산층 집안에서 태어나 자랐으나 그 재산을	베트남

연번	한글	베트남어	한자	생몰	정보	국적
					모두 처분하고 유학길에 올랐다. 이후 태국으로 가서 폭동에 참여할 계획을 세웠으나 사론에서 중병을 얻어 죽음에 이르렀다.	
176	판 라이 르엉	Phan Lại Lương	潘賚良	?~?	판 라이 르엉은 응에안 출신으로 유서 깊은 집안에서 태어나 한문에도 능하였다. 1907년 결혼을 한 후 한 달도 되지 못한 때 홀로 일본 유학길에 올랐다. 유학생 해산 이후에도 일본에 남아 고학하였으나 평소 몸이 약했으므로 추운 날씨를 견디기 어려웠다. 폐병이 깊어진 그는 중국의 병원으로 옮겨졌으나 끝내 사망하였다.	베트남
177	랑 묵 /링 묵	Lãng Mục /Lĩnh Mục	領牧	?~?	판 딩 풍의 부장으로 까오 닷(Cao Đạt)과 함께 다이함(Đại Hàm) 산의 띵지엠(Tịnh Diệm) 지역, 즉 지금의 흐엉선(Hương Sơn) 현을 지켰다. 동유운동의 유학생 딩 조안 떼가 태국에서 병으로 신음할 때 링 묵이 그 옆을 지켰다.	베트남
178	레 낌 타잉	Lê Kim Thanh	黎金聲	?~?	마이 라오 방 선생과 레 젓 쭉이 국내로부터 일본으로 데리고 나온 천주교인 유학생 중 한 사람이다. 그는 일찍이 천주교 신부가 되었으며 유학생 중에서도 그 역량이 탁월했다.	베트남
179	레 쭝 흥	Lê Hồng Chung	黎洪鍾	?~?	마이 라오 방 선생과 레 젓 쭉이 국내로부터 일본으로 데리고 나온 천주교인 유학생 중 한 사람이다.	베트남
180	응우옌 머우 던	Nguyễn Mẫu Đơn	阮牡丹	?~?	마이 라오 방 선생과 레 젓 쭉이 국내로부터 일본으로 데리고 나온 천주교인 유학생 중 한 사람이다.	베트남
181	르우 이엔 던 /리쭝바이	Lưu Yến Đơn /Lý Trọng Bách	劉燕丹/ 李仲栢	?~?	마이 라오 방 선생과 레 젓 쭉이 국내로부터 일본으로 데리고 나온 천주교인 유학생 중 한 사람이다. 그는 일찍이 천주교 신부가 되었으며 유학생 중에서도 그 역량이 탁월하였다. 나중에 리쭝바이(李仲栢)로 개명해 중국 학생 명부에 이름을 올리고 관비를 지원받았다. 고등공업학교와 제국공과대학을 졸업하고 귀국했으나 베트남인을 위해 일하지는 못하였다. 중국에 머물며 기술자로 일하였다.	베트남
182	롱지꽝	Long Tế Quang	龍濟光	1876~1925	윈난 출신으로 이족(彝族)이며 자는 자성(子誠)이다. 민초(民初)의 군벌로 육군상장(陸軍上將), 광서제독(廣西提督), 광동안무사(廣東安撫使), 도독(都督) 겸 서민정장(署民政長), 양광순열사(兩廣巡閱使) 등을 역임하였다. 2차 혁명기간 중 위안스카이를 추종하여 그 명을 따랐다. 위안스카이가 황제를 칭한 후 1등 공신으로서 군왕 칭호를 받았다.	중국
183	장빙린	Chương Bỉnh Lân	章炳麟	1868~1936	중국 청말민초의 학자이자 혁명가이다. 캉유웨이, 량치차오 등의 개혁운동에 참가했으나 학문상의 견해를 달리하여 곧 그들과 결별하였다. 무술정변 후 한때 일본에 망명하여 개혁파를 떠난 채 배만운동(排滿運動)을 결의하였다. 『구서(訄書)』에 이어 「박강유위론혁명서(駁康有爲論革命書)」과 추용(鄒容)의 저서 『혁명군(革命軍)』의 서문에서 청조를 매도하여 투옥되었다. 출옥 후 도쿄에 가서 중국혁명동맹회(中國革命同盟會)의 기관지인 『민보(民報)』의 주필이 되어 민족혁명을 맹렬히 고취하였다. 신해혁명 후에는 위안스카이의 반동정치에 반대했고, 쑨원 등과 행동을 함께 하였다. 뒤에는 정계를 떠나 국학(國學)의 연구와 유지에 전념해 민국의 학문에 상당한 영향을 미쳤다.	중국
184	징메이지우	Cảnh Mai Cửu	景梅九	1882~1961	징메이지우는 중국의 민주주의 혁명가이자 학자, 작가다. 그는 어릴 적부터 총명해 13세에 일찍이 입반(入泮)하였다. 1897년 타이위안(太原)으로 가서 진양서원(晉阳书院), 산서대학당서재(山西大学堂西斋)에서 공부하였다. 1902년 유학생으로 선발되어 일본으로 파견되었다. 일본에 머무는 동안 중국동맹회에 가입해 산시분회(山西分会) 평의부 부장을 맡았다. 1908년 귀국해 1911년 초에는 베이징에서 『국풍일보(國風日報)』를 편찬	중국

연번	한글	베트남어	한자	생물	정보	국적
					· 출판하였다. 신해혁명 이후 산시연맹의 요청을 받아 베이징에서 산시로 돌아와 산시 군사정부의 정치 부장을 역임하였다.	
185	조소앙	Triệu Tố Ngang	趙素昂	1887~ 1958	일제강점기의 독립운동가이자 정치사상가이다. 본명은 조용은(趙鏞殷)이고 자는 경중(敬仲), 소앙(素昂)은 그의 호이다. 1887년 파주에서 태어났다. 1902년에 성균관에 입학했고 1904년 수료했으며 황실유학생으로 일본 동경부립제1중학에 들어갔다. 1906년 도쿄유학생 단체인 공수학회(共修學會)를 조직하고 회보를 발간하면서 주필로 활동했으며 이때 메이지대학(明治大學) 법학부에 입학하였다. 1909년 도쿄에 있는 조선인의 단체를 통합해 대한흥학회(大韓興學會)를 창립하고 『대한흥학회보』의 주필이 되었다. 1911년 조선유학생친목회를 창립하고 회장이 되었다. 1913년에는 중국에 망명해 중국혁명가들과 함께 항일단체 대동당(大同黨)을 조직하였다. 1919년 대한민국임시정부 수립에 참여했으며 1930년에는 김구 등과 한국독립당을 창당하였다.	조선
186	다이	Đới	帶	?~?	판 보이 쩌우에 호응한 인도인이다.	인도
187	닷	Đát	怛	?~?	판 보이 쩌우에 호응한 필리핀인이다.	필리핀
188	오스기 사카에	Đại Sam Vinh	大杉榮	1885~ 1923	일본 근대의 대표적인 아나키스트이다. 가가와(香川) 현에서 태어나 니카타(新潟) 현에서 어린 시절을 보냈다. 동경외국어학교 프랑스어과에 재학 중 코오토쿠 슈스이(幸德秋水)가 세운 평민사(平民社)에 참여해 사회주의자로서 활동하기 시작하였다.	일본
189	사카이 토시히코	Giới Lợi Ngạn	畔利彦	1871~ 1933	일본의 사회주의자로 현재의 후쿠오카(福岡)에서 태어났다. 고향에서 중학교를 수석으로 졸업한 후 상경해 제1고에 입학하였다. 학비 체납으로 인해 학교에서 제적처분을 받은 후 신문기자, 교원으로 근무하면서 소설 집필을 시작하였다.	일본
190	미야자키 도텐	Cung Kỳ Thao Thiên	宮崎滔天	1871~ 1922	일본의 사회운동가이자 혁명가이다. 1891년 구마모토(熊本)에서 태어나 1887년 기독교에 입신하였다. 그러나 2년 만에 종교에 대한 신념을 버리고 아시아 근대혁명의 실천에 가담해 혁명가의 길을 걸었다. 1891년에는 중국으로 건너가 결혼하고, 이후 태국 식민개척사업에 착수했지만 뜻을 이루지 못하고 귀국하였다. 외무성의 명으로 중국 비밀결사의 정세 파악에 나서며 중국 혁명당원과 교류하며 친분을 맺었다. 1897년 쑨원과의 만남 이후 중국 대륙의 혁명운동을 지원하였다. 1905년 쑨원 등과 도쿄에서 중국 국민당의 모체인 중국동맹회(中國同盟会)를 결성해 신해혁명 이후에도 중국 혁명파를 지원하였다.	일본
191	코오토쿠 슈스이	Hạnh Đức Thu Thủy	幸德 秋水	1871~ 1911	일본의 사회주의자로 상인 집안에서 태어난 인물이다. 그는 학교 교육을 충분히 받지 못했으나 학자이자 언론인인 나카에 초민(中江兆民)에게 자유민권사상을 배움으로써 이상주의를 지향하게 되었다. 러일전쟁이 일어나기 직전 비전론(非戰論)을 제창하고 평민사(平民社)를 결성하여 주간 『평민신문』을 창간하였다.	일본
192	쩡옌	Tăng Ngạn	曾彦	?~?	중국 광시 출신으로서 일본에 유학하고 있던 인물로 광시학생회의 회장을 역임하였다. 윈난학생회 회장을 맡고 있던 자오선과 함께 판 보이 쩌우에 협력하여 진계월 연맹회를 창립하였다.	중국
193	아사바 코타로	Thiển Vũ Hạnh Thái Lang	淺羽幸 太郎	?~?	일본 아사바(淺羽)의 촌장이다. 판 보이 쩌우는 아사바 사키타로가 사망한 뒤 그의 의로움을 기리기 위하여 기념비를 세우고자 하였다. 이에 리쭝바이와 함께 아사바 촌을 방문해 촌장인 코타로를 만나게 된 것이다. 아사바 코타로는 판 보이 쩌우와 리쭝바이를 후대하고 이 두 사람의 일을 도왔다.	일본

연번	한글	베트남어	한자	생몰	정보	국적
194	태국의 전(前) 노황 (老皇) /라마 5세 /쭐라롱껀	Phrachunl achomkla o /Rama V /Chulalon gkorn		1853~ 1910	라마 4세의 아홉 번째 아들이자 왕비의 첫째 아들로 '쭐라롱껀'이라는 이름 으로 더 널리 알려져 있다. 부왕의 적극적인 서양 교육 장려로 어릴 때부터 서구 선교사들에게 교육을 받았다. 15세 때 부왕이 서거해 왕위에 올랐지 만 어린 나이였기 때문에 5년간 섭정을 두었다. 섭정 기간 동안 그는 세계 도처를 여행하며 서구의 문물과 교육제도 등에 견문을 넓히고 주변 국가와 의 정치적 우의를 다졌다.	태국
195	사토 카키치	Tá Đằng Hạ Cát	佐藤 賀吉	?~?	일본인 법학 박사로 태국에 머물며 태국 정부의 법률고문대신으로 일하였 다. 판 보이 쩌우는 태국을 방문했을 때 오쿠마 시게노부의 소개로 사토 카키치를 알게 되었다. 사토 카키치가 판 보이 쩌우를 태국 황제에 소개함 으로써 판 보이 쩌우는 태국 황실과 우호를 이을 수 있었다.	일본
196	당 응오 싱 /당 툭 흐어	Đặng Ngọ Sinh /Đặng Thúc Hứa	鄧午生	1870~ 1931	당 툭 흐어는 베트남 근대의 혁명지사로 응오 싱은 그의 호다. 당 툭 흐어는 당 응우옌 껀의 동생으로 응에안의 애국자 집안에서 태어났다. 1900년에 향시에 합격해 수재가 되었으나 관직에 나아가지 않았고 1904년에는 유신 회에 참여하였다. 프랑스 저항 활동에 필요한 자금과 무기를 공급하는데 힘쓰다가 동유운동으로 일본으로 건너갔으나 유학생 해산 명령이 떨어져 판 보이 쩌우에 의해 태국으로 파견되었다. 이곳에서 당 툭 흐어는 혁명운 동을 장기화할 수 있는 기반을 다지고 청년들을 훈련시켰다. 태국에서 응우 옌 아이 꾸옥, 즉 호 찌 밍과 교류했으며 1930년에는 베트남 공산당의 당원 이 되었다.	베트남
197	호 빙 롱	Hồ Vĩnh Long	胡永隆	?~?	판 보이 쩌우가 태국으로 파견한 지사 중 한 사람이다. 호 빙 롱은 당 뜨 낑, 당 툭 흐어와 함께 태국에서 개간 사업에 뛰어들었으며 베트남과 태국 사이의 우호에 큰 영향을 끼쳤다.	베트남
198	리웨이치	Lý Vĩ Kỳ	李偉奇	?~?	중화혁명당 소속의 인물이다. 판 보이 쩌우가 당 뜨 면과 당 응오 싱으로 하여금 일본 상점에서 구입한 무기를 베트남으로 반입하도록 했을 때 총의 운반 계획은 리웨이치가 세웠다.	중국
199	천추난	Trần Sở Nam	陳楚楠	1884~ 1971	천추난의 본명은 리엔차이(連才 혹은 連材)이고 '사명주(思明洲)의 소년' 이라는 별호도 있었다. 본관은 중국 푸젠성 샤먼이며 남양 화교로 유명하였 다. 그는 1884년 싱가포르에서 태어났다. 애국청년이던 쑨원을 따라 싱가 포르에 중화당(中和堂)이라는 혁명기관을 설립하고 화교를 모았으며, 반 청혁명에 투신하여 '사명주의 소년'이라는 필명으로 『천남신보(天南新 報)』, 『중국일보(中國日報)』 등에 글을 발표하였다. 그는 중국동맹회의 싱 가포르지회 회장으로서 글을 출간해 혁명 주장을 펼치고 자금으로써 국내 외 혁명 활동을 도왔다.	중국
200	마잉 턴	Mạnh Thận	孟愼	1872~ 1909	본명은 응우옌 뚜이엔(Nguyễn Tuyển)이다. 딴 투엇(Tán Thuật), 즉 응 우옌 티엔 투엇(Nguyễn Thiện Thuật)의 장남으로서 까 뚜이엔(Cả Tuyển)이라는 이름으로 불렸다. 프랑스에 저항하여 의병 활동을 펼치다 가 전사하였다.	베트남
201	팜 마이 럼	Phạm Mai Lâm	范枚林	?~?	베트남 국내에서 편지를 써 응으 하이 선생의 부고를 판 보이 쩌우에게 알린 인물이다.	베트남
202	남 쓰엉 /타이 피엔	Nam Xương/Th ái Phiên	南昌 /蔡瀋	1882~ 1916	타이 피엔은 월남광복회에 의해 주창되었던 쭝끼 반프랑스 봉기 운동을 주도한 혁명 활동가이다. 그는 어린 시절에 고향인 꽝남(Quảng Nam) 지 역의 산속에서 수행하다가 이후 빙딩(Bình Định)으로 가서 교육자이자 혁명가로 활동하며 프랑스에 저항하였다. 1904년에는 동유운동에, 1908 년에는 유신운동에 참여했고 1913년부터는 쭝끼 남쪽에서 월남광복회의	베트남

연번	한글	베트남어	한자	생몰	정보	국적
					활동을 지도하였다. 1916년 초에 그는 주이 떤(Duy Tân) 황제를 만나 프랑스를 무너뜨리기 위한 의병 활동 계획을 도모했지만 이것이 누설되어 프랑스에 체포되었다. 같은 해 5월 17일, 타이 피엔은 참수형을 선고받아 생을 마감하였다.	
203	끄우 까이	Cửu Cai	九垓	1878~1945	끄우 까이, 즉 쩐 호안(Trần Hoành)은 꽝찌 출신 인물로 가족들과 함께 꽝남으로 이주해 생활하였다. '끄우 까이(九垓)'는 그가 1902년 꽝남의 농선(Nông Sơn) 탄광에서 프랑스어 통역으로 일하면서 불리기 시작한 별칭이다. 1904년에 탄광에서의 일을 그만두고 1905년부터 학교를 열어 교육에 힘쓰는 것으로 유신운동에 참여하였다. 그러나 1908년 일어난 세금 징수 반대 시위로 프랑스의 억압이 더욱 심해졌고 끄우 까이 역시 이를 피해 도망했지만 결국 체포되어 응에안 교도소에서 수감 생활을 하였다. 1912년 감옥에서 탈출했다가 붙잡혔지만 다시 탈출을 시도해 고향에 숨어 지냈다. 1916년에 주이 떤 황제의 봉기에 합류했으나 계획은 실패로 끝났고, 끄우 까이는 섬으로 추방되었다. 1925년 형기 감형으로 석방된 후 판 보이 쩌우와 함께 생활하며 혁명 활동을 이어갔다. 그는 1927년부터 1930년까지 신문사 '띠엥 전(Tiếng Dân : 民의 소리)'의 관리감독으로 일하였다.	베트남
204	쑨메이	Tôn My	孫眉	1854~1915	쑨메이는 광둥성 출신의 중국 혁명운동가이자 정치가로 쑨원의 첫째 형이기도 하다. 1867년부터 하와이에서 유학해 1873년에 호놀룰루에서 고등학교를 졸업했고 같은 해에 시인으로서 문학 활동도 시작하였다. 이후 혁명운동가로 활동하며 흥중회(興中會)를 지원했고 1912년에 중화민국 국민정부가 수립하면서 광둥 도독으로 임명되었다. 1913년에 도독 직위에서 물러난 후 마카오로 이주했으며 그곳에서 사망하였다.	중국
205	저우 사태 /바이링	Chu sư thái /Bá Linh	周師太 /栢齡	?~?	판 보이 쩌우를 조력한 광둥성 상산 현의 중국인 여성으로 호는 바이링이다. 그녀는 젊은 나이에 과부가 되었다. 그러나 한문에 정통했으므로 글방을 열어 아이들을 가르치는 일로 자식을 부양하였다. '저우 사태'로 불린 것도 광둥 지역에서 '교사'를 '사태(師太)'라고 속칭했기 때문이다. 평소 호협한 기개가 있었으므로 판 보이 쩌우의 활동을 크게 칭찬하고 원조하였다. 이에 베트남 혁명당의 구성원들은 저우 사태의 집을 숙소로 삼아 혁명 활동을 이어 갈 수 있었다.	중국
206	저우 티에 성	Chu Thiết Sinh	周鉄生	?~?	저우 사태의 아들로 길에서 책을 팔고 있던 판 보이 쩌우를 데리고 가 자신의 모친에게 소개하였다. 저우 티에 성 또한 모친과 마찬가지로 글 가르치는 것을 업으로 삼았다.	중국
207	르엉 반 깐	Lương Văn Can	梁文玕	1854~1927	르엉 응옥 깐이라고도 하며 자는 온 느(Ôn Như, 溫如), 호는 선 라오(Sơn Lão, 山老)다. 베트남의 혁명가이자 독립운동가, 교육자로 1907년에 동경의숙 창립에 참여했으며 일본과 서방 국가의 신사상 교육과 국어 사용을 지지하였다. 베트남 애국지사인 르엉 쭉 담(Lương Trúc Đàm), 르엉 응옥 번(Lương Ngọc Bân), 르엉 응이 카잉(Lương Nghị Khanh), 르엉 응옥 꾸이엔(Lương Ngọc Quyến)은 모두 르엉 반 깐의 아들들이다.	베트남
208	즈 떳 닷 /쯔엉 꾸옥 우이	Dư Tất Đạt /Trương Quốc Uy	余必達 /張國威	?~?	박끼 출신으로 르엉 반 깐에 의해 베트남에서 해외로 나가 중국에서 공부한 청년 중 한 사람이다. 원래 이름은 즈 떳 닷이었지만 쯔엉 꾸옥 우이로 개명하였다. 북경사관학교를 졸업하고 중국에서 군관이 되었다. 유럽이 전쟁을 치르는 동안 독일과 교섭해 베트남 혁명당을 위한 도움을 구하고자 하였다. 독일과 협약을 이루기 직전 영국 군인에 체포돼 프랑스 영사에 인도될 위기에 처한 순간 그는 몸을 빼내어 도망하였다.	베트남
209	럼 득 머우	Lâm Đức	林德茂	?~?	박끼 출신으로 르엉 반 깐에 의해 1910년에 베트남에서 해외로 나가 중국	베트남

연번	한글	베트남어	한자	생몰	정보	국적
		Mậu			에서 공부한 청년 중 한 사람이다. 그는 본래 프랑스어에 능통했는데 중국에 있는 동안 독일어와 한문까지 공부해 언어 능력을 높이 평가받았다. 이후 럼 득 머우는 중국에서 교원으로 일하다가 태국으로 건너가 판 보이 쩌우의 외교 활동을 돕고자 하였다. 그러나 태국 정부는 프랑스 공청의 요청에 응해 그를 하노이로 송환했고 수감 생활하던 중 결국 총살형에 처해졌다.	
210	응우옌 반 쭝	Nguyễn Văn Trung	阮文忠	?~?	남딩 출신으로 럼 득 머우와 함께 태국에서 체포되어 하노이로 송환된 인물이다. 럼 득 머우와 마찬가지로 수감 생활 끝에 총살되어 생을 마감하였다.	베트남
211	하이 프엉	Hai Phương	台芳	?~?	본래 홍콩에서 요리사로 일했으나 판 보이 쩌우와 만난 뒤 함께 태국으로 가 농사를 지었다. 그는 지식은 없었을지언정 호협한 기개가 있었으므로 생업을 던져버리고 혁명 사업에 동참하였다.	베트남
212	콘	Khôn	坤	?~?	1884년 무과에 합격해 응우옌 왕조의 무관으로서 일했으나 응으 하이에 감화 받아 혁명 활동에 참여하게 되었다. 이후 판 보이 쩌우를 만나기 위해 태국으로 이동해 그곳에서 개간 사업에 동참하였다. 콘은 태국에서 경작에 힘썼을 뿐 아니라 청년들에게 무예를 가르치기도 하였다.	베트남
213	천치메이	Trần Kỳ Mỹ	陳其美	1878~1916	저장(浙江)성 출신의 중국 혁명가이자 정치가, 작가이다. 일본에서 유학해 1906년에 경감학교(警監學校)를 졸업하고 같은 해에 중국혁명동맹회에 가입하였다. 1908년에 귀국해 혁명 활동을 전개했으며 신해혁명 이후 1913년에는 위안스카이에 의해 축출되어 쑨원과 함께 일본으로 망명하였다. 1915에 다시 귀국해 군사활동을 벌이다가 상하이에서 암살되었다.	중국
214	씨에잉보	Tạ Anh Bá	謝英伯	1882~1939	씨에잉보는 중국의 민주 혁명가로 1907년 중국동맹회에 가입해 1910년에 광저우 신군(新軍) 봉기에, 1911년에 황화강(黃花崗) 봉기에 참여하였다. 당시 동방 암살단의 구성원 중 일부가 광저우에서 폭탄으로 광둥성 수군 제독을 암살한 사건이 있었기 때문에 암살단에 참여하고 있던 씨에잉보는 홍콩으로 발을 붙이기가 어려웠다. 이에 호놀룰루로 들어가 잠적해 있으면서 그곳의 동포들에게서 받은 자금을 모아 쑨원의 혁명 활동을 지원하였다. 1912년 쑨원이 임시대총통에 취임하자 귀국해 중국동맹회 광둥 지부장을 맡았다.	중국
215	씨아오포청	Tiêu Phật Thành	蕭佛成	1862~1940	중국의 정치가로 태국의 화교 집안에서 태어나 일찍이 현지에서 변호사로 일하였다. 1888년 '반청복명(反淸復明)'을 골자로 하는 삼합회에 가입하고 1905년에는 쑨원이 홍콩에서 운영하는 『중국일보(中國日報)』와 연계해 방콕에서 천징화(陳景華)와 함께 『화섬일보(華暹日報)』를 창간하였다. 1908년 동맹회 태국지회를 만들어 회장으로 선출되었다. 1912년 국민당 태국 총지부장을 역임하였다. 1926년 초, 광저우로 돌아가 국민당 제2차 전국 대표 대회에 참가해 중앙 집행 위원에 당선되었다. 이듬해 장제스(蔣介石)가 세운 난징(南京) 정부를 지지하고 참전해 중앙정치회의 정치위원으로 파견되었다. 1930년 항일전쟁이 발발하자 태국으로 돌아가 그곳에서 생을 마감하였다.	중국
216	당 홍 펀	Đặng Hồng Phấn	鄧鴻奮	?~?	북경사관학교에서 유학한 베트남인 청년으로 판 보이 쩌우가 태국에서 개간 사업에 뛰어들었을 때 함께 일했던 인물이다. 판 보이 쩌우가 태국에서 만난 씨아오포청의 도움으로 『연아추언(聯亞芻言)』을 인쇄해 중국으로 가지고 돌아올 때에도 함께 하였다.	베트남
217	후한민	Hồ Hán Dân	胡漢民	1879~1936	광둥성 출신의 혁명가이자 정치가로 국민당의 창립자 중 한 사람이다. 일본 법정대학에서 공부했으며 유학 중에 동맹회에 가입하였다. 광저우 『영해보(嶺海報)』의 기자, 『민보(民報)』의 주편을 맡았고 쑨원의 조수로도 활동하였다. 쑨원이 죽은 뒤 『총리전집(總理全集)』을 편찬하였다.	중국

연번	한글	베트남어	한자	생몰	정보	국적
218	응우엔 쫑 트엉 /응우엔 마잉 히에우	Nguyễn Trọng Thường /Nguyễn Mạnh Hiếu	阮仲常	?~ 1918	응우엔 쫑 트엉은 응우엔 탁 찌(Nguyễn Thạc Chi), 응우엔 꾸잉 찌(Nguyễn Quỳnh Chi), 응우엔 마잉 히에우(Nguyễn Mạnh Hiếu) 등의 다른 이름들을 가지고 있었으며 자는 트엉 싱(Thường Sinh)이라고 한다. 딴 투엇(Tán Thuật), 즉 응우엔 티엔 투엇의 둘째 아들로서 하이 탁(Hai Thạc)이라고도 불렸다. 부친과 형, 삼촌이 모두 베트남과 중국을 오가며 애국운동에 힘썼다. 1912년에 그는 판 보이 쩌우와 함께 월남광복회를 창립했으며 같은 해에 응우엔 하이 턴과 함께 폭탄을 박이로 옮기고 알베르 사로를 암살하는 임무를 맡았으나 실패하였다. 이후 반프랑스 동지를 규합하는 총회에 참석했다가 프랑스군에 체포되어 종신형을 선고받았다.	베트남
219	응우엔 이엔 찌에우	Nguyễn Yên Chiêu	阮燕昭	?~?	꽝응아이(Quảng Ngãi) 출신 사람으로 다이(Đài)라는 이름으로도 불렸다. 월남광복회의 문독위원(文牘委員)을 맡았으며 북경군수학교에서 유학하였다.	베트남
220	판 꾸이 쭈언 /즈엉 쩐 하이	Phan Quý Truân /Dương Trần Hải	潘季諄 /楊鎮海	?~?	다이 로안(Đài Loan), 즉 대만 출신 사람으로 월남광복회의 서무위원을 맡았으며 대만인 양쩐하이가 광복회의 일원이 되어 서무부장을 역임했을 때 보좌를 담당하기도 하였다. 이후에 즈엉 쩐 하이(Dương Trần Hải, 楊鎮海)라는 이름으로 개명하였다.	대만
221	딩 떼 전	Đinh Tế Dân	丁濟民	?~?	판 꾸이 쭈언(즈엉 쩐 하이)과 함께 월남광복회의 서무위원을 맡았다.	베트남
222	류스푸	Lưu Sư Phục	劉師復	1884~ 1915	광둥성 출신의 급진적 사회주의자로 중국 무정부주의 운동의 주요 인물이다. 1904년부터 일본에서 유학했고 이듬해 5월 국제연맹의 회원이 되었다. 1910년, 반청 반식민 운동의 일환으로 홍콩에 설립된 암살 단체에서 고관 암살을 시도했으나 실패하였다. 이후 무정부주의 단체인 회명학사(晦鳴學舍)를 설립하고 『회명록(晦鳴錄)』, 『민성(民聲)』 등을 발간하였다. 판 보이 쩌우가 광복회 활동을 위한 자금을 요청했을 때 2백원을 지원하였다.	중국
223	관런푸	Quan Nhân Phủ	關仁甫	1873~ 1958	광시성 출신의 중국 민주 혁명가이다. 1894년부터 중국과 베트남의 국경을 따라 윈난 지역에서 군대를 이끌고 봉기를 준비하였다. 1906년 베트남으로 가서 쑨원의 민주 혁명에 동참해 진남관(鎮南関) 봉기를 지휘했다. 1907년에 동맹회에 가입했으며 이후로도 중국 전역에서 군대를 지휘하였다. 그 또한 류스푸와 마찬가지로 판 보이 쩌우가 광복회 활동을 위해 자금을 요청했던 중국 동지 중의 한 사람으로 관런푸는 이때 1백 원을 지원하였다.	중국
224	덩징야	Đặng Cảnh Á	鄧警亞	1890~ 1973	포산(佛山)의 바이니(白坭) 출신으로 1910년에 『평민일보(平民日報)』와 『평민화보(平民畫報)』의 창간에 참여했으며 1912년에 진화흥아회(振華興亞會) 설립 후 회장을 역임하였다. 그는 베트남 혁명을 지원하기 위한 기금을 조성하기도 하였다. 판 보이 쩌우가 광복회 활동을 위해 자금을 요청했을 때 1백 원을 지원하였다.	중국
225	양쩐하이	Dương Trần Hải	楊鎮海	?~?	대만 지사들이 설립한 비밀결사 조직의 우두머리로 일찍이 대만 고등의학교에 입학해 의사 자격증을 취득하였다. 영어와 일어에 능통했고 한문도 잘 알았다. 그는 일본에서 체포됐다가 옥졸을 죽이고 상하이로 도주한 일이 있었기 때문에 이름을 바꾸어 활동하였다. 광둥으로 이동한 후 「월남광복회 선언서」를 읽고서 판 보이 쩌우의 동지가 되기를 원하였다. 결국 양쩐하이는 베트남 사람으로 자처하며 월남광복회의 위원이 됐으며 후에 서무부장을 맡았다.	대만
226	체	Đế	蒂	?~?	인도 혁명당의 우두머리였다. 그는 일본에 체류 중이던 인도인이 군사학교에 입학할 수 있도록 판 보이 쩌우가 힘써 줄 것을 요청하였다.	인도
227	리우룽팅	Lục Vinh	陸榮廷	1856~	광시 출신의 장족(壯族) 사람으로 청말민초의 정치가이자 장군이다. 가난	중국

연번	한글	베트남어	한자	생물	정보	국적
		Đinh		1928	한 농민의 자녀로 태어나 유랑하다가 무장조직을 설립해 중국과 베트남의 변경에서 프랑스군을 대상으로 무기와 재물을 강탈하였다. 1894년에 진남관 봉기를 진압해 독판으로 임명됐고 이후 군의 핵심 인물로서 활동을 이어 갔다. 그가 광시의 계군통령(桂軍統領)으로 있을 때 판 보이 쩌우를 도와 베트남인이 군사학교에 입학해 교육을 받을 수 있도록 지원하였다.	
228	호 힝 선	Hồ Hinh Sơn	胡馨山	1884~1943	그의 성명은 호 혹 람(Hồ Học Lâm, 胡學覽)이며 힝 선은 그의 자이다. 태어난 후 첫 이름은 호 쑤언 란(Hồ Xuân Lan)이었다. 그의 부모와 삼촌, 사촌 또한 프랑스 저항 운동에 투신한 열사였다. 1908년에 일본으로 건너가 유학했으며 판 보이 쩌우에 의해 진무학교에서 교육을 받았다. 유학생 탄압으로 베이징으로 옮겨가 북경사관학교에서 공부를 계속하였다. 졸업 후 중국군의 고위 장교가 되어 베트남인의 활동을 비밀리에 도왔다.	베트남
229	하 드엉 년	Hà Đương Nhân	何當仁	?~?	북경사관학교에서 유학한 베트남인 청년으로 당 뜨 부와 함께 태국을 경유하여 베트남 쭝끼로 폭탄을 옮기는 임무를 맡았다. 그러나 폭탄은 태국에서 국내로 반입되지 못하고 하 드엉 년의 임무도 실패로 끝났다.	베트남
230	르우 카이 홍	Lưu Khải Hồng	劉啓鴻	?~?	북경군수학교에서 유학한 베트남인 청년이다.	베트남
231	수샤오로우	Tố Thiếu Lâu	蘇少樓	?~?	광동혁명당의 당원이었다. 혁명당의 군사를 이끌고 베트남에 머물며 중국과 베트남의 변경에서 활동한 적이 있었기 때문에 판 보이 쩌우와 친분이 있었으며 월남광복회의 활동에도 조언을 아끼지 않았다. 이후 월남광복회의 일원이 되어 부총리를 맡았다.	중국
232	리리난	Lê Lệ Nam	黎麗南	?~?	중국 광동 사람으로서 월남광복회의 일원이 되어 재정부 총장을 역임하였다.	중국
233	덩동성	Đặng Đồng Sinh	鄧冬生	?~?	중국 광동 사람으로서 월남광복회의 일원이 되어 군무부장인 호앙 쫑 머우를 보좌하였다.	중국
234	천지옹밍	Trần Quýnh Minh	陳炯明	1878~1933	중국 광동 출신으로 광동에서 총사령관과 성장을 역임했고 이후 중화민국 육군총장 겸 내무부 총장을 지냈다. 그는 광동의 정사를 주재하는 동안 광둥 건설을 추진해 광저우 시를 설립하였다. 천지옹밍이 광동을 주재하는 동안 베트남 혁명당의 활동에 간섭하지 않았으므로 판 보이 쩌우의 활동은 자유로웠고 광복회 입회자 또한 증가하였다.	중국
235	당 뜨 부	Đặng Tử Vũ	鄧子羽	?~?	하 드엉 년(Hà Đương Nhân)과 함께 태국을 경유해 베트남 쭝끼로 폭탄을 옮기는 임무를 맡았다. 그러나 폭탄은 태국에서 국내로 반입되지 못했고 이들의 임무도 실패로 끝났다.	베트남
236	사로	Xa rô	沙露/Albert Sarraut	1872~1962	프랑스의 정치가로 보르도에서 태어났다. 1902년에 하원의원에 당선, 1906년에 내무차관이 되었다. 또한 문교장관과 식민지장관을 역임했으며 1912년부터 1914년까지, 1917년부터 1919년까지 프랑스 인도차이나 총독을 지냈다. 이전의 식민지 정책을 고쳐 베트남인에게 자치권을 공약해 성과를 높였다는 평가가 있으나 그 또한 식민정책의 일환이었다. 그는 베트남인의 관습과 제도가 프랑스식으로 바뀌지 않는 한 문명화될 수 없다고 판단하였다.	프랑스
237	두안치루이	Đoàn Kỳ Thuy	段祺瑞	1865~1936	안후이(安徽) 출신 사람이다. 원명은 계서(啓瑞), 자는 지천(芝泉)이고, 만년의 호는 정도노인(正道老人)이다. 북양지호(北洋之虎)라고 불리기도 하였다. 민국의 저명한 정치가로 환(皖) 계열의 군벌 지도자이다. 위안스카이를 도와 북양군(北洋軍)을 창립했으며 쑨원의 호법운동(護法運動)에 주요한 토벌 대상이었다.	중국
238	도 꺼 꽝	Đỗ Cơ	杜基光	?~	본명은 도 반 비엠(Đỗ Văn Viêm), 자는 쩐 티엣(Chân Thiết)이다. 동경	베트남

연번	한글	베트남어	한자	생물	정보	국적
		Quang		1914	의숙에 참여하고 월남광복회에서 활동하며 프랑스에 저항하였다. 1907년부터 여러 상점을 열어 동경의숙의 재원을 마련하고자 하였다. 이후 판 보이 쩌우와 함께 중국으로 건너갔으며 1913년에는 판 보이 쩌우가 기록하고 인쇄한 『하성열사전(河城烈士傳)』을 베트남 국내로 반입해 유포시키는 임무를 맡았다. 이는 하노이에서 발생한 프랑스군 독살사건을 베트남 습병들에게 전함으로써 습병들을 각발시키기 위한 목적이었다. 그는 1914년 베트남에서 군인을 동원해 하노이를 기습하였다. 그러나 응우옌 학 선(Nguyễn Hắc Sơn)과 응우옌 하 쯔엉(Nguyễn Hà Trường)의 배신으로 프랑스군에 체포되어 많은 전우와 함께 처형되었다. 그의 딸 도 티 떰(Đỗ Thị Tâm, 1903~1930) 역시 민족해방운동에 참여하였다.	
239	레 딩 뉴언	Lê Đình Nhuận	黎廷潤	?~?	판 보이 쩌우가 쓴 『하성열사전(河城烈士傳)』의 여러 주요 인물 중 한 사람이다. 그는 1908년 프랑스 군인과 관리를 독살하고 무기를 빼앗아 하노이 습격을 계획하였다. 6월 27일 하노이에서 열린 프랑스군 연회에서 계획이 실행되었고 이로 인해 200여 명의 프랑스군이 독살 당하였다. 이후 프랑스 군대는 계엄령을 시행하고 사건을 주도한 베트남인들을 대규모로 체포하였다.	베트남
240	응우옌 찌 빙	Nguyễn Trị Bình	阮治平	?~?	판 보이 쩌우가 『하성열사전(河城烈士傳)』에 기록한 하노이 독살 사건의 주동 인물 중 한 사람이다.	베트남
241	도 딩 년	Đỗ Đình Nhân	阮治平	?~?	판 보이 쩌우가 『하성열사전』에 기록한 하노이 독살 사건의 주동 인물 중 한 사람이다.	베트남
242	하이 히엔	Hai Hiên	台軒	?~?	판 보이 쩌우가 『하성열사전』에 기록한 사건의 주인공 중 한 사람이다.	베트남
243	응우옌 학 선	Nguyễn Hắc Sơn	阮黑山	?~?	도 꺼 꽝을 죽음으로 몬 첩자이다. 그는 육촌 관계인 도 꺼 꽝과 함께 광둥, 난징, 원난 등지에서 함께 활동하며 신임을 얻었다. 그러나 도 꺼 꽝이 습병들과 하노이 도모했을 때 응우옌 학 선은 이 계획을 프랑스군에 밀고하였다. 이로 인해 도 꺼 꽝은 참수되었다.	베트남
244	끼 란	Ký Lan	記蘭	?~?	도 꺼 꽝이 하노이 습격을 위해 조직한 군에 연루되어 있던 인물이다. 그는 원난에 머물고 있던 베트남 교민으로 응우옌 학 선의 밀고로 인해 허코우에서 참수 당한 여러 사람 중 한 사람이기도 하다.	베트남
245	응우옌 하 쯔엉	Nguyễn Hạ Trường	阮夏長	?~?	응우옌 학 선과 함께 프랑스군의 첩자가 되었던 인물이다. 응우옌 학 선이 도 꺼 꽝의 계획을 밀고하도록 조종했으며 이를 공으로 인정받아 지현(知縣)의 관직을 얻었다.	베트남
246	장훼이잔	Trương Huy Toản	張輝瓚	1884~1931	후난(湖南) 사람으로 중화민국 국민정부, 국민혁명군의 고위 장령이다. 젊은 시절 후난에서 군사학교를 졸업한 후 일본 진무학교에서 군사교육을 받았다. 1911년 중국으로 돌아와 호남군(湖南軍) 참모 장교로 복무하고 이후 독일로 가서 진학하였다. 1920년 귀국해 마오쩌둥 등과 함께 장징야오(張敬堯) 축출에 가담하였다. 판 보이 쩌우와는 일본에서 유학하던 때에 인연을 맺었으며 그가 중국의 고위 장령이 된 이후에도 교유를 지속하였다.	중국
247	탄옌이	Đàm Diên Khải	譚延闓	?~?	중국 상독(湘督)을 지냈다. 판 보이 쩌우와 인연이 있었기 때문에 1913년 판 보이 쩌우가 후난에 갔을 때 장훼이잔과 함께 만났다.	중국
248	천지아요우	Trần Gia Hữu	陳嘉佑	1881~1931	국민당 육군 중장이다. 후난 출신으로 1903년부터 창사(長沙)의 명덕학당에서 공부하며 황씽(黃興)이 조직한 화흥회(華興會)에 가입하였다. 1905년 황씽을 따라 일본으로 건너가 동경사관학교에서 공부하였다.	중국
249	류아산	Lưu Á Tam	劉阿三	?~?	광둥 출신으로 판 보이 쩌우가 1913년부터 1916년까지 수감되어 있을 때 인연을 맺은 인물이다. 그는 감옥에서 조리원으로 일하고 있었기 때문에	중국

연번	한글	베트남어	한자	생몰	정보	국적
					주관(周館)을 오가며 판 보이 쩌우에게 바깥소식을 지속해서 전달할 수 있었다.	
250	주이 떤	Duy Tân	維新	1900~ 1945	본명은 응우옌 푹 호앙(Nguyễn Phúc Hoảng, 阮福晃)으로 타잉 타이 황제의 다섯 번째 아들이며 응우옌 왕조 11대 황제이다. 그는 8세(1907)의 나이에 황제의 자리에 올랐는데 1916년 타이 피엔 등이 봉기할 때 이에 호응해 프랑스를 몰아내려는 계획을 세웠다. 그러나 사전에 기밀이 누설되어 봉기는 실패하고 말았다. 프랑스 식민 당국은 다시 그를 황제로 세우고자 했으나 그는 프랑스의 허수아비가 되기를 거부해 결국 프랑스에 유배되었다. 그는 프랑스의 어떠한 대우도 거부하고 자력으로 생활을 영위하였다. 1940년 프랑스가 나치에 점령당하자 드골의 자유 프랑스를 지지했고 이후 프랑스 해군이 되어 중령에까지 이르렀다. 1945년 조국으로 돌아가기 위해 탄 비행기가 추락해 생을 마감하였다.	베트남
251	바몬	Ba Môn	巴門	?~?	부 먼 끼엔과 응우옌 하이 턴 랑선 부근의 프랑스 군대를 습격했을 때 유일하게 부상을 입었던 프랑스 군인이다.	프랑스
252	장티엔민	Trương Thiên Dân	張天民	?~?	윈난 출신으로 롱지꽝의 부하이자 참모관이었다. 롱지꽝이 패주하여 광둥을 버리고 달아나자 판 보이 쩌우의 당에 들어가기를 청하였다. 이에 판 보이 쩌우와 함께 상하이로 건너갔다.	중국
253	롱진꽝	Long Cận Quang	龍覲光	1963~ 1917	윈난 출신으로 청조와 중화민국의 군인이자 정치가이다. 어려서부터 시서(詩書)를 좋아하였다. 서모 소생의 적모 소생인 롱지꽝과 갈등이 있었으므로 고향을 떠나 수도 베이징으로 건너가 화시에 합격해 관직에 올랐다. 중화민국 성립 후에는 광해진수사(廣惠鎮守使)를 맡았으며 재임 중 일본의 정치 경제 군사 교육 방면을 답사하고 『동영고찰기(東瀛考察記)』를 남겼다. 1916년에 위안스카이에 의해 윈난 사판사(查辦使)로 임명받았으며 광시 독립에 참여하였다. 1917년 베이징에서 사망하였다.	중국
254	서 꾸옹 /레 즈	Sở Cuồng /Lê Dư	楚狂 /黎興	1884~ 1967	꽝남 출신으로 본명은 레 당 즈(Lê Đăng Dư, 黎登興)이고 호가 서 꾸옹이다. 베트남 역사와 문학 연구자이다. 어려서 고향에서 공부하다가 대략 1900년쯤 하노이로 건너가 프랑스어를 공부하였다. 이후 동경의숙과 동유운동에 참여했고 1908년 일본 정부에 의해 베트남 혁명가 및 유학생이 추방되자 중국으로 이동해 혁명 활동을 지속하였다. 그러나 이후에는 혁명을 포기하고 프랑스 식민지배자들과 협력하기 위해 '법월제휴(法越提携)'로 완전히 기울었다. 해외에서 활동하는 동안 한국에 이른 적도 있었는데, 이때 그는 화산(花山) 이 씨(李氏)의 존재를 확인하기도 하였다. 1925년 귀국한 그는 박끼 전권부 정치실에서 근무하다가 하노이 원동박고원(遠東博古院)에서 근무하였다.	베트남
255	레 업 똔	Lê Áp Tốn	黎揖遜	?~?	레 업 똔은 광복회가 설립되었을 때 처음 해외로 나와 광둥에서 판 보이 쩌우를 처음 만났다. 광복회 해산 후 레 업 똔은 북경사관학교에서 공부하고 졸업 후에도 베이징에 머물렀다. 유럽이 전쟁을 치르는 동안 독일과 교섭해 베트남 혁명당을 위한 도움을 구하고자 하였다. 그러나 독일과 협약을 이루기 직전 영국 군인에 체포당해 프랑스 영사에게 인도되었다. 그 후 풀려나 하노이로 돌아갔으나 독일과 내통했다는 죄목으로 종신형에 처해져 감옥에서 죽고 말았다.	베트남
256	우꽝씬	Ngô Quang Tân	吳光新	1881~ 1939	청말민초의 군인이다. 1903년에 일본 육군사관학교에서 유학 생활을 시작해 이듬해 졸업하였다. 귀국 후 1914년 육군 사장(師長)에 취임했으나 그해 병으로 사임하였다. 1917년 장강상류(長江上游) 사령부의 사령에 임명됐고 같은 해 여름부터는 사천(四川) 사판사를 겸임했으며 1920년에는	중국

연번	한글	베트남어	한자	생몰	정보	국적
					호남독군(湖南督軍)도 겸하였다. 1925년에 사직하고 상하이로 이주했으며 1939년에 홍콩에서 병으로 사망하였다.	
257	왕티엔종	Vương Thiên Túng	王天縦	1885/ 1897~ 1920	허난(河南) 출신의 민주혁명가이자 중화민국의 군사 장령이다. 그는 18세 때 사람을 모아 양산(楊山) 부근에서 재력가들의 재물을 빼앗아 가난한 사람을 구제하였다. 1910년에는 일본으로 건너가 동맹회에 가입하고 귀국하였다. 1911년 우창기의(武昌起義 : 우창봉기) 후 허난 임시도독을 맡았다. 위안스카이는 1913년 그를 경사군경법 집행처장으로 임명해 육군 중장직을 주었으나 그는 사양하고 물러났다. 1915년 어시(鄂西)에서 위안스카이를 토벌하기 위해 군사를 일으켰다. 1920년 어베이(鄂北)에서 병사하였다.	중국
258	허하이칭	Hà Hải Thanh	何海清	1875~ 1950	후난(湖南)성 사오산(韶山)시 출신으로 1904년에 일본 육군사관학교에 입학, 1905년 중국동맹회에 가입하였다. 1909년 졸업 후 귀국해 윈난 강무당(講武堂)에서 주더(朱德)와 형제를 맺고 신해무창(辛亥武昌) 봉기에 호응했다. 1916년 육군 중장(中將)으로 진급해 쑨원이 일으킨 호법전쟁을 지지해 호법정국군(護法靖國軍) 제1군 우익총사령, 제8군 제1사 사장(師長) 등을 역임하였다.	중국
259	탕지야오	Đường Kế Nghiêu	唐繼堯	1883~ 1927	윈난 출신의 군인이다. 1904년 일본에서 유학 생활을 시작해 진무학교에서 공부했으며 이듬해 중국동맹회에 가입하였다. 1908년 일본육군사관학교를 졸업하고 1909년 윈난으로 돌아와 무당에서 교관으로 일하며 혁명활동을 하였다. 1915년 그는 윈난의 독립을 선포하고 호국전쟁을 일으켰다. 1925년에 국민당을 토벌하려 했으나 도중에 계계(桂系)의 리쭝런(李宗仁)에게 패해 세력이 크게 줄었고 1927년 부하들이 일으킨 병변(兵變)으로 금고형에 처해졌다.	중국
260	씨옹커우	Huùng Khắc Võ	熊克武	1885~ 1970	중국의 민주 혁명가이자 군사 장령, 정치인이다. 본관은 후난(湖南)성 마양(麻陽) 현이며 쓰촨(四川)성에서 태어났다. 1904년 일본으로 건너가 1905년에 동맹회에 가입하였다. 광저우 황화강(黃花崗) 봉기 후 촉군 북벌 총사령관으로 되어 위안스카이 토벌을 위한 호국운동, 호법운동의 중심에 있었다. 1918~1924년에는 쓰촨성의 실질적인 통치자가 되었다.	중국
261	황푸성	Hoàng Phục Sinh	黃復生	1883~ 1948	본명은 슈종(樹中)으로 민주혁명가이자 정치인이다. 그는 루저우(瀘州) 촨난(川南)에서 학당을 졸업하고 1904년 일본으로 건너가 공업을 공부하였다. 1905년에는 중국동맹회에 가입해 사천분회 회장을 맡고 『민보(民報)』의 경영도 담당하였다. 난징 임시참의원이 성립한 후 황푸성은 의원을 맡았으며 난징 임시정부 인주국장(印鑄局長)도 겸했다. 1917년 호법운동에 참여해 쓰촨 성장을 대리했고 후에 천둥(川東) 도윤(道尹), 정국군(靖國軍) 원악(援鄂) 제1로의 총사령을 담당하였다.	중국
262	왕징웨이	Uông Tinh Vệ	汪精衛	1883~ 1944	본명은 왕자오밍(汪兆銘)으로 광둥 출신의 정치가이다. 어려서부터 시문에 능한 것으로 유명했다고 전한다. 1904년 일본으로 유학해 법학을 공부했고 1905년 중국동맹회에 가입하였다. 일본 유학을 마친 후 동남아지역을 옮겨 다니며 혁명가로 활동하였다. 1912년에는 프랑스로 유학을 떠나 1917년까지 서구의 국가관과 정치제도를 연구해 뒤에 쑨원이 남방정부를 수립하자 왕징웨이는 쑨원의 비서로 임명되어 파리평화회의에 참석하였다. 신해혁명과 국민혁명 중일전쟁에 걸쳐 정치가로 활동했으며 친일정부를 조직해 주석으로 취임하면서 비판받기도 하였다. 1944년 일본 나고야에서 병사하였다.	중국
263	쩡카이원	Trịnh Khai	鄭開文	1876~	윈난 출신의 혁명가이자 군인이다. 그는 어려서부터 문무를 숭상했으며	중국

연번	한글	베트남어	한자	생몰	정보	국적
		Văn		1922	동생(童生), 상생(庠生)에 연이어 합격하였다. 후에 과거제가 폐지되자 장사를 하다가 1904년에 관비유학에 지원해 일본으로 건너갔다. 일본 육군 군사학교에서 공부하는 동안 중국동맹회에도 가입했으며 1909년 졸업 후 귀국해 윈난 탕지야오의 교관을 지냈다. 1913년 탕지야오의 북벌에 함께 윈난 헌병사령관에 올랐으며 1915년 참여한 호국전쟁이 승리하면서 육군 중장령과 윈난 육군강무학교 교장을 겸했다. 1921년 탕지야오를 따라 홍콩으로 망명했다가 1922년 윈난으로 돌아오던 과정에서 토비에 포위되어 총에 맞아 숨졌다. 판 보이 쩌우와는 일본 유학 시절에 이미 친분이 있었으며 후에 윈난에서 다시 만났다.	
264	모롱씬	Mạc Vinh Tân	莫榮新	1853~1930	자는 일초(日初), 광시 출신으로 청말민초의 군사 장령이다. 1871년 군에 들어가 광시 순방영에서 점차 승진을 거듭하다가 1911년에 순방영의 독대(督帶), 신해혁명 발발 후 칭위안(慶遠) 부장 등을 역임하다가 위안스카이가 황제로 등극하자 남작에 봉해졌다. 1916년 위안스카이가 죽은 뒤 광후이(廣惠) 수사를 겸직하다가 1917년 광둥의 최고 군사 장관에 올랐다.	중국
265	웨이방핑	Nguy Bang Bình	魏邦平	1884~1935	광둥 출신으로 청년 시절 일본으로 건너가 육군사관학교에서 유학하였다. 신해혁명이 일어난 후 쑨원에 의해 군정부 육군사령, 참모장 등에 임명되었다. 평생 쑨원을 추종해 여러 군벌과 맞섰다. 1935년에 폐질환으로 사망하였다.	중국
266	히 까오	Hy Cao	希皋	1882~1941	응에안 출신의 혁명가로 본명은 응우옌 딩 끼엔(Nguyễn Đinh Kiên)이고 히 까오는 그의 호다. 어린 시절에 과거에 합격해 수재가 됐으나 점차 민생, 민권, 실업에 대한 공부로 방향을 바꾸었다. 1908년 동지들과 함께 응에안에서 유신운동에 참여했으나 그해 6월에 체포되어 종신형을 선고받고 꼰론으로 쫓겨났다. 1917년 낌 다이 등 여러 수감자와 함께 탈출해 뗏목을 타고 바다를 떠다니다가 빙투언(Bình Thuận)의 한 마을에 도착해 그곳에서부터 일본으로 이동했다. 그러나 당시 타이응우옌(Thái Nguyên) 봉기로 통제가 매우 삼엄했기 때문에 상하이로 후퇴하게 됐는데 이를 판 바 응옥이 밀고해 프랑스군에 다시 체포되고 말았다. 히 까오는 낌 다이와 함께 하노이의 호아로 수용소에 수감됐다가 다시 꼰론으로 추방당하였다.	베트남
267	낌 다이	Kim đài	金臺	?~?	본명은 팜 까오 다이(Phạm Cao Đài)로 베트남의 혁명 애국지사 중 한 사람이다. 꼰론섬에 수감됐다가 1917년 히 까오와 함께 뗏목을 타고 탈출하였다. 6일 동안 바다를 떠다니다가 빙투언의 한 마을에 도착해 일본으로 건너갔지만 당시 타이응우옌 봉기로 인해 프랑스군의 국경 경계가 삼엄했으므로 상하이로 후퇴하였다. 그러나 판 바 응옥의 밀고로 붙잡혀 하노이의 호아로 수용소에 수감됐다가 병으로 사망하였다.	베트남
268	후세 다쓰지	Bố Thi Di Trị	布施辰治	1880~1953	미야기(宮城県) 현 이시노마키(石卷) 출신의 인권변호사이자 사회운동가이다. 1902년 메이지 대학을 졸업하고 사법관 시보로 부임했다가 사임하고 변호사가 되었다. 변호사 개업 후 농민, 노동자, 부락민 등의 권리 보호를 위해 투신했고 해외 식민지의 민족 및 민중 권리 보호를 위해서 힘썼다.	일본
269	차이위엔 페이	Thái Nguyên Bồi	蔡元培	1868~1940	저장(浙江)성 출신의 중국 철학자이자 교육자이다. 1907년 독일에서 칸트 철학을 공부하였다. 신해혁명 이후 자유사상가로 활약했으며 중화민국 교육 건설에 공헌하였다. 1916년 북경대학 학장으로 임명돼 학문의 독립과 언론의 자유를 위해서 투쟁하였다.	중국
270	카라한 /레프 미하일로	Gia Lạp Hãn	Карахан/Lev Mikhail	1889~1937	아르메니아 출신의 러시아 외교관이다. 페트로그라드대학 재학 중에 정치범으로 시베리아에 유형되었다가 1917년의 3월 혁명 후 석방되어 볼셰비키에 입당하였다. 1918년 브레스트회의의 수행원을 거쳐 외무인민위원	러시아

연번	한글	베트남어	한자	생몰	정보	국적
	비치 카라한		ovich Karakhan		대리가 돼 1934년까지 재직하며 극동외교를 담당하였다. 1919년 외무인 민위원장 대리의 명의로 중국 소련 협정이 기초가 되는 「카라한 선언」을 발표하였다.	
271	코도로브	Khô đô rốp	Kodorov	?~?	주중국 대사인 레프 카라한 수하의 한문 담당 참찬이었다. 판 보이 쩌우가 처음으로 교제한 러시아인이다.	러시아
272	레 딴 아잉	Lê Tán Anh	黎傘英	1899~ 1933	응에안 출신의 반프랑스 혁명가로 레 홍 선(Lê Hồng Sơn)이라고도 하며 본명은 레 반 판(Lê Văn Phan)이다. 레 딴 하잉은 그의 예명이고 이외에도 레 홍 꾸옥(Lê Hưng Quốc), 보 홍 아잉(Võ Hồng Anh) 등의 다른 이름도 사용하였다. 1920년 월남광복회에 참여하면서 판 보이 쩌우와 함께 일본으로 건너가 기외후를 만났다. 1922년에 프랑스의 첩자 노릇을 한 판 바 응옥을 암살했고 1924년에는 팜 타이 홍의 프랑스 전권 총리 암살 계획을 지원하였다. 1925년 베트남 청년 동지회에 가입하면서부터 호 찌 밍의 심복이 됐으며 이후 베트남 공산당 기관들을 통합하는데 적극적으로 참여하였다. 1932년 상하이에서 체포되어 베트남에 수감됐다가 사형선고를 받았다. 1933년 그의 고향 마을인 쑤언호(Xuân Hồ)에서 처형당하였다.	베트남
273	주루이	Chu Thụy	朱瑞	1905~ 1948	장쑤(江甦)성 출신으로 청말민초의 군인이자 혁명가, 정치인이다. 공산당의 고위 장성이었으며 중국 인민해방군 포병의 아버지로도 불린다.	중국
274	메를렝	Méc lanh	馬蘭 /Melin /Martial Henri Merlin	1860~ 1935	프랑스 파리 출신의 식민지 행정가이다. 1880년에 군에 입대해 복무를 마친 후 식민 행정부에 들어갔다. 1901~1903년에 멕시코 과델루페, 1907~1908년에 프랑스령 서아프리카, 1908~1917년 프랑스령 적도 아프리카, 1917~1918년에 프랑스령 마다가스카르, 1923~1925년에는 프랑스령 인도차이나의 총독을 지냈다. 메를렝은 1924년 베트남 혁명가의 추방을 조정하기 위해 일본으로 이동하던 중, 광저우의 파티에 참석했다가 베트남 청년 애국지사 팜 홍 타이의 습격을 받았다. 그러나 메를렝 암살은 실패했으며 이후 그는 프랑스로 돌아가 1935년 파리에서 사망하였다.	프랑스
275	쩐 득 꾸이	Trần Đức Quý	陳德貴	?~?	프랑스인의 정탐꾼으로 활동했던 베트남인 인물이다.	베트남
276	응우옌 트엉 후이엔	Nguyên Thương Huyền	阮尚玄	?~?	프랑스인의 정탐꾼으로 활동했던 베트남인 인물이다. 응우옌 트엉 히엔의 조카이며 한문과 프랑스어 국문에 능통했고 과거 시험에도 일찍 합격하였다. 판 보이 쩌우의 돌봄을 받고 있었으나 몰래 프랑스의 앞잡이 노릇을 하였다.	베트남
277	랴오쫑카이	Liêu Trọng Khải	廖仲愷	1877~ 1925	본명은 언수(恩煦)이고 자가 중카이(仲愷)이며 다른 이름으로 이바이(夷白)가 있다. 미국 캘리포니아 샌프란시스코에서 태어났다. 1893년 중국으로 건너와 결혼했고 1902년에 일본으로 유학을 떠나 와세다 대학 예과에 입학했다. 1905년에 주오대학 정치경제학과로 옮긴 후 졸업했으며 같은 해 동맹회에 가입했다. 신해혁명 후 중국으로 돌아왔다가 1913년 쑨원을 따라 일본으로 망명했고 1914년 중화혁명당에 가입했으며 위안스카이에 반대해 호법운동에 참여했다. 1918년 쑨원과 함께 상하이 도착해 잡지 『건설』을 창간해 혁명 이론을 선전했다. 1924년 육군대원수대본영 비서장, 국민당 중앙상위 등을 거쳐 대본영 참의를 맡아 각 군관학교와 강무당의 대표를 맡았다. 1925년 국민당 군벌과 우파가 저지른 비리를 폭로했다가 습격을 받아 총에 맞아 사망했다.	중국
278	팜 홍 타이	Phạm Hồng Thái	范鴻泰	1896~ 1924	응에안 출신으로 본명은 팜 타잉 띡(Phạm Thành Tích, 范成績)이고 태어났을 때 지어진 이름은 팜 타잉 코이(Phạm Thành Khôi)이다. 1918년까지 그는 태국과 중국 등 해외를 오가며 베트남 광복을 위해 힘썼다. 1924	베트남

연번	한글	베트남어	한자	생몰	정보	국적
					에는 프랑스 식민 정부의 범죄를 고발하는 글을 작성한 후 메를렝 동양 전권 대사를 암살하기 위해 빅토리아 호텔에 기자로 위장해 잠입하였다. 팜 타이 홍은 레 홍 선의 도움을 받아 암살 계획을 수행했으나 메를렝은 가벼운 부상만 입고 다른 프랑스인 사업가들이 사망하는 데에 그쳤다. 팜 홍 타이는 호텔을 탈출한 뒤 강에 투신해 스스로 목숨을 끊었다.	
279	장제스	Tưởng Giới Thách	蔣介石	1887~1975	본명이 쟝쯍정(蔣中正)이고 자는 제스(介石)로 중국의 정치가이자 군사가다. 1906년 바오딩 군관학교에 입학하고 다음해 일본 육군사관학교로 유학 갔다. 일본 유학시기에 중국동맹회에 가입하고 1911년 신해혁명에 참가하였다. 쑨원의 신임을 받아 1923년 제1차 국공합작 때는 소련으로 군사 시찰을 갔다. 귀국 후 황푸군관학교 교장, 국민혁명군사령관, 중화민국 국민정부 주석, 중화민국 행정원장, 국민정부 군사위원회 위원장, 중국 국민당 총재, 삼민주의 청년단 단장 등을 역임하였다. 1948~1949년까지는 중화민국의 초대 총통인 국가원수를 지냈고 1950~1975년까지 중화민국 총통을 역임하였다.	중국
280	리지천	Lý Tế Thâm	李濟琛	1885~1959	중화민국의 군벌, 정치가이다. 광시성 출신으로 후한민에게 학문을 배웠으며 광시 육군속성학당을 거쳐 바오딩 군관학교에 들어갔다. 1911년 신해혁명이 발발하자 청조에 맞섰고 1912년 중화민국이 수립되자 육군대학에 입학해 졸업 후 한동안 육군대학 교관으로 일하였다. 1920년 광저우로 건너가 건국월군 1사단 참모장을 거쳐 대리 사단장에 이르렀다. 한때 월계군벌의 수장으로 장제스를 옹호했으나 반장전쟁(反蔣戰爭)을 계기로 반장파로 전향, 국공내전 후 중화인민공화국으로 전향해 부주석을 지냈다.	중국